W0299694

JUTTA WEBER-BOCK

Das Vermächtnis der Kurfürstin

JUTTA WEBER-BOCK

Das Vermächtnis der Kurfürstin

Historischer Roman

GMEINER

Personen und Handlung sind frei erfunden.
Ähnlichkeiten mit lebenden oder toten Personen
sind rein zufällig und nicht beabsichtigt.

Immer informiert

Spannung pur – mit unserem Newsletter informieren wir Sie
regelmäßig über Wissenswertes aus unserer Bücherwelt.

Gefällt mir!

Facebook: @Gmeiner.Verlag
Instagram: @gmeinerverlag
Twitter: @GmeinerVerlag

MIX
Papier aus verantwortungsvollen Quellen
FSC® C083411
FSC www.fsc.org

Besuchen Sie uns im Internet:
www.gmeiner-verlag.de

© 2022 – Gmeiner-Verlag GmbH
Im Ehnried 5, 88605 Meßkirch
Telefon 07575/2095-0
info@gmeiner-verlag.de
Alle Rechte vorbehalten
1. Auflage 2022

Lektorat: Sven Lang
Herstellung: Mirjam Hecht
Umschlaggestaltung: U.O.R.G. Lutz Eberle, Stuttgart
unter Verwendung eines Bildes von: © https://commons.wikimedia.org/wiki/
File:Stuttgart._Schlossplatz_mit_Altem_Schloss_LOC_ppmsca.52635.tif
Druck: CPI books GmbH, Leck
Printed in Germany
ISBN 978-3-8392-0113-8

Für meinen Mann, den Lyriker und Fotografen Wolfgang Haenle, dem ich für seinen kritischen Blick und die Fotos von den Schauplätzen danke. Er hat mich stets in meinem Vorhaben bestärkt, ohne ihn würde es auch dieses Buch nicht geben.

Die Arbeit an diesem Projekt wurde gefördert durch ein Stipendium des Förderkreises deutscher Schriftsteller in Baden-Württemberg. Die Autorin dankt dem Stipendiengeber sehr herzlich.

Stuttgart

Sie war die einzige Frau in der ganzen Stadt, der es an diesem Montag in den Sinn kam, eine Chocoladentorte mit zweiundzwanzig Eiern zu backen. Sie war die Ausnahme. Elisabeth Hehl reckte sich. Sie prüfte die Eier genau und sortierte eines mit gesprungener Schale aus. Den Korb stellte sie für später in der Ecke bereit und siebte ein dreiviertel Pfund Zucker. Süß war er wie die Bruderliebe, mit der Ludwig sie als Jüngste der Schwestern überhäuft hatte. Wie er ihr immer geschmeichelt, sie vergöttert und gleichzeitig an ihr herumerzogen hatte. Sie hatte sich dagegen gewehrt und konnte sich seiner Liebe doch nicht entziehen. Es war Zeit. Befreien wollte sie sich von ihm. Nicht er sollte länger bestimmen, sondern sie hielt das Schicksal des Kindes in der Hand. Die Vormundschaft stand ihr zu. Das würde sie durchsetzen.

Entschlossen schob sie die Schüssel mit dem Zucker beiseite und schaute in den Garten. Ein heimlicher Müßiggang. Die ersten Forsythien blühten. Zu kühl war es für Mitte März, wie der Gärtner gesagt hatte, nachdem er die Tannenzweige von den Beeten genommen hatte.

Sie ging ins Wohnzimmer und öffnete das Fenster zur Straße. Über den Dächern hing eine graugelbe Dunstglocke. Der Himmel drückte auf die Häuser, raubte ihnen den Atem. Eine ungelüftete Stube jedoch ertrug sie nicht.

In der Morgendämmerung hatte sie die Milchmädchen beobachtet. Auf dem Weg vom Hohen Bopser in die Stadt hielten sie sich Schnupftücher vor die Nasen.

Wie sich Elisabeth Hehl schämte für die Residenz. Der Talkessel stank. Sie griff nach der Schürze und presste sie vors

Gesicht. Montags war der Geruch aus dem Nesenbach immer besonders beißend.

Zwei Kutschen ratterten vorbei. Von der Leonhardskirche schlug es neun. Da ertönte der Ruf nach frischen Brezeln, die neuerdings von einem fliegenden Händler feilgeboten wurden. Sie winkte ihm und kaufte eine, seine waren die besten. Der Duft von Hefe und Lauge, dazu grobkörniges Salz. Sie leckte sich über die Lippen.

In einer Stunde hatte der Backofen das richtige Feuer. Heißer als sonst. Sie hatte noch Zeit und schob die Ärmel ihres blaugrünen Kleides nach oben. Diese Farbe stand ihr exzellent.

Auf der anderen Seite der Charlottenstraße rüsteten sie ein Haus ein. Das Hämmern drang ihr durch Mark und Bein. Ihr schienen die Knochen im Leib zu vibrieren. Lasten quietschten am Lotterseil, wie der Gärtner auch eines in der Küche angebracht hatte. So sei es leichter, die Töpfe aufs obere Regal zu hieven und die Kräuter aufzuhängen. Elisabeth Hehl hatte ihn gewähren lassen, wenn bloß Amalie, ihre geschätzte Köchin, nicht von der Leiter fiel.

Zur Geburt des lang ersehnten Kronprinzen hatte König Wilhelm befohlen, zwei Kastanienalleen auf dem Schlossplatz zu pflanzen. Nur bei einem Buben, das sah die Ordnung der Württemberger vor. Stattdessen hätte er die Straßen pflastern lassen können, fand sie, denn nach wie vor watete man im Dreck. Und das im Jahr 1823. Nicht mal in der Nähe des Schlosses gab es eine passable Chaussee. Nur Löcher und Pfützen. Und wie oft war sie über die Kastanien gestrauchelt.

Die Milchmädchen kehrten heute schon aus der Stadt zurück. Sie schwatzen und hatten alle Zeit der Welt. Hinter den Schnupftüchlein reckten sie die Hälse. Sie aber ließ sich nicht in diesen Montag schauen. Für das Rezept der Großmutter brauchte sie Ruhe. Etwas ganz Besonderes war diese Chocoladentorte. Ihre Gardinen blieben geschlossen, wenn auch das Fenster noch offen war. Die Linden vor dem Haus hatten immer für einen gewissen Abstand gesorgt. Jetzt waren sie weg. Die Stadt hatte die beiden Bäume absägen lassen, was nicht rechtens gewesen war, denn sie standen auf ihrem Grundstück. Gefällt für ein Trottoir. Wie lächerlich. Ein Gehsteig, damit die Spaziergänger zum Bopserbrünnlein wandern konnten. So weit war es gekommen. Stuttgart flanierte an ihrem Wohnzimmerfenster vorbei. Ihr Gatte hielt sich aus allem heraus. Reiste lieber nach Sankt Petersburg. Etzel baute eine neue Steige, und zum Glück blieb die Charlottenstraße eine Sackgasse. Sonst gäbe es noch mehr neugierige Blicke. Es war zu teuer, den Bopserberg abzutragen. Selbst ein Oberbaurat musste auf der anderen Seite des Hügels in die Stadt hinunter. Zum Wilhelmsplatz.

Die Glocken der Stiftskirche läuteten. Sie schüttelte den Kopf und zog ihre Taschenuhr aus der Kleidertasche. Beinahe zehn Minuten über der Zeit. Auf nichts war mehr Verlass. Stuttgart war eine einzige Baustelle. Zum wiederholten Mal. Nur das neue Kornhaus auf dem Leonhardsplatz wollte Elisabeth Hehl gelten lassen. Da hatte ihr Bruder ausnahmsweise recht. Als Hofmedicus lag es ihm am Herzen. Die Leute mussten satt werden, sonst wurden sie renitent. Wie unnötig diese Aufstände in der ganzen Welt! Portugal, Spanien, Griechenland. Nichts war so fern und so nah zugleich wie Unruhen. Das neue Kriegsministerium am Charlottenplatz bezeugte es. In Stuttgart hatte die Erde gebebt. Das war im November gewesen. Die Erdstöße hatten sich im Dezember und Januar wiederholt. Ein Grollen, weil keiner mehr mit der Ordnung zufrieden war? So wie sie? Aber die Dinge ließen sich nicht vergleichen. Die Gardinen bauschten sich. Sie hielt die Luft an und schloss das Fenster. Der Wind wehte den Gestank erst so richtig herein. Schnell zurück in die Küche.

»Lisbeth«, hatte die Großmutter immer gesagt, »sei nicht unachtsam. Die Chocoladentorte muss tadellos sein.«

Die Worte schwirrten in ihrem Kopf herum.

Der alte Rattler von Hofbaumeister Fischer, der seinen Herrn um zehn Jahre überlebt hatte, sprang durch ihren Garten und verbellte Amseln, statt die Ratten zu jagen, die aus dem Nesenbach krochen. Der Gärtner klatschte in die Hände. Kurz darauf stand er in der Hintertür.

»I gang dann mal, wenn Sie mich heute nicht mehr brauchen«, sagte er und reichte ihr einen winzigen Strauß Schneeglöckchen. »Sind die letzten. Es wird regnen.« Er knetete die Hände und zeigte zum Himmel, wo sich dunkle Wolken zusammenballten.

Sie strich den Rock glatt, als er endlich um die Hausecke verschwand.

»Unser Gärtner ist ein quadratischer Dickschädel von der Alb«, hatte ihr Gatte gesagt, nachdem er ihn eingestellt hatte. »Er tut nur das, was er will.«

Inzwischen war er ihr ergeben und sonst niemandem. Sie lächelte in sich hinein und hängte die Schneeglöckchen kopfüber an einer Schnur auf. Am Kräuterbalken zog sie den Strauß in die Höhe. Eine gute Idee mit dem Lotterseil. Amalie würden die Blumen gefallen zwischen Peterling und Dill. Die Köchin hatte frei bis zum Nachmittag.

Ein dreiviertel Pfund Mandeln rieb Elisabeth Hehl nun in eine irdene Schüssel. Flink musste jetzt alles gehen. Wie bei der Großmutter. Ihr fiel eine Haarsträhne ins Gesicht. Sie hielt inne, ging in den Öhrn und warf einen Blick in den Spiegel. Ordentlich sah sie aus und aufrecht stand sie da. Das hätte der Großmama gefallen. Wenn nur die eine Haarsträhne nicht so widerborstig wäre. Eine neue Angewohnheit. Sie strich diese zurück ins Haarnest. Rötlich schimmerte sie und wollte nicht folgen. Schon wieder hing sie ihr im Gesicht. Sie griff nach der Schere. Das hätte sie längst tun sollen. Ritsch. Jetzt hatte sie Ruhe. Nein, sie würde nicht mehr in den Spiegel schauen. Von der Leonhardskirche läutete es zehn.

Sie nahm den Korb mit den Eiern. Sanft schlug sie die erste Schale an einer Porzellantasse auf, eine scharfe Kante war wichtig. Sie roch am Ei. Einige Mal war die Köchin bei der Auswahl auf dem Wochenmarkt nachlässig gewesen. Sie schwätzte zu gern und war übermütig, wenn auch in anderen Dingen als dieses Kind, das sogar Schläge nicht gebessert hatten. Jetzt war es bald neunzehn. Mehr als zehn Jahre hatte sie es mit ihm versucht. Es aus dem Haus zu weisen, war die einzige Möglichkeit gewesen. In der Fremde musste es sein Brot verdienen, das hatte sie eingefädelt. Das Kind würde sehen, wie mühsam die Ehre zu bewahren war.

Zweiundzwanzig Eier schlug sie auf, trennte sorgsam das Gelbe vom Weißen. Leicht ging ihr das von der Hand. Wenn es bei Ludwig nur auch so einfach wäre. Er stellte sich dagegen, das Kind aus der Residenz zu verbannen. Vermitteln wollte er. Sie aber hatte längst Tatsachen geschaffen. Zwei Monate zu spät kam er, nicht nur, um seinen Geburtstag mit ihr zu feiern. An einem Montag. Sie schüttelte den Kopf. Nichts war, wie es sein sollte.

Mit dem breiten Holzlöffel in beiden Händen rührte sie Zucker, Mandeln und Eigelb. Hundert Mal hatte ihr die Großmutter eingeschärft. Nicht mehr und nicht weniger. Vor zwei Jahren war sie selbst nicht gewissenhaft genug vorgegangen, als sie die Chocoladentorte für das Kind gebacken hatte. Doch hatte nicht die Köchin das Malheur zu verantworten gehabt? Diese hatte die Torte damals in der Sonne stehen lassen, bis die vielen Eier sie ungenießbar machten. Wäre das Kind nicht derart gierig gewesen, hätte es sich nicht den Magen verdorben. Es war ganz allein schuld. Sie rührte rechtsherum, wie die Großmutter es wollte, bis die Masse cremig war und gelb leuchtete wie ihr Haus.

Alle sollten sehen, wo sie residierte. Nicht so groß wie das von Ludwig war ihr Heim, aber es hatte einen Garten. Er hatte sich als Hofmedicus ein Anwesen auf der Königstraße gekauft.

Ihres lag außerhalb der alten Stadt, die längst über sich hinausgewachsen war. Wie sie, als sie das Kind damals zu sich genommen hatte. Eine selbstlose Mutter war sie immer gewesen, untadelig. Das Wichtigste.

»Lisbeth, denk an die Chocolade. Nicht naschen!« Die Großmutter. »Lass das nach! Du brauchst ein halbes Pfund, pulvrig gerieben. Stauben muss es. Was hustest du? Eine Hausfrau atmet nicht, bis die Torte im Rohr ist.« Großmamas Stimme kreiste um den Herd. Wie sie es hasste, mit Lisbeth angeredet zu werden. Genau so nannte sie der Bruder, und immer lag ein Vorwurf darin.

In einen alten Topf, den sie zum Blumengießen im Garten benutzte, füllte sie drei Finger heißes Wasser aus dem Wasserschiff. Sie gab die Zitrone hinein und bürstete sie. Ein halbes Vermögen hatte sie gekostet. Das war ihr der Bruder wert. Ludwig würde sogleich einsehen, dass das Kind in der Fremde trefflich untergebracht sein würde.

Sie verteilte die abgeriebene Zitronenschale auf der Chocoladenmasse und hob sie vorsichtig unter. Ein wenig mussten sie jetzt beide ruhen. Aber nicht zu lange. Sie setzte sich auf den Hocker und aß die Brezel, dick mit Butter bestrichen. Angewidert wischte sie sich die Hände an der Schürze ab. Wie konnte sie nur! Sie lauschte und sprang wieder auf. War da nicht ein Geräusch? Der Wind, redete sie sich ein. Ein Lot Zimt brauchte sie. Exakt abgewogen. Nicht atmen. Sie schüttete ihn auf die Chocolade. Er klebte fest. Die Waage pendelte leer aus.

»Sei sorgsam beim Würzen.« Wieder die Großmutter. Zusammen mit den Mandelresten zerstieß Elisabeth Hehl zwölf Gewürznelken im Mörser und nickte vor sich hin. So musste man auch mit den Widerworten des Kindes umgehen. Das Stärkemehl. Ein achtel Pfund. Die Waage brauchte sie dafür nicht. Es konnte weniger sein. Wie die Butter bei der Brezel.

Ludwig war ihr Bruder. Er wollte dieses Kind als eigenes anerkennen. Niemals durfte das geschehen. Oder war es wahrhaftig seine Tochter? Wie immer es sich verhielt, wenn er nicht von seinem Vorhaben abließ, musste er es büßen. Mit einem Soldaten hatte sich das Kind eingelassen. Es konnte nicht weiter in der Stadt bleiben. Ihrer aller Ehre! Ein Name stand ihm nicht zu. Sie schlug mit der flachen Hand auf den Herd, verbrannte sich um ein Haar. Die Chocolade war in diesem Jahr kräftiger als sonst, beinahe schwarz. Das hatte seinen Preis. Sie zahlte ihn gerne. Für ihren Bruder war ihr nichts zu teuer. Er würde einsehen, dass es geschickt war, was sie eingefädelt hatte. Morgen würde das Kind erfahren, wohin es zu gehen hatte. Es gehörte ihr. Ludwig sollte sich nicht einmischen.

Sie holte das Häfele mit den Zibeben und nahm aus der hinteren Küchenlade das Gewürz der Großmutter. In einer alten Tasse vermischte sie reichlich davon mit Stärkemehl und gab es in den Teig. Sie rührte links um. Damit stellte sie sich gegen Großmama. Tadellos musste alles mit dem Gewürz vermengt sein. Unter dem Ausguss saß eine Ratte. Sollte sie dortbleiben. Von der Stiftskirche erklang das Mittagsläuten. Zu spät, wie sie. In der metallenen Schüssel schlug sie das Eiweiß mit dem Schneebesen. Sie nahm eine Handvoll Zibeben und verteilte den Eischnee. Nicht die Chocoladenmasse berühren. Das mochte der weiße Schaum nicht. Sie hob ihn mit einem Holzlöffel unter, aß eine Rosine und drückte die restlichen Weinbeeren oben in den Teig. Für die Ratte waren sie zu schade. Die würde sehen, was sie davon hatte, so gierig zu sein. Wie das Kind. Sie sah es vor sich, wie es die Arme um den Leutnant legte und den Mund zum Kuss darbot. Schluss!

Ins Backrohr. Heiß, so heiß war es. Ein paar Jahre in der Fremde, bis das Kind volljährig war, dann würde sie es an einen Bauern oder Handwerker verheiraten. Ihre Verwandtschaft war groß. Da fand sich immer ein Witwer und sie behielt es unter Kontrolle. Zuerst aber strebte sie danach, es korrekt zu erziehen. Sie wollte das Beste. Und da würde Ludwig ihr nicht dreinreden. Das Kind sollte annehmen, sie habe die Hand von ihm abgezogen, später würde es umso bitterer sein.

Eigenhändig fegte sie und räumte die Küche auf. Der Köchin musste sie mehr auf die Finger schauen, diese Fettreste waren unerträglich.

Um drei röstete sie die Kaffeebohnen. Pünktlich ritt ihr Bruder auf seinem Mecklenburger vor. Er brachte einen Wolkenbruch mit. Der Gärtner hatte recht gehabt. Sie strich den Rock glatt und wollte die Haarsträhne hinters Ohr schieben, aber da waren nur noch Borsten. Ludwig stand schon im Öhrn, er musste wieder einmal den Hintereingang genommen haben. Und wie sah sie denn aus? Ein Loch in der Frisur, der Spiegel lachte. Dem würde sie es zeigen. Die Wut brodelte in ihr. Mühsam bezähmte sie sich.

»Lisbeth! Ich hab dir Wasser vom Schwefelbrünnele mitgebracht. Du weißt, jeden Tag ein Glas. Es wird dich kühlen. Du bist erhitzt. Das tut dir nicht wohl.«

Er kämmte mit den Fingern seine dunkelblonden Haare, um die sie ihn immer beneidet hatte, nach hinten und strich ihr über die heiße Wange.

»Ich bin auf dem Sprung, ein Blasensteinschnitt. Verzeih, ich habe es anders versprochen.« Sanft berührte er ihre Schulter. Sie hielt still, obwohl sie sich am liebsten geschüttelt hätte.

»Komm erst mal rein. Es gibt Chocoladentorte, sie ist wie immer mein einziges Geschenk.« Sein weißes Halstuch war verrutscht. »Riechst du die Kaffeebohnen? Und die Chocolade? Exquisit ist sie dieses Mal.«

»Wie ich höre, pfeift der Kessel mit dem Kaffeewasser. Weil du es bist und ich es versprochen habe.«

»Mach es dir im Salon gemütlich, ich bringe uns den Kaffee.«

Sie stellte die Tassen ab, als sie zurückkam, und zündete die Lampe an. Die hellgrauen Vorhänge zupfte sie zurecht.

Ludwig rührte im Kaffee und schaute dann auf. »Hol mir dein Schreibzeug. Nanette darf sich von nun an ›von Klein‹ nennen, wie angekündigt. Ich schreibe ihr ein Anerkenntnis. Du sollst es sehen, ich will mit dir im Einvernehmen leben.«

»Das ist auch mein Name, ich bin eine geborene von Klein und eine verheiratete von Hehl. Ich habe das Kind aufgezogen. Mich seiner erbarmt. Niemals darf es diesen Namen erhalten.« Unsanft stellte sie die weiße Tasse mit dem Goldrand ab, stand auf und ging zu ihrem Schreibschrank. Der bauchige Korpus des Sekretärs glänzte goldbraun im Schein der Lampe. Sie strich über die schwarzen Ebenholzleisten. Von draußen drang gedämpft das Wiehern der Pferde und Brägeln der Kutscher herein. Der Regen rauschte. Sollte er alles wegspülen.

»Lisbeth, ich gebe ihr meinen Namen. Sie wird abreisen, wie du es vorgesehen hast. Ich weiß Bescheid. Du hättest es Schneidermeister Welsch nicht anvertrauen dürfen. Du kennst ihn. Es scheint mir das Beste, wenn Nanette die Stadt verlässt. Du hast recht. Ich werde sie allerdings nicht allein reisen lassen. Bei der Taufe des Kronprinzen am Freitagvormittag muss ich zugegen sein, die Kutsche nach Ulm geht zum Glück erst am Abend. Und mit Freuden habe ich vernommen, dass der Baron vom Stein zu Rechtenstein sie in den Dienst nimmt. Wir kennen uns aus Hohenheim. Ich habe seine Frau entbunden. Leider sind Mutter und Tochter gestorben. Das kann auch ich manchmal nicht verhindern.«

»Ich werde es unterbinden, dass du dem Kind ein Anerkenntnis ausstellst. Du bist mein Bruder. Es ist lediglich dein Mündel. Mehr nicht. Vertrau es mir gänzlich an.«

»Du hast dir Nanette längst unter den Nagel gerissen und verweigerst ihr trotzdem deinen Namen. Der Baron vom Stein zu Rechtenstein hat mir geschrieben, er freue sich auf Mademoiselle Hehl. Was hast du vor? Warum erkennst du sie nicht als Tochter an? Der Bergrat wäre entzückt. Das hat er mehrfach betont. Nanette hätte damals bei den Pfarrersleuten bleiben sollen. Du jedoch wolltest dich mit ihr schmücken wie mit einer Puppe. Ich habe seinerzeit nichts dagegen gesagt, um dich als meine Schwester nicht zu kompromittieren. Du hattest keinen leichten Start ins Leben, man muss dir vieles nachsehen. Das hat mir die Mutter erzählt. Die Sterne bei deiner Geburt standen misslich. Wein und Getreide gerieten nicht und das Obst verfaulte am Baum. Die magnetischen Schwingungen waren nicht günstig. Das weiß ich heute. Als du auf die Welt gekommen bist, war ich vier, eine Eule hätte unentwegt geschrien und die Hunde hätten geheult. So unsere Mutter. Sie hat inständig darum gebeten, dass ich mich deiner annehme. Das Blut ist dir bereits als Kind oft in den Kopf gestiegen. Gib mir das Schreibzeug. Du willst es ja nicht tun. Mein Leben lang habe ich mich bemüht, dich zu verstehen und zu lenken. Es ist unmöglich, und mir ist es genauso unheimlich wie damals die unselige Konstellation, als du auf die Welt gekommen bist.« Er deutete zum Sekretär.

Sie rang nach Luft. Ihr Bruder hielt ihr ein Fläschchen mit Riechöl hin und strich ihr über den Rücken. Früher hatte es sie beruhigt, heute rasselte ihr Atem. Er wollte es nicht hören, nahm stattdessen einen Rosenquarz aus der Sammlung ihres Mannes und wog ihn in der Hand.

»Lisbeth, sei milde mit Nanette wie ich mit dir. Du brauchst nicht nach Luft zu schnappen. Ich kenne dich. Asthma hast du nicht, bescheinigt habe ich es dir nur, damit du Ruhe gibst. Mach nachher einen Spaziergang zum Bopserbrünnlein. Der Regen soll nachlassen.«

Sie zog den Vorhang beiseite und öffnete das Fenster. Feuchter Wind strich herein. Tief atmete sie ein und hustete sogleich. Das hatte Ludwig davon. Er streckte die Arme nach ihr aus. Sie ging zu ihm und ließ sich wie früher trösten. Sie genoss seine Nähe und hasste sich dafür.

»Willst du dich nicht einer magnetischen Kur unterziehen? Wie ich sehe, hältst du nichts davon. Trotz alledem, du hattest Glück mit deinem Schicksal.«

»Das gibt es nicht. Ich verfüge über mein Leben und bestimme es. Lisbeth nennst du mich, das war nie ein Kosename, sondern ist bis heute immer Schelte und Vorwurf. An meinem Schicksal, wie du sagst, bin ich unschuldig. Und jetzt gibt es Chocoladentorte.«

»Erst schreibe ich das Anerkenntnis für Nanette. Sonst habe ich keine Ruhe. Gib mir die Eisengallustinte und das schwere Papier. Es ist ein Documentum.«

Sie öffnete den Sekretär, zögerte und wandte sich um. »Lass es mich bitte bezeugen. Damit alle es für wahr halten.«

»Ich war sicher, du wirst einlenken. Wir beide wollten immer das Beste für Nanette.« Er nickte in sich hinein, als ob er sich seiner Worte vergewissern müsse, und tauchte die Feder in die Tinte.

Mit Schwung setzte er die Buchstaben aufs Papier. Sie legte die Hände auf seine Schultern und sah zu, was er schrieb. Ungeheuerlich. Das stellte alles auf den Kopf.

Ludwig erhob sich und wies auf den Hocker vor dem Schreibschrank. Sie setzte sich umständlich und las noch einmal, was er für sie aufs Papier gesetzt hatte:

Hiermit bezeuge ich, dass Christiane eine natürliche Tochter meines Bruders ist, des Hofmedicus Ludwig von Klein. An ihrer moralischen und sittlichen Bildung besteht kein Zweifel.

»Unterschreib mit deinem vollen Namen. Bezeuge die Worte. Sie entsprechen nicht der Wahrheit, sind aber nützlich.«

»Und was ist die Wahrheit?«

»Die kann ich dir niemals anvertrauen, das habe ich geschworen.«

Elisabeth Hehl unterzeichnete und schob das Blatt von sich. Sollte die Tinte trocknen. Niemand würde je lesen, was geschrieben stand. »Du hast recht, lieber Ludwig. Das Kind braucht ein Anerkenntnis, wie hatte ich das in Abrede stellen können. Die Worte auf dem Dokument werden es auf einen anständigen Weg bringen.«

»Komm her. Ich muss dich abhorchen. Mir scheint, deine Atemwege sind verschleimt.« Er öffnete seine Doktortasche und holte sein neues Stethoskop heraus.

Sie stand vor ihm und ließ es geschehen, dass er die Röhre aus Holz auf ihren Busen setzte. Sie unterdrückte ihre Atemzüge. Er sollte nicht merken, wie aufgeregt sie war. Wie gut, dass er sie nicht berührte. Aus seiner Tasche lugten seitlich die Spielkarten heraus.

Ludwig nahm das Ohr von der Ohrplatte und sagte: »Amalie soll dir zu gleichen Teilen aus Huflattich und Lindenblüten einen Tee bereiten. Er wirkt krampflösend und beruhigend, was du brauchen kannst.« Er steckte das Hörrohr zurück in die Tasche.

»Warte. Sicher wolltest du mir die beiden Spielkarten geben.« Sie deutete auf die Doktortasche. »Als Erinnerung an das Kind. Den Tee werde ich brav trinken. Mit Honig. Er wird guttun. Ich danke dir. Überlass mir Herzsieben und Ecksteinsieben. Sie werden mir ein Trost sein.«

Ludwig schüttelte den Kopf. »Sie gehören der Kartenmalerin. Dein Gatte wird sie Gräfin Jenison geben.«

»Du kannst sie hierlassen. Ich händige sie ihm aus. Versprochen. Bis dahin kann ich sie ein wenig anschauen. Was hast du da für ein entzückendes Tüchlein? Zeig mal! Sieht edel aus, die Stickerei.« Sie streckte die Hand aus, aber Ludwig klappte die Tasche zu und stellte sie neben sich. Für den Blasensteinschnitt führte er stets ein Skalpell, eine Sonde und eine Steinzange mit sich. Nie verließ er das Haus ohne seine Instrumente. Und in dem Etui brachte er auch alles unter, was niemand zu Gesicht bekommen sollte. Wie die Spielkarten. Hinzugekommen war dieses Tüchlein, das sie gern näher angeschaut hätte. Blumenranken, wie sie die Königinwitwe anfertigte und jeden damit beschenkte. Sie bezwang sich, nicht mit dem Fuß aufzustampfen. Womöglich bekam sie einen richtigen Asthmaanfall. Der Bruder hatte sie von Anfang an durchschaut, gleichwohl bestärkte er sie in ihrem Gebrechen, weil er sonst sein eigenes Versagen bei ihrer Erziehung und bei der des Kindes hätte zugeben müssen. Dieses musste dienen lernen in der Fremde und durfte keine Freude mehr haben im Leben. Warum sollte es ihm besser ergehen als ihr? Ahnte Ludwig, wie er ihr Stunde um Stunde, Tag für Tag und alle Jahre vergällt hatte? Zuckersüß war die Torte, im Gegensatz zu seinen Erziehungsmaßnahmen an ihr, das führte ihm seine Schuld vor Augen. Wenn er sie geschlagen hätte, wäre es einfach, ihm zu verzeihen. Doch immer hatte er Verständnis gehabt für alles und ihr Einsicht abverlangt. Wie jetzt.

Sie eilte in die Küche. Einen Moment blieb sie am Fenster stehen und schaute in den Garten. Durch den Regenvorhang sah sie, wie die Wege beim Rondell mit den Rosen strahlenförmig in einem Punkt zusammenliefen. Es war der richtige Tag.

Sie öffnete die Speisekammer. Die Chocolade entfaltete ihre Wirkung langsam. Alle Zutaten mussten trefflich durchziehen. Die Menge machte es. Lächelnd ging sie zurück in den Salon und hielt sich aufrecht. Sie setzte die Teller auf dem Tisch ab und strich das Häkeldeckchen glatt, das vom Kind vor Jahren bestickt worden war und recht stümperhaft anmutete. Dicht neben Ludwig ließ sie sich nieder.

Er stellte die Tasche an der anderen Seite des Sofas ab. »Lisbeth. Die Sahne ist gut gemeint, aber meine Leber. Lass uns tauschen.« Er schob ihr seinen Teller hin und nahm dafür ihren. »Superb, dass du dich durch nichts abbringen lässt, diese Chocoladentorte zu backen. Verzeih, dass es dieses Jahr gedauert hat, bis ich Zeit gefunden habe.«

»Jetzt habe ich dir extra das große Stück aufgelegt. Hast du zu Mittag gespeist? Wie ich sehe, hast du es dir versagt.« Sie vertauschte die Teller wieder. »Lass die Sahne liegen. Du hast recht, die Torte ist schwer genug. Und die schwarze Katze wird sich freuen. Ein schmales Stück gönne ich mir dieses Mal, das große darf ich nicht. Die Kleider sind im Winter arg eng geworden. Ach, was rede ich. Lass es dir schmecken.« Sie begann zu essen und lehnte sich genießerisch zurück. Ludwig griff erst nach seiner Gabel, als sie ihren Teller bis auf den letzten Krümel geleert hatte.

»Hmm! Dieses Jahr schmeckt die Chocoladentorte ausgesprochen deliziös!« Er nahm einen großen Bissen. »Du hast recht mit dem Mittagessen. Ich nehme gern noch ein Stück. Hol dir auch eines.« Er tätschelte ihre Hand.

Als sie zurückkam, hatte er die Vorhänge aufgezogen und die Lampe gelöscht. Es klarte auf. Sonnenstrahlen tauchten den Salon in ein freundliches Licht.

Sie setzte sich, nahm einen Schluck vom Kaffee und aß. Auch Ludwig langte zu. Kurze Zeit später hielt er ihr den leeren Teller hin. »Wie früher als Bub, dein Lächeln. Du sollst noch etwas haben.« Sie drohte ihm scherzhaft mit dem Finger. Mit seinem Teller kehrte sie flugs zurück in den Salon. Ihren hatte sie in der Küche gelassen, was ihm nicht auffiel.

Er nahm die Kuchengabel. Verstohlen beobachtete sie ihn und legte das Zeugnis auf den Tisch. Keinesfalls durfte er es mitnehmen. Und sie brauchte die Spielkarten sowie das Tüchlein aus seiner Tasche. Was hatte es damit auf sich?

»Habe ich jetzt die ganze Torte gegessen und nichts für dich übrig gelassen?«, fragte Ludwig auf einmal.

Sie lächelte und legte den Kopf schräg. Das mochte er. »Es freut mich von Herzen, dass sie dir geschmeckt hat. Sie sei dir gegönnt. Ich kann gut darauf verzichten. Keine Sorge, es gibt noch einen Rest.«

Von der Leonhardskirche schlug es halb vier. In diesem Augenblick schaute die Köchin zur Tür herein. Zu früh. Das war ihr ausnahmsweise recht. Sie winkte sie zu sich. »Amalie, bringen Sie uns bitte vom Kaffee. Er ist warm gestellt.«

»Sehr wohl, Frau Bergrat. Ich nehme die Tassen gleich mit.« Sie sprang herbei, wie es ihre Art war. Die dicken Zöpfe flogen ihr um den Kopf. Wie konnte sie solch feste Haare haben und so spindeldürr sein? Wenn sie nicht diese rosigen Wangen hätte, sähe sie aus wie ein Geist.

Die Köchin beugte sich über den Tisch. »Lassen Sie nur, Amalie. Ich muss eilen, mein Patient wartet.« Ludwig stand auf und nahm seine Tasche.

Elisabeth Hehl schnellte in die Höhe. Wie zufällig stieß sie mit der Köchin zusammen. Ludwigs halb volle Tasse ergoss sich über das Zeugnis. Er langte nach dem Papier. Seine Tasche fiel zu Boden.

Mit dem Fuß schob Elisabeth Hehl diese hinter das Sofa und herrschte die Köchin an. »Passen Sie doch auf! Warum sind Sie in der letzten Zeit immer derart ungelenk? Und nehmen Sie das mit, das lässt sich nicht mehr brauchen!«

»Lisbeth, ist ja gut. Das macht nichts. Ich schreib es noch mal und gebe es Nanette am Freitag. Du kannst deine Worte auf einem separaten Bogen niederlegen. Pack bitte den Rest von der Torte für Lotte ein. Sie schimpft jedes Jahr, dass ich ihr nichts mehr davon mitbringe, wo sie doch meine liebste Tochter sei. Schick Amalie in die Königstraße.«

Ludwig bückte sich, nahm seine Tasche und schaute sie eindringlich an, bevor er ging. Anders als Lotte hatte er sie sich nicht zum Medium machen können. Sie hatte sich gewehrt gegen sein Mesmerisieren, mit dem er sich ins Abseits stellte, und dies nicht allein bei seinen Arztkollegen. Sein Blick war ihr immer unheimlich gewesen. Wenn er aber tatsächlich hinter die Dinge schauen konnte? Er liebte seine jüngste Tochter mehr als sie, seine jüngste Schwester. Das würde Lotte büßen.

Was er sich mit dem Anerkenntnis da erdacht hatte. Wie sie sich die Großmutter ersonnen hatte. Darin waren sie sich gleich. Sie malten sich beide etwas aus und hielten es für die

Wahrheit. Ihr blieben vier Tage bis zur Abfahrt der Kutsche, um die Spielkarten und das Tüchlein zu erlangen.

Die Tür fiel ins Schloss. Sie eilte in die Küche. Die Köchin stand vor dem Herd. Das Anerkenntnis hielt sie in der Hand. Kaffee tropfte auf den Boden.

»Amalie, schaffen Sie Ordnung. Werfen Sie den Fetzen ins Feuer. Nehmen Sie es nicht so tragisch. Mein Bruder hat recht. Das macht nichts. Wenn ich Sie nicht hätte.« Elisabeth Hehl tätschelte ihr den Rücken. Ausgesprochen nett würde sie fortan zu Amalie sein. Die Köchin konnte, wie der Gärtner, ganz anstellig sein. Das wollte sie sich zunutze machen.

»Bringen Sie bitte das Stück Torte hier in die Königstraße. Für meine liebste Nichte. Sie haben gehört, was der Hofmedicus gesagt hat. Geben Sie es Lotte heimlich. Die Schwägerin wird dagegen sein. Das Kind ist ja so empfindlich. Das bisschen wird ihm aber nicht schaden. Eilen Sie. Sie wissen, wo die Familie von Klein residiert. Was schütteln Sie den Kopf? Haus Nummer zweiundfünfzig in der oberen Königstraße. Merken Sie sich das endlich!«

SCHLOSS BRANDENBURG AN DER ILLER

1

Fanny Marika, die Baronesse vom Stein zu Rechtenstein, kraulte ihrem Araberhengst die Ohren und legte die Wange an seinen Hals. Der Schecke schnaubte. Ein Geschenk ihres Vaters. Sie wandte sich um. Schloss Brandenburg lag am Steilrand gegen die Iller auf einem Bergvorsprung. Der Fluss nagte beständig am Fuße des Abhangs wie sie an der Sehnsucht nach Stuttgart. Zwei Wegstunden waren es bis Ulm, wenn es kein Hochwasser gab. Von einer alten Burg war der Götzengraben geblieben. Er zerriss den schmalen Bergrücken. Jeden Morgen sprang sie mithilfe eines Stocks hinüber. Der Vater durfte es nicht wissen. Sein Wolfshund aber wusste alles. Er folgte ihr auf Schritt und Tritt in gebührendem Abstand. Niemandem erlaubte er es, ihn anzufassen.

Aus der nahe gelegenen Mineralquelle holte sie vom Sauerwasser. Es stank nach faulen Eiern. Sie kniff die Nase zu. »Jeden Tag musst du davon trinken. Es ist gesund, sagen die Bauern.« Die Köchin hatte ihr den Becher hingehalten und sie hatte gehorcht. Elsa hatte sie aufgezogen, nachdem die Mutter gestorben war.

In Stuttgart hatten die Heiratsbewerber sie Männin geschimpft. Keiner wollte sie. »Die Stammlinie derer vom Stein zu Rechtenstein ist in Gefahr. Fanny Marika, nimm Vernunft an«, hatte der Vater ihr vorgehalten. »Du bist fünfundzwanzig und von Adel. Deine Bestimmung kennst du.« Trotz alledem hatte er ihr den Wunsch nicht abgeschlagen und ein Pferd geschenkt, das sie jetzt in einen lockeren Trab brachte. Bis zum Sulzhof ritt sie und zog eine Schleife gen Regglisweiler. Die Landstraße nach Leutkirch schnitt den Ort in ungleiche Teile. Er war zerrissen wie der Bergrücken vom Götzengraben – und wie sie.

Dabei konnte sie nicht nur Pferde striegeln, sondern auch leidlich sticken. Kochen für den Hausgebrauch hatte sie gelernt und geschickt im Heuwenden war sie.

Sie schnalzte mit der Zunge und lenkte Casanova, wie sie den Gescheckten genannt hatte, zum Schloss zurück. Wie ein Mann ritt sie auf deutsche Art.

»Monsieurmadame!«, hatte sie ihr Französischlehrer in Hohenheim gerufen. Er hatte sie mit zehn in seine Familie aufgenommen und ihr ein Zuhause gegeben. Seine Frau hatte sie wie die eigenen Kinder bemuttert.

Der Vater hatte sie in die Heimat seiner Vorfahren gebracht, um sie zu vermählen. Die Witwe Rindsmaul, eine verheiratete Fugger, hatte Konkurs gemacht. Schloss Brandenburg war günstig gewesen. Sie waren von Adel, reich waren sie nicht, wie die Rechnungsbücher zeigten.

Der Vater plante, auf Viehzucht umzustellen, sie durfte den Bauern nichts davon sagen. In England sah er sich um nach neuen Rinderrassen. Das gab ihr eine Atempause. Sie wollte nicht über sich bestimmen lassen. Im Damensitz auf dem Pferd? Sie schüttelte den Kopf. Casanovas Hufe flogen, wenn sie ihm wie ein Mann die Sporen gab. Ihren Besitz konnte sie auf diese Weise an einem halben Tag durchmessen und nach den Blachfeldern schauen. Das Wintergetreide war aufgeschossen und glänzte grün im Sonnenlicht. »Anfang Juli können wir den Emmer ernten«, hatten die Bauern gesagt. Nächste Woche wollten sie das Sommergetreide ausbringen. Hirse, das sei ihr hoffentlich recht. Sie hatte genickt, kannte sich nicht aus.

Im Schritt ließ sie das Pferd zur Schlossanlage hochsteigen. Die Zinnenmauer bröckelte. Der Vater wollte es nicht sehen. Sie hatte ihn mehrfach darauf hingewiesen, er hatte abgewunken. Sie wohnten im Herrensitz, das zählte für ihre Verheiratung. Nicht der Nebel im Tal oder die Nachtfröste im Frühjahr. Vor Hagelschlag müssten sie sich nicht fürchten, hatten die Einheimischen ihr erzählt. Und zum Glück auch nicht mehr vor dem dicken Friedrich, der im Herbst sechs Jahre tot war. Kaum hatte er die Königskrone getragen, verkaufte er das Land samt Untertanen an Bayern. Später hatte er es sich wieder einverleibt. Das Schloss war in Fugger'schen Händen geblieben. Giacomo Casanova schrieb derweil in Böhmen seine Memoiren. Der erste Band war auf Deutsch erschienen. Sie würde ihn nie lesen dürfen.

Sie klopfte dem Schecken auf den Hals. »Gib niemals auf, Casanova«, flüsterte sie. »Griechenland kämpft um die Unabhängigkeit. Die Welt geht dahin und mit ihr die Säulen der Antike, auf denen das Abendland gebaut ist.« Sie legte die Wange auf die Mähne und ließ sich kitzeln.

»Eine Stunde breit ist das Illertal hier bei Dietenheim. Es erweitert sich beständig gen Norden zu.« Die Worte ihres einheimischen Kutschers bei der ersten Rundfahrt vor einem Jahr fielen ihr wieder ein: »Der Fluss mäandert und verzweigt sich, umfließt Inseln und Kiesbänke. Kein Durchkommen ist zwischen den Buschhölzern. Die Ufer sind mit Griesen bewachsen.«

Welch ein Wort für Gras. Sie würde sich daran gewöhnen. Wie an den Kutscher. Baldur stand ihr nach dem Willen des Vaters als Diener und Gärtner zur Seite. Wenn ein Mann im Haus sei, könne er beruhigt seinen Geschäften nachgehen. Mit diesen Worten war er davongeritten. Tags darauf hatte Baldur ein vierzig Pfund schweres und mannslanges Hechtweib zum Schloss hochgeschleppt. Heimlich aus dem Wasser gezogen. Der Hecht gehörte Bayern und würde umso besser munden. Elsa hatte mit der Zunge geschnalzt, den Rogen gewürzt und ausgebraten. »Eine Delikatesse.«

An diesem Tag hatte Fanny Marika sich zu den Bediensteten an den Tisch gesetzt und sie auf das Du als Anrede verpflichtet. Sie wollte Geschwister wie in Hohenheim in der Familie ihres Französischlehrers.

Marie, ihre blutjunge Magd, hatte bloß auf ihren Teller geschaut. »Marie, sei nicht so scheu! Ich werde dich Maria Marie nennen, wie meine Puppe. Baldur, erzähl uns, was du über die Hechte weißt.«

»Sie schrecken vor den eigenen Artgenossen nicht zurück«, sagte er. »Bedenken Sie das, werte Baronesse. Lassen Sie uns, wo wir sind. Mit Elsa ist es anders.«

»Auch für dich bin ich Fanny Marika«, hatte sie geantwortet. Er war zehn Jahre älter als sie, ein großer Bruder. Sie würde ihn lehren, sich so zu betragen.

Baldur aber hatte seinen kastanienbraunen Lockenkopf geschüttelt. »Stellen Sie sich vor, werte Baronesse, der Magen eines Hechts ist oft voller Fischschuppen. Einmal habe ich sogar eine Teichralle gefunden. Bedenken Sie, was Sie da von uns verlangen.«

Ihre Gabel war zu Boden gefallen. Vor dem Vogel ekelte sie sich nicht, doch mit seiner Weigerung verwies Baldur sie auf ihren Platz, nicht umgekehrt, wie es sein müsste. Das Duzen im Schloss würde sie allemal durchsetzen. Sie war die Baronesse. In der Küche aber hatte sie nie wieder gegessen.

Und jetzt, einige Tage vor dem Vollmond zu Ostern, erwartete sie eine Kammerzofe. Als ob sie sich nicht allein ankleiden könnte. Der Vater hatte es veranlasst, damit sie nicht einsam sei, ein wenig Gesellschaft habe, wie er gesagt hatte. In Wahrheit ging es ihm darum, eine Dame aus ihr zu machen. Christiane von Hehl. »Nicht aus dem schwäbischen Uradel wie unsere Familie, aber aus annehmbarem Hause«, hatte der Vater betont. Frau Bergrat Hehl suche eine Aufgabe für die Tochter. Könnte ihr Christiane eine kleine Schwester sein?

Casanova schnaubte und wandte den Kopf nach hinten. Als ob er ihre Gedanken verstünde. Sie ritt in den weitläufigen Hof mit dem Ziehbrunnen, saugte das weiche Licht des Frühlings ein und drehte eine weitere Runde auf dem Schecken. Der Hof grenzte das Schloss deutlich von Waschhaus und Backstube, von der Remise und den Ställen ab. Dahinter führte ein mit roten Ziegeln gedeckter Gang zu einer alten Kapelle. Sie stieg vom Pferd und beschattete die Augen.

Von den beiden Türmen flatterte die Fahne mit dem Familienwappen, den schwarzen Wolfsangeln auf gelbem Grund. Im Stall befanden sich welche, man könne nie wissen, hatte der Vater gesagt. Sie sattelte ab und rieb Casanova trocken, gab dem Schecken eine Handvoll Hafer und stellte ihm einen Eimer mit Wasser hin. Die Wolfsangeln lagen in der hintersten Ecke. Sie schloss die Augen und hörte die Stimme des Vaters: »Die Enden mit den Widerhaken werden mit Ködern versehen, am besten ist Aas. Man befestigt sie weit oben, der Wolf muss danach springen. Wenn er zuschnappt, bleibt er hängen.« Er hatte gelacht und auf die Kette gezeigt, die mit dem Anker am Baum festgemacht wurde. Welches Tier hatte das verdient? Und was für ein Mensch hatte sich das ausgedacht? War das ihr Vater? Und würde der Wolfshund auch nach einem Köder springen? Nachts heulte er den Mond an. Niemals hatte sie ihn bellen hören.

Sie ging auf die Terrasse und schaute ins Tal. Die Sonnenuhr warf ihren Schatten auf die Fünf. Auf der Schaukel gab sie sich den Schwingungen und Schwankungen des Lebens hin. In der Brechung der Luft halte ich Hof, murmelte sie vor sich hin. Erst nach einer ganzen Weile sprang sie ab. Es half nichts. Eine Baronesse war sie, ohne Familie. Sie warf den langen rotblonden Zopf auf den Rücken und stürmte in die Küche.

Dort saßen sie zusammen. Köchin, Magd und Kutscher. Sie stoben auseinander und gingen scheinbar einer Arbeit nach. Dabei wäre das nicht notwendig gewesen. Sie wollte nur Gesellschaft, nicht immer einsam sein.

»Baldur, du nimmst heute Abend die geschlossene Kutsche, um die Kammerzofe abzuholen. Ich rieche Regen, den die Felder dringend brauchen. Die Diligence nach Ravensburg hält außerplanmäßig in Dietenheim, darum habe ich gebeten. Du musst nicht eilen. Vor acht kann sie nicht am Fuggerhaus sein. Elsa, bereite ein leichtes Nachtessen vor. Gibt es nicht noch Hechtklößchen? Und Marie, richte die Zirbelstube. Ich bin stolz darauf, mit so wenig Personal das Schloss zu bewirtschaften. Das wollte ich euch schon lange sagen. Die neue Kammerzofe wird für uns alle eine Entlastung sein.«

Es schlug sechs, als Baldur den Hof verließ. Sie schaute der Kutsche aus dem Fenster nach. Gemächlich trotteten die beiden Pferde den Hügel hinunter. Am liebsten wäre sie mitgefahren, doch das ziemte sich nicht. Der Wolfshund blieb im Hof und heulte. Er wusste, dass sie nicht darinnen saß. Ihr fröstelte.

»Willkommen auf Schloss Brandenburg, liebe Christiane von Hehl! Alt und neu vereinen sich hier. Der Spiegel mit den Schnörkeln. Scheußlich. Doch man sieht schlanker darin aus. Dagegen das Sofa mit dem grünen Samt. Klar wie die Farbe des Waldes im Frühling.« Die Baronesse wies in die Runde. Die weitläufige Eingangshalle war zugig. »Was darf ich anbieten? Sherry? Oder Schnaps von unseren Marillen?«

»Wenn ich Sie um einen Kamillentee bitten dürfte, werte Baronesse.« Die mädchenhafte Frau neben ihr schaute zu Boden. Den Handkoffer stellte sie nicht ab, als ob sie gleich wieder abreisen wolle.

»Elsa!«, rief sie in Richtung Küche. »Brüh bitte einen Kamillentee auf.« Mit langen Schritten durchquerte sie das Esszimmer, das groß wie ein Saal war. Die schweren Teppiche und die Brokatvorhänge raubten ihr den Atem. Dieser Teil war reserviert für hohen Besuch, den sie zum Glück bislang nicht gehabt hatten. Bei der Tür am Ende der langen Tafel wandte sie sich um und ließ ihrer neuen Kammerzofe den Vortritt. »Das Lesezimmer. Was sage ich, unsere Bibliothek! Bücher sind meine zweite Leidenschaft, gleich nach dem Reiten.« Erker in den Wänden luden zum Lesen ein, und die Sitznischen an den

Fenstern waren für heiße Sommertage, wenn man ein Lüftchen brauchte. »Hier kann man zu Hause sein.«

»Baronesse, bitte verzeihen Sie. Ich bin nicht sehr gesprächig heute Abend.«

»Nicht so förmlich. Ich werde dich Christiane nennen. Wie alle hier im Schloss nur einen Vornamen haben. Wir sind eine Familie. Verzeih. Ich vergaß. Mein Beileid.« Sie drückte ihr die Hände. »Sag bitte Fanny Marika zu mir, wie die anderen hier. Nimm Platz.« Sie zeigte auf das geschwungene Sofa und ließ sich rittlings auf einem Stuhl nieder, der neben einem niedrigen Tisch mit Gläsern stand. Die Arme legte sie auf die Lehne. »Wie konnte das geschehen, mit deinem Onkel? Erzähl mir, was passiert ist. Ich wusste nicht, dass er dich begleitet. Wir kennen uns. Er wollte mich vermutlich überraschen.«

»Er hätte nicht reisen sollen. Wir hatten uns lange nicht gesehen. Er ist erst in Degerloch, das liegt auf der Höhe, am Rande der Residenz, in die Postkutsche gestiegen.«

»Du musst mir Stuttgart nicht erklären. Ich bin in Hohenheim aufgewachsen«, sagte die Baronesse.

Die Magd stellte das Häfele mit Kamillentee auf den Tisch und huschte wieder hinaus. Christiane pustete und nippte. Nach jedem Schluck hob sie den Kopf. Ihre blauen Augen standen im Kontrast zu den dunklen Haaren.

»Erzähl mir alles von eurer Reise.«

Christiane schluchzte auf. Sie sagte mit erstickter Stimme: »Verzeihen Sie, Baronesse, ein Sherry wäre doch eine vorzügliche Stärkung.«

»Einmal noch will ich dir die Anrede nachsehen. Beim dritten Mal gibt es Schläge, wenn du nicht gehorchst.« Sie schenkte ihr ein und ging zum Fenster. Ein Dreiviertelmond hing am Horizont und tauchte das Illertal in ein fahles Licht. Sie schlug ihre Bediensteten nie, bei einer kleinen Schwester wäre es anders, die musste sie erziehen. Und als Herrschaft durfte sie schlagen, mäßig, aber sie durfte.

»Verzeihen Sie, Baronesse, ich meine, Fanny Marika. Mir fehlen heute Abend die Worte. Hab Dank, dass du mich aufnimmst. Die Reise? Stuttgart hat sich gestern in Regen gehüllt, obwohl morgens der Kronprinz getauft worden war. Auf der Alb liegt Schnee wie so oft kurz vor Ostern. Mein Onkel war die ganze Woche erschöpft. Sein Bauch hat ihn gedrückt. Unmäßig von der Chocoladentorte habe er gegessen, die seine Schwester zum Geburtstag gebacken habe. Das war es nicht allein. Überarbeitet hatte er sich. Zu Tode geschafft für den König. Zu viele Ämter.« Tränen rannen ihr übers Gesicht.

Fanny Marika hielt das Glas gegen das flackernde Licht des Kronleuchters. »Der Hofmedicus hatte immer für alle ein Ohr, nur für sich selbst nicht. Es ist ein paar Jahre her, dass wir uns zuletzt begegnet sind. Bereits damals sah er blass und angegriffen aus. Es schmerzt mich, dass er sich für den König aufgeopfert hat. Nimm einen Schluck, der Sherry wird dich beruhigen. Der Herr Vater hat ihn von der letzten Reise aus England mitgebracht. Zurzeit ist er zusammen mit König Wilhelm unterwegs. Sie haben einen jungen Burschen mitgenommen. August von Weckherlin. Er trägt immer ein weißes Jabot, sogar wenn er in den Stall geht. Ich bin ihm etliche Male in Hohenheim begegnet. Er kennt sich aus mit der Rinderzucht. Auf ihm ruht Wilhelms Hoffnung. August hilft meinem Vater, auf Viehhaltung umzustellen. Wir sind erst seit einem Jahr in Brandenburg. Ich bin im Augenblick hier verantwortlich. Verzeih, ich habe dich unterbrochen. Erzähl weiter von deinem Onkel.«

»In Ulm wollte ich ihn nach Stuttgart zurückschicken, weil es ihn derart geplagt hat. Du hast recht. Er war schon länger angeschlagen. Der Kutscher hat in Dietenheim gehalten und gesagt, dass ein Wagen käme, um uns aufs Schloss Brandenburg zu bringen. Ich wusste nicht, dass Onkel Ludwig dich kennt. Jetzt ist er nicht mehr bei mir!« Sie heulte auf und schüttelte sich, konnte nicht weitersprechen.

Fanny Marika strich ihr über den Rücken.

»Wir sind aus der Kutsche gestiegen. Niemand war da. Der Wagen wird sicher gleich kommen, habe ich gedacht. Onkel Ludwig hat die Kerze in unserer Laterne angezündet. Geschwind und geschickt hat er Zunderschwamm und Feuerstein eine Flamme entlockt. Ganz der Alte war er plötzlich und hat geplaudert. Wir sind ein paar Schritte gegangen. Zum Fuggerhaus. Am Brunnen haben wir uns auf einen Stein gesetzt. Dicht nebeneinander. Wir wussten nicht, wie lange wir warten mussten. Es war kühl. Er hat unentwegt geredet und mir von früher erzählt. Das konnte er, Geschichten erzählen. Als Kind habe ich am liebsten ihm gelauscht.« Sie nahm einen Schluck Sherry und hielt sich am Glas fest. »›Alors, ma chère. Voilà. Vous êtes libre!‹, hat er gesagt. Ich wollte ihn fragen, was er damit meint. Dazu bin ich nicht mehr gekommen. Mit dem Kopf ist er plötzlich an meine Schulter gesunken. Ein neuer Schwächeanfall, dachte ich. Die Kerze in der Laterne ist erloschen. Fast wäre der Onkel in diesem Augenblick zur Seite gekippt. Gerade noch konnte ich ihn festhalten. Ich habe nach seinem Herzen getastet, aber da war nichts mehr. Hilfe wollte ich holen und konnte nicht aufstehen. Wie hätte ich ihn loslassen können? Was weiter passiert ist? Ich kann mich nicht erinnern.«

»Baldur hat dich gefunden. Er hatte bei einem Freund gewartet. Die Postkutsche ist durch den Ort gefahren und hat gehalten. Sogleich sei er aufgesprungen und zum Fuggerhaus geeilt, hat er mir erzählt. Niemand war dort. Er wollte nicht rufen und alle aufwecken. Erst nach einer Weile hat er dein Schluchzen gehört. Hör auf zu weinen. Der Hofmedicus hat nicht leiden müssen.«

»Ich weiß es wieder. Baldur hat mir Onkel Ludwigs Leib entwunden. Ich habe mich an ihn geklammert, hätte auf immer mit ihm sitzen bleiben können. Was hat er mit ihm gemacht?« Sie sprang auf und wollte davonstürzen.

Fanny Marika legte ihr eine Hand auf den Arm. »Beruhige dich. Sie haben ihn in einen Schuppen gebracht. Der Arzt schaut ihn morgen an. Er stellt das Dokument aus. Gott hab ihn selig, den Hofmedicus von Klein. Ein guter Mensch. Auch er hatte den Tod nicht in der Hand. Warte, ich zeig dir was. Vielleicht ist es dann leichter für dich.«

Flink kletterte sie die Leiter am Bücherregal hoch und griff sich einen Folianten. Sechs Jahre jünger als sie war Christiane. Sie könnte ihr wahrlich eine kleine Schwester sein und die Einsamkeit vertreiben. Es war recht mit den Bediensteten. Doch ihr Stand war zu verschieden. Christiane war ihr näher. Der Hofmedicus verband sie.

Mit dem Bildband in den Händen stieg sie freihändig wieder hinunter. Sie setzte sich neben Christiane, die abwechselnd am Kamillentee und am Sherry nippte, und legte das Buch auf den Tisch. Zielsicher fanden ihre Finger die Seite mit der farbigen Zeichnung von der nackten Frau und dem Kind im Bauch.

»An der Schwester«, sagte sie und zeigte auf die Leibesfrucht, »ist meine Mutter gestorben. Der Hofmedicus war machtlos. Einen Tag durfte ich weinen, nicht länger. Mit fünf Jahren. Dann musste ich nach dem Willen des Vaters wieder springen und lachen. Das gilt jetzt auch für dich.«

Christiane schluchzte erneut auf und schniefte.

»Keine Sorge. Der heutige Abend zählt nicht«, sie tätschelte ihr den Rücken. »Morgen darfst du weinen. Am Montag kommst du deinen Aufgaben nach. Sei mir eine Schwester, das vor allem, damit ich nicht einsam bin.« Sie wies auf die Leibesfrucht. Am Nachmittag hatte ein Storchenpaar den hohen Dachfirst bezogen. Hoffentlich war das kein Zeichen. Sie wollte nicht heiraten und ein Kind. Nicht enden wie die Mutter.

Nach einem kurzen Abendessen, das Christiane kaum anrührte, obwohl Elsas Hechtklößchen wie immer exzellent waren, brachte sie Christiane zur Zirbelstube. »Unser bestes Zimmer für dich. Holzvertäfelt. Schau, der Polstersessel und das

Sofa. Beide in orange. Die grünen Kissen hat Marie sich ausgedacht. Sie ist ein Waisenkind und lernt bei uns den Haushalt und das Leben. Hinter dem Paravent dort in der Ecke stehen ein Bett und ein Nachttisch. Alles aus Zirbelkiefer. Riechst du, wie aromatisch es duftet? Die Waschschüssel ist aus bester Emaille, und das dicke Handtuch mag dich erquicken. Und sicher gefällt dir der Spiegel. Es soll dir an nichts fehlen. Das hier ist unser Steinmarder.«

»In der Naturaliensammlung des Königs, die meinem Vater, dem Bergrat von Hehl, untersteht, gibt es auch einen. Welch entzückendes Tier habt ihr hier auf dem Schloss! Das weiße Lätzchen und die wachen Ohren.«

Fanny Marika zog die Augenbrauen hoch und wies zur Wand. »Mein Eichhörnchen. Ich habe es mit einer Schleuder vom Baum geholt. Das war in Hohenheim. Den Rehbock in der Ecke hat der Vater geschossen. Und der Bussard dort hinten, der lag letzten Herbst im Schlosshof. Tot. Bei Tieren macht mir das nichts aus.«

Christiane wandte sich ab. Ihre Schultern bebten. Zum Glück brachte Elsa den Handkoffer. Sie blieb in der Tür stehen.

»Wir Bediensteten essen zusammen in der Küche. Halb sieben Frühstück, Punkt eins Mittagessen, Nachtessen um acht. Immer nach der Herrschaft, morgens früher.«

»Christiane ist meine Gesellschafterin. Wie eine kleine Schwester speist sie mit mir. Ich esse nicht mehr allein.«

Elsa reckte ihr Kinn in die Höhe. »Fanny Marika, du weißt, was dein Vater sagen würde.«

»Schreib mir bitte das Rezept für die Hechtklößchen auf.« Sie seufzte und wandte sich wieder an Christiane. »Schlaf aus und richte dich ein. Morgen ist Sonntag, da haben alle frei. Du kannst also ausgiebig weinen. Stell die Öllampe auf den Tisch. Zünd dir eine Kerze an.« Sie zeigte auf einen einarmigen Leuchter. »Morgen darfst du trauern, Montag ... Da kommt Baldur mit deiner Reisetruhe. Sie war dir voraus, hat seit einer

Woche in Dietenheim gewartet. Der Kutscher kümmert sich, wie gesagt, weiter um von Klein. Als Hofmedicus stand dieser in den Diensten des Königs, der sicher für den Transport der Leiche aufkommen wird.«

2

Die Zimmertür fiel ins Schloss. Christiane sank aufs Sofa. Sie wollte weinen, aber konnte nicht. War weit weg von der Welt. »Leiche«, hatte die Baronesse gesagt. Onkel Ludwig. Ein Leichnam. Tot. Wie der Bussard. Sie nahm diesen von der Wand und setzte sich mit ihm aufs Sofa. Hielt ihn auf den Knien. Der Onkel hatte in ihrem Arm gelegen, seine Augen hatten sie angeschaut. »Zudrücken, du musst sie ihm schließen«, hatte eine Stimme in ihr geflüstert. »Er braucht Ruhe.« Nie wieder würde er sie öffnen. Sie hatte es nicht gekonnt, über seine Lider zu streichen, ihm das Licht zu nehmen. Er war warm gewesen. Sie hatte ihr Gesicht in seinem Umhang vergraben. Den Bussard konnte sie nicht umarmen. Er kratzte und sie ließ ihn fallen, beinahe wäre auch sie vom Sofa gerutscht. Die Kerze flackerte. Alles verschwamm vor ihren Augen. Sie hatte geweint, ohne es zu merken. Über dem Bett grinste der Marder. Das Eichhörnchen an der Wand beim Kachelofen hielt eine Nuss in den Pfoten und blinzelte ihr zu. Christiane schlang die Arme um sich. Langsam schaukelte sie vor und zurück. Sie war über eine Schwelle gegangen.

Onkel Ludwig hatte sie ihr ganzes Leben gehalten. Und jetzt war er tot, und sie hielt ihn. Solange sie lebte, blieb er bei ihr. Eine Leiche. Sie würgte. Sauer, wie die Hechtklößchen. Wenn sie die Wahrheit erzählte, gab es eine polizeiliche Ermittlung. Undenkbar. Onkel Ludwig hätte das nicht gewollt. »Ich habe mich von meiner Schwester all die Jahre füttern lassen wie die Ratten«, hatte er in der Kutsche gesagt. »Es kommt auf die Menge an. Ein Selbstversuch. Ein winziges Stück Chocoladentorte. Dieses Mal hat auch sie vom Kuchen gegessen. Da habe ich mich verführen lassen.« Onkel Ludwig hatte sich vergiftet, doch das durfte niemand wissen, und sie musste es so schnell wie möglich vergessen. Der Rehbock in der Ecke schaute sie an. Waidwund. Er hatte eine kahle Stelle von der Kugel. Sie schob den Bussard mit dem Fuß beiseite. Ein Bein war abgebrochen. Onkel Ludwigs Knochen waren unversehrt und doch war er tot. Aber was war mit seiner Schwester, die auf Schloss Brandenburg als ihre Mutter galt? Frau Bergrat Hehl. War sie gleich dem Onkel gestorben? Etwas hüpfte in ihrem Herz herum und sang: »Die Hehl ist tot, die Hehl ist tot, sie kann nicht mehr krähn, kokodi, kokoda …« Das alte Kinderlied aus ihrer Zeit bei den Pfarrersleuten, wo sie aufgewachsen war. »Die Hehl ist tot, die Hehl ist tot, sie kann nicht mehr schlag'n, koko koko kokodi, kokoda …« Sie selbst war endlich frei. Frau Bergrat Hehl konnte nicht länger über sie bestimmen. »Vous êtes libre!«, hatte Onkel Ludwig gesagt. Erst jetzt verstand sie, was er gemeint hatte.

Sie erhob sich und öffnete die Reisetruhe, die nicht sie gepackt hatte. Frau Bergrat Hehl hatte dafür gesorgt, dass diese ihr vorausgeeilt war. Mit dem Packwagen. Musste sie ihr das zugutehalten? Ihre Kleider! Sie waren nicht fort. Sie dankte Gott und nicht Frau Bergrat. Das grüne Samtkleid mit dem weißen Kragen. Sie umarmte es. Es passte zum flaschengrünen Kachelofen in der Ecke. Heiß, so heiß war er. Sie drückte die Puppe mit den gelben Haaren, setzte diese aufs Sofa, gelb zu orange mit grünen Kissen. Die Puppe sang: »Die Hehl ist tot, kokodi, kokoda …« Christiane zog das wollene, altrosafarbene Reisekleid aus. Sie wusste nicht mehr, wie die Dinge zusammengehörten.

An ihr hing nach wie vor der Geldgürtel. Sie band ihn los und legte ihn zwischen Unterwäsche und Nachtzeug in den schmalen Wandschrank unter der Schräge. Davor schichtete sie ihre Monatsbinden. Eigenhändig gesäumt. Niemand würde in ihren leiblichen Sachen wühlen. In der prall gefüllten Geldkatze war ein Vermögen, das sie hüten musste. Fünfzig Goldgulden von ihrer ersten Amme, die diese als Kostgeld erhalten und ihr geschenkt hatte. Die Silbergulden von Onkel Ludwig fielen nicht ins Gewicht und waren für sie viel mehr wert. Sie schluchzte auf. Kein Gedanke daran, schlafen zu gehen, wie es vernünftig gewesen wäre. Stattdessen tauschte sie den Steinmarder über dem Bett gegen das Eichhörnchen. Sie streichelte sein Fell. Es war nicht weich, wie es aussah, sondern fettig und borstig. Wie sie immer gewesen war. »Die Hehl ist tot, sie kann nicht mehr schlag'n, kokodi, kokoda …« Sie regelte die Öllampe nach. Vor dem Spiegel kämmte sie sich die Haare. Sah sich zu und war nicht mehr allein. »Die Hehl ist tot, koko, koko …« Ihre Stimme erhob sich. Klar und rein schwang sie sich aus dem offenen Fenster durch die Nacht. Da heulte es. Hatte es hier in der Gegend Wölfe? Ein Schatten huschte über den Hof.

Es klopfte. »Sei still! Ich will schlafen!« Baldur.

Sie hielt den Atem an. In Unterkleidern stand sie da. So konnte sie ihm unmöglich gegenübertreten. Schritte auf dem Flur. Eine Tür. Sie atmete auf und strich sich die Haare glatt. Ihre Finger flochten einen französischen Zopf. Nicht wieder singen. Zitternd drehte sie die Lampe höher und setzte sich mit einer Stickarbeit aufs Sofa. Mitten in der Nacht. Schlafen war unmöglich. Der Marder grinste. Die Ridicule schaute sie mit offenem Maul an.

»Du bist ein hinter den Hecken gefundenes Kind!«, hatte Frau Bergrat vor ein paar Wochen gesagt und sie nach Brandenburg verbannt. Ihren Namen hatte sie ihr nicht entzogen. Christiane von Hehl hieß sie auf dem Schloss. Dagegen wollte sie einstweilen nichts sagen. Sie war gleich der Baronesse von Adel. Ihr Zimmer war diesem Status angemessen. Niemand ahnte die Findelkindgeschichte. Und das Bürgerrecht, das der Bergrat ihr gekauft hatte, würde ihren Namen bezeugen. Wo war es? Sie griff in die Ridicule. Onkel Ludwig hatte ihr die Urkunde in der Kutsche gegeben. Beim Pferdewechsel in Waldenbuch. Das Märchen von der schönen Lau hatte er ihr erzählt. Sie hatte ihm gelauscht und das Papier vergessen. Ihr Fehler, den sie niemandem vorwerfen konnte. Sie faltete die Urkunde dicht neben dem Kerzenleuchter auseinander.

Jungfer Heinerjette Christiane Mayer, geboren daselbst am 11. August 1804 in Stuttgart wurde in der Bürger-Zunft aufgenommen. Dafür bezahlt Bergrat Hehl siebenundzwanzig Gulden und fünfzehn Kreuzer. 2. August 1819.

Verbrennen, in die Flamme damit. Niemand durfte im Schloss davon wissen. Sie knüllte das Papier zusammen. Was sollte sie mit dem Namen Heinerjette? Der war unmöglich. Christiane hießen viele. Das ließ sie gelten. In ihrer Schulklasse war sie eine unter sieben gewesen. Mayer? Das passte nicht zu ihr. Die Buchstaben tanzten vor ihren Augen. Die Kerze leckte gierig, es roch angebrannt.

»Halt ein!«, rief eine Stimme. Onkel Ludwig?

3

Es klopfte. Sie riss die Augen auf. Helllichter Tag! Wo war sie? Der Marder grinste. Schloss Brandenburg. Alles fiel ihr wieder ein. Onkel Ludwig! Was hatte er ihr aus seiner Tasche geben wollen? Es war seine Stimme gewesen. Sie sprang auf. Sank zurück aufs Bett. Er war tot!

Knarrend öffnete sich die Tür. Marie trat ein und wedelte mit der Hand. »Den Nachttopf kannst du im Winkel neben dem Stall ausleeren.« Sie riss das Fenster auf.

Erneut pochte es. Christiane hielt die Luft an, setzte sich auf. Was hatte sie angestellt? Elsa stand auf der Schwelle und knetete ihre kräftigen Hände. »Verzeih, ich wollte dir sagen, dass du achtsam sein sollst. Wir haben dich gleich ins Herz geschlossen. Nicht wahr, Marie? Die Baronesse sieht uns als Familie. Sie hat ja keine. Nur den Vater, der nie da ist. Also nennen wir sie Fanny Marika, bis auf Baldur, der sich standhaft weigert. Ich kenne sie von klein auf, mir fällt es leicht. Untereinander benutzen wir niemals ihren Vornamen. Die Baronesse bleibt die Herrschaft. Sie wünscht, später den Tee mit dir im roten Salon einzunehmen. An der Stirnseite des ersten Stocks. Dort in den Polstersesseln lässt es sich trefflich handarbeiten. Ich soll dir Bescheid sagen, du hast die Klingel überhört. Arbeiten müssen wir am Sonntag nicht, doch da sein. Am Ende des Gangs kannst du dich frisch machen.«

»Dort ist auch der Abtritt«, sagte Marie. »Das haben wir gestern Abend versäumt, dir zu sagen. Wir haben alle unser eigenes Reich. Baldur bewohnt manchmal das gelbe Zimmer nebenan. Aber er ist lieber in seiner Kammer beim Pferdestall.«

Wenig später schlich Christiane die Wendeltreppe hinunter. Ihre Stickarbeit trug sie in der Ridicule. Zuerst musste sie mit

Baldur reden. Sie brauchte Onkel Ludwigs Tasche. Zögernd betrat sie die Küche. Elsa nickte ihr aufmunternd zu. »Bitte, sag mir, wo ist Baldur? Ich muss ihn sprechen. Dringend!«

»Er hat frei und besucht wie jeden Sonntag Verwandte in Ulm. Er kehrt morgen in der Früh zurück. Komm frühstücken. Du bist blass. Ich hab dir ein paar getrocknete Pflaumen in den Hirsebrei geschnitten.«

Am nächsten Morgen winkte Baldur sie in die Küche. Christiane atmete auf. Die Tasche! Du brauchst einen Namen, Onkel Ludwigs Stimme. Hatte er ihr ein Anerkenntnis geben wollen? Damit wäre sie frei, auch wenn sie für den Moment keine Idee hatte, wie sie vom Schloss Brandenburg fortkommen sollte.

»Die Baronesse lässt sich zum Frühstück entschuldigen. Sie überwacht diese Woche die Aussaat des Sommergetreides und speist mit dir zu Mittag. Richte dich darauf ein.« Baldur musterte sie von der Seite und unterdrückte ein Niesen. »Die Birke im Hof, immer wenn sie blüht, erwischt es mich. Verzeih. Ich habe es deinem Onkel weich eingerichtet in seiner Kiste. Das ist dir sicher recht. Er ist auf dem Weg gen Stuttgart.«

»Oh mein Gott! Kann ich ihn nicht verabschieden? Ihn noch einmal sehen? Er wollte mir etwas Wichtiges geben. Wo ist seine Tasche?«

»Sie fährt mit. Ich habe nichts fortgenommen von ihm.«

»Kann man den Wagen nicht einholen? Spann an und gib den Pferden die Peitsche.«

Baldur schüttelte den Kopf. »Auf dem Weg zurück von Ulm habe ich in Dietenheim alles veranlasst. Darum hatte mich die Baronesse gebeten. Der Hofmedicus ist seit zwei Stunden unterwegs und seine schwarze Doktortasche fährt mit ihm. Er ist längst auf der Alb. Ein Brief eilt voraus.«

Christiane stürzte davon, ohne zu frühstücken. Im roten Salon war ihr Stickzeug. Das hatte sie gestern vergessen. Daran konnte sie sich festhalten. Nein, sie würde nicht weinen. Auch wenn alle Hoffnung auf ein Anerkenntnis, auf einen Namen, vergebens gewesen war. Nicht heulen, weder vor Schmerz noch aus lauter Enttäuschung. Was Fanny Marika mit fünf Jahren gekonnt hatte, würde sie ebenfalls zuwege bringen.

Sie fand sich in ihrem Zimmer am Tisch mit einem Schreibzeug wieder. Beinahe eingetrocknet, die Tinte. Die Feder kratzte über das Papier. Ein Brief an Onkels Ludwigs Witwe. Sie schluckte. Witwe, das passte nicht zu Tante Friederike. Es half nichts. Christiane sprach umständlich ihr Beileid aus und schwor, dass sie den Onkel bekniet habe, damit er umgehend nach Stuttgart zurückkehre. Er sei nicht zu überzeugen gewesen. Sie berichtete ausführlich, was sich zugetragen hatte. Die Tränen hielt sie zurück. Die Tinte! Sie endete mit den Worten:

Onkel Ludwig wollte mir aus seiner Tasche etwas Wichtiges geben. Leider ist er nicht mehr dazu gekommen. Zu meinem Kummer weiß ich nicht, was es sein könnte. Sie werden es jedoch sicherlich erkennen. Ich bitte Sie von Herzen, es mir aufs Schloss Brandenburg zu schicken, und danke Ihnen dafür.

Ihre untröstliche Nichte Christiane

Aus weiter Ferne hörte sie, wie Fanny Marika in scharfem Galopp in den Hof ritt. Das Pferd wieherte. Die Baronesse war seine Herrin. Und die ihre. Sie schluckte. Wie sie damit zurechtkommen würde, musste sie sehen. Schlagen würde Fanny Marika ihre Kammerzofe nicht, auch wenn sie es angedroht hatte. Nach der Gesindeordnung aber hätte sie als Herrschaft ein Recht auf Züchtigung.

Rasch schob Christiane Schreibzeug und Brief zur Seite. Da stürmte Fanny Marika in Reithosen herein.

»Du solltest nicht überall deine Sachen liegen lassen«, die Baronesse zeigte auf das Stickzeug. »Die erste Lektion für die Kammerzofe. Der kleinen Schwester will ich es nachsehen. Die Tulpen im Gras gefallen mir. Ich wünsche sie mir weit geöffnet. Für den Rock eines neuen Kleides. Du kannst die

Stickerei aufnähen. Ich zeige dir jetzt persönlich das Schloss. Das ist eine Ehre.«

Die Baronesse ging voraus, die breite Treppe hinunter. Die Ahnengalerie der Fugger, sie wies auf die Porträts. Vor dem Gemälde einer liebreizenden Frau blieb sie stehen.

»Meine selige Mutter. Wir gleichen uns wie ein Ei dem anderen, sagt der Vater. Die Haare will ich gelten lassen, die breite Sattelnase hätte ich nicht gebraucht. Die königsblaue Atlasseide steht ihr gut, nicht wahr? Ich habe es nie gewagt, mich darin zu zeigen, obwohl ich das Kleid vom Bildnis mein eigen nenne. Ich habe Angst, es zu ruinieren. Mit einem Rock bleibe ich überall hängen. Ständig schleift der Saum auf dem Boden. Einerlei ob im Stall oder im Garten. Hosen sind praktischer. Der Vater würde toben. Er darf nichts davon erfahren, dass ich mir Baldurs Reithosen ausgeliehen habe. Du verstehst? Hier auf der rechten Seite des Schlosses, das sind die Gemächer des Barons. Ein Bad in der Zinkbadewanne mit den Löwenfüßen musst du einmal nehmen.«

Christiane schüttelte den Kopf. Lieber nicht, das sagte ihr Bauch. Sie folgte Fanny Marika und klammerte sich an ihre Stickarbeit. Warum hatte sie diese mit sich genommen?

Im Erdgeschoss öffnete die Baronesse die Flügel zu einem Saal. »Der Nordtrakt«, sagte sie und blieb an der Tür stehen. Der Parkettfußboden glänzte. »Tritt nicht drauf, sonst schimpft Marie. Das kann sie, obwohl sie erst sechzehn ist. Sie schafft es nicht, täglich alles rein zu halten. Daher nutzen wir den Saal nicht, bis mein Vater zurück ist. Für Gesellschaften ist er, was bislang nicht vorgekommen ist. Es ist Maries erste Stelle. Sie ist vorzüglich entwickelt für ihr Alter und muss lernen, ihren Busen besser zu verstecken. Maria-Marie nenne ich sie, wie meine Puppe.«

Wenn die Baronesse erwartete, sie ordne sich ihr genauso unter, hatte sie sich getäuscht. Kammerherrn und Zofen waren von Adel und wurden hoch geachtet. Mehr verlangte sie nicht.

Sie war keine Puppe. Und der ihren mit den gelben Haaren fehlte ein Name.

»Das Schreibzimmer. Solange der Vater nicht da ist, herrsche ich hier. Ich wünsche, dann nicht gestört zu werden. Die Rechnungsbücher erfordern meine ganze Aufmerksamkeit. Der Baron hat den Kamin aus Marmor mit dem Wappen des Hauses derer vom Stein zu Rechtenstein bemalen lassen. Siehst du die drei gestürzten schwarzen Wolfsangeln? Wir sind ein kraftvolles Geschlecht. Komm. Die Ankleideräume liegen im ersten Stock. Wir gehen durch das kleine Treppenhaus. Es ist für die Dienstboten.« Die Baronesse öffnete die schmale Tür und zog sie mit sich. »Ich wohne im Frühlingszimmer. Es ist immer heiter und hell. Kein dunkler Gedanke hat Platz. Wie du schaue ich nach Süden ins Illertal.« Fanny Marika entriegelte eine Flügeltür, schwang ein Fenster weit auf und beugte sich hinaus. »Dort hinten, jenseits des Flusses, liegt das bayerische Hügelland. Bei klarem Wetter siehst du die Tiroler Alpen. Eine Fähre, die Bayern angehört, hält Verbindung mit unserem Ufer. Vom Seitenarm sind es nicht mehr als hundert Schritte bis Regglisweiler. Das Dorf liegt uns am nächsten. Dort war ich heute Morgen zu Pferde. Auf den Kiesbänken werde ich bald wie letztes Jahr im Sommer wieder sitzen und auf das Murmeln des Wassers lauschen, bayerisch ist es. Von jenseits der Grenze kommt niemand ohne ein Boot hinüber.«

Sie zog die Hose hoch, die ihr in der Taille zu weit und an den Schenkeln zu eng war.

»Fanny Marika, im Schloss solltest du ein Kleid anlegen. Baldur weiß sonst nicht, wohin er schauen soll. Und Pantalons sind unbequem. Ich habe es ausprobiert.«

Die Baronesse lachte. »Das wird dem Vater gefallen! Mach eine Dame aus mir. Baldur wundert sich immer, welche Beine da in seiner Hose stecken. Über die Dienstbotentreppe hast du kurze Wege. Wenn ich klingele, kannst du sogleich zur Verfügung stehen.« Es läutete zum Essen. »Hörst du? Unser kleines

Treppenhaus ist wie ein Kamin. Sieh dich vor. Ich geh mich jetzt umziehen, wie gewünscht, Mademoiselle.«

Bei Tisch gab Christiane vor, mit der Forelle beschäftigt zu sein. Sie konnte nicht reden. Der Schmerz bohrte in ihr.

Wie Onkel Ludwig früher gewesen war, würde sie ihn im Gedächtnis behalten. Nicht blass und ermattet wie in der Kutsche, sondern wie auf dem Gemälde von Hofmaler Seele, das in der Königstraße im großen Wohnzimmer hing. Ein Lächeln umspielte seine Mundwinkel. Er musterte seine jüngste Tochter auf dem Arm der Mutter. Zwölf Monate alt war Lotte auf dem Bildnis. Vierzehn Jahre her. Christiane schluchzte und zog eine Gräte aus der Forelle.

»Du bist mir keine liebenswerte Gesellschafterin!« Die Baronesse stand abrupt auf. Ihr Teller war halb voll, die Katze würde sich über die Reste freuen. »Mach dich an die Arbeit und grübel nicht. Du bist die Kammerzofe und hast zu tun, was ich dir sage. In allem. Ich reite noch mal aus. Richte meine Kleider.« Sie verschwand.

»Du musst mehr mit ihr reden«, sagte Baldur und setzte sich zu ihr. »Es ist egal, was du sagst. Hauptsache, sie hat eine Ansprache und fühlt sich nicht einsam. Dafür hat der Baron dich geholt. Für die Kleider könnte er jemanden aus Ulm kommen lassen. Was ich dir sagen wollte, es tut mir leid, was mit dem Hofmedicus passiert ist.«

»Du musst wissen, er stand mir nahe, aber er ist nicht mein wahrer Onkel. Und doch der einzige, den ich je hatte.«

»Und wie geht das?«

»Ich bin in einer Pfarrersfamilie aufgewachsen. Der Hofmedicus Ludwig von Klein hat die Kinder dort auf die Welt geholt. Mir hat er eine Spielkarte geschenkt, Herzsieben. Für sieben Geschwister. Ein Talisman, der mich beschützen würde, hat er gesagt. Seitdem war ich ihm verbunden. Ihn kenne ich länger als Frau Bergrat Hehl, die nicht meine Mutter ist.«

»Du gibst mir Rätsel auf.«

»Sie hat mich zu sich geholt, als ich acht war. Bei den Pfarrersleuten war ich nur in Pflege. Ich habe die Geschwister und zugleich Herzsieben verloren. Mit in Salzwasser eingeweichten Ruten hat sie mich geschlagen. Nach langen inneren Kämpfen habe ich sie als Mutter angenommen. Alle haben mich darin bestärkt. Auch der Hofmedicus. Er hat mir Herzsieben ein zweites Mal geschenkt, wollte mich trösten. Erst vor ein paar Wochen habe ich die Wahrheit über meine Herkunft erfahren.«

»Du heißt nicht Christiane von Hehl? Bist nicht adelig?«

»Ich bitte dich inständig, verrate mich nicht. Onkel Ludwig wollte mir aus seiner Tasche ein Anerkenntnis geben, das mir einen Stand und einen Namen verschafft hätte.«

»Ich verstehe. Danke, dass du mir vertraust. Sich die Umstände, in die man hineingestellt wurde, von der Seele zu reden, das hilft. Ich habe auch keine Eltern, bin bei Verwandten aufgewachsen, die ich jeden Sonntag in Ulm besuche.« Er sah aus dem Fenster. »Um Gottes willen, Fanny Marika bringt sich um! Verzeih! Wir sehen uns später!«

Er eilte in den Hof. Die Baronesse gab dem Schecken die Peitsche. Der bäumte sich auf. Unwillig schüttelte sie den Kopf, als Baldur ihr in die Zügel griff. Bei diesem Pferd war die Hose unumgänglich, überlegte Christiane. Sie dürfte nur nicht als solche daherkommen.

Mit langen Schritten eilte sie ins Frühlingszimmer. War es richtig gewesen, Baldur die Wahrheit zu sagen? Was war das, Wahrheit? Sie schüttelte den Kopf. Sie musste für wahr nehmen, was sie sah. Auf dem Bett herrschte ein arges Durcheinander. Die Baronesse hatte ihr die Kleider hingeworfen wie Brosamen. Fanny Marika, verbesserte sie sich. Am Saum waren die Röcke allesamt aufgescheuert. Alle Ärmel zierten herausgerissene Winkel. Wenn Frau Bergrat Hehl das sehen würde! »Die Hehl ist tot, die Hehl ist tot, sie kann nicht mehr schlag'n, koko koko kokodi, kokoda … sie liegt in der Kiste, kokodi kokoda, ist längst unter der Erde.« Ob sie angesichts des Todes ein blaugrünes Kleid trug? Bald kam sicher Nachricht vom Bergrat. Sollte er ihr leidtun?

Sie schüttelte den Kopf und nahm zwei blaugrüne Kleider der Baronesse mit nach oben in ihr Zimmer und setzte sich ans Fenster. Stuttgart verbot sie sich und saß trotzdem in der Charlottenstraße. Blaugrün verfolgte sie und war nichts anderes als eine normale Farbe. Für Fanny Marika taugte sie nicht. Christiane hielt das Kleid mit den Puffärmeln am Fenster gegen das Licht. Eine orangefarbene Litze an den Ärmeln, ein dünner Strich. Das passte zum rotblonden Haar der Baronesse. Sie stickte und ließ ihre Arbeit immer wieder sinken. Wie lieblich die Aussicht ins Illertal war. Versonnen lauschte sie den Täubchen, die auf dem Dach miteinander gurrten, sich riefen und neckten. Wie Onkel Ludwig und sie. Er hatte immer einen Scherz auf den Lippen gehabt. Seine Scharaden brachten sie stets zum Lachen. Besonders die eine über Jean Paul. »Ein Richter, der nichts zum Richten hat, nur den Wirrwarr seiner Wörter, wovon er reichlich Vorrat richtet. Die Lösung ist der wahre Name dieses Menschen.«

4

ZWEI TAGE SPÄTER stand sie im Frühlingszimmer vor dem dreiteiligen Spiegel und probierte das Kleid aus blauer Atlasseide, das die verstorbene Baronin auf dem Gemälde trug. Fanny Marika wollte es doch bei einem Theaterbesuch ausführen, zum ersten Mal. Christiane klappte die Seitenflügel des Spiegels auf und drehte sich hin und her. Der Saum war vorn kürzer. Das lag an ihrem Busen, der sich höher wölbte als bei Fanny Marika. Darauf war sie stolz. Sie trat zurück. Die Perlenkette mit der diamantenbesetzten Schließe schmiegte sich sanft an ihren Hals, bildete ein apartes Ensemble mit dem weißen Einsatz, den sie mit einer Borte eingefügt hatte. Sie begutachtete die Nahtführung. Es sah aus, als ob das Kleid nie anders gewesen wäre. Das Nähen hatte sie gelernt. Sie ließ den Rock um ihre Beine schwingen. Das Atlasblau passte besser zu ihren dunklen Haaren als zum Rotblond der Baronesse. Ob sie ihr die Robe einmal auslieh?

Was war das? Schwere Schritte. Die Tür flog auf und knallte an die Wand. Ein Mann in Reithosen und Stiefeln stürmte herein. In der Hand hielt er eine Gerte. Zischend fuhr sie durch die Luft.

»Ich verlange, meine Tochter zu sprechen! Sofort!«

»Sie überwacht das Einsäen. Ich muss den Bauern auf die Finger schauen, hat sie gesagt.«

»Dir muss man auf die Finger schauen. Was machst du?«

»Fanny Marika hatte keine Lust zur Anprobe.«

»Wie redest du von der Tochter! Sie ist die Baronesse.«

»Und ich bin die Kammerzofe. Christiane von Hehl. Sie müssen der Baron sein. Frau Bergrat Hehl, meine Mutter, hat Ihnen geschrieben.« Sie neigte den Kopf, aber nicht zu tief. »Ich kümmere mich wie gewünscht um die Garderobe Ihrer Tochter, was wahrlich nötig ist.«

»Das sehe ich. Und um ihren Schmuck. Gehört das auch dazu?« Er schlug sich mit der Reitgerte an die Wade. »Leg die Kette sofort zurück in das Schmuckschränkchen. Pass auf! Das ist edles Kirschholz. Vorsicht mit den Perlen! Sie sind von der seligen Baronin. Wie das Kleid. Gib acht!«

Mit erhobenem Kopf öffnete sie die Perlenkette und legte diese zurück auf den Samt. Sie verschloss die Türen des Schränkchens und verwahrte den Schlüssel am Busen.

»Den Schlüssel! Sofort! Ich will ihn haben!«

»Ich gebe ihn nur an Fanny Marika.«

»Das Kleid. Aus dem Kleid! Die königsblaue Atlasseide vom Gemälde, hast du es nicht bemerkt? Auch meiner Tochter steht es nicht zu, es zu tragen. Aus dem Kleid! Morgen ist der Todestag der seligen Baronin.«

»Wenn ich Sie bitten dürfte, das Zimmer zu verlassen.«

»Du stellst hier keine Ansprüche. Die Perlenkette willst du dir unter den Nagel reißen. Und was hast du mit dem Ausschnitt gemacht?«

»Fanny Marika wünscht weniger Dekolleté.«

»Sie ist die Baronesse! Ich sage es nicht noch mal! Das Kleid ist ruiniert! Der Stoff gehört da nicht hin.« Die Stimme des Barons dröhnte, die Luft zitterte.

»Wenn ich bitten darf«, sagte sie und öffnete die Flügeltür. »Warten Sie draußen, bis ich mich umgekleidet habe. Die Perlenkette ist ordentlich verwahrt, wie Sie gesehen haben.«

»Als ob ich die Dienstbotentreppe nicht kennen würde. Auf und davon. Die Art der Dienstboten. Verschwunden mit der Perlenkette. Den Schlüssel!« Er stellte sich vor die niedrige Tür und verschränkte die Arme. »Wird es bald? Und aus dem Kleid!«

Sie legte den Schlüssel aufs Bett. »Drehen Sie sich um.«

Der Baron rührte sich nicht. Er hielt die Gerte erhoben. Zitternd löste sie die Schnüre im Rücken, die sie zum Glück nicht festgezogen hatte. Die königsblaue Atlasseide fiel zu Boden. Die Peitsche zischte. Sie duckte sich. In Unterkleidern stand sie da. Mit einem Arm bedeckte sie die Brust, mit dem anderen schützte sie ihre Scham. Nackt kam sie sich vor.

»Impertinent! Wie kannst du dich vor mir ausziehen. Du weißt, wie man das macht. Das habe ich gesehen. Ein leichtes Mädchen bist du.«

Die Reitgerte zerriss die Luft. Der Baron schaute sie von oben bis unten an und kam zwei Schritte auf sie zu. Schreien wollte sie, doch was hätte es genutzt. Er blieb stehen und hob die Peitsche. Sie hielt sich die Arme vors Gesicht. Bloß stand sie da. Würde er das wagen? Die Gerte schlug zischend an den Türrahmen.

5

AUF DEM MARKT in Ulm wollten sie am nächsten Morgen Stockfisch kaufen. Würde sie mitfahren dürfen wie versprochen? Es war Gründonnerstag. Sie stand unschlüssig in der Halle. Baldur rief vom Kutschbock. Was war mit Fanny Marika? Da schlich diese von der anderen Seite über den Hof. In einem schwarzen Kleid. Das Haar hatte sie unter einem Spitzenschleier versteckt, die Augen waren rot geweint.

Christiane eilte ihr entgegen und ergriff ihre Hände. »Verzeih! Die Robe … ich wollte nicht …«

Die Baronesse wehrte ab und schob sie zur Kutsche. »Verzeih du meinem Vater.« Fanny Marika stieg ein und versenkte sich in ein Gebet. Christiane tat es ihr gleich. »Onkel Ludwig, verzeihen Sie mir«, betete sie stumm. Das Leben forderte sein Recht. Sie aber würde den Hofmedicus nicht vergessen. Nicht einmal eine Woche war es her, dass sie mit ihm von Blaubeuren durch das Neutor mit seiner Welschen Haube, wie er sagte, in Ulm eingefahren war. Sie erinnerte sich an den Turm des Münsters, der wie eine fette Henne über den Dächern thronte. Dieses Mal näherte sie sich von Süden her. Wie ein schauerlicher Klotz lag die Kirche zwischen dem Häusergewirr.

Die zweitgrößte Stadt Württembergs, hatte Onkel Ludwig gesagt. Die minderwertig gepflasterten Straßen hatten am letzten Samstag kurz vor dem Sonnenuntergang im Dämmerlicht gelegen. Sie erinnerte sich an offenes Fachwerk und plumpe Giebel und an das Guckehürle auf dem Dach eines Gasthofs. Der Schmerz über Onkel Ludwigs Tod brannte in ihr wie Feuer. Sie legte die Stirn ans kühle Fensterglas der Kutschentür und schloss für einen Moment die Augen. Die Pferde standen still. Stimmen. Fanny Marika öffnete die Tür. Ein Wortwechsel. Der Wagen ruckte an.

»An der Zollstation«, sagte die Baronesse, »haben sie es immer wichtig. Das muss man verstehen.« Sie steckte den Geldbeutel ein, dem sie ein paar Münzen entnommen hatte.

Sie fuhren über eine steinerne Brücke. »Herdbrucker Tor«, sagte Fanny Marika und zeigte auf den Rundbogen.

Baldur dirigierte den Wagen geradeaus an einem Bergle vorbei durch eine schmalere Straße bis zu einem Platz. Der Postplatz! »Onkel Ludwig, wo sind Sie?«, hallte es in ihrem Kopf. Sie stiegen aus, und wenn Fanny Marika Christiane nicht gehalten hätte, wäre sie gestolpert.

Die Baronesse hakte sich bei ihr unter, ging ein paar Schritte und zeigte zum Münster. »Daran kannst du dich immer orientieren. Der Vater hat mir aufgetragen, einiges Schriftliche im Rathaus zu regeln. Das würde mich ablenken. Besorg du an Accessoires für meine Kleider, was du als schicklich ansiehst. Hier, ein Gulden und ein paar Kreuzer. Das müsste reichen. Auf der Rückseite des Münsters, in der Kramgasse, findest du alles, was du brauchst. Und hol die Post. Wir treffen uns zum Mittagsläuten im Gasthaus Forelle. Es liegt an der Blau. Frag nach der Häuslesbruck oder dem Saumarkt.«

Christiane gab als Erstes den Brief an Onkel Ludwigs Witwe bei der Post auf. Man drückte ihr Nachrichten für Schloss Brandenburg in die Hand. Mit feuchten Fingern schaute sie die Papiere durch. Nichts für sie. Warum schrieb ihr der Bergrat nicht? War er jetzt ihr Vormund? Anders konnte es nicht sein. Sie verstaute die Briefe in der Ridicule und schüttelte den Kopf. Was ging da vor sich?

Bei den Kramläden hinter dem Münster erstand sie farbige Bänder und gehäkelte Borten für die Kleider der Baronesse. Unaufmerksam war sie und zahlte mehr als gefordert. Dem Felsen mit dem Schloss war sie für heute entkommen. Bleiben wollte sie dort nicht. Für den Moment aber musste sie sich damit abfinden. Erst brauchte sie einen Namen. Tante Friederike würde ihr sicher bald antworten und das Anerkenntnis schicken.

Sie ging zurück zum Herdbrucker Tor und lehnte sich an die steinerne Brüstung der Brücke. Flussabwärts lagen die Schopperplätze an der Schwal. Als sie zur Insel hinüberlaufen wollte, stellte sich ihr ein Soldat in den Weg.

»Wertes Fräulein, Ihren Passierschein bitte!«

»Verzeihen Sie, ich bin neu, wollte bloß schauen«, sagte sie und trat schnell zurück.

»Wenn S' nach Bayern wollen, müssen Sie sich ausweisen. Denken S' dran.« Der Soldat schaute bei drei Frauen in die Marktkörbe. »Das Huhn müssen S' verzollen. Kommen S' mit«, sagte er zu einer.

Christiane ging zum Brückengeländer. Sie sah auf den Fluss. Bis nach Wien könne man bequem auf ihm reisen, hieß es. Die Landungsstellen waren aus Stein gemauert und bildeten eine Art Bucht für die Schiffe. Die beiden Frauen mit den Marktkörben, die auf die Dritte mit dem Huhn warteten, gesellten sich zu ihr.

»Was ist in den Fässern?«, fragte sie.

»Wein«, sagte die eine, »Lederwaren und Bücher.«

»Auch Leinen und Ulmer Barchent«, ergänzte die andere.

»Das wird alles nass, wenn sie die Tonnen ins Wasser werfen«, rief Christiane.

Die Frauen lachten. »Aus solch einem Fass kann nichts

auslaufen und nicht das Geringste eindringen. Keine Sorge. Alles bleibt trocken.«

»Der Mayer drüben, hab ich gehört, der hat heute wieder Deckelschnecken für die Wiener Hofgesellschaft. Bei uns sammeln die Armen sich die Schnecken auf.« Sie schüttelte den Kopf. »Und die langen Fässer, das sind Bäume für den Englischen Garten. Sie gehen bis Ingolstadt und mit dem Fuhrwerk weiter nach München.«

»Schauen Sie, junge Frau. Da an der Seite, Uhren aus dem Schwarzwald. Und dort hinten schichten sie Spielkarten aus Württemberg ins Fass.«

Christiane hielt die Luft an. Vor ihren Augen tanzte Herzsieben. Ein Talisman, wie sie es Baldur erzählt hatte. Und mehr. Die Mutter mit dem Kind. Sieben Herzen auf dem Kopf. Wie ihr von Anfang an das Herz verkehrt im Leib geschlagen hatte. Sie hatte immer geahnt, dass es ein Geheimnis gab. Die Spielkarte stand für eine kindgerechte Erziehung. Für Onkel Ludwig. Er hatte ihr in der Kutsche auf dem Weg nach Brandenburg erzählt, was es mit Herzsieben auf sich hatte. Und mit Ecksteinsieben. Erfolg und Karriere, Aufstieg und Leistung. Die andere Seite. Beide Karten waren untrennbar miteinander verbunden. Sie war dem Kurfürsten recht gewesen für sein Experiment zur Erziehung. Er hatte mit ihr gespielt und die Methoden erprobt. Mal streng, dann kindgerecht. Im Wechsel. Ein Hin und Her. Frau Bergrat Hehl hatte sie geschlagen und es nicht ungern getan. Sie war nicht irre daran geworden. Herzsieben hatte sie stark gemacht. Wie Onkel Ludwig. Und nun fanden sich die Spielkarten in einem Fass wieder. Die alte Geschichte begann von Neuem. Immer hatten die Dinge für sie eine Bedeutung gehabt, die sich dann nicht erfüllte. Wie bei Herzsieben und Ecksteinsieben. Es hatte kein Ende. Aber darauf durfte sie sich nicht mehr einlassen und konnte ihre Vergangenheit doch nicht abschütteln. Sie nahm sie mit sich, wohin sie auch ging.

Schimpfend trat die dritte Frau zu ihnen, ohne das Huhn. »Konfisziert, weil ich den Zoll nicht zahlen wollte. Stellt euch das vor. So viel wie das ganze Huhn gekostet hat, wollten s' haben! Zwanzig Kreuzer! Die Wachen waren bloß scharf auf ein Mittagessen. Nächstes Mal binde ich es mir wieder unter dem Rock fest. Wenn man einmal ehrlich ist.«

Vom Stummelturm des Münsters schlug es Mittag. »Wie komme ich zum Gasthaus Forelle?«, rief sie den Frauen hinterher, die längst auf der bayerischen Seite waren.

»Immer an der Donau entlang«, antwortete die ohne Huhn, »bis zum Schönen Haus, das erkennen S' leicht, dann rechts über die Häuslesbruck zum Saumarkt.«

Beim letzten Ton des Mittagsläutens betrat sie das Gasthaus Forelle. Sie strich die Kleider glatt und rieb sich die Ohren.

Wie die Schweine auf dem Markt gequiekt hatten. Und wie sie selbst jetzt stank. Zu allem Überfluss war sie in einen Pferdeapfel getreten und ein riesiger schwarzer Kater hatte ihr den Rocksaum zerrissen. Damit nicht genug, um ein Haar wäre sie auch noch von einem Fuhrwerk angefahren worden.

Zum Glück ging es in der Gaststube nicht vornehm zu. Sie fiel nicht weiter auf. Fanny Marika saß an einem der niedrigen Fenster und stützte das Gesicht in die Hände. Christiane nahm neben ihr Platz und pustete eine Haarsträhne zur Seite. Kurz darauf stellte die Bedienung eine Schüssel mit Spinat in die Mitte. »Ich bring gleich Pellkartoffeln und Spiegeleier.«

»Du bist ganz erhitzt«, sagte Fanny Marika. »Erzähl mir, was du gesehen hast. Vertreib mir die Zeit und die trüben Gedanken.«

Sie berichtete, was sich auf der Herdbrücke zugetragen hatte, und schmückte es aus. Wie schön, sie brachte Fanny Marika zum Schmunzeln. »Beim nächsten Mal würde ich gerne zur Insel gehen«, sagte sie.

»Ich besorg dir einen Passierschein. Du wohnst ja auf Schloss Brandenburg. Was ich dir sagen wollte: Der Vater ist nicht, wie er sich aufgeführt hat. Nur wenn es um meine Mutter geht, wird er zum wilden Tier. Sieh es ihm nach. Er betet heute den ganzen Tag in unserer kleinen Kapelle, die habe ich dir bisher nicht gezeigt. Es sind auf den Tag zwanzig Jahre, dass meine Mama gestorben ist. Er darf trauern, mir hat er es nicht gestattet. Wie du sicher gemerkt hast, kann ich mich nicht immer daran halten.« Fanny Marika zahlte und stand auf. Sie hakte sich bei ihr unter. »Baldur wartet an der Ecke. Geh vor. Ich kaufe Fastenbrezeln. Das muss die Herrschaft machen. Für alle im Schloss, es ist Brauch.« Sie eilte davon.

»An der Poststation haben sie vergessen, dir ein Päckchen zu geben«, sagte Baldur und hielt ihr ein verschnürtes Wachstuch hin, das sich weich anfühlte. Sie konnte nicht warten und riss es auf.

6

»Ich wollte das Osterfest abwarten und niemandem zu nahe treten«, sagte der Baron am Dienstagmittag nach dem Essen.

Sie alle hatten Aufstellung nehmen müssen. Baldur stand auf der anderen Seite des Tisches, sie neben Marie und Elsa. Fanny Marika saß am unteren Kopfende, gegenüber erhob sich jetzt der Baron.

»Die Sitten, die auf dem Schloss in meiner Abwesenheit Einzug gehalten haben, kann ich nicht dulden. Die Bauern reden. Es ist sogar bis Ulm gedrungen. Die Baronesse war in ihrer Einsamkeit zu vertraulich im Umgang mit euch. Seht es ihr nach. Sie kümmert sich zukünftig um ihre Aussteuer und sonst nichts. Für die Landwirtschaft stelle ich einen Verwalter ein. Er vertritt mich.«

Der Baron nahm die Reitpeitsche und schlug damit an seine Stiefel. Mit langen Schritten durchmaß er das Esszimmer und ging zu seiner Tochter. Marie und Elsa standen mit gesenkten Köpfen da. Mit dem Stock der Gerte zeigte der Baron auf Christiane.

»Wie gewünscht habe ich den ursprünglichen Zustand beim Kleid der seligen Baronin wiederhergestellt«, sagte sie. »Ein edler Stoff, die blaue Atlasseide. Die Robe sieht wieder aus wie auf dem Gemälde. Überzeugt Euch und verzeiht, dass ich mich am Esstisch niedergelassen hatte. Fanny Marika hatte darum gebeten, dass ich mit ihr speise.«

Er legte seiner Tochter die Hände auf die Schultern. »Sie ist die Baronesse. Wenn du sie noch einmal bei den Vornamen nennst, werde ich dich züchtigen. Für eine Kammerzofe bist du zu unerfahren, ich hätte das wissen müssen. Es geht nicht, dir die Garderobe anzuvertrauen.«

»Frau Bergrat von Hehl hat es mit Euch vereinbart«, sagte sie und wandte sich an die Baronesse. »Fanny Marika, wir sind von gleichem Stand. Deine Worte letzte Woche. Und ich soll dir eine Schwester sein. Das hast du gesagt.«

»Du warst nie mehr als eine Kammerzofe. Mein Vater hat über dich zu entscheiden. Ich habe ihn nur vertreten.«

Der Baron nickte und klatschte in die Hände. »Marie, Elsa. Ihr könnt euch entfernen. Baldur, du bleibst hier. Christiane, du bist nicht von altem Adel wie wir, daher will ich dir manches nachsehen. Ich gelte als hart, bin aber gerecht. Eine freie Kleidermacherin aus Ulm wird sich künftig um die Garderobe der Baronesse kümmern. Du darfst zusehen und später die Näharbeiten ausführen. Damit kannst du zufrieden sein.«

Christiane war heiß geworden und schwieg lieber. Sicher hatte sie ein rotes Gesicht. Sie war schuld und nicht schuldig.

»Meine Tochter hat dir die Zirbelstube zugedacht und vergessen, dass sie für Gäste ist. Baldur zieht mit all seinen Sachen ins gelbe Zimmer. Du nimmst seine Kammer über dem Torturm. Der Blick geht in den Hof. So bist du nicht abgelenkt. Besinn dich auf deine Stellung als Magd.«

Sie drehte den Kopf, schaute von der Baronesse zum Baron und wieder zurück.

»Ich hatte nicht bedacht, dass unsere Gäste nur in der Zirbelstube angemessen untergebracht sind«, sagte Fanny Marika. »Als Christiane angekommen ist, war es spät am Abend. Ich bitte um Verzeihung, Herr Vater. Es sollte nicht auf Dauer sein.«

Der Baron nickte und wandte sich Christiane zu. »Als Kammerzofe bist du mein Mündel. Davonjagen kann ich dich daher nicht. Das bin ich deiner Mutter schuldig. Sie hat die Erziehung ganz in meine Hände gelegt. In Zukunft trägst du das Haar wie Marie und Elsa zu einem Knoten gebunden unter einer Haube. Der hochgesteckte französische Zopf gebührt einzig der Baronesse. Der Tod unseres allseits geschätzten Hofmedicus von Klein hat deinen Geist verwirrt. Ich verzeihe dir den Auftritt im Frühlingszimmer. Du darfst dich entfernen.«

Mit bangem Herzen eilte Christiane zur Tür. Aus dem Augenwinkel sah sie, wie der Baron ihr folgte und mit weiten Schritten die große Halle durchmaß. An der Eingangstür pfiff er den Wolfshund zu sich. Dieser kam sogleich gesprungen, legte sich aber ihr zu Füßen. Da zog er dem Hund mit der Reitgerte, die er nach wie vor in der Hand hielt, einen Streich über die Schnauze, dass dieser aufheulte.

Baldur, der hinter der Tür gewartet hatte, schob Christiane vor sich her in die Küche, bevor sie sich um Kopf und Kragen brachte. Widerwillig folgte sie ihm. Der Baron musste sich bei ihr dafür entschuldigen, wie er sie behandelt hatte. Sie war kein Hund. Nicht sie hatte sich verfehlt. Die Herrschaften drehten alles um, das kannte sie von Frau Bergrat Hehl.

Elsa und Marie saßen am langen Holztisch. Sie quetschte sich auf die Bank, und Baldur holte sich einen Stuhl.

Die Köchin schob ihr einen Teller hin. »Lass es dir schmecken. Diese Suppe löffeln wir gemeinsam aus.«

»Ich wäre lieber im Torturm geblieben«, sagte Baldur nachmittags. »Jetzt habe ich nicht nur weite Wege, sondern der Baron hat mich auch besser im Blick.«

»Wie uns alle. Kann ich am kommenden Donnerstag mit dir nach Ulm fahren? Marie hat mir vom Schießhaus auf der anderen Seite der Donau erzählt und gemeint, der Kaffee sei dort in Bayern ausgezeichnet.«

»Und günstig, da kannst du zwei nehmen oder ein Bier trinken.« Er grinste. »Du brauchst einen Passierschein. Frag im Rathaus nach Finanzkammerkanzlist Ruepprecht. Er ist mein Onkel. Marie war auch bei ihm. Ich komme aus Ulm und habe ohnehin das Recht, auf die andere Seite zu gehen.«

»Ich danke dir von Herzen. Wenn der Baron fragt, erzähl ihm, ich müsse Nähgarn und Stoff für die Garderobe der Baronesse besorgen. Deine Worte gelten bei ihm.«

Ratlos stand sie wenig später in Baldurs alter Kammer und presste ihren Reisekoffer an sich. Wie hatte sich in der kurzen Zeit so viel ansammeln können in der Zirbelstube? Sie ließ sich auf die Reisetruhe sinken und verbarg das Gesicht in den Händen. Was sollte sie tun? Der Handkoffer glitt zu Boden und schlug hart auf. Er blieb verschlossen. Sie hätte sich Baldur nicht anvertrauen dürfen. Das machte alles noch schlimmer. Sie musste weg und wollte nicht. Und wohin sollte sie gehen? Es war wie damals, als sie von Stuttgart nach Kirchberg geflohen war. Nicht einmal zehn Jahre hatte sie gezählt. Sie schüttelte den Kopf und öffnete den Handkoffer. Das Tüchlein aus dem verschnürten Wachstuch lag unter der gelben Puppe. Sie faltete es auseinander und strich mit den Fingerspitzen über die zarte Blumenstickerei. Sie hatte es am Gründonnerstag nicht als Zeichen sehen wollen. Auf Schloss Brandenburg konnte sie es sich auf Dauer nicht bequem machen, wie sie gehofft hatte. Mit einer schmalen hellblauen Spitze war das Tüchlein gesäumt. Und wie filigran dieses Blumenmuster mit den symmetrischen Ranken war, die sich am Rand entlangzogen. Ganz nach der Natur. An jeder Ecke stand eine Blumenschale wie in einem gepflegten Garten.

Wie sie damals mit Louisle in diesem ersten Sommer in der Charlottenstraße im Garten der Hehls im Regen getanzt hatte. Die Schwester hatte auf die nassen Rosenblätter gezeigt und gesagt, sie solle bei ihrer Stickerei einen Plattstich nehmen, das sähe aus wie gemalt. Und für die Blütenmitte ein Knötchenstich, dann lebten die Knospen. Wie sie angefangen hatte, neu zu leben, in diesem glücklichen Sommer vor zehn Jahren.

Die Stickerei wisperte, sie schüttelte den Kopf, wollte es nicht hören. Sie konnte nicht weggehen von allem, was sie in Brandenburg lieb gewonnen hatte, und musste doch. Das Tüchlein mit den Fischen war ein Zeichen. Tante Friederike hatte es ihr geschickt. Es war von Onkel Ludwig. Nach Bayern sollte sie gehen.

7

In einem der Kramläden beim Ulmer Münster kaufte sie Briefbögen sowie Feder und Tinte. Lohn hatte sie bisher keinen erhalten und musste daher ihre Ersparnisse anbrechen. »Geh nach Bayern«, hatte Onkel Ludwig in der Kutsche gesagt. Seine

Worte wisperten unentwegt in ihr. »Gott hab ihn selig«, murmelte sie. Es konnte nicht wahr sein, was passiert war. Vor nicht einmal zwei Wochen war er in ihren Armen gestorben. Der Schmerz nagte beständig an ihr, drohte, sie entzweizureißen. Sie wollte seinen Worten folgen und brauchte einen Pass. Egal, auf welchen Namen er ausgestellt war. Als Fräulein Mayer blieb sie zwar ein Niemand, hatte keinen Stand, aber wenn sie nur nicht mehr Hehl heißen musste. Nicht einzig über die Herdbrücke wollte sie mit dem Dokument, sondern in Bayern bleiben dürfen. Nichts würde sich finden, wie Baldur gesagt hatte, ohne Eltern, die ihr einen richtigen Namen gaben. Wie ein solcher besiegelte, welchen Wert man im Leben und in der Welt hatte. Sie musste sich trauen und ging zu Rueppracht.

»Eine imposante Urkunde, die echt aussieht mit der angesengten Ecke. Das Bürgerrecht der Stadt Stuttgart für das Fräulein Heinerjette Christiane Mayer. Und nicht billig. Mehr als die Hälfte eines Dienstbotengehalts pro Jahr. In Ulm ist es günstiger. Wir waren immer frei.« Der Finanzkammerkanzlist strich über das verknitterte Papier. »Da galoppiert das Pferd im Wappen der Stadt auf und davon. Und in der Residenz versinken unsere Finanzen wie die Donau bei Immendingen.« Rueppracht standen die Haare wie lichtes Gestrüpp nach allen Seiten vom Schädel. Er putzte seine Brille mit den kleinen runden Gläsern. »Einen Passierschein für die Donaubrücke brauchen Sie wie Marie. Und wie diese sind Sie nicht großjährig.«

»Ich hätte gerne einen richtigen Pass. Nach Bayern soll ich gehen. Das hat mein Onkel mir aufgetragen. Leider ist er plötzlich verstorben.«

Rueppracht las erneut und nahm seine Brille ab. »Für einen Pass brauche ich einen Herkunftsnachweis. Sie sind Heinerjette Christiane Mayer, wie es geschrieben steht? Die Urkunde beweist das nicht. Ich glaube Ihnen, was nicht zählt. Besorgen Sie sich eine Abschrift aus dem Taufbuch. Ich benötige die Namen ihrer Eltern. Ein Pass ist ein Dokument.«

»Ich habe Geld. Goldgulden.«

»Das habe ich nicht gehört. Als Beamter des Königreichs Württemberg. Sie müssen Ihre Herkunft belegen. Ich kann für Sie günstig eine Abschrift der Bürgerrechtsurkunde anfertigen, diese können Sie dann nach Stuttgart schicken und um das Gewünschte bitten. Ein Original darf man nie aus der Hand geben. Und da mein Neffe Sie geschickt hat, mache ich Ihnen geschwind zwei für den gleichen Preis, sagen wir, zwei Gulden und dreißig Kreuzer. Den Passierschein bekommen Sie kostenlos.«

Die Glocken vom Stummelturm des Münsters läuteten den Mittag ein, als sie wieder auf der Straße stand. In einer Stunde wartete Baldur am Gasthaus Forelle. Sie erstand für zwei Kreuzer auf dem Münsterplatz einen verschrumpelten Apfel, kaufte einen Wecken und ging zum Marktplatz hinunter. Sie wusste kaum, wohin sie die Füße setzen sollte. Wuselig war es. Schwere Körbe, die an den kräftigen Armen der Frauen hingen. Kerle, die Tauben und Hühner mit dem Kopf nach unten hängend trugen. Mit Butterballen und Schmalzfässern beladene Wagen. Neben der Hauptwache, wo alle Männer unentwegt ihren Hut lüpften, kaufte sie auf dem Garnmarkt drei Rollen farbige Nähseide und gab dafür beinahe einen ganzen Gulden hin. Falls jemand fragte, was sie in Ulm getrieben hatte, konnte sie das Garn vorzeigen. Ein Stoff mit schräg verlaufenden rotweißen Karos ließ sie nicht los. Sie gab ihr letztes Geld, das sie mit sich trug. Drei Gulden und vierzig Kreuzer. Eine Weile stand sie vor dem Fischkasten am Rathaus und sah den Karpfen zu, wie sie nach Luft schnappten. Da schlug es dreiviertel eins. Baldur wartete.

Später saß sie auf Brandenburg in ihrer Kammer über der Toreinfahrt und hing in der Luft. Sie musste fort, aber ihr Herz wollte sich nicht trennen von diesem Schloss, das ihr von

Anfang an eine Heimat gewesen war mit seinen merkwürdigen Zimmern und den Möbeln, die nicht zueinanderpassten. Genauso rasch hatte sie Elsa und Marie, vor allem Baldur und Fanny Marika ins Herz geschlossen. Es half nichts.

Bis spät in den Abend hinein schrieb sie an Gottliebin Rumetsch, die ihre erste Amme gewesen war. Marie hatte ihr die Öllampe aus der Zirbelstube gebracht, die dort niemand brauchte. Christiane sagte sich die Sätze im Kopf vor, wiederholte sie dreimal, und wenn sie ihr flüssig erschienen, brachte sie diese aufs Papier. Sie fragte nach dem werten Wohlbefinden und erzählte, wie es ihr ergangen war. Auf dem Tisch legte sie sich die Bürgerrechtsurkunde zurecht. Wie gut, dass sie die Flamme rechtzeitig ausgeblasen hatte. Eine Ecke war angesengt, zum Glück hatte das Papier nicht Feuer gefangen. Sie schrieb:

Auf Anraten des Hofmedicus soll ich nach Bayern gehen. Bitte sagen Sie das nicht weiter. Für einen Pass brauche ich eine Abschrift meines Taufeintrags. Ich wäre dankbar, wenn Sie dem Diakonus der Stiftskirche einen Besuch abstatten könnten. Dapp möge Ihnen Einsicht ins Taufbuch gewähren und eine Abschrift anfertigen. Die Kosten erstatte ich Ihnen.

Rasch schrieb sie ein paar offizielle Zeilen auf einen separaten Bogen. Schade ums Papier, doch sie musste die Amme beauftragen, sonst gab der Diakonus ihr sicher keine Auskunft. Sie wandte sich wieder dem Brief zu. Dies wäre der Moment gewesen, beiläufig nach Frau Bergrat Hehl zu fragen. Die Puppe mit den gelben Haaren sang: »Kokodi koko …« Christiane steckte sie in einen Sack neben der Truhe. Wie gut, dass die Puppe keinen Namen hatte. Wie sie selbst. Sie schüttelte den Kopf. Nach der Beerdigung von Onkel Ludwig fragte sie die Amme lieber ebenfalls nicht. Sie war sicher dort gewesen und würde ihr sowieso alles berichten. Die Toten hören nie auf zu reden, hatte sie einmal gesagt. Eine Weile saß sie da und starrte aufs Papier. Die Tinte war längst getrocknet, als sie den Brief mit besten Wünschen und einem erneuten Dank beschloss. Ihre Hand zitterte. Die Nachricht an Witwe Klein schob sie von sich. Es war zu schmerzhaft, von Onkel Ludwig zu schreiben.

Baldur brachte den Brief in der nächsten Woche in Ulm zur Post und kam mit einem Umschlag für sie zurück. Endlich! Der Bergrat. Jetzt erhielt sie Gewissheit. Weit gefehlt. Es waren ein paar Zeilen von der Witwe Klein, die ihr erneut zuvorgekommen war. Christiane ging mit dem Brief in den Garten und setzte sich auf die Bank unter dem Fliederbusch. Sie faltete das Papier auseinander. Eine Anrede fehlte.

Du denkst nur an dich, doch das war zu erwarten. Forderungen hast du keine zu stellen. Du weißt, warum du in Brandenburg bist. Eine Spur der Tränen zieht sich durch die Residenz. Was du hier angerichtet hast, dafür finde ich nicht ein Wort mehr. Lotte liegt auf Leben und Tod danieder. Ohne ihren Vater kann sie nicht sein. Daran bist du schuld. An dem ganzen Stuttgarter Elend. Ich will nie wieder von dir hören. Trösten wollte ich dich mit dem Tuch, das dermaßen geschmackvoll bestickt ist, aber nicht mal ein Dank von dir. Die Doktortasche habe ich an den Schwager gegeben. Bergrat Hehl wird die richtigen Worte finden für dein unverschämtes Verhalten. Er schreibt dir, wenn hier in Stuttgart alles überstanden ist.

Weder ein Gruß noch eine Unterschrift. Christiane ließ den Brief sinken. Was war da wieder vor sich gegangen? Sie hatte Lotte lange nicht gesehen, warum sollte sie an ihrem Zustand schuld sein? Als sie das bestickte Tüchlein erhalten hatte, war ihr Schreiben an Witwe Klein bereits unterwegs gewesen. Ein Fehler, sich nicht bei ihr zu melden und es aufzuklären. Mehr nicht. Sie schämte sich. Unverschämt war nicht sie, sondern der Brief. Es blieb ein Stachel in ihrem Gemüt hängen. Sie setzte sich im hellen Mittagslicht auf die Schaukel, die der Baronesse gehörte. Das Brett stand ein wenig schief. Das passte. Fanny Marika hatte sie nie schaukeln sehen. Umso höher schwang sich Christiane. Kurz vor der Horizontalen stoppte sie sich. »Lotte, komm zurück«, rief sie. »Deinem Vater geht es gut. Ich bin nicht schuld.« Sie holte erneut Schwung und fiel herab, als sie auf der Höhe des Horizonts war. Sie hatte den Bogen verloren. »Lotte«, flüsterte sie noch einmal. »Hörst du mich? Du hast das zweite Gesicht, wie ich. Du musst bleiben. Wir brauchen dich. Du hast das Feuer auch ohne deinen Vater.«

Einige Wochen später stellte sie erste rosarote Rosen und duftige weiße Fliederblüten auf die Anrichte in der Eingangshalle. Sie steckte zarte Gräser dazwischen und trat ein paar Schritte zurück. Wie ein Blumenstrauß einem das Herz öffnen konnte. Daran hielt sie sich fest. Sie schob die Nase zwischen die Blüten des Flieders und schloss für einen Moment die Augen. In der Wärme des Mittags roch er himmlisch süß. Ein nie gekanntes Glück breitete sich in ihrem Bauch aus. Sie seufzte. Die Worte der Witwe Klein hatte sie verbrannt. Niemand durfte das lesen. Sicher berichtete ihr der Bergrat bald von Lottes Genesung, etwas anderes konnte nicht sein.

Sie half Baldur, den Boden bei den Rosen zu lockern, entfernte wilde und vergreiste Triebe und jätete Unkraut. Die Erde schob sich unter die Fingernägel und vertrieb alle Zweifel. Sie war unschuldig und doch nicht ohne Schuld. Onkel Ludwig sähe es wohl auch so.

Ende Mai brannte frühmorgens der Himmel. Baldur holte Post aus Ulm. Er hatte sie nicht mitnehmen wollen. Es sei besser, den Baron nicht zu reizen, hatte er gesagt. Statt eines Verwalters hatte dieser einen Knecht eingestellt, der alles neugierig beäugte, was vor sich ging.

Die Nacht war bitterkalt gewesen und zum ersten Mal lag kein Nebel über dem Illertal. Sie zog die Wolljacke fester um die Schultern, als sie von den Hühnern zurückkam, den Korb mit Eiern in der Hand.

Mittags wurde es wärmer, die Sonne hatte bereits Kraft. Christiane hoffte auf Nachricht und war zugleich mutlos.

Nachmittags machte sie sich im Garten zu schaffen. Auf der Bank pikste sie sich mit den Dornen einer verblühten Rose in die Finger, um ein Gefühl in sich zu haben. Da setzte Baldur sich auf einmal neben sie und reichte ihr einen Brief. Der Flieder duftete leise. Sie drückte Baldur einen flüchtigen Kuss auf die Wange. Er war mittlerweile wie ein Bruder für sie.

Erst am Abend konnte sie das Siegel brechen. Die Kerze blakte. Christiane hielt die Luft an und atmete langsam wieder aus.

Liebstes Nanele,

ich muss dich enttäuschen. Es gibt keinen Eintrag im Taufbuch, schrieb Gottliebin Rumetsch, die sie bei ihrem Kindernamen nannte. *Ich habe das ganze Jahr 1804 durchgeblättert. Das Taufregister ist unversehrt, nichts ist herausgetrennt. Helfer Dapp war geduldig. Ich habe ihn mehrfach aufgesucht. Er hat unergründlich gelächelt. Etwas stimmt nicht. Für den Moment weiß ich aber nicht, was es sein könnte. Ich werde es herausfinden. Einstweilen schicke ich dir die Abschrift vom Bürgerrecht zurück. Sie möge dir anderweitig nützlich sein.*

Christiane ließ die Zeilen sinken. Sie konnte nicht weiterlesen, ihre Augen brannten. Sie hatte Stuttgart zurückgelassen, es half nichts. In der Vergangenheit lag ihre Zukunft verborgen. Wer waren ihre Eltern? Wie sollte sie diese finden?

Es wurde Juli, bis sie sich traute und endlich an Louisle schrieb, die Schwester aus Kirchberg, mit der sie bei den Pfarrersleuten aufgewachsen war. Sie waren fast gleich alt und galten lange als Zwillinge, weil man damals verbergen wollte, dass sie zur Pflege weggegeben worden war. Christiane fügte die Abschrift der Stuttgarter Bürgerrechtsurkunde bei und ersuchte Pfarrer Steinheil darum, ihr einen Herkunftsnachweis auszustellen.

Wie schämte sie sich, erst jetzt von sich hören zu lassen, wo sie wieder in Not geraten war.

Sie schickte Gottliebin Rumetsch einen Dank, was sie längst hätte tun sollen. Die Scham nahm kein Ende. Für den Bergrat fügte sie eine Nachricht bei und bat ihn, ihr einen kleinen Amethyst zukommen zu lassen, sie könne ein paar klare Träume gebrauchen. Auch Amalie, der Köchin der Hehls, die ihr immer zugetan gewesen war, bedachte sie mit einigen Zeilen.

»Ich bitte Sie von Herzen, leiten Sie beide Briefe weiter«, schrieb sie an Gottliebin.

Bei den Freundinnen meldete sie sich nicht. Nicht aus freien Stücken hatte sie Stuttgart verlassen und genierte sich.

Baldur brachte in der Augusthitze zum dritten Mal eine freie Kleidermacherin aus Ulm aufs Schloss. Er hatte es nicht verhindern können. Jedes Mal kam er aber mit einer anderen. Niemand würde sie auf Dauer ersetzen. Sie prägte sich die Handgriffe ein. Neunzehn war sie inzwischen. Elsa hatte zum Geburtstag einen Zwetschgenkuchen für sie gebacken, und Baldur verehrte ihr eine gelbe Rose. Sie streichelte die Blütenblätter und seufzte. Sechs Jahre noch, bis sie volljährig war. Wie sollte sie das aushalten? Freie Kleidermacherin, das könnte auch sie werden. Im Nähen war sie geschickt und hatte Zeit, sich zu vervollkommnen. Sie musste dafür nach Ulm, besser war München. Bayern lag jedoch in weiter Ferne. Der Baron wachte darüber, dass sie das Schloss nicht mehr verließ, nicht einmal für einen Einkauf in Ulm. Jeden Tag sah sie am Horizont die bayerischen Gipfel und wanderte in den Bergen der Weißwäsche herum. Oft saß sie bis spät in die Nacht beim Schein der Öllampe und stichelte.

8

Unversehens entfaltete sich der Winter und nichts hatte sich an ihrer Lage geändert. Wenn Fanny Marika in der Kapelle betete wie eine Katholische, schlich sich Christiane heimlich ins Frühlingszimmer und genoss den Blick nach Bayern, still und weiß. Wie froh aber war sie, nicht durch den Schnee unterwegs sein zu müssen. Mühsam war es, das wusste sie aus Königsfeld. Nur aus der Ferne oder der wohligen Stube schön anzusehen. Trotz alledem wünschte sie sich dort hinunter. Fort, nur fort!

Eines Nachmittags entwich sie aus ihrem Zimmer über dem Tor. Die Luft war klar. »Der Baron hält heute Mittagsschlaf und die Baronesse stickt im roten Salon«, hatte Baldur ihr im Pferdestall zugeflüstert. Drei Spatzen tschilpten auf den schneebeladenen Ästen im Garten. Der Wolfshund tobte im strahlenden Weiß umher. Ihr fraß er inzwischen aus der Hand. Sie hatte ihm im Frühjahr nach ihrer Verbannung aus der Zirbelstube zu trinken hingestellt. Später ließ er zu, dass sie ihm mit einer Salbe die Schnauze einrieb.

Am Rand des Bergvorsprungs, auf dem das Schloss stand, lehnte sie sich an eine alte Eiche und schaute hinunter ins Illertal. Von hier reichte der Blick weiter als aus dem Fenster.

Kam da nicht ein Reiter auf Brandenburg zu? Langsam ging der Gaul durch den harten Schnee. Ein Heiratsbewerber für die Baronesse? Breitschultrig war er und aufrecht hielt er sich im Sattel. Er zügelte das Pferd und klopfte ihm auf den Hals. Es war, als ob sie das kennen würde. Er nahm einen Schluck aus seiner Flasche, setzte die Mütze ab und strich die Haare zurück. August! Die gleiche Handbewegung wie vor bald drei Jahren beim Redoutenball, als er seine Maske abgenommen hatte. In der Luft hing auf einmal der Geruch nach Vanille. Er musste es sein. Ihr Herz klopfte unregelmäßig. Wie taktlos es sich wieder aufführte. Sahen sie sich hier im Schloss Brandenburg aufs Neue? Was sollte sie tun? Niemand durfte von ihm und ihr erfahren. Der Baron würde sie sofort wegen sittlicher Gefährdung seiner Tochter fortjagen und sie würde als unehrenhaftes Mädchen enden und nie wieder eine Stellung finden.

Was hatte Fanny Marika gesagt? Ihr Vater reise mit dem König und August von Weckherlin durch England? Keine Ruhe hatte sie vor ihrer Vergangenheit.

Damals war es Herbst gewesen. Ein milder Tag im Pfarrgarten. August, der in ihrer Zeit bei den Pfarrersleuten als ihr Großcousin galt, hatte sie genötigt, von den vergorenen Pflaumen zu essen. Auf einmal hatte er ihr den Rock hochgehoben. Sie trug kein Höschen. Nackt stand sie da. Warm wie im Sommer war es und ihre Kindheit plötzlich zu Ende. Acht war sie gewesen und konnte nichts dafür. Frau Bergrat Hehl hatte sie erwischt. August war ohne Strafe davongekommen. Später hatte sie sich auf dem Maskenball in ihren Tänzer verliebt. Sie war keine siebzehn gewesen und hatte nicht gewusst, dass der Großcousin sich hinter der Maske des Caesar verbarg. Entbrannt war sie für ihn, nicht für August vom Pflaumenbaum. Ein wohliges Entsetzen stieg in ihr auf. Sie schob es weg. Brachte er ihr eine Nachricht von Louisle? Sie musste mit ihm reden, heimlich. Nein, sie wollte ihn nicht wiedersehen. Gleichzeitig verzehrte sie sich nach ihm. Er hatte sich damals nicht um sie gekümmert, nachdem sie sterbenskrank geworden war, an Leib und Seele. Letztere schmerzte immer noch.

Sie eilte zurück in die Kammer über dem Torbogen und zog die Vorhänge zu.

Hufe schlugen dumpf unter ihrem Fenster auf den gefrorenen Boden. Die Geräusche im Schloss veränderten sich. Der Baron erteilte Befehle. Eine tiefe und doch weiche Männerstimme antwortete ihm, fremd und vertraut zugleich. Jetzt waren sie im Hof. Wenn sie seitlich zur Gardine hinausspähte, könnte sie feststellen, ob er es war. Sie sollte das nicht tun. Der Baron disputierte mit einem Mann vor dem Stall. Sie sah beide von hinten. War der eine August? Oder sah sie ihn, weil sie ihn sehen wollte? In diesem Augenblick drehte er sich um. Sie zuckte zurück. Die Gardine schaukelte. August! Durch den Vorhang schaute er in ihr Herz. Sie musste ihn sprechen. Sicher schlief er in der Zirbelstube. Sie schrieb eine Notiz und ging in die Küche.

»Das soll ich Baldur geben?«, fragte Elsa. »Du kennst den Besucher? Schüttele nicht den Kopf. Du hast rote Flecken im Gesicht. Nimm das Schultertuch ab und setz meine Haube auf, falls du dem Baron über den Weg läufst. Nicht dass es Ärger gibt. Komm, ich helf dir beim Binden.«

Elsa hatte recht, wie immer. Sie lauschte. Der Baron führte August durch die große Halle in Richtung Bibliothek, wo Fanny Marika ihre Lesestunde hielt. Christiane wartete, bis die schwere Tür ins Schloss fiel.

Für Baldur hatte sie notiert:

Schick den Besucher in den Stall. Erfinde etwas. Später erzähle ich dir alles. Bitte sorg dafür, dass der Baron beschäftigt ist.

Mit klopfendem Herzen schlich sie über den Hof. Sie lockte Augusts Apfelschimmel mit einer gelben Rübe und drückte sich in die Ecke, wo sie sich hinter dem Pferdeleib in Sicherheit wähnte. Lange musste sie nicht warten, bis sie Schritte hörte. Sie hielt die Luft an. Das Pferd schnaubte. Sie streichelte sein Maul. In der Tasche hatte sie eine weitere Rübe, die es wohl witterte. Im Halbdunkel erkannte sie August, der sich die Haare aus der Stirn strich.

»Ich bin hier«, rief sie kaum vernehmbar und lugte hinter dem Pferd hervor. »Bleib da drüben stehen.«

»Nanele! Ich wusste, dass du hier im Schloss Brandenburg bist. Warum hat der Baron es verschwiegen? Er hätte dich zu uns bitten können.«

»Du hast recht, aber das ist eine andere Geschichte. Bringst du mir Kunde aus der Heimat?«

»Deshalb bin ich hier. Du verstehst. Fangen wir von vorn an. Die Beerdigung des Hofmedicus war ergreifend. Friedrich Haug, der Dichter, hatte einen rührenden Nachruf verfasst.« August griff über den Pferderücken nach ihrer Hand, ließ sie aber sofort wieder los, als habe er sich verbrannt. »Die ganze Stadt war am Grab versammelt. Einzig König Wilhelm hat gefehlt. Er hat auch keine Dankesworte verlesen lassen. Die Leute haben getuschelt. Noch am Tag der Beerdigung sind von Kleins Ämter aufgeteilt worden. Die Kollegen hätten ihn gern auf dem Seziertisch gesehen, doch er hatte verfügt, seinen Leib der Wissenschaft nicht zur Verfügung zu stellen. Über die Gründe hat die Stadt eine Weile spekuliert. Inzwischen redet man nicht mehr von ihm. Dabei ist sein Tod erst acht Monate her. Man hat ihm kein Denkmal gesetzt.« Er räusperte sich. »Vom Bergrat soll ich dir Grüße sagen. Er wird sich bald bei dir melden. Es gibt viel zu regeln. Du mögest ihm verzeihen, dass er dich nicht von allem unterrichtet hat.«

Schon wollte die Puppe mit den gelben Haaren singen, obwohl sie nicht da war. Nein, sie würde August nicht fragen. Es konnte sich nicht anders zugetragen haben, als Onkel Ludwig gesagt hatte. Frau Bergrat Hehl war ebenfalls tot.

»Ich habe es schmerzlich vermisst, dass der Bergrat sich nicht gemeldet hat. Doch ich bin nicht besser. Als ob mich eine Lähmung ergriffen hätte, seit ich hier auf dem Schloss bin. Mühsam habe ich sie zeitweise überwinden können und im Sommer endlich Louisle geschrieben. Sag, hast du mir eine Nachricht von ihr mitgebracht? Sie hat nicht auf meinen Brief geantwortet. Ich werde noch verrückt hier.«

Das Pferd zwischen ihnen sorgte für einen gewissen Anstand. Sie sollte froh darüber sein und konnte es nicht.

»Louisle lässt dich grüßen. Vor einem halben Jahr hat sie den Helfer Geß in Metzingen geheiratet. Sie wohnt in eurem alten Pfarrhaus in der Helfergasse. Sie wird wohl bald ihr ersten Kind bekommen.«

»Warum hat sie mir nicht geschrieben? Verzeih. Ich bin nicht besser.«

»Nanele, du solltest wissen, Vater Steinheil ist gestorben. Gott hab ihn selig. Der Großonkel war stets gerecht zu mir. Und ich glaube, er war dir ein guter Pflegevater. Louisle hat dich vor deiner Abreise nicht mehr persönlich erreicht. Und sie wollte dir sein Ableben nicht per Brief mitteilen. Sie ist es, die mich schickt. Wie gerne bin ich dem nachgekommen.«

Über dem Pferderücken griff er wieder nach ihrer Hand. Sie klammerte sich daran. Das konnte alles nicht wahr sein.

»Der Großonkel war blind geworden. Eine Zeit lang hat er noch gepredigt, dann hat er plötzlich aufgehört zu atmen. Das hat Louisle erzählt.«

»Wie Onkel Ludwig«, flüsterte sie. Ihre Beine sackten weg. Der Vater aus Kirchberg. Tot. Sie hielt sich am Schweif, das Pferd stampfte, schlug aber nicht aus. Der Duft nach Vanille hing in der Luft.

In Augusts Armen fand sie sich wieder. Er beugte sich über sie. Da küsste sie seine Lippen. Sie liebte ihn noch immer, wenn sie ehrlich war. Wie oft hatte sie von ihm geträumt in den letzten Jahren und es sich nicht gestatten wollen. Er umfasste ihre Taille und stellte sie auf die Füße. Dabei streifte er ihren Busen. Sie seufzte.

»Ich hab nicht geahnt, dass du leidend warst nach dem Redoutenball. Erst Onkel Ferdinand hat es mir kürzlich erzählt. Wie gut, dass Mutter Steinheil diesen Bruder hat. Er hat mir die Stelle als Hofkameralverwalter besorgt. Er will dir bald schreiben, du bist ja sein Patenkind, doch wir alle sind immerzu beschäftigt mit den Wünschen des Königs. Aber du darfst dich jederzeit beim Onkel melden, das hat er mir ausdrücklich aufgetragen. Eine formidable Tänzerin bist du! Das wollte ich dir schon lange sagen.«

Er hielt sie fest, sonst wäre sie wohl wieder umgekippt. Sie wehrte sich nicht. Hatte sie es doch gewusst, tief in ihrem Herzen. Es waren die gleichen Gefühle gewesen, die sie beim Redoutenball umgetrieben hatten.

Da heulte der Wolfshund. Sie schlüpfte in den Verschlag zur Geiß. Dabei rutschte ihr Elsas Haube hinunter und fiel auf einen Pferdeapfel. Der Baron stapfte in den Stall. Sie streichelte das Euter der Ziege, um sie zu beruhigen, und schob ihr die gelbe Rübe hin. Zufrieden knabberte und kaute sie. Christiane atmete flach.

»Mein Pferd hatte sich einen Dorn eingetreten«, hörte sie August sagen. Hufe stampften. »Ich konnte ihn mit Baldurs Hilfe entfernen. Er kommt gleich zurück mit heißem Wasser. Haben Sie Alkohol zum Reinigen?«

»Marillenschnaps«, rief der Baron. »Darin können wir baden.« Seine Stimme dröhnte durch den Stall. »Baldur wird Sie versorgen. Kommen Sie nachher in den roten Salon, da nehmen wir dann einen für innen. Fanny Marika wartet schon und möchte mit Ihnen plaudern. Stutenmilch, sage ich nur! Holen Sie sich ein wenig Appetit. Wir Männer brauchen das. Aber Sie wissen ja, gegessen wird zu Hause.« Er lachte.

Christiane hielt die Luft an. Die Ziege zerbiss krachend den Rest der gelben Rübe.

Woher Baldur wusste, dass er Marillenschnaps in den Stall bringen musste, würde für immer sein Geheimnis bleiben.

Der Baron flüsterte mit August, kein Wort drang bis zu ihr. Sie leckte sich über die Lippen. Was hatte sie getan?

Recht ungelenk kroch sie eine ganze Weile später aus dem Ziegenverschlag. Der Wolfshund schleckte ihr die Finger. Sie streichelte sein dichtes Fell. Da schmiegte er seinen Kopf in ihre Hand. Tränen liefen ihr über die Wangen.

In ihrer Kammer zog sie das blaugrüne Winterkleid aus feinster Wolle aus und hängte es vor der Tür an einen Haken. Am nächsten Tag würde sie es auf der Terrasse lüften. Dort ging immer ein Wind. Sie streifte die Leibwäsche ab und warf sie aus dem Zimmer. Für einen Moment stand sie nackt da. »August«, flüsterte sie und strich sich über den Leib. »Gefalle ich dir? Wirst du dieses Mal um mich werben?« Sie fasste sich zwischen die Beine.

Später saß sie mit gefalteten Händen vor der Kerze. Sie musste die Finger im Zaum halten, damit sie ihr nicht noch einmal zu nahe kamen. »Ich herze dich, liebstes Louisle«, flüsterte sie. »Bete mit mir für unseren Vater.«

Sie hatte sich eng in den Schal der Schwester gewickelt und drehte den Silberring am Finger. Sie hatte ihn aus dem Geldgürtel geholt. Louisle hatte ihn selbst gemacht und ihr geschenkt. War sie schon schwanger? Wie war es, ein Kind im Bauch zu spüren? Da war Leben in einem, und es blieb immer dort. Auch wenn es längst geboren war. Ein Schmerz zog ihr durchs Herz. Sie wischte sich ein paar Tränen aus den Augenwinkeln und schob den Ring zurück in die Geldkatze. Sie hatte Vater Steinheil damals nicht aufgesucht, obwohl Louisle sie in einem Brief darum gebeten hatte. »Verzeihen Sie mir, liebster Vater«, flüsterte sie.

Sie blies die Kerze aus, nahm die Puppe mit den gelben Haaren und kroch mit ihr ins Bett.

Im Morgengrauen wachte sie von Hufschlägen auf. Sie verstopfte die Ohren mit dem Kissen und biss sich die Lippen blutig. Kurz darauf klopfte es an die Tür. »Du kannst zum Frühstück kommen!« Sie zuckte zusammen. Baldur! Sie lag nackt unter der Decke, trug keine Nachtwäsche. Was hatte sie mit sich gemacht? »Der Baron ist weg!« Es polterte die Treppe hinunter. Sie sprang auf. Wie kam der Fleck auf das Laken? War August bei ihr gewesen?

Elsa hatte aufgetischt. Hafergrütze mit Honig. Eier mit Speck. Getrocknete Apfelringe. Christiane begann in der falschen Reihenfolge und hielt sich nach einer Weile den Bauch.

Der Leib war satt und sie blieb hungrig. »Hast du keine Angst, dass der Baron zurückkommt?«, fragte sie Elsa.

»Ist der Hausherr einmal unterwegs, dreht er nicht um«, antwortete die Köchin. »Selbst wenn er seinen Kopf vergessen hätte. Ich kenne ihn. Wir sind frei! Vor Ostern kommt er nicht wieder.«

»Die Rindviecher und Zuchtstiere aus England stehen in Scharnhausen«, sagte Baldur. »Der Hofkameralverwalter konnte sie wegen des frühen Wintereinbruchs nicht herbringen. Der Baron hat darauf bestanden, die Tiere unbedingt selbst in Augenschein zu nehmen, und hat zur Abreise gedrängt. August von Weckherlin wollte sich von dir verabschieden. Ich war auf dem Weg, um dir Bescheid zu sagen, aber der Baron ist ohne ihn losgeritten. Da musste er ihm folgen. Das soll ich dir geben.« Er schob ihr ein Tuch über den Tisch. »›Der Adler kommt zurück‹, hat er gesagt.«

Der Stoff brannte in ihrer Hand. Sie stopfte ihn in die Rocktasche. Das gleiche Blumenmuster wie auf dem anderen Tüchlein, das hatte sie gesehen. »Wo ist die Baronesse?«, fragte sie, um von sich abzulenken.

»Kaum ist der Vater aus dem Haus, tanzt auch dieses Mäuslein auf dem Tisch.« Baldur wies zum Fenster. Fanny Marika führte ihren Schecken über den Hof.

Christiane verkroch sich in ihrer Kammer. Ihr war übel vom ungewohnt üppigen Frühstück. Was sollte sie mit dem zweiten Tüchlein anfangen? Sie legte es neben das erste, strich mit dem Finger über die Stickerei, die ihr von gleicher Hand zu sein schien. Die Mitte war unschuldig weiß. Auch dieses war mit einer schmalen hellblauen Häkelspitze gesäumt. Schnupftücher? Sie schüttelte heftig den Kopf. Keinesfalls wollte sie diese mit ihrem Rotz besudeln. Sie streichelte die Blumenranken und blieb oben links an der Blumenschale hängen. Rosen, Tulpen und Narzissen. Doch was war das? Ein Adler erhob sich aus den Blüten. Nicht größer als ihr Daumennagel. Sie schaute genauer hin. Doppelköpfig und doppelzüngig. Nein, das konnte sie August nicht nachsagen. Auf dem anderen Tüchlein sprangen zwei Fischlein Rücken an Rücken aus dem Blumenkübel. Warum bemerkte sie das erst jetzt? Sie sahen grimmig aus wie der Adler. Wie der Großcousin, wenn er die Stirn runzelte. Der Wolfshund hatte im Stall ihre Ehre gerettet. Sie strich sich über den Busen. »Der Adler kommt zurück.«

9

»Ein Rock zum Reiten, superb. Welch Idee! Ich kann Hosen tragen und man sieht es nicht.« Die Baronesse drehte sich um die eigene Achse und der Stoff schwang locker um ihre Beine. »Du bist eine wahre Künstlerin. Eine der freien Kleidermacherinnen hätte das nicht zuwege gebracht. Es sind angelernte Näherinnen, die zu den Leuten auf die Stube zum Sticheln gehen. Und manchmal zu mehr. Einen richtigen Damenschneider können wir uns nicht leisten. Nicht mal eine Schneidermamsell. Das will ich nicht verheimlichen. Warum ich dich gerufen habe, wir fahren ins städtische Theater nach Ulm.«

»Niemals! Nicht auszudenken, wenn der Baron davon erfährt. Dann trifft es wieder mich.«

»Keine Sorge. Er kommt nicht vor dem Frühjahr. Nutzen wir die Gelegenheit. Ein wenig Zerstreuung im Theater. Bei deiner Ankunft im letzten Jahr warst du begeistert von der

Aussicht, mich zu begleiten. Du darfst ein Kleid von mir ausführen. Nicht irgendeines. Die königsblaue Atlasseide von meiner seligen Mutter. Schüttele nicht den Kopf. Ich bin dir was schuldig. Ich schenke es dir. Der Reitrock lässt sich nicht mit Gold aufwiegen. Ich werde die Robe niemals tragen. Auch wenn ich das bei deiner Ankunft noch dachte. Ich helf dir beim Ankleiden. Wir tauschen die Rollen.«

»Euer Vater würde mich erschlagen.«

»Keine Sorge. Er ist nicht da. Schau mal, dein Busen kommt darin wunderbar zur Geltung, ich habe nicht so viel zu bieten. Du weißt, wie gut dir das Atlasblau steht. Es leuchtet wie deine Augen. Und vergiss nicht, wir sind Freundinnen und duzen uns.«

»Ohne männliche Begleitung!« Baldur bruddelte vor sich hin. Christiane merkte seinen Widerwillen am Tritt der Pferde, die immer so liefen, wie ein Kutscher es ihnen eingab. Das hatte er einmal gesagt. Der Nebel im Illertal hielt die Sonne fest, die fahl am Horizont verharrte. Was dachte Baldur über August? Baldur wusste alles, wie der Wolfshund.

Sie wollte mit August springen, Rücken an Rücken wie die Fischlein auf ihrem Tuch. Es steckte in der Rocktasche. Der Adler diente ihr als Busentuch und kitzelte sie. Wartete August im Theater? Würde er sie überraschen?

Als Freundin sollte sie auftreten und recht vertraut mit der Baronesse tun. Fanny Marika hatte ehrlich gesprochen. Aber konnte sie ihr trauen? Würde nicht sie selbst dabei wieder verlieren? Die Kutschenräder rumpelten und sie schaute aus dem Fenster. Die Brücke bei Dietenheim, das Wasser war gelbbraun und schwappte über die Holzbohlen. »Bald ist Schneeschmelze«, rief Baldur vom Bock.

Die Baronesse hatte das Kutschenfenster heruntergelassen und streckte den Kopf hinaus. Die Grenzschützer salutierten und wünschten gute Fahrt.

Was war Fanny Marika da in den Sinn gekommen? Ein Theaterbesuch in Ulm, als ob das um die Ecke läge. Der Nebel hatte die Sonne losgelassen. Ein Raufußbussard erhob sich aus dem Riedgras und stieß einen spitzen Schrei aus, der an eine Katze erinnerte.

Kurz vor Ulm sagte Fanny Marika: »Vergiss nicht, wir sind Freundinnen, kennen uns aus Hohenheim und aus Stuttgart. Das kannst du betonen. Auch dass wir beide in Verbindung mit dem Hofmedicus standen. Und wir zwei haben in der Residenz bei Tafinger die Bildungsanstalt besucht. Erzähl davon, wie der Professor seine runden Brillengläser putzt und die Schlieren ihm trotz seiner Mühen den Blick verstellen. Das amüsiert die Frauen und die Männer gleichermaßen. Und um Letztere geht es.«

»Es gibt ein Leben ohne sie. Das hast du immer wieder betont. Du willst keine Liebesverwirrungen und möchtest nicht heiraten. Immer hast du gesagt, Kabale und Liebe ist's besser, auf der Bühne zu lassen.«

Die Sonne stand tief, als sie das Herdbrucker Tor passierten. Wieder lenkte Baldur den Wagen geradeaus, fuhr jedoch am Postamt vorbei in eine breite Straße hinein, die sie nicht kannte.

»Die Frauengasse«, sagte Fanny Marika. »Der Name kommt von einer alten Pfarrkirche, die es nicht mehr gibt. In der Gasse sind ein paar Pfleghöfe, die inzwischen anderweitig genutzt werden. So, wie auch der Salmannsweiler Hof, der als Postamt dient. Das Gebäude dort rechts mit dem Zwerchgiebel ist das Sammlungshaus der Beginen, die Gutes tun an den Kranken und Armen.«

An einer Kapelle, die als Lagerhaus und Bierkeller genutzt wurde, bogen sie in eine Gasse ab. Sie passierten ein altes Badehaus. Christiane schüttelte den Kopf. Wo war sie wieder hingekommen? Sie durfte der Baronesse nicht vertrauen und konnte nicht anders. Baldur bremste scharf. Die Pferde schnaubten.

»Voilà!«, rief Fanny Marika. »Wir sind da!«

Das Theatergebäude lag eingeengt zwischen Wohnhäusern und war schmaler, als Christiane es sich hätte vorstellen können. Dass sich darin die Welt auf den Bühnenbrettern darbot? Sie schritten durch ein korinthisches Portal und betraten einen geräumigen Vorsaal. Das Theater war wohl viermal länger als breit und glänzend ausgestattet. Beinahe fühlte sie sich wie in Stuttgart. Ulm stand der Residenz kaum nach, wenn es auch nicht königlich war. Fanny Marika führte sie zu den Plätzen in der Loge links vorne. Ein Abonnement! Christiane ließ sich auf einem Polsterstuhl nieder und beugte sich vor. An der Brüstung flackerten Unschlittkerzen. Freundlich grüßte die Baronesse durch Rauch und Qualm nach allen Seiten. Christiane atmete flach und schaute sich um. Man musterte sie interessiert.

In der Pause sagte sie beiläufig auf dem Weg ins Vestibül zu Fanny Marika: »Wer will heute noch eine Luise Millerin sein? Ist es nicht sinnvoller, sich den Gegebenheiten anzupassen? Sag mir, welcher Mann gefällt dir? Dann kann ich ihn dir ausspannen.«

Fanny Marika gluckste. »Wie ich sehe, hast du Spaß gefunden an der Vorstellung, wenn auch die Handlung auf der Bühne kaum zu verfolgen ist. Diese Kerzen! Komm mit, ich mach dich bekannt. Da vorn, der englische Ingenieur, den hat der Vater auf die Liste der Heiratsbewerber gesetzt.«

Der Engländer lupfte seinen Hut und verbeugte sich. Ein amüsiertes Lächeln umspielte seinen Mund. Eine Locke kringelte sich über seinem Ohr. Wie warmherzig seine braunen Augen sie anschauten.

Sie nahm einen Schluck vom Zitronenwasser, das passend zum Stück für ein paar Kreuzer angeboten wurde.

»Und wenn die Limonade vergiftet ist? Wie auf der Bühne?«, fragte der Engländer. Sein Deutsch war perfekt. »Verzeihen Sie, nur ein Spaß.« Er wandte sich an Fanny Marika. »Werte Baronesse, richtet bitte Eurem Vater die besten Grüße aus. John

Rowlandson. Er wird sich erinnern. Gern stehe ich mit meiner Dampfmaschine zu seinen Diensten. Ich bin hier, um die Wassermaschinerie des Springbrunnens zu studieren. Außerplanmäßig kommt sie heute Abend zum Einsatz. Das kann ich mir nicht entgehen lassen.«

Fanny Marika nickte knapp und ließ sie beide stehen.

»Verzeihen Sie, mein Herr«, sagte Christiane, »haben Sie nicht in Stuttgart vor einigen Jahren eine solche Dampfmaschine gezeigt?« Sie trat näher an ihn heran. Er roch nach Schmieröl und Weihrauch. »Bei der Gewerbeausstellung im Alten Schloss. Das Ungetüm hat gefaucht und gezischt und weiße Wölkchen ausgestoßen.«

»Kompliment! Es gibt nicht viele Frauen, die sich daran erinnern würden. König Wilhelm hatte mich eingeladen. Bald sind es fünf Jahre. An der Dampfmaschine habe ich den Wirkungsgrad verbessert, ein Ungeheuer ist sie geblieben. Aber sind Sie nicht das Mädchen mit dem hochgesteckten französischen Zopf? Sie haben sich das Geheimfach eines Sekretärs erklären lassen. Das ist mir aufgefallen. Ein Weib, mit einem technischen Interesse. Nehmen Sie unbesorgt von der Limonade. Ich habe sie persönlich vergiftet. Für Sie. Und Sie haben da etwas verloren.«

Er reichte ihr das Tüchlein mit den Fischen, das aus ihrer Rocktasche gefallen war. Erschrocken griff sie sich an den Ausschnitt. Auch das Busentüchlein mit Augusts Adler war verrutscht. Sie schob es zurecht. Ihre Wangen glühten.

Der Engländer schmunzelte und eilte zum Theatersaal, wo sie dabei waren, die Türen zu schließen. Rasch nahm Christiane noch einen Schluck vom Zitronenwasser, sie hatte einen trockenen Mund. Es war vergiftet und mundete ihr ausgezeichnet.

Fanny Marika wartete an der Tür auf sie und zog sie zu ihren Plätzen. »Du hast einen Hang zur Übertreibung. So habe ich das nicht gemeint mit den Männern«, flüsterte sie ihr zu und kniff sie spielerisch in die Seite. Natürlich wusste Christiane, wie »Kabale und Liebe« zu Ende ging, aber dass Rowlandson das Zitronenwasser als Limonade bezeichnete, hatte sie verwirrt und gleichzeitig gefesselt wie dieser ganze Mann, den sie nie wiedersehen würde. Der Geruch nach Schmiere ging ihr nicht aus der Nase, wie bei Baldur in der Remise, wenn er die Räder der Kutsche frisch gefettet hatte. Rowlandson hatte obendrein harzig gerochen und sah ohne den Hut aus wie ein Engel mit Locken.

Auf der Bühne sprang eine bunte Truppe herum. Luise Millerin stolperte und lachte, derweil schüttete Ferdinand Gift ins Glas. Nachdem sie beide gestorben waren, brachen sie in Gelächter aus und spielten weiter. Vorbei sein musste es auch mit der Traurigkeit ihres eigenen Herzens. Es war lange genug durch die Tage gestolpert. Wilde Geigenmusik setzte ein und überdeckte alle Geräusche. Der Springbrunnen spuckte eine Fontäne aus. Die Schauspieler lachten. Wie passte das? Welch ein Theater, dieses Leben, wo ein Trauerspiel zur Komödie geriet.

Es half nichts, sie musste Brandenburg hinter sich lassen und nach Bayern gehen, wie Onkel Ludwig gesagt hatte. Die beiden Fischlein und der doppelköpfige Adler waren ein Zeichen. In ihrem Bauch knurrte es seit Tagen. Grund dafür war nicht der Hunger, sondern die nackte Angst vor der Rückkehr des Barons. Das Publikum applaudierte und sie reihte sich ein in den Sturm der Gefühle. Alle redeten durcheinander, als sie zu den Ausgängen strebten. Den Engländer entdeckte sie nicht. Gern hätte sie mit ihm zusammen gelacht.

Fanny Marika hielt sich den Bauch und kicherte. »Schiller war's nicht, den sie gespielt haben, eher die ›Preciosa‹, ohne Webers Musik, aber darauf kommt es nicht an. Nächste Woche zieht die Schauspieltruppe weiter. Die Vorstellungen waren allesamt ausverkauft, wie ich gehört habe.« Sie gluckste. »Heute Abend will ich lachen und mich herumtreiben. Wir übernachten im Gasthaus Forelle, dort hat mein Vater Kredit. Ich habe morgen etwas zu erledigen.«

Fanny Marika fasste sie an der Hand und zog sie mit sich. Sie hüpften und sprangen über Pferdeäpfel und Pfützen. Christiane ließ sich anstecken. Sie wollte alles loslassen, neu anfangen. Nur der beißende Gestank nach unreinem Wasser störte dabei. Sie hielt sich die Nase zu. Die Gasse führte geradewegs in Richtung Donau, wie sie an einem Nebelband sah.

Baldur folgte ihnen mit dem Wagen und drängte darauf, nach Brandenburg zurückzufahren, nannte die Baronesse sogar Fanny Marika, aber sie ließ sich nicht abbringen. Gar düster war es in der Stadt, die Laternen warfen mehr Schatten als Licht. Allerlei Mannsvolk rief ihnen zotige Sprüche hinterher. Wie zwei Paradiesvögel leuchteten sie in ihren Theaterkleidern, die am Saum trotz Straßenpflaster längst mit Kot bespritzt waren.

Sie nahmen in der niedrigen Gaststube der »Forelle« an einem Tisch in der Ecke ein bescheidenes Mahl ein. Brot und Butter, ein wenig gerauchte Forelle. Dazu tranken sie ein Schenkbier um vier Kreuzer. Die Männer an der Theke redeten derb, zeigten immer wieder zu ihnen herüber und lachten. Fanny Marika ließ alles anschreiben. Die Wirtin nickte und strich über ihre nicht mehr weiße Schürze. »Besser, wenn Ihr hinaufgeht. Die zweite Tür links. Sonst ist leider nichts frei.« Sie gab ihnen einen Kerzenleuchter mit.

In der Kammer ließen sie sich auf das Bett fallen, das sie sich teilen mussten. Fanny Marika kitzelte sie, nachdem sie sich gegenseitig aus den Kleidern geholfen hatten. Sie kugelten in der Unterwäsche herum. Wie Schwestern, wie die Baronesse es sich immer gewünscht hatte.

»Halt ein!«, sagte Fanny Marika plötzlich. »Ich muss dir etwas beichten. Dieser Theaterbesuch war ein Vorwand. Ich will fliehen, nach München. Im letzten Jahr bin ich volljährig geworden und kann über meinen Aufenthaltsort bestimmen. Die ganze Zeit habe ich überlegt und bin hin und her geschwankt, aber eine Heirat ist für mich ausgeschlossen. Am interessantesten von allen Bewerbern wäre der Engländer mit seiner Dampfmaschine. Doch ob der ein Weib will? Ich glaube, er sucht einen Ort, wo er das Ungeheuer aufstellen kann, und keine Frau. Auf der anderen Seite ist es eine grässliche Vorstellung, mein Leben mit dem Gebären eines Kindes zu beenden wie die Mutter. Ich gehe also nach München und brauche einen Pass, um mich dauerhaft niederlassen zu können. Morgen suchen wir Finanzkammerkanzlist Rueppprecht auf.«

Christiane hüstelte in die Armbeuge. Unerhört! München gehörte ihr! Am liebsten hätte sie mit dem Fuß aufgestampft.

Aus weiter Ferne sagte ihre Stimme: »Was willst du in München anfangen? Wer nimmt ein adeliges Fräulein, das zwar reiten, verzeih, aber kaum nähen und sticken und nicht einmal stricken kann?«

Fanny Marika rieb sich über den Nasenrücken. »Ich bin keine Kammerzofe. Ich gebe Unterricht. Die Nichte meiner verstorbenen Mutter hat drei Töchter.«

In der Früh drängte Baldur auf eine sofortige Abfahrt, aber die Baronesse suchte in aller Ruhe zunächst den Verwalter der Hospitalstiftung auf. Senator Conrad Dieterich half ihr aus seinem Privatvermögen mit einem Kredit für die Sommersaat aus. So machte Fanny Marika es ihm schmackhaft. Ihr Vater sei mit dem König unterwegs, erzählte sie ihm, deshalb sei sie leider nicht liquide.

Anschließend sprachen sie bei Finanzkammerkanzlist Rueppprecht vor. Fanny Marika plauderte und legte ihm ihr Anliegen in wohlgesetzten Worten dar.

»Ich muss eine Gelegenheit abwarten«, sagte Rueppprecht und setzte seine kleine, runde Brille ab. Er steckte die Dukaten, die ihm die Baronesse über den Tisch geschoben hatte, in sein Wams und zwinkerte Christiane zu.

Dukaten mussten es sein, Gulden reichten nicht.

10

Erst vor dem Mittagessen langten sie auf Schloss Brandenburg an, obwohl Baldur fuhr, als ob der Teufel persönlich hinter ihnen her wäre.

Der Baron erwartete sie auf der Freitreppe. In der Hand schwenkte er den Reitrock.

»Das ist meiner!«, rief Christiane.

»Spring. Du wirst verrecken wie ein Wolf an der Wolfsangel. Ich habe dieses unzüchtige Machwerk bei den Kleidern meiner Tochter gefunden. Er gehört ihr, nicht dir.«

»Christiane hat mir den Reitrock ausgeliehen!« Die Baronesse hüpfte gleich ihr in die Höhe, um ihn zu erlangen.

»Fanny Marika wollte ihn probieren. Er ist weit schicklicher für eine Frau als Reithosen. Fanny Marika, sag deinem Vater, dass ich den Stoff von meinem Geld in Ulm gekauft habe. Es ist meiner.«

»Ich kann das bestätigen«, mischte sich Baldur ein, der die Pferde nicht in den Stall geführt hatte.

»Welches Theaterstück hier aufgeführt wird, ist mir gleich. Es würde sich aber nicht schlecht auf der Bühne machen. Wozu die Kammerzofe einen Reitrock braucht, ist keine Frage. Kann sie reiten?« Er lachte verächtlich und schleuderte den Reitrock von sich. Er landete in einem Pferdeapfel. »Kabale und Liebe scheint mir harmlos gegen euer Spiel.«

»Der gute Wollstoff! Der Geruch wird ihm bleiben.«

»Das passt. Alles an dir stinkt zum Himmel. Ich habe dich und August von Weckherlin im Stall beobachtet. Ihr habt mich nicht bemerkt.« Er lachte hässlich. »In Stuttgart bin ich sogleich zu deiner Mutter geeilt und habe sie nach dem Hofkameralverwalter gefragt. Sie hat mir berichtet, dass er dir wohlbekannt ist. Es sei ihr nicht gelungen, dich zu bessern. Daher hat sie dich aus der Residenz entfernt. Ich solle ihr verzeihen, dass sie mir die wahren Gründe verschwiegen hat.«

»Es ist unmöglich, dass Ihr meine Mutter getroffen habt. Sie ist letztes Jahr gestorben. Wie der Hofmedicus, ihr Bruder. Ich bin haltlos.«

»Du willst mich der Lüge bezichtigen? Frau Bergrat Hehl hat mir genaueste Instruktionen mitgegeben, wie ich mit dir weiter zu verfahren habe. Ich sei die Herrschaft, hat sie gesagt, und dieser obliege die Erziehung stellvertretend für die Eltern. Ich bin dein Dienstherr und habe über dich zu bestimmen, solange du hier bist. Ich soll dich züchtigen, aber ich bin kein schlechter Mensch.« Er schlug mit der Reitgerte an seine Stiefel.

Die Puppe mit den gelben Haaren hatte falsch gesungen. Unsinn! Es waren ihre eigenen Worte gewesen. Das alte Kinderlied. Der Hahn ist tot. Sie hatte nicht hören wollen wie ein Kind. Die Puppe war unschuldig. Frau Bergrat Hehl war nicht tot und konnte nicht von der gleichen Chocoladentorte wie ihr Bruder gegessen haben. Onkel Ludwig war sich angesichts des Todes seiner Worte nicht sicher gewesen. Und wieder einmal hatte sie sich die Dinge zurechtgelegt, wie sie ihr genehm war. In ihr herrschte Chaos, die äußere Ordnung, an die sie sich klammerte, hatte es nicht verdrängen können. Sie war aus der Wirklichkeit gefallen. Wie aber ging es vor sich, dass Frau Bergrat lebte und der Hofmedicus gestorben war? Sie musste Onkel Ferdinand fragen. Ausgeschlossen! Niemals durfte sie zugeben, dass sie sich über Frau Bergrats Tod gefreut und dass sie gesungen hatte.

Wie war es Fanny Marika mit dem Tod ihrer Mutter ergangen? Die Baronesse drehte sich weg von ihr.

Warum hatte sich der Bergrat nicht gemeldet? Ein Schwachmaticus, wie ihn die Steinheil'schen Kinder genannt hatten. Einer, der sich immer aus der Affäre zog und seiner Frau das Feld überließ. Er hatte ihr nicht geschrieben.

Sie schlug sich auf die Finger. Nein, sie würde sich nicht verbiegen. Die Dinge waren nicht, wie sie ihr dargestellt wurden.

Fanny Marika drückte die Klinke zur Eingangstür des Schlosses hinunter. In der Luft hing ein Donnergrollen.

»Ihr bleibt hier, Baronesse. Hört, wie es ist, tief zu fallen. Elsa! Marie! Das gilt auch für euch. Baldur, führ die Pferde in den Stall und reib sie ab. Wenn sie sich nicht längst verkühlt haben. Komm zurück, sobald du fertig bist. Es wird ein schönes Trauerspiel werden. Einmal sollt ihr alle zusammen ins Theater gehen dürfen.«

Christiane zog Louisles Tuch fest um die Schultern. Kein milder Vorfrühlingstag. Sie konnte froh sein, dass sie nicht im Regen stand. Das Schultertuch beschützte sie, nichts konnte ihr geschehen. Zum Glück schien der Baron nicht zu bemerken, wessen Kleid sie da trug. Wie hatte sie sich darauf einlassen können. Fanny Marika war nicht schuld. Sie selbst musste in den Spiegel blicken und sich sehen, wie sie war. Mit Hängebacken und Grübchen am Kinn. Die Augenbrauen nicht echt. Aufgemalt. Die anderen hatten immer behauptet, sie sei hübsch anzusehen. Ihr Schulterblatt stach aus dem Rücken hervor. Durch und durch hässlich war sie. Sie ließ das Schultertuch ein wenig heruntergleiten, um das Kleid besser zu verbergen. Warum hatte sie den weiten Umhang der Baronesse abgelehnt? Störrisch war sie und wieder wurde es ihr zum Verhängnis.

Der Baron räusperte sich und sah an ihr rauf und runter. »Als ob ich das Kleid nicht bemerkt hätte. Dafür wird sich Fanny Marika später rechtfertigen. Darum geht es jetzt nicht. Warum hast du nicht gesagt, dass du August von Weckherlin gut kennst und eine Liebeständelei mit ihm hattest? Sein Brief, der vor ein paar Tagen angekommen ist, beweist es. Der Knecht hat ihn mir gegeben. Er ist der einzig Zuverlässige hier auf dem Schloss. Ihr steckt alle unter einer Decke. Nein, zu lesen bekommst du den Brief nicht. Und längst ist mir zu

Ohren gekommen, wie du dich gestern Abend im Theater an die Männer herangemacht hast.«

»Ich kenne August von Weckherlin als Großcousin aus der Zeit, als ich bei Pfarrersleuten erzogen wurde. Im Stall hat er mir erzählt, dass mein Ziehvater, Pfarrer Steinheil, gestorben ist. Er hat meine Hand gehalten, das ist wohl wahr und kann missverstanden werden. Er wollte mich nur wieder aufrichten. Mein Herz weint, weil ich erneut jemanden verloren habe. Pfarrer Steinheil war mir immer ein Vater.« Sie schluchzte. »August wollte einen Trost schicken. Gebt mir den Brief!«

»Nichts da. Im Theater hast du dich gestern amüsiert. Das passt nicht zu deiner Trauer. Und beim Redoutenball damals in Stuttgart hast du mit August in einer Weise getanzt, dass sich die Stadt bis heute das Maul zerreißt. Ich weiß alles. Unsittlich berührt hat dich der Hofkameralverwalter im Stall, wie ich von der Tür aus gesehen habe. Ihr habt mich nicht bemerkt und den Anstand zwischen euch vermissen lassen. Du bist in den Ziegenstall gekrochen. Als ob ich das nicht wüsste. Warum? Wenn es nichts zu verbergen gab? Niemals frisst eine Ziege bei Dunkelheit. Es war nicht zu überhören, wie sie an der gelben Rübe herumkaute. Ich wollte August von Weckherlin nicht düpieren. Ich brauche ihn für die Rindviecher. Gib zu, dass du ein Liebesverhältnis mit ihm hast. Schäm dich!«

»Ihr solltet Euch schämen, die Sachen Eurer Tochter zu durchwühlen! Den Reitrock habe ich genäht und ihn Fanny Marika geschenkt. Gebt mir sofort den Brief. Es steht Euch nicht zu, meine Korrespondenz zu lesen. Und niemals gebe ich etwas zu, was nicht stimmt.«

»Was erdreistest du dich? Die Herrschaft hat das Erziehungsrecht. Du bist unmündig und wirst es auf immer bleiben. Das hat deine Mutter gesagt. Dafür wird sie sorgen. Uneinsichtig bist du. Und was nimmst du dir nach wie vor heraus? Nennst du die Baronesse beim Vornamen? Ich bin der Herr hier im Schloss. Mir steht alles offen. Wegen sittlicher Gefährdung meiner Tochter entlasse ich dich hiermit. Ich rate dir, die Kündigung selbst zu verfassen. Dann kann ich dir einen anderen Dienst verschaffen. Das bin ich deiner Mutter schuldig.« Er pfiff nach dem Wolfshund und warf einen Stock. Der Hund witterte kurz und apportierte. Er wollte auf Christiane zuspringen, aber sie drehte sich rasch weg. Nicht dass der Baron das arme Tier wieder schlug.

Beim Abwasch sagte Elsa: »Der Baron ist kein schlechter Mensch. Baldur habe ich erzählt, was sich für ein Drama vor zwanzig Jahren in Hohenheim abgespielt hat. Marie kennt es besser nicht. Sie ist zu jung. Und die Baronesse darf es auf keinen Fall erfahren. Sie weiß es und erinnert nichts. Die selige Baronin hat sich damals geweigert, an der Stickrunde der Kurfürstin im Alten Schloss zu Stuttgart teilzunehmen. ›Ich will nicht sticken. Blumenmuster! Immer Blüten und Blätter! Und ich kann das bemalte Porzellan nicht mehr sehen‹, hat sie gerufen. Da hat der Baron ihr mit der Reitgerte einen Streich übergezogen. Als ob sie ein Hund sei. Kurz darauf haben die Wehen eingesetzt. Den Rest kannst du dir denken. Der Hofmedicus hat nichts mehr ausrichten können. Und nun weißt du auch, warum der Baron derart aufgebracht war, als du die königsblaue Atlasseide getragen hast. Er tut Buße wie ein Katholischer. Jeden Tag betet er in der Kapelle und kann nicht aus seiner Haut. Für die Baronesse bist du zu eigenständig. Das kann er nicht gutheißen. So wenig wie die Worte seiner seligen Frau. Seine Familie kommt aus dem schwäbischen Uradel.«

Uradel. Christiane schnaufte vor sich hin. Hochwohlgeboren. Sie verneigte sich. Das wurde daraus. Und sie? Woher kam sie? Und wohin ging sie? Nirgends. Ihr blieb nichts. Onkel Ludwig war tot. Vater Steinheil lebte nicht mehr. Sie sollte die Vergangenheit hinter sich lassen. Ihr altes Leben. Niemand hatte sich bei ihr gemeldet. Kein Wort vom Bergrat und nicht eine Zeile von Amalie. Von Onkel Ferdinand kannte Christiane es, dass er beschäftigt war, er tauchte meist unvermittelt auf, statt zu schreiben. Und Augusts Brief durfte sie nicht lesen. Sie griff sich an den Busen. Keiner konnte ihr helfen. Nicht einmal sie selbst. Warum hatte Onkel Ludwig ihr nicht erzählt, dass ihm die Baronesse und der Baron aus Hohenheim wohlbekannt waren? Hatte er sie alle überraschen wollen, wie Fanny Marika vermutet hatte? Das sähe ihm ähnlich. Und welchen Reim sollte sie sich auf die bestickten Tüchlein machen?

Sie schüttelte den Kopf und drückte sich die Nase an der Fensterscheibe ihrer Kammer platt. Eine Blumenvase, aus der die beiden Fischlein sprangen und sich dabei den Rücken zuwandten. Was wollte Onkel Ludwig ihr damit sagen? Und welche Bedeutung hatte der doppelköpfige Adler? Augusts zwei Gesichter? Kein Adler saß jetzt auf dem Sims über dem Torbogen, nur zwei Tauben gurrten und sahen ihr zu, wie sie ihre Kündigung verfasste. »Die Ausdünstungen der Iller sind meinem Gesundheitszustande nicht zuträglich.« Im Gegenteil! Nie war sie in solchem Maße gesund gewesen wie auf Schloss Brandenburg. Nicht ein Kratzen im Hals. Sie ging in die Bibliothek, wo der Baron auf sie wartete.

Er las die Kündigung beiläufig, während er am Kaffee nippte. »Wie umsichtig von dir und wohlgesetzt formuliert. Ein Jammer, dass du nicht bei uns bleiben kannst. Aber deine Gesundheit geht vor. Baldur bringt dich morgen in der Früh nach Ulm zu Dr. Wirth. Er verhilft gefallenen Mädchen auf den rechten Weg. Du darfst dich entfernen.«

»Verzeihen Sie, der Lohn von Januar und Februar. Die anderen haben ihren bereits erhalten. Zwei Gulden pro Woche bekomme ich, sechzehn insgesamt.«

»Du musst mir nichts vorrechnen. Deine Mutter hat Kostgeld gezahlt. Ich habe dir einen Obolus überlassen, damit du dich gegenüber den anderen nicht zurückgesetzt fühlst. Du hast Geld, da du den Stoff für den Reitrock erstehen konntest. Ich werde es deiner Mutter melden.«

»Verzeiht, ich hätte es wissen müssen mit dem Kostgeld. Sie hat es mir in Stuttgart mitgeteilt. ›Was du mich wieder kostest!‹, waren ihre Worte. Entschuldigt bitte die Unannehmlichkeiten.«

»Du bist ein vernünftiges Kind, wenn du willst.« Der Baron zündete sich eine Zigarre an. »Für die letzten beiden Monate erhältst du nichts. Der Winter ist teuer. Das Holz für die Befeuerung. Du hast ein neues Deckbett bekommen. Das bleibt hier. Pack deine persönlichen Sachen, aber nur diese. Es ist besser, wenn du fortkommst.« Der Baron verschwand hinter Rauchschwaden, alles löste sich auf.

11

Abends suchte sie in ihrer Kammer zusammen, was sie in dem Kasten unter dem Fenster verwahrt hatte, und legte es aufs Bett. Sie faltete die Leibwäsche. Den Reitrock würde sie dalassen. Er war ihr zu weit. Marie konnte ihn waschen. Die Baronesse würde sich freuen. Wo war denn ihr Geldgürtel? Seit dem Besuch von August hatte sie ihn nicht mehr in der Hand gehalten. Er musste hinter den Monatsbinden liegen. Das Kleid der seligen Baronin hing an einem Haken. Sie strich über die königsblaue Atlasseide. Ein Geschenk, das sie auf keinen Fall annehmen konnte. Wo steckte die Geldkatze, die sie mit ihren neuen Initialen versehen hatte? Nie mehr hatte sie den Namen Hehl tragen wollen. Es war anders gekommen. Sie sah den Geldgürtel vor sich und konnte ihn nicht entdecken.

Ein fester Leinenschlauch, der in einer Häkelarbeit aus dichten Stäbchen steckte. Den Silberring von Louisle verwahrte sie auch darin. Warum waren die Monatsbinden zerknittert? Dabei strich sie diese nach dem Waschen immer sorgfältig glatt. Schritte auf der Treppe.

Sie schob die Pads, wie sie in Königsfeld gesagt hatten, unter eine Schürze. Baldur brachte ihre Reisetruhe.

»Die Baronesse wollte nicht hören, dass ihr Vater früher zurückkommt. Dabei ist der neue Knecht da ausgesprochen zuverlässig. Über ihn hat der Baron alles erfahren, was in seiner Abwesenheit auf dem Schloss vor sich gegangen ist. Das mag seinen Zorn heute Morgen erklären. Aber er ist kein schlechter Mensch.«

»Ich habe es inzwischen zu oft gehört. Elsa hat mir alles erzählt. Ihr müsst ja leben hier. Mit einem schlechten Menschen wäre das unmöglich. Lass mich bitte allein. Mir fehlt etwas und ich weiß nicht was. Warte! Hast du die Puppe mit den gelben Haaren gesehen?«

Baldur nickte. »Im Stall. Du hast sie zur Ziege in den Verschlag geworfen. Soll ich sie holen und für dich waschen? Sie trocknet bis morgen früh am Ofen.«

»Ja, nimm dich ihrer an. Ich kann sie doch nicht entbehren. Wasch bitte auch den Reitrock.«

Kaum hatte Baldur die Tür hinter sich geschlossen, stürzten ihr die Tränen aus den Augen. Sie schluchzte auf. Nicht die Puppe fehlte, sondern der Geldgürtel. Sie hatte ihn sorgsam zwischen Leibwäsche und Nachtzeug verborgen und die Monatsbinden davor geschichtet. Kein Mann würde es je wagen, eine davon in die Hand zu nehmen, hatte sie gedacht. Sie schaute mit Tränen in den Augen ihre Habseligkeiten durch. Jemand musste die Geldkatze entwendet haben, warum sonst waren die Binden zerdrückt? Elsa oder Marie? Ausgeschlossen! Baldur? Der kam nicht infrage. Die Baronesse? Bevor sie nach Ulm gefahren waren, war der Geldgürtel noch da gewesen. Sie hatte zwei Pads mitgenommen, um sicherzugehen, dass kein Unglück passierte. Der Knecht! Seine Kammer lag nicht weit von der ihren. Sie stürzte aus der Tür, wollte bei ihm klopfen und besann sich im letzten Augenblick. Es war lächerlich, ihn zu beschuldigen, sie konnte nichts beweisen. Ihr blieb nur der Anteil des Kostgeldes, den sie in der Ridicule verwahrte. Wenig genug war es. Für den Reitrock hatte sie Stoff gekauft und den schräg verlaufenden rot-weißen Karos nicht widerstehen können. Sie war nicht mehr dazugekommen, sich daraus ein Kleid für den Sommer zu nähen. Zwanzig Gulden, sie rechnete es sich vor, und ein paar Kreuzer, die nicht ins Gewicht fielen. Sparsam war sie mit sich nicht gewesen. Kostgeld! Abhängig sollte sie sein von Frau Bergrat Hehl. Niemals! Sie würde für sich selbst sorgen. Keinesfalls würde sie zu Dr. Wirth gehen, wie der Baron es verfügt hatte. Baldur wusste sicher einen Rat. Wie gut, dass sie die beiden bestickten Tüchlein immer bei sich getragen hatte, sonst wären sie wohl ebenfalls verschwunden. Waren sie kostbar? Ihr bescheidenes Vermögen hatte ihr Sicherheit gegeben, von den Fischlein und dem Adler konnte sie sich nichts kaufen. Louisles Silberring, durchzuckte es sie. Verloren. Wie sie.

Am nächsten Morgen stand sie in der großen Halle und wartete. Das altrosafarbene Reisekleid war zu eng, sie bekam kaum Luft. Der Wollstoff war knotig geworden und hatte Fäden gezogen. Wie ihr Leben. Die Sonne fiel durch das runde Fenster auf das Gemälde der Baronin. Die blaue Atlasseide auf dem Bild leuchtete für einen Moment auf.

Da fassten Elsa und Marie sie an den Schultern und drehten sie im Kreis. Es war wie früher, wenn sie mit den Irrwischen getanzt hatte. Ihr wurde warm ums Herz. »Bei euch wäre ich gerne geblieben«, sagte sie.

Fanny Marika sprang die große Freitreppe hinunter. »Du willst doch nicht gehen ohne einen Abschied?«

»Aber Baronesse. Wie könnte ich. Zwischen uns ist kein böses Wort gefallen. Ich bin Euch zugetan.«

»Sag Fanny Marika zu mir«, flüsterte sie. »Ich bitte dich inständig darum. Ich wollte eine schwesterliche Freundin gewinnen. Wie hätte ich es sonst anstellen sollen?«

»In meinen Gedanken war es nie anders. Aussprechen möchte ich es aber lieber nicht mehr. Die Wände haben Ohren, seit der Knecht auf dem Schloss ist.«

»Ich habe ihn nach Regglisweiler geschickt um ein Scheffel Mehl. Der Vater weilt an der Iller mit seiner Angel. Verbotenerweise. Die Bayern haben dem Baron vom Stein zu Rechtenstein kein Fischrecht eingeräumt. Wir sind unter uns. Der Vater hat mir gestern Nachmittag etwas von meiner Mutter gegeben. Ein Erbe, über das allein ich verfügen darf. Schau, der Geldgürtel hier«, sie schluchzte auf, »den habe die Mutter eigenhändig genäht, hat der Vater gesagt. Wie zierlich sie ihre Initialen eingestickt hat. ›HCM‹, Helene Charlotte, eine geborene von Mandelslohe. Der Geldgürtel ist prall gefüllt mit Goldgulden. Silbergulden sind auch dabei, hat der Vater gesagt. Für mich von meiner Mama.« Die Baronesse fiel ihr um den Hals.

Das war nicht gespielt, sondern kam von Herzen. Christiane konnte nicht beweisen, dass es ihre Geldkatze war. Hatte der Baron ihre Sachen durchsucht? Und die seiner eigenen Tochter? Sonst hätte er den Reitrock nicht gestern früh bei ihrer Ankunft in den Händen gehalten. Fanny Marika stand dicht neben ihr und drehte den Geldgürtel hin und her. Ihre Finger suchten den Eingang.

»Du musst hier vorne am Bändchen ziehen.« Christiane biss sich auf die Lippen.

»Du hast einen scharfen Blick. Danke.« Sie reichte ihr zwei Münzen. »Du wirst sie brauchen.«

Sie blieb die Baronesse Fanny Marika vom Stein zu Rechtenstein. Christiane trat ein wenig zurück. Die Geldstücke brannten in ihrer Hand. Die Initialen »HCM« gehörten zu ihrem Namen, den in Brandenburg niemand kannte: Heinerjette Christiane Mayer. Das Bürgerrecht bezeugte ihn. Sie hatte einen Beweis, den sie nicht anführen konnte, ohne die Findelkindgeschichte preiszugeben. Tief atmete sie ein und aus, wie Mutter Steinheil es ihr geraten hatte, wenn das Tier in ihrem Bauch knurrte. Lange her, aber die Mäuse nagten weiter an ihren Wurzeln, die keine Erde fanden. Sie presste die Hände auf den Leib und hielt sich fest.

»Es freut mich, dass du ein Erbe von deiner Mutter hast«, sagte ihre Stimme. »Wir müssen aufbrechen. Euren Vater will ich nicht treffen.«

Fanny Marika nickte und schluchzte unentwegt. Elsa nahm die Baronesse wie eine Mutter beiseite. Nichts brauchte sie mehr, auch wenn sie längst großjährig war.

Marie geleitete Christiane auf den Schlosshof und redete beruhigend auf sie ein, als ob sie die Ältere sei. Ihre Worte drangen nicht zu ihr. Die Sonne schaffte es heute nicht durch die Wolken.

Zu Baldur auf den Kutschbock. Ein letztes Mal. In ihrem Herzen zog es schmerzhaft. Sie vermisste ihn, obwohl er neben ihr saß. Der Wagen zuckelte den Berg hinunter. Sie drehte sich nicht um. Schloss Brandenburg war ihr wider Willen eine Heimat geworden. In die Zinkbadewanne des Barons hatte sie sich nie gewagt. Das wäre ihr übel bekommen. Fanny Marika hatte sie gedrängt und bekniet, aber der Hausherr war immer dann zurückgekehrt, wenn sie es wagen wollte. Ein Glück, das keines war. Die Sonne hing als milchige Scheibe tief am Horizont. Im kahlen Auwald wallte der Nebel, der sie kurz darauf verschluckte. Die Schemen griffen nach ihr. Die Irrwische! Sie tanzten und verbeugten sich, wirbelten sie umher. Eiskalt war es ihr und zugleich heiß im Bauch. Sie war nahezu mittellos, rieb sich die Augen, bis sie Sterne sah und rückte ein wenig zu Baldur hinüber, der die Pferde nach links lenkte.

»Wir nehmen den oberen Karrenweg auf der württembergischen Seite der Iller«, sagte er. »Die Brücke bei Dietenheim ist unpassierbar. Das Schmelzwasser. Heute kommt es nicht darauf an, dass wir den Weg rasch hinter uns bringen, wie es die Baronesse immer verlangt. Die Pferde lieben diese Strecke, wo es langsamer vorwärtsgeht. Mir ist es heute auch sehr recht.« Er griff in seine Rocktasche. »Wenn der Baron meint, sich die Post seiner Bediensteten aneignen zu dürfen, kann ich das nicht gutheißen. Es mag mich meinen Dienst kosten, aber der Brief des Hofkameralverwalters steht dir zu.«

Kurz berührten sich ihre Finger, als er ihr das Papier in die Hand legte. Es war wie ein Schlag. Sie hatte Baldurs Gefühle längst bemerkt und sie nicht sehen wollen. Ein wenig hatte sie gespielt mit ihm. Das musste sie bei sich zugeben. Vor ihm konnte sie Augusts Zeilen nicht lesen. Schwarze Zweige verdeckten den blassen Himmel. Und sie war auf alle Zeiten verloren. Ohne Geld konnte sie nicht bestehen in der Welt. Ein Rad krachte in ein Loch. Baldur zuckte zusammen, er war aufgewühlt wie sie und zog die Kappe tief in die Stirn, wohl um nichts weiter sagen zu müssen.

Sie verstaute den Brief in ihrer Ridicule, die schwer wog wie ihre Angst vor der Zukunft. Wie sollte sie ohne den Geldgürtel bis nach Bayern kommen? München schwebte in ihrem Kopf. Unerreichbar. Sie war bestohlen und doppelt hintergangen worden. Schon als der Baron den Reitrock durch die Luft geschwenkt hatte, war es durch ihre Gedanken gezuckt, was er gesucht haben mochte.

Marie hatte es ihr beim Abschied zugeflüstert: »Der Baron war seit der Rückkehr ganz verwirrt. Er hat immerfort gemurmelt, er müsse die Spielkarten finden. Ich bin froh, wenn ich bald in einen anderen Dienst treten kann. Du bist zu beneiden.« Marie hatte sie umarmt. Sie war wie eine kleine Schwester für sie geworden.

Auf der Suche nach Herzsieben und Ecksteinsieben hatte der Baron also ihre Sachen durchwühlt. Frau Bergrat Hehl hatte ihm den Auftrag erteilt. Anders konnte es nicht sein. Welch üble Intrige verfolgte sie jetzt wieder? Und womit hatte sie ihn derart in der Hand, dass er verwirrt gewesen war, wie Marie gesagt hatte? Weshalb begehrte diese Frau erneut die Spielkarten? Ihr Bruder war tot, sie aber lebte. Wie hatte sie das angestellt?

Christianes Kopf quoll über und war leer zugleich. Sie holte tief Luft. Vor sieben Jahren war König Friedrich nach einer Erkältung gestorben. Sein Tod beendete das Experiment. Das wusste sie heute. Sie ballte die Hände. Zwölf zählte sie damals. Das ganze köstliche Jugendalter lag vor ihr. Es war ihr nicht vergönnt. Frau Bergrat Hehl wollte die Erziehung wie bisher fortführen. Onkel Ludwig handelte mit ihr aus, dass sie das Kind abwechselnd erzogen. Und erst wenn einer beide Spielkarten erlangte, durfte er allein verfügen. Sie hatte ihm geholfen, die sieben Herzen von seiner Schwester zu erringen. Darauf war sie stolz, was nichts nützte. Sie saß hier bei Baldur auf dem Kutschbock und musste Brandenburg verlassen. Wenn es diesmal auch anders war als beim Tod König Friedrichs. »Das Experiment ist zu Ende, weil endlich ein Kronprinz geboren wurde. Du bist aus dem Erziehungsbann entlassen.« Onkel Ludwigs Worte in der Kutsche. Trotzdem war sie nicht frei, konnte ohne Geld und Pass nicht bis Bayern reisen.

Hatte der Baron sich bei seiner Suche ihren Geldgürtel angeeignet? Sie konnte das kaum glauben, aber es war nicht von der Hand zu weisen. Adelig war er und ärmer, als man vermuten konnte. Fanny Marika hatte sich in Ulm Geld leihen müssen. Und deshalb brauchte der Baron auch den Hofkameralverwalter, damit der König ihm gewogen blieb. Augusts Brief lag in ihrer Tasche und musste warten. Sie schüttelte den Kopf. Die Pferde schnaubten und spielten mit den Ohren.

Baldur setzte seine Kappe ab und strich sich die Locken aus der Stirn. Ein Sonnenfleck tanzte zwischen den dünnen Birkenstämmen. Waren das nicht erste Buschwindröschen, die im alten Laub weiß hervorblitzten? Und da! Blaue Franzosen leuchteten aus dem kahlen Niederholz. »Lungenkraut« hatte Mutter Johanna sie genannt. Christiane wandte sich nach rechts zur Iller hin, wo ein Reiher aufflog und davonsegelte. An einer alten Weide streiften sie erste Kätzchen.

Baldur nieste und holte ein Schnupftuch hervor. »Es ist zu früh im Jahr, aber es geht schon los. Weiden und Haselsträucher. Bald quälen mich wieder die Birken. Das Frühjahr ist immer schlimm. Wie grausam, dass ich jetzt auch noch dich verliere. Was soll ich tun ohne deinen Duft nach frischer Minze?«

Sie seufzte tief auf. »Der Baron hätte mich ohnehin fortgejagt. Zu diesem Dr. Wirth aber gehe ich nicht. Sag mir, wie kann ich meinen Unterhalt verdienen? Wer braucht eine Kammerzofe? Ohne Papiere? Du weißt Bescheid in Ulm. Rate mir.«

»Geh zu Finanzkammerkanzlist Ruepprecht, er führt ein glanzvolles Haus. Ich habe mir gedacht, dass du nicht zu Dr. Wirth willst, und alles abgemacht. Meine Tante sucht eine Kammerzofe, wie der Onkel erzählt hat. Dokumente wird sie keine sehen wollen. Du bist von mir empfohlen. Versuch, mit ihr zurechtzukommen, sie ist eigen. Du bist geschickt darin, dich einzufinden. Sei froh, dass du wegkommst. Für mich ist es unmöglich. Wer es mit fünfunddreißig nicht geschafft hat, eine Familie zu gründen, muss ledig bleiben. Dich hätte ich gern bei mir behalten. Doch der Baron wäre dagegen gewesen. Und wo sollten wir wohnen, wenn nicht auf Schloss Brandenburg. Still. Du hast es bemerkt, dass ich dir zugetan bin. Aber dein Herz ist nicht frei. Sag nichts. Der Hofkameralverwalter. Dein Blick, als er am nächsten Morgen weg war. Sei achtsam mit dir. Das Haus Ruepprecht hat beim Dienstpersonal keinen guten Ruf, was dir zupasskommt ohne Papiere. Halt dich an den Hausherrn. Ich stelle deine Reisetruhe bei ihm im Rathaus unter. In einem Kellergewölbe ist Platz für alles, was seinen Platz nicht gefunden hat. Sag Bescheid, wenn du sie brauchst, dann bringe ich sie dir. So viele Worte habe ich mein Lebtag nicht gemacht. Da kannst du sehen, wie es um mich steht. Du musst jetzt in die Kutsche.« Er zügelte die Pferde und zeigte nach vorn. »Der Karrenweg endet hier und der Auwald stellt sich uns entgegen. Da ist kein Durchkommen. Es gibt lediglich schmale Fußpfade durch dieses Gewirr aus schwarzen Ästen, in dem der Baron mit seiner Angel steckt. Keine Angst. Selbst wenn er uns hört, weiß er nicht, wen er hier erwarten kann. Er wird sich nicht zeigen. Schau, wie dünn die hellen Birkenstämme sind. Die Iller sucht sie immer wieder heim. Wie sollten die Bayern hier auf der linken Illerseite ihre Grenze bewachen?« Er zeigte zu einem Hügel. »Dort hinauf und über die Brücke ans andere Ufer nach Oberkirchberg müssen wir. Die Zöllner kennen mich und den Wagen mit dem Wappen derer vom Stein zu Rechtenstein. Niemand wird einen Blick in die Kutsche werfen.«

Sie kletterte zu ihrer Reisetruhe und schloss die Lider. Unter den Wimpern schossen die Tränen hervor, die sie nicht abwischte. Der Geldgürtel! Ihre Hoffnung auf ein besseres Leben. Verloren! Sie hielt sich die Hände vor die Augen. Stimmen. Gelächter. Die Kutsche schwankte. Langsam rumpelten die Räder über die Holzbohlen. Bayern, und sie durfte nicht bleiben. Gleich würde Baldur anhalten, dann konnte sie zurück auf den Kutschbock klettern. Heute roch er nach dem Rosenwasser des Barons. Manchmal nahm er sich ein wenig davon, wie sie sich vom Minzöl der Baronesse ein paar Tropfen auslieh. Die Pferde zogen wieder an, die Kutsche bog ab und rollte heiter dahin. Sie mussten auf der Straße von Memmingen gen Ulm sein. Erst nach einer Weile schob sie den Vorhang beiseite und lugte hinaus. Eine Talebene breitete sich zu ihrer Linken aus. Die Hügel waren bis an den Horizont verschoben. Das Ulmer Ried bot keinen Halt für ihre Augen. Sie schaute und sah nichts, bis sie über die Herdbrücke fuhren und durch das Tor rumpelten. Baldur lenkte den Wagen zum Ochsenbergle und stoppte bei einem grünen Haus. Er kletterte zu ihr hinein.

»Bitte«, sagte sie, »bring den Brief zur Poststation.«

»Die ist nur ein paar Schritte entfernt.«

»Ich will dort heute lieber nicht in Erscheinung treten. Du verstehst. Der Baron würde es weitermelden in die Residenz. Ich möchte erst einmal verschwinden.«

»Dafür kriege ich aber einen richtigen Kuss.«

Sie lachte leise und küsste ihn sanft auf die Lippen. Nach reifen Brombeeren schmeckte er. »Vous êtes libre«, hatte Onkel Ludwig gesagt, doch es war anders gemeint gewesen.

DIE EHEMALS FREIE REICHSSTADT ULM

1

Baldur bog mit dem Wagen um die Ecke. Sie ging zurück zum Herdbrucker Tor und schaute flussabwärts gen Wien. Nichts mehr hatte sie zu schaffen mit der Vergangenheit. An der Mauer stellte sie den Handkoffer ab und drückte die Ridicule an sich. Nebel waberte den Fluss entlang.

»An der Schwal«, hatte Baldur gesagt, »ankern die Schiffe.«

Boote waren es eher. Der Hafen lag auf der lang gestreckten Insel, in Bayern, das war Ausland. Dorthin reichte der Arm von Frau Bergrat nicht. Ihr Leben musste sich ändern. Sie wollte herzlich gern für ihr Auskommen sorgen, wie Onkel Ludwig es ihr angeraten hatte.

»Die Boote mit dem kleinen Haus in der Mitte nennt man Ordinari-Schiffe, weil sie nach Fahrplan verkehren. Die Hütte hat zwei Zimmer.« Wieder Baldurs Worte, die sie sich gut gemerkt hatte. »In das vordere mit den Fenstern kommen die Reisenden, die von einer Distinction sind. Im hinteren Raum wird das gemeine Volk untergebracht, die Auswanderer.«

Wie in einer Schachtel. Das konnte sie sich nicht vorstellen, doch was blieb ihr anderes? Wie aber sollte sie über die Brücke gelangen und hinunter auf die Insel kommen? Ob ihr weniges Geld für eine Fahrt nach Wien reichte? War Gottliebin Rumetsch da und würde ihr helfen? Sie hatte nichts mehr von ihr gehört.

Ratlos ließ sie sich auf eine Ruhebank sinken. Mit geschlossenen Augen griff sie in die Handtasche und zog den Brief von August heraus. Ein paar Zeilen nur.

Nanele habe ich dich immer am liebsten genannt. Leg den Adler nachts auf dein Kopfkissen. Schreib mir nach Hohenheim. Am besten ohne Absender.

War das alles? Wieso hatte der Baron ein Aufheben davon gemacht? Doppelköpfig war der Adler. August verleugnete sie. Warum hatte sie ihn geküsst? Niemals legte sie das Tüchlein weiterhin aufs Kopfkissen oder nahm es als Busentuch. Wie gut, dass er nichts davon wusste. Sie würde es in die Reisetruhe verbannen. Eine Antwort an August war undenkbar. Sie biederte sich nicht an. Diese Zeilen waren keine Liebeserklärung, wie sie sich erhofft hatte. Sie erhob sich und warf das Tüchlein auf den Boden. Der Adler grinste sie an. Sie stampfte mit dem Fuß auf.

»Ich kann Sie nach Bayern bringen, zum Hafen«, sagte plötzlich ein Mann neben ihr. »Die Zöllner kennen mich. Sicher haben Sie Geld. Weil Sie es sind, fünf Gulden.« Er hielt seine Hand auf. »Für die Fahrt bis Wien mit dem Schopper zusätzlich zwei Gulden und dreißig Kreuzer.«

Christiane schüttelte den Kopf. Sie musste nicht rechnen. Weniger als dreizehn Gulden würden ihr bleiben für ein neues Leben. Zu wenig. Für den Moment saß sie fest in Ulm.

Sie bückte sich, griff nach dem Tüchlein und ließ den Mann stehen. Mit wehenden Röcken rannte sie zum Münster, dort war sie sicher. In die Kirche traute sie sich nicht, und deshalb betete sie auf dem Kirchhof. Mit tief gesenktem Kopf. Sie versuchte, ihre Gedanken zu ordnen, aber in ihr stürzte alles zusammen. Die Buden der Krämer wankten. Sie ging weiter und stolperte, folgte einem Weg, den sie nicht kannte.

Augusts Brief warf sie in das Kohlenbecken einer zahnlosen Hökerin, die in einem Hof vor einem Krautstande saß und die Hand aufhielt.

Unversehens landete sie auf der Frauengasse und wandte sich nach rechts. Eine Postkutsche donnerte an ihr vorbei. Der Postplatz. Hier hatte es begonnen. Ziellos wanderte sie durch die Gassen. Sie vergaß alles und erinnerte sich schmerzlich, setzte einen Fuß vor den anderen, obwohl sie es nicht wollte. Der Tag rann ihr durch die Finger ohne Hunger und Durst. Erst langsam fand sie zurück zu sich.

»Münster und Sonne im Rücken und die Donau zur Rechten«, hatte Baldur gesagt, »so kommst du zu Rueppprechts am Gänstor.«

Sie folgte der Straße im Bogen um das Spital und stieg eine Anhöhe hinauf. Der Handkoffer wog schwer, als ob sie Steine mit sich herumschleppte.

»Komm mit!«, lockte eine Frau mit Reisigbündel auf dem Rücken. »›In der Höll‹ sperr ich dich in einen Stall und mäste dich.« Sie lachte meckernd wie eine Ziege.

Christiane beschleunigte den Schritt und lief auf der Stelle. Zwei schwarze Hennen flatterten um ihre Beine. In der Stadt war sie und gleichzeitig auf dem Land, wo sie nicht mehr hinwollte. Umgeben von Häusern, aber auf der Gasse wuchs Gras zwischen den Pflastersteinen. Sie hob den Kopf. Eine Laterne. Nachts stand man hier nicht im Dunkeln. Rechts von ihr, der Donau zu, erhob sich ein Turm mit einem Wetterhahn nebst Blitzableiter. Der Bergrat hatte ihr immer wieder eingeschärft, wie wichtig diese seien. Er war ihr ein Vater gewesen. Sie hatte ihn verloren, wie es aussah, denn sie hatte nichts von ihm gehört.

Vom Münster schlug es die sechste Stunde. Silberhell erklang kurz danach ein Glöckchen von einem Turm. Zögernd betrat sie einen Platz und sah sich um. Zu ihrer Rechten lag ein Stadttor. Das musste das Gänstor sein. Von links eilte eine schmale Gasse herbei und geradeaus traten Mädchen in Reih und Glied aus einem dunklen Haus. Wie in Stuttgart die Waisenhausmädchen, durchzuckte es sie. Schnell wandte sie den Blick ab. Weiter vorn wieherten Pferde. Hufe schlugen an hölzerne Wände. Ein Stall? Wo kam sie hin?

»Das Haus des Finanzkammerkanzlisten ist das größte und schönste am Gänstor, du erkennst es leicht«, hatte Baldur gesagt. »An der breiten Eingangstür grinst dich ein Löwenkopf an. Er tut dir nichts.«

Da vorn! Sie atmete auf. Der Löwe verzog keine Miene. Alles hinter sich lassen würde sie und ein neues Leben anfangen.

Recht bald musste sie Ruepprecht um den Pass bitten. Sie hob den Knauf. Einmal. Zweimal. Beim dritten Mal fiel er ins Leere. Vor ihr stand eine in Schwarz gekleidete Frau.

»Fräulein Hehl? Ich habe Sie längst erwartet. Baldur hatte sie auf mittags angekündigt. Wo waren Sie? Stellen Sie Koffer und Handtasche hinter der Tür ab, der Knecht bringt beides in die Mädchenkammer.« Die Frau ließ ihr keine Zeit für eine Antwort, eilte zu einer Kommode aus schwarz gebeiztem Holz und rückte über ihrem Rock einen breiten Gürtel mit einer silbernen Löwenkopfschnalle zurecht. »Aus dem Besitz der Franziska von Hohenheim. Sie ist Ihnen sicher ein Begriff.« Sie schloss eine Schublade auf und gab ihr einen grauen Kittel. »Ziehen Sie ihn über ihr Kleid. Behandeln Sie ihn pfleglich.« Sie verschloss die Lade zweimal. »Die Arbeitskleidung ist Hauseigentum. Begeben Sie sich in die Küche. Die letzte Tür hinten im Gang. Wir haben heute einen großen Empfang.«

»Sehr wohl. Ganz zu Ihren Diensten. Danke, dass Sie mich aufnehmen.« Waren das die passenden Worte gewesen? Die Frau war die Hausherrin, der Schlüsselbund zeigte es. Diese verschwand die Treppe hinauf.

Von der Küchentür winkte sie ein gestandenes Weibsbild zu sich. »Ich bin Gertraut. Komm rein.«

Christiane folgte ihr. Die Köchin wandte sich einer Pfanne zu und rührte darin. Ein leichter Zwiebelgeruch hing in der Luft.

»Schalotten«, sagte sie, »Zwiebeln sind heute nicht gut genug. Du kannst das Silber polieren. Sei sorgsam. Der Vater der Hausherrin war bei Franziska von Hohenheim als Silberkämmerling angestellt. Sie durfte ihn als Kind manchmal begleiten. Welch ein Glanz, eine Pracht, ruft sie bis heute. Damals habe sie nachts nicht schlafen können, erzählt sie immer wieder. Und so muss es glänzen, das Silber, dass man nachts nicht schlafen kann. Später kannst du das Krebsschaumsüppchen rühren, bis winzige Bläschen aufsteigen. Gleich sind die Schalotten fertig. Riechst du es? Isabelle! Wir haben endlich Hilfe bekommen.«

Ein hoch aufgeschossenes Mädchen in einer Spitzenschürze huschte zu ihnen hinüber und legte ihr die Hand auf den Arm. »Willkommen bei uns. Du kommst recht«, sagte sie sanft. »Sie feiern gern, die Ruepprechts. Leisten können sie es sich nicht. Das habe ich nicht gesagt. Du siehst aus wie meine Mutter, aber jünger. Sie hatte die Haare auch immer streng gescheitelt. Gott hab sie selig.« Mit einer Silberplatte eilte sie in die andere Ecke der Küche.

Zwei Namen, für den ihren war keine Zeit gewesen. Der graue Arbeitskittel erstickte ihre Worte.

Die Hausherrin rauschte herein. »Isabelle, buttern Sie die Weißbrotscheiben. Die Forellenfilets legen Sie in die Mitte. Von den Schalotten ein paar an die Seite. Nicht so üppig von der Meerrettichsahne. In einer halben Stunde servieren Sie. Dr. Wirth ist endlich da.«

Isabelle knickste. »Also, Schlag sieben. Sehr wohl, Frau Finanzkammerkanzlist, unterthänigst.«

Christiane zog die Schultern hoch. Hoffentlich durfte sie in der Küche bleiben. Dr. Wirth wollte sie nicht treffen. Sie rührte das Krebsschaumsüppchen und schaute nicht auf. Die rötlichen Bläschen bildeten einen feinen Schaum.

Die Hausherrin trat zu ihr. »Halten Sie ein! Das sieht fertig aus.« Sie nahm eigenhändig einen Suppenlöffel vom Haken. Isabelle stellte ein Tablett mit gebauchten weißen Tassen auf dem Tisch in der Mitte ab. Löwenköpfe grinsten von den Henkeln der Suppentassen.

»Fräulein Hehl, zeigen Sie das Silber.«

Wie sie es gehört hatte, versuchte Christiane sich am Unterthänigst. Ihre Zunge stolperte. Frau Ruepprecht sagte nichts, drehte Messer und Gabeln hin und her und spiegelte sich in den Löffeln. Keine Flecken. Aber nicht mal ein flüchtiges Nicken hatte die Hausherrin für sie übrig. Diese hielt sich an ihrer Löwenkopfschnalle fest und ging hinaus. Isabelle folgte ihr mit dem Tablett und den Suppentassen.

»Wir brauchen Wasser«, rief Gertraut.

Christiane schnappte sich zwei Eimer und verschwand. Draußen war es kühl und sie atmete kurz durch. Wie gern hätte sie das wollene Reisekleid unter dem Kittel ausgezogen, das ihr die Luft abschnürte. Ob ihre Sachen sicher verwahrt waren? Vor allem die beiden Tüchlein mit den Stickereien, die in der Ridicule steckten. Was immer es damit auf sich hatte. Wie war August an den doppelköpfigen Adler gekommen? Ein Theater, das er für sie inszeniert hatte. Stets aufs Neue hatte er mit ihr nur gespielt.

Als sie zurückkam, sagte Gertraut: »Trag den Kuttereimer in den Hof. Dann holst du Holz aus dem Keller und heizt den Ofen ein fürs Abwaschwasser.«

Alle weiteren Aufträge, die ihr die Köchin zurief, führte sie gewandt aus, als sei sie immer da gewesen. Man benötigte ihre Hilfe an diesem Abend. Da konnte sie nicht Nein sagen und darauf beharren, die Kammerzofe zu sein. Wann gab es den ersten Lohn? Baldur hatte nichts darüber gesagt, was sie verdiente. Sie hatte keine Wahl gehabt. Bald brauchte sie Strümpfe und Garn, damit sie die Nähte am Reisekleid herauslassen konnte. Ein neues Stück von der Rosenseife würde sie trösten. An allem konnte sie nicht sparen.

»La chambre des bonnes« hieß das Mädchenzimmer, in dem sie gelandet war. Ein unbeheiztes Mansardenzimmer, das sie sich mit Gertraut und Isabelle teilte. Welch Erleichterung war ihr eigenes Hauskleid unter dem Arbeitskittel, der sie wie eine graue Maus daherkommen ließ. Sie musste am nächsten Tag wieder in der Küche helfen und wollte sich fürs Erste darin fügen. Wann aber wurde sie endlich mit Nadel und Faden beschäftigt?

Gertraut sah sie mit gespielt strenger Miene an. »Vergiss niemals das *Unterthänigst*, wenn du von der Herrin angeredet wirst.«

»Ich hab's bereits probiert. Es geht nicht. Sie ist doch nicht die Königin.«

»Hier im Haus schon. Sie ist die Herrin.«

»Und die darf alles von uns verlangen und sogar schlagen?« Christiane lachte bitter auf.

»Du wirst Ärger kriegen mit ihr, das sehe ich. Hier, das hat Baldur mir gegeben.« Die Köchin reichte ihr einen Umschlag. »Lass dich beim Lesen nicht erwischen. Die Hausherrin kontrolliert uns Tag und Nacht. Es gibt aber geheime Ecken. Geh in den Keller und komm später mit einem Arm voller Holzscheite wieder in die Küche. Bleib nicht zu lange, sonst muss ich erklären, wo du bist.«

Christiane entfaltete Baldurs Brief. Er schrieb:

Ich bin enttäuscht vom Baron. Dass er dir die Nachricht von August nicht gegeben hat, ist das eine, aber ich habe in seinem Kasten zwischen den Hemden, die ich Marie zum Bügeln bringen sollte, dieses Schreiben hier gefunden. Es ist geöffnet. Verzeih, dass ich den Absender angeschaut habe. Bergrat von Hehl. Du hast lange auf einen Brief von ihm gewartet, wie du erzählt hast, und deshalb bin ich heute sogleich nach Ulm geeilt. Ich habe gegenüber dem Baron vorgegeben, dass mein Onkel sich nicht wohl befinde. Gott möge mir verzeihen. Ich wollte dich treffen, aber Gertraut hat mir abgeraten.

Die Kerze flackerte und warf Schatten an die Wand. Christiane kniff die Augen zusammen und überflog die Zeilen erneut. Baldur hatte seine Worte eilig hingekritzelt, sie waren kaum zu entziffern. Sie zögerte kurz, als sie den Brief vom Bergrat in die Hand nahm. Seine Schrift stach klar hervor wie immer.

Liebe Nanette!

Verzeih mir, dass ich mich erst jetzt bei dir melde. Der Schwager hatte mir zusammen mit den Spielkarten deine Anschrift in Brandenburg überlassen. Ich wollte mit einer Nachricht warten, bis das Gericht über dich entschieden hat. Leider kann ich dir keine günstige Mitteilung machen. Wider Erwarten haben die Richter deine Frau Mutter, wenn ich das sagen darf, denn ich wäre gerne weiter der Herr Vater, zum alleinigen Vormund ernannt. Ich habe sogleich Widerspruch eingelegt, der leider abgewiesen wurde. Einstweilen bin ich machtlos, gebe aber nicht auf. Mit Freuden schicke ich dir den Amethyst, um den du mich gebeten hast. Bewahre dir deine Träume. Herzsieben und Ecksteinsieben …

Da hörte sie die Stimme von Frau Finanzkammerkanzlist. Der Brief fiel zu Boden. Sie zitterte. Mit zwei Armvoll Holzscheite eilte sie die Treppe hinauf zur Küche. Sie hatte die Papiere in die Schürzentasche gestopft, wo sie nicht bleiben konnten. Es half nichts. Vor dem Herd ließ sie das Holz fallen, bückte sich und öffnete die Feuerklappe. Sie warf ein Scheit hinein. Hell loderten die Flammen auf. Schnell schob sie Baldurs Zeilen hinterher mit ein paar weiteren Stücken Holz, dazwischen den Brief, den sie nicht zu Ende gelesen hatte. Den Amethyst musste der Baron an sich genommen haben. Er war verloren. Und die Spielkarten? Hatte der Bergrat sie zur Kartenmalerin gebracht? Wie es Onkel Ludwig gewollt hatte? Waren sie in Sicherheit?

In ihrem Rücken flog die Küchentür auf. Schnell schob sie noch zwei Scheite in die Glut und schloss die Ofentür. Sie erhob sich und drehte sich um. Die Hausherrin stand in der Tür und hatte die Rechte auf die Löwenschnalle ihres Gürtels gelegt. Vorsicht war geboten. Gertraut hatte sie vor dieser Geste gewarnt.

Christiane erhob sich und verbeugte sich. »Was kann ich für Sie tun, Frau Finanzkammerkanzlist«, sie stockte, »unterthänigst?«

»Sie sind in den nächsten Wochen für die große Halle zuständig. Zuerst lernen Sie das Aufwischen. Zwischendurch stauben Sie ab. Seien Sie achtsam, wenn Sie etwas zerbrechen, ziehe ich es Ihnen vom Lohn ab. Kommen Sie! Ich habe nicht alle Tage Zeit.«

Sie zeigte ihr eigenhändig, wie sie den Lappen um den Schrubber zu legen und über Kreuz zu wischen hatte. Peinlichst rein musste es sein, zweimal am Tag, bei Regenwetter jede Stunde.

Christiane tat alles, wie es ihr geheißen wurde. Wenn sie sich als störrisches Kind gebärdete, lud sie die Hausherrin ein, sich als Vormund aufzuspielen. Ihr reichte es, dass Frau Bergrat in dieser Funktion glänzte. Und wieder einmal hatte diese nicht die ganze Wahrheit gesprochen. Nicht bereits damals, als sie Christiane aus dem Haus gejagt hatte, nein, erst jetzt war sie zum Vormund ernannt worden. Sie hatte sich ihr entzogen und kam nicht umhin, die Entfernung zu ihr weiter zu vergrößern. Sie musste mit dem Hausherrn reden. Wegen des Passes war sie da. Sicher konnte er ihr das Dokument auch ohne Nachweis aus dem Taufbuch ausstellen.

»Du kannst Ruepprecht morgens in der Früh abpassen. Stets geht er als Erster aus dem Haus«, sagte Gertraut. »Er ist Schreiber und zugleich königlicher Polizeioffiziant. Geld braucht er, sonst könnten sie sich die Gesellschaften nicht leisten.«

2

Christiane gähnte und rieb sich die Augen. Fünfmal hatte es soeben vom Münster geschlagen. Sie zündete an diesem Morgen die erste Lampe in der Halle an und holte Besen und Kehrschaufel für den groben Dreck. Es war zu dunkel, um zu fegen, aber sie musste sich an etwas festhalten.

Ein Luftzug. Mit wirren Haaren und ohne Brille tastete sich der Hausherr in Socken an der Wand entlang. Die Stiefel hielt er in der Hand. Der Uniformrock war schief zugeknöpft.

»Herr Finanzkammerkanzlist«, rief sie leise.

Er sah sich um. Sie trat zu ihm. Mit weit aufgerissenen Augen schaute er sie an.

»Ich bitte Sie, Herr Ruepprecht, einen Moment. Erinnern Sie sich? Ich war bei Ihnen wegen eines Passes.«

Er legte einen Finger auf den Mund. Sie folgte ihm in den Hof. Der Wind war eisig.

»Gedulden Sie sich. Ich darf das Siegelrecht nur stellvertretend ausüben. Still!« Er schlich davon. In der Morgendämmerung sah sie, wie er die Stiefel auf einer niedrigen Bank anzog, die wohl zu diesem Zwecke an der Scheunenwand stand.

Nach dem Mittagessen trug sie die Teller ab. Der Finanzkammerkanzlist nickte ihr zu. Sie zog die Augenbrauen in die Höhe, doch er schüttelte unmerklich den Kopf. Seine Frau schnaubte. Auf keinen Fall durfte diese merken, dass sie mit ihrem Mann bekannt war. Die Servietten fielen ihr herunter und das Besteck rutschte von den Tellern, aber die Hausherrin blieb auf ihrem Stuhl mit der hohen Lehne sitzen und hatte alles im Blick.

Christiane versuchte es weiterhin morgens in der großen Halle. Sie verpasste Ruepprecht jedes Mal. Als ob er wüsste, dass sie auf ihn wartete.

An einem regnerischen Tag ging sie Schlag sieben in die Schlafkammer und holte ihre wollene Strickjacke.

Als sie zurückkam, baute sich Frau Finanzkammerkanzlist neben dem Putzeimer auf. »Wo waren Sie? Wie können Sie es wagen, sich unerlaubt von ihrem Arbeitsplatz zu entfernen?«

Sie deutete auf ihre Jacke. »Es ist kühl. Sicher ist es Ihnen recht, wenn ich gesund bleibe.«

»Das ist Ihre Sache. Kränkeln Sie, warten Hunderte von Ihrer Sorte vor der Tür und begehren Einlass.«

»Ich komme aus adeligem Hause und gehöre nicht zu denen, die vor Ihrer Tür betteln. Ich bin Kammerzofe. Wo ist die Garderobe, die ich pflegen und ordnen soll?«

»Jetzt fegen und wischen Sie erst mal. Das muss ja auch jemand machen. Ich erwarte Sie anschließend im ersten Stock. Eilen Sie sich.«

War es doch gut, nicht alles herunterzuschlucken? Sollte sich ihr Leben zum Besseren wenden? Sie hatte nichts gesagt, wie Gertraut es ihr angeraten hatte. Aber es war Zeit, dass sie sich auf sich selbst besann. Sie war nicht sehr gründlich mit dem Boden. Es kam darauf an, schnell zu sein, bevor die Worte vergessen waren.

Die Tür zum Nähzimmer stand offen. Die Hausherrin thronte inmitten von Wäschebergen. Christiane trat ein und knickste. »Zu Diensten, Frau Finanzkammerkanzlist, unterthänigst.« Flüssig kamen ihr die Worte über die Lippen. Wie sie sich dafür hasste.

Betont sorgfältig legte die Hausherrin eine Nadel beiseite, in der kein Faden steckte. »Ich bin eigenhändig als Näherin tätig, wie Sie sehen. Für die Weißwäsche und die sonstige Hauswäsche. Ich gehe mit gutem Beispiel voran.« Sie stand auf. »Kommen Sie mit ins Ankleidezimmer.« Ungeduldig winkte sie ihr. »Das ist Sofie. Unser neues Kammermädchen«, sagte Frau Finanzkammerkanzlist. »Seit einer Woche ist sie bei uns. Sie schläft auswärts und kommt in der Früh um sieben. Ihr seid euch bislang nicht begegnet?« Sie wandte sich an Sofie. »Nähen Sie an diesem Kleid hier die Schlaufen für den Gürtel nach und lassen Sie die Nähte in der Taille heraus.« Das Kammermädchen nickte eifrig. Frau Finanzkammerkanzlist ließ sich von ihr einen Kleidersaum abmessen, der hinten länger als vorne war. Sofie rutschte auf den Knien um sie herum, sprang leichtfüßig auf und knickste, bevor sie nach nebenan zu den Wäschebergen huschte.

»Kommen wir zu Ihnen«, sagte Frau Ruepprecht und legte die rechte Hand auf die Löwenschnalle. »Fegen, wischen und abstauben, das sollen Sie als Erstes lernen. Ihre Mutter hat mir Anweisungen erteilt, Sie bis auf Weiteres mit niederen Arbeiten zu beschäftigen. Zu Ihren Aufgaben kommt der Abtritt hinzu. Streuen Sie ihn morgens und abends mit Kalk ab. Was ist Ihnen? Sie sind blass. ›Es ist ein Erziehungsstück, was Sie bitte an dem Kind exerzieren wollen‹, hat Ihre Mutter geschrieben. Den Brief hat mir Dr. Wirth mitgebracht. Sie hätten zu ihm gehen sollen! Für mich ist es besser so. Ich habe bereits vielen Mädchen auf den rechten Weg zurückgeholfen. Seien Sie mir dankbar. Der Dienst ist der Bildungsweg, hat Frau Bergrat Hehl angeordnet. Lesen Sie, wenn Sie es mir nicht abnehmen, wie ich an Ihrem Gesicht sehe. Sie wollen nicht? Gehen Sie zurück an Ihre Arbeit. Es regnet nicht mehr, Sie müssen erst heute Nachmittag erneut wischen. Leeren Sie den Kuttereimer, holen Sie Wasser und Holz. Und vergessen Sie den Abtritt nicht. Seien Sie froh, ein Dach über dem Kopf zu haben. Nach dem Mittagessen tragen Sie im Tafelzimmer die Teller ab. Das ist eine Auszeichnung. Wir sehen, wie es mit Ihnen weitergeht.«

Wie betäubt arbeitete sie sich durch den Morgen. Der Abtritt war unerträglich. Sie musste weg. Wenn sie nur wüsste, wie sie das anstellen sollte. Ihr Gefühl war nicht falsch gewesen. Ulm lag der Residenz zu nah.

In der Karwoche rief Frau Finanzkammerkanzlist sie alle nacheinander ins Kontor. Christiane war die Letzte. Sie brauchte Geld und zitterte, als sie die Tür öffnete. Sie würde sich nichts gefallen lassen. Ihr fehlte Stopfgarn für die wollenen Socken. Eine neue Haarbürste musste sie sich dringend kaufen, ihre war in der Mitte entzweigebrochen. Sie konnte nicht ewig Isabelles Kamm nehmen. Und Briefpapier, sowie Tinte und Feder wollte sie wieder ihr Eigen nennen. Die zwanzig Gulden, die sie aus Brandenburg mitgebracht hatte, wären damit nahezu aufgebraucht. Sie holte tief Luft und sah auf. Frau Finanzkammerkanzlist lächelte schief, ein schlechtes Zeichen.

»Liebe Christiane, hier ist Ihr Lohn. Weil wir am nächsten Wochenende Ostern haben, bereits heute für den ganzen Monat. Der März gilt zur Probe, dafür gibt es die Hälfte. Über die drei Tage Ende Februar müssen wir kein Wort verlieren. Die waren umsonst. Der Lohn ist abzüglich Kostgeld. Macht summa summarum sechs Gulden und dreißig Kreuzer. Seien Sie sparsam. Kaffee trinken zu gehen, ist aller Laster Anfang. Ich habe längst bemerkt, dass Sie sich gern von Gertraut verführen lassen. Bedenken Sie, Ihre Stellung ist eine andere. Es ist der Lohn bis Ende April, den Sie ausnahmsweise im Voraus erhalten.«

»Sehr wohl, Frau Finanzkammerkanzlist, unterthänigst.« Christiane schaute sie geradeheraus an. »Wenn ich bemerken darf: Baldur hat gesagt, Sie suchen eine Kammerzofe. Deshalb bin ich zu Ihnen gekommen. Im Haus und in der Küche habe ich gerne ausgeholfen. Es wäre jedoch recht und billig, wenn ich als Kammerzofe bezahlt würde. Solange Sie mich anderweitig beschäftigen, tue ich mein Bestes. Gelernt habe ich den Haushalt nicht, besitze aber gewisse Kenntnisse. Im Nähen hingegen bin ich exzellent. Mein Salär auf Schloss Brandenburg war doppelt so hoch wie hier in Ulm. Von einem Gulden in der Woche, wie Sie es veranschlagen, kann ich nicht existieren und nichts sparen. Ich brauche eine zweite Haube. Diese ist speckig. Waschen hilft längst nicht mehr und ich soll doch servieren.«

Frau Finanzkammerkanzlist wurde rot im Gesicht, rief nach Sofie und ließ sich ein Riechtüchlein reichen. »Gehen Sie in die Küche, meine liebe Christiane, ich nehme es Ihnen nicht übel. Gertraut hat sicher für heute eine angenehme Arbeit. Sie ist Ihnen zugetan. Ich denke, die Worte Ihrer Mutter kommen später zur Geltung. Vergessen Sie vor allem eines nicht, hier am Gänsturm haben Sie ein Zuhause.«

Christiane verbeugte sich, nahm den Beutel mit ihrem Lohn und ging aus dem Kontor, wie ihr geheißen.

Fünfzig Gulden im Jahr! Sie schlug den Kopf an die Wand in der großen Halle. Davon musste sie existieren wie all die anderen Dienstboten. An Flucht war nicht zu denken. Unvorstellbare sechs Gulden und zweiundvierzig Kreuzer kostete ein Fahrschein für die Diligence nach München. Sie lehnte sich an die Kommode. Es ging über ihre Vorstellungskraft, was sich seit ihrer Ankunft im Hause Ruepprecht zugetragen hatte. Frau Bergrat Hehl hatte alles sorgfältig eingefädelt. Christiane war gefangen wie die Fliege im Netz der Spinne. Freie Kleidermacherin hatte sie werden wollen, besser wäre es, wenn sie von Stand heiraten könnte. Sonst käme sie nie zu etwas in ihrem Leben.

Beinahe sieben Gulden für die Kutsche, sieben Wochen, ohne einen einzigen Kreuzer auszugeben. Das war nicht unmöglich. Sie würde eisern sparen.

Ihr Vorsatz nutzte nichts. Am gleichen Tag brachte ihr Baldur einen Brief von Amalie. Sie gab ihm das Porto, konnte ihn nicht auf den Kosten sitzen lassen.

Alles fällt mir aus der Hand, seit du weg bist. Aber deine Mutter schimpft und streitet nicht mehr mit mir. Ich erledige jetzt immer kleinere Besorgungen für sie. Oft schickt sie mich zu Schneidermeister Welsch. Auch er ist äußerst nett zu mir und lobt alle Tage meine Aufmachung. Nanette, du sollst in der Fremde den Haushalt lernen, sagt deine Mutter, deswegen hat sie dich schweren Herzens weggegeben. Die häusliche Wirtschaft ist unerlässlich, dem stimme ich zu. Später hast du natürlich eine Köchin und eine Magd. Wenn du volljährig bist, will deine Mutter dich angemessen verheiraten.

Merkwürdig. Das war nicht Amalie, wie sie diese von früher kannte.

Deine Mutter setzt sich mit mir oft zusammen an den guten Tisch. Ich sei ja wie eine Tochter für sie. Und wie nett sie nun immer zu mir ist. Ich habe sie getröstet, als ihre liebste Nichte Lotte gestorben ist, die lange leidend war. Den Tod ihres Vaters habe sie nicht verkraftet, heißt es in der Stadt.

Christiane legte die rechte Hand aufs Herz. Die arme Lotte. Tränen liefen ihr über die Wangen. Nein, sie war nicht schuld. Was aber stimmte nicht mit Amalie? Hatte sie die Seiten gewechselt? Das konnte nicht sein. Sie wollte und konnte das nicht glauben, denn immer hatte die Köchin ein Herz für sie gehabt.

3

IM MAI STÖHNTE die Stadt unter der ersten Hitze. Frau Finanzkammerkanzlist reiste bis Pfingsten zu Verwandten auf die Alb. Das Haus stand in der flirrenden Nachmittagssonne binnen einer halben Stunde allein da.

Gertraut schloss ab und zog Christiane durchs Gänstor an der Reitschule vorbei zur Donau hinunter. »Zwischen den Gärten am Fluss können wir freier atmen.« Sie hakte sich bei ihr unter. »Was ich dir sagen wollte, du hast am Sonntagvormittag kraft Gesetz keinen Dienst. Das musst du durchsetzen. Du bist die Einzige, die zur Gottesdienstzeit für Frau Finanzkammerkanzlist, unterthänigst, springt.« Sie verbeugte sich. »Du lässt dich ausnutzen und verdirbst zugleich die Sitten.«

»Ich habe freie Zeit? Für mich?« Christiane wischte eine Biene zur Seite. Zwei Schmetterlinge tanzten auf dem Weg. Sie folgten ihnen.

»Habe ich ein paar freie Stunden, nehme ich die Brücke über die Donau. Ich hab eine Tante in Bayern. Hast du einen Passierschein? Du nickst. Probier es einmal aus. Heute reicht uns die Zeit nicht mehr vor dem Nachtessen. Die Stadt von der anderen Donauseite anzuschauen, als ob ich nie zurückmüsste, frei wäre von der Arbeit bei Ruepprechts, das hält mich im Leben. Diese Stunden bringen eine Distanz zwischen mich und Frau Finanzkammerkanzlist. Das hilft.«

Sie ließen die Herdbrücke links liegen. Auf der Donaustadtmauer gingen sie weiter und Gertraut redete in einem fort.

»Du kannst am Sonntag natürlich auch den Gottesdienst im Münster besuchen, wenn du willst.« Sie zeigte zur Kirche hinüber, die ihren Schatten über die Stadt legte, und knuffte Christiane in die Seite. Sie ließen sich beim Stumpf des Dicken Turms auf der steinernen Bank nieder. »Ich arbeite bei Herrschaften, seitdem ich fünfzehn bin«, erzählte Gertraut, die acht Jahre älter war als sie. »Gute Stellen hatte ich. Leider sind die Dienstherren alle gestorben, und so bin ich als Köchin bei Ruepprechts am Gänstor gelandet. Wie gefällt dir mein Sonntagskleid? Ich habe es vorhin schnell angezogen, obwohl Freitag ist, denn darin habe ich freie Zeit. Es ist geerbt von einer alten Herrschaft. Aus Barchent, fühl mal! Leinen mit Baumwolle, unverwüstlich. Dafür sind die Ulmer berühmt. Zu warm ist das Kleid heute, das gebe ich zu. Aber mir war vorhin so nach einem vornehmen Gefühl. Bezahlen kannst du den Stoff nicht. Dazu reicht dein Lohn in vielen Jahren nicht. Schau mal, ob du eines gebraucht bekommst. Du bist geschickt mit Nadel und Faden.«

Christiane hörte mit halbem Ohr weiter zu. Auch Gertraut wollte etwas darstellen und vornehm sein und sei es nur für eine Stunde. Das war recht und billig, aber auf Dauer boten Dienststellen keine Zukunft, wie sie sich diese erdacht hatte.

»Meine Güte, wie die Zeit vergangen ist«, rief Gertraut. »Hast du gehört? Es hat sechs geschlagen. Ich muss für den

Hausherrn eine Brotzeit richten. Komm mit, ich zeig dir, wie es geht. Dann kannst du mal für mich einspringen.«

Hand in Hand liefen sie zurück zum Gänstor, wo soeben die Fähre aus Bayern anlegte. Bauern mit Salatköpfen und Radi entstiegen ihr. Gertraut erstand zwei leuchtend rote.

Zusammen richteten sie ein Holzbrett her. Brezen und Butter, Presssack und geräuchter Schinken, reichlich vom Radi und ein paar Gewürzgurken. Käse mochte der Hausherr nicht. Gertraut legte stattdessen kalte Rippchen auf und gab einen Klecks Senf in ein Schälchen.

»Du servierst. Keine Widerrede. Du wolltest ihn allein sprechen. Eine bessere Gelegenheit findest du nicht. Was immer du fragen willst, Ruepprecht ist dem Dienstpersonal freundlich gesinnt. Nimm vom Weißbier mit. Bei dem Wetter mundet es ihm.«

»Die Brotzeit. Ich hoffe, es ist recht. Lassen Sie es sich schmecken, Herr Finanzkammerkanzlist, unterthänigst.« Christiane knickste.

Ein wieherndes Lachen schallte ihr entgegen. Sie zuckte zurück. Der Hausherr nahm kurz seine runde Brille ab und wischte sich die Tränen aus den Augen. Sie stellte das Weißbier auf dem Tisch ab. Fast wäre ihr das Holzbrett entglitten. Beherzt griff er zu und hielt es fest.

»Mademoiselle, setzen Sie sich zu mir. Keine Scheu. Meine Frau lässt sich so anreden, ich weiß. Aber, wie Sie es aussprechen …« Er wieherte erneut. »Sie sind damit nicht einverstanden, unterthänigst. Ich höre es. Auch wenn Sie die Miene dabei nicht verziehen. Gertraut! Bringen Sie noch ein Weißbier!«

Als habe die Köchin darauf gewartet, kam sie mit einem frisch gefüllten Glas gesprungen. Sie gab Christiane einen liebevollen Stups mit dem Ellbogen und zwinkerte ihr zu, bevor sie wieder in ihrer Küche verschwand.

»Mademoiselle, wie sieht es aus? Haben Sie inzwischen einen Herkunftsnachweis aus Stuttgart erhalten, wie wir es besprochen hatten?«, fragte der Finanzkammerkanzlist und wischte sich den Schaum mit dem Handrücken ab.

Christiane schüttelte den Kopf und hielt sich am Glas fest. Sie brachte keinen Ton heraus.

»Sie können dem Wetter einen Dank ausrichten. Alle sind vor der Hitze geflohen. Ich habe jetzt das Siegelrecht, in Vertretung. Ich bin Jurist. Studierter, versteht sich. Hier, das ist für Sie.« Er griff in seine Westentasche und holte ein Papier hervor. »Ein Pass, wie gewünscht. Eine Akte habe ich nicht angelegt. Das Dokument berechtigt Sie für alle Zeiten zum Grenzübertritt. Von Württemberg nach Bayern und zurück. Ich glaube Ihnen die Herkunft ohne Nachweis, habe mich aber entschlossen, den Pass lieber auf den Namen Ihrer Mutter auszustellen. Christiane von Hehl. Die Bürgerrechtsurkunde verwahren Sie weiterhin sorgfältig, doch zeigen Sie beides niemals zusammen vor. Mir ist leider ein Versehen passiert. Ein Schreibfehler. Aus der Vier im Geburtsjahr wurde eine Zwei. Sie sind also früher volljährig, was Ihnen sicher nicht unrecht ist.«

Der Finanzkammerkanzlist hob sein Glas und sah sie durch seine Brillengläser eindringlich an. Sie wandte den Blick ab. Wollte er, dass sie sich erkenntlich zeigte? Mit heißen Ohren strich sie über den Pass. Ihr wurde schwindelig von all den Stempeln. Die Unterschrift war unleserlich. Sie trank einen Schluck vom Weißbier. Was war das? Ein doppelköpfiger Adler! August! Was hatte er damit zu tun? Sie räusperte sich. Wie gut, dass sie das Tüchlein mit dem grimmigen Vogel nicht bei sich trug, sonst hätte sie es hergezeigt.

»Herr Finanzkammerkanzlist, ich danke Ihnen von Herzen«, sagte sie bedächtig. »Sie geben mir eine Zukunft. Darf ich fragen, was der Adler zu bedeuten hat?«

»Ulm war einmal freie Reichsstadt. Der Adler ist leider aus dem Stadtwappen verschwunden, aber in den Siegeln hat er sich erhalten. Im Münster können Sie das alte Wappen mit dem doppelköpfigen Reichsadler nach wie vor finden. Warum fragen Sie danach?«

»Ich habe ihn einmal in einer Stickerei gesehen und mich gefragt, wofür er steht.«

»Grenzenlose Freiheit. Das habe ich nicht gesagt. Als württembergischer Beamter. Ich frage nicht und sehe nichts. Sie sollten sich das zu Herzen nehmen. Man sagt, der Adler trägt Engelsflügel. Besuchen Sie den Gottesdienst, das wird Ihnen guttun. Schauen Sie sich den Adler an. Mein Neffe Baldur war bei mir und hat ausgerichtet, dass die Baronesse Sie am Pfingstsamstag bei der Fischfrau treffen möchte. Und hier, beinahe hätte ich es vergessen, gestern ist ein Brief für Sie gekommen. Sie haben Glück, dass meine Frau nicht da ist. Das Porto habe ich schon beglichen. Nein, lassen Sie. Ich war gar zu neugierig. Das württembergische Wappen?«

»Eine Nachricht von Staatsrat von Weckherlin. Ich habe darauf gewartet. Ich hatte ihm geschrieben, kurz bevor ich nach Ulm gekommen bin.«

»Vom Finanzminister? Alle Achtung!«

»Er ist mein Nennonkel. Ein Freund des Vaters. Haben Sie nochmals Dank für den Pass. Jetzt kann ich bald reisen. Bitte verraten Sie nichts Ihrer Gattin. Sie sind ein guter Mensch.«

Rueppreche wieherte erneut und schlug sich auf die Schenkel. »Ich bin zu nachgiebig gegenüber meiner Frau. Als guter Mensch können Sie mich im Paradies nicht verkaufen, allenfalls langt es für einen Platz in der Vorhölle, wie die Katholischen sagen. Ich werde schweigen, wie auch Sie.« Er wandte sich seiner Brotzeit zu.

Christiane setzte sich sogleich in eine Ecke des Salons. Wie gut, dass sie das Haus für sich hatten. Der Hausherr ließ sie in allem gewähren. Und der doppelköpfige Adler blieb, wo er hingehörte. Unten in ihrer Reisetruhe. Zögernd faltete sie

Onkel Ferdinands Nachricht auseinander. War es ihm gelungen, sie nach München weiterzuvermitteln?

Liebes Nanele!

Verzeih, wenn ich dich bei deinem Kindernamen nenne. Er ist in meinem Herzen, ein anderer hat keinen Platz. Ich bin immer bei dir, sei dessen gewiss. Schreib an Hofsänger Löhle in München, die Adresse füge ich bei. Er sucht Gesellschaft für seine Frau Carla. Sie ist die Tochter von Hofschauspieler Pauly hier in Stuttgart. Du wirst dich nicht an sie erinnern. Ihr seid euch ein paarmal beim Seifen-Lenz und vorm Haarschneidekabinett Müller begegnet, bevor du nach Königsfeld gekommen bist. Das hat mir Pauly erzählt. Carla war hoffnungslos vernarrt in das Mädchen mit den blauen Augen und den dunklen Haaren, hat er gesagt. Ein Wink des Schicksals. Bei Hofsänger Löhle wird es dir gut ergehen. Das Fahrgeld füge ich bei und lege etwas Reisegeld drauf. Du musst Württemberg verlassen, wie der Hofmedicus es gewünscht hat. Ich will mich dir wieder mehr annehmen. Schick mir Nachricht, wenn du meiner bedarfst.

Beim Licht der großen Argandlampe schrieb sie an Löhle und setzte die Worte recht artig aufs Papier. »Vous êtes libre«, sang es in ihrem Kopf. Als Gesellschafterin verdiente sie sicher einiges mehr als in Ulm und sie hatte einen Stand. Nicht ausgeschlossen, dass sie in ihrer Position einen Mann kennenlernte, der sie zum Weib begehrte. Aber sie hatte es nicht eilig, sich zu vermählen. Alles zu seiner Zeit. Sie schickte einen herzlichen Dank an Onkel Ferdinand, der sie wieder einmal gerettet hatte. Bis zum ersten Lohn in München kam sie mit ihrem Ersparten zurecht, unter Umständen gab ihr Löhle auch einen Vorschuss.

4

PFINGSTSAMSTAG ÖFFNETE CHRISTIANE die Dachluke und atmete die feuchte Morgenluft ein.

Gertraut hatte gesagt: »Gib Acht, wenn der Nebel kommt. Nie weißt du, wem du begegnest. Dir selbst, deinem Schatten oder beiden zugleich.«

Frau Finanzkammerkanzlist war gestern pünktlich zu den Festtagen zurückgekehrt. Christiane versank gerade im Abwasch. Wer auf einem Platz stand, wenn die Hausherrin ihre Runde drehte, durfte die Arbeit für die nächsten Tage meistens behalten.

Zufrieden nickte Frau Ruepprecht an diesem Morgen. »Kaufen Sie heute den Fisch«, sagte sie zu Gertraut und rauschte aus der Küche.

»Ich kann sie lebend nicht ertragen. Sie weiß das genau. Wie sie zappeln und nach Luft schnappen. Widerlich«, jammerte die Köchin. »Warum schickt sie nicht den Knecht? Der hat ohnehin die Pflicht, für den Schlag auf den Kopf zu sorgen. Ausnehmen ist kein Problem. Aber ich kann sie nicht kaufen und lebend vom Löwenbrunnen hier hertragen.«

»Heute müsste ich sowieso auf den Markt«, sagte Christiane. »Das kommt gerade recht. Gib mir den Zettel.« Sie holte den großen Drahtkorb.

»Vergiss nicht das Körbelgeld. Du kannst es behalten.«

Sie eilte an der Donau entlang zum Fischmarkt. Die Brücke ließ sie links liegen und bog in die Große Herdbruker Gasse ein. Überall lauerten die Schatten. Körbelgeld? Was hatte Gertraut gemeint?

Erschrocken sprang sie zurück, als eine Stimme rief: »Jungfer, wollen Sie nichts bei mir einkaufen? Hier diese Fische lasse ich Ihnen für fünfzehn Kreuzer, Sie können Ihrer Herrschaft zwanzig berechnen.« Die Hökerweiber. Jetzt verstand sie. Nein, das kam nicht infrage.

Atemlos langte sie am Fischkasten gegenüber der Hauptwache an, wo das Haus Ruepprecht immer einkaufte. Der Knecht hatte sie einmal mitgenommen.

Die Fischfrau schaute sie prüfend an. »Gertraut drückt sich wieder, wie ich sehe.«

Sie nickte. »Wenn ich Sie aber erst etwas fragen darf? Die Baronesse vom Stein zu Rechtenstein, sie kauft ebenfalls bei Ihnen, habe ich gehört. Wann kommt sie für gewöhnlich vorbei?«

»Von Brandenburg? Nicht vor elf. Was soll's denn heute sein?« Die Fischfrau rieb sich die Hände.

Christiane erstand für Ruepprechts zwei Rotfische und einen Spiegelkarpfen, die sie in ihren Drahtkorb legte. Sie würde ihn kaum tragen können. Den Deckel verschloss sie sorgfältig. »Darf ich Sie noch etwas fragen? Sie kennen doch alle Fische. Schauen Sie, diese Stickerei hier. Wissen Sie, was das für welche sind?« Sie zeigte ihr das Tüchlein.

»Barben sind's.«

»Und ihre Bedeutung?«

Die Fischfrau lachte. »Sie schmecken, aber ich hab keine da. Es ist Laichzeit. Da sind sie ungenießbar.«

Die Fische im Drahtkorb öffneten und schlossen ihre Mäuler, schrien stumm. Sie konnte Gertraut verstehen.

»Gießen Sie Wasser drüber«, die Marktfrau zeigte auf eine Kanne und wandte sich den nächsten Kunden zu. »Holen Sie mir frisches vom Brunnen. Und eine Rose vom Blumenmarkt auf dem Grünen Hof.« Sie gab ihr ein paar Kreuzer.

Als sie zurückkam, warf Baldur gerade die Fische für Schloss Brandenburg in einen Zuber, dass es spritzte.

Die Baronesse stand daneben und zahlte. »Christiane! Ich hatte es nicht zu hoffen gewagt. Wie schön, dass du da bist. Ich bin untröstlich. Verzeih mir, was passiert ist!«

»Baronesse«, sagte sie, »die Dinge sind nicht, wie sie scheinen. Doch sie sind immer so, wie sie sich darstellen.«

»Christiane, bitte sag Fanny Marika. Du bist mir nach wie vor eine Schwester.«

Baldur bedeutete ihnen, sich ein wenig vom Fischkasten zu entfernen. »Die Stadt hat gar viele Ohren«, flüsterte er.

Die Baronesse zog sie weg von der Hauptwache in eine Seitengasse und herzte und küsste sie. »Marie hat mir die Tischwäsche gezeigt. Beiläufig. Gesagt hat sie nichts, nur mit dem Finger auf das Signum gewiesen. ›HCvM, Helene Charlotte von Mandelslohe‹. Meine Mutter. Mit einem Seidenfaden gestickt. Der Geldgürtel trägt ein Monogramm aus Baumwollfaden. ›HCM‹. Der Adelstitel fehlt. Verzeih. Elsa war weniger zartfühlend mit mir. Was ich denn glauben würde? Dass der Baron mir erst nach so langer Zeit etwas von der Mutter geben würde? Ich solle mir selbst einen Reim darauf machen, sie habe den ihren schon. Gesucht habe mein Vater zwei Spielkarten, was immer das bedeutet, gefunden habe er den Geldgürtel und ihn sich zunutze gemacht. Und Baldur hat gemeint, als er dir geholfen hat, die Sachen aus der Zirbelstube in die Kammer beim Pferdestall zu tragen, hättest du die Geldkatze in der Hand gehalten und ihm sei das Namenskürzel aufgefallen. Er hat mir deine Geschichte erzählt. Verzeih ihm und mir. Hier. Der Geldgürtel gehört dir. Ich habe aus dem Säckel des Barons noch etwas hineingesteckt. Es geschieht ihm recht.«

»Seid herzlich bedankt. Verzeiht eurem Vater. Er ist kein schlechter Mensch.«

»Doch, das ist er. Er hat die Mutter geschlagen, damals, als sie mit der Schwester schwanger ging. Mir ist alles wieder eingefallen, als du weg warst. Fünf war ich und habe es weggeschoben. Elsa hat mir bestätigt, dass meine Erinnerung zutreffend ist. Jetzt sei ich endlich erwachsen, hat sie gesagt.«

Christiane drückte die Geldkatze ans Herz. Tränen rannen über ihr Gesicht. »Ich danke Euch noch mal«, sagte sie. »Das war sicher nicht einfach. Seid froh, dass ihr einen Vater habt. Helft mir bitte beim Ankleiden. Heute ist es umgekehrt. Dort in der Ecke, da kann ich den Geldgürtel unters Leibchen schieben. Nicht kitzeln!«

Die Baronesse wischte ihr die Tränen sanft beiseite. »Behalte mich bitte als Fanny Marika in Erinnerung. Sag in Gedanken weiterhin Du zu mir. Mein Vater und ich kommen heute Abend zur Gesellschaft der Rueppprechts. Ich wollte es dir persönlich sagen. Ich gehe nicht nach München. Einen der Ulmer Honoratioren werde ich heiraten. Er ist ein bisschen alt, hat aber Geld. Er wird mich in Ruhe lassen. Kinder will er keine, nur Unterhaltung. Dafür darf ich weiter wie ein Mann reiten, hat er versprochen und mir die Hand getätschelt. Das reicht ihm. Bist du heute Abend da?«

»Ich bin für die Küche eingeteilt. Isabelle serviert.«

»Da bin ich froh. Besser, du begegnest meinem Vater nicht.« Fanny Marika umarmte sie zum Abschied. Sie duftete nach Wind und frischer Minze.

Christiane rannte und hüpfte zurück zum Gänstor. Die Fische wären ihr wohl ohne Deckel aus dem Drahtkorb bis in die Donau gesprungen. Mit dem Geldgürtel konnte sie in der Welt bestehen. Sie hockte sich auf einen Stein und wischte die Stirn mit dem Taschentuch. Hoppla! Da hatte sie das Tüchlein mit den springenden Fischen erwischt. Rasch steckte sie es zurück in die Rocktasche, doch sogleich machte es wieder einen Satz, wie die beiden Rotfische und der Spiegelkarpfen, die unermüdlich versuchten, ihrem Schicksal zu entkommen. Ihnen blieb es versagt, ihr war es gelungen.

»Vous êtes libre!«, jauchzte sie und breitete die Arme weit aus, als ob sie die ganze Welt umfangen könne.

5

Jeden Tag wartete sie jetzt auf Nachricht von Hofsänger Löhle. Gertraut weihte sie als Einzige in ihre Pläne ein.

»Du darfst auf keinen Fall ohne Aussicht auf eine Anstellung abreisen«, schärfte diese ihr immer wieder ein. »Sing dir die Zusage herbei!«

Christiane folgte ihrem Rat und trällerte sich durch die Tage. Egal, dass längst der Juni ins Land gezogen war, sie sang: »Alles neu macht der Mai, macht die Seele frisch und frei …«

Frau Finanzkammerkanzlist, unterthänigst, war nach einer Fehlgeburt kränklich und Christiane konnte den ganzen Tag springen und tanzen. Sie kicherte in einem fort, was nicht recht war, wenn jemand krank war, aber das Leben erleichterte. Der Hausherr vertrat seine Gattin beim Personal. Er mischte sich nicht ein. Sie wussten selbst, was sie zu tun hatten.

Christiane zeigte auch Gertraut die beiden Fischlein auf dem Tüchlein. Diese zuckte die Achseln.

»Ich koche tote Fische. Barben sind es. Schmecken recht zart und haben festes Fleisch. Jetzt zur Laichzeit sind sie ungenießbar.«

Die Köchin wusste nicht mehr als die Fischfrau. Sie selbst aber würde es herausfinden, was es mit den Fischlein auf sich hatte, denn es musste ja eine Bedeutung haben, warum sie auf dem Tüchlein prangten. Sie waren wie eine rote Rose, die für die Liebe stand. Baldur hatte ihr im letzten Jahr eine gelbe zum Geburtstag verehrt. Sie war erleichtert gewesen.

Sonntags hatten sie jetzt den ganzen Tag frei. Der Finanzkammerkanzlist hatte es verfügt. Gertraut wollte ihr endlich den

Gesellschaftsgarten der Hundskomödie in der Friedrichsau zeigen, aber Christiane zog es nach Bayern ins Steinhäule.

»Komm, ich lad dich auf ein Bier ein«, sagte sie. »Was du mir erzählt hast im heißen Mai, habe ich nicht vergessen. Wie es ist, die Stadt von der anderen Seite anzuschauen und sich frei zu fühlen, das möchte ich einüben. Es ist Zeit, die Perspektive zu wechseln. Komm, ich helf dir in dein Barchentkleid.«

Gertraut schüttelte den Kopf. »Das ist zu warm, ich habe es im Mai schmerzlich einsehen müssen. Seitdem hat mein bestes Kleid zwei riesige Schweißflecken, die ich nicht mehr herausbringe, auch nicht mit Essig. Besser, wir ziehen uns schlicht und luftig an. Fürs Spaziergehen sind griechische Gewänder in Mode. Darin können wir uns frei bewegen. Ich leih dir mein sonnengelbes, über den letzten Winter ist es mir um den Busen zu eng geworden. Selbst nehme ich das beigefarbene. Dann fallen wir nicht auf. Du verstehst. Zwei Frauen allein.«

Später spazierten sie durch die Gärten am Spital vorbei bis zur Herdbrücke. »Da vorn liegt die Adlerbastion«, sagte Gertraut, »wo der Berblinger mit seinem Fluggerät ins Wasser gefallen ist. Sicher hast du vom Schneider gehört. Wie kann man sich nur wie ein Vogel erheben wollen?« Sie schüttelte den Kopf.

»Und wenn er den Fuß in die Luft gesetzt und sie ihn getragen hätte?«, fragte Christiane. »Früher wäre er als Ketzer verbrannt worden, heute würde er im Gefängnis verschmachten, was mir nicht besser dünkt.« Sie wies nach vorn. »Über die Herdbrücke zu gehen, war mein erster Wunsch.«

Sie zeigte stolz ihren Pass vor, aber der Zöllner wollte den Passierschein sehen.

»Besser, die Kirche im Dorf zu lassen«, prustete Gertraut.

Christiane lachte hell auf und hakte sich bei ihr unter. »Ein wenig Neid belebt die Freundschaft.« Sie knuffte die Köchin zärtlich in die Seite. Diese war ihr zur Freundin geworden und würde ihr fehlen.

Sie wandelten zunächst am Fluss entlang durch ein lichtes Pappelwäldchen gen Westen. Nach einer guten Stunde erreichten sie südlich der Donau eine mit Birken und Rotbuchen umstandene Wiese. In der Mitte lag ein rundes Häuschen auf einem Hügel, wo das Bier ausgeschenkt wurde. Christiane zahlte. Wie Gertraut sie anstrahlte. Mit einem Glas in der Hand nahmen sie in einem Pavillon Platz, der sie vor der Sonne schützte. Unter einer knorrigen Eiche saßen ein paar Studenten beim Wein und disputierten mit ihrem Professor, der kaum älter war als seine Zöglinge.

»Im vergangenen Sommer war ich zuletzt hier«, sagte Gertraut und hob ihr Glas. »Wie mild es ist heute. Verzeih meinen Spott vorhin. Du hast recht, ich neide es dir ein wenig, dass du nach München gehen kannst. Ich habe bei Ruepprechts zwar ein Auskommen, doch gibt es dort eine Zukunft?«

»Willst du nicht heiraten? Baldur ist dir zugetan.«

»Ich würde ihn nehmen, aber er zeigt kein Interesse.«

Christiane trank einen Schluck. »Das ist bei mir anders. Er hat es gestanden. Tut mir leid. Für mich war er von Anfang an wie ein großer Bruder. Ich bin zu jung für ihn.«

»Ein Mann ist niemals zu alt und die Frau nie zu jung, doch schnell zu alt. In zwei Jahren werde ich dreißig. Dann ist es vorbei.«

»Aber nein! Ich hol uns ein zweites Bier. Schau mal, die Amsel, wie emsig sie pickt. Du darfst nicht aufgeben. Ich zeig dir gleich, wie du es anstellen kannst, Baldur zu umgarnen.«

Als sie mit den beiden Bierkrügen zurückkam, hatte sich bei Gertraut eine Haarsträhne aus dem Dutt gelöst.

»Äußerst apart, das wollte ich dir gerade vorschlagen. Und dann lässt du dein Schultertuch ein wenig heruntergleiten. Schau mich dabei an und lächle. Stell dir vor, ich bin der Professor von dort drüben, der mit den Locken wie Baldur.«

»Er ist zu alt.«

»Er ist ein Mann und der ist niemals zu alt, hast du gesagt. Baldur ist älter und um so vieles jünger.«

Gertraut lachte und hielt sich die Seiten. »Christiane, du bist köstlich! Wie wahr du immer sprichst. Prost! Au! Was war das? Eine Wespe. Um diese Jahreszeit. Mein Arm!« Sie schob den Puffärmel hoch und rieb über den roten Fleck.

»Nicht kratzen. Zeig mal. Nimm lieber Spucke.«

»Verzeihen Sie, meine Damen. Besser Sliwowitz. Von innen und außen. Gestatten Sie?« Ohne auf eine Antwort zu warten, setzte sich der Professor und stellte eine Flasche auf den Tisch. Aus jeder Hosentasche zog er ein Stamperl und goss ihnen ein. »Verreiben Sie etwas davon auf dem Stich. Dann wird es gleich besser.« Er hob sein Glas.

»Wenn die Becher fröhlich kreisen ...«, erklang es vielstimmig. Die Studenten waren ihm gefolgt und standen um ihren Tisch. »Fragt ihr, wo die Freiheit wohne ...«

»Oh ja«, rief Christiane und klatschte in die Hände. »Setzen Sie sich und erzählen Sie. Von wem ist das? Wilhelm Hauff? Ein junger Dichter? Er lebt in Stuttgart? Am Charlottenplatz? Wie schade, dass ich nicht dort sein kann.«

Zwei Bier und drei Sliwowitz weiter brachen sie auf. Die Sonne stand als glutroter Ball über dem Horizont und mahnte sie. Gertraut hakte sich bei ihr unter. Nach dem Einreiben mit Schnaps war die Schwellung am Arm sofort zurückgegangen. Die in ihren Köpfen würde sich auswachsen. Sie lehnten jegliche Begleitung ab und schritten hurtig aus. Bei der ersten Dämmerung erreichten sie die Herdbrücke. Ihre Wangen waren erhitzt. Der Zöllner winkte sie weiter und wollte keine Papiere sehen.

Gertraut kicherte. »Er hat sich die Flasche Sliwowitz unter meinem Rock entgehen lassen. Der wird Baldur schmecken.« Sie leckte sich die Lippen. »Und er mir.«

Am nächsten Tag erledigte Christiane mit Isabelle die Einkäufe auf den verschiedenen Märkten. Gertraut war zu nichts in der Lage. Sie kaufte für sie auf dem Blumenmarkt im Grünen Hof eine rote Rose.

»Ich habe Baldur getroffen und er lässt dich grüßen.« Sie überreichte ihr die Rose, als sie zurück am Gänstor war.

»Du schwindelst, aber ich glaube dir. Gib her, das sind meine ersten Blumen, die ich geschenkt bekomme, wenn es auch nur eine ist.« Sie knuffte Christiane in die Seite und hielt sich den Kopf.

»Ich habe etwas angeheftet.«

»Einen Theaterzettel? Das ist nichts für mich.«

»Ein Lustspiel. ›Die Seiltänzer, oder Das Spiel des Zufalls‹. Ich finde, das passt. Du bist eingeladen. Es ist von einem Julius von Voß, aus Berlin. Weltläufig.«

»Du hast ein Vermögen ausgegeben im Steinhäule. Das kommt nicht infrage. Und ich kann es mir nicht leisten.«

»Neun Kreuzer, das geht. Es sind Plätze auf der Galerie.«

»Das ist nichts für mich. Ich versteh es ohnehin nicht. War nur ein Jahr in der Schule. Kann kaum lesen und schreiben, nur ein bisschen rechnen. Mit meinen zehn Fingern. Aber Theater? Das haben wir ab nächste Woche hier wieder genug. Frau Finanzkammerkanzlist –«

»Unterthänigst«, sagten sie beide.

»– übernimmt das Haus. Sie ist genesen. Geh allein. Ich erfinde eine Ausrede, falls sie dich sucht.«

»Ich habe zwei Karten erstanden …«

»Zu Beginn der Vorstellung kannst du sie verkaufen. Du bist eine Dame von Welt, ich bin eine kleine Köchin.«

Christiane schüttelte den Kopf. Gertraut umarmte sie und wollte sie nicht wieder loslassen.

Der Finanzkammerkanzlist lieh ihr den Schlüssel für die Hintertür. »Heute ist es recht. Morgen will meine Frau ihr Gemach verlassen, nicht erst nächste Woche.« Das Grübchen an seinem Kinn zitterte. Er nahm seine Nickelbrille ab und wandte sich einem Boten zu, der eine Unterschrift für die Lieferung von Deckelschnecken brauchte.

Christiane ging zu Gertraut in die Küche. »Willst du nicht doch mitkommen?« Sie hielt den Schlüssel in die Höhe.

Die Köchin schüttelte den Kopf. »Heute ist Fronleichnam in Bayern. Da kommen sie aus Neu-Ulm zu uns herüber. Das ist mir zu belebt. Du wirst schon sehen.«

Lange vor der Zeit machte sich Christiane auf den Weg und erstand in den Kramläden einen Kamm und ein Haarband als Geschenk für Gertraut. Durch die Paradiesgasse lief sie und tänzelte. Am liebsten hätte sie sofort in den Apfel gebissen, den sie in die Ridicule gesteckt hatte. Sie überquerte die Frauengasse und ging hinter der Sammlung, wo die Beginenschwestern lebten, bis zur Theatergasse. Dieses Mal näherte sie sich von Süden. Wie weitläufig die Gärten mitten in der Stadt waren. Bienen und Hummeln summten und brummten und das Abendlied einer Amsel war in der feuchtwarmen Juniluft zu hören.

Von Weitem sah sie, wie sich eine Menschenmenge vor dem Theater drängte. Sie war zu früh dran und zu spät! Mit geschürztem Rock rannte sie, obwohl das rote Kleid mit dem weißen Kragen, was sie erst morgens fertiggestellt hatte, zu eng dafür war und die Riemchenschuhe für das grobe Pflaster zu dünn besohlt waren. Sie musste hineinkommen, es war die Vorstellung ihres Lebens. Warum sie das dachte, hätte sie nicht sagen können.

»Ihre Karte, wollen Sie nicht das Billett verkaufen, ich zahle doppelt. Es ist ›abonnement suspendu‹. Ich gebe dreifach. Für meine arme Schwester. Sie ist Witwe geworden und braucht eine Aufheiterung. Sie können nächste Woche gehen, wir nur heute.«

Die Bayern, wie sie bei sich dachte, hielten die Hand auf. Sie schüttelte den Kopf. Ob sie in ein paar Tagen noch da war, wusste sie nicht. Gertrauts Karte wollte sie gut anlegen. Und ragte da hinten nicht der Lockenkopf des Professors vom Steinhäule aus der Menge? Sie quetschte sich zu ihm durch.

»Wo ist Ihre Freundin?«, fragte er, als er sie sah. Sie zog die Augenbrauen hoch. Egal, aber so ließ er sie in Ruhe. Sie schenkte ihm die Karte.

Er lachte. »Das wäre nicht nötig gewesen.«

Neun Kreuzer kostete es sie, damit sie nicht ohne Begleitung war. Konnte sie sich das leisten?

Die besten Plätze direkt gegenüber der Bühne waren belegt. Die Leute drängten sich. Der Professor zog sie mit sich. »Von der Seite sieht man, war sie einem verbergen wollen. Kommen Sie! Ich kenne mich aus.«

Es herrschte eine infernalische Hitze im Theatersaal. Binnen kürzester Zeit war ihr neues Kleid durchgeschwitzt. Wie gut, dass niemand sie kannte. Sie strich eine Haarsträhne zurück in den Dutt und schlug die Augen nieder, als der Professor sie musterte und näher rückte.

Zum Glück öffnete sich der Vorhang. Ein Marktplatz. Spielende Kinder. »Das ist Lindenthal«, flüsterte ihr Begleiter und legte den Arm um ihre Taille. Sie nahm seine Hand und machte sich los.

Von der Seite schob sie sich vor die Säule, die ihr die Sicht versperrte. Hier war sie für den Augenblick sicher. Auftritt Hanswurst, Purzel genannt. Er saß verkehrt herum auf einem mageren Schimmel und kündigte die Seiltänzer an. Ein Bürger war gegen das Spektakel, die Frau eines anderen dafür. Und schon entspann sich die Intrige, der kein Ernst innewohnte. Diese Namen! Christiane gluckste. Meister Beil, Schlächter und Feuerbürgermeister, redete contra Meister Talg, der Ratmann und Seifensieder war. Ihre Frauen zankten. Alle wollten recht haben. Am besten war der Seiltänzer, Herr Fliegenwedel. Wie köstlich! Ihre Gedanken hüpften und sprangen durcheinander wie dort unten auf den Brettern die Schauspieler. Sie entfleuchte vor dem Professor auf die andere Seite der Säule und beugte sich über die Brüstung. Die Bühne verschwamm hinter dem Rauch der Unschlittkerzen.

Von der Loge, die sie mit Fanny Marika für sich gehabt hatte, war der Qualm störend gewesen, hier auf der Galerie herrschte die Hölle, obwohl diese im Parterre sein müsste. Sie wusste nichts vom Leben und lechzte danach. Es war schweißtreibend. Der Professor zwang sie zu grotesken Possen. Er folgte ihr beständig. Ein Spiel, wie auf der Bühne. Einen Spaß machte er sich mit ihr. Er hatte nach Gertraut gefragt, aber letztlich war es egal. Nur das eine hatte er im Sinn. Unten auf den Brettern war es um nichts besser.

Wenn nur niemand vom Seil fiel. »Die Zwillinge«, kündigte Purzel an. Ein blühendes Mädchen. Graziös. »Wie prächtig! Himmlisch! Dieser Sprung!« Die Schauspieler beklatschten sich. Theater im Theater. Ein junger Mann trat aufs Seil. Göttlich griechisch, wie seine Schwester. »Vortrefflich! Welch ein Engel!«

Sie schlug die Hand des Professors weg, die sich an ihren Busen wagte, und schob sich auf der Galerie weiter. Der Vater auf der Bühne wedelte mit seinen Fliegenbeinen. Er trug einen Stab, der ihn beim Tanz im Gleichgewicht hielt. Ein Sprung, ja! Hoch, höher, am höchsten. Sie klatschte und alle Blicke wandten sich ihr zu.

Es polterte. Herr Fliegenwedel war abgestürzt. Ihre Schuld? Nein! Hinter der Schnur war verdeckt eine zweite Bühne aufgebaut, dort sprangen die Schauspieler, nicht auf dem Seil.

»Unter ällem isch Betrug, bloß unter dr Milch isch Wasser«, hatte die Postwirtin in Feldstetten gesagt, wo sie im letzten Jahr mit Onkel Ludwig Station gemacht hatte.

Herr Fliegenwedel war nicht verletzt, der Sturz gehörte zum Stück.

Welch unglaubliche Geschichte sich da auf der Bühne entspann. Uneheliche Zwillinge, von der Mutter weggegeben, waren in der Seiltänzertruppe wiederaufgetaucht und wurden jetzt von der Mutter geherzt. Sie war die Gräfin. Wie lange sie nach den Kindern, die plötzlich verschwunden gewesen waren, gesucht hatte. Und zum Schluss stellte sich der Graf auch noch als Vater heraus und fand in der Kindesmutter die ehemalige Geliebte wieder. Grotesk, dass er sie nicht erkannt hatte, obwohl sie verheiratet waren. Die schmerzlich entbehrten Kinder, die Zwillinge, hatte er gezeugt, ohne darum zu wissen. Am Ende ging alles gut aus, man strebte zur Tafel, feierte ein Fest und sich selbst.

Sie klatschte und konnte nicht mehr aufhören. Sie beklatschte diese wunderbare Geschichte, das Schauspiel und das Leben. Es würde gut enden, auch für sie. Nicht sie musste ihre Eltern suchen, sondern diese würden sie finden und alle würden sich in den Armen liegen. Sie selbst war aufgefordert, jeden Tag von Herzen zu lieben und zu leben, so viel sie konnte, wie die Seiltänzer. Wie der Professor, der sich jetzt formvollendet vor ihr verbeugte und ihr eine Kusshand zuwarf. »Sie haben sich wacker geschlagen, mein Kompliment«, sagte er und verschwand.

»Trompete klinge zum letzten Mal, / Blas aus die Freuden in Lindenthal!«, rief Purzel, der am Schluss ebenfalls sein Liebesglück gefunden hatte. Und sie klatschte und klatschte, bis sie allein auf der Galerie stand.

Vier Wochen später schrieb ihr Hofsänger Löhle:

Herzlich gerne sage ich Ihnen zu. Meine Frau freut sich auf Sie und auf Gesellschaft aus Stuttgart. Auf Anfang August, besser früher, erwarte ich Sie, bevor hier in München alle in die Sommerfrische ziehen. Und denken Sie daran, in einem Künstlerhaushalt ist manches anders! Wir sind ein recht eigenwilliges Völkchen. Fragen Sie an der Poststation nach dem Haus Ruffini. Rosengasse Nummer sechs.

Christiane barg das Papier an ihrem Herzen, das wie wild klopfte. Über Gertraut, die traurig schaute, ließ sie Baldur eine Eilnachricht zukommen.

»Ich soll dir ausrichten«, sagte die Köchin ein paar Tage später, »dass er am heutigen Montag, an unserem ehemaligen

Schwörtag, Schlag zwölf, bei der Herdbrücke auf dich wartet.« Sie wischte sich über die Augen.

»Ich danke dir für alles. Bitte schick mir meine Reisetruhe mit dem Packwagen. Zum Glück habe ich sie schon fertig gerichtet.« Sie reichte ihr zehn Gulden. »Hier ist die Adresse. Gib sie aber nicht weiter. Nun sei nicht beleidigt.«

Gertraut umarmte sie. »Ich schreib dir. Hol mich bald nach. Nein, sag nichts. Geh! Ich muss in die Küche. Heute Abend haben wir eine große Gesellschaft. Der Oberbürgermeister gibt uns die Ehre. Und dieses Mal kommt Wolbach, wie ich aus sicherer Quelle erfahren habe.«

Christiane band sich rasch den Geldgürtel um und zog ihr neues Reisekleid an. Es war aus dünnem, cremefarbenem Musselin mit unten offenen Ärmeln, damit Luft an die Haut kam. Den Stoff hatte sie sich geleistet, auf ein Kleid aus Barchent aber verzichtet. Für München erschien es ihr zu üppig. Sie nahm ihren Handkoffer, der seit Tagen in der Ecke wartete. Zuunterst hatten sie in einem Beutel die Riemchenschuhe verstaut. Darauf legte sie jetzt Zahnbürste, Seife und Kamm, Unterwäsche und Strümpfe sowie das altrosafarbene Reisekleid, von dem sie sich nicht trennen konnte. Gleich nach dem Theater hatte sie beim roten Kleid die Schweißflecken mit Essigwasser behandelt und ausgiebig nachgespült. Ihr war es im Gegensatz zu Gertraut gelungen, sie zu entfernen. Der Kerzenrauch, der sich im Stoff festgesetzt hatte, verschwand dabei auch. Für das hellgrüne Kleid hatte sie beim Zusammennähen nach der neuesten Mode einen längst gefalteten blauen Stoffstreifen mitgeführt. Die Bruchkante betonte als dünner Wulst die Nähte farbig. Solche Paspeln kosteten Mühe, aber lohnten sich. Das soeben fertiggestellte Kleid, mit den schrägen rotweißen Karos, war schmucklos zusammengenäht. Sie liebte es umso mehr. Für sommerliche Tage im Englischen Garten, an denen nichts als Lachen in der Luft lag, hatte sie es gedacht und legte es obenauf. Der Deckel ließ sich wunderbarerweise leicht schließen und sie zog die Riemen zu. Wie dankbar war sie für diesen Handkoffer, der sie seit ihren Tagen in Königsfeld begleitete.

An der Herdbrücke konnte sie die Chaise der Baronesse nirgends entdecken, aber auf einmal schwenkte Baldur sie durch die Luft.

»Wie passend, dass die Aprikosen reif sind. Der Vetter in Günzburg fordert stets drei Körbe. Von dort kannst du ungesehen weiterreisen. Wohin auch immer es dich treibt. Nein, ich will es nicht wissen.«

Er dirigierte die Kutsche aus der Stadt. Die Bayern wollten keine Papiere sehen. An der Wagentür prangte das Wappen derer vom Stein zu Rechtenstein. Einen Namen musste man haben. Baldur gab den Pferden die Peitsche, ohne sie zu schlagen. Sie sausten dahin, unterthänigst.

In Günzburg auf dem Marktplatz, den sie durch einen Torturm erreichten, drückte er ihr im Schatten des Rathauses einen Kuss auf den Mund.

»Hätt' dich gern zu meinem Mädle gemacht. Aber du hast anderes in deinem hübschen Kopf.« Er wirbelte sie durch die Luft. »Du hörst ja nicht, was ich sage! Wärst nie die meine geworden. Du sollst glücklich sein! Das Tor dort«, er zeigte zu einer Kirche, »es bringt dich weiter. Da vorn die Postkutsche. Komm!«

»Baldur, ich danke dir für die brüderliche Fürsorge. Hast du nie bemerkt, wie Gertraut zu dir steht?«

»Ich kann ohnehin nicht heiraten. Dich nicht und keine andere. Zweihundert Gulden müsste ich besitzen für eine Heiratserlaubnis. Wie soll das gehen? Im Jahr verdiene ich hundertfünfzig.« Er schob sie weg von sich.

»Warte, nimm das. Zwanzig Gulden. Keine Widerrede. Gertraut hat gespart, soll ich dir sagen. Sie gibt es gerne her, hat sie mir anvertraut. Versucht es. Um meinetwillen.«

Er wischte sich über die Augen und schüttelte seine Locken. Ohne ein Wort schob er sie in die Diligence gen Augsburg, in der wunderbarerweise ein Platz frei war.

Sie saß am Fenster. Bäume und Häuser flogen vorbei. Als Gesellschafterin kam sie nach München in eine gute Familie.

Sie versuchte, sich an Carla zu erinnern, aber es gelang ihr nicht. Onkel Ferdinand hatte geschrieben, sie sei ihr wohlgesonnen, was sie aus vollem Herzen glaubte.

»Du kannst allein in der Welt bestehen, brauchst keine Frau Bergrat Hehl«, sagte sie stumm vor sich hin. »Du trägst ihren Namen, was fürs Erste recht sein soll.«

Wie die Räder rollten, von allem fort, was sie geplagt hatte. Das Leben hielt sich die Waage.

In Augsburg wechselte sie die Kutsche im Schatten des Doms, der so prächtig wie gelangweilt herumstand. Ulm lebte und lachte, auch wenn das Münster wie eine Glucke wirkte. Augsburg hingegen atmete flach vor lauter Geschichte.

Und schon sauste sie weiter dahin, den ganzen Montag, die Nacht und den Dienstag. Das Herz quoll ihr über und sie plapperte unentwegt, ohne zu hören, was sie da von sich gab.

Am frühen Dienstagabend kamen sie zu einer Lindenallee, die von einem Kanal gesäumt wurde. Sie atmete tief ein, wie Onkel Ludwig es angeraten hatte. »Vous êtes libre«, rief es erneut in ihr. Seine Worte. Ihr neues Leben.

KÖNIGLICHE RESIDENZSTADT MÜNCHEN

Hofsänger Löhle

1

»Kommen S' das erste Mal auf Minga?«, fragte der rundliche Mann in der Trachtenjacke, der in Puchheim in die Kutsche gestiegen war.

Christiane nickte. »Als Gesellschafterin«, sagte sie. Zum Glück wollte er nichts weiter wissen. Ihre Geschichte war im Verlauf der Fahrt immer kürzer geworden.

»Minga is scho a bisserl größer als Ihr Stuttgart. Da kommen S' doch her? Fast dreimal mehr Einwohner.« Er wies aus dem Kutschenfenster.

Christiane reckte den Hals, sah aber nur niedrige Bauernhäuser und hörte das Gackern von Hühnern.

»Machen Sie dem Kind keine Angst.« Die Frau mit dem Federhut tätschelte ihr den Arm. Sie ließ es geschehen. Seit Augsburg waren sie gemeinsam unterwegs und hatten sich ein bisschen aneinander gewöhnt. Ihre Hamsterbäckchen hüpften beständig auf und ab. Sie stammte aus München, war alteingesessen und sprach betont Hochdeutsch.

Da knallte es. Sie zuckte zusammen. Gewehrsalven! Scharf und trocken. Die Pferde wieherten, der Kutscher fluchte. Durch die Luft segelten Rabenvögel und krächzten heiser. Schafe blökten.

Der Mann rückte seine Trachtenjacke zurecht und setzte den Kneifer ab. »Ist der Schießplatz da links. Das kann einen schon erschrecken, wenn man's nicht kennt. Die Tiere gewöhnen sich nie. Ich bin ja alle Tage auf Minga.«

»Gleich kommen wir zum Karlsplatz. Da können Sie die Soldaten bewundern. Die schmucken Uniformen gefallen Ihnen sicher.« Die Frau nahm ihren Hut ab.

»Bringen S' dem Madel net so was bei. Es heißt Stachus, was

sonst.« Der Mann setzte sich aufrecht hin, soweit sein Bauch das zuließ, und der Kneifer fand das Auge wieder. »Da vorn ist das Rondell.«

Befehle, scharf wie Gewehrschüsse, drangen über den Platz. Stiefel stampften in Dreierreihen. Die Soldaten in ihren blauen Uniformen präsentierten das Gewehr. Links, zwei, drei! Rechts! Still gestanden!

»Die Stadt liegt direkt vor uns. In der Mitte der Dom zu Unserer Lieben Frau mit seinen welschen Hauben«, erklärte die Frau mit dem Federhut. Sie schlug ein Kreuz. »Die beiden Kuppeltürme sehen für den Moment leider nur die Pferde.«

»Ah geh, Frauenkirche sagen die Münchner«, entgegnete der Mann. »›Meine lieben zwei Spargel‹, hat der alte Kurfürst Max Josef der Vielgeliebte sie genannt. Maßkrüge mit Deckel sind's, soag ich.« Er trocknete seine Glatze mit einem karierten Schnupftuch.

Die Wächter setzten ihre Schirmmützen ab und winkten sie durch ein Tor. Die Straße war so breit, dass Christiane um ein Haar wahrlich angst wurde. Wie viele Kutschen ihnen entgegenkamen! Als ob sie alle vor dem Ende der Dämmerung die Stadt verlassen müssten. Und ständig überholten sie welche. Ihr war wirr vom unentwegten Klappern der Hufe auf dem Pflaster. Sie reckte sich. Angst durfte sie nicht haben. Es verhielt sich anders herum. Vierspännig fuhr sie in München ein. Wie herrlich groß die Stadt war. Und wie prächtig die Häuser, nicht eines hatte weniger als zwei Stockwerke. Hier gab es Platz für sie. Sie war der Vormundschaft entkommen. Frau Bergrat ahnte nicht, dass sie nach Bayern geflohen war.

Der Postillion lenkte die Pferde durch eine schmalere Gasse, wo sich zwei Hunde ineinander verbissen hatten und ihnen den Weg versperrten. Erst die Peitsche des Kutschers trieb sie auseinander. Sie jaulten und stürzten sich sogleich mit einem wütenden Knurren wieder aufeinander.

»So ist's im Angerviertel«, sagte der Mann in der Trachtenjacke. »Die Hunde sind völlig narret, als ob sie die alten Fleischbänke riechen könnten. Dabei ist's vornehm geworden hier, viele Kaufleute haben sich niedergelassen.«

Auf der linken Seite präsentierten Soldaten.

»Die Hauptwache am Rindermarkt. Dort am Eck!« Die Frau mit dem Federhut tätschelte ihr wieder den Arm. »Gleich sind wir an der Hauptpost.«

In der nächsten Querstraße standen die Pferde still.

»Wohin müssen Sie denn? Zum Haus Ruffini? Zurück über den großen Platz, das ist die Schranne, wo der Kornmarkt stattfindet, dann durch die Rosengasse bis ans Ende. Sie erkennen das Haus Ruffini am Türmchen. Warten Sie, ich geleite Sie! Damit Sie nicht verloren gehen, Kind.«

»Das ist überaus freundlich, aber ich komme allein zurecht.« Christiane sprang aus dem Wagen und nahm den Handkoffer entgegen, den der Kutscher ihr herunterreichte. »Vielen Dank für alles«, sagte sie, »es war gar erquicklich mit Ihnen.«

Sie setzte die Füße voreinander. Als ob sie neu gehen lernen müsse. Recht steif war sie vom Sitzen. Wenn nur der Federhut ihr nicht folgte.

Das Eckhaus zur Rosengasse war im zweiten Stock hell erleuchtet. Gelächter drang durch die geöffneten Fenster des Türmchens bis auf die Straße. Die Haustür stand weit offen. Sie stellte auf der Straßenseite gegenüber den Handkoffer ab und strich das Kleid glatt. Nummer sechs, wie Pauly geschrieben hatte. Zweiter Stock.

Neben ihr hielt eine Kutsche. Ein hochgewachsener Herr mit einem edlen, hageren Gesicht und einem weißen Haarschopf eilte aus dem Haus Ruffini. Wo hatte sie ihn schon einmal gesehen? Das konnte nicht sein. Verleger Cotta! Stuttgart war überall. Sie wandte sich ab. Wie gut, dass er sie nicht kannte. Der Herr stieg in die Kutsche und fuhr davon. Sie holte tief Luft, nahm den Handkoffer, der ihr plötzlich schwer in der Hand lag, und ging über die Gasse zu dem vierstöckigen Haus hinüber.

Im Erdgeschoss war es dämmrig. Ein Pferd schnaubte in einer Ecke. Es roch nach Wagenschmiere und frischem Heu.

Rasch stieg sie die Stufen hinauf und hielt sich mit einer Hand am Geländer. Gänzlich in Weiß gehalten war das Treppenhaus. Sie warf einen Blick auf ihre Schuhe, die von der Fahrt ein wenig staubig waren. Auf dem Absatz zum ersten Stock stand eine Kübelpflanze mit fächerartigen Blättern unter einem hohen Fenster. Eine Palme! Wie im Königlichen Gewächshaus in Stuttgart. Wo kam sie hin? Vornehm war es.

Auf dem Treppenabsatz im zweiten Geschoss stellte sie den Koffer ab und strich ihr Kleid noch einmal glatt. Obwohl sie bislang nicht an der Glocke gezogen hatte, öffnete sich die Wohnungstür. Eine überaus schlanke Frau in einem hochgeschlossenen, goldfarbenen Satinkleid stand vor ihr. Bevor sie etwas sagen konnte, wich die Dame ein paar Schritte zurück.

»Ich wollte nachschauen, wo Gräfin von Gumpendorf bleibt. Mit wem habe ich das Vergnügen?«

»Du musst Carla sein. Erkennst du mich nicht? Christiane aus Stuttgart. So schnell es ging, bin ich gekommen. Vor der Sommerfrische, wie vom Hofsänger gewünscht.«

»Verzeih, Christiane. Jetzt, wo du es sagst. Gewachsen bist du, doch deine blauen Augen und die dunklen Haare, wie damals, ein hübsches Kind. Ich hab mir immer vorgestellt, so sieht meine Tochter später einmal aus. Kurz vor der Heirat stand ich. Mehr als sechs Jahre ist das her. Und nach wie vor habe ich kein … Verzeih. Was soll ich sagen …? Dich habe ich jetzt nicht erwartet. Warum hast du uns nicht Nachricht gegeben? Wir haben eine große Gesellschaft. Es ist wahrlich ungeschickt heute. Entschuldige. Nach der Vorstellung fällt die ganze Bagage immer bei uns ein, wie du hörst. Mein Mann liebt es, wenn sein Haus voll ist. Leider ist es nicht seins, das kann er sich als Hofsänger nicht leisten. Aber Baron Ruffini, dem das Domizil gehört und der den ersten Stock bewohnt, ist selten daheim, sodass es wie ein eigenes ist. Ist dir nicht Verleger Cotta soeben begegnet? Er ist jetzt bayerischer Freiherr. Ach, was rede ich.« Carla fasste sie am Arm und zog sie in einen Windfang mit moosgrünen Tapeten. Christiane bekam keinen Ton heraus. Wenn sie nur nicht wieder fortgeschickt wurde.

»Was soll ich mit dir tun?« Carla rang die Hände. »Sag nichts. Ich hab eine Idee. Komm gleich zu unserer Gesellschaft. Unter Künstlern geht es zwanglos zu. Sei ganz und gar unbefangen. Genier dich nicht. Die Herrschaften freuen sich immer über Abwechslung.«

Carla öffnete die Zwischentür und schob sie in einen breiten Flur, der hell erleuchtet war.

»Auf der linken Seite am Ende des Ganges sind die Mädchenkammern, nimm die vorletzte Tür. Das Zimmer ist leider nicht gerichtet, doch sicher kommst du zurecht. In der Küche hörst du Hilda. Anton! Wie passend, dass du da bist! Ich vertraue dir Christiane an. Sie gehört jetzt zu unserem Haushalt. Macht euch bekannt.«

Mit seinem linken, etwas schief stehenden Auge zwinkerte Anton ihr zu. »Bei uns ist's richtig für dich, wie mir scheint. Ich muss eilen. Hör, sie rufen nach Bier und Met. Sei willkommen! Wir sehen uns später. Geh am besten zurück bis zum Windfang und von dort ins Empfangszimmer. Eine Flügeltür bringt dich weiter in den Salon. Folge deinen Ohren.« Anton lachte und zeigte ebenmäßige Zähne. Er drückte ihr eine hell leuchtende Argandlampe aus einer Nische in die Hand.

Ihre kleine Kammer war staubig, aber aufgeräumt. Ein eisernes Bettgestell mit einer richtigen Matratze. Die Daunendecke war zu warm, sie würde den Bettbezug nehmen, er reichte aus für die Sommerzeit. Das Kopfkissen war fedrig leicht. Sie nickte und legte den Koffer aufs Kanapee. Sein grüner Samtstoff war verblichen und an manchen Stellen abgewetzt, doch sie wollte nicht klagen. Die Tapeten waren moosgrün wie im Windfang. Von gleicher Farbe war ein Vorhang, hinter dem sich einige Kleiderhaken befanden. Einen Schrank gab es nicht, aber sie würde zurechtkommen. Sicher war Platz in der Kommode an der Wand. Ein Zimmer für sie allein. Sie umarmte ihre Ridicule und stellte sie auf dem Boden ab. Dielenbretter, sorgfältig blank gescheuert.

Nacheinander breitete sie ihre Kleider auf dem Bett aus. Zum Glück waren sie nicht arg zerdrückt. Erstaunlich, was alles in den Handkoffer passte.

Sie streifte ihr cremefarbenes Reisekleid aus Musselin ab und hängte es über die Lehne des einzigen Stuhls. Arg verschwitzt war sie nicht, sie roch nur leicht nach Schweiß und Staub. An jeder Poststation hatte sie sich frisch gemacht, das war ihr wichtig gewesen, vor allem heute Morgen.

Es klopfte. »Ich stell dir eine Kanne mit Wasser vor die Tür«, rief Anton. »Keine Sorge! Bin schon wieder weg.«

»Danke, du bist ein Schatz.« Sie grinste in sich hinein und öffnete die Tür einen Spalt. Der Flur war leer.

Mit der emaillierten Kanne in der Hand schlüpfte sie zurück ins Zimmer und goss Wasser in die Waschschüssel auf dem kleinen Tisch. Darüber hing ein an den Rändern blinder Spiegel. Ihr Schattenbild tanzte mit ihr. Sie winkte sich zu. Ihre Augen blitzten im Licht der Lampe und das Grübchen am Kinn lachte.

In der obersten Schublade der Kommode fand sie Waschlappen und Handtücher. Sie wusch Hände und Gesicht sowie die Achseln. Wie gut, dass sie sich in Ulm die Rosenseife gekauft hatte.

Das hellgrüne Kleid mit den blauen Paspeln, solide und verspielt zugleich, war für eine Künstlergesellschaft angemessen. Dazu die Riemchenschuhe. Äußerst apart. Sie legte passend zur Seife ein wenig Rosenöl auf und steckte ihr Haar zu einem gebauschten Dutt auf. Dafür brauchte sie den Spiegel nicht.

Einige lockige Strähnchen ließ sie heraushängen. Schade, dass sie keine Kette für ihren Schwanenhals besaß. Ihre Augenbrauen zog sie mit einem Kohlestift nach. Sie rollte das Tüchlein mit den Fischen zusammen und steckte es in die Rocktasche. Neckisch lugte die blaue Spitze hervor. Welch passendes Accessoire! Sie trat dicht an den Spiegel und biss sich die Lippen kirschrot.

Mit festem Schritt lief sie den Flur entlang, war ab sofort die neue Gesellschafterin im Hause Löhle. Sie betrat den Salon von der Seite her, wie Anton ihr geraten hatte. Gemurmel und Gelächter umarmten sich.

Anton stand auf einmal vor ihr, klein und gedrungen war er. Mit seinem linken Auge zwinkerte er ihr wieder zu und reichte ihr ein Glas Met.

»Geh da hinten zur Fensterfront neben dem Erkertürmchen. Schau dich erst mal ein wenig um«, raunte er. »Die Gäste werden Gefallen finden an dir.«

Sie lehnte sich an die Wand zwischen den beiden Fenstern und strich über die grüne, von einem Rautenmuster durchzogene Tapete. An die Farbe würde sie sich gewöhnen. Eine gelbe Bordüre bildete den Abschluss unter dem Stuckfries. Zwei zierliche Kanapees befanden sich gegenüber an der Wand. Dazwischen stand ein halbrunder Tisch. Links öffnete sich eine Kassettentür zu einem Zimmer, aus dem Tabakrauch drang. Sie schnupperte. In der Luft hing Vanillegeruch. August? Das konnte nicht sein. Sie seufzte tief. August hatte sie verloren, wenn sie ihn je gewonnen hatte. Sie trank einen Schluck Met und schluckte auch ihre Gedanken hinunter. Der Honigwein schmeckte fruchtig herb und süßlich zugleich.

Die Gäste unterhielten sich in lockeren Gruppen, die Gläser in der Hand. Ab und an wanderte jemand ein Stück weiter. Die Polsterstühle und Kanapees waren sämtlich unbesetzt. Spielerisch stützte sich der eine oder andere an einer Lehne ab. Das war eine wahre Gesellschaft. Nicht wie bei Ruepprechts, wo alle steif an einem Tisch saßen.

Eine junge Frau gesellte sich zu ihr. Etwa so alt wie sie. Honigblondes Haar zu einem Zopf geflochten, der als Kranz um den Kopf gesteckt war. Zwei spöttische graue Augen musterten sie.

»Wie's aussieht, bist du neu hier«, sagte sie. »Heute Abend ist's überaus wuselig, alle sind aufgekratzt vom Föhn. Ich bin Solveig.« Sie reichte ihr die Hand.

»Und ich Christiane. Carlas neue Gesellschafterin. Gebürtig aus Stuttgart. Soeben unverhofft angekommen, aus Ulm, und in etwas hineingeraten, wie mir scheint.«

Solveig prustete los und hielt sich schnell die Hand vor den Mund. »Gesellschaft, die kann sie brauchen, wo alle auf einen kleinen Hofsänger warten. Bis dahin gibt es nun also eine Gesellschafterin.« Sie unterdrückte ein Kichern.

»Ich kümmere mich außerdem um ihre Garderobe.«

»Dann bist du die neue Kammerzofe. Ein reizendes Kleid hast du. Und ebenfalls in Grün. Wie passend! Selbst genäht? Du musst mir mal zeigen, wie du diese sauberen Paspelnähte hinkriegst. Ich schaffe es immer nur furchtbar wulstig. Aber wenn ich es dir sagen darf: Der Ausschnitt ist recht gewagt. Warte, das Seidentuch hier, das leihe ich dir. Dort hinten auf der Bank in der Ecke.« Sie zog sie mit sich zum Erker, legte ihr ein gelbes Dreiecktuch um und drapiere die Enden, dass sie den Brustansatz verdeckten. »Komm, ich führ dich ein wenig im Gesellschaftszimmer herum. Löhles nennen es *Salon*. Und verzeih, das war eine Neckerei mit der Gesellschafterin. Mir ist langweilig. Siehst du den Federbusch mit den Straußenfedern? Der gehört zu Gräfin von Berchem. Sie fehlt hier nie.« Sie lachte leise.

Solveig machte sie bekannt mit Musikus Windmessinger, ein langer Kerl, der ihr seine schmalen Finger zur Begrüßung reichte und einen Handkuss andeutete. Neben ihm stand der vom König hochgeschätzte Hofschauspieler Zuccarini, wie ihre neue Freundin betonte. Dieser verbeugte sich galant, zog aber seine buschigen schwarzen Brauen zusammen, sodass eine steile Falte auf der Stirn erschien. Doch im gleichen Augenblick lächelte er und Christiane ging das Herz auf. Beide Männer sprachen dem Bier zu. Zuccarini berührte Solveig am Arm. Diese nickte verhalten, zog sie weiter und zeigte dabei in die Runde.

»Auf der anderen Seite zur Galerie am Innenhof hin ist der junge Gumpenberg vertieft ins Gespräch mit Baron von Aretin«, sagte sie. »Sie sind beide so hübsch wie langweilig. Ich stelle sie dir nicht vor.«

Christiane kicherte. Anton brachte ihnen ein Schälchen mit Erdbeeren. »Sie sind übrig, von der Suppe.« Er eilte mit den Bierkrügen in der Hand weiter.

»Erdbeeren? In der Suppe?«

»Es gab zwei Variationen einer kalten Melonensuppe«, erklärte Solveig. »Mit Salatgurke und geräuchtem Schinken oder mit Minze und Erdbeeren für uns Damen. Ich mag die Suppe für die Herren lieber.«

Durch eine offene Flügeltür sah Christiane die Reste einer langen Tafel. Diese war ihr nicht aufgefallen. Zuerst nahm man hier also genauso gesittet am Tisch Platz wie in Ulm und anderswo. Wie kindisch von ihr! Am liebsten hätte sie alle Erdbeeren auf einmal in sich hineingestopft. Sie hatte heute unterwegs in einer Poststation lediglich eine warme Brezn gehabt. Mit spitzen Fingern griff sie geziert in die Schale und schob sich zwei Früchte in den Mund. »Warum reden sie da hinten in der Ecke beim Türmchen so laut?«, fragte sie schnell, um ihren knurrenden Magen zu übertönen.

»Du meinst dort, bei dem Herrn mit dem schäbigen Rock und dem blatternarbigen Gesicht? Er ist schwerhörig. Stottert außerdem ein wenig.«

»Wie der aussieht, gehört er hier nicht her. Wer ist das?«

»Das wirst du früh genug erfahren. Komm!« Solveig nahm ihre Hand und zog sie mit sich. Bedauernd stellte Christiane die Schale mit den Erdbeeren auf einem Tischchen ab, wo sich Gräfin Berchem nicht bitten ließ.

Der Herr mit dem Rock hatte rotblondes Haar, das nach allen Seiten abstand, und war schlanker Statur. Ein Schnurrbart milderte die lange Nase ab. Am Kinn prangte ein Ziegenbärtchen. Gleich würde er meckern. Sie grinste. Solveig trat einen Schritt beiseite und schob sie nach vorn.

Der Herr wandte sich um und ein Strahlen glitt über sein Gesicht. »Frisch und lieblich! Küssen möchte man es. Wie kommt denn dieses entzückende Kind zu uns?«

»Mit der Eilpost. Geschwind wie der Wind.«

»Und was führt Sie in unsere herrliche Residenz?«

»Ich bin die neue Gesellschafterin im Hause Löhle. Christiane von Hehl aus Stuttgart.« Sie hatte lauter gesprochen, als es schicklich und nötig gewesen wäre.

Carla stand am Kaminsims und gab ihr Zeichen. Christiane wandte sich zum Gehen, doch der Herr hielt sie fest. Das Geburtsmal auf seiner Stirn flammte zornig auf.

»Sie kosten Geld, sind nicht von Nutzen. Aber bezaubernd. Bleiben Sie.« Er tätschelte ihren Arm. Das Feuermal wurde blasser.

»Die neue Kammerzofe ist sie«, rief Solveig und trat ein paar Schritte zurück hinter einen schlichten Polsterstuhl.

»Jetzt kommen schon die Kammerzofen zu den Gesellschaften. Sie sind mithin doch nützlich. Das gefällt mir und wieder nicht. Ich für meinen Teil brauch niemanden. Anziehen kann ich mich selbst und ausziehen lasse ich mich nicht«, sagte er.

»Ihr Rock verträgt aber durchaus eine Kammerzofe«, rutschte es ihr heraus. Die Umstehenden prusteten und drehten sich weg. Carla rang wieder die Hände.

Ein Hüsteln hing im Raum. Der Papagei im Käfig auf der Galerie krächzte: »Ausziehen!«

»Genau! Wenn Sie den Rock hier lassen, bringe ich morgen gerne Ordnung hinein. Ich bin geschickt darin.«

»Ausziehen!«, krächzte es wieder. Das war nicht der Papagei. Jemand machte sich einen Scherz mit ihr.

Der Herr zog mit blitzenden Augen seinen Rock aus und reichte ihn ihr. »Richten Sie ihn so ordentlich, wie Sie sich herausgeputzt haben. Zeigen Sie mal! Was ist denn da in Ihrer Kleidertasche?«

Ehe sie sich's versah, hatte er das Tüchlein mit den Fischen herausgezogen.

»Blumen und Ranken. Bezaubernd und entzückend wie Sie. Und da, springende Fischlein. Ich nehme sie als Pfand für den Rock. Dass ich ihn auch zurückerhalte.« Jemand lachte auf. »Jetzt schau'n Sie nicht so erschrocken. Ich bin ein Spieler. Und Sie sind etwas Besonderes, wie mir scheint.« Seine Augen leuchteten schelmisch.

Baron von Aretin mit dem langweiligen Gesicht bot ihm mit einer Verbeugung seinen Rock dar und der Blatternarbige griff zu. Auf einmal umgab ihn eine Vornehmheit, die sie ihm nicht zugetraut hätte. Anton kam wie zufällig vorbei und nahm ihr den schäbigen Rock des Herrn ab. Ihm reichte er einen Humpen Bier.

»In Griechenland«, rief dieser, »haben sich die einfachen Mädchen zu später Stunde zu uns gesetzt. Stellen Sie sich vor, wie glücklich man sein kann an einem rohen Holztisch. Und hören Sie, was ich gedichtet habe: Öde verlanget der Geist; wo irdische Leere sich findet.« Alle klatschten, doch er wandte sich ab, ohne darauf zu achten. Er drehte wie befreit eine Runde und verschwand im Erkerzimmer.

Die Fische auf dem Tüchlein hatte er sofort bemerkt. Was hatte es damit auf sich? Gräfin von Berchem nickte ihr hinter den Straußenfedern zu. Und Musikus Windmessinger klatschte leise in die Hände und verbeugte sich. Das galt ihr. Sie schüttelte den Kopf. Er applaudierte weiter.

Sie schaute sich nach Solveig um, die gleich Hofschauspieler Zuccarini wie vom Erdboden verschluckt war. Der junge

Gumpenberg stand wie ein Schulbub mit gesenktem Kopf vor einer älteren Dame. Das musste seine Mutter sein, die Carla erwartet hatte.

Eine Amsel schwang sich auf zu ihrem Abendlied. »Der neue Hofsänger«, rief eine volltönende Stimme. »Auf den Hofsänger!«, tönte es aus allen Ecken.

Aus dem Erkerzimmer, das ein weißer Flügel ausfüllte, perlten Töne. Musikus Windmessinger ließ seine Finger über die Tasten fliegen. Wie leicht das Leben war in München! Sie stellte ihr Glas ab und klatschte dezent, als Windmessinger pausierte.

Auf einmal verbeugte sich von Aretin neben ihr. »Mademoiselle Christiane, lassen Sie sich entführen.« Er bot ihr seinen Arm. Sie nickte, was hätte sie sonst tun sollen. Er führte sie hinaus zu der schmalen Galerie, die den Innenhof an drei Seiten säumte. In der Mitte wuchs ein Bergahorn und reckte sich bis an die Brüstung. Sattgrün waren seine gezackten Blätter. In den Ecken standen Palmen in Kübeln. Blüten in allen Rotschattierungen rankten sich an den Fensterläden empor. Wie zauberhaft! Und wie mild war es in München zur späten Abendstunde.

Sie berichtete dem Baron von den Gesellschaften in Ulm und dem Hause Rueepprecht und malte Schloss Brandenburg in kräftigen Farben. Christiane lobte die Baronesse und erzählte vom Theaterbesuch in Ulm. Die dunklen Augen des Barons ruhten lange auf ihr. Sie senkte den Kopf und war froh um Solveigs Tuch. Von Aretin trug eine Krawatte mit gewickeltem Knoten und eine Weste mit Stehkragen. Sein Hemd darunter war blütenweiß. Einen Rock brauchte er nicht. Im Gegensatz zu dem blatternarbigen Herrn. Nach einer Weile führte von Aretin sie zurück ins Gesellschaftszimmer. Anton brachte ihm ein Glas Bier. Er reichte ihr vom Met und hob unmerklich die Augenbrauen. Da hörte sie eine volltönende Stimme hinter sich.

»Entzückend, mein Kind, wie Sie Schwung in die Gesellschaft gebracht haben. Wirklich erfrischend, Ihre Art.«

Ein kleinerer Herr mit einem rundlichen Bauch blieb vor ihr stehen. Der Hausherr, durchzuckte es Christiane. Sie verbeugte sich ein wenig.

»Gefällt Ihnen die Galerie? Die Blumen habe ich aus Italien kommen lassen. Bougainvilleen wachsen dort hoch wie ein Haus. Sie sind erquicklich wie Sie, liebes Kind. Eine formidable Idee von meiner Frau, Sie ein wenig unter die Leute zu bringen. Carla, da bist du ja. Ich empfehle mich.«

»Du gehst jetzt besser zu Hilda in die Küche«, sagte Carla zu ihr. Sie schob sie ins Tafelzimmer und von dort auf den Flur hinaus. »Dein Magen knurrt, dass schon alle tuscheln. Es reicht heute. Die Köchin wird dir etwas zum Essen bereiten.«

Auch am nächsten Morgen hatte ihr keiner sagen wollen, wer der Herr zum schäbigen Rock war. Was ging da vor sich? Mühsam bezähmte sie sich. Den Stoff nicht beschädigen, sonst bekam sie die Fischlein nicht zurück. Sie mahnte sich zur Ruhe. Keinerlei Aussicht aus ihrer Kammer. Das hatte sie gestern Abend nicht bemerkt. Nur ein Fenster, das in einen schmalen Lichtschacht zeigte. Vom Nachbarhaus starrte sie eine Mauer an. Das hielt sie nicht aus. Ein Dienstbotenzimmer. Was hatte sie erwartet?

Umsichtig entfernte sie mit der Bürste den groben Staub und verlor sich nach einer Weile in ihrer Arbeit. Wenn sie sich um Kleider kümmern durfte, war sie bei sich. Auf den speckigen Kragen tupfte sie mit einem Tuch ein wenig Rasierschaum, den Anton für sie geschlagen hatte. Sanft arbeitete sie den Schaum in den Stoff ein und ließ ihn einwirken. Mit einem sauberen, leicht angefeuchteten Lappen entfernte sie die Reste. Ein paar lose Fäden zog sie mit einer Nadel auf die linke Stoffseite. Zum Schluss nähte sie zwei Knöpfe nach und klopfte den Rock mit einer Rundbürste aus Ziegenhaar aus. Sie nahm sich ihr Reisekleid vor und befreite es ebenfalls von Staub und rieb mit dem restlichen Rasierschaum ein paar Flecken aus dem Saum.

Gegen vier kam ein livrierter Diener, den Anton ins Teezimmer führte, wo es vom gestrigen Abend herrlich nach Tabakrauch duftete. Ein Hauch Vanille hing in der Luft. Ihr wurde wehmütig ums Herz.

»Ein exzellenter Stoff«, sagte sie und strich darüber, als ob August ihn trüge. Mit einem Seufzer gab sie den Rock aus der Hand.

Der Bote verneigte sich. »Für Ihre Dienste.« Er schob ihr eine Münze hin. »Wie versprochen hier das Tüchlein zurück. Etwas Besonderes wie Sie, soll ich ausrichten. Das Blumenmuster und die Fischlein. Ich kann verraten, dass mein Herr ein derart besticktes Kissen sein Eigen nennt. Ein Geschenk von Mathilde von Württemberg, aus ihrer Kurfürstenzeit.« Er verbeugte sich. Mit langen Schritten ging er durch das Empfangszimmer zum Windfang, wo Anton wartete und ihn hinausbegleitete.

Sie ließ sich auf die Chaiselongue fallen. Die Münze brannte in ihrer Hand. Sie war größer als ein Gulden. Wer war dieser Herr zum Rock mit einem solchen Diener? Und was hatte Königinwitwe Mathilde mit der Stickerei zu schaffen?

»Zeig mir, was hat er dir gegeben?«, sagte Anton, als er zurückkam. Er setzte sich zu ihr. »Einen Dukaten? Du scheinst mir ein kostbares Weib! Ich hab noch nie eine Münze vom Kronprinz gekriegt, wo er doch öfter bei uns weilt. Und du nun einen ganzen Dukaten! Du bist reich!« Anton strahlte sie an. Seine Zähne blitzten. »An einem Abend hast du den Lohn von vier Wochen eingeheimst. Kompliment.«

Sie schlug die Hand vor den Mund.

Anton lachte und tätschelte ihr den Rücken. »Der Kronprinz mischt sich gern unter die Leit. Mach dir keine Gedanken. Hast es über die Maßen gut gemacht gestern Abend. Bist angekommen hier bei uns in Minga.«

2

Vom Kornmarkt drang das Geschrei der Sackträger und Schrannenknechte herüber, die nach den Kornmessern riefen: »Streich ab!« Pferde schnaubten und wieherten, Räder rollten langsam über die buckeligen Pflastersteine. In der Luft hing der scharfe Geruch von Pferdeäpfeln.

Anton begleitete sie und Hilda mit einer Sackkarre. »Es lohnt nicht, für drei Sack Mehl die Pferde anzuspannen«, hatte er gesagt.

Bei ihrer Ankunft war der lange Platz leer gewesen, jetzt standen und lagen dort dicht aneinandergelehnt schmale weiße Säcke, die wie Riesenwürste aussahen. Anton ließ sich das Mehl zeigen und nickte, als er es für hell genug befunden hatte. Hilda zahlte. Der Diener lud auf und schob mit der Karre von dannen.

Christiane schlenderte zu den Kutschen, die bei den Arkaden warteten. Der rote Zweisitzer mit den beiden Schimmeln hatte es ihr angetan. Die Farbe passte formidabel zu ihrem karminroten Kleid, das sie heute erst zum zweiten Mal ausführte. Sie zupfte an den gebauschten Ärmeln herum. Eine Schürze trug sie nicht. Nicht wie ein Dienstbote aus dem Haus gehen, hatte sie sich vorgenommen. Wie sie sich in Ulm dafür gehasst hatte, dass man daran ihren Stand erkannte. Sie tastete über ihren weißen Kragen. Kleine Stiche, halb verdeckt. Sie war geschickter als eine freie Kleidermacherin. Rot war für sie eine ungewohnte Farbe, aber der Stoff war günstig gewesen und im Ulmer Theater hatte sie Beachtung darin gefunden. Im Rücken spürte sie die Blicke zweier Frauen, mit weißen Schürzen und gebauschten Ärmeln, die ihr hinterherstarrten. Auch ein Soldat mit aufgestelltem Gewehr wandte den Kopf nach ihr. Sie schlenkerte mit ihrer Ridicule, in der sie ein paar kleine Münzen trug. Falls sie etwas für ihren eigenen Bedarf benötigte. Sie war nicht arm, seitdem der Geldgürtel den Weg zu ihr zurückgefunden hatte, dennoch brauchte sie eine Stellung oder einen Ehemann. Wie viel würde Carla ihr zahlen? Darüber hatten sie bislang nicht gesprochen. Mehr als ein Gulden in der Woche musste es schon sein. Anders als Anton es gesagt hatte. In ihren schwarzen Riemchenschuhen stolzierte sie hin und her und konnte nicht aufhören, sich verstohlen von oben bis unten zu bewundern. München war eine große Stadt, wie geschaffen für sie. Sie ging zurück zu Hilda, die den Kopf schüttelte.

»Trag den Korb, dann hast du was zu tun«, sagte sie und zog sie mit sich. Sie passierten ein strohgelbes Haus mit weißem Stuck. Die Köchin zeigte auf ein Wappen. »Das Kurbaierische. Hier versammeln sich die Landstände, wenn der König sie lässt.« Sie musste schreien, denn die Rufe der Kornmesser mit ihren um den Kopf geschlungenen Tüchern und ihr »Streich ab!« vermischten sich mit dem Getrappel sicher Hunderter von Hufen und dem dumpfen Rollen der Wagenräder, das zwischen den hohen Häusern mit ihren Bogengängen widerhallte. Ein nicht abreißender Strom von flachen Transportwagen, auf denen die Mehlwürste lagen, umrundete den Platz und es war kein Vorwärtskommen außer zu Fuß. Anton hatte gewusst, warum er die Sackkarre genommen hatte.

Christiane schaute zu einer roten Marmorsäule mit einer Statue hinauf. »Die heilige Marie mit dem Jesuskinde«, rief Hilda. »Damit Pest, Krieg, Hungersnot und Kindstod sich nicht in der Stadt breitmachen.«

Zwischen den Bogengängen auf der anderen Seite wurden Gemüse und Obst angeboten, ebenso Eier, Butter und Schmalz. Hilda begutachtete alles sorgfältig und wechselte ein paar Worte mit den Marktfrauen, die breitbeinig auf Schemeln vor ihren Auslagen saßen. Eier und Butter vertraute sie ihr für den Korb an. Erdbeeren, Blumenkohl und grünen Salat legte sie in einen kleinen Handwagen, den sie hinter sich herzog. Sie wies auf ein Haus. An dessen Fassade war ein nackter Mann gemalt. Vom ersten bis zum dritten Stock. Christiane schlug gespielt die Augen nieder und riss sie gleich wieder auf. Schade, dass die ganze Nacktheit zu weit oben hing.

»Wir nennen ihn den Christoph vom Eiermarkt. Merk dir das Haus, dann findest dich immer zurecht.« Hilda kaufte von den letzten Kirschen und nahm eine Handvoll Haselnüsse mit.

Christiane steckte ihr Gesicht in Hortensien und weiße Rosen. »Jedes Zimmer sollte dem Auge einen Blickfang bieten«, murmelte sie. Hier und dort zupfte sie beim Blumenstand eine Blüte heraus und hielt am Ende einen großen Strauß Sommerblumen im Arm. Bartnelken, Silberkraut, Wicken, Rosen in allen Farben, erste Sonnenblumen, Hortensien und Rittersporn.

Hilda zahlte und schüttelte den Kopf. Zurück gingen sie über den Rindermarkt, ein Sträßchen, das sich zwischen Häusern durchschlängelte. »Die Fleischbänke sind längst verlegt«, sagte die Köchin. »Hier wird jetzt Brot verkauft und in den Nähstuben kannst du alles erstehen, was du fürs Schneidern brauchst. Der Herr Hofsänger liebt die runden Brotlaibe der Auer. Das sind Bauern von jenseits der Isar. Seine Tante wohnt dort. Frag ihn, ob er dich mal mitnimmt zu ihr. Sie hat ein großes Herz.«

»Heute Abend singe ich im Residenztheater Mozarts ›Don Giovanni‹ noch einmal vor der Sommerpause«, sagte der Hofsänger beim Mittagessen im Tafelzimmer und ließ sich von Christiane nachlegen. Dampfnudeln mit Pflaumen. Er strich sich über den Bauch.

»Er ist ja empfindlich«, sagte Hilda nach dem Essen in der Küche. »Ein richtiger Künstler. Vor dem Singen kann er nichts als ein wenig weißes Brot zu sich nehmen. Und das zur Brotzeit, wo andere noch einmal kräftig zulangen. Deshalb isst er mittags seine Dampfnudeln. Die machen seine Mitte stark und halten vor. Süß und salzig. Am liebsten süß. Doch wenn er dann gesungen hat – ach war das schön heute Morgen, wir hören ihn ja nur üben, da kann man sich gar kein Bild machen –, also nach dem Singen da braucht er leichte Kost. Weil er Fleisch verschmäht, dabei ist er so ein Mannsbild, muss ich immer Fisch parat haben. Am liebsten isst er Hechtklößchen, sauer eingelegt. Etwas Saures bringe seinen Magen wieder in Ordnung, sagt er. Das Lampenfieber könne er nicht abstellen. Du wirst es merken, wie er vor den Aufführungen daherkommt, fahrig und nervös. Deck ein für heute Abend, es wartet eine auserlesene Gesellschaft auf uns.«

Dreierlei Teller, groß und klein. Zweimal scharfe Messer. Kompottschälchen nicht vergessen. Mit glühenden Wangen lief Christiane hin und her. Den Sommerblumenstrauß arrangierte sie auf der Anrichte. Es sah aus, als ob das Eichhörnchen an der Wand daran knabbern würde. Wie sie an ihrem Leben.

Nachmittags bat Carla sie zu sich ins Ankleidezimmer, das wie ihr eigenes Zimmer ebenfalls auf einen Lichtschacht hinausging. Christiane schalt sich undankbar. Die Häuser in München waren eng aneinandergebaut. Sie wohnten in einem Eckhaus und hatten Glück. Licht und Luft von zwei Seiten. Der Innenhof mit dem Ahorn war wie ein kleiner Garten. Carla saß im Sessel vor dem langen Spiegel. Christiane nahm auf einem Hocker Platz. Hatte sie etwas falsch gemacht?

»Mit dem roten Kleid kannst du in München nicht auf die Straße, wir sind nicht in Paris. Leider. Du bist aufgefallen auf dem Schrannenmarkt. Ob das leichte Mädchen unseres sei, wollte man wissen. Rot ziemt sich nicht als Farbe für eine Kammerzofe. Du bist nicht die Herrin, wenn wir auch von Stuttgart her bekannt miteinander sind.«

Christiane senkte den Blick, was ihr nicht leichtfiel. »Verzeih, Carla. Es war mein Übermut, der mich heute Morgen getrieben hat. Ich bin so glücklich, in München zu sein, und verspreche, ich werde mich bessern.«

»Du sagst ab sofort Frau Carla zu mir und siezt mich, wie alle in unserem Haushalt. Du bist die Kammerzofe und hast dich unterzuordnen. Putzsucht hat man dir vorgeworfen. Eitelkeit. Das bleibt an uns hängen. Für die Stadtgänge musst du dir eine richtige Haube zulegen. Die Schute auf deinem Hinterkopf ist ein Schmuck. Das erlaubt deine Stellung nicht. Die Haare müssen bedeckt sein, wenn du auf die Straße gehst. Bei den Gesellschaften ist es anders.«

»Verzeihen Sie«, sie stockte, »Frau Carla.« Es war besser, den Worten Folge zu leisten. »Ich wollte nicht ungehörig sein. Ich habe keine andere Haube dabei. Mein Hab und Gut wird mir nachgeschickt, es dauert aber.«

»Ich helfe dir gern aus.« Carla ging zu einer Truhe und öffnete den Deckel, der prächtig mit Blumen bemalt war. »Diese hier müsste auf deine üppige Haarpracht passen. Mir ist sie leider zu groß.«

Sie reichte ihr eine rohweiße Schute mit blauen Bändern. »Für die verschiedenen Anlässe brauchst du auch ein paar Schürzen. Denn niemals verlässt eine Kammerzofe ohne eine Schürze das Haus. Hier, ein Vorschuss. Drei Dukaten. Das ist reichlich. Ich geb dir die Köchin mit. Es ziemt sich nicht, als junges Mädchen allein herumzuschlendern wie heute Morgen. Ich weiß, Hilda war in der Nähe und du hast dich nur kurz entfernt. Lassen wir es gut sein. Bring mir ein paar Stoffproben mit, ich brauche eine neue Abendrobe. Ich denke an Hellgrün wie dein Kleid bei der Ankunft. Grün ist zwar nicht in Mode, außer bei Tapeten, aber mir ist danach. Vielleicht bin ich ja doch schwanger. Meinen Mann würde es freuen.« Sie strich über ihren Bauch und seufzte. »Und wenn Hilda einkauft, ziehst künftig du den Leiterwagen. Ich kann euch Anton nicht immer mitgeben. Er muss die Pferde beschlagen lassen und so vieles mehr.«

»Ich bin Gesellschafterin und übernehme gerne auch die Aufgaben einer Kammerzofe, Frau Carla. Doch ich bin keine

Magd. Deswegen habe ich ja meine Stellung gewechselt. Natürlich schaue ich mich wie gewünscht nach den Stoffproben um. Die Hilfe von Hilda ist mir willkommen. Ich brauche Garn und Nadeln. Ihre Garderobe, Frau Carla, habe ich durchgesehen. Einiges scheint mir brauchbar und ich kann es umändern, anderes muss man den Armen geben.«

Carla lachte. »Sehr gut. Wehr dich. Du hast Geschick beim Herrichten des Rocks bewiesen, das habe ich gesehen. Doch über meine Garderobe entscheide ich. Als Kammerzofe darfst du mich gerne beraten. Komm, setzen wir uns für einen Moment zusammen. Ich sollte dir wohl einiges erklären.«

Sie ging durch den Salon ins Teezimmer und öffnete die Fensterläden zur Rosengasse. Die Sonne flutete herein und tauchte die Chaiselongue in ein warmes Licht. Carla ließ sich darauf fallen und streckte die Beine aus. Christiane blieb stehen und lehnte sich an den Sekretär.

»Wir können uns nicht für jede Aufgabe einen Bediensteten leisten«, begann Carla. »Anton ist der Kammerherr des Hofsängers und du bist meine Kammerzofe. Anton ist ebenfalls Diener und Kutscher sowie Knecht. Er versorgt die Pferde und kümmert sich um die größeren Einkäufe.«

Carla stand auf und wanderte durchs Zimmer. Wie schmal ihre Silhouette war. Christiane neidete es ihr. Sie selbst würde niemals so schlank sein. Sie war kräftiger gebaut und musste auf sich achten.

»Zu den Aufgaben einer Kammerzofe gehören Planung und Organisation von Feierlichkeiten«, zählte Carla auf. »In der Theatersaison haben wir fast jeden Abend Gäste. Bislang hat Hilda alles allein bewerkstelligt und sich dabei geschickt angestellt. Du sollst sie auf lange Sicht entlasten und mit Händlern und Kaufleuten verhandeln, aber dafür musst du erst das Bayerische ein wenig lernen. Es ist nicht schwer, schau nicht so erschrocken. Ich komm auch zurecht. Zu deinen alltäglichen Aufgaben gehört das Decken des Tisches nach den Regeln der Gesellschaft, das Auftragen der Speisen und die Bedienung beim Essen. Darin hast du kaum Erfahrung, wie ich gesehen habe. Hofsänger Löhle und seine Frau beschäftigen also drei Personen, und ich vergaß, stundenweise eine Magd fürs Grobe. Da reden die Leute gern. Du hast es an der Reaktion des Kronprinzen bemerkt. Ein großer Aufwand für einen kleinen Haushalt. Vergiss aber nicht, mein Gatte ist bei Hof angestellt, da müssen wir repräsentieren. Um darauf zurückzukommen, dein rotes Kleid ist bezaubernd, doch es fehlt vor allem ein züchtiger Einsatz am Ausschnitt, gleichfalls bei dem hellgrünen vom ersten Abend.« Carla setzte sich wieder auf die Chaiselongue und schob ein Kissen zurecht. »Besprich mit Hilda die Speisenfolge. Du kannst einiges von ihr lernen. Wenn die Sommerpause zu Ende ist, sollte die Kammerzofe Christiane von Hehl für die Gesellschaften verantwortlich sein und nicht die Köchin.«

Am liebsten hätte Christiane die Rosshaarbürste, mit der sie die Kleider entstaubt hatte, quer durch ihre Kammer geschleudert. Was fiel Carla da ein? Sie hatte recht, das war das Schlimmste. Widerspenstig hatte sie sich gebärdet, das konnte sie unumwunden zugeben. Aber nie würde sie sich zähmen lassen. Frau Bergrat war das bislang nicht gelungen, trotz aller Schläge. Fünf Jahre, bis sie volljährig wurde. Halt! Drei. In ihrem Ulmer Pass war sie älter. Bis dahin musste sie einer Herrschaft folgen, konnte sich erst dann als freie Kleidermacherin niederlassen und selbst über ihren Aufenthaltsort bestimmen. Wenn ihr aber vorher die große Liebe begegnete und sie sich verheiraten könnte, wäre sie ihrer Sorgen ledig. Nur dürfte der Mann sie nicht zähmen wollen. Blind zu gehorchen, kam nicht infrage. Allerdings war sie bereit, sich zu verständigen. Sie fand sich gut in allem zurecht. Mit einer Hand warf sie die Rosshaarbürste in die Luft und fing sie wieder auf. Das war leicht. Wie es das Plaudern mit Baron von Aretin gewesen war.

»Zum Saisonschluss im Theater brechen viele in ihre Sommerhäuser jenseits der Isar auf«, erklärte Hilda ihr Ende Juli, während sie in der engen Küche an den Resten vom Kalbfleisch kauten, die Carla ihnen überlassen hatte. Christiane saß auf der Bank, die Köchin sprang immer wieder von ihrem Stuhl auf, um zu prüfen, ob das Wasser für den Abwasch heiß genug war. In der Luft hingen Schwaden von Wasserdampf. Die Küche hatte wie ihr Zimmer lediglich ein kleines Fenster zum Lichtschacht.

»Jeder Münchner verspeist im Jahr ein Kalb, nur der Hofsänger nicht«, erklärte Hilda. »Zum Frühstück trinkt er einen Becher stubenwarme Milch mit Honig. Die schmeichelt meinem Hals, sagt er. Damit du Bescheid weißt, falls du für mich einspringen musst. Nimm dir vom Radisalat, liebe Christiane. Die Herrschaften bleiben vorerst in der Stadt. Die junge Frau soll nicht reisen, hat der Doktor gesagt. Du kannst dir's denken. Es wird nichts aus der Sommerfrische. Für uns alle. Seit der Heirat geht das. Sechs Jahre. Doch ich will nicht klagen. Einer Frau Hofsänger reden die Ärzte nach dem Munde. Ständig muss der Medicus sie für schwanger erklären.«

Carla war wieder nicht guter Hoffnung und ordnete an, die neue Abendrobe für den Herbst recht eng zu schneidern, nein, keine Nähte mehr zum Herauslassen.

Hilda war es, die Christiane darauf aufmerksam machte, dass sie über den Sommer in die Breite gegangen war.

»Die Dampfnudeln«, sagte sie, kniff ihr und sich in den Speck und lachte. »Nicht zu vergessen, die Knödel.«

Erschrocken schaute Christiane in den dreiflügeligen Spiegel bei Carla im Ankleidezimmer. Sie schnitt eine Grimasse. Die Köchin hatte recht. Undenkbar, Hand an die eigenen Kleider zu legen. Inzwischen war ihre Reisetruhe angekommen. Alle Röcke waren in der Taille und am Busen zu eng, was sie bislang bewusst geleugnet hatte. Sie verweigerte Dampfnudeln und

Knödel, aß wenig Brot, und hielt sich ans Kalbfleisch, ohne Sauce. Lieber aber war ihr der gelbe Rübensalat mit Schnittlauch, den Hilda extra für sie zubereitete.

Gern übernahm sie alle Aufgaben im Hause Löhle, die Carla ihr zudachte. Mit Hingabe deckte sie den Tisch und dekorierte ihn mit bunten Herbstblättern und den letzten Rosen. Sie erinnerte sich, wie es früher in Kirchberg im Pfarrhaus gewesen war. Hausjungfer nannte Carla sie gegenüber Gästen, damit wollte sie einstweilen zufrieden sein. Es klang nicht so unnütz wie »Gesellschafterin«, da hatte der Kronprinz recht gehabt.

Baron von Aretin kam nach der Sommerpause zu jeder Gesellschaft und seine ganze Aufmerksamkeit galt ihr, doch sie entzog sich ihm.

»Er muss wiederkommen, erst dann meint er es ernst«, sagte Hilda. Der ihre, ein Zimmermann, war nicht mehr aufgetaucht und sie war Köchin geblieben. Christiane aber wollte nicht ihr Leben bei Löhles verbringen, selbst wenn sie sich darin gefiel, den Damen bei den Gesellschaften die Getränke zu reichen. Met oder Holundersaftschorle mit frischer Minze. Anton war fürs Bier zuständig, das er unermüdlich heranschleppte.

Carla verriet ihr, dass sich ihr Mann geehrt fühle, den Landgerichtsassessor zum regelmäßigen Gast zu haben. Er habe ihn schon oft eingeladen, doch er habe sie an jenem Abend im Juli, wo Christiane ins Haus gekommen sei, zum ersten Mal beehrt. »Es schadet nichts, wenn du dich ein bisschen um ihn kümmerst.«

»Frau Carla, was denken Sie? Zwar ist Baron von Aretin recht schmuck anzusehen mit seinen schwarzen Haaren und dem Bärtchen, aber ich bin anständig.«

Carla lachte. »Wer weiß. Von Aretin ist eine gute Partie.«

Eines Tages tauchte der Baron nachmittags im Haus Ruffini auf. Christiane war allein und legte die Stickarbeit beiseite.

Anton und Hilda hatten frei. Der Hofsänger weilte bei einer Probe und Carla besuchte eine Freundin, die das zweite Kind bekommen hatte.

»Wie wär's mit einer Ausfahrt zum Botanischen Garten?«, fragte von Aretin und blieb im Windfang stehen. »Es ist ein milder Herbsttag. Die Farben lassen einem das Herz höher schlagen. Vor allem, wenn ich Sie an meiner Seite weiß.«

»Wie könnte ich Ihnen das abschlagen. Den Hofsänger freut es, dass Sie ihn fleißig beehren.«

»Nur den Hofsänger?«

Sie schüttelte lachend den Kopf. »Gegen eine Spazierfahrt ist nichts einzuwenden.«

Sie richtete sich, legte ein großes Umschlagtuch über die Schultern, damit der Ausschnitt gut verdeckt war, und nahm ihre Ridicule, sie brauchte etwas in der Hand.

Die Kutsche des Grafen brachte sie in wenigen Minuten über die Kaufinger Gasse, wo alles teurer war als woanders, zum Karlstor und weiter zur Nordseite des Stachus. Sonst ein erquicklicher Spaziergang, stieg sie jetzt aus der Chaise und hatte kaum Luft geholt. Am Wagenverschlag prangte das Wappen derer von Aretin, ein Schiff und zwei Reiter. Harnische und Schwerter. Ihr schauderte.

Sie nahm seinen Arm, den er ihr darbot, und hakte sich unter. Das war sittlich und sie konnte den Abstand bestimmen. Am Eingangstor zum Botanischen Garten blieb er stehen und sagte: »Jeden Tag bezaubern Sie mich von Neuem, liebste Christiane.«

Sie drohte ihm scherzhaft, aber er ließ sich nicht beirren und führte sie vorbei am leuchtend gelben Ginkgo zum Gewächshaus. »Ich habe eine Überraschung für Sie«, sagte er.

Sie traten ein. Feuchtwarme Luft umfing sie. Ein Frosch quakte. Von Aretin eilte in eine Ecke zu einer hohen Palme und war sogleich wieder bei ihr. »Darf ich Ihnen die letzten ihrer Art verehren?«, fragte er und überreichte ihr einen Strauß purpurfarbener Rosen. »Damaszener heißt die Sorte, es sind die einzigen, die im Herbst ihre Farbe verschwenden.«

Verlegen steckte sie ihre Nase in die vollen Blütenblätter. »Wie komme ich dazu?«, fragte sie. Der Duft betörte sie.

Er zog sie zu einer Bank unter einer Bananenstaude. »Ich halte es nicht länger aus, bitte verraten Sie mir, ist Ihr Herz noch frei?« Er nahm ihre Hand.

»Ich verstehe nicht, was Sie meinen.« Sie rückte weg.

Er stand auf und fiel auf die Knie, ergriff ihre Hände und wollte sie zu seinem Mund führen. Sie gab ihm nicht nach.

»Wertes Fräulein Christiane, möchten Sie meine Frau werden? Alle Tage will ich Ihre Gesellschaft genießen.«

Ein Baron. Eine gute Partie, hatte Carla gesagt. An Heirat hatte sie für den Moment nicht gedacht, sie war im Sommer erst angekommen in München.

»Liebste Christiane, Sie sind doch sonst nicht so stumm. Sagen Sie mir ehrlich: Ist Ihr Herz nicht mehr frei?«

»Ich versichere Ihnen, bis eben war es allein.« Kurz durchzuckte sie der Gedanke an August, aber sie schob ihn fort. Er war nicht da und würde nicht kommen.

»Ich bin so glücklich. Möchten Sie mich heiraten?«

Ihr schwirrte der Kopf. Ein Baron. Landgerichtsassessor. Jurist. Ein gutes Auskommen und einen Namen. Christiane von Aretin. »Ja, von Herzen gern«, sagte eine Stimme, die nicht ihr gehörte. Den Rosenstrauß legte sie neben sich auf die Bank. Der Duft war es, der sie betäubt hatte. Sie musste wieder zu sich kommen. Sie war Kammerzofe und ihm nicht ebenbürtig. Die Liebe allerdings könnte diese Schranke überwinden. Doch war sie dem Baron mehr als nur ein wenig zugetan? Er war zu schön und glatt. Sein Gesicht ebenmäßig wie eine griechische Statue. »Langweilig«, hatte Solveig es genannt.

Er sprang auf und wollte sie hochziehen in seine Arme. Sie sträubte sich, aber nur ein bisschen. Sanft nahm er ihr Gesicht in seine Hände, die weich und warm waren. Sie versank in seinen dunklen Augen, die sie fesselten. Seine Lippen näherten sich ihrem Mund.

Im letzten Augenblick wandte sie den Kopf ab und machte sich los. Sie ging ein paar Schritte um den Teich und umklammerte die Henkel ihrer Ridicule. Der Frosch sprang ins Wasser. Wellen schlugen an den Rand.

Sie würde den Baron küssen, obwohl sie bei dem Gedanken daran ein merkwürdiges Gefühl im Bauch hatte. Es schien ihr etwas falsch an ihm. Er hatte sie im Hause Löhle einige Male nach ihrer Kammer gefragt, wenn er einer der letzten Gäste war. Sie hatte stets den Kopf geschüttelt und er hatte sich widerwillig verabschiedet.

Jetzt stand er mit hängenden Schultern auf der anderen Seite des Teichs und wollte ihr leidtun. »Verzeihen Sie, ich muss mich sammeln, einen Moment«, rief sie. »Das geht alles zu schnell.« Sie schickte ihm eine Kusshand.

»Kommen Sie zu mir. Lang ist es nicht mehr hell. Mich dürstet nach Ihnen. Bald sollten wir zurückkehren.«

»Verraten Sie mir, warum sind wir hier heute allein? An einem solch herrlichen Herbsttag?«

»Ich habe dem Wächter etwas zugesteckt. Wir bleiben unter uns. Ihre Ehre ist nicht in Gefahr, er hat ein Auge auf uns.« Von Aretin zeigte zu einem kleinen Bambushain, aus dem Stiefel hervorlugten. »Der Aufseher hat sich auch um die Rosen gekümmert.« Er zupfte eine Blüte ab und warf sie in den Teich. »Kommen Sie zu mir. Sie haben Ja gesagt. Ich kriege noch den Verlobungskuss.«

Sie schickte ihm abermals eine Kusshand übers Wasser, wo zwei zitronengelbe Schmetterlinge tanzten. Wollte sie ihn küssen? Wie August? Nein, das war für den Moment ausgeschlossen. Oder nicht?

»Tanzen Sie gerne?«, fragte sie und zeigte auf die beiden Falter, die sich streichelten und küssten und im gemeinsamen Rhythmus umtanzten.

»Tanzen? Nein! Darin bin ich nicht begabt. Christiane, komm zu mir! Wir haben nicht ewig Zeit. Nenn mich Albert.« Er schlich um den Teich. Sie entzog sich ihm und stellte sich hinter die Bank.

»Albert«, sagte sie. »Ein edler Mensch, was zu prüfen ist. Albert, der Edle oder Albert, der Berühmte? Wer bist du?«

»Du bist gefragt. Ich habe meinen Vater ins Vertrauen gezogen und bin glücklich, dass er sich nicht gegen unsere Verbindung stellt. Du bist ein adeliges Kind. Die Herkunft steht dir nicht im Wege. Wenn du auch nicht von altem Adel bist, wie es das Geschlecht derer von Aretin ist. Schreib sogleich nach Stuttgart an deine Eltern. Sie geben sicher gern ihre Zustimmung. Ich möchte dich noch vor Weihnachten zum Altar führen. In einem Jahr schauen wir hier zu dritt den Schmetterlingen zu und anschließend geht's auf die Wiesn.«

Sie starrte ihn an, nahm die Rosen und warf sie in hohem Bogen in den Teich. Sie sollte Frau Bergrat Hehl schreiben und ihren Aufenthaltsort verraten? Auf keinen Fall! In ihrem Bauch knurrte das Tier.

»Ich habe Ihnen niemals ein Jawort gegeben«, schrie sie. »Und ich will Sie nie wiedersehen.« Sie klammerte sich an die Ridicule.

Undenkbar, dass Frau Bergrat dieser Heirat zustimmte. Ihr Mündel wäre dann besser gestellt als sie. Wichtiger aber, sie selbst liebte von Aretin nicht, das zeigten die Schmetterlinge, die über dem Teich und nicht in ihrem Bauch getanzt hatten. Blenden lassen hatte sie sich vom Titel. Baron. Alter Adel. Wie sollte sie mit einem Mann leben, der nicht tanzte?

Der Wächter stand auf einmal neben ihr und führte sie hinaus. Von Aretin war verschwunden.

»Das Gewächshaus schließt zum Sonnenuntergang. Gehen Sie zurück in die Stadt und nehmen Sie das«, sagte der Aufseher. Er legte eine purpurfarbene Rosenblüte in ihre Hand. »Sie haben es recht gemacht. Ich hätte mich nicht darauf einlassen sollen. Aber ich brauche das Geld und einem von Aretin schlägt man besser nichts ab.«

Als Hilda vor dem Hofsänger und Carla nach Hause kam, weinte sie sich bei ihr in der Küche aus und erzählte alles.

»Der Baron wäre eine gute Partie gewesen«, sagte die Köchin und drückte ihr ein Geschirrtuch in die Hand. »Doch ich kann dich gut verstehen, dass du deinen Aufenthaltsort nicht preisgeben willst. Ich sag's keinem. Du musst wissen: Die Familie von Aretin ist ein bedeutendes Adelsgeschlecht in München. Sie wollen nicht ins Gerede kommen, es wird niemand etwas erfahren, wenn du schweigst.«

Immer sollte sie den Mund halten. Recht hatte die Köchin trotzdem. An ihrem weichen Busen fühlte sie sich geborgen. Vom ersten Augenblick an hatte sie ihr vertraut. Rundlich und doch beweglich war sie. Einen ganzen Kopf kleiner und umso vieles größer als sie selbst.

Bei der Gesellschaft abends teilte Hilda sie für den Küchendienst ein. Es gab Kürbissuppe. »Der Baron ist nicht gekommen«, flüsterte sie, als sie mit den leeren Suppentassen zurückkam und die Haube zurechtrückte, unter der sie ihre hellblonden feinen Haare verbarg. Ein Haar in der Suppe käme einer Todsünde gleich, hatte sie gesagt.

Christiane wischte sich über die Stirn und atmete tief ein und aus. Aus dem Salon ertönte die Stimme des Hofsängers. »Der Vogelfänger bin ich ja …« Papageno vertrieb die Angst aus ihrem Bauch. Sie applaudierte mit Hilda in der Küche und wagte ein Tänzchen mit der Köchin. Zwei Schritte vor, eine kleine Drehung, mehr Platz war nicht.

Wie froh war sie in den nächsten Tagen und Wochen, dass niemand sie auf den Landgerichtsassessor ansprach. Dieser Heiratsantrag hatte sie zutiefst verstört. Auf was hätte sie sich da beinahe eingelassen? Oft lag sie unter der Bettdecke und schob ihre Füße an einen heißen Stein, den Hilda ihr vor dem Schlafengehen immer brachte. Wenn sie nur schlafen könnte, eine ganze Nacht lang. Sie sang in Gedanken den Papageno, aber sogleich mischte sich die Königin der Nacht ein. »Der Hölle Rache kocht in meinem Herzen ...« Frau Bergrat Hehl! Diese konnte unmöglich etwas davon wissen, was sich zugetragen hatte. Konnte sie sicher sein?

»Lieber Gott, segne meinen Schlaf«, murmelte Christiane, »lass mich ein wenig essen von der Nacht.«

Die Wärme kroch von den Zehen zum Bauch und füllte sie aus. Sie seufzte und drehte sich auf die Seite.

Sie hatte es gut getroffen bei Hofsänger Löhle und war bereit, sich einzufinden in München, vorerst musste sie sich nicht mehr sorgen. Vorankommen aber wollte sie auf Dauer in ihrem Leben. Eine Aussicht gewinnen, die ihr die Kammer nicht bot. Der Baron von Aretin war zu schnell mit dem Heiratsantrag bei der Hand gewesen. In ihr Bett hatte er gewollt, sonst nichts. Warm war der Stein, heiß. Frau Bergrat Hehl kannte ihren Aufenthaltsort nicht. Sie war in Sicherheit und ließ sich fallen, sah sich selbst dabei zu.

Sie wandte sich wieder ihrer Arbeit zu, als ob es den Baron von Aretin nie gegeben hätte. Er hatte sich kein weiteres Mal blicken lassen, wofür sie Gott dankte. Wie hatte sie nur daran denken können, einen Mann zu heiraten, über den sie nichts wusste, außer dass er ein Baron war und nicht tanzen mochte.

3

Am Jahresanfang wurde das abgebrannte und wieder aufgebaute Königliche Hof- und Nationaltheater neu eröffnet und der Hofsänger brillierte vor großem Publikum. Er war sich nicht zu schade, ein bayerisches Volkslied zu singen. Das erzählte München, und sie wäre zu gern dabei gewesen, was außerhalb aller Möglichkeiten lag. Sie war die Kammerzofe und wollte sich doch nicht damit abfinden. Eine Wahl blieb ihr nicht. Vorerst.

Nach Fasching kränkelte Carla. Von einer Schwangerschaft war nicht mehr die Rede. »Dabei bin ich nicht mal dreißig«, seufzte sie.

Christiane fuhr ihr sanft übers Haar, das sie aus dem Knoten löste und mit Hingabe bürstete. Hundert Striche, bis es glänzte wie das Fell eines Pferdes. Carla hatte es nicht einfach mit ihrem Mann, der beinahe zwanzig Jahre älter war.

»Sie machen sich zu viele Gedanken, Frau Carla. Die Kinder stellen sich ein, wenn sie es für richtig befinden.« Sie reichte ihr einen Tee aus stärkenden Kräutern. »Mutter Johanna hat das immer gesagt. Bis zum achten Lebensjahr war ich bei einer Pfarrersfamilie in Pflege. Die Pfarrerin hat mich liebevoll erzogen. Davon zehre ich.«

Carla nickte. »Ich habe es von meinem Vater gehört und bewundere dich, welch widerstandsfähige Persönlichkeit du trotz allem geworden bist.«

»Daran war Onkel Ludwig, der Hofmedicus von Klein, nicht unschuldig. Leider lebt er nicht mehr.« Sie ließ die Haarbürste sinken. Was hatte sie da gesagt? Sie hatte ein Leben verloren und ein neues gewonnen. Damit wollte sie zufrieden sein. Den Schmerz über den Tod Onkel Ludwigs schloss sie tief in sich ein. Doch was wusste Carla von den Jahren bei Steinheils?

Zur Zeit der Auer Maidult, als ganz München jenseits der Isar im Jahrmarktfieber taumelte und Zuckerstangen lutschte, brachte Anton ihr einen Brief ins Nähzimmer.

»An Fräulein Heinerjette Christiane Mayer, im Hause Löhle«, sagte sie, mehr zu ihm als zu sich, und schüttelte den Kopf. Was hatte das zu bedeuten? Ihr Name von der Bürgerrechtsurkunde, die sie sorgfältig verborgen hielt. Das konnte nicht sein!

Antons schiefes Auge zuckte. Sie ging in den Salon und stellte sich ans Fenster. Er folgte ihr. Mit trockenem Mund brach sie das Siegel und faltete das Papier auseinander. Eine gedruckte Nachricht. Keine Unterschrift.

Mit einem Kloß im Hals las sie für sich:

Heinerjette Christiane Mayer
geboren zu Stuttgart am 11. August 1804
getauft in der hochehrwürdigen Stiftskirche
am 18. August 1804
Die leibliche Mutter ist:
Henriette von Lehsten
geborene von Schmidt auf Altenstadt
Als Vater gilt:
Ludwig von Klein
Hofmedicus

Sie drehte das Papier. Keine Handschrift, nur diese gedruckten Lettern. Schwarz auf weiß. Sie las erneut und sprach die Worte halblaut vor sich hin. Ein Herkunftsnachweis, wie sie ihn sich immer herbeigesehnt hatte. Sie öffnete beide Fensterflügel, beugte sich hinaus und rief: »Hört ihr Leute, lasst euch sagen, ich hab adelige Eltern und mein Vater war ein Hofmedicus.«

Anton riss sie zurück. »Jetzt bist vollends narrisch geworden!« Er fasste sie an der Schulter. »Sei froh, dass Löhles nicht da sind! Dass die Stadt leer ist und niemand auf dem Rindermarkt entlangspaziert.«

Hilda, die aus der Küche herbeigestürzt war, legte ihr die Hand auf den Rücken. »Jetzt erzähl mal in Ruhe. Wir geh'n ins Erdgeschoss, in die Waschküche, da hört dich keiner und du kannst schimpfen.« Die Köchin zog sie mit sich.

»Er hat mich verraten! Onkel hat er sich nennen lassen. War zu feige, ein Vater zu sein. Sogar im Angesicht des Todes hat er kein Wort davon gesagt, dass er mein Papa ist. Schändlich betrogen hat er mich!«

»Du ruinierst deine Schuhe, wenn du gegen den Kessel trittst. Hier nimm vom Birnenschnaps. Den hab ich abgezweigt.«

Christiane stürzte das Stamperl hinunter und nahm ihre Wanderung zwischen den Wäschebergen wieder auf. »Leibliche Mutter«, schnaufte sie. »Heimlich geboren hat sie mich und ist gleich weitergereist. Das hat mir Onkel Ludwig erzählt. Von wegen *Onkel!* Verheiratet war sie. Ich bin ein Fehltritt!« Sie warf das Glas gegen die Wand.

»Hier, der Kehrbesen. Scherben bringen immer Glück. Kostet einen halben Gulden. Vielleicht war deine Mutter Witwe? Kommt öfter vor, dass Frauen ihre Kinder weggeben. Sei froh, dass sie dich nach der Geburt nicht an Ort und Stelle liegen gelassen hat. Und bedenke, als Witwe verliert sie die Pension, wenn ihr Mann in herrschaftlichem Dienst war. Das ist überall gleich. Minga hat ein Haus für gefundene Kinder eingerichtet. Die Würmer können ja nichts dafür. Beinahe so viele unehelich geborene wie legitime Nachkommen gibt es. Stell dir das mal vor. Auf der anderen Seite kriegst du hier wie anderswo nur schwer eine Heiratserlaubnis. Hilfst du mir beim Anheizen des Kessels oder willst du, dass ich Anton hol?«

Zwei Stunden später waberte dicker Dampf durch den

Raum. Christiane rubbelte die Leintücher auf dem Waschbrett und lachte hysterisch dabei. Der Schaum stand ihr bis zu den Oberarmen. »Bergrätin Hehl war mir nie eine Mutter, hat es aber so lange behauptet, bis die ganze Stadt es geglaubt hat. Wie hätte ich mich dagegenstellen können? Sag mir, diese Frau von Lehsten, wo soll ich sie finden?«

»Kannst du nicht deinen Onkel Ferdinand fragen?«

Christiane hockte sich auf einen Schemel beim Waschbrett, starrte vor sich hin und antwortete nicht. Adelig war sie, aber nicht mittellos wie Fanny Marika. Von den Ersparnissen konnte sie jedoch auf Dauer nicht bestehen. Dann war sie nur noch hochwohlgeboren und unterschied sich doch von der Baronesse, die sich hatte Geld leihen können, weil sie einen Namen hatte. Wie hatte sie selbst bloß derart dumm sein können und Baron von Aretin absagen? Sie musste heiraten und eine Herrschaft werden. Liebe konnte sie sich nicht leisten. Sie war darauf angewiesen, versorgt zu sein. In ihr sträubte sich alles dagegen. Konnte nicht beides zusammengehen mit der einen, der großen Liebe?

»Danken Sie Gott«, sagte der Hofsänger ein paar Tage später. »Sie wissen nun, wer Ihre wahren Eltern sind.«

Christiane atmete schwer. Sie hatte den Brief absichtlich im Salon liegen gelassen. Ob er sie jetzt entlassen würde? Wie in Brandenburg der Baron? Unliebsam gewordene Dienstboten ließen sich nicht brauchen.

»Dass Ihr Name in Wahrheit ein anderer ist, als in Ihrem Ulmer Pass vermerkt, stellt kein Problem dar. Polizeilich gemeldet sind Sie längst. Niemand weiß etwas außer uns. Sie bleiben Christiane von Hehl. Ja, so lassen wir es.« Der Hofsänger ging im Salon auf und ab und wedelte mit Notenblättern, die er sortieren wollte.

»Setz dich, du machst mich narrisch«, sagte Carla. »Wie wäre es, wenn ich an meinen Vater schreibe? Er soll bei der Witwe des Hofmedicus die Erlaubnis erwirken, dass unser Schützling den Namen von Klein führen darf. Dem Hofschauspieler Pauly wird man diese Bitte nicht abschlagen. Damit lassen wir dann einen neuen Pass ausstellen. Möchtest du ein paar Zeilen beifügen, liebe Christiane?«

Sie nickte, was hätte sie sonst tun sollen. Wie hatte Hilda gesagt? Stellst du dich gegen die Herrschaft, schadest du dir selbst. Tante Friederike war ihr nicht gewogen, aber vielleicht fanden Paulys Worte Gehör. Christiane von Klein wollte nicht in ihren Kopf und musste es. Ob sie sich jemals daran gewöhnen würde? Es wäre nur bis zu einer Heirat, dann finge ein neues Leben an, redete sie sich gut zu und glaubte es selbst nicht.

Sie hielt sich fest an den Tagen, wie sie sich darboten. Sonntags fuhr der Hofsänger jetzt immer mit Carla zur Tante in die Au unterhalb vom Nockherberg, wo sie im Garten saßen und Kuchen aßen. Christiane spazierte mit Hilda und Anton zur Flößergaststätte Zum Grünen Baum an die Isar hinüber. An einem der rohen Holztische hockten sie und tranken Bier. Die bayerische Lebensart vertrieb die Fragen. Die Wellen plätscherten dahin wie die Stunden, und Christiane hätte alle Tage aufs Wasser schauen können. Gemeinsam sahen sie zur Brücke mit ihren drei Bögen und lauschten den Schlägen der Mariahilfkirche von der anderen Seite der Au.

Hilda gab Geschichten von ihren kleinen Nichten zum Besten, die sich als Prinzessinnen verkleideten und immer im Dreck landeten.

Anton gefiel sich darin, ihnen Kutscherwitze zu erzählen. »Kommt ein Hahn, der kutschieren will. Steigt also der Kutscher ein und lässt sich fahren. Später krähen die Pferde und lachen sich tot. Jetzt zieht der Kutscher den Wagen.«

Christiane berichtete den beiden vom Reitrock, den sie für die Baronesse vom Stein zu Rechtenstein in Brandenburg genäht und mit nach München gebracht hatte.

»Das glaub ich jetzt aber nicht«, prustete Hilda.

»Doch! Ich zeig ihn dir nachher.«

»Bald ist wieder Pferderennen auf der Theresienwiese, da kannst du ihn vorzeigen«, sagte Anton. »Des gibt a Gaudi!« Er schlug sich auf den Schenkel.

Sie lachten und prosteten sich zu. Immer gab es etwas zu erzählen, und die Worte tanzten miteinander wie die Schmetterlinge. Christiane meinte, ihre Flügelschläge in der Luft zu spüren, und ließ sich von diesem unmerklichen Windhauch streicheln. Da steckte Liebe drin, anders als bei den beiden Faltern im Botanischen Garten, die nur gespielt hatten. Ohne Zweifel war es richtig gewesen, den Heiratsantrag von Aretins abzulehnen. Sie konnte es nicht, sich an einen Mann zu verkaufen um der Sicherheit wegen.

Am ersten Sonntag im Juni saßen sie zu dritt im Grünen Baum beieinander an der Hauswand und hielten die Nasen in die Sonne. Die hohe Linde stand in voller Blüte und färbte die Tische gelb. Christiane zeichnete die Türme der Frauenkirche. Da zog Anton plötzlich ein Papier aus dem Wams und schaute ernst.

»Das soll ich dir geben, hat Frau Carla heute Morgen gesagt. An der frischen Luft sei es leichter, so ihre Worte. Von einem Rechtskonsulenten Veiel aus Stuttgart.«

Christiane stellte den Bierhumpen unsanft auf den Tisch. Alles war wieder da, was sie von sich geschoben hatte. Ihre Hände zitterten, als sie das Schreiben auseinanderfaltete. Das Siegel war gebrochen. Carla wusste, warum sie ihr die Nachricht nicht eigenhändig überbrachte.

Im Auftrag teile ich Ihnen mit, dass die Familie von Klein Ihre Anfrage über Hofschauspieler Pauly als ungehörig empfindet.

Sie riss sich das Schultertuch herunter. Der Schweiß brach ihr aus allen Poren. Sie warf das Papier auf den Tisch. Der Wind schwieg und nahm es nicht mit sich. Anton schaute sie fragend an und Hilda reichte ihr den Zettel zurück.

Unter keinen Umständen dürfen Sie den Namen von Klein führen. Es ist eine infame Verleumdung, dass der Hofmedicus Ihr Vater gewesen sein soll. Wir werden Klage einreichen, wenn Sie den Namen der Familie von Klein für sich reklamieren. Der Hofmedicus hat sich auf Wunsch seiner Schwester um Sie gekümmert. Letztlich hat ihn das ins Grab gebracht. Bedenken Sie, was Sie getan haben.

Hochachtungsvoll,

Adolf Veiel, Rechtskonsulent in Marbach.

Sie zitterte und schwitzte gleichzeitig. Ihre Zunge klebte am Gaumen. Mit einem Ruck sprang sie auf und stieß das Bierglas um. Sie zog die Schuhe aus und streifte die Strümpfe ab. Die nackten Zehen zogen einen Halbkreis. »Ich weiß ja, dass ich ein Niemand bin«, schrie sie, »aber muss man es mir immer wieder vorhalten? Hier, nehmt den Wisch und lest!«

»Wir wissen, was geschrieben steht«, sagte Hilda. »Frau Carla hat es uns anvertraut. Es tut mir leid. Diese Worte hast du nicht verdient. Setz dich. Es ändert sich nichts. Du bleibst bei uns.«

»Alles ist anders! Man will mich nicht auf dieser Welt. Als ob ich es gewusst hätte.« Sie kramte in ihrer Ridicule. »Mein Pass!« Sie heulte und hielt ihn in die Luft. »Endlich habe ich einen Namen, dachte ich. Und dann kommt diese anonyme Nachricht. Ich weiß, wer dahintersteckt, und kann's nicht beweisen. Und schon gar nicht, wer ich bin.«

»Still! Die Leute schauen. Und da hinten, zwei Gendarmen. Reiß dich zusammen!«, zischte Hilda.

Christiane wollte schreien und brachte nur ein heiseres Krächzen heraus. Wie die Krähe gestern, bevor sie tot aus der Kastanie gefallen war. Sie fasste sich an den Hals. Wie ihr Herz schlug. Sie musste dem ein Ende machen. Nichts hielt sie mehr. Sie hatte keinen Namen und sollte nie einen haben. Mit dem Pass in der Hand stürzte sie zum Ufer.

Anton sprang auf. »Bleib hier!«

»Ich bin schuld an seinem Tod. Wenn ich brav gewesen wäre, würde Onkel Ludwig noch leben. Ich habe kein Recht mehr dazu. Niemand wird mich vermissen!« Sie stolperte über ein Seil, fing sich und prallte gegen eine Bäuerin mit einem Blumenkorb. Maiglöckchen, Vergissmeinnicht und Levkojen flogen durcheinander. Die Bauersfrau kreischte.

Anton griff nach Christiane. »Halt! Das Floß«, schrie er.

Sie wehrte ihn ab. Noch zwei Schritte.

Hilda rief: »Pass auf!«

»Stehen bleiben!« Die Gendarmen. Nein, festnehmen ließ sie sich nicht.

»Gottverdammtes Weib«, brüllte einer der Flößer. »Bleib es fort!«

Am Poller setzte sie zum Sprung an. Anton erwischte ihren Rockzipfel. Sie strauchelte. Der Pass rutschte ihr aus der Hand und fiel ins Wasser. Vor ihren Augen verblassten die Stempel. Das Floß glitt darüber hinweg. Der doppelköpfige Adler verschwamm. »August!«

Anton hielt sie und ließ sie nicht los, sosehr sie sich auch wehrte. Die Bäuerin mit dem Blumenkorb gab ihr ein Sträußchen Vergissmeinnicht. »Nimm das, es hilft. Und hier, das hast du verloren.«

Sie zuckte zusammen. Das Tüchlein mit den Fischen. Onkel Ludwig. »Verzeihen Sie mir. Ich werde es nie wieder versuchen. Zum zweiten Mal wollte ich meinem Leben ein Ende setzen. Sie haben mich gerettet. Ich danke Ihnen.« Ihre innere Stimme war so glasklar, dass es schmerzte. Nicht Onkel Ludwig hatte ihr den Namen verweigert, sondern seine Witwe war es, die sich den Rechtskonsulenten gekauft hatte. Onkel Ludwig konnte nicht ihr Vater sein. Das war ausgeschlossen. Er hätte sich zu erkennen gegeben. Da täuschte sie sich nicht. Ihr Verhältnis war stets vertrauensvoll gewesen. Onkel Ludwig war ihr zugewandt und hatte sie beschützt. Ihr Vater war er nicht.

Noch am gleichen Abend brachte Anton sie auf Geheiß Löhles zur Tante in die Au. Sie wehrte sich nicht.

»Unsere Hausjungfer muss sich von einem Nervenfieber kurieren«, ließ der Hofsänger verlauten. »Der Föhn.«

Die Münchner nickten und tuschelten. »Löhles Kammerzofe ist irregeworden«, hieß es. »So ist es, wenn man etwas Besseres sein will.« Das hinterbrachte ihr die Tante, die sie ohne Umstände aufgenommen und ihr eine bescheidene Kammer zugewiesen hatte.

Alles war einerlei. Die Leute redeten ohnehin nur darüber, was ihnen schmeckte. Etwas war in ihr zu Ende gegangen und begann neu. Bei Löhles hatte sie wie in einer Blase gelebt, München war nicht in sie eingedrungen, erst jetzt, in der Au, kostete sie vom Leben, das sie beinahe zum zweiten Mal weggeworfen hätte.

Das Licht blendete und schmerzte, aber es half nichts. Christiane lebte mit den Schlägen der Mariahilfkirche und richtete sich darin ein. Bei Löhles Tante in der Au kam sie unverhofft zu einer Sommerfrische, die ihr zustand, wie sie fand. Sie kaufte Gemüse und Obst auf dem Viktualienmarkt bei der Vorstadtkirche und gewöhnte sich an die Bedächtigkeit der hiesigen Marktfrauen. Beim Arbeiten im Garten trug sie das Kleid mit den schrägen, rot-weißen Karos, was sie zuversichtlich stimmte. Sie kochte und putzte und hielt ihre Gedanken beschäftigt. Die Tante aß kein Fleisch wie der Hofsänger, war klein und buckelig und hatte ein großes Herz. Sie fragte nichts und Christiane erzählte alles. Nur August und den doppelköpfigen Adler verschwieg sie und strickte stattdessen für die halbe Au.

»Wollene Socken für die anderen wärmen auch deine Seele, vergiss das nicht«, sagte die Tante. Sie schenkte vom Himbeergeist ein, den der Nachbar zur Linken immer vorbeibrachte. Vom nahen Nockherberg kamen ihre Eier und ein dritter legte jeden Morgen Brezn und Brot am Fenster ab.

4

Zum letzten Zwetschgendatschi kehrte sie in die Stadt zurück. Ihr Gesicht war fülliger geworden und hatte eine gesunde Farbe. Sie erkannte sich in Carlas Spiegel nicht mehr, gefiel sich aber. Die Gartenarbeit bei der Tante hatte ihr Gemüt endgültig besänftigt. Nichts war passiert, Hilda hatte recht und ihr Pflaumenkuchen ließ sie vergessen. Für den Moment benötigte sie keinen Pass, und warum sich Sorgen aufladen? Wohin hätte sie reisen sollen? Stuttgart blieb ihr für alle Zeiten versperrt. München war ihr eine Heimat geworden.

Sie zeigte Hilda die beiden Tüchlein und erzählte ihr, wie sie zu den Fischen gekommen war. Kurz zögerte sie, dann rutschte ihr die unglückliche Liebe zu August endlich heraus und ihre Worte schäumten über.

»Das erklärt alles.« Hilda tätschelte ihr den Rücken und gab ihr wieder mal ein Geschirrtuch. »Warum hast das nicht gleich gesagt. Da braucht's nicht nur Zeit, sondern in der Tat eine große Liebe, um darüber hinwegzukommen. Das hat der Landgerichtsassessor nicht vermocht. Aber sag, hat August dir nicht geschrieben?«

Christiane senkte beschämt den Kopf. »Doch, er hat mir recht bald nach unserem Treffen auf Schloss Brandenburg eine kurze Nachricht zukommen lassen. Ich habe ihm nicht geantwortet und seinen Brief vernichtet. Er steht nicht zu mir. Ich kenne ihn. Er wird sich nie für eine entscheiden.«

»Dann musst du ihn vergessen. Es ist sinnlos, sein Herz an etwas zu hängen, was verloren ist.«

»Und warum hast du keinen anderen mehr gefunden?«

Hilda lachte und stupste sie in die Seite. »Ich bin schleckig wie du. Komm, nimm noch ein Stück vom Zwetschgendatschi, besonders köstlich und saftig ist er mir geraten, weil du zurückgekommen bist.«

»Dearndln, vergnügt euch a bisserl«, sagte Löhle. »Für mich ist das nichts, dieser neumodische Kram, spazieren gehen. Für Frauenzimmer ist's grad recht.«

Er war für eine neue Oper mit Proben und Tonübungen beschäftigt und die Wohnung war übersät mit Notenblättern, die sogar auf dem Boden lagen. Windmessinger spielte auf dem Flügel und ließ ihm nichts durchgehen. Manches Mal war Löhle unleidig, und sie waren froh, das Haus Ruffini für eine Weile verlassen zu können. Sie hatten eine Freiheit gewonnen, durften allein unterwegs sein und nutzten es weidlich aus, zumal das Wetter heiter blieb.

Carla zog es in den Englischen Garten. Nach ein paar Wochen aber war es ihr auf einmal zu weit, den Park in der ganzen Länge zu durchmessen. Das brauchte anderthalb Stunden. Ihr Ziel wurde daher der Apollotempel auf der Halbinsel genau in der Mitte der Anlage.

Bis weit in den November genossen sie die mild würzige Herbstluft, nahmen den breiten Weg, wo sie sich in Sicherheit wähnten, und schauten den beiden Schwänen zu.

»Sie haben es gut. Ein Leben lang bleiben sie zusammen«, seufzte Christiane, als sie sich am Buß- und Bettag für eine Weile zwischen den Säulen des Tempels niederließen. »Nehmen Sie vom Vesper, Frau Carla. Sie sollen sich stärken.« Sie reichte ihr eine Kümmelsemmel und ein Stück Schinken. Selbst nahm sie vom Handkäse mit Musik. Sie ekelte sich vor Wurst und Fleisch. Das war ihr geblieben vom Nervenfieber, wie der Arzt ihren Gemütszustand aus dem Sommer genannt hatte. Hatte nicht Frau Bergrat Hehl ebenfalls darunter gelitten? Sollte sie ihr verzeihen? Nein! Das war ausgeschlossen. Immer, wenn sie sich früher darauf eingelassen hatte, war es für sie selbst umso unseliger gekommen. Stammte die anonym gedruckte

Nachricht von Frau Bergrat? Hatte von Aretin ihren Aufenthaltsort verraten?

»Trink einen Schluck und sinnier nicht!«, sagte Carla. Gemeinsam leerten sie den Krug Bier, den Anton ihnen mit auf den Weg gegeben hatte.

»Schauen Sie, Frau Carla, die Schwäne, wie sie ihre Flügel aufblähen. Glücklich sind sie und haben es leicht. Sie haben uns eines voraus: Sie fragen nicht, ob es morgen besser sein wird.«

Carla strich sich über den Bauch und sagte nichts.

»Jetzt sind aber Sie zu ernst«, rief Christiane. »Ich hatte ja nur eine romantische Anwandlung. Sie sind verheiratet. Ich suche nach der großen Liebe!«

»Wenn du erst einen Gatten hast, denkst du nicht mehr daran. Überleg es dir trotzdem gut, wen du nimmst.«

»Auf keinen Fall den Baron von Aretin. Er schaut immer ernst!« Sie machte ihn nach und ging mit gerunzelter Stirn und einem zusammengekniffenen Mund hin und her.

Carla lachte herzlich. »Du brauchst einen zum Necken. Er muss einen Spaß verstehen und sollte nicht um ein Mehrfaches älter sein wie mein Gatte. Dann sind sie strenger mit uns Frauenzimmern, weil sie denken, sie müssten auf uns achtgeben. Ein Wunder, dass er die Spaziergänge erlaubt hat. Er ist milder geworden, seit …«, sie stockte. »Du wirst es ohnehin bald merken. Ich brauche dich. Die Kleider werden in der Taille und am Busen schon zu eng. Ich bin mir sicher. Dieses Mal hat der Arzt recht gesprochen.« Sie streichelte ihren Bauch und lächelte in sich hinein.

»Aber Frau Carla! Warum sagen Sie das erst jetzt? Das ist ja prächtig! Sehen Sie, die Kinder stellen sich ein. Wann ist es denn so weit? Weiß der Arzt das schon?«

»Auf Ende Juni hat er gemeint. Man müsse abwarten. Wenn bloß alles gut geht!«

»Ich gebe auf Sie Acht. Bewegung an der frischen Luft, das gefällt uns und schon den Kindern im Mutterleib.«

Wie immer machten sie sich auch an diesem Tag erst am späten Nachmittag auf den Heimweg und schritten gemächlich unter den alten Eichen entlang, die ihren Weg säumten. Am Parkeingang sah Christiane sich um, sie waren allein. Geschwind kletterte sie auf den Sockel einer Statue. Das schwebte ihr schon lange vor. »Harmlos«, nannten die Münchner den nackten griechischen Jüngling. Antinoos war es, hatte sie gelernt. Sie kitzelte ihn unter der Fußsohle und legte den Arm um den kühlen Stein.

»Harmlos. Wandelt hier, dann kehret neu gestärkt zu jeder Pflicht zurück«, las Carla und seufzte. »Gehen wir, es ist wieder später als gedacht. Komm, es ist ungehörig, was du machst. Nimm die Hand da weg!«

»Wie sollte ich sonst meine Erfahrungen sammeln?«, entgegnete Christiane und rutschte vom Sockel. Sie lief voraus. Nicht unangenehm, was ihre Finger da erzählten. Sie verlangsamte die Schritte erst, als ein Wächter auf einem Pferd näherkam. Er ritt vorbei, zügelte seinen Braunen, kam retour und musterte sie. »Kehren S' in die Stadt zurück, Schlag fünf wird's dunkel.«

König Maximilian starb und der Hofsänger sagte: »Der Maxl. Jetzt is er gstorba. Aber wie gut, dass der Kronprinz die schönen Künste liebt, da müssen wir nicht ums Auskommen fürchten.« Ludwig wurde zum König gekrönt, und Löhle avancierte zum Kammersänger.

»Gar göttlich singt er jetzt«, berichtete Carla, die anfing, ein wenig runder zu werden.

Halb München sagte sich anlässlich der Auszeichnung zur ersten Gesellschaft im Haus Ruffini an. Anton ließ sich nicht aus der Ruhe bringen und begrüßte geduldig einen nach dem anderen. Er brachte Mäntel und Hüte zur Garderobe. Schon warteten neue Gäste im Windfang und er eilte hin und her.

Später schleppte er das Bier herbei und Christiane reichte im Salon vom heißen Punsch mit Pomeranzensaft und Muskat, denn die Abende waren kühl. Aufs Freundlichste erkundigte sie sich nach dem werten Befinden der Besucher. Gräfin von Berchem kitzelte sie mit ihrem Federbusch im Ausschnitt. Baronin von Gumpenberg erzählte ihr freudestrahlend, dass ihr Sohn sich endlich zu einer Heirat entschlossen habe.

»Wer ist die Glückliche?«, fragte Christiane und gab ihr einen Becher Punsch.

»Das bleibt vorerst ein süßes Geheimnis, aber München wird staunen! Da ist ja unsere liebe Frau Geheimrat von Wiebeking. Sie entschuldigen.«

Solveigs Mutter. Leider war die Tochter nirgends zu sehen, nur dieses eine Mal waren sie sich begegnet.

Gräfin von Berchem stolzierte durch den Salon und kitzelte jetzt die Herren mit dem Federbusch im Nacken. Suchend schaute sich Hofschauspieler Zuccarini um. Vermisste er Solveig?

Carla glänzte in ihrer Robe, die in der Taille mit einem Samtband gefasst war, sodass die Hausherrin schlank wirkte. Umso größer würde die Überraschung sein.

Im Türmchen gab Löhle, begleitet von Windmessinger am Klavier, die Arie vom heutigen Abend noch einmal für alle zum Besten und man applaudierte ihm aufs Stürmischste. Sämtliche Flügeltüren waren weit geöffnet.

»Aus der neuen Oper von Rossini. Die Reise nach Reims. Zur Krönung des französischen Königs Karl X. geschrieben«, raunte ihr Carla zu. »Zum ersten Mal hat mein Gatte den Part eines lustigen Sängers übernommen. Don Profondo.« Sie reckte stolz das Kinn in die Höhe. »Primo buffo cantante e basso. Der Bass macht ihn männlicher. Vor allem bin ich froh, dass es ihm jetzt leichter ums Herz ist und er immer einen Scherz auf den Lippen hat, wie ich es mir gewünscht habe.«

Später als die anderen tauchte Baron von Aretin auf. Mehr als ein Jahr hatte er sich nicht bei Löhles blicken lassen. Er nickte Christiane knapp zu und hielt sich von ihr fern. Keine dreißig war er. Sein Leib von wohlgebauter Statur, das Gesicht ebenmäßig ohne Ecken und Kanten. Es gab nichts auszusetzen. Alles an ihm war glatt. Sie langweilte sich schon, wenn sie ihn von Ferne beobachtete. Was hatte sie an ihm gefunden? Solveig hatte recht gehabt. Von Aretin half auch sein Bärtchen nichts, das er nun auf der Oberlippe trug. Bei jedem Kuss würde sie der Schnauzer kitzeln. Kein Witz, nicht ein Funken Esprit, wenn er nicht genötigt wurde, wie damals bei ihrer Ankunft von Kronprinz Ludwig.

Drei Tage die Woche richteten sie jetzt große Gesellschaften aus. »Ich muss meiner neuen Stellung gerecht werden«, hatte der frisch ernannte Kammersänger gesagt.

Hilda war hochzufrieden, da sie mehr Lohn bekam, genau wie Anton, der gern um die vielen Gäste herumsprang und den Männern immer neue Krüge voll mit schäumendem Bier brachte. Christiane hatte man vergessen, obwohl sie ihren vielfältigen Aufgaben sorgfältig nachkam. Doch sie wollte zufrieden sein und nicht denken, man missachte sie. Löhles hatten sie wie eine Tochter behandelt nach ihrer Verwirrung, wie sie es bei sich nannte. Sie servierte im Tafelzimmer von der Kürbissuppe und reichte das Brot der Auer, das Anton körbeweise vom Markt holte. Ein höheres Salär verlangte sie nicht. Sie hatte mehr, als sie für den Augenblick brauchte, und verbot sich, an die Zukunft zu denken.

Zu Weihnachten überreichte Löhle ihr im Salon einen Halsreif mit einer Perle. »Für Ihre exzellenten Verdienste«, sagte er. »Sie haben einen erquicklichen Einfluss auf Carla ausgeübt, wie erhofft. Ich wünsche Ihnen ein frohes Fest und freue mich umso mehr, dass Sie sich erholt haben.«

Christiane schenkte den beiden Christkindlesfiguren, die sie gebacken und mit buntem Zuckerwerk verziert hatte.

Carla verehrte ihr einen Fuchskragen, weich und kitzelig, wie das Leben sich von Zeit zu Zeit gebärdete. Vor den Fenstern zur Rosengasse wirbelte der Wind die letzten Blätter um die Hausecke zum Rindermarkt. Ein paar Schneeflocken tanzten durch die Luft.

An Fasching bat Carla sie, ihr die Kleidernähte herauszulassen. »Ich bin wieder dicker geworden. Noch fülliger, das geht nicht!«

»Das Kind braucht Platz. Bis Ende Juni werde ich reichlich zu tun haben mit Ihren Kleidern. Ich werde Ihnen ein Ensemble für die besonderen Umstände schneidern. Oben schmal geschnitten, das bringt ihren Busen zur Geltung. Und den Rock mit verstellbarem Bund, das lässt sich mit Knöpfen lösen. Nach der Geburt werden Sie wieder schlank sein wie ehedem. Da bin ich mir sicher. Aber haben Sie schon daran gedacht, dass Sie zukünftig eine Kinderfrau mehr als eine Kammerzofe brauchen?«

»Wie gut, dass du es ansprichst. Mein Gatte und ich haben seit Weihnachten darüber nachgedacht, wohin wir dich geben könnten. Eine Kammerzofe und eine Kinderfrau können wir uns in der Tat nicht leisten. Geheimrat von Wiebeking, der oft außer Landes weilt, sucht zum Sommer eine Kammerzofe für seine Gattin und eine Gesellschafterin für die Tochter. Das ist perfekt. Du kennst Solveig von deinem ersten Abend bei uns. Ihr seid gleich alt. Wiebekings wohnen in der oberen Ludwigstraße. Eine Villa mit einem Garten. Abgeschieden von der Stadt. Das wird dir guttun. Mein Gatte meldet dich beim Amt um. Ich beneide dich für die Ruhe. Hier ist es arg umtriebig.« Sie strich sich über den Bauch.

»Haben Sie herzlichen Dank. Sie sind zu gütig. Ich werde mich einfinden und komme Sie recht bald besuchen. Das Kind liegt mir am Herzen. Ich wünsche Ihnen alles Gute.«

Was hätte sie sonst sagen sollen, es war beschlossen. Die Kammerzofe wurde nicht gefragt. Die Geschenke an Weihnachten waren ein Abschied gewesen. Es war nicht leicht mit ihr und sie konnte froh sein, dass man ihr eine andere Stelle verschaffte.

Frau Geheimrat von Wiebeking

1

Zu Jacobi wechselte sie in die Villa Wiebeking. Carla war bei der Tante in der Au, um das Kind in Ruhe zur Welt zu bringen. Es komme erst auf Anfang August, hatte die Hebamme gesagt. Was die Ärzte einem erzählten. Christiane schüttelte den Kopf und verschnürte den Handkoffer.

Der Abschied von Hilda war kurz und herzlich. »Du bleibst ja in Minga«, sagte sie.

Das Haus Ruffini lag still, als sie nach dem Mittagsläuten auf die Rosengasse trat. Löhle war bei einer Probe und hatte von Lebewohl nichts wissen wollen. Anton war nicht da. Er brachte der Tante in der Au vom ersten Zwetschgendatschi. Ein letztes Mal schaute Christiane zum zweiten Stock hinauf. Sie sah den weißen Flügel im Erkertürmchen vor sich, den man nicht anfassen durfte. Ans Herz gewachsen aber war ihr die Galerie, wo sich die Bougainvilleen leuchtend rot in die Höhe rankten. Jeden Tag hatte sie diese mit Wasser versorgt und die Blüten und Blätter gestreichelt.

In der einen Hand hielt sie ihren Reisekoffer und in der anderen die Ridicule. Die Sonne wärmte ihr den Rücken. Um ihre Beine strich der graue Kater von Windmessinger und maunzte. Sie schob ihn beiseite und ging die Rosengasse entlang. Der Schrannenplatz lag verlassen, nur an der Hauptwache salutierten sie. Befehle, die sie nichts angingen, schwirrten durch die Luft. Mit langen Schritten lief sie geradewegs bis zur Theatiner Straße und vorbei an der Kirche. An der Baustelle des Odeons wirbelte Staub über den Platz. Sie hielt sich das Tüchlein mit den Fischen vor die Nase und lief rasch weiter. Im Café Tambosi herrschte Mittagsruhe. Ein riesiger Hund lag vor dem Eingang und gähnte. Aus dem Küchengarten der Residenz krähte ein Hahn. Sie lächelte. Die Stadt blieb hinter ihr zurück. Einige Male war sie auf dem Weg nach Schwabing schon an der Villa Wiebeking vorbeispaziert, die nicht so ausgesprochen herrschaftlich war, wie sie es sich gewünscht hätte. Zweistöckig, immerhin mit geschweiftem Giebel.

Anton brachte ihr in den nächsten Tagen die große Reisetruhe und die beiden kleineren. Ihr Besitz hatte sich vermehrt. Sie war älter geworden und doch nicht alt genug. Drei Jahre, bis sie volljährig wurde. So lange hatte sie sich einzufinden.

Sie blieb vor dem Eingangstor stehen und holte tief Luft, bevor sie durch den Steinbogen auf das Grundstück trat. Das Haus war drei Fenster breit, aber lang gestreckt wie das Theater in Ulm. Ob Solveig ihr weiterhin so herzlich begegnete wie am ersten Abend bei Löhles? Sie zog an der Glocke. Eine junge Magd mit weißer Spitzenschürze öffnete und geleitete sie ins Dachgeschoss. Sie wies ihr das Giebelzimmer zum Garten zu und verschwand wieder. Christiane sperrte die beiden Fenster auf und lehnte sich hinaus. Der Blick reichte weit zur neuen Maxvorstadt und gen Norden über Kornfelder und Wiesen. Ein Zimmer mit Aussicht! Sie klatschte in die Hände. Wind kam auf, Blätter raschelten. Von der rechten Seite wedelte ein kleiner Pflaumenbaum mit seinen Zweigen und streckte ihr seine grünen Früchte entgegen. Wie in der Charlottenstraße in Stuttgart. Sie war nach Hause gekommen. Tränen rannen ihr über die Wangen. Welch glückliche Fügung!

Drei Tage später drehte sich Frau Geheimrat von Wiebeking vor dem langen Spiegel, der sie schlanker machte, als sie war. Man musste sich schmeicheln, dachte Christiane. Sie saß im ersten Stock der Villa im Eckzimmer zur Straße auf einer Polsterbank und schaute der Hausherrin zu. Diese strich über ihr grünes Seidenkleid und legte den Kopf schräg. Sie gefiel sich im Spiegel mit dem goldenen Rahmen, ein Glück für die neue Kammerzofe.

»Wir geben ab heute ebenfalls Gesellschaften«, sagte Frau Geheimrat und zupfte an sich herum. »Die Villa Wiebeking wird in aller Munde sein. Mein Gatte hat endlich die Erlaubnis erteilt. Rechtzeitig vor dem Saisonschluss im Theater. Zurzeit ist er in Sankt Petersburg mit dem Hochwasserschutz beschäftigt, zum Winter erwarte ich ihn zurück. Sämtliche Soireen von Kammersänger Löhle stellen wir künftig in den Schatten, das ist mein Plan. Für den Anfang habe ich Carl, den Lehrling aus der Hofapotheke in unseren Kreis gebeten. Seine ergötzlichen Zeichnungen hängen wir nachher im Salon an die Wände. Die Leute sind schaugierig. Ein Maler steckt in Carl, das sage ich, kein Apotheker, jeder Strich ein Aperçu. Ich werde ein paar Skizzen erwerben. Meinem Gatten gefallen sie sicher. Ständig ist er auf Reisen, der Wasserbau lässt ihn nicht los. Dabei finde ich seine Brücken wichtiger. In München wollten sie keine mehr von ihm. Vor zehn Jahren hat er eine neue Isarbrücke entworfen. Aber sie haben den Auftrag an Klenze gegeben. Als ob der nicht genug angerichtet hat in der Stadt. Doch der König will es nun mal so. Liebe Christiane, ich schweife ab, was mir ein Vergnügen ist. Mein Gatte hat seine Ämter vor bald zehn Jahren aufgegeben und sich zu einem kunstsinnigen Menschen entwickelt. Schauen Sie, das Porträt von Mozart. Ist er nicht ein schmucker Knabe? Und dort die Büste von Athena. Leider lebt der Gatte im Unruhestand und kann das Arbeiten nicht lassen. Mit dem Verdienstorden der bayerischen Krone ist er vor bald zwanzig Jahren ausgezeichnet worden. Wichtiger finde ich den persönlichen Adelsstand, der damit verbunden war und den wir Solveig mitgeben können. Sie verstehen, für eine standesgemäße Heirat. Ich bin ja eine geborene Rousseau und mein Gatte hat den Namen geheiratet. Aus Liebe erwächst kein Eheglück. Merken Sie sich das. Das liegt in den Kindern. In Wien, wo wir eine Weile gelebt haben, kam unsere Solveig zur Welt. Ist sie nicht zauberhaft?«

»Hinreißend, Frau Geheimrat. Davon habe ich mich vor zwei Jahren bei Löhles überzeugen können. Und sie hat gewonnen, wie ich in den letzten Tagen gesehen habe, ist eine richtige Dame geworden. Sie sehen übrigens superb aus. Solveig und Sie könnten Schwestern sein. Bitte setzen Sie sich, dann kann ich Ihnen noch die Haare richten.« Christiane stand auf und wies auf den Hocker. »Dieser honigblonde Glanz, wie bei der Tochter. Ich bin entzückt.«

»Ich spüle sie immer mit einem Sud aus Kamille, Honig und Zimt, den die Magd bereitet. Ich kriege weiße Strähnen. Leider. Aber Sie übertreiben. Dazu scheinen Sie einen Hang zu haben. Wie vor zwei Jahren mit Kronprinz Ludwig. Köstlich, diese Geschichte mit seinem Rock, die Ihnen passiert ist. Schade, dass ich nicht dabei war. Solveig hat mir berichtet. München lacht darüber nach wie vor beim Bier. Erst neulich habe ich ein paar von Ludwigs Versen gelesen, um mich für heute Abend einzustimmen. Leider wird er uns nicht beehren, wie ich vorhin erfahren habe. Statt zu dichten, baut er, seitdem er König ist. Wir kommen kaum in unser Haus. Sie haben es gesehen. Seit jeher war hier eine beschauliche Gegend. Sonst hätte mein Gatte nicht diese Villa gekauft. Residenzstraße hieß sie damals, was war das für eine Achtung gebietende Adresse.«

Christiane nickte und sah sich im Spiegel dabei zu, derweil sie Kamm und Nadeln zur Hand nahm. Sie schlang bei Frau Geheimrat einen losen Knoten und türmte die Haarpracht am Hinterkopf auf. Sorgfältig steckte sie diese fest und platzierte eine orangefarbene Blüte aus Filz an der Seite. Mit einer Bürste entfernte sie Stäubchen und Haare von den zu eckigen Schultern. Diese konnte sie mit ein paar Polstern noch gefälliger machen, aber das brauchte Zeit. Sie zupfte ein wenig an der Hausherrin herum und wartete darauf, entlassen zu werden. Die achtundfünfzig Jahre sah man Frau Geheimrat nicht an, daran würde sie sich ein Vorbild nehmen. Endlich stand diese auf und betrachtete sich erneut von allen Seiten im Spiegel.

»Exzellent, liebe Christiane, das übertrifft meine Erwartungen. Ich sehe in der Tat schlank aus wie vor zwanzig Jahren. Äußerst geschickt, Ihre Änderungen. Ich bin froh, Sie bei uns zu haben. Und ich bitte Sie von Herzen, geben Sie auf Solveig Acht. Alles andere verzeihe ich Ihnen.«

Zwei Stunden später machte Frau Geheimrat sich in der Kutsche auf den Weg ins Theater. An ihrer Seite die Tochter, die die Blicke der Männer auf sich ziehen durfte, aber mehr nicht. »Sei mir Schwester und Freundin«, hatte Solveig gesagt, bevor sie mit der Mutter in die hauseigene Kutsche gestiegen war.

Ihre dicken blonden Haare trug sie nicht geflochten wie vor zwei Jahren, sondern zu einem Dutt aufgesteckt, auf dem eine winzige Haube als Schmuck prangte. An den Schläfen hatte sie im Gegensatz zur Mutter Haartollen geformt und festgesteckt. Von den Ohrläppchen baumelten glitzernde Saphire. Solveig trug ein schlichtes weißes Kleid mit gebauschten Ärmeln und einem Gürtel, der die Taille betonte. Über die Schultern hatte sie locker ein blaues Seidentuch drapiert. Auch die Tochter wusste sich in Szene zu setzen. Sie konnte von ihr lernen.

Im Salon drückte sich Carl herum, während Christiane mit dem Dienstmädchen die Tische eindeckte und das kalte Büfett richtete. An den Wänden hingen seine Skizzen. Ein frecher Stift. Das sah sie sogleich. Ein Selbstporträt mit kleiner runder Brille, das ihn älter machte, als die achtzehn Jahre, die er vorweisen konnte. Und da lag einer am helllichten Tage im Bett mit einer Schlafmütze. In der Hand hielt er eine Feder und über ihm hing ein Regenschirm. Christiane schüttelte den Kopf. Frau Geheimrat hatte recht. So klein die Zeichnungen waren, in jeder steckte ein köstliches Aperçu.

»Ich freue mich, dass Carl, der Sohn unseres allseits verehrten Magistratsmitglieds Spitzweg, uns heute Abend beehrt. Schauen Sie sich um! Ist das nicht herrlich?« Frau Geheimrat wies auf die Zeichnungen an den Wänden. »Auf den neuen Mozart! Spiel er uns ein wenig auf mit dem Zeichenstift.« Sie hob ihr Glas mit französischem Schaumwein und nickte dem jungen Mann zu.

Carl verbeugte sich, beäugte die Gäste und skizzierte erst langsam, dann flüssiger und mit einem Lächeln in den Mundwinkeln. Mit Block und Kohlestift in der Hand war er nicht mehr schüchtern wie am Nachmittag.

Hofsänger Leoni fielen die Noten aus seinem Mund. Er räusperte sich. Der neue Theatercommissär biss sich an einer Münze die Zähne aus. Mit säuerlicher Miene wandte dieser sich ab. Carl ließ sich nicht beirren und nahm ein frisches Blatt. Ein paar Striche und Gräfin von Berchem wedelte nicht mehr mit ihren Straußenfedern, sondern verschluckte sie. Der Federbusch verschwand hinter ihrem Rücken. Frau Geheimrat lachte, aber ihr blieb der Witz im Halse stecken. Carl machte sich an ihr Konterfei, das weniger freundlich als der Spiegel war. Keiner wusste, wer als Nächster dem Stift zum Opfer fallen würde.

Christiane grinste in sich hinein. Ein paar der Gäste kannte sie von den Gesellschaften bei Löhle. Hofschauspieldirektor Heigl stand mit Frau Geheimrat am Fenster. Sie redete auf ihn ein und er schüttelte den Kopf, stopfte Erdbeeren und geräuchte Würstchen in sich hinein. Sie reichte Musikus Windmessinger den Kaffee.

»Hier versteckt sich die Zierde der Stadt!«, rief er. Alle drehten sich nach ihr um. Ihr wurde heiß. Lächelnd wehrte sie ab und neigte huldvoll den Kopf.

Ein Mann mit roten Locken, den sie nicht kannte, musterte sie. Sie strich eine Haarsträhne hinters Ohr. Wie die Grübchen in seinen Wangen ihr zulächelten, obwohl er ernst schaute. Sie schlug die Augen nieder und bat das Dienstmädchen um das weitere Servieren des Kaffees. Die Mannsperson sah immer noch zu ihr herüber, wie sie im Augenwinkel bemerkte. Sie schlüpfte ins Treppenhaus und ging aus der Vordertür. Der Mann folgte ihr nicht.

Vom Garten her näherte sie sich der Terrasse. Ein Flüstern hing in der Luft. Solveig und Hofschauspieler Zuccarini! Christiane drängte sich an die Hauswand. Sie räusperte sich. Ein Schatten verschwand hinter den Beerensträuchern. Das seitliche Gartentürchen quietschte.

»Tut mir leid«, sagte sie zu Solveig, die die Arme vor der Brust verschränkt hatte. »Ich habe deiner Mutter versprochen, auf dich achtzugeben. Du hattest vor zwei Jahren schon ein Auge auf ihn geworfen, nicht wahr?«

Solveig nickte. »Stell dir vor, ich soll Baron von Gumpenberg heiraten. An Weihnachten, wenn mein Vater zurück ist.«

»Ich verstehe. Seine Mutter hat im letzten Herbst ein Geheimnis daraus gemacht, wen ihr Sohn nehmen wird. Endlich habe er sich entschlossen, hat sie bei Löhles gesagt.«

»Er schon, ich nicht. Niemals! Mit Zuccarini fühle ich mich verbunden. Wir reden meistens übers Theater. Zu gern würde ich einmal eine Rolle übernehmen, aber Heigl will nicht. Du hast ihn gesehen, wie er den Kopf schüttelt. Bitte sag der Mutter nichts von Zuccarini, wir sind anständig. Es passiert kein Unglück. Du musst dich nicht sorgen.«

2

Im September kehrte Frau Geheimrat mit Solveig vom Starnberger See aus der Sommerfrische zurück. Beide braun gebrannt und fülliger. Viel Arbeit für sie als Kammerzofe. Es sollte recht sein. Der Sommer war langweilig gewesen, wenn sie auch des Öfteren Carla bei der Tante in der Au besucht und den winzigen Oskar mit Strickereien versorgt hatte. Die Stadt füllte sich wieder mit dem Rumpeln von Rädern und dem Geschrei der Händler. Das Hämmern und Sägen am Dachstuhl des Odeons und die Rufe von den Baustellen in der Ludwigstraße drangen bis zur Villa Wiebeking. Frau Geheimrat kümmerte es nicht.

»Liebe Christiane, ich bin entzückt«, sagte sie. »Für den Salon auf Ende der Woche sind nahezu zwanzig Anfragen eingegangen. Richten Sie das Flügelzimmer und sagen Sie der Magd, sie soll die Jagdszene abnehmen und stattdessen Carls Zeichnungen erneut aufhängen. Über den Sommer ist er flinker mit seinem Stift geworden, habe ich gehört. Das gibt einen Spaß! Bei Kaufmann Lorci habe ich einiges für unsere Gesellschaft bestellt, holen Sie es bitte zusammen mit meiner Tochter heute noch ab.«

Christiane ging zu Solveig in die Studierstube, die unter dem Schweifgiebel zur Straße lag. »Ich weiß schon seit gestern Bescheid«, sagte diese. »Leopold hat längst angespannt.« Sie wies aus dem Fenster. »Alles ist arrangiert. Mit Zuccarini möchte ich heute ein bisschen im Café Tambosi plaudern. Bitte verrat mich nicht. Du wirst allein zurechtkommen.«

»Ich kann nichts Verwerfliches daran erkennen, im Café zu sitzen und sich in der Konversation zu üben. Danke, dass du mich ins Vertrauen gezogen hast. Ich weiß, wo du dich aufhältst, und passe gut auf. Was ich dich fragen wollte: Warum heißt der lange Saal zur Gartenseite Flügelzimmer?«

Solveig lachte. »Als Kind habe ich mich strikt geweigert, das Klavierspiel zu lernen. Frag Windmessinger. Ich wollte immer schauspielern. Da hat mein Vater diesen himmlischen weißen Flügel, den ich geliebt habe, günstig an Lorci abgegeben. Zum Anschauen war er zu schade.«

»Er klingt brillant, soweit ich das beurteilen kann. Oft habe ich ehrfürchtig mit der Hand darüber gestrichen«, sagte

Christiane. »Erwischen lassen durfte ich mich nicht. Lorci ist da eigen.«

»Man kann ein Kind nicht zu seinem Glück zwingen, hat der Vater damals gesagt. Der Name ›Flügelzimmer‹ aber ist geblieben für den Salon. Komm jetzt, Zuccarini wartet.«

Herrschaftlich fuhren sie am Hofgarten vorbei und Christiane gefiel sich darin. Wie hätte sie sich gegen Solveig stellen sollen? Ihr würde es nicht anders gehen.

An der Baustelle des neuen Konzerthauses zog Leopold kurz die Zügel an und Solveig hüpfte elegant herunter. Zum ersten Mal war das nicht gewesen. Der Kutscher trug im Gegensatz zu Anton einen Zylinder, schnalzte mit der Zunge und die Pferde zogen wieder an.

Vor der königlichen Residenz hielten sie sich rechts in die Theatinerstraße und folgte der Weinstraße. Die beiden Kuppeln der Frauenkirche grüßten zum Zehn-Uhr-Läuten. Kurze Zeit später standen sie still, weil die Wagen sich wieder einmal in einer langen Schlange um den Schrannenplatz reihten.

»Samstags beim Kornmarkt ist es besonders arg«, sagte Leopold, »da braucht's manchmal eine Stunde aus dieser Richtung. Direkt an der Residenz vorbei gibt es keine andere Durchfahrt. Alle müssen durch's Tal.«

Christiane ging in Gedanken die Bestellung durch. Kaffee und Tee, Zimt und Zucker, Kakao als Pulver und getrocknete Früchte. »Bringen Sie noch schwarzen Pfeffer mit und Koriandersamen«, hatte Frau Geheimrat gesagt. »Beides ist nicht vorbestellt. Ihr werdet ein wenig warten müssen. Solveig kennt das. Es gibt besten Kaffee.«

Am Eckhaus zur Dieners-Gasse zügelte Leopold die Pferde unter einem spitzen Türmchen. Er reichte ihr formvollendet die Hand. Wie eine Dame stieg sie aus, prüfte den Sitz ihrer Haare und hob den Kopf.

»Handelshaus Familie Lorci – Kolonialwaren und Delicatessen für München und Umgebung – Inhaber Franz Xaver Lorci« prangte über dem Torbogen.

Wie Solveig es ihr beschrieben hatte, ging sie langsam in das kühle Gewölbe hinunter. »Dort lagert der Kaufmann seine besonderen Vorräte. Folg der steinernen Treppe. Es ist ein Ort der Wohlgenüsse«, so ihre Worte.

»Franz Xaver Lorci«, sagte Christiane im Rhythmus ihrer Schritte vor sich hin. Ein leichter Minzduft mischte sich mit einem würzigen Hauch von Zimt und frisch aufgebrühtem Kaffee und ihr ward heiter ums Herz. Warum sollte sie Solveig nicht das Vergnügen gönnen?

Als sie die letzte Stufe nahm, sagte eine Stimme: »Ich habe Sie schon erwartet. Sie sind ein wenig spät. Die Bestellung ist vorbereitet. Jo mei, verzeihen Sie. Ich hatte mit Mademoiselle von Wiebeking gerechnet.«

Die Stimme gehörte zum Lockenkopf, der sie bei der Gesellschaft so angeschaut hatte. Wenn sie das gewusst hätte!

»Solveig ist leider verhindert. Ich vertrete sie.«

Einen Moment länger, als es sich schickte, schaute Lorci sie an und fragte: »Sind wir uns nicht vor dem Sommer bei der ersten Soiree in der Villa Wiebeking begegnet?«

Sie nickte. »Ich bin Kammerzofe dort und helfe bei den Gesellschaften. Christiane von Hehl.«

»Sie sind aus adeligem Hause?«

»Der Vater wurde vor Jahren in den persönlichen Adelsstand erhoben wegen seiner Verdienste um die Einführung der Blitzableiter. Stuttgart ist eine sichere Stadt.«

»Sie kommen aus dem Württembergischen? Sind protestantisch? Da haben wir etwas gemeinsam. Nehmen Sie Platz. Es ist mir ein Vergnügen.«

Eine Magd servierte und huschte wieder davon. Christiane nippte am Kaffee. Sehr süß und sehr heiß. Sie musterte Lorci.

»Die Bohnen sind aus Brasilien«, sagte er und räusperte

sich, »gedacht für Italien. Jo mei, da kunnt mer scho ein paar Sackerln auf München importiern. Verzeihen Sie. Nehmen Sie auch vom Sturm. Der erste frisch gegorene Most«, erklärte er, als er ihren fragenden Blick sah. »Er ist gerade recht für die Gesellschaft heute. Fünf Fässer hat die Gräfin bestellt.« Sein Gehilfe, ein schmächtiges, aber kräftiges Kerlchen, trug alles nach oben. »Warte«, rief Lorci ihm zu. »Nimm ein paar Lavendelbüschel mit!« Er wandte sich ihr zu. »Geschenk des Hauses. Fürs geheime Gemach. Lavendel reinigt die Luft.«

Seine Grübchen lächelten. Er ging Pfeffer und Koriander holen und ließ ihr unterdessen von der Magd frischen Kaffee einschenken.

Christiane von Lorci, das hätte Musik. Franz Xaver mit seinen roten Locken, die sie gern bürsten würde. Frau Geheimrat könnte eine Eingabe beim König machen und Lorci einen Adelstitel erwerben. Was dachte sie da? Sie kannte ihn doch gar nicht.

Da lief ein vielleicht vierjähriger Bub auf sie zu und blieb vor ihr stehen. Der Kaufmann hatte ein Kind und war verheiratet. Wie dumm von ihr zu glauben, sein Herz sei frei, weil er allein bei der Soiree gewesen war.

Schnell nahm sie den letzten Schluck Kaffee. Bevor sie aufstehen und sich straffen konnte, sagte Lorci hinter ihr: »Das ist mein Sohn. Karl Theodor, hast du die Dame begrüßt?« Der Bub streckte ihr die Hand hin. Warm und weich. Sie hob sein Kinn und strich ihm ein paar Locken aus dem schmalen Gesicht. Wie der Vater.

»Ich bin seit einem halben Jahr Witwer«, sagte Lorci. Seine Stimme zitterte ein wenig. Er hatte sich wieder zu ihr gesetzt und seinen Sohn auf den Schoß genommen. »Die Geheimrätin ist sehr gütig zu mir und will mich zurück in die Gesellschaft locken. Es sei nichts allein, meint sie. Im Frühjahr hat meine Frau ein bösartiges Schleimfieber dahingerafft. Es braucht Zeit mit mir.« Er stockte. »Karl Theodor möchte seine Stunden lieber hier mit mir verbringen als bei seiner Kinderfrau. Er kann schon ein wenig lesen und vor allem rechnen. In ein paar Jahren kommt er aufs Gymnasium. Geh, was red ich denn da.« Er wandte sich an seinen Sohn und sagte: »Jetzt gehst amoi zur Lieselotte und dann tust schön Klötzerln zähln. I kimm später dazua.«

Karl Theodor rutschte von seinem Schoß, schaute Christiane mit großen Augen an und sprang davon. Hüpfte und rannte. Warf die Arme in die Luft.

»Hier, der schwarze Pfeffer, riechen Sie mal!« Lorci beugte sich zu ihr herüber.

Wie hatte Solveig sie instruiert? Warm und aromatisch musste er duften. Lorci öffnete das Säckchen und hielt es ihr hin. Sie lehnte sich nach vorn und schnupperte, dabei kam sie ihm so nahe, dass seine Locken sie kitzelten. Sie nieste.

»Ja, der Pfeffer. Nehmen S' auch vom roten, hier ein Beutelchen zur Probe. Er schmeckt süßlich, eure Köchin soll ihn nur grob zerstoßen.« Er streifte ihre Hand.

»Die Koriandersamen scheinen von bester Qualität«, sagte sie. »Leopold wird warten. Jetzt hab ich mich ganz verloren.«

»Hoffentlich sigt ma si ned zum letztn Mal.«

»Wenn Frau Geheimrat gestattet, hol ich gerne in Zukunft die Bestellungen ab. Da schmeckt's ja so gut bei Ihnen.«

Sie stieg die Treppenstufen wieder hinauf und spürte seine Blicke im Rücken. Ihn an sich zu binden, wäre die Kunst. Wollte sie das? Er war Witwer und hatte ein Kind. Leider hatte sie keinen Namen in die Waagschale zu werfen wie Frau Geheimrat, eine geborene Rousseau. Was gäbe sie um solch eine Herkunft. Ihr konnte nur die Liebe helfen. Mit Gottes Beistand würde diese Himmelsmacht zu ihr kommen. Lorci gefiel ihr und er besaß ein zweistöckiges Gartenhaus aus Stein am Stachus, hatte Solveig gesagt.

Leopold brachte sie mit dem Wagen und den Einkäufen wieder zurück. Alle Tage wünschte sie sich ihr Leben auf solche

Weise. Solveig gesellte sich an der Baustelle zu ihnen, als sei sie nie fort gewesen. Sie drückte ihre Hand.

3

Mindestens einmal die Woche kutschierte Leopold sie fortan zu Lorci. Manchmal kam Solveig mit hinunter ins Gewölbe, meistens aber verabschiedete sie sich an der Baustelle, wo der Rohbau des Odeons vollendet war. Das neue Konzerthaus würde eine Freude für Löhle werden. Wie Oskar, sein Sohn. Einmal hatte sie Carla besucht, die wieder im Haus Ruffini war. Kaum einen Blick hatte sie ihr geschenkt, derart beschäftigt war sie mit dem Kind.

Lorci jedoch nahm sich immer ein wenig Zeit, mit ihr zu plaudern. Manchmal war sie auch eine Weile mit Karl Theodor allein. Sie machte Fingerspiele mit ihm und sang und klatschte. Sie lehrte ihn, eine Schleife zu binden, was den kleinen Kerl entzückte. Er übte sich unermüdlich darin und zeigte ihr sein Werk.

Im Advent buk sie Zimtsterne für ihn. Die Köchin der Wiebekings lächelte vielsagend. »Bald ist die Trauerzeit zu Ende, nicht ausgeschlossen, du hast Glück.«

Christiane schüttelte den Kopf. Daran wollte sie nicht denken. Die Hoffnung aber war von Anfang an in ihr gewesen.

Lorci reichte zum Kaffee feinste Chocoladentäfelchen mit Mandeln und Orangenstückchen. Sie nahm eines und ließ es im Mund zergehen. Ein leicht herber Geschmack blieb zurück. Erneut griff sie zu, kaute langsam und leckte sich über die Lippen, was Karl Theodor ihr sogleich nachmachte.

Lorci lachte. »Chocolade macht süchtig, seien S' vorsichtig. Und sagen Sie Mademoiselle Solveig, sie möge Sie bei den Einkäufen begleiten und nicht alles Ihnen überlassen. Verstehen Sie mich nicht falsch, ich sollte Frau Geheimrat von der Tochter berichten können, wenn sie die Bestellung für Weihnachten aufgibt. Das macht sie immer persönlich.«

Kurz nach der Auer Maidult spazierte sie bei strahlendem Wetter in die Stadt und schaute ohne Auftrag in der Diener-Gasse vorbei. Karl Theodor spielte Ball im Hof und sie vergnügten sich eine Weile zusammen. Dann ging sie hinunter ins Gewölbe.

»Welch Überraschung!«, rief Lorci. »Als ob ich es geahnt hätte. Warten Sie, ich bin gleich wieder da.«

Als er zurückkam, hielt er ihr drei längliche Päckchen hin.

»Asparagus«, sagte er. »Mir ist es gelungen, eigens für Frau Geheimrat den ersten Spargel zu erstehen. Sie kommen zur rechten Zeit. Die Küchentücher sind feucht, darin bleibt er frisch. Lagern Sie ihn dunkel, er hält sich einige Tage.«

»Ich wollte heute nichts einkaufen und nur vorbeischauen. Einen Auftrag habe ich nicht.«

»Dieser Spargel ist etwas Besonderes. Ich möchte ihn nur an Sie abgeben. An Sie persönlich. Sie verstehen. Nehmen Sie. Frau Geheimrat kann übermorgen bei der Soiree damit vielleicht König Ludwig herbeilocken, denn ich weiß, dass er in diesem Jahr noch nicht zu Spargel gekommen ist. Nein, lassen Sie stecken, er ist nicht bezahlbar.«

Er schob sie zur Tür hinaus. Wie merkwürdig er sie heute angeschaut hatte. Und wie warm seine Hand einen Moment zu lange auf ihrer Schulter gelegen hatte.

Am nächsten Morgen fuhr Lorci mit seiner Equipage bei der Villa Wiebeking vor. Frau Geheimrat bat ihn in den Salon und schloss die Flügeltür. Christiane versteckte sich hinter getrockneten Sonnenblumen, die in einer großen Bodenvase standen, und ließ die Tür nicht aus den Augen. Eine halbe Stunde später kam Lorci wieder heraus. Er schaute sich um, hüpfte wie Karl Theodor und warf dabei die Arme in die Luft. Was war geschehen? Da rief Frau Geheimrat nach ihr.

»Meine liebe Christiane«, sie machte eine bedeutsame Pause und nahm einen Schluck vom Kaffee, »soeben ist ein Heiratsantrag für Sie eingegangen. Sie haben Lorci gesehen. Bedenken Sie es recht, es wird zu Ihrem Schaden nicht sein. Der Kaufmann ist kein armer Mann, wenn auch nicht von Adel. Doch er ist protestantisch wie Sie. Das zählt. Und dass das Trauerjahr vorbei ist.« Sie legte die Hand auf Christianes Schulter und dirigierte sie aus dem Salon. »Sie haben den Rest des Tages frei. Hier, für Ihre guten Dienste«, sagte sie und gab ihr zwei Dukaten. »Suchen Sie Lorci auf, falls Sie mit seinem Antrag einverstanden sind, wovon ich ausgehe. Machen Sie sich ein wenig hübsch. Sie dürfen in mein Ankleidezimmer gehen.«

Die Knie waren ihr weich. Das kannte sie nicht. Sie wankte in ihr Zimmer. Mit der Linken umklammerte sie die Münzen. Sie wollte diese in ihre Geldkatze schieben. Halt! Sie brauchte etwas Standesgemäßes zum Anziehen. Lorci begehrte sie zu ehelichen. Sie ließ sich rücklings auf das Bett fallen und lag für einen Moment mit weit ausgebreiteten Armen da. »Franz Xaver«, flüsterte sie. »Bald bin ich die deine. Wirst du mich noch nehmen, wenn du meine Geschichte kennst? Ich will dir alles erzählen. Du bist ehrlich und ich möchte es dir gleichtun.«

Franz Xaver kam ihr entgegen. »Ja, griaß di, Deandl.« Er duftete nach frischem Kakao und führte sie in einen zweiten, tieferen Keller, von dem ihr Solveig schon erzählt hatte. Sie bekam kein Wort heraus. An der Wand flackerten Öllampen. Lorci hielt ihre Hand und achtete darauf, dass sie nicht stolperte. Unten öffnete er eine Tür und verbeugte sich galant. Zögernd trat sie ein und blieb überrascht stehen. Sonnenstrahlen fielen durch einen Lichtschacht. Diese wurden von Spiegeln eingefangen und in den gesamten Raum geworfen. In der Ecke stand eine Palme. Lorci schloss die Tür hinter sich. Sie drehte sich um und wusste nicht, wohin mit ihren Händen und seinen Blicken. Lichtdurchflutet, der Keller und ihre Seele.

Sie nahmen an einem runden Marmortisch Platz. Verstohlen musterte sie Lorci. Er goss eigenhändig von der heißen Chocolade ein.

»Probier von den Cremestangen mit Erdbeergeschmack. Sie sind ganz delikat als Nachtisch zum Spargel. Sag der Köchin, sie soll für den Asparagus eine Safransauce mit Schalotten und Lorbeer versuchen. Ein wenig Sahne schadet nicht. Den Limettensaft erst zum Schluss hinzugeben, ein paar Tropfen. Und die Sauce darf auf keinen Fall mehr kochen. Oder Spargel mit Pecorino. Das ist schlichter. Der Geschmack unvergleichlich. Einen Hauch über die heißen Stangen reiben. Die Köchin soll's ausprobieren. Ich habe alle Zutaten zusammengestellt, so hätt mer jetzt a bisserl Zeit miternand.« Er lächelte. »Du verstehst mich, wie ich sehe. Wie hübsch du dich wieder zurechtgemacht hast. Nimm diesen Cashmereschal als Zeichen meiner Verehrung. Er ist aus Frankreich. Die Palmwedel auf dem königsblauen Grund passen ausnehmend gut zu deinen blauen Augen.« Er legte ihn ihr um die Schultern und berührte sie dabei am Nacken. Sie zuckte zusammen. Zum Glück kam in diesem Augenblick Karl Theodor und begehrte auf ihren Schoß. Er roch nach Frühlingswind.

»Meine liebste Christiane«, sagte Lorci. »Sag doch was! Lass es mich von Angesicht zu Angesicht wiederholen. Von Herzen gern würd ich dich als Braut zum Altar führen. Willst mich heiraten?« Er legte seine Hand auf ihren Arm. Sie setzte den Kleinen auf den Boden und nahm ihn wieder hoch, als er die

Ärmchen nach ihr ausstreckte. Lorci streichelte seine Wange und strich auch über die ihre. »Er hat sich an dich gewöhnt. Das ist wichtig. Sag Ja, ich bitt dich!«

»Franz Xaver, lass dir erst aus meinem Leben erzählen. Wenn du dann noch mal fragen möchtest …« Sie drückte Karl Theodor. Er gab ihr einen Schutz. Kurz steckte sie ihre Nase in die Locken des Knaben. »Bis ich acht war …«, begann sie.

»Das ist so viel!« Karl Theodor zeigte an jeder Hand vier Finger. »Und ich bin so alt.« Er hielt eine Hand hoch und spreizte die Finger. Sie nickte. Er war vor Kurzem fünf geworden.

»Bis ich acht war, habe ich in einer Pfarrersfamilie gelebt. Ich dachte, ich sei deren Kind. Auf einmal ist eine Dame gekommen und hat mich zu sich nach Stuttgart geholt. Sie sei meine Mutter, hat sie gesagt. Frau Bergrat Hehl, ihr Name.« Christiane hielt Karl Theodor die Ohren zu. »Sie hat mich immer wieder bös geschlagen, um mich zu erziehen.«

»Karl Theodor«, sagte Franz Xaver und stand auf. »Lieselotte wartet auf dich. Sie hat ein neues Rechenbrett.«

Der Kleine rutschte von ihrem Schoß. Sie fühlte sich nackt und wickelte den Cashmereschal fest um die Schultern.

»Zeig Lieselotte, was ich dir beigebracht habe. Sie soll einen heißen Kakao machen.«

Der Bub nickte und hüpfte davon wie beim ersten Mal. Franz Xaver räusperte sich, trat zu ihr und drapierte den Schal neu. Er küsste sie auf den Hals. Sie erschauderte wohlig. Seine Finger streiften Löhles Halsreif mit der Perle. Sie schluckte.

»Franz Xaver, warte, ich muss erst weitererzählen.«

Er setzte sich wieder, nahm ihre Hände und streichelte sie. »Ich will alles von dir wissen. Hab keine Angst.«

Sie zögerte kurz, dann nickte sie. »Frau Bergrat Hehl hat mich zwar mit Schlägen und Strenge aufgezogen, mir aber doch eine gewisse Bildung zugedacht. Ich muss ihr das zugutehalten. Am Anfang hat sie mich selbst unterrichtet und auf die höhere Mädchenschule vorbereitet. Später war ich in der Herrnhuter Mädchenanstalt in Königsfeld im Schwarzwald. Dort bin ich konfirmiert worden.«

»Ich bin froh, dass auch du protestantisch bist. Meine Frau«, er ging ein paar Schritte, »sie war ebenfalls rechten Glaubens. Erzähl weiter.«

»Ich wollte Lehrerin werden und stand kurz vor der Abschlussprüfung. Das hat sich leider zerschlagen.«

»Was ist passiert?«

»Ich bin ein hinter den Hecken gefundenes Kind und kenne meine Eltern nicht. Franz Xaver, ich kann nichts dafür. Frau Bergrat Hehl hat es mir vor vier Jahren plötzlich eröffnet. Sie ist nicht die Mutter. Ein Mündel bin ich, und sie stellt sich dagegen, dass ich mich verheirate. Warum, weiß nicht einmal der Himmel. Außer einer Bürgerrechtsurkunde für Stuttgart besitze ich keinerlei Papiere. Meine Herkunft kann ich nicht beweisen.«

Er zog sie in seine Arme. Sie ließ es geschehen, machte sich dann aber los.

»Jetzt weißt du alles von mir und willst mich wohl nicht mehr heiraten.«

»Christiane, wo denkst du hin! Deine Geschichte rührt mich zu Tränen.« Sie sah ihn an. Tatsächlich, seine Augen glänzten wie ein See in der Sonne, mit einem Schimmer Grün. Sie holte das Tüchlein mit den Fischen aus der Rocktasche und tupfte ihm die Wimpern ab, was er geschehen ließ.

»Lieber Franz Xaver, noch etwas. Inzwischen habe ich durch eine Indiskretion erfahren, dass meine wahren Eltern adelig sein sollen. Womit wir wieder beim Anfang wären.«

»Nicht verzweifeln, Dearndl. Als Kaufmann kann ich alles regeln. Sag mir nur eines, möchtest du mich heiraten?«

»Ach, Franz Xaver. Du machst mich glücklich. Von Herzen gerne sage ich Ja zu deinem Antrag. Karl Theodor und ich haben uns lieb gewonnen, wie du gesehen hast. Wir könnten nach Preußen reisen und dort heiraten«, sprudelte es aus ihr heraus. »Wir müssten in die Audienz zu König Ludwig gehen und um Erlaubnis bitten. Karl Theodor nehmen wir mit. Er ist längst der Meine geworden. Der König ist mir gewogen. Sicher kennst du die Geschichte mit dem schäbigen Rock, die bei Löhles passiert ist, da war er noch Kronprinz. Es war an meinem ersten Abend in München.«

Lorci schlug sich auf die Schenkel. »Ich hab davon gehört. Die Münchner lachen immer noch drüber. Mein Kind. Alle Tage gehe ich beim König ein und aus. Das Handelshaus Lorci zählt seit jeher zu den Hoflieferanten. Der Urgroßvater war königlich preußischer Gesandter in München. Er hat eine Tochter des Hofbaumeisters Zuccalli geheiratet, sich hier niederlassen dürfen und dieses Haus erbaut. Mein Vater hat es vergrößert, und ich bringe die neuesten Techniken ein.« Er wies auf die Spiegel. »In meiner Kindheit war der Keller ein finsteres Loch und wir haben die Waren oben unter den Arkaden auf einem Tisch feilgeboten. Inzwischen gibt mir der König hier im Spiegelkeller die Ehre. Den Spargel habe ich ihm vorenthalten. Weißt schon warum, liebs Kinderl.« Er nahm ihre Hände in die seinen. »Preußen. Keine schlechte Idee. Du bist findig.« Er ging in eine Ecke. »Nimm de Rosn mit dem Schleierkraut, 's kimmt von Herzen. Aber jetzt musst fort. Ned dass d' Leit redn. Vergiss nicht den Schal. Denk an mich. Ich muss bald auf Handelsreise gehen, wie immer im Frühjahr. Bis nach Preußen. Du verstehst. Ich werd alles regeln, aber das dauert. Hab Geduld und mach dir keine Sorgen. Vertrau mir.«

4

Eine Amsel sang in den höchsten Tönen, als sie mit dem Rosenstrauß in der Hand auf die Dieners-Gasse trat. Am liebsten hätte sie mitgesungen und wäre gehüpft wie Karl Theodor, aber sie versteckte ihre Nase zwischen den Rosenblüten und ließ sich vom Schleierkraut kitzeln. Über der nahen Residenz hing das hohe Zwitschern der Mauersegler, die erst vor ein paar Tagen aus dem Süden gekommen waren. Ihr ungestümes »srieh srieh« übertönte das Rollen der eisenbeschlagenen Kutschenräder auf dem Pflaster und schrieb sich in ihr Herz, das nicht warten wollte. Geduld war nicht ihre Stärke. Sie brauchte sofort eine Veränderung, die ihren neuen Stand zeigte. Eine Braut war sie jetzt. Sie ließ sich das Wort im Mund zergehen. Braut, das schmeckte wie Baiser mit Kastanienmus. Angemessen ausstatten musste sie sich, ebenbürtig wollte sie Lorci sein.

Über den Schrannenplatz ging sie zur Kaufinger Gasse. Sie betrachtete sich in den zahlreichen Schaufenstern. Gute Taille, feste Brüste. Ein ebenmäßig geschnittenes Gesicht von üppigen dunklen Haaren gerahmt. Wie apart sich die Löhle'sche Perle an ihren Hals schmiegte. Sie hielt den Rosenstrauß im Arm wie ein Kind und stolzierte zum Rindermarkt. In einem Innenhof betrat sie eine Nähstube.

Die Inhaberin, Frau Krawczynski, trug ein schwarzes Leinenkleid, das in Kontrast zu ihren leuchtend weißen Haaren stand. Sie zeigte ihr ein zweiteiliges Nachmittagskleid.

»Eine Dame hat es bestellt und nicht abgeholt. Dazu gehört der eng anliegende Spenzer hier.« Sie hielt ein Leibchen in kräftigem Grün in die Höhe. »Das Kleid in Dunkelblau ist nach der neuen Mode. Es passt zu Ihnen und zu Ihrem netten

Brautstrauß.« Sie zeigte auf die Rosen mit dem Schleierkraut und kicherte. »Zur Verlobung? Und die Perle auch?«

Christiane nickte. Blau und grün waren die Farben von Frau Bergrat Hehl, die sie nie wieder hatte tragen wollen. Sie ließ sich trotzdem ins Kleid helfen. Der Spenzer betonte ihre Hüften und sie sah allerliebst darin aus. Als Frau Krawczynski ihr aber den Preis nannte, schüttelte sie den Kopf. Zehn Gulden! Das war ausgeschlossen.

»Der Stoff ist aus feinster gesponnener Baumwolle mit Leinen, eine exzellente Qualität. Die gibt es nicht umsonst. Sie zögern. Na ja, ich werd's schon los.«

Zu Lorcis Cashmereschal passte das Ensemble vortrefflich. Sie musste es haben und zahlte. Die beiden Dukaten gab sie dafür hin und legte zwei Gulden drauf.

»Möchten Sie das Kleid gleich anbehalten? Sie nicken. Wohin soll ich ihr altes schicken? Zu Frau Geheimrat von Wiebeking? Kammerzofe sind Sie dort? Da kennen Sie sich ja aus und wissen, dass es ein guter Kauf war. Beehren Sie mich bald wieder.«

Ihrem neuen Stand gemäß wollte sie sich ein wenig im Café Tambosi niederlassen und eine Chocolade trinken, aber Solveig saß mit Zuccarini an einem der runden dreibeinigen Tische mit den Löwenfüßen. Sie trug ihr weißes Theaterkleid mit dem Gürtel und rührte geziert in einer Tasse. Einen Puppenmund hatte sie sich geschminkt. Der Hofschauspieler verschlang sie mit seinen Blicken. Wie sollte sie Frau Geheimrat glaubhaft versichern, dass sie davon nichts gewusst hatte? Es war weit mehr zwischen ihnen als unschuldige Konversation. Trotzdem mussten die beiden ihr Gesicht wahren. Solveig hatte es schwerer als sie selbst. Ob Zuccarini ihr einen Heiratsantrag gemacht hatte? Christiane brannte darauf, ihr alles zu erzählen. Später im Studierzimmer, wenn sie unter sich waren.

Rasch drehte sie sich um und wanderte stattdessen durch den Englischen Garten. Am satten Maiengrün labte sie sich und strich immer wieder über ihr Kleid. Erst gegen Abend kehrte sie zurück in die Villa Wiebeking.

Sie schaute ihren Putz durch. Die Bänder und Schleifen mochten nicht zum neuen Ensemble passen. Das ließ sich ändern. Vorerst hieß es, Geduld zu lernen. Sie wollte sich darin üben, trocknete den Rosenstrauß und strich alle Tage zärtlich mit den Fingern darüber. Doch er wurde blass und blasser. Es half nichts, dass Solveig ihn ausgiebig bewunderte und ein bisschen neidisch war.

Die Sommerfrische zog vorüber und sie ernteten wie letztes Jahr die Zwetschgen im Garten.

»Lorci ist bislang nicht zurück«, berichtete ihr Leopold von der Leiter hoch oben im Baum. »Ein Geselle führt derzeit die Geschäfte im Handelshaus. Sein Herr sei familiär unabkömmlich«, hat er gesagt.

Sie nickte in sich hinein. Seine Familie in Preußen. Er würde es regeln und Wort halten. Trotz alledem wollte sie nicht mehr warten.

An einem lichtdurchfluteten Sonntag Ende September zog sie frühmorgens das neue Kleid mit dem Spenzer an, weil sie sich Lorci nahe fühlen wollte. Vor dem langen Spiegel bei Frau Geheimrat im Ankleidezimmer, die noch schlief, drehte sie sich, richtete die Haare zu einer Aufsteckfrisur und legte sich Löhles Halsreif mit der Perle um. Sie trug ein wenig Rouge auf und drapierte den Cashmereschal um die Schultern. Es war noch kühl. Sie lauschte, alles still. Unbemerkt verließ sie das Haus.

Am Eingang zum Englischen Garten blieb sie kurz bei »Harmlos« stehen. Es war zu viel los, um den Jüngling zu begrüßen. Sie hatte nicht bedacht, dass die Münchner um diese Zeit ihre Hunde ausführten. Der Statue konnte sie sich nicht nähern, ohne dass man zu tuscheln begann. Also setzte sie ihren Weg fort und wanderte zwei Stunden ziellos durch den

Park. Sie würde am nächsten Tag das Handelshaus aufsuchen. Auch wenn Franz Xaver nicht da war, sie musste sich zeigen und einen Gruß an ihn ausrichten.

War das nicht Karl Theodor mit seiner Kinderfrau dort auf der Ballwiese? Schon hatte er sie entdeckt und rannte auf sie zu. Sie fing den Ball und den Buben gleich dazu.

»Der Papa ist zurück, und bald heiraten wir!« Karl Theodor klatschte in die Hände. »Ich hab gehört, wie sie geredet haben, der Geselle und die Magd. Ich weiß alles. Bald komm ich in die Schule. Aber jetzt will ich spielen.« Er nahm den Ball und warf ihn ihr zu.

Sie fing ihn, lachte und warf ihn so zurück, dass Karl Theodor ihn mühelos erreichen konnte. Es ging eine ganze Weile hin und her und jedes Mal flog ihr Herz mit zu dem Kleinen. Franz Xaver war wieder da! Am liebsten hätte sie laut gejubelt und gejauchzt. Sicher hatte er noch keine Zeit gefunden, sie aufzusuchen. Sie sprang und hüpfte wie Karl Theodor.

Die Kinderfrau Lieselotte, die ihr einige Male bei Lorci begegnet war, machte ihrem Treiben ein Ende und schaute sie beide verkniffen an.

»Das ist aber doch meine neue Mama«, sagte Karl Theodor und griff nach Christianes Hand, die er fest drückte.

»Wir werden sehen, wer Herrin im Hause Lorci wird«, antwortete Lieselotte mit einem schnippischen Unterton in der Stimme. »Hergelaufene Frauen im Englischen Garten gehören sicher nicht dazu. Karl Theodor, komm! Ich muss dich zu Bett bringen. Mittagsschlaf!«

»Ich will aber nicht! Lass mich. Ich will bei der neuen Mama bleiben. Du wirst nie eine. Und rechnen kannst du auch nicht!« Lieselotte zog ihn mit sich fort.

Ratlos schaute sie den beiden nach. Was sollte sie davon halten? Hatte die Kinderfrau etwa Heiratsabsichten? Das war absurd! »Sie ist die Tochter von Kaufmann Bruckbräu«, hatte Solveig gesagt. »Wie Lorci betreibt er in der Dieners-Gasse sein Handelshaus.« Christiane ward bang ums Herz, das vor sich hin stolperte wie sie auf ihren Füßen.

»Hopp, hoppla«, sagte es auf einmal neben ihr und sie sah auf. König Ludwig!

»Majestät!« Sie verneigte sich tief. Der König war schmaler geworden. »Wisst Ihr noch? Bei Kammersänger Löhle war es. Euer Rock, ich hab ihn gerichtet …«

»Mademoiselle?« Er verbeugte sich.

»Verzeiht, Majestät! Erinnert Ihr Euch? Das Tüchlein mit den Fischen?« Sie griff in ihre Rocktasche. »Und schaut, hier habe ich noch eines.« Aus dem Ausschnitt zog sie den doppelköpfigen Adler. Seit Lorci ihr den Heiratsantrag gemacht hatte, konnte August ihr nicht mehr gefährlich werden. »Die beiden Tüchlein gehören zusammen. Wie Kaufmann Lorci und ich. Wir wollen heiraten.«

»Er geht alle Tage am Hofe ein und aus. Ein braver Mann. Das Schicksal …«

»Sein Sohn ist mir von Herzen zugetan. Wir würden uns gerne in Preußen das Jawort geben. Da hat Lorci Verwandtschaft. Sicher könnt Ihr dafür Eure Zustimmung erteilen.«

»Hat er schon gefragt, der Lorci. Kann er sich abholen, wenn er will … Überlassen Sie mir die Tüchlein. Sie sind der Preis für meine Einwilligung.«

Seine Hand zuckte und er schlug sich mit der Reitgerte auf die Stiefel. Erst jetzt sah sie die Kutsche, die an der Weggabelung wartete. Ein Wachsoldat trat zu ihnen. König Ludwig winkte ihn beiseite.

»Die Tüchlein, sie sind mir teuer. Doch bitte, nehmt sie. Kaufmann Lorci …«

»Nicht nötig. Ein Spiel. Sie wissen ja.« Er wandte sich um. Seine spitzen Schnallenschuhe stolzierten über den Fahrweg zur Kutsche.

»Seid bedankt, Majestät«, rief sie ihm hinterher. Sie verbeugte sich tief, obwohl er es nicht sah. Franz Xaver würde die Heiratserlaubnis abholen. Sie musste Geduld haben und Vertrauen. »Wenn er will …«, klang es in ihr nach.

Bei ihrer Rückkehr machte sich Leopold gerade in der Remise am Transportwagen zu schaffen. Das Pferd graste am Haus und schnaubte. Sie strich ihm über die Nüstern und ging verstohlen weiter, wollte mit niemandem reden. Was hatte es mit der Kinderfrau auf sich? Und warum kam Franz Xaver nicht und schloss sie in seine Arme?

Der Kutscher wohnte auf dem Dachboden des Schuppens und war in seinem weißen Hemd, den schwarzen Hosen und den langen Stiefeln immer tadellos gekleidet. Nie war er ohne seinen Zylinder unterwegs. Daran würde sie sich ein Beispiel nehmen.

Die Villa Wiebeking lag still im späten Nachmittagslicht. Nichts rührte sich. Als habe das Haus das Atmen eingestellt. Merkwürdig, Solveig streckte nicht wie sonst die Nase zum Fenster hinaus. Sie hörte immer, wenn jemand kam. Christiane nahm die Vordertreppe und hängte den Cashmereschal an die herrschaftliche Garderobe, wohin er besser passte als zu den Dienstbotenkitteln. Da kam die Geheimrätin aus dem Salon und winkte sie zu sich. Was wollte sie von ihr? Sonntags hatte sie frei.

»Haben Sie Ihrer Mutter einmal nach dem Leben getrachtet?«, fragte Frau Wiebeking. In der Hand hielt sie einen Brief. »Kommen Sie rein und setzen Sie sich. Nicht dass Sie mir umfallen.« Sie wies auf einen der Polsterstühle.

Christiane ließ sich auf der Stuhlkante nieder. Was hatte ihre Mutter, die nicht ihre Mutter war, mit ihrem Leben hier in München zu tun? Franz Xaver hatte seinen Antrag zurückgezogen. Nichts anderes konnte es sein.

»Vor einer Woche ist das Schreiben aus Stuttgart gekommen«, sagte Frau Geheimrat. »Ich wollte es Ihnen gar nicht zeigen, aber nachdem Solveig … doch der Reihe nach. Frau Bergrat Hehl ist ja wohl Ihre Mutter nicht, obwohl Sie ihren

Namen führen. Haben Sie Papiere? Sie schütteln den Kopf. Löhle hat Sie polizeilich umgemeldet damals, was mir merkwürdig vorgekommen ist. Es hatte offenkundig seinen Grund. Hören Sie also, was Frau Hehl schreibt: *Werte Geheimrätin von Wiebeking, dem Ansinnen des Kaufmanns Lorci, der sich an mich gewandt hat, kann ich keinesfalls stattgeben. Ich wäre Ihnen äußerst verbunden, wenn Sie ihm das mitteilen.* Dem bin ich nachgekommen. Das war Anfang der Woche. Ich wollte abwarten, ob er sich dazu äußert. Einen Einwand geltend macht. Leider nein. Hören Sie weiter: *Christiane einen Herkunftsnachweis auszustellen und ihr den Namen Hehl zu geben, ihr gar eine Heirat zu gestatten, ist ausgeschlossen. Sie ist ein hinter den Hecken gefundenes Kind. Sittlich verderbt ist sie und ich kann ihr kein positives Zeugnis ausstellen. Sie hat sich verfehlt, auch gegenüber der Familie. Des Öfteren ist sie mir gewalttätig entgegengetreten und hat mich einmal mit einem Messer bedroht.*«

»Das ist eine Lüge!«, schrie Christiane und sprang auf. »Das ist nicht wahr. Doch wie soll ich das Gegenteil beweisen? Ihre Aussage steht gegen die meinige, und wem glaubt man mehr?«

»Beruhigen Sie sich. Ich traue Ihnen einiges zu, gewalttätig sind Sie nicht. Frau Hehl schreibt weiter: *Ich bin als Christianes Vormund eingesetzt, gegen meinen Willen übrigens, aber ich habe mich dem Gerichtsbeschluss nicht verweigert. Ich soll für Christianes Wohlergehen sorgen. Dem komme ich pflichtgemäß nach und habe einen Plan entworfen, um sie auf einen rechten Weg zu führen. Ich bestimme über sie, bis sie sich fügt. Sie darf sich nicht als Herrschaft fühlen, sondern muss sich in Demut üben, damit ihr seelischer Zustand, der immer schon labil war, sich nicht verschlimmert.*«

»Abscheulicher kann es nicht mehr werden, liebe Frau Geheimrat, verschonen Sie mich.« Christiane stützte sich schwer auf die Stuhllehne.

»Ich bin leider noch längst nicht fertig. *Bitte sorgen Sie dafür, dass Christiane das Haus bis auf Weiteres nicht verlässt. Schicken Sie mir künftig sämtliche Briefe, die an sie gerichtet sind. Ich als ihr Vormund entscheide, was sie lesen darf. Ich gebe mir Mühe, unsittliche Einflüsse von ihr fernzuhalten. Auf Dauer ist, wie gesagt, etwas ausgedacht …* Das geht noch zwei Seiten so weiter«, sagte Frau Geheimrat. »Ich mag das nicht alles vorlesen. Ob es stimmt oder nicht, was Frau Bergrat schreibt, darüber kann ich mir kein Urteil erlauben. Sie dürfen in den Garten gehen, an die frische Luft. In diesem Punkt stimme ich ihr nicht zu. Im Übrigen habe ich Sie als immer anständig erlebt und mir sind keinerlei Klagen zu Ohren gekommen. Nur auf Solveig haben Sie nicht gut aufgepasst. Sonst hätte ich den Brief verbrannt. Wegen Solveig sind Sie hier. Alles andere geht mich nichts an. Vous connaissez Zuccarini. J'aurais pu vous pardonner toutes d'autre. Ich habe die Tochter auf dem Land untergebracht. Heute Mittag ist sie abgereist. Sie hat gestern mit diesem Subjekt im Café Tambosi Händchen gehalten. Ich habe sie auf frischer Tat ertappt. Nicht zum ersten Mal waren sie vertraulich. Mehrmals in der Woche sei sie dafür aus dem seitlichen Gartentor geschlüpft. Das haben mir die Nachbarn gestanden. Alle haben es gewusst, und Sie haben es mir ebenfalls verschwiegen. Der Geheimrat kommt erst im nächsten Sommer aus Sankt Petersburg zurück. Bis dahin ist Gras über die Sache gewachsen. Dann kann sie sich unbeschadet mit Baron von Gumpenberg vermählen.«

»Es tut mir leid um Solveig«, sagte Christiane. »Sie hat nichts Unrechtes getan. Ein wenig Zerstreuung war es, nicht mehr. Habe ich richtig verstanden, was Sie vorgelesen haben? Franz Xaver hat sich an Frau Bergrat Hehl gewandt und Sie um Zustimmung zu einer Heirat gebeten? Und sie hat Ihnen geschrieben? Sie weiß um meinen Aufenthaltsort hier in München? Woher hatte Franz Xaver ihre Anschrift?«

Die Büste der Athena schaute vom Bücherschrank auf sie herab. Die Kriegsgöttin trug heute ein spöttisches Lächeln zur

Schau. Christiane konnte den Blick nicht von ihr abwenden. Die neue Magd hatte sie gründlich entstaubt.

»Sie müssen tun, was Ihr Vormund für richtig befindet. Es ist ja nichts weiter passiert. Ich jage Sie nicht fort. Künftig aber komme ich nicht umhin, die Briefe, die für Sie ankommen, an Frau Bergrat weiterzuleiten. Das sehe ich als meine Pflicht an. Zwei sind bereits auf dem Weg zu ihr. Von einer Gertraut aus Ulm und einem Louisle. Beide Schreiben ohne Fehl und Tadel. Trotzdem. Richten Sie das Vesper. Das Servieren bei den Gesellschaften übernimmt künftig die neue Magd. Ich teile Frau Bergrat Hehl mit, dass ich Ihnen andere Aufgaben zugewiesen habe. Lorci bittet Sie, davon Abstand zu nehmen, ihm jemals wieder näherzutreten.«

»Aber Franz Xaver hat mir versprochen …« Hilfe suchend schaute sie zu Amor mit seinem Bogen. Warum wandte er sich an diesem Tag von ihr ab? Kein Pfeil würde sie treffen, weil die neue Magd die Skulptur zum Fenster hin gekehrt hatte. Mit zwei Schritten war sie beim Gott der Liebe und drehte ihn um. Er lächelte. Sie gab nicht auf.

»Lorci ist Handelsmann«, sagte die Geheimrätin. »Er muss sein Ansehen wahren und kann nicht in Preußen heiraten. Es hat sich herumgesprochen, was Sie vorhatten. Gegen den Willen Ihres Vormundes können Sie sich nicht vermählen. Selbst nicht, wenn Sie volljährig sind. Was noch zwei Jahre dauert, wie Sie gesagt haben. Ich bleibe Ihnen gewogen. Sie haben weiter Ihr Auskommen bei uns. Frau Bergrat Hehl hat mir einen Erziehungsauftrag erteilt, dem ich gerne nachkomme, was nicht einfach sein wird, wie ich sehe.«

»Franz Xaver kennt mein Leben, er hat alles gewusst. Und was ist mit Karl Theodor?«

»Er hat seine Kinderfrau und Kaufmann Lorci ebenfalls.«

Franz Xaver hatte ihr sein Wort gegeben, das nichts wert gewesen war. Sie hatte Lieselotte nicht glauben wollen, stand jetzt zum wiederholten Male da und hatte keinen Platz mehr auf der Welt. Wegzugehen von Wiebekings war unmöglich. Niemand würde sie einstellen, wenn sie nicht empfohlen wurde. Sei es von ihrer Herrschaft oder ihrem Vormund. Sie war nicht volljährig und hatte keine Papiere. Das Bürgerrecht konnte sie nicht brauchen, weil sie unter dem Namen Christiane von Hehl gemeldet war. Sie musste mit Franz Xaver reden. Das konnte alles nicht wahr sein. Immer war sie ein anständiges Mädchen gewesen. Niemals hätte sie es gewagt, Frau Bergrat tätlich anzugehen. Welch infame Lüge, die sie nicht widerlegen konnte. Franz Xaver würde ihr glauben.

Sie kümmerte sich nicht ums Vesper und eilte aus dem Haus. Lorcis Schal fest um die Schultern geschlungen. Atemlos erreichte sie die Dieners-Gasse. Der Gehilfe stand in der Tür, obwohl Sonntag war. Er schüttelte den Kopf. »Geh lieber wieder. Ich darf dich nicht einlassen.«

»Ich muss mit Franz Xaver reden. Ich weiß, dass er zurück ist. Er hat mir die Ehe versprochen. Hier, den Cashmereschal hat er mir geschenkt. Er will mich heiraten.«

»Hast du einen Ring mit einer Gravur und kannst es beweisen? Du schüttelst den Kopf. Nenn ihn besser nicht mehr beim Vornamen. Tut mir leid für dich. Es findet sich ein anderer. Geh nach Hause. Es soll regnen.«

In der Villa Wiebeking zählte sie ihre Barschaft aus dem Geldgürtel, als müsse sie sich des Lebens versichern. Die Münzen von Gottliebin Rumetsch, ihrer ersten Amme. Von fünfzig Goldgulden waren ihr dreißig geblieben. Wie hatte das passieren können? Die Silbergulden, die ihr Onkel Ludwig in Stuttgart einige Zeit vor ihrer Abreise zugesteckt hatte und in denen sein schlechtes Gewissen steckte. Von zwanzig fand sie elf. Sie schüttelte den Kopf und sah auf. Wind strich durch den Pflaumenbaum, der bereits seine Blätter verlor. Vor ihr auf dem schmalen Tisch, den ihr Solveig zum Briefeschreiben überlassen hatte, lagen die Münzen. Sie konnte sie hin und her schieben, es wurden nicht mehr. Wie verhielt es sich mit ihren Ersparnissen? Sie erhob sich, die Glieder schmerzten ihr. Ihre Truhe stand unter der Dachschräge. Der Geldbeutel darin war schlaff. Bei Wiebekings war sie verschwenderisch mit sich gewesen. Aber sie besaß von Löhles den Halsreif mit der Perle und den Fuchskragen. Beide waren etwas wert. Und sie nannte den Dukaten vom König ihr Eigen. Sie hatte über ihre Verhältnisse gelebt, auf die Heirat mit Lorci gehofft und konnte nicht davon ablassen. Unmöglich, dass seine Worte nichts mehr zählten. Er war ein Ehrenmann. Aber er besaß ein Handelshaus und hatte einen Sohn. Sie zögerte. Sie musste die beiden abpassen.

Um Solveig war ihr nicht bang. Ihr fiel immer etwas ein. Im Zweifel würde sie lernen, mit Gumpenberg und einer Ehe zurechtzukommen. Zumindest war der Auserwählte nicht buckelig und bösartig, sondern nur langweilig.

Sie selbst aber hatte keine Idee, wohin es sie treiben würde. Ein Stein lag auf ihrer Brust. Was war für sie ausgedacht? Welchen Plan verfolgte Frau Bergrat? Und wie konnte sie mit Franz Xaver sprechen? Er musste sie doch wenigstens anhören!

»Nach der Mittagszeit am Stachus«, sagte Leopold ein paar Tage später. »Lorci spaziert seit der Rückkehr immer mit dem Sohn zum Gartenhaus. Ich wünsch dir Glück!«

Sie beobachtete die beiden. Karl Theodor hüpfte des Weges, wo andere Kinder gesittet ihre Füße voreinandersetzten. Sie nickte zustimmend. Die Kleinen mussten sich ihrer selbst vergewissern. Da sah er sie, winkte und rannte zu ihr. Die Stimme des Vaters hielt ihn nicht. Er war längst zu ihrem Sohn geworden. Er sprang in ihre Arme.

»Mama«, flüsterte er, »sei bitte du meine neue Mama.« Für einen Augenblick standen sie in inniger Umarmung. »Ich bin ja längst deine Mama«, raunte sie ihm ins Ohr.

Eine Hand legte sich hart auf ihre Schulter. »Lassen Sie sofort das Kind los!«

»Franz Xaver, kennst du mich denn nicht mehr?«

»Ich wüsste nicht, woher und wer Sie sein sollten.« Er schnappte sich Karl Theodor, der mit den Beinen strampelte und schrie: »Ich will zu meiner neuen Mama.«

Das Herz setzte ihr aus. Wie es ihr ging, war eine Sache, aber er konnte doch nicht den Buben bestrafen und sie nicht mehr kennen.

»Franz Xaver«, rief sie ihm hinterher, »was ist mit deinen Worten? Mit dem Cashmereschal und mit den Rosen? Ich habe sie getrocknet. Sie bleiben immer bei mir, wie auch du!«

Er verschwand mit dem zappelnden Sohn unter dem Arm durch das Karlstor, ohne sich umzudrehen. Das Gartenhaus lag nicht weit davon und sie sah, wie er Karl Theodor hinter sich herzog zu dem Haus mit den hohen Fenstern. Rauch stieg aus dem Kamin. Aus der Tür trat Lieselotte und nahm Lorci den Buben ab. Christiane konnte die Tränen nicht mehr zurückhalten. Mitten auf dem Gehsteig stand sie, niemand sprach sie an. Alle machten einen Bogen um sie, als sei sie ansteckend. Nein, aufgeben würde sie nicht. Sie war sicher, dass Franz Xaver ein Einsehen mit ihr hatte und seinen Sohn nicht ins Verderben stürzte.

Zum ersten Advent aber flanierte er lachend mit Lieselotte, die sich bei ihm untergehakt hatte, über die Kaufinger Gasse und grüßte leutselig nach allen Seiten. Die beiden standen eng beieinander vor dem Schaukasten eines Juwelierladens und traten dann durch die Ladentür. Karl Theodor hüpfte nicht mehr und folgte ihnen mit gesenktem Kopf. Noch immer wollte sie nicht aufgeben und versuchte mehrmals, Lorci zu treffen und mit ihm zu reden, obwohl er sie keines Blickes würdigte.

Erst als zu Ostern alle von Hochzeit sprachen, konnte sie es vor sich nicht mehr leugnen. Trotzdem musste sie in München bleiben, nach Stuttgart konnte sie nicht zurück. Dort regierte

Frau Bergrat Hehl. Es war auf der anderen Seite ausgeschlossen, dass sie bei Frau Geheimrat blieb, denn diese meldete alles weiter. Keinen Schritt konnte sie durch München gehen, ohne dass wieder ein Brief aus Stuttgart kam mit Ermahnungen. Was sollte sie tun? Sie ging zum Rindermarkt. Die Innenhöfe boten ihr einen Schutz. Frau Krawczynski hatte ein Schild ins Fenster gehängt: Nachfolgerin gesucht. Wäre das etwas?

5

NOCH VOR CHRISTI Himmelfahrt schrieb sie an Louisle:

Ich bekomme meine Post nicht mehr ausgehändigt, weiß aber, dass du mir geschrieben hast.

Gleiches teilte sie Gertraut mit. Sie bat beide, künftig alle Briefe an Carla Löhle zu schicken, nur ihr vertraue sie noch uneingeschränkt. Rosengasse sechs. Haus Ruffini. Das hätte sie längst tun sollen.

Dann setzte sie eine Nachricht an Onkel Ferdinand auf und unterrichtete ihn ebenfalls von der vorenthaltenen Korrespondenz. Sie tunkte die Feder in die Tinte und schaute aus dem Fenster. Der Pflaumenbaum stand in voller Blüte und am liebsten hätte sie einen Armvoll weißer Dolden gepflückt.

»Pflaumenblüten stehen für einen unbeugsamen Willen«, hatte Mutter Johanna immer gesagt. »Sie weisen auf Veränderungen im Leben hin.« Wie wahr!

Sie setzte die Feder wieder aufs Papier und schrieb:

Wenn ich einen guten Leumund vorweisen könnte und mir jemand ein Anerkenntnis ausstellen und für mich bürgen würde, käme ich mit dem Leben hier zurecht. Ich könnte mir eine andere Stelle suchen. Ich will arbeiten und mich selbst versorgen. Mit einer Heirat hat es leider nicht geklappt.

Sie stockte und zupfte am Federkiel.

Ich brauche aber nicht unbedingt einen Ehemann. Bitte helfen Sie mir. Auch in München verneigt man sich vor dem Wort des württembergischen Finanzministers, denke ich. Und Sie sind mein Taufpate. Das muss etwas gelten. Bezeugen Sie, dass ich Nanette Mayer heiße, wie es in der Bürgerrechtsurkunde steht, und dass ich ehrenwert bin.

Es hatte gutgetan, sich auszusprechen, wenn auch nur auf dem Papier. Frohgemut brachte sie die Briefe auf den Weg.

Die neue Magd hatte ihr den zweiten Schlüssel vom seitlichen Gartentor anvertraut, den Solveig bislang gehabt hatte.

Daher konnte Christiane nach dem Malheur mit Lorci, wie sie es bei sich nannte, jederzeit in die Stadt gehen. Frau Geheimrat von Wiebeking wollte es nicht sehen.

Es dauerte eine Weile, bis Christiane sich endlich auch bei Frau Krawczynski hineintraute. Die Kleidermacherin erinnerte sich sofort an sie. Höflich erkundigte sie sich nach dem Preis für die Nähstube. Er war zu hoch. Das könnte sie niemals aufbringen. Ob Onkel Ferdinand ihr mit Geld aushelfen würde? Sie würde seine Antwort abwarten. Frau Krawczynski hatte es nicht eilig mit einem Verkauf.

Kurz vor Fronleichnam ging sie im Garten der Villa Wiebeking umher und sprach sich Mut zu. Zweimal im Kreis unter dem Pflaumenbaum, fünfmal quer an den Johannisbeeren und Stachelbeersträuchern vorbei. Da schlug ein Stein neben ihr ein. Sie wandte sich um. Ein Junge stand am eisernen Zaungitter und machte ihr Zeichen. Sie huschte zum seitlichen Gartentor.

Der Bote richtete ihr aus, dass ein Herr am Café Tambosi auf sie warte. »Seine Haare«, er beschrieb sie ihr mit den Händen, »stehen ihm wild vom Kopf ab.« Ihr Herz setzte aus. Onkel Ferdinand! Er war selbst nach München gereist. Sie folgte dem Boten, wie sie war. Der Onkel erwartete weder Schminke noch Aufputz.

»Nanette, wie schön!« Er lehnte an der Mauer des Hofgartens und breitete die Arme aus, umarmte sie aber nicht. Der Odeonsplatz war zu belebt. Mit seinen blonden Locken sah er aus wie zu ihrer Kinderzeit.

»Wie früher haben Sie sich persönlich auf den Weg gemacht. Das ist viel besser als eine schriftliche Nachricht.«

»Ich komme von einer Kur aus Bad Boll. Davon muss ich mich erholen. Dein Brief kam gerade recht. Er ist mir aus Stuttgart nachgeschickt worden.« Er lachte dröhnend. »München scheint mir eine schöne Stadt, in der es sich trefflich leben lässt.« Er zeigte zum Odeon hinüber. »Exquisit gelungen, der neue Konzertsaal, wie ich gehört habe.«

»Löhle hat dort gesungen und Carla war mit Oskar dabei. Der Kleine trällert seitdem in einem fort. Im August wird er schon zwei. Ich mache oft Fingerspiele mit ihm, wie Mutter Johanna früher mit uns.«

»Du bist fraulicher geworden. Es steht dir.« Er nahm ihre Hand. »Immer warst du ein gutes Kind. Nanele, sag mir, was stellst du dir vor unter einem Anerkenntnis, wie du geschrieben hast? Lass uns in den Englischen Garten gehen. Ich muss ihn unbedingt sehen. Auf dem Platz hier ist es wie auf dem Präsentierteller und das Café hat zu viele Ohren.«

»Wie schade! Jetzt komme ich wieder nicht hinein ins Tambosi. Aber Sie haben recht. Darf ich bitten«, sie reichte ihm ihren Arm und führte ihn über die Galerie-Straße zum Parkeingang. Verstohlen winkte sie »Harmlos« zu. Onkel Ferdinand lachte. Er merkte alles. Sie passierten das Prinz-Carl-

Palais mit seinem Säulenportal und den Wachen. Ein kleiner Hund marschierte wie ein Soldat über den Vorplatz.

Sie erzählte, was sich seit ihrer Ankunft in München zugetragen hatte. Vor allem von den beiden Heiratsanträgen. Und wie sich Frau Bergrat wieder in ihr Leben einmischte. »Sie muss sich keine Sorgen machen«, sagte sie. »Ich werde nie mehr versuchen, den Namen Hehl oder von Klein zu tragen.« Beim Teich des Apollo-Tempels blieb sie stehen. »Schauen Sie, die Schwäne, die können sein, wie sie sind, und verstellen sich nicht.«

Sie zog ihn weiter und berichtete ihm auch von der gedruckten anonymen Nachricht, die sie bei Löhles erhalten hatte. »Ich hätte Ihnen sogleich schreiben sollen. Ein Fehler, den ich nicht wiedergutmachen kann. Sagen Sie, stimmt es, dass Onkel Ludwig mein Vater ist? Ich kann es nicht glauben. Er hätte es mir angesichts seines Todes nicht verschwiegen.« Sie wischte sich über die Augen. Wie gut ihr das Laufen tat! Als ob alles von ihr abfallen würde.

»Ich habe davon gehört, halte es aber für ein Gerücht.« Onkel Ferdinand winkte sie zu einer Ruhebank beim Schloss Biederstein. »Ludwig war längst begraben, als die Vaterschaft plötzlich in der Stadt herumgeisterte. Du kannst dir denken, wer dahintersteckt. Doch jetzt haben es alle schon immer gewusst. Jeder nimmt es für wahr. Nur seine Witwe will davon nichts hören. Ihre Welt ist zerbrochen. Erst der Gatte, dann Lotte, fünf Monate nach ihrem Vater.«

Sie nickte. »Amalie hat mich unterrichtet, dass sie gestorben ist. Es tut mir leid. Ich bin ihr nur einmal länger begegnet, bei der Séance im König von England.«

Onkel Ferdinand drückte ihre Hand, während sie weiter wanderten. Auf einem See saß eine Frau allein in einem Boot und ruderte. Christiane rieb sich die Augen. Wäre sie derart mutig? Sie ließ sich am Strand im weißen Sand nieder. Der Onkel ächzte und plumpste neben ihr zu Boden.

»Warum verweigert mir Tante Friederike den Namen von Klein?«, nahm sie den Faden ihres Gesprächs wieder auf. »Ich brauche ihn nur bis zu einer Heirat.«

»Du hättest Erbschaftsansprüche. Um die sechs Kinder und sich zu versorgen, hat sie das Haus an der Königstraße für zwanzigtausend Gulden verkauft.«

»So viel Geld!« Christiane schlug die Hand vor den Mund. »Verzeihen Sie, es steht mir nicht zu, darüber zu urteilen. Ich will davon nichts, wollte nur den Namen von Klein. Das Tüchlein hier tröstet mich. Es ist von Onkel Ludwig.« Sie zog die Barben aus ihrer Rocktasche. »Tante Friederike hat es mir geschickt, was sie sicherlich längst bereut hat. Was hat es mit den Stickereien auf sich? Ich kann es nicht lassen, bei allem nach einer Bedeutung zu fragen.« Am liebsten hätte sie ihre Tränen damit getrocknet, aber Onkel Ferdinand drehte das Tuch in der Hand hin und her.

»Unglaublich! Bei dir ist es gelandet, für dich war es gedacht. Woher hat die Witwe Klein es?«

»Es war in der Doktortasche im Etui. Onkel Ludwig hatte seine Instrumente darin eingeschlagen. Das hat Tante Friederike geschrieben. Als ich mit ihm in der Kutsche nach Ulm unterwegs war, wollte er mir etwas geben. Dazu ist er nicht mehr gekommen. War es dieses Tüchlein?«

»Die Dinge fügen sich zusammen. Die springenden Fische von Mömpelgard. Schau, wie die Fischlein auch hier im See munter in die Luft springen!«

»Was haben sie mit mir zu tun?«

»Du hast früher Märchen geliebt. Lass dir eines erzählen.« Onkel Ferdinand erhob sich, eleganter als er sich niedergelassen hatte, und setzte sich nicht weit entfernt auf einen umgestürzten Baumstamm. Er holte ein Tuch hervor und wischte sich über die Stirn. Mit tiefer Stimme hub er an: »Es begab sich zu einer Zeit schmerzhafter Veränderungen im Land. Umso mehr hielt man allenthalben fest an Dingen, die man längst hatte aufgeben müssen. Wie die Besitzung in Mömpelgard, die man an die Franzosen verloren hatte. Für den Kurfürsten Friedrich gab es viele Kindheitserinnerungen an den alten Mömpelgarder Hof. Und so hat seine Gattin Mathilde die Barben von Mömpelgard auf ein Tüchlein gestickt. Sie wollte ihren Gatten überraschen. Er sollte die Fischlein nicht gleich entdecken und sie versteckte die Barben im Blumenmuster. Gerade wollte sie es einer Hofdame zeigen, da lief ihr der Hofconditor mit seiner Frau und der kleinen Tochter im alten Schloss zu Stuttgart über den Weg. Mathilde konnte es nicht lassen und musste in das Kinderkörbchen schauen. Zwei Monate war das Mädchen alt. Sogleich hat sich die Kurfürstin in die leuchtend blauen Augen des Kindes und das hübsche Grübchen am Kinn verliebt. Ihr Herz quoll über vor Liebe und sie musste an ihr eigenes totes Töchterlein denken. Ohne das geringste Zögern hat sie dem Mädchen das Tüchlein auf die Brust gelegt und feierlich erklärt: ›Nimm es als Geschenk. Fortan mögest du unter meinem herrschaftlichen Schutz stehen.‹ Die Eltern wollten das Tüchlein nicht annehmen, aber Mathilde hat sich nicht abbringen lassen. Für alle Zeiten wacht es nun über das Mädchen und wird es nie wieder verlassen. So heißt es, doch nach dem Kind sucht man noch heute.«

»Welch zauberhafte Geschichte! Und so wahr. Ich bin dieses Mädchen, richtig?« Sie klatschte in die Hände und sprang auf. »Ich bin gefunden worden! Es war der Hofconditor Rumetsch mit seiner Frau Gottliebin. Ihnen hat sie das Tüchlein geschenkt!«

»Wie ich sehe, bist du gut unterrichtet. Kurze Zeit später musste Gottliebin Rumetsch dich aus Stuttgart wegbringen und das Tüchlein ist Ludwig wohl in die Hände gefallen.«

»Und in der Kutsche wollte er es mir wiedergeben. Das ist wahrlich märchenhaft! Und die ganze Zeit hat er es für mich gehütet und in seiner Doktortasche bei sich getragen.« Sie seufzte. »Schauen Sie, die Meisen im Ahorn dort. Ich sitze manchmal hier und beobachte sie. Sie erscheinen immer mittags und putzen ihn, er hat winzige rote Läuse. Jetzt kommt auch mein Leben in eine Ordnung.«

Onkel Ferdinand lachte und setzte sich ächzend wieder zu ihr in den hellen Sand. »Du gefällst mir. Wie du die Dinge miteinander in Beziehung bringst und in allem eine Bedeutung siehst. Bewahre es dir.«

Sie sprang auf und hockte sich rittlings auf den umgestürzten Baumstamm, der ins Wasser hinausragte. »Was fange ich damit an? Ich brauche einen Namen, der bezeugt ist, einen guten Leumund, sonst kann ich nichts werden. Sie sind mein Taufpate, das haben Sie immer betont. Bitte helfen Sie mir. Sie sind württembergischer Finanzminister, Ihr Wort hat Gewicht.«

Er schüttelte den Kopf. »Lass uns ein Stück gehen, sonst verkrafte ich das nicht.« Beim Aufstehen stöhnte er. »Man wird nicht jünger mit den Jahren, selbst wenn ich mich mit dir so fühle. Über sechzig bin ich und nicht weise. Wie du kann ich es nicht lassen, die Dinge in Beziehung zu setzen. Komm!«

Er griff nach ihrer Hand und zog sie mit sich. Mit langen Schritten ging es zurück in Richtung Stadt. Kaum konnte sie ihm folgen.

»Leider muss ich dir sagen«, begann er, »dass meine Worte in Stuttgart endgültig kein Gewicht mehr haben. Es war immer schwierig, jetzt ist es unmöglich. Bereits damals, als du geboren wurdest, hat man mich ›Galgen-Weckherlin‹ genannt. Ich musste indirekte Steuern einführen. Auf Tabak und Salz. Ob mir das gefällt, wollte niemand wissen. Später hat Wilhelm mich zum Minister gemacht, obwohl ich keinen guten Ruf hatte. Im Gegensatz zu meinem Vorgänger hatte ich die Finanzen aber im Griff. Sparsam war ich, das hat allerdings außer dem König kaum einem gefallen. Letztes Jahr im Oktober«, er stockte und schnaufte verächtlich, »hat Wilhelm mich plötzlich entlassen …«

»Wie ungerecht«, sagte sie, »der beste Finanzminister, den Württemberg je hatte! Das habe ich gehört, vom Bergrat und von Onkel Ludwig.«

»Die Amtsenthebung ist nicht entscheidend, sondern mein Ruf. Zugänglich für Geschenke sei ich, heißt es auf einmal. Erinnerst du dich an das Weihnachtsfest, bevor du nach Königsfeld in die Mädchenanstalt gekommen bist? Ich habe Frau Bergrat ein Altartuch geschenkt und wollte sie milde stimmen, dir gegenüber. Klosterbereisungskommissar für die neuen Landesteile war ich.« Außer Atem zeigte er zur großen Pagode hinauf. »Stell dir vor, dort oben gibt es ein kostbares Tuch und du musst es als Pferdedecke zur Nutzung freigeben.« Er wies auf die hochbeinige Kutsche mit den beiden edlen Pferden im Geschirr. »Die zwei verkühlen sich beim ersten Lüftchen. Sie brauchen eine Decke und ich eine Stärkung. Komm!«

Sie gingen zur Gastwirtschaft hinüber und nahmen auf der Terrasse Platz. Onkel Ferdinand bestellte für sich einen Mokka und einen Cognac und ließ ihr eine heiße Chocolade bringen. Beide gönnten sie sich einen Erdbeerkuchen mit Sahne. Die ersten Erdbeeren in diesem Jahr. Christiane leckte sich die Lippen. Wie hungrig sie war!

»Das Altartuch«, seufzte Onkel Ferdinand. »Um es zu Ende zu bringen: Ich habe vorgegeben, den Steuerwert prüfen zu müssen und es mitgenommen. Mit Goldfäden durchwirkt und mit Silbergarn verziert war das gute Stück. Ich habe es dann aus eigener Tasche bezahlt. Die Verbuchung war schwierig, doch korrekt. Nie hätte ich mich auf einen Handel mit deiner Mutter einlassen sollen. Mit dem Altartuch begann es, mit manch einer Kostbarkeit wie der Brokatstickerei auf einem Kissen ging es weiter. Sie hat meine Offerten immer lächelnd entgegengenommen. Im letzten Oktober kam das Altartuch und alles andere als Vorwurf zu mir zurück. Der König hat mich unter Missbilligung aus dem Amt entfernt. Stell dir das vor!« Er stürzte seinen Cognac hinunter. »Du bist alt genug, dir kann ich es sagen. Vermutlich hatte Frau Bergrat ihre Finger im Spiel, was sich nicht beweisen lässt. Das Opfer einer Verleumdung bin ich geworden. Mein Wort gilt nichts mehr in Württemberg, im Gegenteil. Es würde dir Nachteile bringen.«

»Onkel Ferdinand«, sie legte ihm eine Hand auf den Arm. »Frau Bergrat ist der Affe Gottes! Ich verabscheue sie aus ganzem Herzen. Niemals können Sie mir schaden.«

»Du bist ein gutes Kind. Leider ist das nicht genug. Ich werde sehen, was ich für dich tun kann.«

»In der anonymen gedruckten Nachricht wird eine Henriette von Lehsten als meine Mutter genannt. Wissen Sie, wo ich sie finden könnte? Wenn Sie mich als ihr Kind anerkennt, wäre ich alle Sorgen los und hätte eine Herkunft. Ich stelle keine Forderungen an sie.«

»Der Name ist mir unbekannt, doch ich erkundige mich. Es war im übrigen August, der mich getrieben hat, dich rasch aufzusuchen. Er hat sich Sorgen gemacht, weil du auf seinen Brief nicht geantwortet hast. Es tut ihm aufrichtig leid, dass du seinetwegen die Stellung in Brandenburg verloren hast.«

»Ich hätte ohnehin fortgemusst. Onkel Ludwig hat mir eingeschärft, dass ich nach Bayern gehen soll. August möge verzeihen, dass ich nicht geschrieben habe. Zu viel ist passiert. Er hat mir ein besticktes Tüchlein mit einem doppelköpfigen Adler geschenkt, das ich aber nicht dabeihabe. Ich halte es in Ehren und liebe es herzlich. Richten Sie ihm das bitte aus.«

»Ich habe gar nicht gemerkt, dass es fehlt. August ist ein Filou! Er muss es mir heimlich entwendet haben. Es ist, wie gesagt, ein Märchen. Es gibt zwölf Tüchlein, wie du sagst. Ein Dutzend. Servietten sind es. Du sollst sie bekommen, wenn du volljährig wirst. Das hat die Kurfürstin verfügt. Zwei hast du vorzeitig erlangt, was recht ist. Mathilde hält die Hand über dich, das kann ich dir verraten. Mehr wirst du im nächsten Jahr mit fünfundzwanzig erfahren.«

»Es ist vorher Zeit, dass ich mich vom Unglück meiner Herkunft löse. Ich bin Nanette Mayer und will es nicht länger leugnen. In die württembergische Residenz kann ich keinesfalls zurückkehren. Sie verstehen. In München leben Menschen, die mir helfen. Allen voran Carla Löhle. Ich würde gerne eine eigene Nähstube eröffnen. Am Rindermarkt ist demnächst eine vakant. Sie hat einen festen Kundenstamm. Es gibt ein Schaufenster, wie bei den Geschäften in der Kaufinger Gasse. Ich stelle Musterkleider aus und locke damit die Kunden an. Der Verkaufsraum bietet reichlich Platz für die Anprobe. An der hinteren Wand präsentiere ich die Stoffe zur Auswahl. Seide liegt im Trend. Da muss ich investieren. Es gibt einen langen Tisch zum Zuschneiden. Zur Nähstube zählt weiterhin eine Kammer, die mit einem eisernen Ofen ausgestattet ist. Für das Bügeleisen. Anton, der Kutscher von Löhles, hat herausgefunden, dass die Geschäftsführung solide ist. Die Kutscher bringen alles in Erfahrung, sie haben ihre Kontakte. Fünfzig Gulden im Monat erwirtschaftet die Kleidermacherin Frau Krawczynski im Schnitt. Dafür muss ich als Kammerzofe ein ganzes Jahr arbeiten. Ein Handelsmann Hofer vertritt sie rechtlich. Mit dem Erwerb ginge ihr Gewerbeschein auf mich über. Ich bräuchte, verzeihen Sie, achthundert Gulden.«

Onkel Ferdinand schnalzte mit der Zunge. »Ich sehe, du hast dich erkundigt. Du warst immer zielstrebig und hast meine Unterstützung. Was du nicht bedacht hast, du stehst noch bis nächstes Jahr unter Altersvormundschaft und kannst die Nähstube nicht eigenständig erwerben. Doch ich habe eine Idee.« Er strich ihr übers Haar wie früher und zerstörte das Haarnest. Ihr rechtes Lid flatterte.

6

Christiane unterrichtete Carla, dass sie eine Geldsendung erwarte. Das hatte sie mit Onkel Ferdinand vereinbart. Carla wollte nichts weiter wissen, sie war mit Oskar beschäftigt. Lange würde es sicher nicht dauern, bis der Onkel sich meldete, Christiane rechnete mit ein paar Wochen.

Im Juni und Juli folgte auf heftigen Regen unvermittelt Sonne und dann erneut ein Wolkenbruch. Sie konnte nicht still sitzen und lief durch den Englischen Garten, kletterte die große Pagode hinauf und schaute auf dem See den Ruderbooten zu. Sie wurde nass und wieder trocken, um gleich darauf vor dem nächsten Schauer unter eine knorrige Eiche zu fliehen. Ein Dutzend Servietten. Was hatte es damit auf sich? Eine Art Mitgift? Sie wollte nicht mehr heiraten. Zumindest nicht so schnell. Lorcis Ablehnung nagte an ihr, obwohl es länger als ein Jahr her war. Sie schüttelte alle Tage den Kopf über ihr Schicksal, dem Onkel Ferdinand jetzt eine Wendung gab. Acht Wochen waren vergangen seit seinem Besuch in München.

Jeden Nachmittag eilte sie zum Rindermarkt und suchte Frau Krawczynski auf. Ihre Hände waren gichtig, das war ihr bislang nicht aufgefallen. Sie half ihr fleißig aus.

»Nach der Sommerpause gebe ich die Nähstube vorzeitig ab«, sagte die Kleidermacherin Anfang August. »Es gibt Interessenten, aber Sie gefallen mir am besten und die Kundschaft ist von Ihnen entzückt. Wie wäre es mit einer Anzahlung? Dann wüsste ich, dass Sie nicht abspringen.«

Christiane zuckte zusammen und stach sich in den Finger. »Ich kümmere mich darum. Bitte geben Sie die Nähstube nicht in andere Hände.«

Am Tag nach den Worten von Frau Krawczynski ging sie zum Haus Ruffini. Es half nichts, sie musste Carla um Hilfe bitten. In der Remise stand neben der leichten Kutsche jetzt ein Kinderwagen, hinter dem Hilda auftauchte und sie herzte. Aus dem Dunkeln sprang Anton herbei und stellte die Mistgabel an der Wand ab.

»Dieses Jahr musst mitgehen auf die Wiesn«, sagte Anton. »Ich nehm den Oskar auf die Schultern. Frau Carla ist's immer recht, ihn eine Weile loszuwerden.«

»Und du führst uns endlich den Reitrock vor«, sagte Hilda. »Für Oskar backe ich Kekse, dann ist er beschäftigt. Komm, ich mach uns einen Kaffee. Frau Carla wird's freuen. Tee mag sie zurzeit nicht, aber auf Erdbeerkuchen mit Schlagrahm ist sie wild.«

Zögernd betrat Christiane den Windfang. Zum Glück rannte Oskar auf sie zu. Sie nahm ihn auf den Arm.

»Christiane, wie schön. Komm rein. Oskar, lass das!« Carla drückte ihr herzlich die Hand.

»Er ist ganz vorsichtig mit den Ohrringen, keine Sorge.« Sie reichte ihr die Socken, die sie für Oskar zum zweiten Geburtstag gestrickt hatte. »Sie sind zum Reinwachsen und für den Augenblick zu warm. Aber ich dachte, ich bringe sie vorbei, bevor es in die Sommerfrische geht. Danach ist es manchmal schon recht kühl.«

»Du sorgst für uns. Wenn ich dich nicht hätte. Die Weste, die du für Oskar genäht hast, ist allerliebst. Jeden Tag zeigt er auf die Schmetterlinge und flattert mit seinen Ärmchen.«

Sie lachte. »Wie schön, dass er sie mag. Ich nehme ihn einmal mit in den Englischen Garten, dann schauen wir die vielen bunten Falter an bei der Wiese am See.«

Carla war schlanker als vor der Schwangerschaft. Das neue Kleid stand ihr gut. Griechischer Schnitt, notierte Christiane im Kopf, unter dem Busen gerafft, ein fließender Sommerstoff. Das wäre etwas für die Nähstube als Muster, solche

Gewänder kamen nie aus der Mode. Sie setzte Oskar auf den Boden. Sofort sprang er wieder auf.

Carla seufzte. »Bald rennt er mir weg. Ich weiß nicht, wie das werden soll. Die Kinderfrau hat gekündigt, er war ihr zu lebhaft. Nur wenn sein Vater singt, gibt er eine Ruhe. Wie im Konzerthaus, sicher hast du davon gehört. Sonst ist er nicht so brav. Einstweilen hat Hilda ihr Vergnügen mit ihm. Wir werden sehen.«

Christiane nahm Oskar auf den Schoß und herzte ihn. Er blieb still sitzen, weil sie ihn mit Schlagrahm fütterte. »Von der Geldsendung meines Onkels Ferdinand habe ich Ihnen schon erzählt, liebe Frau Carla«, begann sie und versuchte, ihre Stimme fest klingen zu lassen. »Es sind achthundert Gulden, die ich erwarte.«

»Das ist ein Vermögen! Wofür um Himmels willen brauchst du so viel Geld?«

»Für eine Nähstube am Rindermarkt, gleich um die Ecke. Onkel Ferdinand möchte sie für mich erwerben. Leider habe ich bislang nichts von ihm gehört. Gestern aber habe ich erfahren, dass die Nähstube vorzeitig verkauft werden soll. Ich will mich auf Dauer selbstständig machen. Könnten Sie mir den Betrag nicht vorstrecken?«

»Das ist ausgeschlossen! Ich bin wieder schwanger, man sieht es noch nicht, aber wir müssen haushalten. Achthundert Gulden? Das scheint mir zu viel für eine einfache Nähstube.« Carla nahm ihr Oskar ab und rief nach Hilda, die den Kleinen mit einer Erdbeere in die Küche lockte.

»Verzeihen Sie, Frau Carla. Es ist alles recht, was Sie entbehren können. Ich habe auch Ersparnisse. Doch sie reichen nicht. Ich hoffe auf Ihre Unterstützung.«

»Mein Mann ist entzückt und sieht es mit Wohlwollen, wie du dich um uns kümmerst. Ich rede mit ihm. Er war dir stets zugetan und wird es entscheiden. Aber achthundert geht auf keinen Fall. Sei nicht enttäuscht. Du hast eine feste Anstellung bei Geheimrätin von Wiebeking, die du nicht aufs Spiel setzen solltest. Was willst du mit einer Nähstube?«

»Ich möchte eigenständig leben. Es ist nicht weit von hier, und ich kann Ihnen sicher manchmal auch Oskar abnehmen.«

»Selbst wenn dein Onkel sie für dich erwirbt, müsste Frau Bergrat Hehl als Vormund zustimmen, was ich mir nicht vorstellen kann. Mal abgesehen davon, dass es zu viele Nähstuben gibt. Ich schreibe der Bergrätin sogleich. Wir stehen nach wie vor in reger Korrespondenz.«

»Was sagen Sie da?« Christiane sprang auf. Die leere Kaffeetasse fiel auf den Teppich, blieb jedoch heil. Sie hob sie wieder auf. Ihre Hände zitterten, in den Ohren sauste es.

»Kind! Nimm Platz. Sei zufrieden im Hause Wiebeking. Wir haben dich trefflich weitervermittelt. Du schüttelst den Kopf? Ich bin enttäuscht. Was willst du? Mit Solveig kannst du dich nicht vergleichen. Wir haben damals die Hand über dich gehalten. Die Tante in der Au schwärmt nach wie vor von dir. Du bist ein gutes Kind. Für Frau Wiebeking bist du nichts weiter als eine Kammerzofe. Ich fühle mich mit dir in freundschaftlicher Sorge verbunden und wollte dich immer auf einen rechten Weg bringen. Vor vier Jahren dachte ich, dass Frau Bergrat Hehl den Landgerichtsassessor von Aretin entzückend findet und dem Heiratsantrag zustimmt, obwohl du schwankend warst. Es tut mir aufrichtig leid, wie es dir mit Lorci ergangen ist. Nie hätte ich es für möglich gehalten, dass die Bergrätin derart harsch reagiert. Aber du musst es verstehen, mein Kind, der Kaufmann hatte keine Wahl.«

Christiane schüttelte den Kopf und bekam nicht ein Wort heraus. Hatte sich denn die ganze Welt gegen sie verschworen? Konnte man sie nicht in Frieden und Freiheit leben lassen?

»Ach ja, es sind bei uns neuerdings Briefe für dich eingegangen«, fuhr Carla fort. »Warum lässt du deine Post nicht mehr zu Wiebekings schicken? Ich habe alles weitergeleitet an Frau Bergrat. Sie wählt aus, was dir zu lesen erlaubt ist. Schüttle nicht mit dem Kopf! Mein Vater hat mir geschrieben, dass sie ihre ganz eigene Vorstellung hat, wie es mit dir künftig weitergeht. Sie will dein Bestes und hat sich etwas Besonderes für dich ausgedacht.«

Wie betäubt irrte Christiane durch die Stadt. Hierher und dorthin setzte sie die Füße. In den Straßen eilten alle durcheinander vor der Sommerpause. War es sonst anders? Bei Löhles hatte sie sich wie in einer Blase gefühlt. Hingegen war sie bei Wiebekings eine öffentliche Person geworden und hatte doch wie unter einer Glasglocke gelebt.

Jetzt erst roch sie die Hefe in den Bierfässern und schmeckte die Weißwürste mit dem süßen Senf. Sie bahnte sich ihren Weg über den Schrannenplatz, trat in einen Pferdeapfel und gab einem Hund, der nach ihr schnappte, einen Tritt. Frau Bergrat wusste sicher längst von der Nähstube und ihrem Plan. Ja, sie hatte auch einen! Oder besser Onkel Ferdinand. Ein Jahr wollte er ihr das Geld zur Verfügung stellen. Bei Volljährigkeit ging die Nähstube in ihren Besitz über und sie musste mit der Rückzahlung der Kaufsumme beginnen. Zinsen wollte er keine. Sie gab nicht auf. Er würde ihr die notwendigen Papiere zukommen lassen. Bis das Geld da war, würde sie abtauchen, München war eine große Stadt.

»Kind«, hatte Carla gesagt. Auch Kinder waren nicht willenlos und durften nicht wie Marionetten behandelt werden. Bei ihr machte sich Frau Bergrat einen Spaß daraus, an den Fäden zu ziehen. Damit war Schluss! Sie lachte bitter auf und würgte. Die Fleischhalle im Tal. Ein Mann schleppte einen blutigen Kalbskopf über die Straße. Sie erbrach sich mitten auf dem Gehsteig und sprang beiseite, als eine Frau einen Eimer Wasser ausschüttete und ihr mit der Faust drohte. Recht hatte diese. Warum sie ihre Post nicht mehr zu Wiebekings schicken ließ? Wie dumm war Carla denn? Das lag auf der Hand! Trug sie in ihrem Kopf nur das spazieren, was man den Weibern zu denken vorschrieb? Das war kein Leben! Sie wollte das für sich nicht. Mit dem Fuß trat sie gegen eine Hauswand und jaulte vor Schmerz auf. Ein Mann konnte fluchen, eine Frau durfte weinen. Wie gnädig! »Nein!«, schrie sie. Wie war sie nur auf die Idee gekommen, Carla zu vertrauen? Ihr Vater Pauly stand seit jeher in engem Kontakt mit Frau Bergrat. Nicht Carla war dumm gewesen, sondern sie. Oder Onkel Ferdinand. Dass Carlas Vater ihren Umzug nach München nicht für sich behielt, hätte er sich denken können.

Sie stolperte über die eigenen Füße und fing sich gerade noch. Sich nur den Arm nicht wieder brechen, dann konnte sie auf lange Zeit nicht nähen und blieb gefangen. Wie eine Marionette im Kasten, die auf ihren Einsatz wartete, der nie kommen würde. All die salbungsvollen Worte von Carla waren verlogen gewesen, sie sollten das Kind in Sicherheit wiegen. Sie streckte die Zunge heraus.

Eine Bäuerin, die einen Leiterwagen zog, zischte ihr von der Seite zu und zeigte auf drei Mädchen, die sie mit offenem Mund anstarrten. Eine Kutsche donnerte dicht an ihr vorbei. Sie schaute auf. Der Rindermarkt. Sie war im Kreis gegangen. Hier lag die Nähstube in einem sauberen Innenhof. Sie klopfte. Jetzt wusste sie, warum sie sich am Morgen den Geldgürtel umgebunden hatte. Sie fragte nicht lange und half Frau Krawczynski beim Nähen. Diese strich ihr dankbar über den Rücken.

»Wie gerne würde ich Ihnen die Nähstube verkaufen, es ist mein Herzblatt. Sie sind wie eine Tochter für mich geworden. Wollen Sie nicht doch eine kleine Anzahlung leisten? Dann wüsste ich, dass es ernst ist.«

Christiane nickte. Zu eifrig, wie sie sich schalt. Sie drehte sich um und holte die Geldkatze unter dem Kleid hervor. »Ich lasse Ihnen zehn Goldgulden da. Sie zählen mehr als die normalen. Das Geld von meinem Onkel kommt bald.«

»Vergelt's Gott. Sie sind ein gutes Kind. Ihr Katzerl ist prall gefüllt. Sicher könnten Sie etwas drauflegen.«

Es war ein Fehler gewesen, die Geldkatze mit sich zu führen. Sie gab Frau Krawczynski noch einmal zehn. »Haben Sie einen Bogen Papier?«

»Aber Kind! Haben Sie denn kein Vertrauen? Wir kennen uns jetzt so lange. Ich bin enttäuscht.«

Christiane biss sich auf die Lippen. »Sie sehen, wie ernst es mir ist. Ich überlasse Ihnen meine ganzen Ersparnisse. Nehmen Sie es mir nicht übel, aber wir müssen einen Schuldschein aufsetzen. Handelsmann Hofer soll ihn beglaubigen. Er vertritt Sie ja rechtlich. Dann haben wir beide eine Sicherheit.«

»Wenn Sie meinen. Sie haben sich erkundigt, was für Sie spricht. Aber Sie müssen noch einmal zehn Gulden drauflegen, umsonst macht Hofer nichts.«

Christiane griff in die Geldkatze. Ob sie den Betrag jetzt oder später entbehrte, blieb sich gleich. Frau Krawczynski setzte ein paar Zeilen aufs Papier. Sie unterschrieben beide und gingen zu Hofer. An seiner Tür hing ein Schild. »Verreist bis Anfang September«. An diesem Tag war nichts, wie es sein sollte. Christiane hätte am liebsten mit dem Fuß aufgestampft, aber das brachte sie nicht weiter. Es blieb ihr Zeit, Onkel Ferdinand zu bitten, direkt einen Wechsel auf die Nähstube auszustellen und ihn an Hofer zu senden. Das war eine gute Lösung.

»Nehmen Sie das Papier an sich, wenn es Sie beruhigt. Ich brauche es nicht«, sagte Frau Krawczynski. »Und kommen Sie recht bald einmal wieder vorbei. Ihre Gesellschaft ist mir angenehm und Sie nähen so flink.«

Freie Kleidermacherin

1

AM NÄCHSTEN MORGEN verließ Christiane mit dem Reisekoffer in der einen und ihrer Ridicule in der anderen Hand das Haus Wiebeking zu früher Stunde durch das seitliche Gartentor. Den Cashmereschal, der ihr trotz allem wertvoll war, legte sie schützend um die Schultern und zog die Schute, die sie nicht leiden konnte, ins Gesicht. Über die Adalbertstraße mit ihren dreigeschossigen Häusern und den rundbogigen Durchfahrten, die früher die Letzte Straße gewesen war, gelangte sie auf die prachtvollere Amalienstraße und eilte diese zur Stadt hinunter. Sie war nicht derart belebt wie die Ludwigstraße mit ihren Baustellen. Der Gassenkutter rumpelte ihr entgegen und sie hielt sich die Nase zu.

Frau Geheimrat war zu Solveig aufs Land gefahren und würde nicht erfahren, wo ihre Kammerzofe abgeblieben war. München war zum Glück groß genug, um sich zu verbergen. Nach Nanette Mayer, wie sie auf der Bürgerrechtsurkunde hieß, würde niemand suchen. Auch wenn Löhles der Name prinzipiell bekannt war, sie ihn aber nie verwendet hatte.

Sie folgte der Fürstenstraße, kam an der Rückseite des Odeons vorbei, die nicht glanzvoll war, und querte die Briennerstraße in ihrer ganzen Pracht.

An den beiden Türmen der Frauenkirche konnte sie sich orientieren und huschte über die Kaufinger Gasse, durch die sich die Fuhrwerke zum Schrannenplatz vorwärtskämpften. Hunde bellten, Peitschen knallten und die Pferde äpfelten aufs Pflaster. Zwei Frauen in blauen Kleidern und mit Kindern an der Hand eilten an ihr vorbei und hoben kurz den Kopf. Ein sanftes Himmelblau war möglich, Rot leider nicht. Sie hatte dieses Kleid nie wieder getragen und jetzt in eine der

Reisetruhen gepackt, die Leopold einstweilen für sie in der Remise untergestellt hatte. Auch er wusste nicht, wohin sie entschwand, und die neue Magd würde schweigen. Sie machte sich Hoffnung auf ihre Stelle als Kammerzofe.

Christiane folgte der Sendlinger Gasse. Das Haus Ruffini an der Ecke von Rosengasse und Rindermarkt lag still in der kühlen Morgenluft. Sie drängte sich daran vorbei und atmete auf, weil Anton noch nicht unterwegs war. Ihn und Hilda würde sie bei Gelegenheit abpassen und sie unterrichten. Die beiden würden ihren Spaß haben und sie grinste in sich hinein, wenn sie auch für den Moment alles verloren hatte.

Sie hielt sich links und bog in das Dultgässchen ein. Wenig später stand sie vor einer Herberge am Heumarkt, vis-à-vis dem Zeughaus. Wiebekings neue Magd hatte sie ihr empfohlen. Die Wirtin durfte minderjährige Frauen aufnehmen. Von der Frauenkirche läutete es sechs. Sie klopfte an der Tür und blickte am Haus hinauf.

Wie auf ein geheimes Kommando öffneten sich alle Fenster bis auf eines und junge Frauen streckten ihre Köpfe heraus. Vier Stockwerke hoch und drei Zimmer breit. Christiane stellte den Koffer ab und winkte. Gelächter.

Die Eingangstür öffnete sich und quietschte leise. Eine hagere ältere Frau stand vor ihr. »So früh? Sie hatten es wohl eilig fortzukommen. Ich frage nicht, von wem oder was. Treten Sie ein. Sie haben Glück.« Die Wirtin ging voraus. Groß und breitschultrig wie ein Mann. Ihre Brust war flach, die Hüften schmal und schlank unter dem schlichten Kleid, dessen Ärmel sich an den kräftigen Oberarmen spannten. Die grau melierten Haare hatte die Wirtin achtlos zurückgekämmt.

Christiane bezog das letzte freie Zimmer und wurde zu einem Herbergsmädchen. Es war ein ständiges Kommen und Gehen im Haus. Polizeilich gemeldet war sie unter ihrem neuen Namen. Niemand fragte nach ihr. Sie lebte. Die Herberge kostete sie vierzig Kreuzer in der Woche. Für Nanette

Mayer war das auf Dauer zu teuer. Für den Übergang, bis Onkel Ferdinand sich meldete, wollte sie es gelten lassen. Die Kammer war groß genug, um ein wenig umherzulaufen. Fünf Schritte von der Tür bis zum Fenster. Drei Armlängen zwischen den Wänden. Tisch, Bett und Stuhl aus rohem Holz. Eine alte Kommode mit einer irdenen Waschschüssel. Der Spiegel hatte einen Riss, der ihre Nase in zwei Hälften teilte.

Alle Stunde fuhren hoch beladene Wagen unter den lautstarken Rufen der Männer auf die Heuwaage und wieder heraus. Der Große Angerbach rauschte und riss ihre Ängste mit sich. Die anderen Frauen waren viel jünger als sie, manche wie Kinder. Morgens früh schwärmten sie als Mägde oder Näherinnen zu Herrschaften in die Wohnungen aus. Manchmal fanden sie dort eine Bleibe. Kaum eine blieb länger als eine Woche in der Herberge am Heumarkt. Die Stadt zahlte lediglich für ein paar Tage, um die Mädchen unter Kontrolle zu wissen.

»Wer will das auf Dauer?«, sagten die anderen. »Verkaufen sollen wir uns nicht, was aber dann? Unsereiner kommt wieder und es beginnt neu. Namen gibt es viele.«

»Sie brauchen Arbeit! Es ist nichts den ganzen Tag in Ihrer Kammer«, meinte die Wirtin nach einer Woche, als sie kassierte. Christiane schüttelte den Kopf. Bald kam das Geld von Onkel Ferdinand. Sie hatte ihn unterrichtet, was vorgefallen war. Handelsmann Hofer beglaubigte ihr den Schuldschein und nahm dafür zwanzig Kreuzer.

Die Wirtin hatte einen Waschraum eingerichtet, in dem sogar eine Wanne stand. Christiane teilte ihre Rosenseife mit den anderen und ließ sich umarmen. Am Schluss war die Seife alle und die neuen Freundinnen hatten sie mit nützlichen Ratschlägen versorgt. Der Mittagstisch in der Schenke am Heumarkt sei günstig und reichlich, erfuhr sie. Die zotigen Sprüche der Fuhrleute schluckte sie lächelnd hinunter. Solange sie keiner anfasste und sie sich das Nachtessen sparte, war es egal. Zum

Frühstück holte sie sich wie die anderen eine Semmel vom Vortag beim »Bäcker durch das Haus«.

Acht Wochen hielt sie es aus, bis ihr die Kleider am Leib schlotterten. Fünfeinhalb Gulden hatte sie für die Unterkunft hingegeben. Warum hörte sie nichts von Onkel Ferdinand? Handelsmann Hofer hatte bislang keinen Wechsel von ihm erhalten. Sie brauchte für den Übergang doch eine Stelle und suchte die Wirtin auf. Diese nickte und vermittelte ihr einen Dienst bei Majorin von Renner.

»Sie hält es nicht aus bei ihrem Mann in Polling und lebt die meiste Zeit des Jahres in München. Sie werden es verstehen, wenn Sie den Major kennenlernen. Gehen Sie die Sendlinger Gasse bis zum Ende. Direkt beim Tor finden Sie ein schwarzes Haus. Dort im Erdgeschoss.« Die Wirtin verzog das Gesicht. »Bei Frau Majorin fangen alle an, die hier bei mir landen.«

Was hätte Christiane sonst machen sollen, mit dem Major würde sie zurechtkommen. Sie betrat das Haus und hielt die Luft an. Es roch nach zu lange gekochtem Kraut wie in Stuttgart. Sie kniff die Nasenlöcher zusammen und klopfte.

Frau Majorin, wie sie sich nennen ließ, wollte keine Papiere von ihr. Sie sah aus wie eine Hexe und stützte sich auf einen Stock mit einem Eulenknauf.

»Ich muss sparen, daher kann ich nur minderjährige Frauen aufnehmen«, sagte sie und wischte sich den breiten Mund, aus dem unentwegt Speichel floss. »Aus Gefälligkeit besorgen Sie mir die Haushaltung. Das ist die offizielle Verlautbarung.«

Warum trug die Majorin eine Rolle mit Draht bei sich? Sie bog diesen geschickt mit den knochigen Fingern. Im Nu war ein Gesicht entstanden, das sie sogleich wieder zerstörte.

Christiane fragte nicht nach. Für den Moment brauchte sie ein kostenloses Dach über dem Kopf und etwas zu essen. Bald verschaffte Onkel Ferdinand ihr eine Zukunft. Drei Monate war es her, dass er sie besucht hatte. Ihren letzten Brief musste er längst erhalten haben. Warum schwieg er?

Ihre Kammer war geräumig und freundlich eingerichtet. Ein bisschen dunkel. Die Wohnung lag im Erdgeschoss, da konnte man nichts machen. Sie nannte ein breites weiches Bett ihr Eigen, besaß drei Stühle, die sie nicht brauchte, und einen Sekretär, an dem sie sich vornehm vorkam. Zwei Kommoden standen an den Wänden. Sie hatte genügend Platz für ihr Hab und Gut, und Leopold brachte ihr die beiden Reisetruhen. Christiane bedankte sich herzlich, fragte ihn aber nicht nach Frau Geheimrat. Wie es wohl Solveig weiter ergangen war? Für sie selbst flossen die Tage träge dahin und entblößten ihre Stunden wie die Isar die Ufer bei Niedrigwasser. Sie saß bequem in ihrem Sessel und strickte und häkelte. Socken für Anton, ein Umschlagtuch für Hilda. Jeden Morgen vor dem Ankleiden strich sie über ihren nackten Leib. Ihre Brüste waren wieder fest und die Hüften rund und samtweich.

Zum Essen durfte sie einkaufen, was sie begehrte, nur günstig musste es sein. Die Majorin aß nichts als Gemüse, lange durchgegart, bis es weich war, fast zerfiel. »Sie werden es verstehen, wenn Sie meinen Mann kennenlernen«, sagte sie. »Der Arme!« Sie bog den Draht zwischen den Fingern und drückte ihn mit aller Kraft zusammen.

Was immer das zu bedeuten hatte, Christiane wollte sich nicht beunruhigen. Onkel Ferdinand reichte.

Sie nahm wieder Kontakt zu Anton und Hilda auf und schenkte ihnen, was sie angefertigt hatte. Die beiden würden sie nicht an Carla verraten. Manch Stunde lachten sie zusammen im Grünen Baum, bis die Sonntage im Oktober dafür zu kühl wurden.

Christiane verstand nicht mehr, wie sie sich in die Isar hatte stürzen wollen, weil ihr der Name von Klein vorenthalten wurde. Mit Hilda schmiedete sie Pläne für die Nähstube.

»Ich kann dir Kundschaft vermitteln«, sagte diese. »Du

musst für alle Stände arbeiten, dann hast du immer ein Auskommen. Auch Flickarbeiten sind keine Schande.«

»Und ich male dir ein Schild«, meinte Anton. »Ich sehe es vor mir: ›Nanette Mayer, Freie Kleidermacherin‹.«

Er bot ihr an, beim Umräumen der Nähstube zu helfen. Der Tisch zum Zuschneiden gehörte näher ans Fenster und die Stoffe in das schattige Nebenzimmer, damit sie nicht ausbleichten. Garn zum Heften brauchte sie, das sie am Unteren Anger in einem Kramladen erstehen konnte, wenn es so weit war. Frau Krawczynski steckte die Einzelteile einzig mit Nadeln zusammen. Manches Mal verrutschten sie und dann war es schwer, den Stoff wieder an den richtigen Stellen zusammenzufügen. Heften war sicherer, wenn sie auch das Garn als Kostenfaktor einkalkulieren musste in die Preise. Sie rechnete alles durch.

Die Nähstube war nach wie vor vakant, aber Frau Krawczynski ließ nicht mit sich verhandeln. Jeden zweiten Tag ging Christiane zum Rindermarkt und zu Handelsmann Hofer. Dreißig Kreuzer im Monat verlangte er für seine Dienste, obwohl nichts zu tun war. Das Geld wollte er trotzdem.

Wie sollte es weitergehen mit ihr? Sie brauchte neue Schuhe und träumte von Rosenseife. Ratlos lehnte sie sich im Englischen Garten an eine Birke. Wie die gelben Blätter zitterten, bevor sie zu Boden segelten, bibberte sie, weil keine Antwort von Onkel Ferdinand kam. Sie war zutiefst enttäuscht. Sollte sie ihm erneut schreiben? Nein, sie musste Geduld haben.

An einem kühlen regnerischen Tag Anfang November holte sie sich an der Ecke zur Färbergasse nasse Füße und trat, ohne wie gewöhnlich zweimal zu läuten, bei Frau Krawczynski ein. Sie würde sich am Ofen aufwärmen und die Schuhe trocknen. Währenddessen konnte sie mit ihr nähen und ein wenig plaudern.

Eine Frau kam ihr entgegen. »Sie wünschen? Ich nehme auch Privatkundschaft. Ein Winterkleid?«

»Wo ist Frau Krawczynski?«

»Sie ist in ihre Heimat zurückgekehrt. Nach Serbien. Ein solides Geschäft hier und günstig gelegen. Sie hat es gerne an mich abgegeben. Möchten Sie sich Stoffe anschauen?«

Christiane schüttelte den Kopf. Mühsam drängte sie die Tränen zurück. »Ich habe dreißig Goldgulden für die Nähstube angezahlt. Die schulden Sie mir jetzt.« Sie hielt die Hand auf.

»Damit habe ich nichts zu schaffen. Mein Vater hat für zweihundert normale Gulden alles hier erworben und fand es zu teuer. Im Gegensatz zur Au aber ist in der Innenstadt kaum eine Nähstube zu finden. Zusammen mit den restlichen Stoffen und Garnen hat er sich überzeugen lassen.«

»Ich habe einen Schuldschein, den kann ich holen. Handelsmann Hofer hat ihn beglaubigt.«

»Erstatten Sie Anzeige wegen Betrugs. Von Schulden war nicht die Rede beim Verkauf.«

»Dann nehme ich wenigstens meine Nadeln und den Fingerhut mit. Das Stück Kreide dort gehört ebenfalls mir.« Sie machte ein paar Schritte.

Die Frau stellte sich ihr in den Weg. Christiane drehte sich um und trat mit dem Fuß gegen den Türpfosten. Das Leder des Schuhs platzte auf und die Sohle brach entzwei. Ohne sich noch einmal umzusehen, humpelte sie hinaus. Draußen schlang sie den Wetterfleck eng um sich. Schneeregen. Zu früh und doch war alles zu spät.

Ihre Füße gingen ein paar Schritte, drehten sich um. Die Zehen zeigten auf ihre Zukunft, die keine mehr war, und lachten sie aus. »Maria Aschbacher«, stand in goldenen Lettern über dem Fenster geschrieben, »Näherin für das Handelshaus Aschbacher«.

Sie war selbst schuld, sie und sonst niemand. Die Schuhe waren es nicht und hatten es doch büßen müssen. Sie warf diese auf einen Kutterhaufen beim Heumarkt. Ebenso die Strümpfe. Barfuß kam sie in der Sendlinger Gasse an.

Frau Majorin legte die Rolle Draht beiseite. »Sie brauchen warme Stiefel, nicht, dass Sie sich verkühlen. Ich hab ein Paar, das mir zu groß ist. Das überlasse ich Ihnen. Brühen Sie einen Tee auf und erzählen Sie mir, was passiert ist.«

Christiane berichtete ihr, was sich zugetragen hatte. Nein, Weinen war ausgeschlossen. Das hatte sie in Brandenburg gelernt. »Bin ich zu vertrauensselig?«, fragte sie.

Die Majorin schüttelte den Kopf. »Es scheint mir alles korrekt. Gegen Betrug ist niemand gefeit. Handelsmann Hofer konnte ja nicht ahnen, dass Frau Krawczynski sich davonmacht. Aber auch Sie werden sich davonmachen.« Sie kicherte. »Morgen kommt mein Mann. Sie werden sehen, was es mit ihm auf sich hat und bald kündigen. Nein, sagen Sie nichts. Ich rate Ihnen, besorgen Sie sich ein Dienstbüchlein, wenn Sie weiter bei Herrschaften arbeiten möchten und darauf angewiesen sind.« Sie grinste und sabberte. »Holen Sie von Löhles und Wiebekings Zeugnisse ein. Das ist das Wichtigste, sich auszuzeichnen.«

Der Mond stand an diesem Abend schräg über den Hausdächern. Morgen, an Martini, kam also endlich der Major. Was immer dann anders sein würde. Und Onkel Ferdinand? Seit seinem Besuch Anfang Juni wartete sie und hoffte auf eine Zukunft. Er hatte früher oft gesagt: »Wenn du dir Sorgen machst, passiert etwas. Lerne es, dich in Geduld zu üben.« Sie seufzte. Sollte so ihr Leben dahingehen? Sie setzte einen Brief auf und unterrichtete ihn, dass die Nähstube verloren war. Eine neue in der Münchner Innenstadt zu finden, sei schwierig, habe sie gehört. Wenn er ihr mit Geld aushelfen könne, wäre sie ihm dankbar. Sie gab Majorin Renner als Adresse an. Handelsmann Hofer musste sie kündigen.

»Wir essen erst abends warm, wenn mein Gatte da ist«, sagte die Majorin am nächsten Morgen. »Ich zeige Ihnen die Zubereitung, sie ist ein wenig mühsam. Wir kochen das Gemüse noch länger als sonst, zusammen mit gutem Rindfleisch, das ich gestern besorgt habe. Mein Mann mag Fleisch, im Gegensatz zu mir. Ihm zuliebe esse ich es aber.«

Was ging da vor sich? Christiane verbot sich das Nachdenken und verrichtete mechanisch, was von ihr verlangt wurde.

Nach zwei Stunden Kochzeit rieb sich Frau Majorin die Hände und sagte: »Jetzt wolfen wir, sonst kann mein Mann es nicht essen.« Sie holte die Faschiermaschine aus dem unteren Küchenschrank und baute sie auf. Das Püree füllte sie eigenhändig in zwei Schüsseln und stellte diese warm.

Christiane machte sich an den Abwasch. Der Hunger war ihr für diesen Tag vergangen. Der Major hatte keine Zähne, das musste es sein. Ekelig, aber sie würde sich gewöhnen.

»Richten Sie sich zum Servieren ein wenig hübsch her«, sagte Frau Majorin. »Mein Mann mag es, wenn die jungen Mädchen, die ich als Hilfe habe, adrett aussehen. Keine Sorge, er wird Sie in Ruhe lassen.«

Christiane folgte ihrem Wunsch nicht. Man wusste nie und sie kannte den Major nicht. Keinesfalls wollte sie, dass er ihr nachstieg. Die Wohnung war eng und ihre Kammer am Ende des Gangs wie eine Falle, aus der sie nicht entkommen würde. Das Fenster lag zu hoch und war zu klein.

Zum Abendläuten sollte sie servieren. Es gab lediglich die Schüsseln mit dem Faschierten und die Knödel, die sie ins Esszimmer tragen musste. Warum der Aufwand? Welch Geheimnis umgab den Major?

Frau Majorin hatte die Vorhänge geschlossen. Es war dämmriger als sonst. Sie saß am Kopfende des Tisches und nickte ihr zu. Ein säuerlicher Geruch wie von verwesendem Fleisch hing in der Luft. Christiane kniff die Nasenlöcher zusammen. Ein großer, breitschultriger Mann wandte ihr den Rücken zu. Vorsichtig sprach sie ihn an: »Herr Major, darf ich Ihnen auftragen? Es gibt Faschiertes, vom Feinsten.«

Er drehte den Kopf und ihr fiel die Schüssel zu Boden. Sie

schrie auf und hielt sich die Augen zu. Der Major hatte keinen Unterkiefer und trug stattdessen ein Drahtgestell.

»Ist ja gut«, sagte Frau Majorin. »Im Backrohr steht die zweite Schale. Das passiert immer, wenn wir ein neues Mädchen haben. Bringen Sie die Knödel und einen Wischlappen.«

»Sie sehen adrett aus«, nuschelte der Major. »Und so hübsche blaue Gucker haben Sie.« Er fuhr mit der Zungenspitze über seine teilweise intakte Oberlippe. Seine Augen lächelten. »Sie werden sich daran gewöhnen. Für mich ist es nicht so schlimm, wie es aussieht.« Die Spucke lief ihm in den Hemdkragen. Er trug eine Nasenprothese aus Metall, die er unentwegt mit dem Zeigefinger rieb.

»Mein Mann ist Kriegsveteran«, sagte die Majorin. »Er trägt dreizehn Verletzungen und wir sind stolz darauf. Seinen Kiefer haben sie ihm weggeschossen, doch die Ärzte im nahen Krankenhaus behandeln ihn hervorragend.« Sie hob die Rolle Draht. »Vor allem diese griechische Nase ist ihnen gelungen. Aber jetzt servieren Sie bitte. Wir wollen es uns heute recht nett miteinander machen.« Sie hob das Bierglas und prostete ihrem Mann zu.

Der goss sich den Gerstensaft im hohen Bogen in den Schlund und seufzte tief. »Unvergleichlich, das Bier in Minga. Da reicht das von Polling bei Weitem nicht ran!«

Christiane ging in die Küche. Sie zitterte und beruhigte sich nur langsam. Es gab wahrlich Schlimmeres auf der Welt, als seine Ersparnisse zu verlieren. Der arme Major!

Sie ergriff zwei Topflappen und holte die zweite Schüssel aus dem Rohr. Größer als die andere. Auf dem Herd stand am Rand die Platte mit Knödel. Diese hatte die Majorin eigenhändig zubereitet, als sie in der Stadt war. Die Dienstherrin hatte vorher gewusst, was passieren würde. Es wäre nutzlos gewesen, wenn sie es ihr erzählt hätte, denn vorstellen konnte man sich das nicht. »Was ist schon eine verlorene Nähstube, wo ich doch mein Leben habe und unversehrt bin«, murmelte Christiane und trug das Faschierte und die Knödel ins Esszimmer. Sie servierte und legte auf, was sich beim Gemüsebrei als unmöglich herausstellte. Also holte sie eine Suppenkelle. Sie sah den Major verstohlen an. Er war nett und zuvorkommend. Mit einem Löffel schob er sich das Essen in den Rachen. Sie sah weg. Auf Dauer würde sie das nicht ertragen. Frau Majorin hatte recht gehabt.

»Am Alten Peter auf dem Blumenmarkt floriert im Verborgenen ein Markt für Näherinnen«, sagte diese später in der Küche. »Da finden Sie leicht etwas anderes. Sie haben ein zartes Gemüt. Das hält meinen Mann nicht lange aus. Suchen Sie sich lieber einen neuen Dienst. Überstürzen müssen Sie nichts. Er hat Geschäfte in Polling zu tätigen und reist bald wieder ab. Sie haben Glück.«

Im Unteren Anger kaufte sie am nächsten Nachmittag in einem Kramladen statt Garn für die Nähstube ein Dienstbüchlein, wie Frau Majorin es angeraten hatte. Die Zeit bei Renners ging zu Ende. Sollte sie froh darüber sein? Sich neu zu orientieren, mochte helfen, einen anderen Blick auf das neue Malheur zu gewinnen. Und das musste sie. Erst Lorci, dann die Nähstube. Nun der Major.

2

Sie eilte über den Viktualienmarkt, der zu Beginn des Jahres kaum Stände aufzuweisen hatte. Heute wurde das wieder nichts mit einer neuen Stelle. Der Wind pfiff ihr um den

Mantel, den sie eng um sich geschlungen hatte. Beim Alten Peter kaufte sie dem Apfelmann ein paar von den roten Eiseräpfeln ab, die köstlich süß-säuerlich schmeckten, und wandte sich zum Gehen. Es war nicht so leicht, eine andere Stelle zu finden, wie Frau Majorin gemeint hatte. Der Blumenmarkt würde erst zu Ostern wieder florieren. Was sollte sie tun? Nächste Woche kam der Major aus Polling zurück.

Da trat eine Dame zu ihr an den Marktstand. Sie trug einen kolossalen Hut, den sie mit einer Hand festhielt. »Ich nehme zwei Pfund von den Glockenäpfeln«, sagte sie zum Apfelmann. Sie hielt ihre Tasche auf. Unter dem Wetterfleck trug sie einen grauen Rock aus gutem Stoff. Dreifach gefältelt war er, das sah Christiane sogleich. Sie musterte die Dame von der Seite.

»Sagen Sie«, wandte sich die Frau erneut an den Apfelmann. »Wissen Sie zufällig eine Kleidermacherin? Ich suche dringend eine.«

»Nehmen Sie mich!«, rutschte es ihr heraus. »Ich kann umändern und neu schneidern. Flicken und stopfen. Häkeln und stricken. Wie es beliebt.«

Die Frau, die ausgesprochen blass war, nickte und begutachtete ihr grünes Kleid mit den Biesen und die akkurat verarbeitete Schute. »Das überzeugt mich und ich stelle Sie gerne ein«, antwortete sie. »Zusätzlich zu Kost und Logis gibt es selbstverständlich einen Lohn. Üppig kann ich nicht zahlen. Sind Sie interessiert? Sie nicken? Dann fangen Sie doch gleich morgen an.« Sie reichte ihr die Hand. »Catharine Wisner aus der Lerchenstraße.«

»Nanette Mayer, gebürtig aus Stuttgart. Seit viereinhalb Jahren in München ansässig. Ich suche eine anspruchsvolle Aufgabe und mir scheint, bei Ihnen bin ich nicht verkehrt.«

Es war ein Anfang. Christiane schickte Anton mit einem Botenjungen eine Nachricht und bat ihn, die Reisetruhen von Renners zur neuen Adresse in die Lerchenstraße zu bringen. Dort war es nicht so vornehm, wie Frau Wisner getan hatte. Und zum ersten Mal wohnte sie außerhalb der alten Stadt. Aber sie konnte neu anfangen. Sie würde es schaffen, sich allein durchzubringen.

Doch die Dienstherrin zahlte ihr keinen Lohn wie ausgemacht, sondern steckte ihr nur jede Woche ein paar Münzen zu, mal mehr, mal weniger, weil sie nicht volljährig war. Einen Dienstkontrakt hatten sie nicht geschlossen, und Christiane konnte auf nichts pochen. Es war ihr kaum möglich, ihre einfachsten Bedürfnisse zu bestreiten, sich eine neue Zahnbürste oder einen Kamm zu leisten.

Sie hörte sich um und begann nach einigen Wochen des Abends nebenbei für Adele Widmer, Oberpostamtssekretärsgattin, zu nähen und ein wenig zu stricken und zu häkeln. Kleinere Aufträge, die ihre Hände und den Kopf beschäftigt hielten, damit sie nicht über Onkel Ferdinand und die Zukunft nachgrübelte.

Zu Jacobi kam Josephine Mayer hinzu, die Tochter des königlichen Hofkammerregistrators. Christiane war stolz auf sich, sie konnte nun für ihren Unterhalt sorgen. Einige Münzen hatte sie schon beiseitegelegt. Es sprach sich herum, dass sie sich im Kleidermachen auszeichnete. Sie hatte ein gutes Auskommen, fand aber kaum Schlaf. Für Catharine Wisner bestickte sie ein neues Tischtuch, damit diese sich nicht vernachlässigt fühlte. Weitere Aufträge nebenbei konnte sie nicht annehmen, dafür reichte der Tag nicht. Wenn sie volljährig war, erhielt sie den regulären Lohn für Näherinnen und musste sich nicht mehr abplagen. Jeden Morgen schnitt sie einen Zentimeter von einem alten Maßband ab, achtzehn Tage lagen noch vor ihr, die ihr wie achtzehn Jahre vorkamen. Ihr war bang.

An ihrem großen Tag, einem normalen Dienstag, kleidete sie sich in das Ensemble, das sie für Lorci erstanden und in dem er sie nie gesehen hatte. »Franz Xaver«, flüsterte sie, »ich hoffe, du vergisst mich nicht.« In ihr war nach wie vor ein zärtliches Gefühl für ihn, trotz alledem.

Frau Wisner hatte ihr freigegeben, ohne weiter nachzufragen. Christiane flocht sich wie früher einen französischen Zopf und steckte ihn auf. Keine Haube kam ihr am heutigen Tag aufs Haar. Ein wenig Rouge, die Augenringe wegschminken und den Rest vom Rosenparfüm hinters Ohr tupfen.

An der Eingangstür traf sie auf Frau Wisner. »Das sieht nach einer bedeutenden Verabredung aus«, rief diese. »Kompliment. Solch einen Spenzer können Sie mir schneidern, wenn ich auch nicht ganz so schlank bin wie Sie. Ein guter Stoff, sicher nicht billig. Ich habe Sie unterschätzt.«

»Das Kleid ist zwei Jahre alt. Es war günstig. Ich habe es ausnahmsweise nicht selbst genäht und bislang kaum tragen können. Heute ist ein ganz besonderer Tag. Ich möchte ins Café Tambosi.«

Frau Wisner schüttelte den Kopf. »Sie treffen sich mit einer Freundin. Sagen Sie das doch gleich. Etwas anderes will ich nicht annehmen. Denken Sie an die Flickarbeiten heute Abend.«

Christiane spazierte gemessenen Schrittes über den Stachus in Richtung Schrannenplatz und ging zu den Innenhöfen im Rindermarkt. Sie konnte es nicht lassen, bei der Nähstube vorbeizuschauen. Diese war verwaist. »Günstig zu verkaufen«, stand auf einem Schild.

Beim Handelshaus Aschbacher fragte sie nach der Tochter, Maria Aschbacher.

»Sie hat geheiratet«, gab der Diener Auskunft.

»Und die Nähstube? Was soll sie kosten?«

»Fünfhundert«, sagte eine tiefe Stimme hinter ihr. »Die Räumlichkeiten sind frisch hergerichtet und meine Tochter gibt die Stoffe kostenlos dazu. Haben Sie Interesse? Sie können auch etwas anzahlen und sich die Nähstube reservieren lassen.«

Sie lachte. »Ich zahle höchstens dreihundert. Sie haben die Nähstube damals für zweihundert erworben. Dreißig Goldgulden hatte ich schon bei Frau Krawczynski angezahlt, wenn Sie die anrechnen, überleg ich es mir. Ich habe darüber einen beglaubigten Schuldschein.«

Marias Vater schaute sie merkwürdig an und nickte plötzlich. Sollte das heißen, es gab wieder Hoffnung?

»Ich bringe Ihnen das Dokument vorbei«, sagte sie. »Handelsmann Hofer fertigt sicher gern eine Abschrift an. Bevor Sie die Nähstube anderweitig vergeben, schicken Sie mir bitte eine Nachricht. Nanette Mayer, poste restante.« Sie verbeugte sich unmerklich und ging hinaus.

Was war ihr da in den Sinn gekommen? Poste restante, ein Dienst, zuerst in Preußen eingeführt vor fünf Jahren, den konnte sie jetzt endlich für sich in Anspruch nehmen. Hilda hatte sie darauf aufmerksam gemacht. Die Köchin mochte keine große Schulbildung haben, im Leben aber kannte sie sich aus. Christiane suchte die Hauptpost auf und richtete für sich diesen neuen Service ein. Eine Zustimmung der Eltern oder ihres Vormundes brauchte sie nicht mehr. Sie zeigte die Bürgerrechtsurkunde von Stuttgart vor und erhielt eine Nummer, mit der sie künftig ihre Korrespondenz abholen konnte.

Die Sonne blendete sie, als sie ins Freie hinaustrat. Nie wieder würde eine Herrschaft die Briefe lesen, die für sie ankamen und diese an Frau Bergrat Hehl – sie spuckte aus –, weiterleiten. Ekelhaft war das, was diese sich da erdacht hatte. Aber jetzt war sie endlich großjährig. Sie konnte tun, was sie wollte. Alles gehörte ihr. Niemand würde mehr über sie bestimmen.

Sie wandte sich zum Odeonsplatz mit dem Konzerthaus und trat unter den Arkaden am Hofgarten ins Café Tambosi, in dem bereits früh am Morgen Stimmen durch die Luft schwirrten. Tabakrauch vernebelte ihr die Sicht. An einem Tisch in der Ecke saß Franz Xaver mit zwei vornehm gekleideten Herren. Die drei waren in ein ernstes Gespräch verwickelt, wie sie an der Tonlage hörte. Um ein Haar hätte sie auf dem Absatz kehrtgemacht. Nein! Entschlossen setzte sie sich in der Mitte des Gastraums an einen der kleinen dreibeinigen Tische mit den Löwenfüßen. Jeder sollte sie sehen. So einfach kam dieser Franz Xaver Lorci nicht mehr an ihr vorbei.

Der Kellner trat zu ihr. »Sie sind allein?«

»Ich warte auf eine Freundin«, antwortete sie. »Solveig von Wiebeking.«

»Verzeihen Sie, Mademoiselle, aber sie ist jetzt in Italien mit Hofschauspieler Zuccarini verheiratet.«

»Sie wollte München einen Besuch abstatten. Ich hoffe, sie wird bald da sein. Bringen Sie mir bitte derweil einen Kaffee und ein Stück vom Zwetschgendatschi mit Sahne.«

Wie gut, dass Frau Wisner sie aufmerksam gemacht hatte, dass es nicht gern gesehen wurde, wenn eine Frau, denn das war sie jetzt, allein im Caféhaus saß. Mit einer Freundin schien es anders. Wunderbar, dass ihr Solveig in den Sinn gekommen war. Und märchenhaft, dass diese mit Zuccarini entkommen war. Es gab immer eine Hoffnung.

Musikus Windmessinger winkte und kam an ihren Tisch geeilt. »Ich soll Grüße sagen von Solveig. Der Kellner hat Sie schon unterrichtet?«

Christiane lachte und nickte. »Setzen Sie sich.«

»Solveig bedankt sich von Herzen bei Ihnen. Ohne Ihre Hilfe hätte sie mit Zuccarini nicht ihr Glück gefunden. Das Mäppchen hier möge Ihnen nützlich sein. Der Kellner hat es hier im Café Tambosi aufbewahrt. Solveig hat gemeint, Sie kommen sicher einmal vorbei.« Er legte eine kleine Tasche aus hellbraunem Leder auf den Tisch. »Verzeihen Sie Frau Geheimrat, hat sie noch hinzugefügt.« Windmessinger erhob sich. »Ich muss eilen. Eine dringende Probe mit Löhle.«

»Haben Sie Dank und sagen Sie Grüße an Solveig«, antwortete sie und lehnte sich zurück im Stimmengewirr und Geschirrklappern. Sie schob das Mäppchen in ihre Ridicule und bewunderte den breiten Spiegel über der Theke. Ihr Blick schweifte umher. War das nicht sie selbst? Als Spiegelbild hätte sie sich beinahe nicht erkannt. Eine Dame. Elegant! Sie neigte den Kopf. Kurze Zeit später nippte sie am Kaffee. Heiß und tiefschwarz, wie sie ihn mochte. Die Zwetschgen waren saftig und süß wie dieser Tag. Sie aß langsam, wollte es genießen. Sie hatte wieder Hoffnung. Vielleicht konnte die Nähstube noch die ihre werden. Und im Mäppchen würde sie all das aufbewahren, was ihr kostbar war.

Da lief Lorci gebeugt an ihr vorbei. Kraftlos hingen seine Locken herab. »Franz Xaver«, sagte sie leise.

Er blieb stehen und drehte sich um. Sie winkte ihn zu sich. Schwer ließ er sich auf einen Stuhl fallen.

»Franz Xaver, was ist mit dir?«, fragte sie. »Kann ich was für dich tun?«

Er schüttelte den Kopf. »Mich rettet niemand mehr. Lieselotte ist bei der Geburt unseres Sohnes gestorben und ihr Vater, Kaufmann Bruckbräu, will den Erbanteil. Ich bin ruiniert, die andere Hälfte habe ich schon an Aschbacher verloren. Ich habe spekuliert mit den Kaffeebohnen aus Brasilien und der Preis ist in den Keller gefallen. Mir bleibt nichts als das Gartenhaus am Stachus. Wie gut, dass es aus solidem Stein gebaut ist. Karl Theodor ist alle Tage im Garten. Wir haben jetzt einen Hund, einen jungen Langhaardackel mit treuen braunen Augen.«

»Gib Karl Theodor einen Kuss von mir. Ich hoffe, er springt und hüpft wie früher. Ich drücke ihn. Die arme Lieselotte! Was ist mit dem Kind?«

»Karl Theodor liebt seinen kleinen Bruder über alles und will ihn nicht hergeben, wenn die Amme kommt. Ich weiß nicht, wie es weitergehen soll. Möchtest du …?«

»Ich bitte dich, red nicht weiter.« Sie winkte dem Kellner.

Franz Xaver stand rasch auf und verabschiedete sich. Er hatte kein Geld, um für sie zu zahlen. Sie sah ihm nach. Wo war das zärtliche Gefühl für ihn geblieben, das noch am Morgen lebendig in ihr gewesen war? Ruiniert wie Lorci. Schade drum war es trotz alledem.

Mittags machte sie einen Spaziergang durch die Isarauen. Niedriges Gestrüpp mit trockenen Blättern duckte sich auf den Sandbänken und den vielen kleinen Inseln. Föhren und Birken waren mager, wie sie es nicht wieder sein wollte. Der Zwetschgendatschi war ein Anfang. Ab heute verdiente sie bei Frau Wisner mehr und konnte sich mal etwas Süßes außer der Reihe gönnen.

In einem weiten Bogen wanderte sie den Gasteig hinauf und schaute auf die Kuppeltürme der Frauenkirche, die aus dem flirrenden Sonnenlicht herausragten. Am Anfang hatte sie Stuttgart vermisst, aber das war lange her. In die Residenz konnte sie nicht zurück, Frau Bergrat Hehl würde sie nur in ihrer Nähe dulden, wenn sie tat, was sie wollte. Und das war unmöglich. München war jetzt ihre Heimat.

Es zog sie in den Englischen Garten. Einen Moment stand sie vor »Harmlos«, kletterte allerdings nicht mehr den Sockel hinauf und ließ ihre Finger bei sich. Sie hatte die Pflicht, für sich aufzukommen. In letzter Zeit war ihr das trefflich gelungen. Durch die Nebentätigkeiten hatte sie den Verlust der Goldgulden, die sie für die Nähstube angezahlt hatte, beinahe wieder ausgeglichen. Ganz aufgeben wollte sie diese Aufträge künftig aber nicht, sondern weiter sparen. München hatte sich trotz allem als Glücksfall für sie herausgestellt, und jetzt war die Nähstube erneut vakant. Sie musste Onkel Ferdinand unterrichten. Achthundert Gulden waren zu viel. Carla hatte recht gehabt. Mit weniger als der Hälfte käme sie nun zurecht und hätte eine Rücklage.

In Gedanken versunken wandte sie sich zum Gehen. Ein wütendes Bellen erklang neben ihr. Im gleichen Moment sprang ein Hund sie an und zerriss ihr den Rock. Sie stürzte zu Boden und schlug sich die Hände auf, hob schützend die Arme über den Kopf. Schon wollte er noch mal zuschnappen, da zog ein schwarz gekleideter Herr ihn am Halsband zurück. »Aus! Maxl!« Der Mann half ihr auf die Füße. »Verzeihen Sie, er will nur spielen.«

»Was ist mit meinem Kleid?« Sie zeigte auf den Rock und rieb sich die schmerzenden Hände. Ein Stück Stoff lag am Boden.

»Werden Sie nicht unverschämt. Erst erschrecken Sie den armen Hund und jetzt wollen Sie Geld! Das haben Sie sich ja fein ausgedacht. Kommt immer öfter vor.« Er drückte ihr einen Gulden in die Hand und wandte sich zum Gehen. Der Köter knurrte und fletschte die Zähne.

»Das Kleid hat das Zehnfache gekostet. Sie müssen es mir ersetzen! Ich zeige Sie an!« Ihre Stimme überschlug sich. Mann und Hund verschwanden im Gebüsch.

Aufgebracht und schwer atmend kehrte sie zurück in die Lerchenstraße.

»Was ist passiert? Das schöne Kleid!«, rief Frau Wisner. »Ein Hund? Das kommt seit Kurzem alle Tage vor. Die Leute sind narrisch mit ihren Viechern, und wehe, man sagt etwas. Sind Sie unverletzt? Nur ein paar Abschürfungen. Glück gehabt.«

»Mir sitzt der Schreck in den Gliedern, aber ich bin unversehrt. Ich sah die Zähne schon an meiner Gurgel.« Sie rieb sich den Hals und den Unterkiefer und dachte an Major von Renner.

»Es tut mir leid mit dem Kleid. Hauptsache, Sie haben sich nichts Ernsthaftes getan.«

»Welch ein Tag! So ist es, scheint mir, wenn man großjährig ist, muss man mit allem rechnen. Wie Sie sehen, brauche ich Stoff für ein neues Sonntagskleid. Dieses taugt nicht mal mehr zum Putzlumpen. Könnten Sie mir nicht schon ab sofort das reguläre Salär der Näherinnen zahlen und nicht erst im nächsten Monat?«

»Auf keinen Fall. Ich wusste nicht, dass Sie heute volljährig werden. Schade, jetzt kann ich Sie nicht länger beschäftigen.«

»Sie wollen mich entlassen?« Christiane schüttelte den Kopf. Das konnte nicht sein.

Frau Wisner stand da und nickte. »Auf Ende des Monats. Wie es das Gesetz vorsieht. Außerdem haben Sie für andere gearbeitet, wie ich gehört habe, ohne dafür eine Erlaubnis einzuholen.«

»Ich war gezwungen, Ihre Zuwendungen haben nicht gereicht. Auf ein Jahr hatten wir ausgemacht.«

»Wenn Sie Ihre Nebentätigkeiten aufgeben, können Sie bleiben. Ich bin ja kein Unmensch. Mehr als bisher kann ich Ihnen aber nicht geben.«

Langsam nickte Christiane. Sie zitterte innerlich, ließ sich jedoch nichts anmerken. So war das, wenn man volljährig war. Sie hatte mehr als ihr bestes Kleid eingebüßt und konnte es sich nicht leisten, diese Stelle zu verlieren, denn wie hätte sie von den Aushilfsarbeiten auch noch Kost und Logis bestreiten sollen?

Sie schickte sich eine kurze Nachricht auf Lateinisch, poste restante. Nach einigen Wochen erhielt sie ihren Brief, zahlte brav das Porto und verneigte sich vor ihren Worten. Jetzt konnte sie es wagen, ihre Korrespondenz wieder aufzunehmen. Das zumindest.

Sie schrieb an Louisle und fügte dieses Mal eine Nachricht an Onkel Ferdinand bei.

Die Nähstube ist erneut vakant. Sie wird jetzt günstiger angeboten. Achthundert waren zu viel, ich habe das eingesehen. Ich würde gerne versuchen, sie selbst zu erwerben. Wie Sie wissen, bin ich endlich volljährig und hoffe, Sie sind mir weiterhin gewogen. Wenn ich darum bitten darf: Könnten Sie mir vierhundert Gulden leihen? Dann hätte ich sogar noch eine Reserve. Sie können das Geld poste restante anweisen, ich habe mir diesen Dienst heute einrichten lassen. Es würde mich darüber hinaus sehr glücklich machen, wenn Sie mir die fehlenden zehn Servietten schicken könnten, die ich ja zur Großjährigkeit von Königinwitwe Mathilde bekommen sollte. Ich habe gehört, dass sie gestorben ist. Gott hab sie selig. Schade, dass ich sie nicht mehr kennenlernen konnte. Ich danke Ihnen für alles.

Bei ihrem Gang durch die Straßen hatte sie einem Künstler lange über die Schulter geschaut. Er zeichnete in Windeseile die Türme der Frauenkirche und mit ein paar weiteren Strichen entstand ein Bild der Stadt. Leisten konnte sie sich solch eine Zeichnung nicht, zwei Gulden wollte er dafür. Aber sie versuchte sich daran, ihn nachzuahmen, und es gelang ihr nicht schlecht. Besser als damals im Grünen Baum. Künftig zierten die beiden dicken Spargel all die Briefe, die ihr aus der Seele flossen. Poste restante gab ihr eine Hoffnung. Sie schrieb an Gertraut in Ulm, an Gottliebin Rumetsch und brachte sich bei den Freundinnen in Stuttgart in Erinnerung, denen sie schon lange hatte schreiben wollen. Nur an Amalie und August schickte sie keine Nachrichten, auf die beiden hoffte sie nicht mehr.

Es würde sie ein Vermögen kosten, das Porto für die Antworten zu zahlen, aber sie war wie ausgetrocknet nach all den Jahren in München und lechzte auf vertraute Worte.

Gertraut antwortete ihr, dass Baldur und sie geheiratet und zwei Waisenkinder aufgenommen hatten. Sie schickte den beiden herzliche Glückwünsche und fügte ein besticktes Deckchen mit einem Herzen bei. Gottliebin Rumetsch berichtete ihr von den Wiener Kaffeehäusern. Sogleich antwortete sie ihr und erzählte vom Café Tambosi. Immer wieder schrieb sie an Louisle und legte all ihre Liebe in diese Zeilen. Doch kein Wort kam zurück. Und Onkel Ferdinand ließ genauso wenig etwas von sich hören, was sie sich nicht erklären konnte.

Auf einem Markt erstand sie günstig einen rohweißen Stoff, aus dem sie für Frau Wisner einen Spenzer schneiderte. Einerlei, wenn diese darin aussah, wie eine aufgeplatzte Weißwurst. Den zerrissenen Rock ihres Kleides nutzte sie für Applikationen und Paspeln. Sie war sparsam.

»Das reine Weiß steht Ihnen ausnehmend gut«, sagte sie zur Dienstherrin, obwohl es sie blasser machte, als sie ohnehin war.

Im darauffolgenden Jahr endete ihre Dienstzeit bei Frau Wisner wie mündlich vereinbart kurz vor Fasching. Christiane war zu stolz, um nach einer Verlängerung zu fragen. Doch die Dienstherrin gab ihr ein freundliches Zeugnis mit auf den Weg. Wie bei Majorin Renner war die Rede von Fleiß und Geschicklichkeit. Nichts zu sagen hatte dies und war unerlässlich. Anständiges Betragen. Das zog sie sich gern an. Trotzdem musste sie gehen. Sie suchte die Pension am Heumarkt auf.

»Versuchen Sie sich lieber als freie Kleidermacherin, dann kann niemand über Sie bestimmen, denn das ist nicht Ihre Sache«, sagte die Wirtin zur Begrüßung. »Ich habe Briefe Ihrer Mutter für Sie. Lesen Sie, es könnte von Nutzen sein.«

Christiane schüttelte den Kopf und kehrte dem Heumarkt den Rücken. Wie war Frau Bergrat an diese Adresse gekommen? Sie wollte es nicht wissen.

3

Sie quartierte sich in einer der Herbergen am Kegelhof ein. Diese lag jenseits der Isar in der Au, behütet vom Läuten der Mariahilfkirche. Ein Zimmer im Dach eines halben Hauses wurde ihr neues Heim. Sie duckte sich unter der Schräge und stand ratlos vor der hohen Wand auf der anderen Seite, wo der Behausung und ihr die eine Hälfte fehlte. Das Viertel roch ärmlich, aber die Menschen waren reinlich und fegten und putzten mehrmals täglich. Niemals lag Unrat auf den Gassen. Die Herberge war weiß gestrichen und leuchtete im Licht der frühen Morgensonne, wenn sie das Haus verließ. Eine Dreiviertelstunde war es bis zum Schrannenplatz zu laufen. Das konnte sie bewältigen. Dafür kostete das Zimmer nur zwanzig Kreuzer pro Woche. Am Heumarkt hätte sie das Doppelte aufwenden müssen und wäre nicht frei gewesen.

Anton brachte ihre Reisetruhen bei Löhles Tante unter, die nicht weit entfernt wohnte. Sie konnte sich jederzeit holen, was sie brauchte. Die alte Dame war ihr gewogen und schwor, ihrem Neffen nichts zu verraten.

Tagsüber ging Christiane in die Häuser der Herrschaften und besserte Weißwäsche und Garderobe aus. Des Abends saß sie bei schönem Wetter manchmal mit den anderen jungen Frauen vor ihrer Behausung auf einem Stuhl, den sie aus der Dachkammer hinuntergeschleppt hatte. Sie strickte oder nähte für den Nachwuchs ihrer Auftraggeber. Das machte sich gut, wenn sie etwas schenkte. Wie rasch die Kleinsten aus ihren Sachen herauswuchsen! Ob sie es jemals zu Kindern bringen würde? Zu einem Ehegatten?

Die Stadt stöhnte und ächzte in diesem Sommer fürchterlich unter der Hitze. Tagelang aß sie nichts als welken Salat, den sie auf dem Markt geschenkt bekam. Die Herrschaften flohen vor der Cholera, die München aber verschonte. Die Stadt gehörte den Dienstboten, was ihnen nichts nutzte.

Christiane hatte wie viele andere keine Arbeit mehr und zog ins Herbergenviertel In der Grube. Hohe Wohnhäuser umzingelten die schiefen Unterkünfte der Mägde und Knechte, die sich eng zusammendrückten. Beständig lag ein Stöhnen und Keuchen in der Luft, als ob hier alle unehelichen Kinder Münchens gezeugt würden. Christiane verschloss die Ohren und presste ein Tuch auf die Nase, wenn sie aus der Haustür trat, die schief in den Angeln hing und sich nicht schließen ließ. Das kümmerte die Wirtin nicht, die dick und breitbeinig auf einem Schemel vor dem Haus hockte. Sie zahlte ihr zehn Kreuzer für eine finstere Kammer mit Tisch, Bett und Stuhl. Waschen musste sie sich im Hof an einem Brunnen, während ihr alle zuschauten. Jeden Tag lief sie mehr als eine Stunde von Haidhausen in die Innenstadt. Das war der Preis für die Freiheit. Was nutzte ihr da die Volljährigkeit?

Sie bewarb sich um einen Auftrag zur Ausbesserung der Weißwäsche für das Armenhaus und gab den Namen Christiane von Hehl an. Wie gut, dass sie keinen Spiegel besaß, sonst hätte sie sich die Zunge rausgestreckt. Tiefer konnte sie kaum sinken. Ihr Magen aber knurrte ohne Unterlass. Das halbe Herbergenviertel hoffte auf diesen Broterwerb, wie ihr zugetragen wurde. Einzig sie wurde genommen, was ihr peinlich war. Doch Mitleid konnte sie sich für den Moment nicht leisten.

»Warum bist du nicht in der Stadt geblieben?«, fragte die lange Blonde, die ein Zimmer mit Blumenfenster ihr Eigen nannte. »Du bist adelig, weshalb nimmst du uns die Arbeit weg?«

König Ludwig habe sich für sie eingesetzt, hieß es. Da war der schäbige Rock noch einmal für etwas gut gewesen.

In einem Karren brachte sie die Wäsche nach Haidhausen und hatte Blasen an den Händen. Berge von Laken und Bettbezügen lagen in ihrem winzigen Herbergszimmer. Sie säumte und stopfte Mottenlöcher. Die dicke Wirtin forderte einen Aufschlag für den Staub.

Christiane brach in Tränen aus. »Haben Sie nicht ein Stück altes Brot? Ich habe bislang keinen Lohn erhalten, obwohl ich mich seit vier Wochen mit der Armenhauswäsche herumschlage. Ich bin ja dankbar für die Arbeit …«

»Kommen Sie zum Nachtessen in die Küche. Es gibt immer einen Rest, sonst kriegt ihn der Hund.«

»Ich danke Ihnen von Herzen. Und haben Sie bitte noch ein wenig Geduld mit der Miete.« Die Wirtin winkte ab. Nur nicht das Gesicht verziehen, dachte Christiane. Sich nichts anmerken lassen. Sie gehörte zu den Glücklichen im Herbergsviertel. Die Blonde durchwühlte mittlerweile die Abfallhaufen und bot ihren Leib in aller Öffentlichkeit den Soldaten dar. Nein, das kam für sie nicht infrage. Lieber verhungerte sie. Sie versetzte Carlas Fuchskragen. Drei Gulden erhielt sie dafür. Das war lächerlich, aber im Sommer konnte sie nicht mehr erwarten. Was blieb ihr noch? Der Halsreif mit der Perle war ihre letzte Hoffnung. Sie gab sich einen Ruck und schrieb an August. Er hatte sich über Onkel Ferdinand bei ihr entschuldigt. Es war nicht recht gewesen, dass sie sich nicht bei ihm gemeldet hatte. Sie fragte höflich nach seinem Wohlbefinden und erzählte ein wenig von sich. Ihre gegenwärtige Situation verschwieg sie. Am Schluss richtete sie Grüße an Onkel Ferdinand aus. *Er wollte mir achthundert Gulden leihen*, schrieb sie. *Weißt du, warum ich nichts von ihm höre?*

Auch wenn es nicht mehr stimmte mit der Höhe der Summe, sie wusste nicht, ob Onkel Ferdinand ihren letzten Brief erhalten hatte. Besser also sie blieb dabei. Poste restante möge August ihr antworten. Ohne Absender, wie er es gewünscht hatte, brachte sie ihre Nachricht auf den Weg.

Kurz bevor die Herrschaften in die Stadt zurückkehrten, händigte man ihr bei der Post einen Eilbrief aus. Was war passiert? Er war von August. Ihr Herz klopfte taktlos wie immer, wenn er ihr auch nur in Gedanken näher rückte. Sie konnte es nicht zur Ruhe bringen.

Liebstes Nanele!

Louisle hatte dir geschrieben und alles über Onkel Ferdinand berichtet. Ihr Brief hat dich nicht erreicht, wie es sich anhört. Verzeih, ich bin nicht geschickt wie sie, die Worte aufs Papier zu bringen. Du musst nach Stuttgart kommen. Sofort! Ich setze dich am besten hier mündlich von allem in Kenntnis.

Wir regeln es vor Ort mit den achthundert Gulden, von denen ich schon Kenntnis erlangt hatte. Das Reisegeld füge ich bei und denke, du kannst es sicher brauchen. Hoffentlich wird es nicht entwendet. Geh zu Pauly, sobald du hier bist, und lass mir eine Nachricht zukommen.

Es grüßt dich herzlich,

dein Cousin August.

Was war geschehen? Ihr Augenlid zuckte. Sie hatte Onkel Ferdinand Unrecht getan. War er krank geworden und hatte sich deshalb nicht gemeldet? Aber er hatte ihr die achthundert Gulden besorgt. Aschbacher hatte die Nähstube bislang nicht verkaufen können. Mit der Anzahlung behielt sie das Vorkaufsrecht. Wie gut, dass sie sich den Betrag nicht hatte auszahlen lassen und lieber hungrig geblieben war. Und ihr blieb eine hübsche Summe als Rücklage. Warum aber hatte sie Louisles Brief nicht erhalten? Was um des Himmels willen war passiert? Sie würde es nur erfahren, wenn sie sich auf den Weg machte. *Sofort* hatte August geschrieben.

Mit der Abschrift der Bürgerrechtsurkunde besorgte sie sich einen Pass für Württemberg und legte dafür den Dukaten vom König hin, den sie stets eisern gehütet hatte. Sie war großjährig und der Beamte mit dem Schnäuzer fragte nicht. Hauptsache, sie zahlte, was er verlangte. Sie plane, bald nach München zurückzukehren, sagte sie und erhielt die Erlaubnis zur Rückreise, was extra kostete. Ein Rest blieb ihr.

An der Poststation musste sie lange anstehen. Für den Eilwagen gen Stuttgart gab es freie Plätze erst Mitte nächster Woche. Sie kaufte das Billett für die Diligence und sparte Zeit und Geld. August schickte sie eine Eilnachricht:

Freitag, mittags im Café Silber. Von Herzen,

dein Nanele.

Handelsmann Hofer unterrichtete sie, dass sie die achthundert Gulden demnächst erwarte, und bat ihn, ein Auge auf

Aschbacher zu haben. Er nickte. Das kostete sie die Ersparnis vom Fahrschein. Sie zahlte das Pensionszimmer und wunderte sich, dass aus der Rocktasche genügend Kreuzer auftauchten. Sie reichten auch für eine Brezn. Den Auftrag vom Armenhaus gab sie an die dünne Blonde weiter, die sich bei ihr entschuldigte.

Früh am nächsten Morgen eilte Christiane in die Innenstadt. Ihre Füße stolperten. Die Schuhe waren günstig gewesen, aber ein bisschen groß. Freie Kleidermacherinnen gab es wie Kiesel am Isarstrand. Konnte sie mit einer Nähstube konkurrieren? In ihrem Kopf rasten die Gedanken. Mit Handkoffer und Ridicule bestieg sie die Kutsche. Kurz nach der Abfahrt bekam sie Halsweh. »Du kannst nirgendwo hin!«, schrie es in ihr. »Wo willst du bleiben, wenn du in Stuttgart ankommst? Pauly ist Carlas Vater und wird es gleich an Bergrätin Hehl weitermelden.« Diese Frau war schuld an ihrem Unglück. Christiane wollte sie keinesfalls treffen und schluckte ihren Zorn hinunter. Es kratzte abscheulich im Hals. Sie atmete, hechelte und sah Sterne. Wie wund sie war. Sie schlief und wachte. Ihr Magen knurrte. Er musste warten. Eine Frau in der Kutsche schenkte ihr einen Apfel. Sie dankte ihr und aß. Kaute gründlich und leckte sich den Saft von den Lippen. Warm lag Carlas Perle in ihrer Halskuhle.

STUTTGART

Freitagmorgens gegen fünf hielten sie auf dem Postplatz. Stockfinster war es und neblig trüb. Ein kühler Nieselregen vermischt mit kaltem Rauch aus den Schornsteinen hing über der Stadt. Benommen vom fehlenden Schlaf stieg Christiane aus der Kutsche. In der Poststation stank der Abtritt erbärmlicher als in München im ärmsten Viertel. Die verbrauchte Luft in der Gaststube war zum Schneiden. Sie wollte präsentabel auftreten und wusch sich das Gesicht. Die Haare flocht sie sich zu einem französischen Zopf, den sie am Hinterkopf aufsteckte. Mit einem Kohlestift zog sie die Augenbrauen nach. Wenn es bloß nicht so kratzen würde im Hals. Ein Kamillentee im Café Silber würde ihr guttun.

In der ersten Dämmerung ging sie vom Postplatz, über den die Kutschen unentwegt ratterten, durch die Weinstraße zur Königstraße, vorbei am Haus von Seifensieder Krauß, wo die Hehls früher in der Beletage gewohnt hatten. Sie lenkte ihre Schritte zur Ecke bis zu einem stattlichen Gebäude mit sechs massigen Säulen, die einen Balkon trugen. Ein flotter Zweisitzer zog an ihr vorbei, sonst war die Straße leer. Da war das Café Silber. Sie trat auf den Eingang zu. Geschlossen. Sie fröstelte. Louisles Schultertuch wärmte sie nicht. Wohin? Neugier regte sich in ihr. Siebeneinhalb Jahre war es her, dass sie Stuttgart verlassen hatte. Langsam ging sie die Königstraße hinunter. Da war das Haus, das Onkel Ludwig gehört und das seine Witwe hatte verkaufen müssen. Sie zog den Kopf ein, schlug sich das Tuch über die Haare und hielt einen Zipfel vom Stoff an den Hals, um ihn zu wärmen. In der anderen Hand wog der Reisekoffer schwerer als angenommen.

Wohin sollte sie sich wenden? Nein, nicht zu Hofschauspieler Pauly, nicht zu Carlas Vater. Er war ein Freund der Familie Hehl und kannte sie seit Kindertagen. Später hatte er immer die Theaterkarten besorgt. Es war ausgeschlossen, dass sie zu ihm ging. Carla hatte sie verraten, und Pauly war ihr Vater.

In der Schulstraße öffnete der Bäcker. Vor der Tür stand eine Schlange. Eine Brezel, was gäbe sie um eine Butterbrezel. Nein, sie musste sparen, bislang hatte sie die achthundert Gulden nicht erlangt. Wir regeln das, hatte August geschrieben. Der Gedanke an die Servietten geisterte wieder durch ihren Kopf. Was war mit Onkel Ferdinand? Hatte der König ihn eingekerkert? Das war undenkbar und zugleich nicht unmöglich.

Sie läutete bei Gottliebin Rumetsch in der Kirchstraße. Niemand öffnete. Warum hatte sie ihr keine Nachricht geschickt? Da beugte sich der Hausbesitzer, Schneidermeister Welsch, aus dem Fenster. Sie drückte sich an die Hauswand unter das vorkragende Fachwerk. Wenn er sie entdeckte, wusste die ganze Stadt von ihrer Ankunft, bevor sie einen weiteren Schritt getan hatte. Sie hielt die Luft an und tastete sich vor bis zum langen Hof. Da, der Durchgang zur Stiftsstraße! Sie war gerettet. Sie hörte das Stampfen seines Holzbeins und eilte bei Zahn & Nopper vorbei. Aus dem Rapp'schen Garten begrüßte sie eine Amsel. Sie legte den Finger auf die Lippen. Wieder stand sie auf der Königstraße. Warum war diese derart breit? Das Haus von Prälat Griesinger! Es fehlte ebenso wie die Gebäude von Kunstverleger Ebner und Hofjuwelier Kuhn. Zwei Postkutschen fuhren ungehindert aneinander vorbei. Lange hatten sich die Besitzer der drei Häuser gegen einen Abbruch gewehrt. Daran erinnerte sie sich. Vor allem Prälat Griesinger hatte beim König interveniert. Welch eine Pracht, bis zum Schlossplatz blicken zu können. Warum aber empfand sie nicht den Glanz, der sich hätte in ihr ausbreiten müssen?

Zögernd ging sie die Planie entlang. Wohnte Pauline mit ihrer Mutter nach wie vor in den Nebengebäuden vom Neuen

Schloss? Dorthin hatte sie ihre Briefe geschickt, aber keine Antwort erhalten. Sie traute sich nicht, am Nebeneingang zu läuten. Man wüsste sogleich, dass sie in der Stadt war.

Stattdessen überquerte sie den Charlottenplatz und schielte ängstlich in Richtung Bopser. In der Charlottenstraße Nummer neun lag das Haus der Hehls. Nichts hatte sich hier verändert. Ein paar Fuhrwerke rumpelten in die Stadt hinein. Die Sonne versteckte sich hinter einer dicken grauen Wolkendecke. Wie gut, dass kein Markttag war! Amalie wollte sie lieber nicht treffen. Ihr konnte sie ebenfalls nicht mehr trauen.

War Gottliebin Rumetsch nach Wien gereist? Und warum kehrte sie immer wieder nach Stuttgart zurück? Um ihren Mann und ihre Kinder auf dem Friedhof zu besuchen?

Christiane schwindelte. Hungrig war sie. Sie stützte sich an der Wand des Waisenhauses ab. Der Putz blätterte ab. Ein flüchtiger Wind brachte den Geruch von Hefe, Hopfen und gemälzter Gerste. Sie würgte. Hämmern setzte ein. Am Alten Schloss hatte ein Gerüst gestanden, daher kam es. Alles ließ sich erklären und nichts stimmte. Der Tag begann, ohne dass die Nacht gehen wollte. Um ihre Beine strich der schwarze Kater vom Waisenhaus, der ihr immer nachgelaufen war. Es konnte nicht derselbe sein wie früher, sagte ihr Kopf.

Ihr Vater könne sich nicht von der Wohnung in der Holzstraße trennen, hatte Carla einmal erwähnt. Er wohnte nach wie vor dort, wie Christiane am Türschild sah. Sie musste ins Warme und zog an der Glocke. Niemand öffnete. Sie klingelte weiter. Warum hatte sie keine Strickjacke dabei? Anton hatte ihr versprochen, die beiden Reisetruhen bei Löhles Tante in der Au unterzustellen, damit sie für die Tage ihrer Abwesenheit das Zimmer nicht zahlen musste. In einer Woche war sie zurück. Dann fing das Leben mit einer besseren Unterkunft neu an. Waschzeug und Wechselwäsche trug sie im Handkoffer mit sich. Frische Strümpfe. Kamm und Bürste. In München war es mild und sonnig gewesen. Kein Gedanke daran, dass es in Stuttgart anders sein könnte. Sie zog an der Glocke im Rhythmus ihres Herzschlags.

Auf einmal öffnete sich die Tür. Pauly stand im Schlafrock vor ihr. Er war klein gewachsen und dick. Nicht wie seine Tochter.

»Nanette? Wo kommst du denn her?«, fragte er, griff nach ihren eiskalten Händen und zog sie mit sich. »Du siehst aus wie ein nasses Kätzle. An den Ofen mit dir.« Er reichte ihr eine Tasse. »Kamillentee. Damit beginnt mein Tag, ist gut für den Hals. Vorsicht, heiß. Sicher kommst du aus der Charlottenstraße.«

»Ich bitte Sie inständig, flehe Sie an, verraten Sie Frau Bergrat nicht, dass ich in der Stadt bin.«

»Keine Sorge. Ich weiß, dass August dich treffen will. Er hat mich instruiert. Ich schicke ihm wie verabredet einen Boten. Bin gleich zurück.«

Sie folgte ihm vor die Tür und wärmte sich die Hände an der Tasse. »Das ist nicht nötig. Ich habe ihm aus München eine Nachricht gesandt.«

Pauly winkte ab. »Wer weiß, ob die angekommen ist.« Im Schlafrock trat er vor die Tür und rief einen halbwüchsigen Burschen, der sich beim Haarschneidekabinett Müller herumtrieb. Schere, Kamm und Rasierpinsel baumelten wie vor bald zwanzig Jahren an einem Stecken neben der Tür.

»Sagen Sie ihm bitte, August soll mittags ins Café Silber kommen.«

Pauly unterwies den Boten und steckte diesem ein paar Kreuzer zu.

Sie gingen zurück in die wohlige Stube. Christiane hängte Louisles Schultertuch über eine Stuhllehne und stellte sich dicht an den eisernen Ofen. Für seine Stellung hauste Pauly recht bescheiden. Der Tisch war aus rohem Holz und mit einem schlichten Leinentuch gedeckt. Acht Stühle mit einfacher Lehne waren darum gruppiert. Er hatte also oft Gäste. Von der Eingangstür fiel man direkt in die Wohnküche, einen

Öhrn gab es nicht. Es stand kein gebrauchtes Geschirr herum, sicher hatte er eine Magd.

Pauly sah aus dem Fenster. Eine fahle Sonne versuchte vergeblich, sich durch die Wolken zu kämpfen. »Es ist nicht recht, was man mit dir treibt.« Er drehte sich um zu ihr. »Die Bergrätin wünscht nicht, dass du Kontakt aufnimmst zu Henriette von Lehsten. Ich billige das nicht. Die anonyme Nachricht sollte dich aufschrecken und verunsichern. Wie ich von Carla gehört habe, ist das gelungen.«

»Sie wissen davon und kennen diese Frau, die meine Mutter sein soll? Ich hatte nicht mehr gehofft, sie eines Tages zu finden. Sie wohnt in Stuttgart?«

Pauly nickte, ging zum Tisch und schrieb ein paar Worte auf ein gebrauchtes Papier. »Hier, die Adresse, von mir hast du sie nicht. Sag Grüße. Wir kennen uns über Ferdinand von Weckherlin. Er hat sich, wie wir alle, nicht getraut, dir die Wahrheit zu sagen. Warte, ich gebe dir ein Jäckchen von Carla, ein Erinnerungsstück. Bring es zurück, bevor du abreist. Nimm den Umhang. Es hat wieder angefangen zu regnen. Das Wetter ist seit Mitte August scheußlich hier in Stuttgart. Lass deinen Koffer hier.«

Tränen der Erleichterung und der Angst rannen ihr über das Gesicht. Das war der Regen, redete sie sich gut zu. Sie hatte ihre Mutter gefunden. Wie würde sie sein? Rotebühlstraße Nummer fünfzig. Sie zog an der Klingelschnur. Von der Hospitalkirche läutete es achtmal, die Stiftskirche folgte, die Leonhardskirche reihte sich ein. War acht Uhr für Henriette von Lehsten früh oder spät? Eine vornehme alte Dame öffnete. Das war nicht ihre Mutter.

»Ich komme in einer Familienangelegenheit«, sagte sie, »und möchte mit Frau von Lehsten sprechen.«

Die alte Dame warf ihr die Tür vor der Nase zu. Christiane schaute aufs Schild und klingelte erneut. Da öffnete sich die

Tür zum zweiten Mal. Vor ihr stand eine stattliche Frau, größer als sie selbst. Diese hatte ebenfalls schwarze Haare. Ihre mandelförmigen Augen hingegen schimmerten braungrün, nicht blau wie die ihren.

»Was machen Sie hier für ein Aufsehen um diese Zeit? Und warum heulen Sie?«

»Henriette von Lehsten, nehme ich an.«

Die Frau nickte verhalten und kniff die Augen zusammen. Eine gedrehte Locke fiel ihr in die Stirn.

»Ich soll Ihnen Grüße von Hofschauspieler Pauly ausrichten.« Sie stockte. »Ich bin Christiane oder besser Nanette.« Sie schluchzte auf. »Ich suche Sie auf ...« Die Stimme versagte ihr. »... als meine Mutter.«

»Ich bin Mutter eines Sohnes, kann daher nicht die Ihre sein.«

»Mir ist mitgeteilt worden, Sie seien meine Mutter.« Christiane trocknete die Tränen. Das Tüchlein mit den Fischen war längst nass.

»Wer hat das gesagt?« Zornesrot stand die Frau da und bat sie nicht hinein.

»Es steht in einer anonymen Nachricht, die ich in München erhalten habe.«

Mutter Lehsten wollte die Tür wieder schließen. Christiane stellte den Fuß in den Spalt. »Darf ich nicht hereinkommen? Ich bin Ihre Tochter.« Sie heulte auf, dass es sie schüttelte.

»Kommen Sie rein. Die Nachbarn.«

Mutter Lehsten ging voraus durch einen engen Flur in eine geräumige Stube. Ein gebeizter Eichentisch befand sich an der Stirnseite. Er war zum Frühstück gerichtet und trug keine Tischdecke. Schlichtes weißes Geschirr ohne Goldrand. Ihre Tränen versiegten. Sie atmete tief ein und aus. Zwei Stühle mit verblichenen gestreiften Polstern standen etwas zurückgeschoben am Tisch. Weitere warteten an der Wand neben einem Sofa mit rot-grünen Streifen und einem passenden Lehnsessel.

Darüber hing ein Bildnis König Friedrichs. Wie bei Frau Bergrat über dem Schreibschrank. Hier lebte also Mutter Lehsten. Sie würde bleiben, bis sie sich zu ihr bekannte und ihre Herkunft bestätigte, schoss es ihr durch den Kopf. Sie steckte das Tüchlein zurück in die Rocktasche.

Mutter Lehsten schloss die Zimmertür, ging zum Fenster, wo eine weiß-rote Begonie blühte, und zog die Vorhänge zu. Sie hatte ihr keinen Platz angeboten. Christiane lehnte sich an eine glänzend polierte Kommode aus braunem Holz.

»Ich habe heilige Eide geschworen«, sagte Mutter Lehsten, als sie sich zu ihr umwandte.

»Was für Eide?«

»Das kann ich nicht sagen.«

»Sie sind die Mutter! Ich bin erleichtert. Sie sind zu mir gekommen. Es ist wie im Märchen. Und stimmt es ebenfalls, dass Ludwig von Klein mein Vater ist?«

»Heilige Eide«, sagte Frau Lehsten erneut.

Christiane zog das lederne Mäppchen aus ihrer Ridicule und holte die anonyme Nachricht hervor. Ihre Finger zitterten. »Das ist mir in München zugespielt worden.« Sie reichte Mutter Lehsten das Papier. »Ich bitte Sie inständig, erkennen Sie mich als Tochter an und gestatten Sie mir, auf eine Weile Ihren Namen zu führen. Ein solches Anerkenntnis kostet nichts. Auf der anderen Seite ist es unentbehrlich für eine standesgemäße Heirat, die ich anstrebe.«

»Ich kann das wohl zugeben, dass ich dich geboren habe.« Mutter Lehsten drehte das Papier mit den gedruckten Worten in der Hand. »Ich werde es jedoch niemals außerhalb dieser vier Wände wiederholen. Nein, keinen Kniefall, stehen Sie auf, keine Zärtlichkeiten. Dafür ist die Zeit nie gewesen. Lassen Sie mich los.«

»Aber Sie sind meine Mutter. Lassen Sie sich küssen und herzen. Bleiben Sie!« Christiane griff erneut nach dem Rocksaum der Lehsten. »Haben Sie denn keine Liebe im Leib? Umarmen

Sie mich. Ich wusste nichts von Ihnen ... Halten Sie ein! Das Papier, zerreißen Sie es nicht. Stoßen Sie mich nicht von sich. Wie ist das bei Ihrem Sohn? Ist mein Bruder älter als ich? Wo haben Sie mich zur Welt gebracht? Es heißt, im Gasthof Römischer Kaiser. Das hat mir von Klein erzählt. Und dass Sie mich stehen gelassen haben wie einen Reisekoffer. Sie wollten mich nicht.«

»Das stimmt nicht. Weggenommen hat er dich mir. Überall habe ich dich gesucht. Und als ich dich bei der Amme Rumetsch gefunden habe, hat er dich fortbringen lassen aus Stuttgart. Er ist schuld an allem.«

»Sie haben Liebe für mich empfunden. Ich danke Ihnen. Von Klein ist unschuldig, dass ich weggebracht wurde. Das hat seine Schwester veranlasst.«

»Frau Bergrat Hehl? Das glaube ich nicht. Wir sind miteinander bekannt, niemals würde sie das tun.«

»Sie hat mich geschlagen, verleugnet und verleumdet, sie würde alles tun, damit ich nicht glücklich werde.«

»Darum geht es nicht. Kinder müssen erzogen werden, bevor es zu spät ist. Wie man an dir sehen kann. Du willst Geld, nehme ich an.«

»Ich habe selbstständig gelebt in München und reise bald zurück. Könnten Sie mich nicht für eine oder zwei Nächte beherbergen? Ich möchte Ihnen nahe sein.« Christiane fiel vor ihr auf die Knie. Tränen rannen ihr übers Gesicht. Sie schluchzte. »Mama, schenken Sie mir ein wenig von Ihrer Liebe. Mutterliebe bleibt für immer.«

»Das ist ausgeschlossen. Ich habe heilige Eide geschworen.« Sie reichte ihr das Papier zurück. »Nimm, bevor ich es zerreiße. Damit habe ich nichts zu schaffen.«

»Ist von Klein mein Vater, wie es hier geschrieben steht?«

Henriette von Lehsten schüttelte heftig den Kopf und sah sie nicht an. Sie starrte auf ihre Pantoffeln, die verschlissen waren.

»Niemand außer Ihnen weiß, ob er mein Vater ist. Mit wem waren Sie zusammen? Einzig Sie wissen das. Und was ist mit dem Bruder? Ich würde ihn gerne kennenlernen. Er hat einen anderen Erzeuger, nehme ich an.«

»Schweig! Was nimmst du dir heraus?«, rief Mutter Lehsten. »Ich habe nichts gesagt und kann mich an nichts erinnern aus dieser unseligen Zeit. Ich darf und will es nicht.«

Da öffnete sich die Stubentür. Die alte Dame kam herein.

»Ja, Mutter. Wir nehmen gleich das Frühstück ein.«

Von der Rotebühlkaserne schlug es halb. Henriette von Lehsten warf Christiane einen warnenden Blick zu. »Ich muss Sie leider bitten zu gehen, Mademoiselle. Es war eine Freude, Sie einmal kennenzulernen. Ich hatte von Ihnen gehört.« Sie schob sie zur Wohnungstür. »Untersteh dich, jemals wiederzukommen«, zischte sie.

Wie betäubt stand Christiane vor der Tür. Sie steckte das Papier zurück in das lederne Mäppchen und verstaute dies in der Ridicule. Darin waren alle ihre Dokumente. Ein guter Platz. Solveig sei Dank. Mutter hatte Frau von Lehsten zu der alten Dame gesagt. Diese war also ihre Großmutter. Wollte sie das? Daran hatte sie nicht gedacht, genauso wenig wie an Geschwister. Einen Bruder hatte sie. Ob er von dieser unseligen Geschichte wusste, die da über ihrer Geburt schwebte? Sie würde Stiftsdiakonus Dapp aufsuchen und sich nach einem Eintrag im Taufbuch erkundigen. Oder war sie in Metzingen getauft worden? Warum hatte Louisle sich nicht bei ihr gemeldet? Die Fragen schüttelten sie durcheinander. In dem Jäckchen, das Pauly ihr geliehen hatte, fand sie ein paar Kreuzer und einen Gulden, die würde sie sich borgen.

Das Café Silber hatte zum Glück inzwischen geöffnet. Tabakrauch waberte durch die Luft und Geschirr klapperte. Gedämpfte Stimmen hingen im Raum. Sie warf einen Blick in die Runde. Als einzige Frau nahm sie lieber unweit des Eingangs an einem der zierlichen Ecktische mit den Löwenfüßen

Platz. Die Stuhllehne war steif, wie sie sich nach dem Besuch bei Mutter Lehsten fühlte, und das Polster verdiente seinen Namen nicht. Sie wischte sich die Augen, die sicher rot waren. Ein Schluchzen bahnte sich seinen Weg. Sie schluckte es hinunter.

Eine Bedienung mit einer winzigen weißen Schürze über dem schwarzen Rock trat an ihren Tisch. Sie trug ein Spitzenhäubchen auf dem hochgesteckten Haar und blähte beständig ihre fleischigen Nasenflügel.

Christiane bestellte. Ihre Stimme krächzte. Sie schlang sich Louisles Tuch um den Hals und wischte eine Träne beiseite.

Kurze Zeit später saß sie vor einem Kaffee und starrte in die Tasse. Eine Butterbrezel lag auf einem Teller daneben. Sie pulte das Salz herunter und verstreute es auf der Tischplatte. Was war los mit Mutter Lehsten? Sie habe sie geboren, hatte diese gesagt, das Wort *Tochter* hatte sie nicht ausgesprochen. Christiane nahm die Tasse und stellte sie wieder ab. Der Kaffee schwappte hin und her. Dann stand er still. Ihr Herz raste. Hatte sie Fieber? Im Hals kratzte es. Sie hätte doch einen Kamillentee bestellen sollen. Die Butter zwischen den beiden Hälften der Brezel war weich und gelb. Sie zog mit dem Finger die Konturen der Teigbeinchen nach. Die waren am besten. Warum mochte sie nicht reinbeißen? Was schmeckte Mutter Lehsten am liebsten daran? Der Bauch? Mehr als sieben Jahre hatte Christiane keine Brezel gehabt, die Münchner Brezn zählten nicht. Lang ersehnt lag sie vor ihr und nun wollte sie nichts mehr essen von ihrem Stuttgarter Leben. Sie musste zurück. Es würde sich ein Einkommen finden und ihr ein Auskommen geben. Denn darauf kam es vor allem an, mit sich auszukommen.

»Christiane von Lehsten«, sagte sie vor sich hin. Nein, das ging nicht. »Nanette von Lehsten«, noch schlimmer. Christiane von Klein hatte nie in ihren Kopf gewollt, immer war der Hofmedicus ihr Onkel Ludwig geblieben. Hatte Frau von

Lehsten mehrere Liebhaber gehabt und wusste nicht, von wem das Kind stammte? Das Kind war sie. Mutter Lehsten musste sich doch erinnern, mit wem sie verschlungen gewesen war in Liebe. Oder ohne Liebe? Das dünkte ihr am schlimmsten, kein Kind der Liebe zu sein. Wie sollte sie da jemals lieben können? Hatte sie August geliebt? Damals beim Redoutenball? Eine Schwärmerei? Von Aretin zählte nicht. Und Lorci? In ihr blieb alles tot, einzig bei Karl Theodor lebte ein zärtliches Gefühl auf.

»Ist's nicht recht?«

Sie zuckte zusammen. Die Kellnerin stand vor dem Tisch und deutete auf Tasse und Brezel. Gemeinsam schlugen die Glocken aller Kirchen die elfte Stunde. Wo war die Zeit geblieben? Die Minuten hatten sie vor sich hergetrieben wie ein Schaf.

»Verzeihen Sie. Ich war in Gedanken. Bringen Sie mir bitte einen frischen Kaffee.«

»Und eine andere Brezel«, sagte die Kellnerin und verzog das Gesicht. Die Salzkrümel wischte sie auf den Boden.

Kurz darauf stellte sie ein neues Gedeck vor ihr ab. »Geht auf Kosten des Hauses.«

Christiane brachte keinen Ton heraus. Sie verbrannte sich die Zunge am Kaffee und verschluckte sich an einem Krümel, als sie ein Teigbeinchen anknabberte. »Nicht einmal anständig essen kannst du.« Da war sie wieder, die Stimme von Frau Bergrat. Sie wischte diese weg wie die Bedienung die Salzkrümel. Sie war volljährig und musste ihr nicht mehr gehorchen.

Die Butterbrezel öffnete ihr Herz, das gleich darauf wieder zusammenzuckte. Was wollte August ihr sagen? Warum hatte sie derart eilig kommen müssen?

Die Kellnerin legte ihr den Schwäbischen Merkur und die Chronik auf den Tisch. »Die Welt ist in Aufruhr. Lesen Sie, das lenkt ab.«

An die Welt hatte sie lange nicht gedacht. Die Bedienung hatte recht. Sie setzte sich aufrecht hin und schlug den Merkur auf. Aufstände in Dresden. Lehrburschen und Gesellen riefen nach Brot und Arbeit. Wer hätte dagegen etwas sagen können, aber mussten sie deswegen die Laternen zertrümmern und ins Rathaus einbrechen? Akten, Papiere und Möbel verbrennen? Sie stockte. Einzig die Vormundschaftsstube wurde verschont, las sie. Gab es eine solche ebenfalls in Stuttgart? Könnte sie auf diesem Wege ihre Herkunft klären? Wieder war sie abgekommen von der Welt und mit sich beschäftigt. Sie las weiter. Vom Sturz des französischen Königs im Juli, von Unruhen in München. Ihr Herz stolperte. Ihre Reisetruhen. Hoffentlich gingen diese nicht verloren. Sie schüttelte über sich den Kopf und blätterte in der Chronik. Eine gute Köchin wurde gesucht. Der Lohn betrug hundert Gulden im Jahr. Das war enorm. Ohne Kost und Logis? Genauso musste es sich verhalten. Könnte sie für sich ein Dienstgesuch aufsetzen und in Stuttgart bleiben? Wo sollte sie unterkommen? Oder wäre es besser, wenn sie auswanderte? Dreihundertfünfzig Gulden verlangten sie als Nachweis, um einen Pass zu erlangen. Undenkbar!

»Um ein Haar hätte ich dich nicht erkannt«, flüsterte ihr plötzlich eine Stimme ins Ohr. Die Zeitung rutschte ihr aus den Händen. August! Er hob die Blätter auf und lächelte. Zum Glück saß sie. Ihre Knie waren weich. Sie hielt sich an der Tischkante fest.

»Du bist hübscher geworden, seit wir uns in Brandenburg begegnet sind.« August schritt um den Tisch und ließ sich übereck nieder. »Eine schöne Frau, kein Mädchen mehr. München hat dir gutgetan. Kompliment.«

Sie schüttelte den Kopf. »Ich bin malade, nicht am Leib, sondern an der Seele. Sag mir, was ist geschehen? Mein Herz ist bang, seit dein Brief mich erreicht hat.«

Die Kellnerin trat zu ihnen. August bestellte Kaffee. »Für meine Cousine bitte auch«, sagte er.

»Hast du den Doppeladler dabei?«, fragte er, als sie wieder allein waren. Er beugte sich vor zu ihr.

Sie schaute überrascht auf. Zögernd griff sie sich an den Busen und zog die Serviette hervor.

»Das hat ihm dort sicher gefallen, dem Adler«, August grinste anzüglich. Wie gut, dass sie im Café saßen. Warum lenkte er ab? Rasch schob sie das Tüchlein zurück und wickelte Louisles Tuch eng um die Schultern. »Sag mir lieber, was passiert ist!«

Er nahm ihre Hand. Sie wollte sie wegziehen, doch er hielt sie fest. »Onkel Ferdinand ist nicht nach Stuttgart zurückgekehrt aus Bad Boll. Er ist dort verstorben. Vier Wochen nachdem er dich besucht hatte.«

Sie heulte auf. »Das kann nicht sein. Er war zur Kur und es ging ihm besser.«

»Die Umstände seines Todes waren merkwürdig. Ich weiß nicht, was passiert ist. Louisle hat dir sogleich geschrieben. Ihr Brief hat dich leider nicht erreicht, wie wir durch dein Schreiben erfahren haben.«

»Onkel Ferdinand hat mir erzählt, dass er nicht mehr Finanzminister ist. Wütend war er, weil Frau Bergrat Hehl ihre Finger im Spiel hatte. Das Opfer einer Verleumdung sei er geworden. Ans Sterben hat er nicht gedacht. Er wollte für mich ... Es kann nicht sein ... Bin ich schuld?« Tränen liefen ihr übers Gesicht. Egal, dass August sie in diesem Zustand sah.

Er rückte mit seinem Stuhl näher zu ihr und legte die Hand auf ihren Arm. Sie wehrte sich nicht dagegen. Cousine hatte er gesagt. Niemand würde Anstoß nehmen. Und wenn, egal. Sie schluchzte auf. Es war zu spät. Was hatte sie da angerichtet? Onkel Ferdinand war tot. Wie Onkel Ludwig. Alle verließen sie. Allein stand sie in der Welt und ihre leibliche Mutter wollte nichts von ihr wissen.

»Was ist mit den achthundert Gulden?«, fragte sie mit tonloser Stimme. Sie schämte sich, angesichts des Todes ans Geld zu denken.

»Ich sollte sie dir schicken. Darum hatte Onkel Ferdinand mich gebeten. Für den Erwerb einer Nähstube, in seinem Namen. Das hattet ihr ausgemacht. Du aber bist verschwunden und ich hatte keine Adresse. Auch Carla Löhle wusste nicht, wo du bist.«

»Sie hat mich an Frau Bergrat verraten. Ich musste den Kontakt zu ihr abbrechen. Gleichzeitig habe ich an Onkel Ferdinand geschrieben und ihn gebeten, dass er einen Wechsel auf die Nähstube ausstellen und an Handelsmann Hofer senden möge.«

»Wann war das?«

»Letztes Jahr im August. An seine Anschrift in Bad Boll. Wie er es gesagt hatte.«

»Da war er längst nicht mehr am Leben.«

Jetzt wischte August sich über die Augen. Er roch nach Vanille. Wie damals beim Redoutenball. In ihrem Kopf wirbelte alles durcheinander.

»Louisles Briefe haben dich anscheinend sämtlich nicht erreicht. Merkwürdig. Wenn ich das geahnt hätte! Und du warst zu stolz, mir zu schreiben. Hast dich mit deinen Fragen herumgequält. Ach, Nanele!« Er blickte zur Eingangstür. »Verdammt! Nimm …«

»Hab ich es mir gedacht! Einmal Planiemädchen, immer Planiemensch. Du bringst mich in Verruf.«

Die Stimme, stechend … Ihr Herz stockte. August legte den Arm um sie und hielt sie fest. Sie sah auf und machte sich los. Vor ihrem Tisch stand Frau Bergrat, die Hände in die Hüften gestemmt.

»Auf frischer Tat ertappt. Bereits an deinem ersten Tag damals in Stuttgart, als wir mit dem Wagen die Königstraße hinaufgefahren sind, wusste ich, wie es mit dir enden wird.«

»Was reden Sie da? Ich war acht Jahre alt.«

»Zu spät. Obwohl ich alles getan habe, um dich auf den rechten Weg zu bringen. Die Strenge hat nichts genutzt. Du warst verdorben. Von Anfang an. Ihn hast du verführt, mit acht!« Sie zeigte mit dem Finger auf August und dann auf sie. »Du verlässt Stuttgart, und zwar auf der Stelle. Nie wieder wirst du deinen Fuß in die Residenz setzen. Dafür sorge ich. Planieportier Wagenblast wird ein Auge darauf haben. Du hast mich in der ganzen Stadt kompromittiert. Der Hättel, also der Wagenblast, hat dich heute in der Früh gesehen und Schneidermeister Welsch unterrichtet, aber der wusste schon Bescheid. Auf mich fällt es zurück, wenn du am helllichten Tage im Café sitzt. Mit einem Mann.« Sie lachte hässlich.

August sprang auf. Der Stuhl kippte nach hinten und knallte auf den Boden. »Sie ist meine Cousine!«

Die Bedienung eilte herbei und hob den Stuhl auf.

»Christiane, du kommst mit mir. Es ist zu deinem Besten. Wie du aussiehst!«

»Pauly hat mir die Jacke geliehen. In München war es wärmer. Dort ist meine Heimat. Ich kehre bald zurück.«

»Von Heimat kann bei dir keine Rede sein«, entgegnete Frau Bergrat. »Steh sofort auf! Du bist nach wie vor mein Mündel und ich entscheide, wo dich aufhältst.«

»Ich bin großjährig und kann selbst über meinen Aufenthaltsort bestimmen.«

Frau Bergrat lachte auf. »Du kannst gar nichts. Den armen Ferdinand von Weckherlin hast du ins Unglück getrieben. Achthundert Gulden hast du in München durchgebracht.«

»Das ist nicht wahr! Ich habe das Geld nie erhalten.«

»Leugnen wird dir nicht helfen«, sagte Frau Bergrat und ging ein paar Schritte zurück.

August stellte sich hinter die Stuhllehne. Seine Finger krallten sich daran fest, die Knöchel traten weiß hervor. »Ich kann es beweisen, dass Nanette unschuldig ist«, sagte er.

Frau Bergrat wehrte ab. »Nicht nur das Geld von Weckherlin hast du verschwendet, du hast das gesamte Kostgeld, das dir diese Amme Rumetsch unberechtigterweise zugesteckt hat, für Tand und Putz ausgegeben. In München will man dich nicht mehr haben. Verrückt bist du, in die Isar wolltest du gehen. Paulys Tochter hat mir berichtet. Schamrot war der Brief. Und in den letzten Jahren ist es nicht besser geworden. Ich weiß alles. Du bist wahnsinnig.«

»Wahnsinnig scheinen mir hier nur Sie zu sein.« August baute sich vor Frau Bergrat auf. »Lassen Sie Nanette in Ruhe. Sie steht unter meinem Schutz. Darum hat mich ihr Onkel Ferdinand gebeten. Die achthundert Gulden …«

»Er ist nicht Christianes Onkel! Sie ist und bleibt mein Mündel. Dafür habe ich gesorgt. Und Sie, Herr Hofkameralverwalter, haben in dieser Angelegenheit nichts zu sagen.«

Christiane saß da und schaute von einem zum anderen. Um wen ging es da? Um sie? Warum war sie nach Stuttgart gereist? Wegen des Geldes. Wie dumm! Sie hätte wissen müssen, dass diese Frau versuchen würde, weiter über sie zu bestimmen. Sie war großjährig und nicht länger ein Mündel.

»Ich reise noch heute zurück nach München. Hier ist es nicht auszuhalten.«

Frau Bergrat wollte sie packen und hochziehen. Sie wehrte ab. August beugte sich zu ihr herunter.

»Schreib mir«, flüsterte er und schob ihr ein paar Münzen in die Rocktasche. Sie nickte ihm kurz zu. Wie weich sein Gesicht war. Im gleichen Augenblick wurde es hart wie Stein. Er hielt Frau Bergrat fest. »Lauf!«, schrie er.

Sie klammerte sich an ihre Ridicule und stürzte hinaus. Wie gut, dass sie nahe am Eingang gesessen hatte. Tief sog sie die kühle Luft ein und presste Louisles Tuch an ihren wunden Hals. Besser, sie kam nie wieder. Man wollte sie in Stuttgart nicht. Frau von Lehsten war ihre Mutter und würde es nie zugeben. Und die Bergrätin ließ nichts unversucht, um über sie zu bestimmen. August war genauso machtlos wie alle anderen. Mit langen Schritten rannte sie durch die Weinstraße zum Postplatz.

Blicke im Rücken. Sie drehte sich nicht um. Ein Billett nach München. Auf jeden Fall bis Metzingen, zu Louisle. Dafür würden die Münzen von August allemal reichen. Ihr Koffer bei Pauly, verloren. Einerlei.

Eine Hand krallte sich in ihre Schulter. Frau Bergrat! Christiane wehrte ab und rannte weiter. Ihr Hals war trocken und kratzte. Frau Bergrat redete mit sanfter Stimme auf sie ein.

ALTENSTEIG

VOM WIEHERN EINES Pferdes wachte sie auf, sprang aus dem Bett und setzte sich gleich wieder. Wo war sie? Alles drehte sich, in den Ohren sauste es. Langsam stand sie auf und sah aus dem Fenster. Die Häuser waren an einem Berg hinauf gebaut. Die Spitze der Kirche über den Dächern, daneben eine Burg. Mauern, uneinnehmbar. Ein Name fiel aus der Erinnerung. Altensteig!

»Konditor Schönhuth ist ein entfernter Verwandter«, hatte Frau Bergrat gesagt. »Du hast Familie und bist gut versorgt.«

Warum gab sie sich nach wie vor als ihre Mutter aus? Sie war verwandt, Nanette Mayer nicht. Und weshalb fiel sie selbst immer wieder darauf herein? Sie würde keinen Dienstherrn haben, sondern eine Familie, die auf sie achtgab, was schlimmer war.

Die Diligence nach Freudenstadt war hin und her geschlingert. Vor der Morgendämmerung waren sie in Stuttgart aufgebrochen. Die Pferde fanden ihren Weg durch die Nacht. Die Namen der Poststationen krochen ihr ins Ohr und verstopften es. Degerloch, dichter Wald. Waldenbuch, Buchen, sollst du suchen, nein, sie wollte nicht! Nicht leben, nicht sterben. Böblingen, es wird dir nichts gelingen. Herrenberg, die Herren wohnen auf dem Berg.

Sie war eine Herrschaft, ihr stand ein Adelstitel zu. Christiane von Lehsten. Der Name verzehrte sie und trübte ihren Blick. Sie wärmte sich am eigenen Atem, am Dunst der anderen Leiber, die schwarz trugen und mit den Füßen scharrten, keine Gesichter hatten. Wieder war sie unterwegs.

Sie hatte sich weglocken lassen aus München, war aus Stuttgart fortgetrieben worden, nirgends durfte sie bleiben, hätte Geld haben müssen, zumindest für die erste Zeit. Onkel Ferdinand, warum sind Sie mir gestorben? Die Anzahlung für die Nähstube im Rindermarkt, auf immer verloren, wenn sie nicht bald mit den achthundert Gulden zurückkehren konnte, die bei August geblieben waren.

Nagold, das Gold blieb für die anderen. Ihr Brot wollte sie sich selbst verdienen, musste zurück nach München. Aber nicht in die Herberge In der Grube. Im Galopp ging es durch das Waldachtal, wie einer sagte. Sie kannte sich nicht mehr aus. Weder hier noch in der Welt oder mit sich. Nein, sie würde nicht hinaussehen. Finster war's geworden. Keine Sonne, die sie hätte trösten können. Ihre Augen blieben verschlossen. Sie wollte nicht zu den schwarzen Tannen, die den Fluss nicht atmen ließen.

Hatte Frau Bergrat recht? War sie verdorben? München musste sie löschen aus ihrem Kopf, nichts als Unglück gebracht hatte es ihr. Sie war ungerecht. Wie Henriette von Lehsten, die ihre Mutterschaft nicht zugab. Wenn niemand davon wusste, zählte es nicht.

Pauly hatte sie nicht verraten. Schneidermeister Welsch war es gewesen. Amalie hatte es ihr bestätigt. Wie hatte sie an der Köchin zweifeln können. Sie war ihr zugetan, daran hatte sich nichts geändert. Und Carlas Vater hatte ihr die anonyme gedruckte Nachricht geschickt, die sie in München bei Löhles erhalten hatte. Da war sie sicher. Er hatte es gut gemeint. Alle meinten es immerzu gut und ließen ihr keine Luft zum Atmen. Im Hals kratzte es.

Sie öffnete das Fenster und wickelte sich in Louisles Tuch. Ein kühler Hauch drang ins Zimmer. Sie blähte die Nasenflügel. Geschmälzte Maultaschen mit verquirlter Eiermilch und Schnittlauch. Ihr Magen knurrte.

Elfmal dröhnte eine Glocke. Weit über ihr. Die Schläge rollten den Berg hinunter. Es war bald Mittag. Sie schloss das Fenster. Rasch machte sie sich ein wenig frisch und folgte dann Nase und Ohren.

Es war dämmrig im Haus. Mit der blakenden Kerze in der Hand tastete sich durch den Flur im zweiten Stock zur hölzernen Treppe. »Geben Sie acht aufs Licht«, hatte Martha, die Magd, letzte Nacht bei der Ankunft gesagt. »Die Mühle ist ein altes Haus.« Sie hielt sich beständig den Rücken. Dieses Bild war Christiane geblieben. Sie ging die Stufen hinunter und öffnete die Tür, hinter der es verführerisch roch.

Martha stand am eisernen Herd und rührte in der Pfanne. »Fräulein Hehl, Sie kommen recht zum Mittag, der Herr Konditormeister wird gleich da sein. Er isst immer früh, nachmittags liefert er an die Wirtschaften.«

Die Tür ging auf und Schönhuth kam ins Esszimmer. Er rieb sich die Hände. »I be vo' Alte'steig, wo ma' de' Mist de' Berg nauftrait!«, sagte er und lachte zu laut. »Ist ein alter Spruch hier. Der warme Herbst ist über Nacht weitergezogen. Martha, gib dem Fräulein zuerst. Nachher ruhen Sie auf der Terrasse. Das ist für Sie verordnet. Martha wird Sie in eine Decke einpacken. Sie kennt sich aus damit. Lauschen Sie dem Mühlrad. Haben Sie sich in unserer Kammer mit dem Alkoven eingerichtet? Martha, setz einen Lindenblütentee auf für das Fräulein, er treibt die schändlichen Geister aus, wie Frau Bergrat sagt. Sie sind ihr wie aus dem Gesicht geschnitten, Mademoiselle Hehl.«

Konditor Schönhuth musterte sie von der Seite und begann zu essen. Er hatte eilig gesprochen und schaufelte die Maultaschen genauso rasch in sich hinein.

»Morgen bringe ich Ihnen vom Baumkuchen. Eine neue Chocoladenglasur mit Vanille. Davon müssen Sie kosten und mir raten.« Er stand auf. »Das Feuer im Backofen. Ich schau lieber danach. Lassen Sie sich Zeit.«

»Haben Sie vielen Dank, dass Sie mich bei sich aufnehmen«, vernahm Christiane ihre Stimme aus weiter Ferne. Hager und dürr war Schönhuth, nicht wie sie sich einen Konditor vorgestellt hatte. Und nicht ein Haar fand sich mehr auf seinem Kopf.

Mademoiselle Hehl war sie wieder. Sie musste es richtigstellen. Längst war sie zu Nanette Mayer geworden. Durfte nicht Christiane von Lehsten sein.

Später auf der Terrasse zeigte Martha den Berg hinauf. »Hören Sie? Eine Stunde nach Mittag blasen sie ›Danket dem Herrn‹. Nicht vom Kirchturm, da hat's kaum einer mitgekriegt, oben vom Rathausspeicher ist's. Heute in der Früh, als Sie geschlafen haben, war Markt in der Oberstadt, wie immer mittwochs. Der Pferdeknecht bringt mir alles mit dem Wagen.« Sie hielt sich wieder den Rücken und rückte die schlichte Haube über dem winzigen Dutt zurecht. »Die Säcke mit Mehl oder Zucker. Ich hab es gut, will nicht klagen. Fleisch bekommen wir ja drüben beim Metzger am Viehmarkt auf der anderen Seite der Nagold, ebenfalls Schmalz. Die kostbaren Gewürze trage ich selbst, sie sind für den Baumkuchen. Eine besondere Spezialität, den müssen Sie kosten. Den hat der Schönhuth auf der Walz kennengelernt, wie auch seine Frau, bei Cottbus war's, seine Gattin kommt ja nicht weit davon.« Sie holte Luft. »Er leidet darunter, dass sie mit den Kindern in Helmstedt bei ihren Eltern ist und nicht zurückkehren will. Lassen wir das. Sie müssen wissen, der Markt bei uns in Altensteig ist etwas Besonderes. Diese auserlesenen Sachen wie Muskatnüsse und Zimtstangen, die gibt es einzig in der Oberstadt. Vanille hab ich heute nicht erhalten, dabei braucht Schönhuth sie für die neue Glasur. Es kommen nicht mehr so viele Händler wie früher, als wir Oberamtsstadt waren, zwanzig Jahre ist's her. Ich weiß es aus den Erzählungen meiner Großmutter. Da fanden alle kaum einen Platz für ihre Waren und haben das Doppelte verkauft. Nun kennen Sie sich ein wenig aus. Schlafen Sie jetzt.

Sie sehen blass aus. Und wie mager Sie sind! Die Kur wird Ihnen wohltun. Nachher bringe ich Tee.«

Martha hatte sie in zwei Decken eingepackt, als ob das gegen ihr klopfendes Herz helfen würde. Sie musste in allem Folge leisten, als ob sie ein Kind sei. Wie gern wäre sie frei durch den Englischen Garten gewandelt und hätte an den letzten Rosen gerochen. Sie lauschte dem Rauschen des Mühlbachs, der unter der Terrasse entlangfloss. Für den Moment blieb ihr nichts anderes.

Vor dem Vesper hielt sie sich in ihrer Kammer die zwei Kleider an, die Frau Bergrat ihr mitgegeben hatte. Sie legte beide aufs Bett im Alkoven und stand lange davor. In Blaugrün waren sie gehalten, den Farben der Kindheit. Das war unmöglich und unumgänglich zugleich. Sie besaß nichts anderes. Sollte sie Anton bitten, ihre Sachen nach Altensteig zu schicken? Sie schüttelte den Kopf und wählte das Wollkleid. Frau Bergrat und sie hatten nahezu die gleiche Statur, wie Christiane in Stuttgart entsetzt festgestellt hatte. Das Kleid schlotterte ein wenig. Sie war schlanker als Frau Bergrat und nicht froh darum. Martha hatte sicher Nadel und Faden für sie. Wollte sie das? Als Übergang redete sie sich gut zu. Bis sie wusste, wie sie nach Bayern zurückkehren konnte. »Minga«, flüsterte sie zärtlich. Dort hatte sie gelebt, die Stadt war ihr trotz aller Widrigkeiten eine Heimat geworden. Sie musste ihren Pass anschauen, ihn streicheln und griff in ihre Ridicule. Nichts. Wo war das lederne Mäppchen von Solveig?

Diese hatte sich mit ihrer Mutter versöhnt, was ihr nie vergönnt sein würde. Frau Geheimrat wohnte mittlerweile bei ihr in Florenz. Die Villa Wiebeking war abgerissen worden. König Ludwig brauchte Platz für seine Prachtstraße. Das alles hatte sie kurz vor ihrer Abreise aus München noch von Musikus Windmessinger erfahren.

Wo aber war das Mäppchen aus hellbraunem Leder? Die Bürgerrechtsurkunde von Stuttgart war darinnen. Verschwunden!

Sie ging ans Fenster und schaute zur Nagold hinüber. Ihr Münchner Pass? Verloren! Gefangen war sie in Altensteig. »Nein«, schrie sie und trat gegen einen Holzbalken, jaulte auf und hüpfte auf einem Bein. Den Zeh hatte sie sich angeschlagen. »Verdammt!« Sie schleuderte die Haarbürste durchs Zimmer, die an die Wand krachte. Mit einem Knall fiel sie zu Boden und brach entzwei. Bitter lachte Christiane auf. Sie hätte es wissen müssen, Frau Bergrat konnte ihre Finger nicht bei sich behalten. Wie gut, dass sie die beiden Servietten Tag und Nacht am Busen getragen hatte. Die Fischlein kitzelten sie und der Adler schmiegte sich an sie.

Nein, sie würde nicht in Tränen ausbrechen. Wer alles verlor, der konnte neu anfangen, redete sie sich erneut gut zu und wusste, dass es nicht stimmte. In ihr loderte es. Mühsam bezähmte sie sich. Sie musste die Finger beschäftigen und riss den hochgesteckten Zopf herunter. Schreien wollte sie und schwieg. Kein Wutanfall. Schönhuth würde alles an Frau Bergrat melden, das stand außer Frage. Was sollte sie tun? Sie konnte nirgends hinreisen ohne ihren Pass.

Warum war sie dieser Frau gefolgt? Die Bergrätin hatte sie untergehakt. »Komm nach Hause«, hatte sie gesagt. »In die Charlottenstraße. Mach mir die Freude. Ich habe dich vermisst. Bleib ein paar Tage. Kind, du siehst schlecht aus. Verzeih. München hat dir nicht gutgetan.«

Sie hatte ihr eigenhändig das Bett gerichtet. In ihrem alten Zimmer. Der Pflaumenbaum war gefällt, und sie längst kein Kind mehr. Trotzdem hatte sie alles mit sich geschehen lassen. Stuttgart machte sie willenlos.

Im Esszimmer hatte sie vor dem Schreibschrank gestanden und ihn nicht angerührt. Die Bergrätin hatte früher die Spielkarten darin verwahrt. Vorbei. Und das Bildnis König Friedrichs hing nicht mehr über dem Sekretär. Hatte sie es an Frau von Lehsten verschenkt?

»Lass deine Sachen aus München nach Stuttgart in die Charlottenstraße schicken«, hatte die Bergrätin gefordert. »Hier ist doch deine Heimat.« Christiane hatte genickt und innerlich den Kopf geschüttelt. Dann wäre alles zu Ende. Die Worte quollen Frau Bergrat aus dem Mund. »Was willst du in München? Dort hast du niemanden, und ich bin in steter Sorge. Eine Nähstube ist unter deiner Würde, du musst dich standesgemäß vermählen. Ein Landgerichtsassessor? Adelig. Du hättest ihn nehmen sollen. Du wolltest nicht? Dem Kaufmann warst du in Liebe verbunden? Er hatte einen Sohn. Das war ausgeschlossen. Ein fremdes Kind ist immer eine Last. Nein, du nicht. Wir schauen zusammen nach einem guten Gatten für dich. Du kannst ihn dir frei aussuchen, ich will dein Bestes.«

Ihre eigene Zunge wiederholte unablässig die Worte, die sich in ihr verknotet hatten. Sie musste zurück nach München und saß fest in Altensteig. Nahezu mittellos und ohne Papiere. Amalie hatte ihr ein paar Gulden aufgedrängt. Bis Metzingen zu Louisle würde es reichen. Ob August ihr das Geld vom Bergrat schicken konnte? Wie sollte sie zur Poststation kommen nach Pfalzgrafenweiler?

Die ganze Woche kreisten ihre Gedanken und fanden keinen Ausweg.

Sonntags nahm Schönhuth sie mit in die Pfarrkirche. Auf dem Weg dorthin grüßte er freundlich nach allen Seiten und setzte bedächtig einen Schritt vor den anderen.

»Tun Sie langsam, unsere Steig hat es in sich. Daran muss man sich erst gewöhnen.«

Links und rechts Wiesen mit knorrigen Bäumen, an denen letzte Äpfel in der niedrig stehenden Sonne leuchteten. Martha ging neben Christiane und ließ sie nicht aus den Augen.

»Das neue Schulhaus«, Schönhuth zeigte zur Seite, als sie über die Treppenstufen hinaufstiegen. »Darauf sind wir stolz.

Erst vor sieben Jahren gebaut. Mehr als dreihundert Schüler haben wir zu versorgen. Buben und Mädchen werden in getrennten Zimmern unterrichtet. Und hier war früher das Untere Tor. Längst abgebrochen. Die Mauer ist geblieben. Ein paar Stufen noch, gleich haben Sie's geschafft. In der Paulusstraße oben ist es flacher. Wie gehen außen rum. Dann können Sie verschnaufen. Darf ich vorstellen, Stadtschultheiß Majer.« Schönhuth blieb stehen und begrüßte einen Herrn mit einem langen Backenbart per Handschlag. »Mademoiselle Hehl ist bei uns zur Kur. Ich hab es ordentlich auf dem Amt gemeldet.« Die beiden gingen voraus und schlossen sich einer Gruppe Männer an. Sie blieb mit Martha zurück.

»Das sind die Zunftmeister«, sagte die Magd. »Es heißt, sie sollen ihre Macht verlieren. Die Gesellen fordern Gewerbefreiheit. Die Zeiten ändern sich.«

Wie eng die Straße war, kaum ein einzelner Wagen passte hindurch, nicht auszudenken, wenn sich zwei begegneten. Sie kamen zu einer scharfen Biegung. Martha fasste sie am Arm. »Der Marktplatz. Sie haben es gleich geschafft. Das Rößle und gegenüber der Ochsen. Und da hinten der Hirsch. Rasten Sie einen Moment.«

Christiane wollte protestieren. Sie musste nicht ausruhen. Oder? Seit sie München verlassen hatte, war sie schwächlich. Wenn sie zurückkehrte, gesundete sie. Da war sie sicher.

Kurze Zeit später trat Schönhuth wieder zu ihnen und war bester Laune. Immer in Bewegung. Trübsinn schien er nicht zu kennen, obwohl das Schicksal es ihm nicht leicht machte. Er sollte ihr ein Vorbild sein.

»Der junge Majer kommt zu mir in die Lehre. Das ist jetzt mit seinem Vater ausgemacht. Und einen Gesellen krieg ich auch, man muss sie beschäftigen nach der Wanderschaft, die Burschen«, sagte er. »Dann vergeht ihnen das Fragen. Von wegen Freiheit. Sie berufen sich auf diesen Hegel, der jetzt in Berlin als Professor lehrt, statt etwas Anständiges zu arbeiten.«

»Dass diese Furcht zu irren, schon der Irrtum selbst ist«, rutschte es Christiane heraus, ehe sie sich versah. Sie hatte den Zeigefinger erhoben und musste über sich lachen. »Verzeihen Sie. Das soll dieser Herr Hegel gesagt haben. Ich habe es von meinem Vater, dem Bergrat.«

»Hegels Großvater war Oberamtmann hier. Eine ehrbare Familie. Nachher zeige ich Ihnen das Haus. Es hat uns lange als obere Schule gedient. Der Großvater war ein rechter Kerl, der Enkel könnte mehr davon haben.« Schönhuth wies den Berg hinunter. »Auf der anderen Seite der Nagold, wo's wieder hinaufgeht, St. Annaberg. Da sind die Häuser nicht alt und die Straßen breiter. Längst makadamisiert. Passen Sie hier auf mit dem Buckelpflaster, nicht, dass Sie mir stolpern. Zurück nehmen wir die Staffel.« Er zeigte auf einen schattigen Durchgang neben dem Rathaus. »Kommen Sie in unsere Pfarrkirche.«

Das Innere war in Weiß gehalten wie in Königsfeld. Inbrünstig verrichtete sie ihr Gebet. Sie musste Vertrauen haben in Gott. Er würde ihr einen Weg weisen zur Poststation in Pfalzgrafenweiler. Könnte der Pferdeknecht sie mitnehmen, wenn er dort etwas zu erledigen hatte für Schönhuth? Dann fiel es nicht gleich auf, dass sie sich davonmachte.

Nach dem Gottesdienst nickte und lächelte sie, bis sie halb Altensteig begrüßt hatte. Die Frauen allesamt in schwarzem Aufputz. Und nicht eine ohne Haube. Wie gut, dass ihr rotes Kleid in der Reisetruhe in München lag. Man hätte sie sonst nicht derart herzlich aufgenommen. Sie hatte die Haare züchtig hochgesteckt und Louisles Tuch darübergelegt. Eine Haube mochte sie nicht tragen. Altensteig roch kühl und modrig. Ein fremder Wind wehte, nichts Heimisches fand sie darin. Kinder hüpften um sie herum und Federvieh flatterte über den Kirchplatz.

Als sie an Marthas Seite die Staffel zur Vorstadt langsam hinunterstieg, sagte der Konditor, der jetzt hinten ihnen ging: »Mademoiselle Hehl, Ihre Mutter hat geschrieben und vorgeschlagen, dass Sie länger bei uns bleiben. Damit Sie sich umfassend erholen können. Herzlich gerne bin ich einverstanden. Es wird Ihnen gefallen, wenn an Weihnachten die Fackeln von den Höhen leuchten. Und in der Spinnstub ist es kurzweilig. Hier, diese Nachricht ist für Sie.«

Sie blieb stehen und drehte sich um, nahm das Papier in Empfang, was er gelesen hatte. Das war sie gewohnt und würde sich nie daran gewöhnen. »Innigsten Dank für alles, was Sie für mich tun. Bitte teilen Sie der Mutter mein Einverständnis mit.«

Damit hätte sie warten können und erst den Brief lesen. Sie schalt sich und hörte Frau Bergrats Worte, bevor sie diese angeschaut hatte. Ein Vorschlag kam einem Befehl gleich, das wusste der Konditor, er war verwandt. Schönhuth klopfte ihr auf die Schulter. Er wandte sich einem Gasthof zu. Von allen Seiten strömten die Männer herbei und rieben sich die Hände.

In ihrer Kammer öffnete sie das Fenster. Das stetige Rauschen des Mühlbachs beruhigte sie. Tief atmete sie ein und nahm den Brief. Erst hatte sie ihn ins Feuer werfen wollen, doch sie konnte nicht immer weglaufen wie in München. Sie legte die Hand auf den Bauch, er war steinhart, und begann zu lesen:

Du hast mein Vertrauen schändlich missbraucht. Bedient hast du dich aus dem Porzellandöschen in der Küche und der armen Amalie schuldest du ein ganzes Monatsgehalt. Was denkst du dir? Seit du auf der Welt bist, kostest du nichts als Geld.

So war das mit den Kindern, vor allem wenn man eines annahm und als eigenes ausgab, dachte sie. Das Döschen in der Küche hatte sie nicht angerührt. Amalie hatte ihr die drei Gulden aufgedrängt, sie hatte nicht danach gefragt.

Pauly hast du das Jäckchen von Carla nicht zurückgegeben und dir das Geld aus der Tasche angeeignet. Und aus München ist mir die Forderung einer Herberge zugegangen. Du hast dein Zimmer nicht bezahlt, bevor du abgereist bist, und es nicht gekündigt.

Das stimmte doch gar nicht! Und woher wusste sie schon wieder, wo sie gewohnt hatte? Das konnte nicht sein.

Zahlen muss ich für die Unterkunft, obwohl du sie nicht nutzt.

Sie legte die Hand aufs Herz und schwor sich, dass sie niemals mehr hereinfallen würde auf diese Frau.

Dieser August hat sich erdreistet, Amalie zwei Beutel mit Münzen aufzudrängen. Zweihundert Dukaten! Das sind achthundert Gulden! Die arme Köchin war ganz verwirrt und hat sich mir anvertraut.

Niemals hätte August die Geldbeutel freiwillig hergegeben. Was war vorgefallen? Und welche Rolle spielte Amalie? Eine gute, aber einfache Seele war sie, die ihr nie Böses gewollt hatte.

Damit nicht genug, du hast mein Vertrauen missbraucht. Zurück nach München wolltest du. Im Café habe ich das nicht glauben wollen.

Christiane nickte. Ja, heimwärts, Minga wartete, sobald sie die achthundert Gulden erlangt und einen Weg gefunden hatte, wie sie fliehen konnte.

Sogar in Altensteig kannst du es nicht lassen, dich zu gebärden, als ob du den Teufel im Leib hättest. Wie falsch du allen schön tust und dabei nichts als den eigenen Vorteil im Blick hast. Das Gericht hat entschieden. Ich bin dein Vormund und beuge mich dem Urteil. Du giltst von nun an als verschwendungssüchtig und wahnsinnig. Auf eine Anhörung verzichtet man, du bist ja hinlänglich bekannt, leider, und ein Vermögen gibt es nicht zu verwalten.

»Doch! Es ist mein Geld«, schrie sie. »Die achthundert Gulden gehören mir, zweihundert Dukaten von Onkel Ferdinand.« Er würde sich im Grab umdrehen, weil Frau Bergrat diese in die Finger gekriegt hatte. Verschwendungssucht ließ sie sich nicht nachsagen. Jeden Kreuzer hatte sie in der letzten Zeit umgedreht und würde es forthin genauso handhaben. Und wahnsinnig war nur die Bergrätin. August hatte ganz recht gehabt. Was war passiert? Sie konnte sich an nichts erinnern. Als ob Frau Bergrat ihr etwas in den Lindenblütentee mit Honig gegeben hätte, den sie in der Charlottenstraße eigenhändig für sie aufgebrüht hatte. Auf ihrem Rücken breitete sich eine Gänsehaut aus. Hatte Amalie ihr nicht einmal vom Bilsenkraut erzählt, das Frau Bergrat schätzte, wenn sie der Wahrheit entkommen wollte? Sie hielt den Brief weit von sich und las zu Ende:

Damit du es verstehst: Du giltst weiterhin als unmündig und bist meiner Kuratel auf Lebzeit unterstellt. Ich bestimme über dich und dein Leben, zuallererst über deinen Aufenthaltsort. Die zweihundert Dukaten verwende ich für deinen Unterhalt. Was du mich wieder kostest! Verhalte dich anständig, dann finden wir ein Einvernehmen.

Christiane lachte bitter auf. Da hatte Frau Bergrat die Hand gezittert, wie sie an der Schrift sah. Niemals war ein Einvernehmen denkbar!

Sie legte die Worte zur Seite, die das Papier nicht wert waren, auf dem sie geschrieben standen. Wie konnte sie sich Geld verdienen, um nach München zu kommen von Pfalzgrafenweiler aus? Bis zur Poststation dort nahm der Pferdeknecht sie sicher mit. Sie könnte sich in der mechanischen Spinnerei verdingen. Als Magd taugte sie auch, könnte vielleicht bei einem der vielen Rotgerber unterkommen, bei einem der Tuchmacher oder einem Schuhmacher. Beim Luikert in der Kanalstraße in Stuttgart hatte sie sich immer geborgen gefühlt, besonders wenn die Kohlmeisen in ihrem Käfig am Fenster unentwegt ihr »Sieh-da-sieh-da« zwitscherten.

Wie gut, dass sie gezögert hatte, Anton zu bitten, ihre Reisetruhen nach Altensteig zu schicken. Ein unbestimmtes Gefühl hatte sie davon abgehalten. Unmündig!, schrie es in ihr. Sie hätte es wissen müssen. Seit Brandenburg. Die Worte des Barons. »Du bist unmündig und wirst es auf immer bleiben. Das hat deine Mutter gesagt. Dafür wird sie sorgen.« So verhielt es sich also. Aber ohne Geld zu sein, hieß auch, keine Verantwortung tragen zu müssen. Die lag bei Frau Bergrat, die es sich aufgehalst hatte, für ihr Mündel aufzukommen. Wollte sie das? Sauer stieg es ihr in der Kehle empor. Niemals!

»Achthundert Gulden, zweihundert Dukaten«, ächzte sie und sank aufs Bett. Warum hatte sie sich überreden lassen, nach Altensteig zu gehen? Zur Kur! Sie schnaubte und unterrichtete August, endete mit den Worten:

Kannst du mir nicht aushelfen mit Geld? München wartet, trotz allem. Bitte besorg mir einen Pass. Ich zahle zurück, was du für mich auslegst. Schick deine Antwort an Martha Schmid im Hause Schönhuth, Altensteig.

Bitter war es, August um Geld anzugehen, aber eine andere Möglichkeit sah sie nicht mehr. Sie hatte niemanden in der ganzen Welt und den Bergrat konnte sie nicht fragen. Seine Gattin kontrollierte seit jeher die Post. Mademoiselle Hehl war sie wieder. Sie wollte diesen Namen nicht länger tragen, auch wenn sie daran gewöhnt war. Ihre Gedanken verwirrten sich mehr und mehr. Den Lindenblütentee, den Martha ihr aufbrühte, würde sie künftig ablehnen oder wegschütten.

Vom Nachdenken erschöpft lag sie nachmittags auf der Terrasse. Der Mühlbach floss am Hintereingang des Hauses vorbei und stach ihr in die Nase. Sie hätte Martha helfen können, diese konnte ja nichts dafür, aber sie schaffte es nicht einmal, ihr zu sagen, dass sie ihren Namen als Postadresse missbraucht hatte.

Mit schlechtem Gewissen schrieb sie an Louisle und fragte an, ob sie nicht in Metzingen eine Hilfe brauche im Pfarrhaus. Kost und Logis wären ihr genug. Sie müsse in Ruhe einen neuen Weg finden, wie sie ihr Leben bewältigen könne. Denn das wolle Gott von ihr, sonst hätte er sie aus der Welt geschafft. Was habe er ihr als nächstes Schicksal zugedacht?

Louisle, gib mir einen Rat. Und ich hoffe, du magst weiterhin meine Schwester sein.

Sie wischte sich die Tränen ab, holte Louisles Ring aus der Ridicule, zum Glück war er nicht im braunen Mäppchen gewesen, und steckte ihn sich an den Finger.

Der Pferdeknecht nahm auch diesen Brief mit zur Poststation nach Pfalzgrafenweiler. »Im Herbst ist es kein Problem, aber im Frühjahr«, sagte er, »tritt die Nagold oft über die Ufer. Dann kommt man nicht mehr weg aus Altensteig. Der Mühlbach kann auch sehr reißend sein. Im letzten Jahr hat Schönhuth um die Mühle fürchten müssen, die er frisch erworben hatte. Er hat die Versicherung gleich auf über dreitausend Gulden erhöht. Die Schönhuths leben in geordneten Verhältnissen. Dahin kommen wir nie.«

Was fiel ihm ein, sich mit ihr auf eine Ebene zu stellen. Sie wollte sich empören, doch das war nicht recht.

Kopfschüttelnd über sich selbst ging sie zu Martha in die Küche und erzählte ihr, dass sie Nachricht erwarte von ihrem Großcousin. Ihre Mutter könne ihn nicht leiden.

»Ich hab mir erlaubt, Sie als Postadresse anzugeben. Seien Sie mir nicht böse, dass ich nicht vorher gefragt habe. Es war eilig. Der Knecht wollte losfahren. Von meiner Schwester erwarte ich ebenfalls Nachricht, was Frau Bergrat gleichfalls nicht wissen darf. Ich zeige mich erkenntlich, sobald ich ein wenig Geld erlangt habe.«

»Aber nein, geheime Botschaften nehme ich gerne in Empfang. Sonst ist hier nichts los in dieser Jahreszeit. Vielleicht flößen sie noch mal. Das müssen Sie sich anschauen. Und zur Kirchweih könnten wir zusammen gehen. Helfen Sie mir weiterhin in der Küche, das ist kurzweilig für uns beide. Möchten Sie vom Lindenblütentee? Der Knecht hat die Blüten heruntergeholt, ich hab sie eigenhändig getrocknet. Sie sind mild in diesem Jahr.«

Wie hatte sie Martha verdächtigen können! Sie nahm ihre Hände und drückte sie. »Ich danke Ihnen von ganzem Herzen und helfe gern.«

»Im Sommer haben wir eine Köchin und ein Zimmermädchen.« Sie reichte ihr den Holzlöffel. »Rühren Sie die Linsen um, ich muss mich um die Spätzle kümmern.«

Und dann rührte Christiane, als ob es um ihr Leben ginge. Könnte sie Köchin werden? Näharbeiten übernehmen? Ein bescheidener Verdienst, sie war sparsam und brauchte nicht viel für sich. Ein Stück Rosenseife vielleicht.

Augusts Brief, der sich weich anfühlte, kam schneller als vermutet und roch nach Vanille. Martha wollte ihn nicht hergeben und hielt ihn immer wieder an ihre Nase. Christiane öffnete den Umschlag in ihrer Anwesenheit. Sie konnte sich denken, was darinnen war.

»Oh, wie hübsch bestickt die Tüchlein sind«, rief Martha. »Schauen Sie. Ranken und hier die Blumen in der Schale. Rosen und Tulpen, Winden und Narzissen. Sie sehen echt aus. Meine Schwester hat es mir gezeigt. Nadelmalerei. Ein ineinandergreifender Plattstich und ein Spannstich. Das muss ich ihr erzählen. Entschuldigen Sie. Da geht mir das Herz weit auf. Meine Schwester wäre entzückt.«

»Ich leihe sie Ihnen gerne.«

Martha nickte eifrig. Es waren vier Servietten. Zusammen mit den Fischlein und dem doppelköpfigen Adler ein halbes Dutzend. Da waren Rauten, ein Hut mit einem Kreuz, eine Fahne und ein Balken mit Ästen. Die Magd schien diese nicht zu bemerken, sie waren zu gut versteckt zwischen den Blumen und Ranken.

Was sollte sie damit anfangen? Königinwitwe Mathilde war nicht mehr am Leben. Gab es noch einmal sechs davon, wie Onkel Ferdinand gesagt hatte? Und was dann? Ihre Tage und Wochen würden nicht anders sein, wenn sie ein Dutzend von ihnen besäße. Und ob sie jemals heiraten würde und diese zur Hochzeitstafel verwenden konnte, wusste vermutlich nicht einmal Gott höchstselbst.

Auf einem winzigen Zettel, den sie vor Marthas Augen verborgen hatte, stand:

Geh nach Wildberg. Ich erwarte dich dort.

Keine Unterschrift. Kein lieber Gruß. Was sollte sie in Wildberg? Und wie sollte sie dort hinkommen? Weshalb zum Teufel reiste August nicht nach Altensteig und holte sie ab? Brachte ihr einen Pass für Bayern und setzte sie in Stuttgart in die Kutsche gen München, mit den zweihundert Dukaten? Wusste er, was es mit den Servietten auf sich hatte? Die Fragen verwirrten sie und brannten in ihr. Ihr Herz sträubte sich, ihm zu antworten. August wusste alles und doch nichts. Über sie bestimmen wollte er wie die anderen. Sie schob die Hand in die Rocktasche. Drei Gulden hatte er ihr geschickt. Das reichte nicht einmal für die Kutsche von Pfalzgrafenweiler bis Stuttgart. War sie undankbar? Die Münzen fühlten sich warm an wie Augusts Hand im Stall in Brandenburg. Wie lange das her war! Sieben Jahre. Sicher war sein Herz vergeben. Er hatte ihr nie eine Hoffnung gemacht.

»Ich hoffe, Sie haben sich inzwischen von Ihren Münchner Strapazen ein wenig erholt«, sagte Schönhuth ein paar Tage später beim Essen. »Um diese Jahreszeit sind wir nicht mehr auf Gäste eingestellt. Ihre Eltern kommen gern zu uns, da habe ich es Ihnen nicht abschlagen mögen, Sie zu beherbergen. Seit fünf Sommern vermiete ich. Das hat sich herumgesprochen. Ihr Herr Vater kann sich hier ganz seiner Lust hingeben, nach Mineralien zu suchen. Und wie schön, dass Ihre Eltern uns jetzt die Tochter geschickt haben. Sie zahlen gut für Sie in dieser Jahreszeit.«

Sie war in Kost gegeben worden, damit sie wegkam von Stuttgart. Von Verwandtschaft zu Schönhuths keine Spur.

Sie setzte sich aufrecht hin und sagte mit fester Stimme: »Ich bin nicht die Tochter der Hehls. Sie haben mich als ihr Mündel angenommen. Mein richtiger Name lautet Nanette Mayer. Ich habe gedacht, Sie sind verwandt und wissen Bescheid.«

Schönhuth winkte ab und stand auf. Er verließ das Zimmer, ohne sie eines weiteren Blickes zu würdigen.

Martha schüttelte den Kopf. »Das legt sich. Ich kenn's. Wenn er nicht seinen Willen kriegt. Wie immer Sie heißen mögen. Ich werd's bei mir behalten. Überlegen Sie es sich, welcher Name vorteilhaft ist für Ihr Fortkommen.«

Christiane sah die Magd lange an. So wahr hatte sie gesprochen. Mehr Weisheit als der Schultheiß und der Apotheker zusammen.

Langsam und bedächtig stieg sie am Nachmittag zur Pfarrkirche hinauf. Sie musste sich einen Dienst suchen. Was aber sollte sie anfangen in Altensteig? Sie ging in die Kirche. Aus der ersten Reihe schaute sie zum Heiland empor. Doch Gott schwieg. Das hatte sie manches Mal erlebt, wenn sie die Antwort längst in sich trug. Jetzt war es anders. Sie wusste beim besten Willen nicht, was richtig für sie sein könnte. Gott hatte die achthundert Gulden, an denen ihr Herz für die Nähstube gehangen hatte, für sich behalten.

Sie spazierte durch die obere Stadt. Eng und winkelig waren die Gassen, schmal, wie sie es sich nie hätte vorstellen können. Alle, die ihr auf dem Weg begegneten, grüßten sie auf das Freundlichste. Sie ging beim Schloss vorbei. Eher eine trutzige Burg. »Zu nichts nütze, außer als Fruchtspeicher«, hatte Schönhuth gesagt. Ob eine Aussicht zu etwas gut war, hätte sie nicht sagen können, aber der Blick ins Nagoldtal erfrischte ihr Herz und gleich atmete sie leichter. Terrassenförmig standen die Häuser hintereinander an einem steilen Abhang, der gegen Süden geneigt war. Die Gebäude waren allesamt alt, jedoch nicht unansehnlich. Die untere Stadt erstreckte sich zu beiden Seiten der Nagold, dazwischen lag der Mühlkanal, wie sie gelernt hatte. Sie hätte alle Tage hier hinunterschauen mögen. Wie lieblich waren Berg, Fluss und Tal zusammen anzusehen.

»Das ist die Hölle«, sagte der Unteramtsphysikus und

Apotheker, der bei ihr stehen geblieben war und auf einen Turm nah bei der Kirche zeigte.

»Nun mach dem Fräulein keine Angst.« Schultheiß Majer. Er tauchte immer auf, wenn man ihn nicht erwartete. »Mademoiselle ist ja nicht von hier. Sehen Sie«, er wies zum anderen Ende des Wehrgangs, »Sie müssen nur ein winziges Stück weiter gehen. Dort ist das Himmelreich. Der Turm mit den Fenstern. Ihr Platz. Wie ein Engel sind Sie uns hier erschienen. Bleiben Sie! Warum, kann ich Ihnen nicht sagen.« Mit diesen Worten ging Majer gemessenen Schrittes über die buckligen Pflastersteine davon.

Sie tat es ihm gleich. Den Ochsenbuckel hinunter, das hatte Martha ihr geraten. Die Staffeln waren anstrengender. Sie kam an der neuen Schule vorbei, blieb stehen und lauschte. Der Lehrer rechnete vor. Die Klasse sprach's ihm nach. Das kleine Einmaleins. Von oben drangen zu ihr helle Mädchenstimmen, die einen Adventskanon einübten. Könnte sie bei den Mädchen als Lehrerin aushelfen? Sie würde Martha fragen.

Enten und Hühner begleiteten sie auf dem Weg bergab. Die Gärten außerhalb der Stadt waren allesamt eingezäunt. Sie reckte den Hals und sah, wie sich eine Frau über einen Holzbottich beugte. Große Wäsche. Sie wollte hinzuspringen, hielt sich aber zurück. Sie war Mademoiselle Hehl hier in Altensteig.

Am nächsten Morgen winkte ihr der Pferdeknecht aufgeregt zu. »Sie flößen! Zum letzten Mal in diesem Jahr. Beim Anker kannst zuschauen, wie sie die Stämme einbinden. Sie haben die Jungen aus der Schule geholt, sie müssen rufen, wenn's zu schnell wird oder zu nah am Ufer. Wir haben zwölf Wasserstuben im Nagoldtal, die größte ist beim Anker. Rasch, das musst du sehen!« Er zog sie an der Hand hinter sich her. Klein und zäh war er und hatte Kräfte wie ein Gaul.

Auf der Nagold knieten sechs Männer. Sie schüttelte den Kopf, doch das Bild verschwand nicht. Es sah aus, als ob sie auf dem Wasser schwebten. Wie sie sich immer Jesus auf dem See Genezareth vorgestellt hatte. Die Flößer beteten mit kräftigen Stimmen ein Vaterunser. Erst beim Nähertreten entdeckte sie die Holzstämme auf dem Fluss. Die Augen narrten einen, wo sie konnten.

»'s goht a Flauz na!«, rief jemand, das Wasser türmte sich und schoss mit dem Strudel talabwärts.

Der Pferdeknecht rannte die Böschung entlang. Sie sprang hinter ihm her.

Einer der Männer hielt eine lange Stange und dirigierte das Floß. Als es sich dem Ufer näherte, schrie er: »Sperr, sonst geit's an Sauhaufa!«

Vom Rand antworteten die Jungen: »Jockele, sperr au!«

Wie die Stämme über das Wasser tanzten. Sie folgten ihnen, bis die Stadt zurückblieb.

Als Kind hatte sie an der Murr gespielt. Was waren sie da gerannt! Es jauchzte in ihr wie früher und sie ließ alles hinter sich. Sie war frei und wild im Herzen, wollte leben und lieben. Für den Moment schwiegen die Fragen in ihr und sie rannte mühelos den schmalen Weg entlang.

In der Nacht brach ein Husten in ihr los. Sie bekam kaum Luft und hatte Schmerzen in der Brust. Wie hatte sie ohne Jacke nach draußen gehen können. Es hatte sie erwischt. Das Kratzen im Hals hatte sie seit München gewarnt. Nicht einmal ein Tuch hatte sie sich um die Schultern gelegt. Was ließ sie sich auch immer verführen! Sie japste, atmete flach. Leichter war es, schmerzte weniger.

Gegen Morgen rannen ihr Schweißperlen übers Gesicht. Sie glühte und fror gleichzeitig, fühlte sich dem Leben fern, schwamm auf dem Wasser, drehte sich und schrie: »Jockele, sperr! 's geit en Ailaboga!«

Schönhuth schickte Martha zum Unteramtsphysikus.

Dieser brachte Lungenkraut aus seiner Apotheke. »Kauen

Sie die Blätter«, sagte er und horchte sie ab. »Nur leichte Rasselgeräusche. Sie haben Glück.«

Sie hörte die Worte aus weiter Ferne. Hustete Schleim. Atmete. Blieb in der Stube. Schaukelte und schwamm auf der Nagold. Martha machte Wadenwickel und packte sie anschließend warm ein. Öffnete das Fenster. Die Luft tat ihr gut. Tief ein- und ausatmen sollte sie und kräftig abhusten. Sie durfte nicht flach liegen und schlief im Sitzen. Martha setzte einen Lungenkrautwein an und flößte ihr davon löffelweise ein. Angewärmt, immer vor dem Essen.

»Sie müssen sich nähren«, sagte die Magd. Sie brachte ihr heiße Hühnerbrühe und Gemüsebrei. »Warten Sie, ich schließe das Fenster. Gehen Sie ein wenig im Zimmer herum. Setzen Sie sich an den Tisch. Ich hab die gelben Rüben mit Bertram gewürzt. Ein altes Rezept. Das Kräuterweiblein bezieht die Wurzel aus dem bayerischen Vogtland. Bertramwurzel vertreibt die Entzündung.«

Martha salbte ihr alle Stunde Brust und Rücken mit Wermutöl. Christiane trank vom Tee, den sie ihr aus dem restlichen Lungenkraut bereitete. Nach ein paar Tagen fand sie Erleichterung, konnte sich aber kaum auf den Beinen halten.

Sie verbeugte sich vor dem Spiegel und hustete, keuchte und bellte dieses verfluchte Leben hinaus, das in den Ritzen der Holzbohlen hängen blieb. Sie war verdammt, auf immer, in Altensteig.

Es klopfte. Martha mit einer ihrer Teemischungen. Sie legte ihr die Hand auf die Stirn. »Wie ich sehe, ist das Fieber gesunken. Heute ein Tee aus Lindenblüten. Mein Geheimnis ist der Obstler. Ganz wenig nur. Er löst den Schleim. Sie werden ihn nicht schmecken, Apfelmost und Waldhonig verdecken ihn. Später bringe ich einen Stein. Sie müssen alles ausschwitzen.«

Der Unteramtsphysikus kam erneut und horchte sie ab. Er nickte zufrieden. »Sie haben es, scheint's, geschafft. Danken Sie Gott. Seien Sie geduldig, die Genesung braucht Zeit. Martha wird Ihnen Huflattichblätter überbrühen, gemischt mit Spitzwegerich. Der Schleim darf sich nicht festsetzen. Husten Sie kräftig ab und halten Sie sich von anderen fern. Binden Sie sich ein Tuch vor den Mund, wenn Sie hinausgehen.« Er schob sein Hörrohr zusammen.

Die nächsten Tage schlief sie bis zum Mittagessen, was blieb ihr sonst im Leben. Martha ließ sie gewähren und sorgte für bekömmliche Kost. Hühnersuppe mit dem letzten Gemüsefenchel oder Flädle in einer kräftigen Rinderbrühe. Saure Kartoffelrädle mit Kuddeln. »Sie müssen zu Kräften kommen.«

Christiane gehorchte. Bei Martha war das einfach. Als Dank schenkte sie ihr eine neue Küchenschürze, die sie in den langen Stunden zusammengenäht und bestickt hatte. Nicht kunstvoll wie die Servietten, die sie unter die Leibwäsche in der Truhe gelegt hatte. Jeder Schritt fiel ihr schwer. Mit ihrer Handarbeit im Schoß schlief sie ein.

Oft war es nebelig oder Nieselregen hing über dem Ort. Der Pferdeknecht entschuldigte sich bei ihr, aber sie wehrte ab. »Ich muss selbst nach mir schauen«, sagte sie und saß später auf ihrem Bett im Alkoven, die Bibel im Schoß. Sich in München als freie Kleidermacherin durchzubringen war unmöglich gewesen. Sie gab es vor sich zu. Krank war sie, an Leib und Seele. Krank und fast mittellos. Sie hatte kein Fieber mehr, aber sie hustete unentwegt. Bellte und japste.

»Es ist besser, wenn Sie fortkommen«, sagte Schönhuth zum Buß- und Bettag. »Meine Schwägerin in Wildberg nimmt Sie auf. Gestern wollte einer in Nagold die bestellte Chocoladentorte nicht abnehmen. Falls das Fräulein drauf gehustet hat, werde auch ich krank, hat er gesagt. Sie müssen das verstehen. Von Altensteig lässt sich's nicht leben.«

WILDBERG

Wieder war sie unterwegs. Sie fand keine Heimat. Konnte nicht für sich entscheiden. Wildberg. Zufall oder Schicksal? Mühsam hielt sie sich an der Lehne fest. Der Pferdeknecht hatte ihren Koffer auf der Ladefläche festgezurrt und lenkte den Wagen am Hang entlang, bis sie im Talgrund anlangten. Sie querten die Furt des Schwarzenbachs.

Schneeregen schlug ihr ins Gesicht. Die Schute hatte sie mit einem Schal festgebunden, der Wind zerrte an ihr. Stetig bewegte sie die Zehen in den geräumigen Stiefeln. Wie gut die wollenen Socken waren, die ihr Martha gestrickt hatte. Mit den dicken Handschuhen aus Kaninchenfell rieb sie die Schenkel und zog den Kopf ein.

Bis zu den Achseln steckte der Pferdeknecht in einem Filzsack. Er trug eine lederne Mütze mit einem Schirm und Ohrenklappen, die er tief heruntergezogen und unter dem Kinn verknotet hatte. Der Atem des Pferdes dampfte, die Hufe tasteten nach dem Weg. Der Knecht stieg ab und führte den Gaul über eine hölzerne Brücke.

»Wir sind gleich da«, sagte er. »Hinter uns liegt das ehemalige Kloster. Und da drüben Wildbergs Oberstadt. Zum Rathaus musst du die Kochsteige hinaufgehen, um dich beim Amt zu melden. Oder du nimmst die Spießtorgasse auf der anderen Seite, von der Mühlenvorstadt, wo Kaufmann Schönhuth, der älteste Bruder des Konditors, die Untere Mühle betreibt.«

Steif gefroren war sie, als der Wagen auf einen Hof einbog. Auf einmal herrschte Windstille. Ein zur Straße gewandtes Wirtschaftsgebäude schützte sie.

Eine Frau eilte herbei und hielt Abstand zu ihr. »Seien Sie uns willkommen. Im Zwerchhaus habe ich für Sie einheizen lassen«, sagte sie und deutete zum Dach, wo ein stattlicher Giebel herausragte. »Ich bin die Schwägerin vom Konditor. Dort hinten geht's die hölzerne Außentreppe hinauf.«

Christiane zog das Tuch weit über Mund und Nase und unterdrückte ein Husten. Am Ende der Treppe stand eine Tür offen. Sie trat ein.

»Mein Mann wünscht, dass Sie Ihre Mahlzeiten auf dem Zimmer einnehmen.« Die Schwägerin blieb in der Tür stehen. »Der Unteramtsphysikus aus Altensteig hat es geraten. Bis Sie sich besser fühlen.«

Ein Knecht brachte ihren Koffer. Christiane sank auf einen Stuhl, der an einem runden Tisch stand. Ihre Schultern bebten.

»Wer wird denn da weinen! Fräulein Hehl, Sie werden es gut haben bei uns. Beruhigen Sie sich. Komm, Nanette, häng die feuchten Sachen an den Ofen. Es wird alles gut. Kopf hoch.« Sie nickte ihr zu. »Sag Marie-Luisa zu mir.«

Warum sollte sie auf einmal wieder Nanette sein? Sie hielt Abstand, wie es ihr der Arzt geraten hatte. Sie wollte sich nicht schuldig machen. Besser kein Händedruck. Die Angst vor einer Ansteckung stand der Schwägerin ins Gesicht geschrieben.

»Unser Zwerchhaus ist der einzige Raum, der sich außer der Küche und der Stube separat heizen lässt.« Marie-Luisa wies auf den gusseisernen Ofen in der Mitte des Zimmers. »Ich dachte, es ist eine gute Idee, dich hier unterzubringen. Du hast von zwei Seiten Licht. Ein Fenster an der Straßenseite und eines zum Fluss. Ein wenig Unterhaltung bringt dir die Talstraße, schau das Fuhrwerk da unten. Sie kommen alle Tage mit den Wollstoffen und fahren das gewalkte Tuch weiter nach Calw oder bis Herrenberg. An der Nagold«, sie deutete zur anderen Fensterfront, »steht die Walke. Guck nicht derart traurig. Bald geht es dir sicher besser. Ich muss in die Küche, die Magd beaufsichtigen. Zum Nachtessen gibt's heiße

Hühnersuppe, wir haben heute Mittag geschlachtet.« Mit diesen Worten sprang sie die Treppe hinunter und ließ sie in ihrer neuen Behausung zurück.

Wo war August? Warum erwartete er sie nicht, wie er geschrieben hatte? Mit hängenden Armen stand sie da und schaute zu Boden. Sie hatte ein Dach über dem Kopf, der Ofen knisterte und verströmte eine behagliche Wärme. Sie würde zu essen bekommen und litt keine Not. Zufrieden konnte sie sein. Die Stimme in ihr klang vernünftig, nicht glücklich. Das Glück war für die anderen.

Sie setzte die Füße voreinander, drehte sich. Ein Walzer, eine Melodie im Kopf. August! Wo bist du? Sie wirbelte durch das Zimmer, bis sie hustete und sich am Stuhl festhalten musste.

Ein Spruch, gestickt in Leinen, hing in einem Rahmen an der Wand.

Genieße, was dir Gott beschieden,
Entbehre gerne, was du nicht hast.
Ein jeder Stand hat seinen Frieden,
Ein jeder Stand hat seine Last.

Nie hatte sie das für sich annehmen können.

Sie trat zum Fenster an der Hofseite, an dem eine Spitzengardine angebracht war. Eine Klöppelarbeit, das musste sie sich von Marie-Luisa einmal zeigen lassen, wenn diese sich traute, ihr näher zu kommen.

An der Wand zur Straßenseite hing eine Kuckucksuhr, die sich nicht bewegte. Sie drehte den Schlüssel und zog sie auf. Die Kirchturmglocke schlug die dritte Nachmittagsstunde. Es dämmerte bereits. Da sprang der Kuckuck heraus und rief auch dreimal. Sie hatte Unterhaltung.

Das Zimmer war zwölf Schritte lang und sieben breit. Ein Gefängnis, geräumig genug zum Tanzen. Sie drehte sich wieder, hustete und gab es auf. In der Ecke stand ein Spinnrad. Spinnen könnte sie ebenfalls lernen. Sie war in der Lage, sich zu beschäftigen. Davor hatte sie keine Angst. Einstweilen durfte sie nicht raus. Sie sah das ein. Anders als beim Stubenarrest früher, wenn sie als Kind nicht artig gewesen war. Ein Kind war sie in Frau Bergrats Augen geblieben und artig konnte sie nach wie vor nicht sein.

Auf dem runden Tisch lag eine Bibel. Sie legte diese unten in die Kommode. Hatte sie den Glauben verloren? Sie wusste es nicht. Wie Petrus auf dem See Genezareth trieb sie die Angst um. Bitter lachte sie auf. Über das Wasser zu wandeln, welch Idee. Doch es könnte ihr gefallen. Wie den Flößern. So weit war es gekommen mit ihr. Vor dem Tisch standen zwei Stühle ohne Polster. Das zwang sie, aufrecht zu sitzen, sich nicht gehen zu lassen. Da! Ein Sofa. Sie ließ sich fallen, es sah ja niemand. Hier konnte sie mit angezogenen Beinen trefflich ruhen zur Mittagszeit. Sie wollte zufrieden und dankbar sein. Ihr Herz schmerzte. Wenn es doch nur stehen bleiben würde.

Am Toilettentischchen mit dem runden Spiegel setzte sie sich später auf den dick gepolsterten Hocker mit den Troddeln. Sie öffnete die Haare und kämmte sie. Lange, wohlbedachte Striche. Wie bei einem Pferd. Niemand sah sie. Keinem musste sie genügen, nur sich selbst, was am schwersten war.

Wo war das Bodschamberl? Sie konnte nirgends eines entdecken. Sie würde hinuntergehen müssen, man konnte sie hier oben nicht einsperren wie einen Hund. In diesem Augenblick klopfte es. Herein kam ein halbwüchsiges Mädchen mit einer Waschschüssel und knickste.

»Ich bin Käthe, die Magd. Sie haben unser pikantes Geheimnis entdeckt, wie ich sehe.« Sie deutete auf den Hocker. »Er hat im Sommer Ihre Mutter entzückt, als sie bei uns Station gemacht hat, weil's Zimmer in Altensteig noch belegt war. Eine Neuigkeit. Unser Zimmerklosett!«

Christiane sprang auf, taumelte rückwärts und starrte auf den Hocker. Die Magd hob die Polsterung. Darunter kam ein Toilettensitz zum Vorschein, der mit einem Deckel verschlossen war.

»Nach dem Geschäft fest auflegen und hier drehen«, erklärte sie. »Es ist bequem. Für uns beide. Ich tausche die geschlossene Porzellanschüssel gegen eine frische.«

Da würde sie auf dem Abort sitzen, den Frau Bergrat Hehl gewärmt hatte. Und von ihr kannte Marie-Luisa auch ihren Kindernamen: Nanette.

Kaum war die Magd verschwunden, erleichterte sie sich, als ob sie damit alle anderen Sorgen loswurde. »Très bien, maman, ça me fera plaisir«, flüsterte sie und kroch nach dem Geschäft in das Bett unter der Schräge. Eine Koje mit Vorhängen. Wohlige Dämmerung hüllte sie ein.

Der Schnee in der Oberstadt blieb liegen, obwohl es erst Mitte November war. Marie-Luisa brachte ihr ein paar Tage später die Mittagssuppe.

»Bitte, komm nicht näher, bleib da hinten am Fenster stehen. Und lass das Tuch vor dem Mund. Oder willst du mich anstecken? Sei froh, dass du es hier gut hast. Ich war auf dem Amt und hab dich polizeilich gemeldet. Du musst dich um nichts sorgen.«

Wie gern hätte sie Sorgen gehabt. Diese bedeuteten eine Aussicht auf Zukunft. Wenn sie morgens aufwachte, war es finster, und lange vor dem Nachtessen breitete die Nacht ihr schwarzes Tuch aus, bedeckte jeden Tag damit ein wenig früher, bis es nicht mehr taghell wurde. Ein bisschen in Wildberg spazieren zu gehen, wäre schön. Sie fühlte sich kräftig genug und wusste, dass sie es nicht war.

Der Stadtarzt Kappis, der die Apotheke betrieb, schaute nach ihr. Der Kostgängerin, wie er sagte. Er hatte eine fliehende Stirn und trug einen rötlichen, spitz zugeschnittenen Vollbart. Sein Schnauzer war akkurat über der schmalen Oberlippe zurechtgestutzt. »Haben Sie Geduld«, sagte er. »Öffnen Sie fleißig die Fenster und atmen Sie unsere klare Luft tief ein. Warm eingepackt, versteht sich. Im neuen Jahr können Sie wieder unter die Leute.« Er verordnete morgens Habermus mit getrockneten Pflaumen und mittags einen Brei von Dinkel mit Eidotter. Und vom Hägenmark solle sie nach dem Aufstehen einen Löffel nehmen.

Marie-Luisa hatte oft die beiden Nichten und den Neffen im Haus, eigene Kinder waren ihr versagt geblieben. Christiane lauschte. Kinderlachen, mahnende Worte.

Sie ließ sich von Käthe, die sich neben Kappis als Einzige nicht vor ihr fürchtete, Strumpfwolle und Stickgarn bringen. Wenn sie ihre Hände nicht beschäftigte, wurde sie des Wahnsinns. Sie lachte bitter auf. Sie war verrückt. Frau Bergrat hatte es besiegelt. Eine unmündige Tochter auf immer und ewig. Bis dahin konnte Marie-Luisa Strümpfe und Deckchen weiterverkaufen, die Christiane anfertigte. Sie schlampte nicht und bekam daher an Material, was sie begehrte.

Zum Lesen gab es nur die Bibel, die sie wieder hervorholte und widerwillig studierte. Am Matthäus-Evangelium blieb sie hängen. *Du bist Petrus, und auf diesen Felsen will ich bauen meine Gemeinde*, sagte Jesus. Sie wollte nicht im Wildberger Tal oder in der Oberstadt bleiben und auf dem Felsen eine neue Heimat finden. Eine Wahl aber hatte sie nicht.

Käthe berichtete ihr vom Krämermarkt in der oberen Stadt und hinterbrachte ihr, wie das Dorf über die Stuttgarter Dame tuschelte. Sie gab ihr ein paar Geschichten aus München mit, damit konnte sie reüssieren. Die Magd war ihr zugetan und erzählte überall, welch fleißige Person im Hause Schönhuth Quartier genommen hatte. Immer habe sie eine Handarbeit oder eine Stickerei zur Hand. Entscheidend im Leben war, was über einen geredet wurde.

Marie-Luisa ließ sich manche Tage gar nicht blicken. »Mein Mann ist in steter Sorge, dass du mich ansteckst«, sagte sie. »Dann kann ich nicht mehr mitarbeiten.«

Christiane strickte Socken für die Armen oder fertigte gestickte Bildansichten von Wildberg an. Marie-Luisa hatte ihr über Käthe ein paar Zeichnungen geschickt, die sie nachahmte. Verwandte, Freunde und Bekannte der Schönhuths wurden damit bedacht, ohne dass es Feiertag war. Den einen oder anderen Kreuzer gab man ihr und sie nahm ihn gern. Gott schaute nach ihr und sie musste sich bewähren. Ein Auskommen hatte sie auf diese Weise nicht. Sie war zukunftslos und zugleich glücklich, eine Distanz zwischen Frau Bergrat und sich zu wissen. Sie hatte nichts von ihr gehört und dankte Gott dafür.

Von Käthe ließ sie sich Feder und Tinte sowie ein wenig Briefpapier bringen. Das kostete sie zwei Paar Wollsocken.

Christiane schrieb einen kurzen Brief an Louisle und teilte ihr mit, dass sie in Wildberg sei und sie gern in Metzingen besuchen würde. Lange saß sie vor dem Papier und wischte sich die Augen. Sie wusste, dass Angst ein schlechter Ratgeber war. Sie fiel trotzdem immer wieder darauf herein. Endlich gab sie sich einen Ruck und verfasste eine Nachricht an August.

Ich hatte gehofft, dich hier in Wildberg zu treffen. Warum sollte ich hierherkommen? Zufall oder Gottes Wille? Wenn du mir mit Geld aushelfen könntest, wäre ich dir dankbar. Ich möchte Louisle in Metzingen besuchen und dann zurückkehren nach München. Ich zahle dir alles baldmöglichst zurück, das bin ich meiner Ehre schuldig. Schreib bitte an Martha Schmid in Altensteig.

Das hatte Christiane auch Louisle mitgeteilt. Sie hoffte, dass eine Antwort sie auf irgendeinem Wege erreichte. Käthe versorgte beide Briefe gegen ein paar Kreuzer und gelobte, der Hausherrin nichts zu sagen. Das war das Wichtigste. Frau Bergrat durfte nicht alles wissen.

Christiane half, die Kostüme für das Krippenspiel zu nähen. Käthe brachte ihr dünnes Garn, aus dem sie Heiligenscheine für die Engel häkelte.

Ihr neuer Engel aber wurde Käthe. Am Glosentag, wie diese sagte, kam sie außer Atem hinauf zu ihr. Auf ihren fragenden

Blick erklärte sie: »Klaustag. Nikolaus. Die Kinder haben heute Morgen gesungen: ›Die Stuttgarter Dame, die arme, sie hustet und beißt, keiner weiß, wie sie heißt. Sie hat en Biker ond tut emmer gnauba, sie is en geschniegeltes Weib, soll geben uns en kloin Oartloab.‹ Schade, dass Sie es nicht gehört haben. Hier dieser weiche Umschlag ist für die ›Stuttgarter Dame‹. Mein Oartloab heute.« Sie lachte. »Tante Martha in Altensteig hat ihn mir zukommen lassen. Über den Pferdeknecht. Darf ich sehen, was darinnen ist?« Die Magd stand vor ihr und legte den Kopf zur Seite. »Ich sag's keinem«, sagte Käthe und knetete ihre Schürzenbändel. »Meine eigene Neugier kann ich nicht bezwingen, aber die der anderen ziehe ich mir nicht an.«

Christiane öffnete den Umschlag in ihrem Beisein. Weich fühlte er sich an, wie in Altensteig und wie damals in Brandenburg, als sie das Tüchlein mit den Fischen erhalten hatte. Sie reichte Käthe die Servietten, die diese sogleich auseinanderfaltete und sich dabei mit der Zunge über die Lippen fuhr. Den Umschlag behielt Christiane in der Hand.

»Wie die Blumen leuchten! Man möchte sie pflücken, sie sind lebendig und wachsen. Wahrlich zu schade, um hineinzuschnupfen.«

Christiane lächelte und verriet nicht, dass es sich um Servietten handelte. Es war ein zarter dicht gewobener Stoff, der als Schnupftuch gelten konnte. Ob Käthe über ihre Tante von den anderen Tüchlein gehört hatte? Welch glücklicher Zufall, dass Martha aus Altensteig Käthes Tante war. Die Welt war klein und hier im Schwarzwald noch kleiner.

Später suchte Christiane danach, was Königinwitwe Mathilde auf den Servietten versteckt hatte. Zwischen den Blumen fand sie spitze weiße Zähne und daneben drohende Streitkolben. Sie nagte an ihren Fingernägeln. Da war ein hagerer Männerkopf mit einer Zipfelmütze. Sie gähnte. Die schlafende Mondsichel passte. Sie befühlte ein gelbes Kreuz und eine gelbe rechte

Hand. Was hatte das alles zu bedeuten? Käthe hatte es wie Martha nicht bemerkt.

Christiane hatte sich in Altensteig an der Nadelmalerei versucht. Es war ihr nicht schlecht gelungen. Bei Königinwitwe Mathilde sah sie jetzt die vollendete Kunst.

August schrieb:

Mehr Tüchlein habe ich nicht. Wir sehen uns in Metzingen zur Himmelfahrt.

Für ein paar wenige Worte ein ganzer Briefbogen. Welch Verschwendung! Das Papier roch nach Vanille. Ihr Herz ward schwer. Es hing an August. Er wahrte Distanz und gab ihr zugleich eine Hoffnung. Der Adler an ihrem Busen hatte ihn entzückt. Wie aber sollte sie bis Metzingen zu Louisle kommen? In Wildberg gab es genauso wenig eine Poststation wie in Altensteig. Und warum hatte er ihr kein Geld geschickt? Sie hielt den Briefbogen gegen das Licht. Konnte das sein? Fünf runde Abdrücke am Rand in der Größe von Gulden. Und in der Mitte, da passte ein Dukaten hinein. Käthe oder Martha waren es sicher nicht gewesen. Der Posthalter wusste, wie man es machen musste, davon hatte sie gehört. Anzeigen sollte sie ihn! Und wie beweisen? Man würde sie auslachen, was ihr schlimmer dünkte als das fehlende Geld. Bildete sie sich das alles ein?

Zehn Servietten besaß sie jetzt. Onkel Ferdinand hatte in seinem Märchen von einem Dutzend gesprochen. Zwei fehlten. Die Fischlein standen für Mömpelgard, aber welche Bedeutung hatten die anderen Bilder? Sie musste weg aus Wildberg, hier gab es keine Zukunft für sie. Geld brauchte sie, wollte arbeiten. Sie zählte die Kreuzer, die sie für die Handarbeiten als Trinkgeld erhalten hatte. Knapp zwei Gulden plus drei, die ihr August nach Altensteig geschickt hatte. Ihr Zimmer durfte sie nicht verlassen. Und wohin hätte sie gehen sollen? Sie hustete weniger und fühlte sich langsam besser, aber man traute ihr nicht. Und sie selbst vermochte es auch nicht mehr.

Erst im neuen Jahr nach den Heiligen Drei Königen ließ der Stadtarzt sie frei. Acht Wochen war sie eingesperrt gewesen. Wollte sie hinaus? Nicht sicher war sie und musste sich gut zureden. Sie brauchte eine Arbeit und Geld für die Reise bis Metzingen, damit sie zu Himmelfahrt bei Louisle sein und August treffen konnte.

»Nimm die wollenen Untersachen von mir. Leg dir meinen Filzumhang über den Mantel«, sagte Marie-Luisa. »Wir haben Westwind. Sei achtsam beim Laufen. Du bist es nicht mehr gewöhnt.«

Christiane trat zögernd aus der Tür. In den zu großen Stiefeln tastete sie sich vorwärts. Der Schnee knirschte unter ihren Füßen. Tief atmete sie hinter dem Schal ein und aus und verließ die schützenden Hofgebäude. Auf der Talstraße erfasste sie ein scharfer Wind, der ihr in den Mantel fuhr. Sie ging als Erstes zu Schweigerts, wie Käthe es ihr geraten hatte. Sie solle sich bekannt machen. Ihre Schritte waren nicht beschwingt und frisch und munter, wie sie es von sich kannte.

Eine Frau, die an die vierzig sein mochte, öffnete die Tür. Sie trug eine Haube, die ihre Ohren eng umschloss, und hatte eine Schürze umgebunden, an der sie sich die Hände wischte.

»Frau Schweigert? Ich komme von Schönhuths. Ich bin das Stuttgarter Fräulein, wie ich in Wildberg genannt werde. Schöne Grüße von Marie-Luisa soll ich sagen. Diese Schreibfeder hier bringe ich zur Reparatur. Wenn ich fragen darf, haben Sie vielleicht eine Arbeit für mich in der Schreibfederfabrikation oder im Haushalt?«

Frau Schweigert schüttelte den Kopf. »Wir können uns kaum selbst über Wasser halten. Claudius, der Jüngste, will auswandern, weil er hier kein Auskommen sieht und einen Zuschuss bekommt, wenn er seine Heimat verlässt. Den lässt er uns da. Seit heute Morgen weiß ich's. Ich kann ihn doch nicht mittellos in die Fremde gehen lassen.« Sie schluchzte in ihr Schnupftüchlein und nestelte an dem reich bestickten Samtband, das sie um den Hals trug. »Mein Kropfband stammt aus besseren Zeiten«, sagte sie. »Der Chirurgus kann's wegschneiden.« Sie langte sich an die Kehle. »Dann steht's auf Leben und Tod. Ich hab davon gehört. Warum sollte ich mich plagen? Es gibt genug zum Tun. Grüßen Sie Marie-Luisa. Die Schreibfeder ist morgen fertig.«

Sie ging den Berg hinauf über das Buckelpflaster. Dann verdingte sie sich eben als Näherin wie in München. Es war, als ob der Wind sie durch die schmale Gasse verfolgte. »Spießtorgasse«, hatte Käthe gesagt. »Das Stadttor haben sie abgebrochen, der Name ist geblieben.« Eng und winkelig standen die Häuser. Mit dem Giebel oder der Längsseite zur Gasse. Es gab keine Ordnung. Der erste und manchmal auch der zweite Stock ragten schief in die Straße. Einige waren verziert mit Schnitzwerk und reich bemalt. Das Fachwerk hätte einen frischen Anstrich vertragen können. Die Balken waren teilweise in einem erbärmlichen Zustand. Wie in München In der Grube. Die Häuser lehnten sich aneinander und die Armut kroch heraus. Die Stadt auf dem Felsen aber hatte immer allen Angriffen getrotzt. An einem Brunnen hielt sie inne.

»Die Nagold ist zugefroren«, sagte einer. »Noch fließt sie. Wenn das mal im Frühjahr kein Hochwasser gibt.«

Gegenüber trat ein Mann mit hagerem Gesicht und weißem Haarschopf aus einem einstöckigen Haus. »Das ist unser schönes Pfarrhaus. Gott lebt auf der Sonnenseite«, sagte er. »Jedes unserer lieben Fenster lädt uns ein. Ich bin der Pfarrer.« Er setzte sich eine schwarze Kappe aufs Haupt. »Und Sie sind das Stuttgarter Fräulein?«

Sie nickte. »Sind wir uns nicht in München begegnet?«

»Das muss mein Bruder gewesen sein. Der Verleger. Er hat dort ein Domizil. Johann Friedrich Cotta von Cottendorf. Kann ich Ihnen behilflich sein?«

Er beschrieb ihr den Weg zum Rathaus, wo sie den Bürgermeister zu sprechen begehrte.

»Sie meinen den Stadtschultheißen?«, fragte einer der Metzger an den Fleischbänken im Erdgeschoss. »Nehmen Sie den Treppenaufgang an der Seite. Der Reisser ist im Sitzungssaal. Bei den Glasfenstern mit den Wappen der Obervögte sinniert er, wie immer vor dem Mittag. Bevor er ins Waldhorn essen geht. Wollen Sie vom Hirn? Frisch geschlachtet für die Sonntagssuppe.«

Sie schüttelte den Kopf und stieg die Außentreppe hinauf.

»Das Stuttgarter Fräulein, welch Ehre. Seien Sie mir willkommen. Als Näherin? Ihr Brot verdienen? Wir haben sieben Näherinnen, was sollen wir mit einer weiteren, die den anderen das Geschäft abspenstig macht? Ich kann es Ihnen natürlich nicht untersagen, aber die sieben können sich kaum nähren. Arbeit gibt es genug, doch keine gut bezahlte. Die Zeugmacherei, wo viele tätig sind, ist abhängig vom Wohlstand in Calw. Dort werden die Wildberger Erzeugnisse weiterverarbeitet. Dabei können wir stolz sein auf unsere Matrosenhandschuhe, die bis Holland und England und weiter nach Amerika abgesetzt werden. Wenn wir sie selbst veredeln würden, wären wir wohlhabende Leute. Leider können sich die Bürger nicht dazu durchringen.« Er seufzte. »Wildberg wendet ein Drittel seines Stadtsäckels für die Armenpflege auf. Ich will nur verhindern ... Seien Sie zufrieden bei Kaufmann Schönhuth, der kann's Kostgeld gebrauchen. Oder sind Sie dort nicht gut versorgt? Das müsste ich melden.«

»Gott bewahre. Frau Schönhuth kümmert sich in jeder Hinsicht. Ich möchte jedoch gerne selbst für mich und meinen Unterhalt sorgen. Als Näherin.«

Reisser schüttelte den Kopf. »Wenn Sie es nicht lassen können ... Für Sie ist die Armenkasse aber nicht zuständig. Sie sind nicht von hier. Ich geh jetzt zum Essen. Kehren Sie lieber zurück zur Walkmühle.«

Wie betäubt ging sie zum nahen Kirchturm, von dem es soeben zwölfmal schlug. Bald waren es acht Jahre, dass

Onkel Ludwig gestorben war, der als ihr Vater gelten sollte, was sie nicht glaubte. Und Mutter Lehsten würde ihr nicht helfen. Das brauchte sie nicht zu versuchen. In weite Ferne war ihr die leibliche Mutter gerückt. War sie ihr jemals nahe gewesen?

Sie musste fort und hatte kaum finanzielle Mittel. Warum war sie nicht in München geblieben? Einen stummen Hilferuf schickte sie zum Himmel. Gott konnte sie nicht vergessen! Es half nichts, dass sie vor die Tür durfte, sie blieb in Wildberg gefangen. Am liebsten wäre sie schreiend davongelaufen und hätte sich im Wald unter eine Tanne gelegt. Doch man würde sie finden, und sie wäre nur erniedrigt.

Was war das da neben der Apotheke? Ein Schild mit Nadel und Faden. Eine Nähstube! Sie konnte nicht widerstehen und trat ein. Dämmrig war es, wie in jedem Haus in Wildberg. Niedrig gehalten die Stuben, winzig die Fenster. Da konnte Cotta sein Pfarrhaus preisen, wie er wollte.

Eine ältere Frau in Schwarz kam aus einem Nebenraum. »Das Stuttgarter Fräulein! Womit kann ich dienen? Mit einem Kleiderstoff? Ich hätte hier einen, der passt zu einem Festtag. Durchwirkt mit Seide. Später können Sie ihn sonntags zum Kirchgang tragen.« Sie breitete einen glänzenden schwarzen Stoff aus und strich darüber.

Christiane hatte im Augenwinkel einen Farbfleck bemerkt. Ein Sommerstoff, gelb-rot gestreift. Welch ein Blickfang für einen Rock. »Ich nehme den dort und einen passend einfarbig roten, wenn Sie haben.«

Die Näherin schlug die Hände zusammen. »Und ich dachte, diesen Stoff verkaufe ich nie und nimmer mehr. Ich weiß nicht, warum ich mir den zugelegt habe. Ein heißer Sommer war's, da hat man solche Gedanken. Roten einfarbigen, warten Sie«, die Frau kramte in einer Ecke und hielt stolz einen schlichten Stoff in kräftigem Rot in die Höhe. »Das macht zusammen drei Gulden. Weil Sie es sind.«

Sie gab die Münzen von August, die er ihr nach Altensteig geschickt hatte, gern für das Tuch hin. Unvernünftig war das. Aber solch leuchtende Farben! Wie hätte sie da widerstehen können? »Ich möchte etwas für die Armen tun«, sagte sie. »Kleinere Näharbeiten. Ein jeder soll geben, was er entbehren kann. Könnten Sie mir was vermitteln?«

Die Näherin nickte und bald bekam sie einiges zum Ausbessern gebracht. Als Lohn erhielt sie drei Eier, die sie in die Küche trug, einmal ein Huhn, was sich nicht den Kopf abschlagen lassen wollte, und manchmal ein paar Kreuzer, die sie beiseitelegte.

»Du sollst weiter fleißig rausgehen, hat der Stadtarzt gesagt. Er hat dich gesehen, bei der alten Rumpfer, die löst ihre Nähstube auf und war erfreut, dass du diesen Stoff genommen hast. Für Wildberg ist der nichts. Geschirrtücher kannst du daraus machen. Komm, heut gehn ma z'Licht, die Schweigert richtet's aus.« Marie-Luisa öffnete die Tür.

»Mitten in der Nacht? Und wohin willst du?«

»Es ist gleich erst sechs Uhr. Wir haben Anfang Februar, da ist es finster um diese Zeit. Darum gehen wir in die Spinnstub. Zum Licht. Du bist wieder ganz und gar gesund. Ich habe mich beim Stadtarzt vergewissert. Nimm dei Strickets und pack di guat ein. Ein paar Burschen sind auch dabei. Es ist immer kurzweilig bei der Lichtkarz. Ich begleit dich, obwohl ich verheiratet bin. Für Anstand ist gesorgt.«

Christiane schüttelte den Kopf. Da trafen sich die Unverheirateten. Unter Aufsicht. Und nur die aus Wildberg, sagte sie sich. Sie war nicht von hier. Daran würde sich nie etwas ändern. Doch ein wenig Zerstreuung konnte nicht schaden. Sie folgte Marie-Luisa hinüber zu Schweigerts. Es war nicht weit und sie konnte jederzeit allein zurückgehen.

»Die besten Plätze am Ofen sind für das Stuttgarter Fräulein und fürs Schönhuth'sche Weib«, sagte ein stattlicher Bursche, als sie eintraten. Er verbeugte sich galant. »Kommt herein und macht es euch gemütlich.«

»Darf ich vorstellen, das ist Claudius, der jüngste Schweigert«, sagte Marie-Luisa.

»Der Auswanderer«, schoss es Christiane durch den Kopf. Sie nickte ihm zu und musterte ihn neugierig.

»Und der mit den flinken Händen, die immerzu über die Lederhose reiben«, sagte Marie-Luisa, »das ist der Letztgeborene vom Seckler. Der eckige Kopf dort gehört Brehms Sohn, unserem Ofenwandplattensetzer. Claudius, du machst weiter.« Sie setzte sich und holte ihre Klöppelarbeit heraus.

»Mädle haben wir heute nur zwei, leider«, fuhr dieser fort. »Irma, die älteste Tochter vom B'setzer, also von unserem Pflästerer, und Margarethe, eine der unzähligen Töchter vom Klostermüller. Und dann haben wir dich, Christiane. Das Stuttgarter Fräulein. Erzähl aus deinem Leben. Schenk uns ein Stück von der weiten Welt, bevor ich selbst hinausziehe.«

»Ich hab alles vergessen in meinem Zwerchhaus. Die ganze Zeit war ich allein. Danke, dass ihr mich aufnehmt.«

Der jüngste Schweigert schüttelte den Kopf. »Ich glaub, du vergisst nie etwas.«

Er kannte sie besser als sie sich. Sie suchte nach Worten, erzählte als Erstes von Frau Finanzkammerkanzlist, unterthänigst, und löste Heiterkeit aus. Sie lachte mit und vermisste plötzlich Gertraut und Baldur. Dachte wehmütig an die Stunden mit Anton und Hilda im Grünen Baum. Die Gemeinschaft mit anderen hatte ihr gefehlt.

Irma drehte ihren Strickstrumpf um und rief: »Unterthänigst, mein Vater bittet ums Pflastergeld.«

»Nicht mehr lang, es soll abgeschafft werden«, sagte Margarethe. »Sieh zu, dass du dich versorgst. Ich heirate im Sommer den Ruoff aus Tübingen, das ist ein richtiger Kaufmann und ein wirkliches Mannsbild.«

Frau Schweigert trat ins Zimmer, begrüßte sie alle auf das

Herzlichste, brachte Speis und Trank und zog sich wieder zurück. Der jüngste Schweigert schenkte ihnen Wein ein und reichte Baurenseufza und Butterbrezeln. Er las eine Passage aus der Hauff'schen Sage vom Lichtenstein vor und wischte sich mehrmals die Augen. »Das Licht beißt«, sagte er.

Die beiden Burschen rückten näher an die Mädle heran und hielten ihnen die Kunkel, damit sie das Garn besser vom Spinnrocken zupfen konnten. Christiane strickte an einem Wams. Ihr Blick ruhte auf Claudius. Als der jüngste Schweigert das Buch aus der Hand legte, bemerkte sie: »Wie der Dichter sagt, manchmal steht man an einem Scheideweg und weiß nicht, wie es mit einem weitergehen soll.« Sie drückte ihren Rücken an den mollig warmen Ofen.

An der Tür stand auf einmal ein leibhaftiges Mannsbild. Der Kerl war deutlich älter als die beiden Burschen, aber hatte noch alle Haare auf dem Kopf, die drahtig in sämtliche Richtungen abstanden. Die Furchen in seinem Gesicht hätten Gott erbarmen müssen. Seine Hände, die er unentwegt aneinanderrieb, waren gewaltig wie Wagenräder und rissig wie eine alte Eiche.

Der jüngste Schweigert nahm eine Gitarre und schlug ein paar Töne an. »Eine Ballade. Sie erzählt eine wahre Begebenheit aus dem Backhaus, wie sie sich vor Zeiten zugetragen haben soll«, sagte er. »Ich hab mir eine Melodie erdacht.« Er sang ihnen vom Kirbekuecha, der immer im Weg stand. Die Mädle und Burschen, die das Lied kannten, fielen in den Refrain ein und Christiane schloss sich beim zweiten Mal auch an.

Claudius reichte ihr die Gitarre. Wie mühelos sie ein stummes Einvernehmen fanden. Sie spielte weiter und wandelte den Schluss des Kehrreims ab. »Und so zog der Kirbekuecha fort nach Minga, doch das Heimweh trieb ihn zurück, nach Wildberg, nach Wildberg.«

Alle klatschten. Frau Schweigert servierte echten Kaffee und schenkte ihnen Wein ein.

»Darf ich euch um einen Rat bitten?«, fragte Christiane.

Die anderen nickten. »Erzähl«, sagte Irma.

»In München war ich als freie Kleidermacherin tätig. In Wildberg könnte ich die Mädle im Handarbeiten unterweisen. Ich wäre gern hier ansässig. Meint ihr, es ginge, wenn ich zusätzlich die Nähstube der Rumpfer übernehme? Kann ich das wagen? Verzeih, Marie-Luisa. Bei euch gefällt es mir ausnehmend gut. Doch ich will und muss auf Dauer allein für meinen Unterhalt sorgen.«

Frau Schweigert setzte sich zu ihnen auf die Ofenbank. »Es ist bedenkenswert, die Mädle zu unterrichten. Aber es lohnt nicht mehr, dass Sie damit anfangen. Sie heiraten doch nach Pfingsten. Den Wagner Rukwied. Er war vorhin kurz da. Sicher haben Sie ihn gesehen. An der Tür. Leider musste er gehen. Die Kinder.«

Christianes Ohren waren wie taub. Heiraten? Daran hatte sie für den Moment nicht gedacht. Einen Wagner? Das Mannsbild von vorhin? Und welche Kinder?

»Dem Rukwied ist das Weib vor einem Jahr verstorben«, fuhr Frau Schweigert fort. »Sie gefallen ihm ausnehmend gut, hat er mir beim Abschied verraten. Ein freundliches Wesen haben Sie. Er will Sie herzlich gern ehelichen. Ein Blick hat ihm gereicht, er ist von Ihnen angetan und hat sich gleich entschieden. Fünf Mäuler hat er zu Hause, die wollen versorgt sein. Das Kleinste ist vierzehn Monate. So hat's Ihre Pflegemutter wohl gedacht, dass Sie hier heiraten, sobald Sie genesen sind. Und der Rukwied ist ein Großcousin von ihr. Das fügt sich gut. Es heißt, Sie bringen eine ordentliche Mitgift nach Wildberg. Der Wagner und wir alle können's brauchen. Ihre Pflegeeltern scheinen nicht unvermögend zu sein, sie haben immer ein glanzvolles Haus geführt, wenn sie im Sommer in der Gegend waren.«

»Dann ist's entschieden, wie es ausgedacht war«, sagte Marie-Luisa, hielt ihre Klöppelarbeit in die Höhe und begutachtete sie im Lampenlicht.

Wieder war sie hinters Licht geführt worden, dachte Christiane. Aber zu einer Heirat müsste sie Ja sagen, was ausgeschlossen war.

»Ich soll Ihnen vom Wagner Rukwied ausrichten, dass er Sie am Maientag zum Tanz bittet«, sagte Frau Schweigert.

»Nie und nimmer lasse ich mich von dem anfassen!«, entfuhr es ihr. Ein Fehler, ihre Gefühle zu zeigen. Sie rückte ein Stück weg.

»Es gibt gute starke Kinder von ihm«, sagte Irma. »Überleg es dir. Sie sind allesamt gesund geraten, die er hat von der ersten Frau. Du wirst schon sehen. Er ist umgänglich und nicht gewalttätig.«

»Dann nimm du ihn!«, wollte sie rufen, aber sie legte stattdessen ihr Strickzeug in den Schoß und faltete die Hände. »Der Herr behüte und beschütze mich …«, murmelte sie den Psalm vor sich hin. Beim Gebet würde sie niemand stören. Sie war bei Gott, aber mehr bei ihrem Kleid mit dem gelb-rot gestreiften Rock und dem einfarbigen Leibchen. Sie hatte sich in der letzten Woche im Zwerchhaus dicht ans Fenster gesetzt und fleißig gestichelt. Die Sonne schien ihr, sobald sie den Stoff in der Hand hielt. Der Rukwied würde sie nie in diesem Kleid zu sehen bekommen.

Erst kurz vor Mitternacht machte Marie-Luisa sich mit ihr auf den Heimweg. Christiane war geblieben und hatte fleißig gestrickt. Wenn sie ihre Hände bewegte, regten sich auch die Dinge in ihr. Sie wollte sich keine Blöße geben, es sollten alle denken, sie würde sich fügen nach dem ersten Schreck.

Sie folgte Marie-Luisa über die Talstraße und eilte hinter ihr dem geschützten Hof zu. Der Wind war eiskalt, obwohl der Schnee geschmolzen war. Die Kälte, die von außen kam, drang nicht mehr in ihr Innerstes. Nie heiratete sie den Rukwied! Unter keinen Umständen. Niemals nicht! Sie musste Wildberg verlassen.

»Verzeihen Sie«, sagte Käthe, »Sie können nicht fort. Schauen Sie aus dem Fenster! Wir versinken im Schnee und die Nagold fließt nicht mehr. Wenn das mal keine Überschwemmung gibt. Die Straße ist kaum passierbar und, entschuldigen Sie noch mal, niemand wird Sie mitnehmen. Alle wissen, dass Sie dem Rukwied versprochen sind. Mit dem legt man sich nicht an. Sie könnten heimlich zu Fuß nach Herrenberg. Im Frühjahr, wenn's Wetter besser ist und wenn Marie-Luisa in Altensteig ist und Schönhuth in Calw weilt. Das habe ich nicht gesagt. Sie verstehen. Doch sobald Sie gehen können, sag ich Bescheid.«

Wie wahr Käthe gesprochen hatte! Christiane schämte sich, aber es war zu ungeheuerlich, was man da von ihr wollte. Was sollte sie tun? Sie würde vor dem Altar Nein sagen, wenn es ihr nicht vorher gelang, aus Wildberg zu fliehen. Man konnte sie im Angesicht Gottes nicht zwingen. Vorerst jedoch ließ man sie in Ruhe und drängte sie zu nichts. Sie blieb in ihrem Zwerchhaus, obwohl keiner es von ihr verlangte. Sie wollte diese Stadt nicht weiter kennenlernen und würde sich niemals hier niederlassen. Käthe hatte ihr erzählt, dass Pfarrer Cotta sie im Gottesdienst als neues Mitglied der Gemeinde begrüßt hatte. Wie gut, dass sie nicht hingegangen war.

Mitte März klopfte ein Bote unten an die Haustür. Niemand öffnete. Merkwürdig, dass außer ihr keiner da war. Sie ging die Außentreppe hinunter und quittierte eine Geldsendung für Schönhuth. »Sie sind das Stuttgarter Fräulein, nicht wahr? Das hier ist für Sie.« Er überreichte ihr ein Schreiben ohne Absender. »Ich hab's aus Altensteig mitgebracht. Martha Schmid hat's mir anvertraut.«

Aus der Schachtel in der Küche gab sie ihm ein paar Kreuzer für das Porto. Er schaute sie neugierig an, bevor er sich wieder auf seinen Gaul schwang und davonritt.

Den Umschlag für Schönhuth legte sie auf den Küchentisch

und nahm mit klopfendem Herzen ihren Brief zur Hand. Louisles Schrift!

Mit langen Schritten stürmte sie nach oben in ihr Zwerchhaus. Die Schwester hatte den Absender weggelassen und die Fantasie des Briefboten geweckt. Christiane lachte auf und las:

Geliebtes Nanele,

du bist uns jederzeit herzlich willkommen. Das hättest du nicht fragen müssen. Betrachte unser Haus als das deinige. Laura-Beata und Karl-Markus sind gespannt darauf, ihre Tante Nanette kennenzulernen, und senden dir viele Küsse.

Tränen stürzten ihr aus den Augen, sie fiel auf die Knie und hob die gefalteten Hände. »Großer Gott, ich danke dir!«

Flugs sprang sie auf und rannte die Treppe hinunter in die gute Stube. Halb drei auf der Kuckucksuhr. In einer Stunde würde sich das Fuhrwerk nach Nagold mit dem Brennholz auf den Weg machen. Es konnte sie mitnehmen, sogleich. Niemand da. Seltsam still lag der Hof. Der Wagen mit den Tuchballen war des Morgens nicht gekommen. Das hatte sie nicht bemerkt. Auch Marie-Luisa war nicht zurückgekehrt aus Altensteig. Am Himmel flogen drohend die Wolken und fraßen sich gegenseitig. Plötzlich donnerte und blitzte es gleichzeitig. Sie schnappte sich die Geldsendung vom Küchentisch, warf sich ein Tuch um die Schultern und eilte über die Talstraße die Spießtorgasse hinauf, wo sich am Brunnen eine Menschenmenge versammelt hatte.

Alle schauten zur Nagold hinunter, die in ihrem Bett brodelte und schäumte. Wasser stand auf dem Hof, den sie eben noch trockenen Fußes überquert hatte. Sie sah von oben, wie Schönhuth die beiden Knechte und Käthe durch die Gegend scheuchte. Wo waren sie vorhin alle gewesen?

»Die Sandsäcke helfen gegen das Hochwasser«, sagte Brehms Sohn, »verhindern lässt es sich nicht mehr.«

»Die Klosterbrücke hat's weggerissen. Die Nagold wird die ganze untere Vorstadt überschwemmen. Wenn nur die

Fundamente halten und der Sommer heiß und trocken wird«, sagte der Sohn vom Seckler und rieb über seine Lederhose.

Christiane ging ein paar Schritte zurück und kam neben dem jüngsten Schweigert zum Stehen.

»Die Brücke, wer die bezahlen soll, wissen die Wolken da oben.« Er schaute sie merkwürdig an. »Mich würde es nicht kümmern, wenn ich nicht Eltern und Geschwister hier hätte. In Holland sollte ich rechtzeitig sein, das Schiff nach Amerika wartet nicht. Komm doch mit!«

Sie stutzte kurz und schüttelte dann den Kopf, rannte zurück zur Walkmühle. Schönhuth hatte die vier Gäule angeschirrt und brachte die Stoffballen, die für den Transport gerichtet gewesen waren, ins Trockene den Hang hinauf an der anderen Seite der Talstraße. Er wies sie an, den erhöht liegenden Eingang vom Gemüsegarten aus zu benutzen und im Haus nach dem Rechten zu sehen.

In der Küche schaukelte der Tisch im Wasser. Niemand wusste von der Geldsendung. Sie könnte verloren gegangen sein. Sie hätte den Umschlag auf die Tischplatte gelegt, würde sie sagen, wenn sie gefragt würde. Die Flut stieg zum Glück nur langsam und bloß bis zur dritten Treppenstufe. Die beiden Knechte trugen die Walkstoffe in die Scheune auf den Speicher.

Nach drei Tagen zog sich die schlammige Brühe zurück.

»Wenn's nur nicht noch mal friert«, sagte Schönhuth, »haben wir die Walke im Nu gesäubert. Ihre Vormundschaft schickt bald das Kostgeld fürs Frühjahr. Dann können wir alles richten lassen.«

Christiane öffnete sogleich den Umschlag mit der Geldsendung. Konnte das sein? Sie las die beigefügten Zeilen:

Mehr schicke ich nach der Heirat. Es soll der Tochter an nichts fehlen.

Die Worte von Frau Bergrat. Sie hatte richtig vermutet und kein Geld von Schönhuth genommen, sondern sich nur angeeignet, was ihr gehörte. Unglaublich war das. Zwanzig Dukaten!

Sie würde sie nicht mehr hergeben. Auf einmal war sie wieder gut als Tochter. Christiane lachte bitter auf. Es war, verdammt noch mal, ihr Geld, das Frau Bergrat Hehl da großzügig verteilte.

Mit Schaufeln und Eimer brachten sie Wasser und Schlamm aus dem Haus. Der Knecht richtete den Herd. Abends saßen sie bei einem deftigen Eintopf mit Resten von geräuchtem Schinken beieinander. Da polterte es draußen. Marie-Luisa trat herein und ließ sich auf die Bank sinken. Wirr hingen ihr die blonden Haare ins Gesicht.

»Den ganzen Weg zu Fuß komme ich, über Ebhausen und Efringen. Bis die Klosterbrücke für die Fuhrwerke nicht wieder hergerichtet ist, gehe ich nicht mehr nach Altensteig.«

Im Zwerchhaus holte Christiane abends Feder und Tinte hervor und teilte Anton die Adresse von Louisle mit.

Bitte schick meine Reisetruhen nach Metzingen ins Pfarrhaus. Und wenn im Rindermarkt die Nähstube noch vakant ist, lass es mich wissen. Ich habe nicht aufgegeben, darauf zu hoffen.

Louisle teilte sie mit, dass sie reise, sobald das Wetter es zulasse. Auf Himmelfahrt erhoffe sie sich ein Wiedersehen. Die zwanzig Dukaten verbarg sie in ihrem Geldgürtel, den sie auch nachts nicht ablegte.

In der Osterwoche suchte sie der jüngste Schweigert auf und wollte ihr seine Gitarre schenken. »Sonst hat hier niemand einen Sinn dafür«, sagte er. »Willst du nicht doch auswandern mit mir nach Amerika?«

Sie gab ihm die Gitarre wieder zurück. Mühsam hielt sie die Tränen im Zaum. »Auch ich verlasse Wildberg. Bitte schweig darüber.«

»Hast du einen Liebsten?«

Sie schüttelte den Kopf, brachte keinen Ton heraus. Claudius gefiel ihr, aber sie wollte bei sich bleiben.

Bis Anfang Mai musste sie sich gedulden. Erst dann nickte Käthe. Sie arrangierte es, dass der Knecht, der die Stoffballen nach Herrenberg brachte, den Reisekoffer gegen ein paar Kreuzer unter der Fracht versteckte. Einen Passagier konnte er nicht mitnehmen. Das würde auffallen.

Christiane packte das neue, gelb-rot gestreifte Kleid ein. Die beiden von Frau Bergrat Hehl ließ sie zurück. Sie trug einen grauen Rock von Marie-Luisa und eine schwarze Bluse. Darüber eine Strickjacke. Die Servietten verstaute sie in einem Leinenbeutel, den sie ins Brustmieder steckte.

»Gehen Sie über die steinerne Hirschbrücke und folgen Sie der alten Steige zum Sulzer Eck«, sagte Käthe. »Ich bin viele Male schon hinübergelaufen nach Herrenberg, ein Onkel wohnt dort. Mittags ist man dort. Mehr als vier Stunden braucht es nicht. Hier, zwei Äpfel, gegen den Durst. Ich verrate nichts. Nein, ich will nicht einen Kreuzer. Und danke für den Wagner Rukwied, ich hatte schon in der Trauerzeit ein Auge auf ihn geworfen. Jetzt wird er mich wohl nehmen.«

»Das hoffe ich für dich! Ich drücke dir die Daumen. Das Halstüchlein hier mag dich an mich erinnern. Ich habe es soeben fertiggestellt.« Sie reichte ihr ein leinenes Tuch, das sie wie die Servietten mit einem Blumenmuster umrandet hatte. Ein zweiter Versuch mit der Nadelmalerei. »Käthe, ich danke dir von Herzen. Du bist mein Engel. Wie ich ohne dich aus Wildberg wegkommen würde, weiß ich nicht.«

Von der Hirschbrücke beobachtete sie ein Blesshuhn, das ein Nest baute. Das war für sie ausgeschlossen gewesen ebenso wie das Auswandern mit Claudius.

Sie machte sich an den Aufstieg und setzte die Füße auf dem Buckelpflaster achtsam voran. Immer wieder schaute sie hinunter ins Nagoldtal und blickte hinüber zum Rathaus in der Oberstadt. Ein Hahn krähte. Wie schmal und steil der felsige Rücken war, auf dem die obere Stadt lag. Der Berg drängte sich ins Tal hinein. Die Nagold beschrieb einen weiten Bogen. Von oben sah es anders aus, als sie es immer gesehen hatte. Wie aber sollte es mit ihr in Metzingen weitergehen? Sie würde auf Dauer nicht bei Louisle bleiben können. Hätte sie doch mit Claudius nach Amerika auswandern sollen?

Eine Ruhebank unter einer Kastanie lud zu einer Rast. Pferde wieherten, ein Hund bellte. Wie lärmend die Karren durch die Talstraße rumpelten. Sie sprang auf und eilte mit langen Schritten weiter, atmete schwer, wie ihr Herz war.

»Auf der Höhe«, hatte Käthe gesagt, »geht es sich spielend. An der alten Linde geradeaus, nicht links nach Untersulz, sondern geradewegs in Richtung Obersulz. Dort zweigt die Vizinalstraße ab gen Herrenberg.«

Mit festen Schritten lief sie durch Wiesen und Kornfelder. Klatschmohn und Kornblumen leuchteten. Über den Halmen stiegen Lerchen auf und trillerten. Ein Hase rannte vor ihr davon. Wie heiter es einem ums Herz werden konnte. Zikaden zirpten in einer Hecke. In der Ferne stand ein Schäfer bei seiner Herde.

»Es geht stetig, aber nicht steil bergan.« Käthes Worte im Ohr schaute sie sich um. Pfade kreuzten sich und alle führten sanft hinauf. War sie nicht vorhin an der Rotbuche vorbeigekommen? Sie blieb stehen. Sonnenstrahlen irrlichterten durch das Blätterdach. Ein Kuckuck rief. Sie folgte dem Geräusch von der einen zu der anderen Seite. Mit einem Sacktüchlein wischte sie sich über die Stirn und ließ sich am Rand einer schmalen Lichtung auf einem Baumstamm nieder. Nachdem sie ihr Vesper verzehrt hatte, lauschte sie. War da nicht ein Glockenschlag? Zwölfmal. Mittagszeit, wie es ihr Bauch gesagt hatte. Zum Nachtisch aß sie einen der Äpfel, kaute gründlich und schöpfte Wasser aus einem Bach. Sie nahm den Pfad zum Kirchturm. Aus einem breiteren Weg kam ihr auf einem Grauschimmel langsam ein Händler mit Kochgeschirr entgegen. »Wohin des Wegs, mein Fräulein?« Er schob seinen breitkrempigen Hut ein wenig zurück.

»Ich will nach Herrenberg und habe die Richtung verloren. Kam der Glockenschlag von dort?«

»Das war erst die Kirche in Kuppingen. Kommen Sie, ich bring Sie zum Fahrweg durchs Arenfeld. Stellen Sie sich da auf den Felsblock, dann können Sie besser aufsteigen.« Er rückte nach hinten und zog sie vor sich auf den Pferderücken. »Keine Angst, ich tue Ihnen nichts.«

Wie weich und lebendig warm das Fell des Grauen war. Sie schaukelten dahin. Sacht drückte sie die Schenkel an den Pferdeleib. Wie sie es in Kirchberg gelernt und in Königsfeld erprobt hatte. Schade, dass Fanny Marikas Reitrock in der Reisetruhe war. Sie vergaß den Händler hinter sich und den Wagner Rukwied und gab sich mit ihrem Leib dem sanften Wiegen hin. Sie hätte auf immer weiterreiten mögen im melodischen Gesang der Amseln und dem leisen Gurren der Ringeltauben. Viel zu rasch wurde der Wald lichter und der Graue kam zum Stehen. Wiesen und Felder lagen jetzt vor ihnen. Der Händler half ihr herunter. Die Töpfe schepperten.

»Haben Sie Dank! Sie haben mich gerettet.«

»Sie sind nicht die Erste«, sagte er und lachte. »Sie haben sich vortrefflich gehalten auf dem Pferd. Mein Kompliment. Da hinten liegt Kuppingen. An der nächsten Wegbiegung sehen Sie den Turm der Herrenberger Stiftskirche.«

Mit wehen Füßen und lahmen Beinen erreichte sie am Nachmittag die Poststation. Zweimal hatte sie sich noch verlaufen. Der Eilwagen nach Tübingen habe die Stadt soeben verlassen, morgen um drei wieder, hieß es.

Welch ein Pech! Doch sie wollte sich nicht darüber ärgern, konnte es nicht ändern. Für den kommenden Tag erstand sie ein Billett bis Metzingen. Das war ihr sicher. Einen Gulden und sechsundvierzig Kreuzer musste sie zahlen, den ganzen Fahrpreis von Stuttgart gerechnet. Der Posthalter ließ nicht mit sich handeln und wies auf ihren Koffer, der gottlob auf sie gewartet hatte. Im Stillen bedankte sie sich bei Schönhuths Knecht. Sie hätte ihm ein Trinkgeld dalassen sollen.

Dreißig Kreuzer blieben ihr als Barschaft. Den Geldgürtel mit den zwanzig Dukaten wollte sie nicht antasten. Sie aß eine Graupensuppe mit Speck und brockte so viel Brot hinein, wie sie ergattern konnte. Fünfundzwanzig Kreuzer waren übrig. Eine eiserne Reserve. Sie wartete in der Poststation, saß still auf einem Stuhl, durfte den Wagen nach Tübingen nicht verpassen.

»Louisle«, flehte sie stumm, »schick mich nicht wieder fort! Ich will dir auch nicht zur Last fallen.« Sie nickte ein und schreckte auf, als ihr Koffer umkippte. Sie klemmte ihn zwischen die Knie. Die Poststube füllte sich langsam mit Gesichtern, und die Luft wurde schwer vom Bierdunst. Wem sollte sie trauen? Sie würde bald einmal in den Winkel gehen müssen. Auf dem Boden lagerten die Passagiere auf ihren Bündeln und streckten sich aus. Wie hatte sie in solch eine Lage geraten können! Sie setzte sich aufrecht hin. Der Stuhl war das Einzige, was sie vom gemeinen Volk abhob. Wenn sie aufstand, war er sofort anderweitig besetzt.

Die Tür öffnete sich. Zwei Polizisten traten herein. Sie zuckte zusammen und klammerte sich an die Ridicule auf dem Schoß. Man war ihr auf die Spur gekommen.

»Fahrscheinkontrolle«, rief ein baumlanger Kerl mit einem schwarzen Bart. Sein Kollege, dürr und blass, ging durch die Reihen. Zwei Männer mussten die Poststation verlassen, weil sie kein Billett vorweisen konnten.

Sie atmete verhalten auf, als sich die Polizisten verabschiedeten. Die beiden hatten nur die Fahrscheine sehen wollen. Niemand durfte wissen, dass sie ein entlaufenes Mündel war, auch Louisle nicht. Ihr Mann, Pfarrer Geß, machte sich strafbar, wenn er sie gegen den Willen ihres Vormunds beherbergte. Das hatte sie nicht bedacht. Ob jemand sie gesehen hatte, wie sie in Wildberg die Steige genommen hatte? Sicher hatte Marie-Luisa ihr Fehlen längst bemerkt.

Eine Alte in Begleitung eines Mädchens ließ sich neben ihr an der Wand nieder.

»Die Oma«, sagte die Kleine, »hat es in den Knochen. Könnten Sie nicht …?«

»Gerne, wenn du auf meinen Koffer aufpasst, ich muss ohnehin in den Winkel. Deine Großmutter soll sich setzen. Wir teilen uns heute Nacht den Stuhl.« Das Mädchen strahlte sie an und nickte eifrig.

Alle Stunde wechselten sie sich ab und wachten gegenseitig über ihr Gepäck. Die Kleine war auf dem Boden eingeschlafen, eingerollt in eine Decke.

»Ein Stuhl für die Nacht macht zehn Kreuzer!«

Christiane schreckte auf. Sie war eingenickt. Der Posthalter stand vor ihr und hielt die Hand auf. Das Mädchen mit seiner Großmutter war verschwunden. Sie zahlte. Ihr blieben fünfzehn Münzen.

Zum Frühstück schob ihr die Tochter des Posthalters eine Butterbrezel hin und stellte einen Becher mit dünnem Kaffee auf den Tisch. Sie machte ihr ein Zeichen, wollte kein Geld. Christiane nahm einen Schluck. Heiß und schwarz. Sie biss ab und leckte sich die Butter von den Lippen. Die Kuckucksuhr schlug sechsmal. Der Posthalter rief die Diligence nach Freudenstadt aus. Die nächtliche Gesellschaft nahm ihr Hab und Gut. Auf einmal war sie allein in der Schenke.

»Geh ein bisschen vor die Tür«, sagte die Tochter, »es wird ein milder Tag. Die Luft wird dir guttun. Den Koffer kannst du mir anvertrauen. Draußen steht eine Bank, dort lässt es sich trefflich sein.«

Es gab auch gute Menschen. Das wollte sie nie vergessen. Claudius, der jüngste Schweigert, und ihr Engel, Käthe, zählten dazu. Von der Großmutter mit dem Mädchen wusste sie nichts. Und der Posthalter musste Geld verdienen.

Dösend verbrachte sie die Stunden im Halbschatten einer

Kastanie. Kutschenräder schoben sich durch ihre Träume, Pferdehufe stampften hart auf dem Pflaster.

Die Tochter reichte ihr eine Schüssel Linsen mit Spätzle und steckte ihr einen Kanten Brot zu. »Frag nicht«, sagte sie. »Der Vater ist außer Haus.« Sie hatte wasserblaue Äuglein. Älter als zwanzig war sie nicht.

Als Christiane endlich im Eilwagen nach Tübingen saß, war sie derart müde, dass sie sogleich auf ihrem Eckplatz einschlief. Doch kaum hatte sie es sich in ihren Träumen von Postmädchen, Engeln und fahrenden Händlern eingerichtet, schreckte sie auf. Die Kutsche passierte eine steinerne Brücke. Drohend stand das Stift über dem Neckar. Dort hatten Hölderlin und Hegel gewohnt.

»Nach Reutlingen? Leider erst morgen früh um sieben mit dem Packwagen. Sie haben ein Billett? Nehmen Sie Platz!«

Sie zwängte sich in eine Bank und lehnte sich an die Wand, vor sich ein blank gescheuerter Holztisch. Verstohlen strich sie über die Geldkatze unter ihrem Kleid.

Abends füllte sich die Poststation wieder. Sie aß den zweiten Apfel aus Wildberg mit Stumpf und Stiel und leckte sich die Lippen, bis diese nur nach sich selbst schmeckten. Ein Mann stellte ein Bier ab vor ihr ab. »Zum Wohlsein!«

»Wie viel?«, fragte sie. Ein Angebot hatte immer einen Preis, und lieber zahlte sie mit ihrem letzten Kleingeld als mit ihrem Leib.

Der Mann lachte. »Für Sie drei Kreuzer.«

Sie legte die Münzen auf den Tisch und stürzte den Krug hinunter. Wie durstig sie gewesen war. Später trank sie noch zwei Bier und vesperte einen Wurstsalat.

Ihr Reisegeld war aufgebraucht. Jetzt müsste sie die Dukaten aus dem Geldgürtel antasten. Nein, sie brauchte nichts. Sie zog Louisles Ring vom Finger und schob ihn wieder drauf. Ein Spiel, endlos wie die neue Wartezeit.

Frühmorgens klammerte sie sich auf dem Packwagen an ihren Koffer. Zum Glück dauerte die Fahrt nicht lange. Um acht war sie in Reutlingen. Eine richtige Kutsche wartete dort. Der Postillion vertäute die Gepäckstücke auf dem Dach. Wenn sie es recht bedachte, war die Reise von München bis Stuttgart zwar weiter, aber einfacher und schneller gewesen.

Sie stiegen ein und quetschten sich zu acht auf die sechs Plätze. Christiane saß inmitten drei älterer Frauen, die nach Kuhstall rochen. Ihr gegenüber, außen an den Fenstern, hockten zwei Männer. Der eine umklammerte einen zerrupften Hahn, der andere klemmte sich einen Käfig mit winzigen gurrenden Wachteln zwischen die Beine. In der Mitte thronte eine Rotwangige mit einer abgeschafften gerüschten Spitzenhaube, wie sie niemand mehr trug. Neben ihr wiegte ein blutjunges Weib einen Säugling auf dem Schoß. Der Kleine schrie und holte kaum einmal Luft, was die Mutter nicht zu stören schien. Christiane strich über Louisles Ring. Ob die Schwester ihr fremd sein würde?

»Sie müssen das Kind fatschen«, zeterte die Rotwangige. »Wickeln Sie es in Banden. Gefatschte Kinder schreien nicht.«

Christiane umklammerte ihre Ridicule. Fatschen. Das Wort zischte und pikste. In diesem Moment stand die Kutsche still, und die Pferde schnaubten.

METZINGEN

Christiane hastete in Richtung Kirchturm und sah sich immer wieder um. Martinskirche. Woher wusste sie das? Louisle hatte es ihr geschrieben. Waren da nicht Schritte hinter ihr? Die Ridicule hielt sie an sich gedrückt. Der Koffer wog schwer in der anderen Hand. Jemand rief nach ihr. Nein, das konnte nicht sein. Das Pfarrhaus in der Helfergasse. Augusts Worte in Brandenburg. Christiane zog an der Glocke. Im Garten stand ein roter Schubkarren. »Fatschen!«, zischte es in ihrem Kopf. »Louisle, lass mich ein! Rette mich!«

Ein kleines Mädchen öffnete und schaute sie fragend an. Fünf mochte es sein und spielte mit seinen langen blonden Zöpfen. Louisle!, durchzuckte es Christiane.

»Laura-Beata? Wer ist da? Warum sagst du nichts?« Aus dem Dunkel des Treppenhauses tauchte eine Stimme auf. »Nanette? Bist du es? Nanele!« Bevor sie antworten konnte, legte Louisle einen Arm um sie. Mit dem anderen hielt sie einen Buben auf der Hüfte. »Das ist Karl-Markus«, sagte sie und ließ sie los. »Laura-Beata, gib Tante Nanette die Hand.«

Tante. Wie schön, sie hatte eine Familie.

»Louisle, ich bin so unendlich froh, hier bei dir zu sein«, brach es aus ihr heraus.

Eng schmiegte sich Laura-Beata an den Rock der Mutter. Wie ähnlich sich die beiden sahen. Es war, als ob sich die Zeiten ineinanderschoben. Am liebsten hätte Christiane sich genauso wie Laura-Beata versteckt. »Schick mich nicht wieder fort, Louisle, ich bitte dich«, stammelte sie.

»Aber Nanette, was ist dir? Hier ist dein Zuhause, ist es immer gewesen. Hier in diesem Haus sind wir beide zur Welt gekommen und aufgewachsen. Es ist eine Gnade, hier leben zu dürfen. Komm rein, Geß wird sich freuen. Er ist ein guter Mann. Unser Vater hat eine weise Entscheidung getroffen.«

»Ach Louisle, hätte er es nur auch für mich tun können.«

»Nanele, du wolltest keinen Pfarrer, wenn ich dich erinnern darf. Schau nicht so ängstlich.«

Louisle zog sie mit sich die breite Eichentreppe hinauf. Die dritte Stufe knarrte wie früher. Sie war nach Hause gekommen. Louisle hatte recht.

»Komm in die gute Stube. Sie ist geheizt, wegen Karl-Markus. Er hustet. Erst seit ein paar Tagen ist es wärmer.« Die Schwester zog sie ins Zimmer. »Mit Karl-Markus wird es bald besser. Das Leben fordert sein Recht. Kinder werden krank und wieder gesund. Wenn er im Herbst zwei wird, hat er's überstanden. Sie sind stabiler dann. Wie bei uns, sagt die Mutter. Nimm ihn mir bitte ab. Ich mache uns einen richtigen Kaffee. Zu guter Letzt hast du den Weg zu uns gefunden. Ich bin von Herzen froh. Heute gibt's vom Hefekranz. Er war fürs Wochenende gedacht, da hatte ich dich erwartet.«

Louisle reichte ihr den Buben, eilte nach nebenan in die Wohnküche und stellte den Wasserkessel auf den Herd. Karl-Markus hustete böse. In seinem Namen steckte Lorcis Sohn. Karl Theodor. Ob er eine neue Mutter gefunden hatte? Laura-Beata warf Christiane einen scheuen Blick zu und folgte Louisle auf Schritt und Tritt. Die Kleine bohrte in der Nase.

Christiane setzte sich Karl-Markus auf die Hüfte und trat mit ihm ans Fenster in der danebenliegenden Stube. Er fasste nach ihrer Haarspange und zog daran. Sie lachte und gab ihm den Zopf, der sich gelöst hatte. Wie warm der Kleine war. Als er wieder hustete, legte sie ihn sich an die Schulter. Sacht klopfte sie auf seinen Rücken. Das hätte Karl Theodor sicher auch gefallen, aber er war dafür schon zu groß gewesen mit fünf. Jetzt ging er in die zweite Klasse und brauchte kein Rechenbrett mehr.

Die Stubentür öffnete sich. Ein langer knöcherner Mann mit einer Hakennase trat ein. In der Hand hielt er den Pfarrershut. Graue dünne Haare standen ihm wirr vom Kopf ab.

»Wie ich rieche, gibt es echten Kaffee«, sagte er mit tiefer Stimme. »Unser lang erwarteter Besuch. Wunderbar, dich endlich kennenzulernen, Nanette. Das darf ich doch sagen? Ich habe viel vom Nanele gehört.«

»Recht herzlich gerne.« Sie nahm Karl-Markus auf den anderen Arm und reichte Geß die Hand. »Louisle hat mir von Ihnen berichtet. Danke, dass Sie mich aufnehmen.«

Louisle kam aus der Küche. Laura-Beata versteckte sich hinter ihr. »Magst du mit uns einen Kaffee trinken, lieber Mann?«, wandte sie sich an Geß.

»Ich habe einen Besuch in der Gemeinde zu machen. Die Frau vom alten Gfrörer, sie hatte wieder eine Erscheinung unter dem Pflaumenbaum. Ganz richtig ist sie nicht mehr im Kopf. Ich bete Psalmen mit ihr, das beruhigt sie.«

Geß ließ sie allein, und Christiane atmete auf. Sie half Louisle, den Kaffeetisch zu decken. Laura-Beata sprang in den Garten und kam mit Gänseblümchen zurück, die sie neben die Teller legte.

»Das hat sie von uns. Erinnerst du dich? In Kirchberg? Bei der Taufe? Die Blumenkränze? Und wie du weggelaufen bist, als Tante Hehl gekommen ist?«

»Taubnessel mit Natternkopf war für sie. Und ich bin bis zur Kreuzeiche gerannt.«

»Greiskraut mit Malven war für die Großeltern. Und Ehrenpreis für den Täufling«, sagte Louisle.

Und schon redeten sie, wechselten sich ab wie früher nach zwei Sätzen. Der Kaffee wurde kalt und der Hefekranz blieb liegen. Laura-Beata lauschte ihnen, und Karl-Markus hustete nicht mehr.

»Du hast eine heilende Wirkung auf unseren Buben«, meinte Louisle beim Vesper. »Mein Herz ist ganz ruhig.«

»Ich muss die Predigt für Sonntag vorbereiten. Ihr braucht mich nicht«, sagte Geß. »Bleibt nicht zu lange auf.« Er zog sich in sein Amtszimmer zurück.

Sie räumten gemeinsam die Küche auf und brachten die Kinder zu Bett. Louisle betete mit Laura-Beata und Christiane sang ein Schlaflied für Karl-Markus. Als ob es immer schon so gewesen war. Ohne Handarbeit setzten sie sich an den Esstisch. Prüfend schauten sie sich an, lachten und hielten sich an den Händen.

»Nanele«, sagte Louisle, »ich dachte, ich habe dich verloren. Aber wir zwei, wir werden uns niemals fremd. Dafür danke ich Gott von ganzem Herzen.«

»Erinnerst du dich an die Fabel von den beiden Füllen? Sie kommen in ungleiche Hände, hieß es.«

Louisle nickte. »Und ich dachte, das kann uns nie passieren.« Sie stand auf und stellte frisch gepressten Rhabarbersaft und erste Erdbeeren auf den Tisch.

»Immer habe ich mit dir geredet. Mir in der höchsten Not einen Rat geholt, auch wenn du nicht da warst. Nie habe ich dich losgelassen. Verschieden sollten wir werden und haben uns nicht getrennt.« Christiane biss in eine Erdbeere.

»Ich habe eine Idee«, sagte Louisle. »Wir trinken einen Tee aus getrockneter Apfelminze und Haselnussblättern. Giftig grün ist er nach dem Aufguss. Damit stärken wir unsere Sinne. Ich werde ganz durchsichtig, meint Laura-Beata immer. Das Rezept ist von der Mutter. Sie wohnt jetzt in Tübingen beim Bruder. Friedrich ist Pfarrer dort und hat ein großes Haus. Er will bald heiraten. Einen Bart hat er sich wachsen lassen, so lang.« Sie zeigte bis zur Brust. »Dafür hat er nahezu keine Haare mehr auf dem Kopf.«

»Er ist doch erst vierunddreißig«, sagte Christiane.

»Die Männer haben es schwer«, sagte Louisle spöttisch und überbrühte die Kräuter.

Beide lachten und hielten inne, bis der Tee fertig war. Sie

nippten an den Teebechern und schauten aus dem Fenster. Die Zweige der Birke wehten im Wind.

»Rosine hat mit fünfundzwanzig einen reichen Witwer mit fünf Kindern geheiratet«, fuhr Louisle fort. »Vier eigene sind hinzugekommen. Sie ist schlank wie eine Tanne, weil sie den ganzen Tag herumrennt. Doch es gefällt ihr. Sie war immer Kindsmagd und hat selbst gewählt. Der Vater hat meine Heirat mit Geß befohlen. Keiner war mir gut genug. Erst als der Vater auch mich versorgt wusste, konnte er zu Gott gehen.«

Christiane drückte ihre Hand und murmelte einen Psalm: »Der Herr ist mein Hirte …« Für einen Moment saßen sie ganz vertieft, doch bevor sie traurig werden konnte, erzählte ihr Louisle von den anderen Geschwistern, die allesamt versorgt waren.

»Ihr habt ein Leben gefunden. Mir war es bislang nicht vergönnt. In Wildberg sollte ich einen Wagner heiraten. Mit fünf Kindern, wie Rosine. Sie hat es selbst entschieden. Wie aber soll ich einen Platz in der Welt finden? Ich will mich nicht zufriedengeben und habe solche Angst.« Christiane wischte sich eine Träne aus dem Augenwinkel.

»Hat dich das umgetrieben, als du angekommen bist? Du warst ängstlich wie früher als Kind.«

»In der Kutsche war ein Säugling, der unablässig geschrien hat. Eine Frau, rotwangig und mit einer Rüschenhaube, hat die junge Mutter angeherrscht: ›Sie müssen das Kind fatschen!‹ Es war dieses Wort: ›Fatschen‹. Ich kenne es, weiß um Dinge, die ich nicht wissen kann. Das hat Onkel Ludwig gesagt. Hast du eine Ahnung, wer diese Frau sein könnte, die mir solche Angst eingejagt hat?«

»Wie du sie beschreibst, muss das deine alte Amme Breusch gewesen sein. Aus der Zeit, bevor du zu uns gekommen bist. Mutter hat sie mir einmal auf dem Markt vorgestellt, kurz nachdem ich geheiratet habe. Regina Breusch ist die Einzige hier in Metzingen, die das Fatschen nicht lassen kann. Die

Nachbarin hatte sie stundenweise als Kinderfrau beschäftigt. Für eine Amme ist sie ja zu alt. Wie entsetzt war die arme Nachbarin, ihre Kinder als Engerlinge wiederzusehen. Unsere Mutter hat mir erzählt, wie es dir mit Frau Breusch ergangen ist.« Louisle schüttelte den Kopf. »Das tut mir jetzt noch weh.«

»Ich fühle oft die Banden, in die sie meinen Leib gewickelt hat, und die Nadeln, wie sie piksen.«

»Regine Breusch tut dir nichts mehr. Schweren Kummer hat sie ertragen müssen, sieben Kinder auf dem Kirchhof. Hab Erbarmen mit ihr. Sie gilt als verwirrt. Warte mal!« Louisle sprang auf und ging zu einer Truhe. »Hier, das hat die Mutter der Amme Breusch aus Mitleid abgekauft.« Sie reichte ihr ein Tüchlein mit Stickereien.

»Das glaube ich jetzt nicht! Louisle, es ist eine der beiden fehlenden Servietten. Ich hatte dir von ihnen geschrieben«, rief Christiane.

»Leise, die Kinder!« Louisle hielt den Zeigefinger an ihre Lippen.

»Die Ranken und in den Ecken die Schalen mit Blumen. In der einen … sieh doch, zwischen den Rosen eingestickt …«

»Genug jetzt!«, donnerte Geß, der auf einmal in der Tür stand. »Ihr solltet zu Bett gehen, es ist später geworden, als euch guttut.«

Am nächsten Morgen werkelte Christiane lange vor Louisle in der Küche. Sie schürte das Feuer und kochte Haferbrei.

Geß hatte sich aufgeführt, als ob sie Kinder wären. Kein Wunder, wenn der Mann zwanzig Jahre älter war. Er könnte Louisles Vater sein.

Christiane war zu aufgewühlt gewesen, um zu schlafen, und hatte die halbe Nacht gegrübelt. Die elfte Serviette war unverhofft zu ihr gekommen. Nur noch eine musste jetzt den Weg zu ihr finden. Suchen half nicht.

Was aber hatten die unzähligen Symbole zu bedeuten? Die drei liegenden Geweihstangen auf dem Tüchlein gestern. Die erste Serviette mit den springenden Fischlein war ihr besonders nahe, weil sie von Onkel Ludwig zu ihr gekommen war. Und die andere mit dem doppelköpfigen Adler brachte August zurück in ihr Herz. Ein Spiel war es gewesen, bis Onkel Ferdinand ihr das Märchen erzählt hatte. Da wollte sie mehr wissen und hatte lange warten müssen, was beileibe nicht ihre Stärke war. Zweimal vier Servietten waren hinzugekommen und ebenso viele Bilder, die sie nicht deuten konnte. Eine fehlte ihr zum Dutzend. Und dann? Die Königinwitwe halte die Hand über sie, hatte Onkel Ferdinand gesagt. Beide waren längst gestorben. Christiane seufzte. Sie kam nicht weiter mit sich.

Louisle trat mit Karl-Markus auf dem Arm und Laura-Beata am Schürzenbändel herein. »Nanele, wie habe ich jemals ohne dich auskommen können.«

Alle zusammen saßen sie kurz darauf beim Frühstück. Geß brach das Brot und segnete es. Über den gestrigen Abend verlor er kein Wort.

Laura-Beata hielt Christiane ihr Schüsselchen hin, was sie gern ein zweites Mal mit Brei und Honig füllte.

Später half sie Louisle in der Küche und hatte ein Auge auf die Kinder, die nebenan in der guten Stube zusammen spielten.

»Wie schön, dass sie nah bei uns sind. In München bei Hofsänger Löhle hat Carla ihren Oskar immer gewaschen und artig erlebt. Fürs Weinen war die Kinderfrau zuständig. Dabei hatte sich Carla so lange schon ein Kind gewünscht.«

»Wie gerne nehme ich deine Hilfe an, liebste Schwester. Doch dir meine beiden zu überlassen oder einer fremden Person? Undenkbar! Von der Mutter habe ich den Pestalozzi. Er ist mir Wegweiser und Muße zugleich.« Sie zeigte auf ein Regal, in dem neben den Teebechern ein Erziehungsratgeber stand. »Wenn die Kinder nach ihrer Mutter rufen, wie sollte eine Kinderfrau entscheiden, was angemessen ist? Ich zeige

Laura-Beata und Karl-Markus alles, was sie wissen möchten. Niemals jedoch erkläre ich etwas ohne eine Frage.«

Nachmittags öffnete Christiane zusammen mit Laura-Beata die Reisetruhen aus München, die vor ihr angekommen waren. Laura-Beata herzte die Puppe mit den gelben Haaren und breitete dann die Kleider auf dem Boden aus. Beim roten sagte sie immer wieder »Oh!« und strich darüber. Christiane legte Löhles Halsreif mit der Perle zum Kleid und Laura-Beata klatschte in die Hände.

Louisle kam hinzu und nickte anerkennend. »Als ob beides zusammengehört«, sagte sie.

Laura-Beata holte sich für die anderen Kleider die Kleiderbürste. Karl-Markus wollte es ihr gleichtun und schlug sich den Kopf an. Er verlangte nicht nach der Mutter, sondern nach »Tante Nanette!« Sie nahm ihn auf den Arm. Und Laura-Beata ließ sich später von »Tante Nanele«, wie sie sagte, bei einer Stickerei helfen.

Die Mesnerin nahm die Kinder mit in die Kirche.

»Verzeih mir bitte, Louisle«, sagte Christiane, als sie allein waren, »dass ich dir nicht öfters geschrieben habe. Ich konnte mein Leben kaum selbst erfassen, nachdem ich aus Stuttgart expediert worden bin. Onkel Ludwigs Tod habe ich lange nicht verwinden können. Es schmerzt mich nach wie vor, dass er nicht mehr unter uns weilt. Oft wusste ich auch nicht, welche Adresse ich dir angeben soll, weil die Dienstherrschaften die Briefe gelesen und an Frau Bergrat weitergeleitet haben. Erst in München als freie Kleidermacherin konnte ich mich davon befreien. Aber sag, warum hast du dann auf meine vielen Nachrichten nicht geantwortet?«

»Aber Nanele! Ich war so glücklich, dass du wieder mit mir geredet hast. Wenn es auch nur auf dem Papier war. Immer habe ich meine Worte an dich sogleich auf den Weg gebracht. Geß hat schon mit mir geschimpft.«

»Du hast sie poste restante geschickt?«

Louisle nickte eifrig. »Wie du es geschrieben hast. Eine gute Einrichtung. Das hättest du früher haben müssen.«

»Es ging nicht, weil ich nicht volljährig war. Merkwürdig. Ich habe nie eine Nachricht von dir erhalten.«

»Ich aber unzählige von dir. Hier!« Louisle schloss ihren Schreibschrank auf, der in der Wohnstube an der Wand stand, und holte ein Bündel Briefe heraus. »Wie wunderbar du die Türme der Frauenkirche gezeichnet hast. Du solltest den älteren Mädchen in der Schule Zeichenunterricht geben. So viele Seiten hast du mir geschickt«, sie hielt das Paket hoch, »aber nie hast du Antworten auf meine Fragen gegeben. Ich war ratlos. Von meinem letzten Brief habe ich daher eine Abschrift gemacht, weil ich dem Ganzen auf den Grund gehen wollte. Genauso sah er aus, als ich ihn weggeschickt habe. Nimm und schau ihn dir an!«

»Du hast deine Nachrichten an Christiane Hehl adressiert? Das erklärt alles. Poste restante galt für Nanette Mayer!«

»Nein, wie dumm von mir! Du hast es geschrieben, ich erinnere mich. Poste restante habe ich mir gemerkt, an den neuen Namen habe ich nicht gedacht. Verzeih, wo es doch unverzeihlich ist. Welch Verwirrung daraus entstanden ist. Wie konnte ich nur! Ich bin untröstlich.«

»Es lässt sich nichts mehr ändern und alles musste wohl so kommen. Jetzt bin ich ja hier. Das ist viel besser.«

»Wenn die Kinder nicht wären, möchte man meinen, die Gegenwart sei die Vergangenheit«, sagte Louisle abends. »Schade, dass wir beide an Metzingen keine Erinnerungen haben. Dafür sind die an Kirchberg umso lebendiger. Und doch wissen wir alles vom Leben hier. Es bleibt dem Leib eingeschrieben, hat die Mutter gesagt. Ganz liebe Grüße von ihr. Verzeih, auch daran habe ich nicht gedacht. Sie hat mir einen Brief gegeben, den ich dir zeigen soll. Er war versteckt im Nachlass des Vaters. Sie hat ihn erst kürzlich gefunden, als sie die Papiere geordnet hat. Der Vater hat sie immer ins Vertrauen gezogen. Dieses Mal nicht. Sie hatte diese Zeilen nie zu Gesicht bekommen. Ein Schreiben des Hofmedicus an unseren Vater. Du kennst seine Schrift. Ist es von ihm?«

Christiane saß auf der Küchenbank und las:

Verehrter Pfarrer Steinheil,

die Blasensteinschnitte nehmen kein Ende. Es ist mir daher nicht möglich, Sie persönlich aufzusuchen. Beim Umzug von Metzingen nach Kirchberg haben Sie von Helfer Dapp in Stuttgart eine Abschrift von Christianes Taufeintrag erhalten. Das Kind zählt bald siebzehn, und es ist Zeit, dass es über seine Herkunft unterrichtet wird. Bitte händigen Sie daher meiner Schwester dieses Dokument aus. Sie wird es mir zukommen lassen. Es bedankt sich,

Ihr Ludwig von Klein.

Es war Onkel Ludwigs Schrift, aber etwas stimmte nicht. Sie las wieder und wieder. Da durchzuckte es sie. »Louisle, ich weiß es, er hätte mich niemals ›Christiane‹ und ›Kind‹ genannt. Das hat immer nur Frau Bergrat zu mir gesagt. Und Onkel Ludwig hätte das Wort ›Documentum‹ benutzt und nicht ›Dokument‹. Und schau hier, wie die Buchstaben leicht nach links kippen. Eine Eigenart der Bergrätin. Onkel Ludwig war immer in Eile und so hat er geschrieben. Flüchtig, nach rechts gewandt. Frau Bergrat muss den Brief gefälscht haben, um an die Abschrift des Taufeintrags zu kommen. Was sich nicht beweisen lässt.«

»Der Vater ist damals durchs Haus gelaufen und hat unentwegt gerufen: Was habe ich getan? Gott möge mir verzeihen. Das arme Nanele!« Louisle schluchzte. »Ich höre noch heute seine Stimme. Todunglücklich war er.«

»Danke, dass du August nach Brandenburg geschickt hast. Er hat mir berichtet. Der Vater lebt in uns weiter.«

»Und wir müssen ohne ihn leben.« Louisle schnäuzte sich. »Ich werde die Mutter von deinem Verdacht unterrichten. Schade, dass sie nicht da sein kann, aber Friedrich braucht ihre Hilfe im Pfarrhaus. August lässt dir ausrichten, dass er dich nächste Woche an Himmelfahrt treffen will. Allein. Was immer er für ein Geheimnis mit dir hat, du sollst am späten Nachmittag bei der Baumwiese an der Erms sein.«

»Ich würde dich ja mitnehmen, aber wenn August mich unter vier Augen sprechen will, kann ich nichts machen.« Sie knuffte Louisle in die Seite. »Er hat mir schon geschrieben, dass er kommt. Letztes Jahr in Stuttgart wollte er mir etwas von Onkel Ferdinand geben. Frau Bergrat Hehl hat es vereitelt. Das möchte er wohl nachholen. In Altensteig hat er sich nicht um mich gekümmert und mich stattdessen nach Wildberg geschickt. Dort ist er nicht aufgetaucht und hat die Schnipseljagd weitergetrieben. Wir sehen uns in Metzingen zur Himmelfahrt, hat er geschrieben. Ich bin gespannt, ob er da sein wird und wir die Schatzsuche beenden können. Auf jeden Fall stelle ich ihn zur Rede. Das ist keine Art, mit dem Unglück eines anderen umzugehen. Doch lassen wir das. Ich berichte dir. Um den Faden von vorhin wieder aufzunehmen: Mit dieser Abschrift vom Taufschein, die unser Vater Frau Bergrat damals gegeben hat, bin ich von ihr aus dem Haus gejagt worden. Ich sei ein hinter den Hecken gefundenes Kind. ›Nanette Mayer‹ stand dort. Das Papier hat sie behalten. Der Taufeintrag selbst aber ist nicht auffindbar. Gottliebin Rumetsch hat versucht, ihn in der Stiftskirche einzusehen. Doch da bin ich nicht verzeichnet.«

»Mein Mann könnte es herausfinden«, sagte Louisle. »Ich frage ihn für dich. Er kennt deine Geschichte. Er ist nicht, wie er sich gestern Abend gebärdet hat. Verzeih ihm.«

»Aber Louisle, wie sollte ich ihm gram sein. Er hatte ja recht, uns ins Bett zu schicken. Doch Vernunft war noch nie unsere Sache, wenn wir uns lange nicht gesehen haben. Erinnerst du dich, wie wir seinerzeit manches Mal die ganze Nacht auf dem Dachboden in Kirchberg geredet haben und die Mutter uns Brote hingestellt hat?«

Louisle umarmte sie. Wie hätte sie der Schwester ihre Gefühle beichten können, die sie für August hegte? Da war dieses wohlige Entsetzen, das sie befiel, wenn sie an ihn dachte, und dann tanzte und tanzte es in ihr.

Sie gab den Pfingstrosen in der Vase frisches Wasser. Wütend war sie auf August und verzehrte sich nach ihm. Noch sieben lange Tage. Bis dahin waren die Knospen sicher aufgegangen. Sie musste sich gedulden und durfte ihm nicht zu schnell verzeihen.

Eine Woche später hustete Karl-Markus wieder stärker. Es war nicht erschreckend, wollte aber nicht weichen. Christiane nahm Laura-Beata an die Hand und ging mit ihr durch die Schlossgärten zum Marktplatz. Unter der uralten Linde schnupperten sie. Lange würde es nicht mehr dauern bis zur Blüte. In der Langgasse stauten sich die Fuhrwerke. Sie waren früh dran. Eine Marktfrau mit einem roten Kopftuch schenkte Laura-Beata eine winzige gelbe Rübe, die mit einem Bissen in ihrem Mund verschwand. Ein Mann, der einen Räuberkarren mit einem Fass vor sich herschob, gab ihr von seinem Vesper ein Rädle schwarze Wurst, das Laura-Beata mit ihr teilte. Sie zählte bis hundert und hüpfte dabei auf und ab.

»Tante Nanele! Bald lerne ich Rechnen in der Schule. Aber ich kann's schon. Ein bisschen. Ein Pferd und ein Pferd macht zwei«, sie zeigte auf ein Gespann, was an ihnen vorbeirumpelte, und schlupfte zwischen den Wagen durch. Eine Erdbeere, die unversehrt auf dem Boden lag, hob sie und rieb sie ab. »Das geht noch!«, sagte sie und schmatzte. Christiane prustete. Kinder! Eine dreifarbige Katze fauchte und verschwand in einer Hofeinfahrt.

Am Marktbrunnen mit seinem achteckigen Wasserbecken zeigte Laura-Beata zum Krautkopf an der Spitze. »Das ist ein Engel«, sagte sie und faltete die Hände. Der Geruch von frisch geräuchtem Schinken und der Dunst eingekochter Leberwurst hüllten sie ein. Zwischen den Häusern zitterte das frühe Sonnenlicht. Eine Peitsche knallte, Pferde schnaubten. Ein Hund fletschte die Zähne. Geschwind nahm Christiane Laura-Beata bei der Hand.

Sie querten ein krummes Gässle und gingen zur Kräuterfrau, die ihnen ein paar Blätter Minze zum Kauen gab.

»Ist erfrischend«, sagte diese, »wie dieser Morgen.«

»Vielen Dank! Minze ist immer gut. Aber sagen Sie, was hilft bei einem bellenden Husten?«

»Bereiten Sie einen Sud aus Huflattich und Quendel. Nehmen Sie auch ein wenig Spitzwegerich. Er dient dazu, den Schleim abzuhusten. Doch Vorsicht, das Aderkraut ist bitter. Morgens können Sie es mit zerstoßenen Fenchelsamen in lauwarmer Milch versuchen. Und wenn Sie Honig vom Fenchel haben, davon drei Löffel am Tag. Der löst.«

»Wie gut, dass wir Sie haben«, sagte Christiane. »Ich bin sicher, Karl-Markus geht es bald besser.« Die Kräuterfrau verlangte nur ein paar Kreuzer. Wie wenig man doch brauchte, um die Gesundheit wiederherzustellen.

»Kannst du mir nachher zeigen, wie ich Blumen sticken kann?«, fragte Laura-Beata.

»Nichts lieber, komm!« Christiane winkte sie mit sich zu einem Krämer. Er bot seine Waren unter den Rundbögen feil. Sie kaufte Stramin und wählte den mit einem Faden. Damit ging das Sticken spielend von der Hand. Laura-Beata suchte sich leuchtend gelbes und sattrotes Garn in allen Schattierungen aus. Christiane nahm noch grünes dazu. Einen halben Gulden gab sie dafür gern aus ihrem eigenen Säckel. Wie die Kleine voll Herzenslust hüpfte und sprang, das war eine wahre Freude.

Sie bogen ab zum Kelterplatz, über dem eine säuerliche Wolke gegorener Traubenreste vom Vorjahr hing. Die älteren Buben bürsteten die Fässer mit Seifenlauge. »Dafür bekommen wir vom Vorlass aus der Bütte«, sagte einer und leckte sich über die Lippen.

Christiane hob Laura-Beata hoch und ließ sie hineinschauen. »So tief geht es hinunter«, sagte diese. Sie zeigte ins Schwarze und zog die Nase kraus. »Das mag die Puppe nicht.« Christiane lachte und setzte sie wieder auf dem Boden ab. Sie spazierten noch bei den Küfern vorbei, die Fassreifen ausbesserten, und machten sich dann auf den Weg in Richtung Kirchturm.

Am Schulhaus stieg ein Kanon aus einem offenen Fenster. Sie übten für den Gottesdienst an Pfingsten. Lag nicht der Geruch abgeriebener Kreide in der Luft? Christiane leckte sich über die Lippen und blieb unter dem vorkragenden Fachwerk stehen. »Mit Gottes Beistand«, las sie und nickte. Was sollte sie auf Dauer anfangen in Metzingen? Als Näherin könnte sie einiges zum Lebensunterhalt beitragen. Geß zählte als Pfarrer nicht zu den reichen Leuten.

Sie brachte Louisle die Einkäufe und suchte Geß im Arbeitszimmer auf. Sorgfältig trug sie ihr Anliegen vor.

Er schüttelte den Kopf. »Näherinnen gibt es mehr als genug«, sagte er. »Wie wäre es, wenn du die Mädchen in der Schule in Handarbeiten unterweist?«

Begeistert stimmte sie zu. Stramin und Garn für Laura-Beata waren ein Anfang. Als ob sie es gewusst hätte. Sie würde mit Laura-Beata lernen. Zugleich konnte sie den Älteren die Nadelmalerei nahebringen. Zuerst Blätter, dann Blüten. Und die Kleinen übten sich in der Zwischenzeit an der Strickliesel. Die Schnüre würden sie gemeinsam flechten. Die Mädchen konnten sie als Stirnband nehmen. Am Ende der Stunde hätten alle zu Hause etwas vorzuweisen.

Nachmittags breitete sie mit Laura-Beata die Servietten auf dem langen Tisch in der Wohnstube aus. »Das will ich lernen«, sagte diese und strich über die Blüten.

Louisle kam mit Karl-Markus und legte ihn auf das Sofa. Eine Weile schaute er zu, wie sie alle um die Tüchlein herumliefen, dann schlief er ein.

Auch die Schwester fuhr mit dem Finger sachte über die Blumen.

»Mama, schau mal! Ein Vogel«, rief Laura-Beata.

»Den hätte ich jetzt nicht entdeckt.« Louisle hielt die Serviette gegen das Licht. »Da war eine wahre Meisterin am Werk. Die Nadelmalerei, als ob die Blumen lebendig sind.«

Christiane nickte und zeigte ihr das Tüchlein mit den Fischen. »Es gibt ein Märchen«, sagte sie geheimnisvoll.

Laura-Beata klatschte in die Hände. »Erzähl es mir, bitte, bitte, Tante Nanele.«

Christiane nahm sie auf den Schoß und schmückte aus, was sie von Onkel Ferdinand gehört hatte.

»Königinwitwe Mathilde, wie schön«, sagte Louisle. »Sie soll ein guter Mensch gewesen sein. Vor allem den Kindern war sie stets zugetan. Gütig war sie, wie es heißt. Und gar zu gerne hat sie in die Kinderwagen hineingeschaut.«

»Vieles von dem, was sie so hübsch verziert hat, gab sie als Geschenk, wie bei mir. Ein Dutzend Servietten sollen es sein, das weiß ich von Onkel Ferdinand. Ich habe jetzt elf. In Altensteig und Wildberg habe ich je vier über August erhalten. Alle sind nicht nur mit dem wunderbaren Blumenmuster versehen, sondern auch mit diesen Bildern, auf die ich mir keinen Reim machen kann.«

»Da kann ich weiterhelfen«, sagte Geß, der plötzlich in der Tür stand. »Verzeiht, ich wollte nicht lauschen. Ihr wart ganz vertieft. Ich hab da etwas.« Er hielt ein großformatiges Porträt in die Höhe. »Ich hatte vor, es auf den Dachboden zu bringen. Zu lange steht es schon in der Ecke. Jetzt weiß ich, warum.«

»Ist das nicht König Friedrich?«, fragte Louisle.

»Auf dem Porträt war er gerade erst zum Kurfürsten ernannt worden. Jeder Kirchensprengel hat damals solch ein Bildnis erhalten.« Er drehte den Rahmen um und zeigte ihnen ein farbenfrohes Wappen auf der Rückseite. »Die Symbole, Bilder, hast du gesagt, Nanette, sind auf den Servietten eingestickt, wie ich sehe. Gut verborgen. Wappen im Wappen sind es.«

Laura-Beata pikste mit dem Finger auf die Barben von Mömpelgard. Sie sprang in die Höhe und legte dabei die Hände an den Leib. »So springen sie, die Fischlein.«

Alle lachten und nickten. Sie verglichen weiter und fanden sämtliche Bilder des Wappens auf den Servietten wieder. Laura-Beata klatschte jedes Mal, wenn sie wie beim Zwillingsspiel zwei Teile entdeckte, die sich glichen. Und am liebsten wäre auch Christiane wie ein Kind herumgehüpft.

»Das weiße Warteschild hier war Friedrichs Hoffnung«, sagte Geß. »Er wollte neue Gebiete gewinnen, was sich durch den Krieg mit Napoleon zerschlagen hat.«

»Dafür gibt es keine Serviette. Haben Sie eine Idee, was diese zeigen könnte?«

»Die Dinge kommen zu uns, wenn die Zeit reif ist. Ich lasse euch jetzt allein. Louisle kann kaum an sich halten, wie ich sehe. Die langen Winterabende sind gerettet. Die Stickereien sind in der Tat bemerkenswert und laden zur Nachahmung ein. Das ist eine wahre Kunst. Sicher von einigem Wert.« Er ging ins Amtszimmer, das zur Straße hin lag, und schloss die Tür hinter sich. Dort durfte man ihn unter keinen Umständen stören, es sei denn, man wurde gerufen.

Sie brachten Karl-Markus in den Garten. Die Sonne schien warm wie im Sommer und würde ihm wohltun. Louisle beauftragte Laura-Beata, auf ihn achtzugeben. Diese schmollte, fügte sich aber und kurvte mit der roten Schubkarre herum, in die sie die Puppe mit den gelben Haaren setzte. Karl-Markus schaufelte Kiesel in einen tönernen Blumentopf und ließ diese durchs Loch wieder herausrieseln.

Eine Weile beobachteten sie die beiden und gingen dann zurück in die Wohnstube. Louisle öffnete das Fenster und horchte nach den Kindern.

»Endlich weiß ich, was es mit den Bildern auf sich hat«, sagte

Christiane und ging um den Tisch herum. Sie hielt die eine oder andere Serviette gegen das Licht. »Ich wusste, dass sie von der Kurfürstin sind, kannte aber nicht den Zusammenhang.«

Louisle trat zu ihr. »Die Ranken am Rand sind absolut symmetrisch und bei allen Tüchlein gleich ausgeführt. Dafür braucht es Disziplin und Geduld. Verlangst du Laura-Beata da nicht zu viel ab? Sie ist erst fünf.«

»Sie hat mich zweimal darum gebeten, also zeige ich es ihr. Das waren deine Worte. Mach dir keine Sorgen. Wir beginnen mit einzelnen Blättern. Die sind leicht.«

»Die Blumenschalen an den Ecken sind mir sofort aufgefallen. Sie sehen genauso aus wie die in unserem Garten.« Louisle wies aus dem Fenster. »Ob Mathilde früher mal hier bei den Eltern im Pfarrhaus war? Friedrich kam immer zum Jagen in die Gegend. Zu der Zeit hat sie ihn noch oft begleitet. Und sie hat selbst geschossen, was ich kaum glauben kann.«

»Rosen, Tulpen und Narzissen. Dazwischen Winden. Sie hat keine Mühe gescheut«, sagte Christiane. »Weiße Blüten auf hellem Grund, und doch deutlich zu erkennen. Ich werde studieren, wie ihr das gelungen ist.«

»Es sind ineinandergreifende Plattstiche und Spannstiche. Der ganze Strauß tritt plastisch hervor«, sagte Louisle. »Man möchte ihn aus der Serviette pflücken.«

»Und zwischen den Blumen hat sie die einzelnen Wappenteile versteckt. Sehr dezent. Sie springen nicht gleich ins Auge. Laura-Beata hat einen scharfen Blick.«

»Kinder haben eine andere Sicht auf die Dinge. Meine Tochter hat mich sehen gelernt. Hier, der Kurfürstenhut, hast du ihn nicht bemerkt? Du hast nichts gesagt. Wie die Symbole ist er halb verborgen im Blumenstrauß.«

»Ich habe die Tüchlein so oft angeschaut. Wie konnte ich nur die Krone übersehen!«

»Was willst du nun anfangen mit den Servietten? Eine fehlt dir zum Dutzend.«

»Ich kenne jetzt endlich die Herkunft der Bilder, und mein Herz quillt über vor Glück. Doch ich habe keine Vorstellung davon, was das alles mit mir zu tun hat. Ich hoffe darauf, dass August mich morgen weiterbringt. Hat er die zwölfte Serviette in seinem Besitz? Onkel Ferdinand hat in München gesagt: ›Mathilde hält die Hand über dich, so viel kann ich dir verraten. Mehr wirst du im nächsten Jahr erfahren, wenn du fünfundzwanzig wirst.‹ Beide sind vorher gestorben. Haben sie das Geheimnis mit ins Grab genommen? Hängt es mit meiner Herkunft zusammen?«

»Das leere Warteschild taucht auf, wenn die Zeit dafür gekommen ist. Und damit löst sich auch das Rätsel. Da bin ich mir sicher. Umgekehrt wirst du nicht verstehen, warum du vorher die Lösung nie gesehen hast. Die Stickereien sind kostbar. Da hat mein Mann recht. Natürlich nicht so, wie die Möbel aus dem Nachlass der Königinwitwe in Ludwigsburg. Doch für das kleine Metzingen wären sie ein Gewinn. Willst du die Servietten nicht der Kirche spenden?«

»Erst sollen sich alle zwölf an meiner Hochzeitstafel versammeln. Ich lade den König ein. Er wird staunen.«

»Und wer ist der glückliche Bräutigam?« Louisle stupste sie in die Seite.

Auf der Baumwiese an der Erms breitete Christiane die Decke unter einer Birke aus. Ein naher Wasserstrudel gluckste.

Louisle hatte ein Vesper für das Treffen mit August gerichtet und sie geneckt: »In dem Kleid willst du gehen? Mit Schmuck auf die Baumwiese?« Sie hatte auf die Perle in ihrer Halskuhle gezeigt.

Christiane lächelte versonnen in sich hinein, ließ sich auf der Decke nieder und zog den Rock ein wenig nach oben. Sanft streichelte die Sonne ihre nackten Beine. Sie breitete den Stoff um sich aus und zupfte ihn zurecht. Die Perle war warm. Nachdem sie im Café Silber sicher einen jämmerlichen Eindruck auf

August gemacht hatte, wollte sie heute hübsch daherkommen. Gelb-rot gestreift und weit gebauscht war der Rock, den sie in der Taille gerafft hatte. Sie war wieder schlank wie vor zehn Jahren. Vergessen die Dampfnudeln und Knödel aus München. Ihr Magen knurrte. Hungrig langte sie in den Korb. »Hm, Ziegenkäse«, sagte sie.

»Und frisches Brot«, sagte eine tiefe und doch weiche Stimme hinter ihr.

Sie fuhr herum. »August!« Wie er dastand und sich die Haare zurückstrich.

»Die Wecken sind von gestern. Louisle hat sie gebacken.« Sie zog den Rock nach unten. Grinsend ließ er sich neben ihr nieder und wollte den Arm um sie legen. Sie rückte zur Seite.

Er lachte kaum vernehmbar. »Darf ich nicht meine Cousine angemessen begrüßen? Nanele, ich freu mich, dich zu sehen.« Unversehens beugte er sich vor und hauchte ihr einen Kuss aufs Haar. Da war wieder dieser Geruch nach Vanille. August nahm ihre Hand. Ihre Haut brannte wie Feuer. Die Erms rauschte.

Sie schüttelte den Kopf und sprang auf die Füße. »Ich bin nicht deine Cousine. Und sag nicht ›Nanele‹. Ich bin Nanette. Du hast mich im Stich gelassen, obwohl du es Onkel Ferdinand anders versprochen hattest. Warum hast du mir die zweihundert Dukaten nicht nach Altensteig gebracht? Wie konntest du nur auf die Idee kommen, sie Amalie anzuvertrauen! Ich könnte längst zurück in München sein.«

»Ich habe eurer Köchin die Geldbeutel nicht gegeben. Das war die Bedienung im Café Silber. Amalie wollte dich dort treffen. Sie hatte gehört, dass du in der Stadt bist. Das hat sie mir später erzählt.«

»Was ist passiert?« Sie lehnte sich an den Stamm der Birke. Ab und zu fuhr ihr der Wind neckisch unter den Rock. Mit beiden Händen hielt sie ihn fest.

»Du bist hinausgerannt und ich habe Frau Bergrat Hehl festgehalten. Derart gekreischt und geschimpft hat sie, da musste ich sie loslassen. Sie ist hinter dir her und hat gerufen: ›Mein armes Kind! Was hat er mit dir gemacht?‹«

Sie lachte bitter auf. »Das hast du nicht geglaubt? Oder?«

August verneinte. »Ich bin ihr nachgelaufen. Sie hat auf dich eingeredet und du hast mit dem Kopf genickt. Da bin ich zurück ins Café gegangen. Was hätte ich ausrichten sollen? Die beiden Geldbeutel waren weg. Die Bedienung hat gesagt: ›Ich habe sie der Köchin der Hehls gegeben. Für das Fräulein.‹«

»Und Amalie hat sie willig an Frau Bergrat ausgehändigt? Das glaube ich nicht!«

»Die Bergrätin hat sie an sich gerissen. Sie behauptet bis heute, es sei ihr Geld. Onkel Ferdinand hat es mir damals persönlich überreicht. Ich kann es nicht beweisen. Als Trost habe ich dir die Servietten und ein paar Gulden geschickt.«

»Ich schwöre dir, ich hole mir die zweihundert Dukaten von Frau Bergrat zurück. Sie stehen mir rechtmäßig zu und ich werde es auch beweisen. Weshalb aber hast du mir geschrieben, du erwartest mich in Wildberg und bist nicht aufgetaucht? Ich habe auf dich gezählt und bin maßlos enttäuscht.«

»Es tut mir schrecklich leid. Der König hat mich plötzlich nach England beordert. Ich musste sofort abreisen. Es blieb nicht einmal Zeit, eine Nachricht zu verfassen.«

»Und später? Ich habe dir geschrieben. Und du hast mir zusammen mit den Servietten erneut ein paar Münzen geschickt. Stimmt das?«

August nickte und sah sie fragend an. »Das Fahrgeld nach Metzingen, dachte ich.«

»Das Geld wurde gestohlen. Auf dem Papier hatten die Geldstücke deutliche Abdrücke hinterlassen. Warum bist du nicht nach Wildberg gekommen?«

»Nanele, es war tiefster Winter, und du warst todkrank! Ich hatte von deiner Lungenentzündung gehört. In dem Zustand konntest du nirgends hin.«

»Ach August, du versprichst mir etwas und dann ist alles anders. Warum entziehst du dich mir?«

»Was sagt dein Herz?« Er deutete auf ihren Busen und sprang auf. »Sei nicht böse, immerzu muss ich das Kleid anschauen. Es leuchtet wie du. Wie die Perle glitzert und lockt.« Er wies auf ihren Hals.

Sie lachte und trat einen Schritt auf ihn zu. Im Schutz der Birke legte sie die Arme um ihn. Er wehrte sich nicht. Sanft legte er seine Hände um ihre Taille. Ihre Lippen suchten die seinen. Er schob seine Zunge in ihren Mund. Sie erwiderte das Spiel, umfasste seinen Nacken und bog den Kopf nach hinten. Seine Finger wanderten zu ihrem Busen. Langsam knöpfte er ihr das Mieder auf. Er wusste, wie er es anstellen musste. Wie es zog in ihrem Leib! Er streichelte ihre Brüste. Sie stöhnte auf. Das hohe Gras kitzelte an ihren Beinen. August zog ihren Rock nach oben und fuhr mit den Fingernägeln sacht über ihre Schenkel. Zwei Enten an der nahen Erms flatterten auf. Sie machte sich los, zog das Kleid herunter und hakte das Mieder zu. Der Halsreif mit der Perle hatte sich nicht bewegt.

»Louisle hat mir einen Krug Bier für uns mitgegeben. Trink einen Schluck. Es wird dich abkühlen«, sagte sie.

»Eher wohl dich!« Er lachte mit seiner volltönenden Stimme, die ihr tief in den Leib fuhr. »Es ist helllichter Tag. Ein Bäuerle ist hier immer unterwegs. Du solltest dich nicht hinreißen lassen, wenn du auch hinreißend bist.«

»Verzeih mir.« Sie biss vom Brot ab und kostete den Ziegenkäse. »Kommen wir zurück zum Grund deines Besuchs. Warum hast du mir die Servietten geschickt? Doch nicht nur, um mich zu trösten?«

Er nahm sich eine Erdbeere. »Du hast ein feines Gespür für die Dinge. Die Tüchlein waren zum Glück alle bei der Wäscherin, als die Beamten des Königs gekommen sind, um Onkel Ferdinands gesamte Habe zu beschlagnahmen. Bis heute sind Briefe und Bücher sowie Tischwäsche und Teppiche, das Sofa und die Polsterstühle nicht freigegeben. Einen Stuhl mit einem zerschlissenen Polster haben sie verschmäht. Er steht in der Ecke. Ich schaue ihn alle Tage an und bringe es nicht über mich, ihn zu zerschlagen. Die Tüchlein habe ich fortan gehütet wie einen Schatz, ohne um ihren Wert zu wissen.«

»Es sind, wie gesagt, Servietten. Ein Dutzend sollen es sein, hat Onkel Ferdinand mir in München anvertraut. Die Stickereien sind von der Königinwitwe.« Sie erzählte ihm das Märchen. »Und die Bilder stammen aus dem kurfürstlichen Wappen. Das weiß ich erst seit ein paar Tagen, Geß ist darauf gekommen. Eine Serviette fehlt mir. Ich dachte, du kommst, um sie mir zu geben.«

»Ich muss dich enttäuschen. Du hast alle bekommen, die ich hatte.« Er strich sich die Haare aus der Stirn.

Ihr Herz stockte. Diese Handbewegung! Sie rührte an ihrer Seele.

»Ich habe Onkel Ferdinand besucht, nachdem du damals am Tag der Taufe des Kronprinzen plötzlich aus Stuttgart verschwunden warst. Er hat mir berichtet, wie es dir mit Frau Bergrat ergangen ist. Ich hatte Tränen in den Augen und habe mir von einem Stapel ein Tüchlein genommen. Die Stickereien habe ich erst später bemerkt. Immer wollte ich es ihm wiederbringen. Gewaschen, versteht sich. Leider hat sich keine Gelegenheit ergeben, obwohl ich es ständig bei mir getragen habe. Ich habe es in Brandenburg zurückgelassen als ein Zeichen der Hoffnung für dich. Du warst verzweifelt und ich wusste nicht, wie ich dir hätte helfen können. Reiche mir bitte ein paar Erdbeeren. Sie leuchten in der Sonne wie dein Kleid. Wie du, liebste Cousine. Ich bin von Herzen froh, dass es dir besser geht.«

Christiane ließ sich nach hinten ins Gras fallen. Wie gern wäre sie mehr gewesen als die »liebste Cousine«. Sie horchte auf das Rauschen der Erms. August hielt Abstand zu ihr.

»Bald geht die Sonne unter«, sagte er. »Mach dich auf den Weg. Meine Schimmelstute habe ich bei der alten Weide angebunden.

Ich muss eilen und nach den neuen Rindviechern in Hohenheim schauen. Die kennen keinen Feiertag. Ich melde mich, wenn Onkel Ferdinands Nachlass freigegeben ist. Ob es einen Beweis gibt, dass die achthundert Gulden dir gehören, kann ich nicht versprechen. Die zwölfte Serviette schicke ich dir, falls ich sie finde. Geh! Man sollte uns besser nicht zusammen sehen. Die Leute reden gern, vor allem, wo nichts ist.« Er zeigte zu einem Bäuerle am anderen Ende der Baumwiese. »Hab ich es nicht gesagt?«

»Wo nichts ist«, sagte sie, »ist mehr, als man sieht.« Sie schaute ihn an. Er war weg, obwohl er dicht vor ihr stand, und blickte durch sie hindurch. Dann wandte er sich grußlos um und stapfte über die Wiese. Zurück blieben der Geruch nach Vanille und seine Handbewegung, mit der er die Haare zurückgestrichen hatte. Sie war zu forsch gewesen, hatte ihn vertrieben. Gab es Hoffnung für sie? Er hatte sie nicht zurückgewiesen. Wie gut, dass Amalie unschuldig an allem war. Warum aber hatte man Onkel Ferdinands Nachlass beschlagnahmt?

Kurz darauf passierte sie die Holzbrücke, die zur Straße Am Entenbach führte. Sicher setzte sie ihre Füße, der Weg war ihr vertraut, obwohl sie keine Erinnerungen haben konnte. Beim Umzug war sie nicht einmal drei gewesen.

Sie querte den Lindenplatz und folgte der Krummen Straße. Die Werkstätten der Handwerker lagen still am Feiertag. Zwanzig Strickliesein. Christiane sah sie vor sich. Nach Pfingsten konnte sie die hölzernen Püppchen mit dem Loch in der Mitte vom Dreher abholen. Die Krampen haute er kostenlos ein. Der Schulmeister hatte den Kauf gebilligt.

Anfang Juni war ihr erster Schultag. Mit den Strickliesein begann sie. Da hatten die Mädchen gleich etwas in der Hand. Bunte Wolle brauchte sie noch, leuchtend rot und grün. Blütenblätter und Stiele konnten sie aus den Schläuchen formen. Sie war aufgeregt wie dazumal bei der eigenen Einschulung. August und ihre Fragen ließ sie zurück.

Am Ende der Pfingstwoche ging Christiane für Louisle auf den Markt. Karl-Markus hustete wieder. Es war erneut empfindlich feucht und kühl geworden. Sie rieb sich die Arme, die Kälte wich nicht von ihr.

Sie suchte bei der Gemüsefrau gelbe Rüben, Fenchel und Lauch fürs Mittagessen aus. Was war das? Halb versteckt in der hinteren Ecke? Spargel. Den wollte sie zu gerne kosten. Seit München verfolgte sie ein unbändiges Verlangen danach. Sie zeigte darauf.

»Das ist Spargel aus Urach, von meinem Schwager. Den verkaufe ich nicht. Sie kennen das Königsgemüse?«

Christiane nickte. »Aus München. Bitte geben Sie mir sechs Stangen. Es ist für den Geschmack. Satt werden wir davon nicht.«

»Billig ist er aber nicht. Fünfzehn Kreuzer pro Stück. Also einen Gulden dreißig. Ist Ihnen das nicht zu viel? Für das andere Gemüse zusammen acht Kreuzer.«

Christiane reichte ihr einen Dukaten. Die Gemüsefrau schüttelte den Kopf. Die Hökerin mit den Frühkartoffeln rief: »Gib nur her. Ich kann wechseln. Die Geschäfte sind heute gut gelaufen. Keiner will nach Pfingsten alte Kartoffeln, auch nicht, wenn die neuen teurer sind.«

Christiane legte alles in den Korb. Der Spargel glänzte weiß und verheißungsvoll. Wie gut, dass sie morgens den Dukaten aus ihrem Geldgürtel genommen hatte. Sie wollte dunkelgrünes Garn davon kaufen. Die Münze reichte für beides. Die Wolle war für den Unterricht am Montag. Ihr Beitrag, sich mildtätig in Metzingen einzubringen. Über ein Salär hatte sie mit dem Schulmeister bislang nicht gesprochen, das würde sich finden. Sie brauchte einen Platz auf der Welt. Und gern spendete sie die Servietten später der Kirchengemeinde.

Schon von Weitem sah sie, dass Geß am Pfarrhaus in der Eingangstür stand. Wieso war er zurück von der Synode in Stuttgart? Diese sollte doch das ganze Wochenende dauern.

»Für ein paar gelbe Rüben warst du recht lang unterwegs. Ein Schlendrian ist das mit dir«, sagte er zur Begrüßung. »Was ist das? Spargel? Bist du denn von allen guten Geistern verlassen? Ein wollüstiges Gemüse! Stell den Korb in die Küche und komm sofort ins Amtszimmer.«

Louisle war nicht zu sehen. Auch Laura-Beata und Karl-Markus hörte sie nicht. Wenigstens hustete der Kleine nicht. Wie früher in Kirchberg kam sie sich vor, wenn sie etwas angestellt hatte. Und doch war nichts wie ehedem. Sie war kein Kind mehr, das man schelten musste. Sie öffnete die Tür zur Amtsstube und trat ein.

Geß faltete die Hände und stützte die Ellbogen auf den Tisch. »In Stuttgart habe ich Pfarrer Cotta aus Wildberg getroffen. Stimmt es, dass du bei Schönhuth eine Geldsendung quittiert und das Geld an dich genommen hast?« Er beugte sich vor und schaute sie starr an.

Sie blieb stehen. Geß hatte ihr keinen Stuhl angeboten. Alles in ihr versteifte sich. »Das ist ganz und gar richtig«, sagte sie. Wie hölzern ihre Worte klangen. »Die zwanzig Dukaten gehören zu der Summe, die mir Onkel Ferdinand in München versprochen hat. Damit wollte ich eine Nähstube erwerben. Das Geld ist nie bei mir angekommen, weil er vorzeitig gestorben ist.« Sie wischte sich über die Augen. »Achthundert Gulden.« Geß hatte die Augenbrauen hochgezogen und schwieg. Sie redete schnell weiter. »August wollte mir den Betrag im letzten Sommer geben, als ich in Stuttgart war. Frau Bergrat Hehl hat es vereitelt. Zwei Geldbeutel. Zweihundert Dukaten insgesamt. Sie hat das Geld an sich gebracht und als Kostgeld für mich verwendet. Die letzte Geldsendung stand Kaufmann Schönhuth nicht mehr zu. Ich bin abgereist.« Sie verschränkte die Arme vor der Brust.

»Ich appelliere an dein Gewissen, Nanette! Du willst dich doch weiterhin im Spiegel anschauen. Und du weißt, Gott sieht alles! Der Kaufmann hat damit kalkuliert. Du hast dir etwas genommen, was nicht dir gehört.«

»Das ist nicht wahr! Sagen Sie Frau Bergrat Hehl, sie soll mich in Ruhe und Frieden leben lassen. Und fragen Sie Gott, warum er das alles zulässt.«

Geß seufzte. »Ich sehe, man muss dich um jeden Preis fernhalten von ihr.«

Sie schüttelte vehement den Kopf. »Umgekehrt ist es.«

Louisle war unbemerkt hereingekommen und legte ihr die Hand auf den Arm. »Liebste Schwester, magst du nicht den Wagner heiraten? Er wartet.«

»Pfarrer Cotta hat es mir anvertraut«, sagte Geß. »Untröstlich ist er, dass du ihn zurückweist.«

»Nanele, vermähle dich mit Rukwied! Dann gibt Frau Bergrat Ruhe.« Louisles Mund zuckte.

»Niemals nehme ich ihn. Nicht einmal Gott kann mich zwingen. Das Geld behalte ich und ab Montag unterrichte ich die Mädchen. Der Schulmeister ist mir wohlgesonnen. Nach Wildberg gehe ich nicht zurück. Ich lasse mich nicht aus Metzingen vertreiben.«

»Die Tochter vom Schneidermeister übernimmt die Handarbeiten in der Schule. Ich habe alles gleich veranlasst, als die Kutsche heute früh angekommen ist. Sie holt die Stricklieseln, wie ihr sagt, und das Garn nachher ab. Auch das aus dem Marktkorb.«

»Die grüne Wolle habe ich aus meinem Säckel bezahlt. Fünf Kreuzer! Eine Spende.«

»Dann ist es ja gut. Nanette, sei vernünftig. Komm, setz dich. Du auch, Louisle. Statt bei der Synode zu sein, habe ich die ganze Woche darauf zugebracht, eine Lösung zu finden. Nanette, dein Vater, Bergrat Hehl, hat vereinbart, dass du mit gutem Lohn als Kammerfrau und Erzieherin zur Gräfin von Mandelslohe nach Freudenstadt gehen darfst.«

»Immer werde ich weggeschickt, kaum geht es mir gut. Ich dachte, hier in Metzingen bin ich zu Hause.«

»Hör mir erst mal zu. Die Gräfin ist nur vier Jahre älter als du und hat schon vier Kinder. Der Bergrat ist ein väterlicher

Freund des Grafen und in Freudenstadt wohlgelitten. Seine Frau lässt sich von niemandem etwas sagen, das habt ihr gemeinsam. Deine Mutter weiß von nichts. Früher war sie oft zur Kur dort. Sie hat es sich mit allen, besonders mit der Gräfin, verdorben, weil sie sich unentwegt eingemischt hat. Der dortige Pfarrer hat die Stelle für dich vermittelt. Wozu eine Synode gut sein kann. Du reist gleich morgen früh unter dem Namen Nanette Mayer mit Dekan Eisenlohr bis nach Herrenberg zur Poststation. Niemand weiß um deine Verbindung zur Familie Hehl, und die Gräfin wird es mit Freuden für sich behalten. Das Fahrgeld für die Kutsche muss ich dir nicht vorstrecken, du hast ja Geld. Allerdings wäre ich dazu bereit, wenn du mir den entwendeten Betrag gibst. Ich werde ihn Schönhuth unauffällig zukommen lassen. Ich sehe schon, du lässt dich nicht überzeugen. Dann musst du die Postkutsche aus eigenem Säckel bezahlen. In Metzingen kannst du nicht bleiben, die Kunde vom Wagner Rukwied und deiner Weigerung, ihn zu heiraten, wird nach der Synode die Runde durch die Gemeinden machen. Und der Diebstahl bleibt an dir und uns haften. Er ist unverzeihlich, wenn ich dich auch verstehen kann. Das habe ich jetzt nicht gesagt.«

»Dann muss ich Ihnen wohl danken. Aber freiwillig gehe ich nicht. Ich hatte mir alles so gut ausgedacht mit der Schule. Und kaum habe ich die Schwester wiedergefunden, verliere ich sie wieder.« Sie drückte Louisle die Hand.

»Nanele, du darfst Erzieherin sein in Freudenstadt«, sagte diese. »Vier Kinder, für die du umfassend verantwortlich bist. Nicht nur ein paar Schulstunden. Gib dich drein und berichte mir, wie es dir ergeht. Sicher kannst du auch einmal auf Besuch kommen, nicht wahr, lieber Mann?«

Geß nickte und schickte sie beide hinaus. Hand in Hand liefen sie in die Wohnstube und umarmten sich. Christiane schluchzte und Louisle strich ihr über den Rücken. Dann riefen die Kinder. Das Leben ging weiter.

Nach dem Mittagessen holte Christiane ihre Reisetruhen aus der Ecke. Sie schenkte Laura-Beata ihre Puppe mit den gelben Haaren, von der sie sich in all den Jahren nicht hatte trennen können. Auch die bunten Holzperlen, die eine Kette gewesen waren, gab sie ihr. Karl-Markus war zu klein dafür. Für ihn holte sie einen gehäkelten Frosch hervor, den sie aus einer Laune heraus einmal in München auf der Auer Maidult für Karl Theodor gekauft und ihm nicht mehr hatte geben können. Das rote Kleid packte sie in eine Kiste, die in Metzingen bleiben sollte. Löhles Halsreif mit der Perle legte sie dazu. Laura-Beata strich immer wieder darüber, weil sie so schön glänzte, wie sie sagte.

Freudenstadt war vernünftig. Sie wollte es annehmen. Es blieb ihr nichts anderes übrig. Auf keinen Fall durfte sie Geß und Louisle in Verruf bringen. Konnte Geß dafür bestraft werden, dass er sie im Pfarrhaus aufgenommen hatte? Er wusste anscheinend nicht, dass sie als unmündig galt.

Sie packte ihren neuen Nähkorb, den sie erst in der letzten Woche erstanden hatte. Louisle half ihr mit Nähgarn aus und sagte: »Ich schenke dir meine Schneiderschere. Sie möge dich immer an mich erinnern. Nimm von den langen Stopfnadeln mit. Ich habe reichlich davon.«

»Ich danke dir. Diese fein gesponnene blaue Kaschmirwolle ist für dich«, sagte sie. »Die Farbe meiner Augen hat sie. Ich bleibe im Herzen bei dir.«

Louisle schluchzte auf. »Ich weiß nicht, was wir tun können, für den Moment müssen wir uns beide fügen. Doch wir verlieren uns nicht. Das verspreche ich dir.« Sie ging in die Küche und richtete das Vesper.

Christiane packte derweil das hellgrüne Kleid mit den Paspeln in den Reisekoffer. Es ist für alltags, sagte sie sich und schob alle Gedanken beiseite. Es half nichts, mit sich und den anderen zu hadern. Sie verstaute Leibwäsche und Waschzeug. Louisles Schultertuch rollte sie zusammen. Es kam an die Seite.

Die neuen Schlupfschuhe, die sie sich geleistet hatte, steckte sie in einen Leinenbeutel, den sie ganz nach unten schob. Ihre geliebten Riemchenschuhe waren brüchig. Louisle nahm sie gern für den Garten.

Die große Reisetruhe folgte ihr mit dem Packwagen. Das dauerte eine Weile. Sie legte zuerst die schweren Stiefel hinein und das Strickkleid. Wollene Unterwäsche. Zwei Schürzen und Hauben. Sehnsüchtig strich sie über die beiden Sommerkleider. Vor Mitte Juli würde sie diese in Freudenstadt nicht brauchen. Das gelb-rot gestreifte verband sie von nun an für immer mit August. Und das schräg karierte erinnerte sie an Gertraut. Ihre kleinere Truhe schenkte sie der Schwester. Für die Wäsche der Kinder.

Nach dem Vesper zog sie sich für die Reise um. Ein Übergangskleid, was Louisle ihr überließ. Ein dünner hellblauer Wollstoff, der ein wenig verblichen war, was sie nicht störte. Sie zog ihre dunkelblaue Strickjacke an und seufzte. Das breite rot geblümte Schultertuch konnte sie bei kühlem Wind übers Haar legen.

Mit Louisle saß sie später in der Kinderkammer. »Geß ist ein guter Mann«, durchbrach die Schwester das Schweigen, »er will dich nur an Vaters statt versorgt wissen.«

»Ich weiß, liebste Schwester. Gerne hätte ich selbst bestimmt, wohin ich mich wende. Doch es ist gut, wie er es arrangiert hat. Ich danke ihm dafür. Bald ein Jahr bin ich fort von München und es ist wie ein halbes Leben. Weißt du, wie du den Spargel zubereiten kannst?«

»Du meinst diese weißen Stangen im Korb? Ich hab mich schon gefragt, was das ist.«

»Wollustgemüse hat dein Mann sie genannt«, sie stupste Louisle in die Seite. »Sie sollen betörend wirken. Versuch es. Zieh die Schalen im unteren Drittel ab. Wirf sie aber nicht weg. Koch sie später im Gemüsesud aus und bereite eine Suppe daraus. So habt ihr ein doppeltes Vergnügen. Den Spargel garst du aufrecht eine knappe Viertelstunde in Wasser. Mit Kartoffeln und zerlassener Butter soll er am besten schmecken. Schade, ich hätte ihn gern einmal probiert.«

»Der hat sicher ein Vermögen gekostet.«

»Ich wollte dir etwas schenken. Danke sagen für alles. Als ob ich es heute Morgen geahnt hätte ...«

»Ach Nanele. Was dich immer umtreibt. Geh mit Gott und bleib mir im Herzen!« Louisle herzte sie und ging zu Bett.

Sie legte sich in Kleidern aufs Kanapee und wartete, wie oft in ihrem Leben, das ihr aus nichts anderem zu bestehen schien.

Eine Stunde vor Mitternacht fuhr Dekan Eisenlohr mit seiner zweisitzigen Kutsche vor. Ein rundlicher Herr, der ununterbrochen lächelte. Christiane zog die halbhohen schwarzen Lederstiefel mit dem kleinen Absatz an. Jetzt war sie unterwegs. Geß stellte Reisekoffer und Nähkorb auf den Notsitz und band ihn fest.

»Es wird schon werden mit dir«, sagte er und klopfte ihr auf die Schulter.

Sollte sie nicken und daran glauben? So wie an die Servietten, denen das Glück zum Dutzend fehlte? In ihrem Bauch zog es schmerzhaft, wenn sie an August dachte, aber es war wohl nur ihre monatliche Reinigung.

Geß reichte ihr zum Abschied die Hand und gab ihr Gottes Segen mit auf den Weg. Louisle war mit einem Mann versorgt, aber der Preis für ein Heim schien groß.

Eisenlohr folgte der gut ausgebauten Poststrecke nach Reutlingen. Weiter ging es bis Tübingen. Dort lenkte er den Wagen über die Neckarbrücke. Der Braune trabte mit ihnen um die Altstadt herum, sie fuhren das Ammertal hinauf, die Mühlräder rauschten im Dunkeln. Manchmal rollten sie durch eine kühle Nebelwand, aus der Christiane am liebsten nie wieder aufgetaucht wäre. Wohl eine Stunde vor der Morgendämmerung verwandelte sich die Nacht langsam in Grautöne. Die Käuzchen schrien.

Eisenlohr hielt plötzlich an und stieg ab. Er leuchtete mit der Öllampe ein Stück des Wegs aus. »Am Reustener Sattel ist das Tal recht eng«, erklärte er. »Es lösen sich oft Felsbrocken, die dann auf dem Fahrweg liegen bleiben.« Er ging weiter.

Währenddessen hielt sie die Zügel. Ihr Herz klopfte heftig. Sie hoffte, dass das Pferd es nicht hörte und still stehen blieb. August, hörst du, wie rasend es ist?

Eisenlohr kam zurück und führte den Gaul am Halfter durch Schlaglöcher und Pfützen. Dann steckte er die Laterne umständlich wieder in ihre Halterung an der rechten Wagenseite und kletterte auf den Kutschbock. »Bald wird das Tal breiter«, sagte er und hieß den Braunen im Schritt gehen. Sie zuckelten weiter. Christiane nickte ein und schrak auf, als das Pferd in einen munteren Trab fiel. Sie fuhren dem Sonnenaufgang entgegen, während sie die Nebelgedanken verscheuchte.

Kurz vor sieben erreichten sie die Poststation in Herrenberg, in der schon Aufruhr herrschte. Wie gern hätte sich Christiane bei der Tochter des Posthalters für die Hilfe bedankt, die sie ihr hatte angedeihen lassen. Aber es blieb keine Zeit. Immer musste sie weiter, immer schneller und kam doch nirgends an.

Eisenlohr schob sie in die Diligence nach Freudenstadt. »Nun schauen Sie nicht derart traurig in die Welt, Fräulein Mayer. Gott sorgt für Sie. Die Gräfin von Mandelslohe ist eine gute Frau.«

»Seien Sie bedankt, Herr Dekan. Ich werde mich einfinden, habe es viele Male lernen müssen.« Sie sprach die Worte zwar mit fester Stimme, das hatte sie gelernt, aber ihr Herz wollte ihnen nicht folgen.

Nun kam sie also nach Freudenstadt. Die Kutsche eilte des Wegs, sprang über Stock und Stein. Es schüttelte ihr die Knochen aus dem Leib. Wie hatte sie gefiebert auf dem kurzen Weg von Altensteig bis Wildberg. Durch die lange Krankheit war sie eine andere. Wer sie sein wollte, wusste sie nicht. Heimatlos war sie, überall wurde sie vertrieben. Doch sie hatte gelernt, sich zurechtzufinden. Wie gern wäre sie nach München zurückgekehrt, das ihr eine Heimat geworden war. Ein Zuhause. Am späten Nachmittag erreichten sie stattdessen Nagold. In der Gaststube der Poststation löffelte sie einen Erbseneintopf mit Kartoffeln und Schweinebauch, aber es wollte ihr nicht warm werden. Die frischen Pferde sprengten das Nagoldtal aufwärts, als ob sie keine Kutsche zu ziehen hätten. Die Reisenden flogen in den Polstern hin und her und ein ums andere Mal landete sie an der Schulter eines Schäfers, der ein schwarzes Lamm mit den Knien festhielt.

In Pfalzgrafenweiler beim Gasthof zum Hirsch am Marktplatz war endlich Pferdewechsel. Christiane erleichterte sich im Winkel. Gerade noch rechtzeitig vor der Abfahrt kam sie zurück. Nur nicht wieder verloren gehen im Schwarzwald. In der Finsternis rumpelten sie langsam weiter bergan. Sie schloss die Augen und ließ sich willenlos hin und her wiegen. Nach einer Weile fuhren sie kurz hintereinander über zwei Brücken. Die Kutsche hielt.

FREUDENSTADT

1

An der königlichen Poststation Zum roten Löwen kletterte sie mit steifen Beinen aus der Kutsche und schüttelte ihren Rock aus und mit dem Staub auch die Ängste ab.

»Heute können Sie nicht mehr zum Oberforstmeister«, sagte Posthalter Luz und nahm sie mit in den von Öllampen erleuchteten Schankraum. Er trug elegante flache Lederschuhe, eine dunkelblaue Tuchhose und eine gleichfarbige Weste über einem weißen Hemd. Beständig fuhr er sich mit der Hand durch die vollen rotblonden Haare. »Gräfin von Mandelslohe geht früh zu Bett, wenn sie sich auch sonst wenig an die hiesigen Gepflogenheiten hält.« Er wies Christiane einen Platz auf einer breiten Holzbank in der Gaststube an. »Für ein paar Stunden. Ein Zimmer lohnt nicht bis morgen früh.« Mit schweren Schritten, die nicht zu den Schuhen passen wollten, ging er hinaus und kam mit einer Decke und einem Kissen zurück.

Christiane legte das rot geblümte Schultertuch darüber und bettete den Kopf darauf. Die Ridicule schob sie unter die Strickjacke und hielt sie fest. Koffer und Nähkorb standen neben der Bank. Mit weit geöffneten Augen lag sie da und sah nichts, obwohl die Öllampen im Schankraum die Nacht hindurch brannten. Die Gräfin von Mandelslohe. Eine gute Frau hatte Eisenlohr gesagt. Die Decke roch nach Pferd und kratzte. Welche Gepflogenheiten hatte Luz gemeint?

Fratzenköpfe und Drachenleiber aus Stein gehauen hatten am Stadttor auf sie herabgesehen. Alles wussten sie von ihr.

Sie schreckte auf, wollte schreien und besann sich gerade noch rechtzeitig. Sonnenstrahlen streiften Nase und Mund.

In Freudenstadt war sie, lag bei Posthalter Luz auf einer Bank, war eingeschlafen.

Luz trug jetzt hohe Stiefel, in denen er mit festen Schritten seine Gaststube durchmaß. Das passte besser zu ihm. »Echter Bohnenkaffee und Haferbrei mit Honig«, sagte er und stellte beides ungefragt auf den Tisch. »Es wird Ihnen gefallen bei Gräfin von Mandelslohe, sie ist modern wie Sie. Sonst jammern die Weibsbilder. Sie nicht. Mein Kompliment. Macht zwölf Kreuzer. Die Wohnung des Oberforstmeisters ist im alten Kaufhaus. Schickhardt hat's geplant, im rechten Winkel. Wie auch Kirche, Rathaus und Spital, ein jedes in einer Ecke unseres Marktplatzes. Ich geb Ihnen nachher den Hans mit, er zeigt Ihnen alles.«

Sie trank den letzten Schluck Kaffee und verschwand zur Morgentoilette im Winkel. Anschließend erfrischte sie sich im Waschraum. Eigens für die Reisenden eingerichtet, hatte Luz stolz gesagt. Die Haare richtete sie, so gut es ging, verteilte Rouge auf den Wangen und trat vor die Tür.

Tief atmete sie ein und aus. Klar und rein war die Luft, aber scharf schnitt sie ihr in die Lunge, als ob es Winter sei. Sie schlug das Tuch um den Hals.

Vor der Wirtschaft stand ein kräftiger Bursche mit einem roten Schubkarren, der in Blau die Aufschrift »Posthalterei Luz« trug. Ihr Reisekoffer lag darin. Sie stellte den Nähkorb dazu. »Du bist der Hans, nicht wahr?« Sie reichte ihm die Hand. »Ich bin Nanette, die neue Kammerfrau und Erzieherin bei Gräfin von Mandelslohe.«

»Willkommen in Freudenstadt.« Er verbeugte sich. »Als Festung geplant, mit einem Schloss in der Mitte, das nie gebaut wurde. Jetzt ist da unser Marktplatz. So soll ich's aufsagen für die Fremden. Die Gräfin wohnt drüben auf der anderen Seite.«

Mit langen Schritten marschierte er los, kaum konnte sie ihm folgen. Gekleidet war er wie sein Dienstherr Luz. Nur seine Stiefel waren nicht so elegant. Gegen die noch kühle Witterung trug er eine wollene Mütze und einen grauen Umhang mit den aufgestickten Buchstaben »Luz«.

Plötzlich blieb er stehen und sagte: »Wart mal kurz. Ich hol mir nur ein bisschen Tabak.« Er verschwand in einem der kleinen Läden unter den Arkaden, die den Platz einrahmten.

Sie ließ den Blick schweifen. In der Mitte lagen Gärten, umringt von giebelständigen Häusern. Vor einem Holzhäuschen standen Ochsengespanne mit Heu. Zwei Tiere stampften ungeduldig mit den Hufen. Wie auf dem Lande und nicht wie in einer Oberamtsstadt.

»Onser Waaghäusle«, sagte der Knecht, als er zurückkam. »Wir machen lieber einen Bogen darum, sonst musst du dein Gepäck noch verzollen. Es könnte ja sein, dass du aus dem Badischen bist.« Er lachte und stopfte eine kleine Tonpfeife, die er mit einem Schwefelhölzchen entzündete. Er wies mit der Pfeife in der Hand in die Runde. »Bei nasser Witterung kommst du trockenen Fußes um den ganzen Marktplatz. Geradeaus siehst du das Rathaus. Winkelhakenbau soll ich sagen. Der Turm trägt eine Mütze.« Er wandte sich zur linken Seite und zeigte auf ein ähnliches Gebäude, das ein spitzes Dach hatte.

Hans blies ihr nach einem Zug aus seinem Pfeifchen den Rauch ins Gesicht. Sie atmete flach. Bumm! Ein dumpfer Schlag. Sie zuckte zusammen und wäre fast gestolpert. Ein leises »Tack, tack« folgte. Mit jedem Schritt wurde es lauter. Bumm! Tack! Tack! »Hans! Was ist das!?«

»Soeben hast du den Gruß des oberen Großhammers vernommen.« Er verbeugte sich wieder. »Dazu das Konzert der Schwanzhämmer aus den Pfannenschmieden im Christophstal. Und gleich schlägt's neun vom Kirchturm. Heute haben sie spät angefangen in den königlichen Eisenwerken am Forbach. Es hat gestern einen Unfall gegeben. Sonst beginnen sie bei Sonnenaufgang.« Er half ihr über einen Abwassergraben und wies mit dem Arm geradeaus gen Westen. »Durch das Murgtal-Tor geht's steil hinab. Schau, da hinten, da zieht unser Tuchhändler dahin. Du erkennst ihn am altmodischen Dreispitz und den Kniebundhosen. Aber moderne Stoffe hat er. Alle zwei Wochen fährt er mittwochs mit seinem gedeckten Wagen die Christophstaler Steige hinunter und weiter über den Kniebispass bis Straßburg, wo er seine Waren absetzt. Bald wollen sie eine neue Straße bauen, damit's flotter geht nach Frankreich und mehr Gäste kommen.«

Hans stopfte die Pfeife und zog daran, dass der Tabak aufglimmte. Tack, tack. Bumm!

»Auf dem Rückweg bringt der Tuchhändler seinem Freund Luz vom Wein aus dem Badischen«, raunte er ihr zu. »Aber still! Erlaubt ist's nicht, die Fässer aus dem Rheintal ins Württembergische zu bringen. Du kannst beim Händler Stoff bestellen, wenn du Farbe willst. Die Hiesigen tragen nur Schwarz, als ob sie dadurch frommer würden.«

Das »Tack, tack, bumm« mischte sich in das Läuten der Kirchenglocken. Christiane wandte ihren Kopf schräg nach links, wo die Kirche mit ihren beiden helmgedeckten Türmen stand. Tack, tack, tack. Bumm! Bumm!

»Sind diese Geräusche immer da?«, fragte sie und griff sich an den Hals, während ihr die Ohren klangen und sie langsam an kleinen Gartenparzellen vorbeigingen, direkt auf die Schläge zu. Das würde sie nicht aushalten.

»Du wirst dich daran gewöhnen. An die Kirchglocken und die Hämmer. Erst wenn es unter der Woche am Tag still ist, musst du dir Sorgen machen«, sagte Hans und lachte. »Ich geh bald hinunter ins Tal, dort gibt es Arbeit, die ein Auskommen ermöglicht. Obwohl sie nicht ungefährlich ist. Aber man hat Privilegien, kann das Bürgerrecht in Freudenstadt günstig erwerben und darf heiraten. In der Tracht der Bergknappen, hellblauer Rock und rote Hose, kommt man schmuck daher. Die Schneiders Marie hat sich mir versprochen.«

Zwei Frauen in reich gefältelten schwarzen Röcken mit kurzer Taille, dunklen Kitteln und Miedern musterten Christiane.

Tack, tack, tack. Die Bänder an den Hauben der Frauen nickten ihr verhalten zu. Tack! Bumm!

Mit Hans an ihrer Seite war sie leicht als Fremdgeborene zu erkennen. In ihrem städtischen Aufzug mit dem hellblauen Kleid und dem rot geblümten Schultertuch wirkte sie beinahe mätressenhaft. Die dunkelblaue Strickjacke half da auch nicht. Sie wischte sich das Rouge von den Wangen.

»Das Oberamtsgebäude«, sagte Hans und zeigte auf ein stattliches Haus mit massiven Strebepfeilern. Er schritt rascher aus, schaute sie von der Seite an und sprang über einen niedrigen Zaun. »Magst du?«, fragte er und griff in einen Korb. Er reichte ihr zwei kleine rote Äpfel. »Streifling oder Zigeunerapfel sagen wir bei uns.« Als sie den Kopf schüttelte, biss er selbst in den einen, den anderen steckte er in die Hosentasche. Er stand neben ihr und redete mit vollen Wangen weiter: »Vor zwei Jahren hat die Stadt dem König den Marktplatz abgekauft. Unglaubliche dreitausendsechshundert Gulden haben sie bezahlt, hat der Luz erzählt, einhundertsiebenunddreißig Gärten für die Bürger sollen's sein. Ich musst's auswendig lernen. Für die Gäste. Gezählt hat die Grundstücke keiner.« Er lachte und zeigte seine Zähne, die einen gelblichen Schimmer hatten. »Der Luz hat die Apfelbäume zugesprochen bekommen, von den vorjährigen Äpfeln darf ich mir immer nehmen. Sind die letzten. Noch ganz saftig.«

Er warf den Butzen weg und blieb an einer breiten Straße stehen, die den Platz in gerader Linie durchschnitt. Fuhrwerke mit Langholz rollten vorbei, was eine Weile dauerte. Tack, tack, tack. Bumm! Bumm! Von der Kirche schlug es die halbe Stunde. Hans holte den anderen Apfel aus der Hosentasche und streckte ihn ihr hin. Sie zögerte, griff zu und biss hinein.

»Schmeckt doch«, sagte er. »Komm über die Straße. Pass auf!« Gegenüber hielt er die Nase in die Luft, schnupperte und schüttelte seine Pfeife aus. »Frische Brezeln!« Er zeigte zu einem kleinen steinernen Haus. »Genau richtig für die Kutsche aus Rastatt, die in einer Stunde kommt. Aus dem Badischen. Das ist was anderes als die Wagen aus der Residenz oder aus Tübingen und Reutlingen. Aus dem Badischen und aus Frankreich bringen sie die neuen Ideen von Freiheit und Gerechtigkeit. Die kommen nicht aus Rottweil oder Alpirsbach. Ich muss mich um die Postpferde kümmern. Die einen ausschirren, die anderen anspannen. Im Galopp. Immer ist alles eilig.«

Er sprang zum Backhaus hinüber. Muskulös war er. Wie August. Sie verscheuchte sein Bild von der Metzinger Baumwiese. Geschwind war Hans zurück und führte sie weiter. Unmerklich bergab ging es. Er duftete nach den knusprigen Brezeln, die in einem Netz an seinem Arm baumelten. Tack. Bumm! Tack. Tack. Bumm! Sie zuckte wieder zusammen.

Hans zeigte zu einem rechtwinkeligen Bau. »Das alte Kaufhaus. Hier wohnt Forstrat von Mandelslohe mit seiner Familie. Links, der Gerechtigkeitsbrunnen. Vorsicht! Unsere Justitia hat zwar ein Schwert, doch ihr fehlt seit Menschengedenken die Waage.«

Tack, tack, tack. Bumm! Bumm! Hans deutete nach oben, wo sich ein schmaler Turm mit einer Uhr gen Himmel reckte. »Lass dich des Nachts einmal hinaufführen. Dann siehst du die Feuer der Hochöfen, die anders als die Hämmer immer arbeiten und niemals verlöschen dürfen.« Er brachte sie zu einer Tür unter dem Bogengang und stellte ihr Gepäck ab. »Mademoiselle Nanette! Wir sind da!« Er salutierte.

»Hab Dank«, sagte Christiane. »Gewiss wartet Luz auf die Brezeln. Der Weg war gar lang, obwohl wir nur über den Marktplatz gegangen sind. Wir sehen uns sicher bald einmal wieder.« Sie reichte ihm die Hand. Ein wenig schien er enttäuscht, als er keine Münze fühlte. Sie musste ihre Barschaft beieinanderhalten und schalt sich gleichzeitig. Es war kurzweilig gewesen mit ihm und er hätte ein Trinkgeld verdient gehabt.

2

Entschlossen drückte sie die Klinke herunter und trat ins Halbdunkel einer weitläufigen Halle. Schemenhaft erkannte sie eine Kutsche und einen Pritschenwagen sowie allerlei Gerätschaften. Zwei Pferde schnaubten und scharrten mit den Hufen. Sie wandte sich zum Licht, das eine Wendeltreppe herunterfloss. Reisekoffer und Nähkorb ließ sie am Fuß der Treppe stehen und stieg hinauf in den ersten Stock.

An der Stirnseite eines weitläufigen Saals fielen Sonnenstrahlen schräg durch ein Fenster auf ein lebensgroßes Porträt. Das Bildnis zeigte einen Herrn im schwarzen Frack mit einer weißen Halsbinde über dem Jabot. Seine Locken waren gestutzt, aber kringelten sich auf der Stirn. Neugierig trat sie näher.

»Mein Schwiegervater«, hörte sie eine herbe Frauenstimme hinter sich und fuhr herum. »Sie hätten auch läuten können. Es tut nicht weh, an der Glocke zu ziehen, und ist höflicher. Einerlei. Ich bin die Gräfin. So nennt man mich hier. Sie sind also die neue Kammerfrau.«

Christiane nickte. »Nanette Mayer, ergebenst. Kammerfrau und Erzieherin.« Sie neigte unmerklich den Kopf. Sich nur nicht unterwürfig geben, damit war es vorbei. Ein Bursche trug Koffer und Nähkorb vorüber.

Die Gräfin hatte kurz geschnittene rote Haare. Ihre schmalen graugrünen Äuglein musterten sie. Das Gesicht war fleischig und glatt. In der Hand hielt sie eine elegant geschwungene Porzellanpfeife, von der sie einen kräftigen Zug nahm. Der Rauch trieb Christiane die Tränen in die Augen. Die neue Herrin baute sich standesbewusst und modern zugleich vor ihr auf und schmauchte ihr Pfeifchen.

»Der erste Stock ist gar ungemütlich. Früher war hier der

Ratssaal, nun ist alles kalt und leer.« Sie zeigte in die Runde. »Der Saal soll dem Grafen als Repräsentanten des Königs dienen. Doch niemand möchte das hier in Freudenstadt. Für die Schule wäre er recht, man könnte zwei Räume daraus machen, aber mein Gatte will davon nichts wissen. Kommen Sie.« Die Gräfin bat sie eine zweite Wendeltreppe hinauf. Oben traten sie in einen breiten Gang, der sich nach links verzweigte und in einen geräumigen Flur mündete.

»Sie scheinen mir ein wenig jung als Kammerfrau und Erzieherin.« Die Gräfin wandte sich zu ihr um. »Bergrat von Hehl hat Sie empfohlen, was wir ihm nicht abschlagen konnten. Er ist ein väterlicher Freund des Hauses. Sie haben in Ihrem jugendlichen Alter, wenn ich das so sagen darf, drei Kammerjungfern und vier Kinder zu beaufsichtigen. Einen Gulden und vierzig Kreuzer pro Woche muss ich dafür entbehren. Das ist mit dem Bergrat verabredet. Wir werden sehen, ob Sie das wert sind. Ich werde genauestens achtgeben, dass Ihre Erziehungsart nicht aus dem Ruder läuft.«

Die Gräfin klatschte in die Hände. Drei Mädchen huschten in den Öhrn und nahmen vor ihnen Aufstellung, den Blick gesenkt. Drei Haarschöpfe, schwarz, blond und rot. Eine kräftige Natur, eine zarte Seele und ein aufsässiges Wesen. Christiane lächelte in sich hinein. Sie hatte eine Aufgabe, wie schön, und die Bezahlung war höher als erhofft. Allerdings hatte sie dafür sieben Kinder zu erziehen, nicht vier.

Die Gräfin räusperte sich. »Das ist Anna.« Sie deutete auf das größte Mädchen. »Mit ihren fast fünfzehn versteht sie trefflich mit Nadel und Faden umzugehen. Neben ihr steht unsere Sabine, sie ist elf und hat vor Kurzem ihre Mutter verloren.« Sie stellte sich hinter das blassblonde Kind und fasste es an der Schulter. »Bei uns hat Sabine ein neues Zuhause gefunden. Man darf nicht zu nachsichtig mit ihr sein. Zu guter Letzt unser Irrwisch Ursula aus einem kinderreichen Pfarrhaus.« Die Gräfin zog die Kleinste an der Hand zu sich heran. »Sie ist das Lernmädchen und muss besonders streng erzogen werden. Erst zehn zählt sie. Ein Rotschopf wie ich.«

Christiane nickte den drei Mädchen aufmunternd zu. Sie hatten versucht, in die schwarzen Freudenstädter Kleider ein wenig Farbe hineinzubringen. Anna hatte es mit einem zartblauen Leibchen gewagt, Sabine ein rotes Band um den Ausschnitt geflochten und Ursula trug hellgelbe Schleifen in den rostroten Zöpfen.

»Auch ich habe keine Eltern und bin in einem Pfarrhaus aufgewachsen«, begann Christiane. »Ich danke Gott von Herzen dafür, dass er für mich gesorgt hat. Eine Schwester habe ich bei den Pfarrersleuten gefunden, die mir immer noch zur Seite steht. Mit Nadel und Faden bin ich früh vertraut gemacht worden, doch erst als freie Kleidermacherin in München habe ich sie virtuos handhaben gelernt. Unentbehrlich scheint mir, niemals mit dem Lernen aufzuhören. Berichtet mir später, worin eure besonderen Fähigkeiten bestehen. Dann bestimmen wir gemeinsam die Aufgaben.« Die Mädchen knicksten. Drei bauschige Röcke huschten davon.

Die Gräfin legte ihr Pfeifchen auf einem Sims ab, fasste Christiane am Arm und dirigierte sie eine Seitentreppe hinauf. »Sie dürfen die Kammer, den alten Kornboden, unter dem Krüppelwalm, allein bewohnen. Den hatte der Großvater für sich gedacht. Leider hat er es nicht mehr erlebt. Er hat uns nach Freudenstadt geholt, wofür ich ihm dankbar bin, weg aus Altenstadt.«

Altenstadt? Etwas blitzte in Christianes Kopf auf, aber sie kriegte es nicht zu fassen. Tack, tack, bumm!

Die Gräfin blieb stehen. Sie hatten den ersten Dachboden erreicht, auf dem Wäsche trocknete. Mit gerunzelter Stirn begutachtete sie die Leibwäsche, die dort ein wenig unordentlich aufgehängt worden war. »Ursula wird es nie lernen«, seufzte sie. »Die Kammerjungfern bewohnen die Stuben zum Christophstal hin, wie auch Sie. Auf der anderen Seite ist die

Kammer der Köchin, daneben die der beiden Knechte. Kommen Sie, es geht weiter hinauf.«

Tack, tack, bumm! Sie winkte Christiane heran und erklomm trotz ihrer Fülle behände eine Stiege. »Sie sind jung und schlank, da kann ich Sie da oben unterbringen. Für den Großvater wäre es nichts gewesen. Und nach vier Kindern sieht das auch bei Ihnen anders aus. Noch geht's bei mir. Gleich nacheinander kamen die beiden Buben, kaum hatte ich Zeit zum Luftholen. Das dritte ein Mädchen. Anderthalb Jahre später. Viel schwieriger. Es hat mir Ruhe verschafft. Jetzt wieder ein Bub. Vier Kinder hab ich in meinem Alter. Ich war bei der Heirat ein blutjunges Ding. Jünger als Sie. Und unerfahren. Aber das ist vorbei. Ich hab die beste Amme der Stadt engagiert und auf Empfehlung des Bergrats Hehl jetzt das Fräulein Mayer. Sie werden reichlich zu tun haben mit den Kammerjungfern und den Kindern.« Mit diesen Worten öffnete sie die Tür zu einer geräumigen Kammer und trat als Erste ein. Sie wies mit dem Arm in die Runde. »Die Möbel sind aus meiner Jugendblüte, gehen Sie sorgsam damit um.« Sie strich über die zart gewobene Überdecke auf dem Bett und zupfte an den Troddeln vom Vorhang. »Für den Tisch haben wir unten keinen Platz gefunden, es ist beengt hier in Freudenstadt. Wenn das Haus nach außen hin auch geräumig wirkt. Wir haben die drei Kammermädchen der Wohltätigkeit wegen aufgenommen. Zu meinen Möbeln gehört ein Kanapee, das Sie im Nähzimmer entdecken werden. Es passt zu den Stühlen mit dem beigefarbenen Polster hier. Machen Sie mir keine Flecken auf den Stoff! Ist das Muster nicht apart? Eilen Sie, packen Sie rasch aus und kommen Sie in die Nähstube, vis-à-vis der Küche. Ich warte auf Sie und gebe Ihnen eine Einweisung in Ihre Aufgaben.«

Durch ein hohes Fenster im Giebel kam genügend Licht und nachmittags würde sie Sonne haben. Christiane öffnete die beiden Flügel. Ein klarer Frühlingstag ohne Nebel. Zwischen den finsteren Nadelwaldungen zog sich ein hellgrünes Band. Das musste die Talsohle vom Forbach sein, von dem Hans gesprochen hatte. Tack, tack. Bumm! Apfelbäume auf dem Marktplatz, welch Idee. »Verzeih mir, Hans«, murmelte sie. »Du kriegst dein Trinkgeld, sobald ich den ersten Lohn erhalten habe. Ich muss sparsam sein. Bin allein auf mich gestellt.« Tack, tack, tack. Bumm! Bumm! Sie schloss das Fenster. Für ihren Lebensunterhalt musste und wollte sie selbst sorgen. Freudenstadt war ein neuer Anfang.

Mit geübten Handgriffen packte sie ihren Koffer aus, den der Knecht ihr hochgetragen hatte. Sie verstaute die Leibwäsche in einer Truhe. Auch die Servietten der Kurfürstin verbarg sie dort. Alle miteinander. Den Geldgürtel legte sie an die Seite unter Louisles Schultertuch. Von den zwanzig Dukaten aus Wildberg waren ihr sechzehn geblieben, sie musste nicht nachzählen. Zusätzlich bewahrte sie einen Dukaten nebst achtzehn Kreuzern im Beutel in der Ridicule auf.

Sie zog ihr hellgrünes Alltagskleid mit den Paspeln an, das ihr seit München gute Dienste leistete, legte die dunkelblaue Strickjacke über die Schultern und nahm die Schlupfschuhe. Fürs Haus waren sie recht. Ihre Stiefelchen stellte sie unter die Bettstatt. Wollkleid und Schultertuch hängte sie an einen Haken hinter dem Kamin, der durch das Zimmer führte. So waren sie immer ein wenig angewärmt.

Ein paar Mal lief sie ungläubig um das Bett mit dem Baldachin und den Vorhängen. Frei stand es unter dem Giebel, nicht weit vom Kamin. Sie befühlte die glatten Pfeiler aus rotbraunem Kirschbaumholz. Was sie von den Gardinen mit ihren Kreisen und stilisierten Blumen halten sollte, wusste sie nicht. Das Muster setzte sich an den Wänden fort, zog die Schräge hinauf und lief zurück zum Boden, der mit einem ebensolchen Teppich bedeckt war. Herrschaftlich. Und welche Kammerfrau konnte schon die Möbel der Herrin ihr Eigen nennen?

Mit ihrem Nähkorb eilte sie aus der Tür. Sie wollte die Dinge nehmen, wie sie sich ihr darboten. Ihre Kammer war geräumig und wies eine gewisse Bequemlichkeit auf. Vor allem aber war sie im Giebel nicht der ständigen Kontrolle ihrer Herrschaft ausgesetzt. Tack, tack, bumm! Sie wollte trotz der Schläge zufrieden sein und suchte sich ihren Weg wieder hinunter, bis sie in der Wohnung stand, geblendet vom Sonnenlicht, das durch eine offene Tür in den Öhrn fiel. Von links klapperte es. Die Küche. Gegenüber lag also das Nähzimmer. Sie trat durch eine zweiflügelige Tür. Fenster nach Norden und Osten. Die Morgensonne blendete. Im Hochsommer würde es nicht zu heiß werden. Unter dem Nordfenster stand das von der Gräfin erwähnte Kanapee, auf dem Anna und Sabine mit einer Näharbeit saßen und nicht aufzuschauen wagten. Nur Ursula, die mit einem ungepolsterten Stuhl vorliebnehmen musste, sah zu, wie Christiane im Zimmer hin und her ging.

»Äußerst klug eingerichtet neben dem Kaminzimmer. Das Nähzimmer braucht nicht beheizt werden. Gleichzeitig sind die edlen Stoffe wie Samt, Brokat oder Seide vor dem Staub des Ofens geschützt.«

»Sie wissen gut Bescheid«, sagte die Gräfin, die hereintrat. »Vergessen Sie die Erziehung nicht.«

Christiane verneigte sich. »Die Mädchen werden Ihnen von Nutzen sein, ein jedes auf seine Art.«

»Hören Sie die Hämmer? Nie gibt es tagsüber eine Ruhe. Und wenn sie für ein paar Minuten schweigen, schreien die Kinder. Nehmen Sie mal! Gestillt ist er, aber die Amme hat heute Vormittag frei. Sie können doch mit Buben umgehen?«

Die Gräfin legte ihr ein Bündel in den Arm. Christiane zuckte zusammen. Gefatscht! So hatte auch sie ausgesehen. Wie ein Engerling, fest zusammengeschnürt. Rote Haare und ein ebensolcher offener und nun aus Leibeskräften schreiender Mund. Sanft sprach sie mit dem Kleinen und streichelte sein

Gesicht, das aus den Bändern herausschaute. Die Augen öffneten sich und sahen sie an. Er war still und prustete.

»Das machen Sie ganz gut. Albrecht Friedrich ist acht Monate alt und soweit stabil. Wickeln Sie ihn fest, dann haben Sie keine Mühe mit ihm. Er schläft viel. Ich gebe ihn heute in Ihre Obhut. Weimers Margot, des Schultheißen Frau, hat mich zum dejeûner-dîner zu sich gebeten. Die Amme nimmt Ihnen Albrecht nach dem Mittag wieder ab. Widmen Sie ihm nicht zu viel Aufmerksamkeit. Legen Sie ihn ab und machen Sie sich mit dem Nähzimmer vertraut. Lassen Sie sich von den Kammerjungfern ihre Arbeiten zeigen. Ich werde die Mädchen heute Abend prüfen. Und wenn nicht alles akkurat ist, wissen sie, was sie zu spüren bekommen.«

Kaum konnte sie sicher sein, dass die Gräfin aus dem Haus war, beanspruchte Christiane das Kanapee für sich und wickelte den Knaben aus seinen Banden. Ihre Brust war eng, sie atmete schwer. Albrecht Friedrich krähte und strampelte. Immer wieder hob er den Kopf. Sie lobte ihn und massierte Beine und Arme.

»Sie sollten das nicht tun«, sagte Anna. »Später wird er umso mehr schreien.«

»Komm her!« Christiane winkte sie zu sich. »Die Fesseln reichen auch für dich. Sicher bist du still, wenn ich dich fest genug schnüre. Was solltest du auch sonst tun? Wir werden geboren, damit wir uns frei bewegen können. Warum also sollte ich Albrecht Friedrich verwehren, seine Beine und Arme zu erproben? Bald wird er krabbeln, er müsste längst sitzen können. Da ist er in der Entwicklung hinterher, woran das Fatschen seinen Anteil haben mag.«

Anna schwieg. Sie war flammend rot geworden. »Ich kenne es nicht anders und habe nie darüber nachgedacht.«

»Was ist mit dir, Ursula? Bist du gefatscht worden? Oder hast du deine Geschwister in Banden liegen sehen wie diesen armen Knaben?«

Die Kleinste schüttelte den Kopf und schaute zu Boden. »Ich bitte die Mutter beim Christfest um Auskunft.«

»Sabine? Was ist mit dir? Schau mich an!«

»Ich kann nicht mehr fragen.« Sie schluchzte.

»Verzeiht. Alle miteinander. Es ist genug fürs Erste.« Christiane strich Sabine über den Rücken, wickelte Albrecht Friedrich locker in eine Decke ein und legte ihn in seine Wiege, die im Kaminzimmer am Kachelofen stand. Er war eingeschlafen. Die Kirche läutete elfmal.

Anna eilte aus dem Haus, um Annetta, die einzige Tochter der Gräfin, von einer Freundin abzuholen. Kurze Zeit später kam sie mit einem schmächtigen Mädchen zurück, das allerhöchstens fünf zählte. Die Kleine knickste vor Christiane und ging brav in ihr Zimmer, ein Hauskleid anziehen, wie sie murmelte. Mühsam lief sie hinaus, es schien, als ob sie nicht hinken wolle, es aber nicht anders konnte.

»In einer Viertelstunde steht der Mittagstisch bereit«, rief eine stämmige Frau mit schwarzen Zöpfen, die zu einem Kranz um den Kopf gewunden waren. »Ich bin Gesine und seit über sechs Jahren die Köchin im Hause Mandelslohe. Du bist also Nanette, wenn ich dich so nennen darf.« Sie reichte ihr die Hand. »Kammerfrau und Erzieherin. Verschaff dir vor allem Respekt bei den Mädchen und bei den großen Buben. Bei Annetta ist es nicht nötig. Sie hat ein schweres Schicksal. Genau genommen heißt sie Annetta Friederike. Annetta reicht, hat die Gräfin gesagt. Mit dem Podex zuerst ist Annetta auf die Welt gekommen und hat ihre Mutter beinahe umgebracht. Und die Mutter das Kind durch zu enges Wickeln. Das hat Annettas Hüfte nicht gutgetan. Wenn ich das Kind nicht manches Mal befreit hätte. Du hast es recht gemacht mit Albrecht Friedrich.« Gesine seufzte. »Die großen Buben werden gleich aus der Schule da sein. Du lernst sie beim Essen kennen. Es fehlt der Herr Graf. Besser, wenn du dich erst eingewöhnen kannst. Er ist unterwegs. Im letzten Jahr war er in England, hat die Gräfin allein gelassen, als sie mit

Albrecht Friedrich schwanger ging. Pass gut auf, dass der Graf dir nicht nachschleicht. Keine Sorge, er ist nicht, wie du denkst.«

Im Öhrn begegneten Christiane die beiden Knaben. Ulrich Ferdinand, der Ältere, war ein Ebenbild seines Großvaters. Ein kräftiger Bub, ernst und ordentlich. Seine Schuhe standen akkurat ausgerichtet nebeneinander. Gustav August hingegen war schmal und blass und schlenkerte zügellos mit den Beinen beim Gehen. Immer wieder lief er den Öhrn entlang, bis die Köchin ihn mit festen Worten in die Küche rief, wo sie unter der Woche das Essen servierte.

Gesine teilte von den Linsen aus und gab jedem ein Saitenwürschtle. Gustav August rutschte auf seinem Stuhl hin und her. Die Linsen fielen ihm ständig vom Löffel und er sprang nach jeder einzelnen, um sie einzufangen. Die Köchin schaute sie an und deutete auf den Knaben.

»Welch Freude, wenn alles lebendig ist«, sagte Christiane. Sie erhob sich und half unter dem Tisch Gustav August beim Suchen. Die Kammerjungfern kicherten.

»Vater würde das nicht billigen«, sagte Ulrich Ferdinand. »Gustav, setz dich hin und iss anständig!«

Der Jüngere rutschte wieder auf seinen Stuhl. »Nicht der Mutter sagen, bitte! Ich will nicht in den Keller mit ihr.«

Annetta wischte sich bei seinen Worten über die Augen und würgte am Saitenwürschtle.

Was war da los? Christiane schaute von einem zum anderen. Es war still geworden, und keiner sah sie an.

»Esst auf«, sagte die Köchin, »gleich gibt's ebbes Süßes aus'm Schleckhäfele.« Sie holte ein Blech mit Apfelküchle. Anna half ihr auszuteilen. Gustav August machte Stielaugen und schob den Linsenteller von sich.

»Magst du nicht mehr?«, fragte Christiane. »Satt bist du aber nicht, oder? Passt noch ein Apfelküchle rein?«

Er nickte und rieb sich den Bauch. Dankbar sah er sie an. »Bleibst du länger bei uns?«, fragte er.

»Wir werden sehen. Ihr scheint mir alle miteinander brav zu sein, da kann ich das überlegen.«

»Der Lehrer Hornberger hat gesagt, dass du aus Schtuagard kommst und was Besseres sein willst und bald wieder gehst«, sagte Gustav August.

Christiane lachte. »Da kennt er mich gut, wo ich erst seit einem halben Tag in Freudenstadt bin und er mir noch nicht begegnet ist. Stell ihn mir am Sonntag in der Kirche vor.«

An diesem ersten Abend lag sie müde von der Arbeit in ihrem Himmelbett und schlief sofort ein. Die vier Kinder purzelten durch ihre Träume, die Kammerjungfern knicksten unentwegt und sagten: »Unterthänigst. Tack, tack, bumm!«

Von den Kirchglocken wachte sie auf. Es war sieben. Sie hatte das Schlagen der Hämmer nicht gehört. Mehr als zwei Stunden lang. Ein gutes Zeichen. Rasch kleidete sie sich an. Etwas lachte in ihr. Wie wohlig sie geschlafen hatte.

Sie musste die Gräfin zum Tagesablauf befragen, wollte es recht machen, da stand sie den Kindern in nichts nach. Eine verkehrte Welt, wo viele sich wenigen andienen mussten, damit sie ihr Brot hatten. Es recht machen, aber sich dabei nicht unterwerfen.

3

Dem Grafen Mandelslohe begegnete Christiane zuerst in Gestalt seines jägergrünen Sonntagsfracks. Sie wienerte die geprägten vergoldeten Knöpfe mit einem reinlichen Tuch, bis sie im späten Nachmittagslicht blitzten. Den Kragen von dunkelgrünem Samt, der von einer Stickerei aus Eichenlaub und Eicheln eingefasst war, säuberte sie mit einer weichen Bürste. Das Gilet war von gleichem, fein gewobenem Tuche wie die Uniform, und nochmals polierte sie an der Weste eine Reihe vergoldeter Knöpfe, die kleiner waren als am Frack. Mit den Pantalons hatte sie ordentlich zu tun, sie waren staubig. Sie bürstete eine Weile, bis sie ihre klare graue Farbe zurückgewannen. Die runden Armaufschläge des Oberrocks waren verknickt und sie strich diese mit einem feuchten Tuch glatt.

Da trat der Graf ins Nähzimmer. Er sah aus wie sein Vater auf dem Gemälde, aber unordentlicher, ihm hingen die Locken wirr ins Gesicht.

»Mademoiselle Nanette«, sagte er. »Das darf ich doch sagen? Ich heiße Sie herzlich willkommen in unserem Hause. Mein geschätzter Freund, der Bergrat Hehl, war voll des Lobes über Ihre Fähigkeiten.«

Christiane erhob sich und knickste. Dabei achtete sie darauf, dass sie die Augen niederschlug. »Frack, Hose und Weste sind fertig. Sie können sie mitnehmen. Den Oberrock hänge ich später an die Garderobe, wenn Ihnen das recht ist.«

»Geben Sie sich nicht zu viel Mühe, den Sonntagsrock trage ich nur zum Kirchgang. Man will dann anderes von mir als eine schmucke Uniform. Es ist die Stunde der Bittsteller, die sonst nicht zu mir vordringen können. Jeden Sonntag werden es mehr.« Er seufzte. »Auf diese Weise sind wir zu drei

Kammermädchen gekommen. Gleichzeitig soll ich die Interessen des Königs nicht außer Acht lassen. Dabei sind die Leute arm hier, das kann man sich in Stuttgart gar nicht vorstellen. Doch zu Ihnen. Ich bin informiert über Ihren Werdegang. Keine Sorge, ich behalte alles für mich. Das bin ich dem Bergrat schuldig.«

Zum Kirchgang am nächsten Tag kleidete sich Christiane in Schwarz, wie die Gräfin wünschte und es in Freudenstadt üblich war. Sie hatte ihr ein Kleid und einen Umhang ausgeliehen und nickte ihr wohlgefällig zu, bevor sie aus dem Haus gingen. Beide bedeckten sie das Haar mit einem dunklen Tuch. Christiane folgte ihr in gebührendem Abstand mit den Kammerjungfern, den Buben und Annetta. Albrecht Friedrich war bei der Amme geblieben.

Oberforstmeister Graf von Mandelslohe marschierte in seiner Ausgehuniform an ihnen vorbei und grüßte militärisch. Ulrich Ferdinand blieb stehen und schlug die Hacken zusammen. Gustav August versuchte, es ihm nachzutun, und verhedderte sich mit seinen Beinen.

Die Kirchenglocken läuteten, der Bläserchor spielte auf. Der Graf spazierte zum linken Kirchenschiff hinein. Christiane wollte ihm folgen, aber Annetta flüsterte: »Die Frauen und Kinder nehmen den rechten Eingang, wir sitzen im Frauenschiff. Lassen Sie mich vorangehen.«

Die Bänke standen in breiten Reihen nebeneinander. Sie traten nach vorn, wo die Familie von Mandelslohe ihre Plätze hatte. Die Buben und Annetta setzten sich neben die Mutter. Christiane dirigierte die Kammerjungfern, die besser als sie wussten, was zu tun war, in die nächste Bankreihe.

Die Männer saßen hinter der Mauer im anderen Kirchenschiff. Unzüchtige Blicke waren ausgeschlossen. Nur der Pfarrer sah vom Altar aus all seine Schäfchen in den beiden Kirchenflügeln.

Christiane schaute sich verstohlen um, während sie sangen. An einem alten Steinpult bewegte ein Vorsinger seine Lippen, doch seine Töne drangen nicht bis zu ihr durch. In ihrem Rücken hing eine Orgel, die stumm blieb.

Auf der Empore saßen die Bergleute, die sich neugierig über die Brüstung beugten. War da nicht Hans, der ihr zuwinkte? Unzüchtig war das! Sie wandte den Blick ab und schaute nach oben. Ein Netzgewölbe mit unzähligen Wappen. Ihr wurde schwindelig. Im Schnittpunkt der Diagonale zwei springende Fische. Mühsam hielt sie sich auf der Bank zurück. Die Barben von der Serviette! Freudenstadt trage sie im Stadtwappen, hatte Geß gesagt.

Gustav August schob nach dem Gottesdienst seine Hand in die ihre und zog sie zu einem Herrn in einem alten Zobelpelz. »Der Lehrer Hornberger«, flüsterte er, »er trägt nie etwas anderes, auch nicht im Sommer. Von den Franzosen soll der Pelz sein. Sie haben ihn vergessen.«

Christiane schüttelte dem Lehrer die Hand und wich seinem Blick nicht aus. Dieser war klebrig wie die Finger und die ganze Erscheinung. Was er wohl jetzt über sie erzählte? Zum Glück ging er weiter und beachtete sie nicht mehr. Was ihr für den Moment recht sein sollte. Sie drückte Gustav August ein paar Kreuzer in die Hand und bat ihn, diese Hans zu geben, dem früheren Pferdeknecht von Posthalter Luz, inzwischen Bergknappe.

Der Graf trat zu ihr. »Darf ich vorstellen, Unterarzt Dannecker, stationiert beim hiesigen Regiment.«

Artig begrüßte sie ihn. Ein schmalbrüstiger Kerl in einer mäßig sitzenden Uniform. Sie wich seinen Blicken aus. »Verzeihen Sie«, sagte sie zum Grafen gewandt, »ich muss nach den Mädchen schauen.«

Zum Anfang der Woche machte sich Christiane mit der Garderobe der Gräfin vertraut. Sorgfältig bürstete sie die Kleider aus und ließ manche Naht stillschweigend heraus, die aufgeplatzt war. Die Hausherrin hatte eine üppige Figur mit verwelktem Ausschnitt, obwohl sie erst dreißig war und nicht gestillt hatte. Mittels eines Mieders, das sie mit dünnen Hornstreben verstärkte, stützte Christiane den Busen und hielt den Atem an, als die Gräfin das Kleid am nächsten Tag anprobierte.

»Sie haben mir meine Figur zurückgegeben! Haben Sie Dank«, sagte diese. Sie betrachtete sich im Doppelspiegel und drehte sich hin und her. »Der Graf wird entzückt sein! Nehmen Sie sogleich Maß, ich möchte ein neues Kleid, in das solch ein Korsett eingenäht ist.«

Christiane tat wie geheißen. Abends saß sie beim flackernden Schein der Lampe am runden Tisch in ihrer Kammer und sann über einen passenden Schnitt für den Samtstoff nach, den sie verwenden sollte.

Von Louisle erreichte sie schon in der ersten Woche ein Brief.

Der Spargel war köstlich und hat gewirkt! Du weißt Sachen! Karl-Markus hat von den Spitzen gemopst und sie mit den Fingern gegessen. Und Laura-Beata möchte nun jeden Sonntag von diesen Stängele, wie sie sagt.

Christiane lächelte und schrieb als Antwort:

Sag ihr, dass sie fleißig lernen soll, dann wird sie Königin und kann im Mai und Juni nach Herzenslust Spargel essen. Grüß mir deine Gemüsefrau und richte ihr einen Dank aus, dass sie mir die Stangen überlassen hat.

Die Gräfin beauftragte sie, sich morgens um acht mit den Kammerjungfern im Nähzimmer zusammenzufinden und mit ihnen die Richelieustickerei zu üben. »Außer dem Hämmern und Schlagen aus dem Christophstal«, sagte die Gräfin und zog die Stirn kraus, »will ich bis zum Mittag nichts anderes hören. Beim Sticken ist das Schwatzen unnötig. Vor dem Essen begutachte ich die Arbeiten. Und dass mir die Mädchen nicht hineinschneiden in die Deckchen. Bei Ursula müssen Sie aufpassen.«

Christiane hörte das »Tack, tack, bumm« inzwischen nur noch von ferne, ein Zeichen, dass sie anfing, heimisch zu werden. Ihre Truhe war mittlerweile aus Metzingen angekommen. Sie konnte an ihrem Schicksal nichts ändern, musste es lassen, wie es gekommen war, und an ihrem Leben Gefallen finden. Annetta und die drei Kammerjungfern anzuleiten, war eine dankbare Aufgabe. Die beiden großen Buben auf eigene Art zu erziehen, setzte sie sich zum Ziel. Gustav August bedurfte einer liebevollen Zuwendung. Hingegen entzog sich Ulrich Ferdinand bereits, obwohl er noch Kind war. Doch er hörte auf sie.

Ein paar Wochen nach ihrer Ankunft brachte die Gräfin Kleider von Annetta ins Nähzimmer. »Die Köchin hat Ihnen in meinem Auftrag vom Schicksal der Tochter berichtet. Sie muss früh lernen, von sich abzulenken«, sagte sie. »Ihre Gewänder sollen über die Missgestalt hinwegtäuschen. Schauen Sie, wie Sie die zu kurz gewordenen Kleider anpassen können. Zu eng sind sie ebenfalls, obwohl Annetta nichts auf die Rippen kriegen will. Nächstes Jahr kommt sie in die Schule, da erhält sie eine neue Garderobe vom Schneider. Bis dahin darf sie uns keine Kosten verursachen, es wird schwer genug, sie standesgemäß zu verheiraten.« Die Gräfin schnippte mit den Fingern und fuhr sich mit beiden Händen durch die kurzen Haare. »Ich gehe heute früh zu Weimers Margot. Der Schultheiß ist für unsere Stellung in Freudenstadt unentbehrlich.«

Zusammen mit den Kammerjungfern breitete Christiane Annettas Garderobe auf dem Kanapee und über den Stuhllehnen aus und schüttelte den Kopf. Wie sollte das Kind, vorzeitig zu einer Dame gemacht, seine natürlichen Anlagen entfalten?

»Eingezwängt scheint sie mir darin. Sie muss springen und sich frei bewegen können. Eine eigene Anmut entwickeln. Sie wird erst fünf im August.« Christiane ging von einem zum anderen Kleid und rang mit den Händen.

Ursula lachte und trennte bei einem weißen Musselinkleid mit blauem, orientalischem Muster die Nähte unter der Brust auf. »Das haben wir zu Hause gemacht. Es hat nichts als gebrauchte Kleider von den Herrschaften gegeben, leben kann man darin nicht.«

»Annetta braucht immer einen wärmenden Oberstoff, sonst holt sie sich den Tod«, schaltete sich Anna ein. »Im letzten Jahr stand es mitten im Sommer schlimm um sie, weil Frau Gräfin sie zu dünn gekleidet aus dem Haus geschickt hat, damit sie präsentabel daherkommt.«

»Ich weiß, was ihr meint«, sagte Christiane. »Gute Idee, liebe Ursula. Und recht gesprochen, Anna. Vor der Anprobe trennen wir alles auf, was einengt. Heute Nachmittag rufen wir Annetta und stecken ihr die Kleider am Körper passend so zusammen, dass die Stoffe locker herunterfließen und sie nicht derart dürr wirkt und eingezwängt ist. Das wird ihr gefallen. Dann sehen wir, wie es mit der Länge hinkommt. Ursula, du nimmst dir das Kleid aus Blaudruckstoff vor, die Biesen lassen wir, Ziernähte sind immer gut, die Borte kommt weg, das Kind hat ja keinen Busen.«

Die Kammerjungfern kicherten. Ursula wurde rot.

»Anna, das grüne Satinkleid scheint mir am schwierigsten zu sein, versuch dich daran«, redete Christiane unbeirrt weiter. »Und Sabine, wir beseitigen zusammen die vielen Abnäher an diesem karierten Wollkleid. Schau, die Nadel unter den Faden schieben und sanft ziehen, damit das kostbare Gewebe keinen Schaden nimmt. Du schaffst das. Fang bei der Achsel an, da kannst du dich ausprobieren.«

Sie waren eifrig bei der Sache, als sich plötzlich die Flügeltür zum Kaminzimmer öffnete und die Gräfin hereinstolzierte. »Frau Schultheiß ist unpässlich«, sagte sie, stutzte und richtete sich auf. »Was geht hier vor?« Sie stemmte die Hände in die Hüften. Unvermittelt schoss sie auf Sabine zu, riss ihr das Kleid weg und hielt es in die Höhe. »Das war speziell angepasst für Annetta und nur ein wenig kurz und eng geworden. Von der Mode mal abgesehen. Und was halte ich in den Händen? Einen Kartoffelsack! Als ob Annettas Ungestalt nicht reicht.«

»Es war meine Idee«, rief Ursula.

Mit zwei Schritten war Christiane bei den Kammerjungfern, die sich auf dem Kanapee am Fenster zusammendrängten. Schützend stellte sie sich vor ihre Zöglinge. »Verzeihen Sie, Frau Gräfin. Ich habe es veranlasst. Annetta sollte Luft bekommen. Kindgerecht gekleidet sein.«

»Sie sind die Kammerfrau und für alles verantwortlich«, sagte die Hausherrin mit schneidender Stimme. »Sie bestimmen, mit welchen Arbeiten die Mädchen betraut werden. Diese haben nichts eigenständig zu entscheiden.«

»Die Kammerjungfern haben auf mein Geheiß hin gehandelt. Es ist bislang kein Schaden entstanden. Ich nähe alles wieder zusammen, wie es war.«

»Dann wissen Sie, was Sie zu tun haben«, antwortete die Gräfin. »Ursula! Es ist Zeit für den Keller! Kommen Sie, Fräulein Mayer, ich werde Sie in der Züchtigung unterweisen, die zur Erziehung unerlässlich ist.«

»Halten Sie ein! Schläge sind nicht zwingend notwendig. Die Kinder müssen einsehen, warum sie etwas tun sollen. Wir richten alles wieder her, das ist Strafe genug.«

»Bitte«, Ursula fiel vor der Gräfin auf die Knie, »ich will auch immer folgsam sein.«

»Du kennst das Procedere.« Die Hausherrin schob sie aus dem Nähzimmer und weiter die Treppe hinunter. »Fräulein Mayer, kommen Sie! Erfüllen Sie Ihre Erziehungspflicht!«

»Nein! Ein Kind zu schlagen, ist nicht meine Pflicht. Kürzen Sie mir den Lohn oder prügeln Sie mich, aber nicht Ursula. Sie ist die Jüngste und hat getan, was ich vorgeschlagen habe.«

»Wenn Sie nicht tun, was ich sage, können Sie Ihren Abschied nehmen und nach Stuttgart zurückkehren. Sie wissen, was dort auf Sie wartet. Ihre Erziehungsart ist nicht die meine. Ich kann Sie nicht schlagen. Sie sind erwachsen.«

An der Kellerwand aus gewaltigen Sandsteinquadern stand eine alte Kirchenbank, die die Gräfin mitten in den Raum rückte. Ursula kniete sich an der Seite hin und schlug brav ihren Rock nach oben. Sie sagte keinen Ton, aber ihre Schultern bebten. Wie hätte Christiane die Kinder verlassen können? Die Mädchen brauchten sie mehr denn je.

Die Hausherrin zog Ursula die Unterhose herunter. Die Kleine schluchzte auf. Christiane trat zu ihr und strich über die roten Haare. Was sollte sie tun?

»Sie muss es spüren«, sagte die Gräfin und drückte ihr die Ruten in die Hand. »Worauf warten Sie? Wollen Sie hier anwurzeln?« Sie griff nach dem Bündel und verpasste Ursula eigenhändig einen Streich. Diese heulte auf. »Haben Sie gesehen? Schlagen Sie zu! Kräftig!«

Christiane nahm die Ruten in beide Hände. Mechanisch bewegte sich ihr Arm auf und nieder. Aber immer kurz bevor sie traf, stoppte der eine Arm den anderen. Ursula begriff sofort, was vor sich ging, und schrie im Takt der Schläge, die ihren Podex streiften. Wie betäubt schaute Christiane sich bei ihrem Treiben zu. Hörte das denn nie auf?

Die Gräfin stemmte die Hände in die Hüfte und nickte zufrieden. »Geht doch! Ursula ist das Lernmädchen. Wenn Sie ihr alles durchgehen lassen, werden Sie diesen Irrwisch nicht in den Griff bekommen. Sie wurde übertrieben frei erzogen und braucht bittere Regeln.«

Christiane biss sich auf die Lippen. Leitsätze und Schläge gehörten nicht notwendigerweise zusammen. Was hatte sie getan? Das war nicht sie gewesen. Da hatte eine andere ihr den Arm geführt, auch wenn sie versucht hatte, es abzumildern. Sie sah Frau Bergrat Hehl vor sich und stand selbst mit der Rute in der Hand an der Kirchenbank. Was hätte sie tun sollen? Sie musste das Verlangen der Herrschaft erfüllen und den Mädchen zugleich beistehen. Das Leben war grausamer, als man es sich vorstellen konnte.

Später suchte sie die Stube der Kammerjungfern auf. Ursula schluchzte und sagte: »Meine Eltern haben nie Schläge zur

Erziehung gebraucht, aber die Gräfin macht es wieder und immer wieder ...« Anna schmierte ihr Zinksalbe auf den Hintern, während die Hämmer im Tal ihren Takt klopften.

»Verzeihen Sie ... ich weiß, dass Sie keine andere Wahl hatten«, sagte Ursula. »Und danke, dass Sie die Schläge abgemildert haben. Es tut weniger weh als sonst.«

»Wenn die Gräfin nicht die Aufsicht führt, können Sie die Bank verdreschen«, meinte Anna. »Das macht sie oft bei ihren Kindern. Annetta hat es mir anvertraut.«

»Deine Idee war gut, liebe Ursula. Es waren leider die falschen Kleider, die der Herrschaft.«

Die Mädchen schauten sie an und kicherten. Ursula schien ihren Schmerz für den Moment vergessen zu haben.

»Nennt mir weiterhin eure Ideen, aber verratet künftig nicht, dass sie von euch sind«, sagte Christiane.

Die folgenden Nächte verbrachte sie damit, beim Schein der Öllampe den alten Zustand der Kleider wiederherzustellen. Ursula hatte getan, was sie kannte, dafür durfte sie nicht bestraft werden. Nicht derart. Die Lampe flackerte. Sie schlug mit der Faust auf den Tisch.

Über Tage hinweg war ihr übel. Sie verbarg ihren Gemütszustand. Wie bei Ursula hatte ihr Hintern nach den Schlägen von Frau Bergrat auch ausgesehen. Schlimmer. Bumm! Bumm! Sie war schuldig geworden. Das würde sie nie mehr loslassen. Der Großhammer ließ sie nicht schlafen, obwohl er nachts schwieg. Sie hatte die Rute geführt. Tack, tack, tack, bumm!, lief es durch ihre Träume. Sie musste wegkommen von den Schlägen, brauchte einen anderen Dienst. Aber was wurde dann aus den Mädchen? Auf einmal verstand sie Amalie. Sie hatte immer weggewollt aus Stuttgart und von Frau Bergrat Hehl. Die Köchin war geblieben, weil sie sich um die Nichten und Neffen kümmern musste, die eine herzlose und gewalttätige Mutter hatten. »Und wegen dir«, hatte sie mehr als einmal gesagt. »Du hast mich gebraucht.« Wie konnte sie selbst diese Schläge verhindern? Mit ihnen leben?

»Dein Geist muss gezügelt und der Wille gebrochen werden«, hatte Frau Bergrat immer geschrien, während sie die Rute auf ihren nackten Hintern hatte niederklatschen lassen.

Dabei wäre das ganz und gar nicht nötig, wenn man auf die Nachahmung vertraute und den Kindern ein Vorbild war. Ein Gefühl mussten die Kammerjungfern entwickeln, wie sie dem Haushalt von Nutzen sein konnten. Eine jede auf ihre Art, das hatte sie selbst bei ihrer Ankunft gesagt. Es waren die Worte von Mutter Johanna, die ihr in den Kopf geraten waren. Ursula wollte sich ausprobieren. Sie brauchte alte Stoffe, die sie auftrennen und zerschneiden konnte. Mit der Zeit fand sie ihren eigenen Weg, Neues zu schaffen. Sabine benötigte Beistand für ihr ängstliches Gemüt. Kleinere Aufgaben, die festlegten, was zu tun war. Ein Schnupftuch mit einem frischen Hohlsaum versehen. Knieschoner auf die Hosen der Knechte nähen. Anna war die Älteste und brauchte Verantwortung. Sie musste lernen, Entscheidungen zu treffen, wenn es auch die Hausherrin nicht merken durfte. Die rosafarbene Schürze zum dunkelgrünen Kleid, die sie sich gestern ausgesucht hatte, schien gewagt und bot einen aparten Kontrast, der Beifall gefunden hatte. Es war nicht falsch, was die Gräfin über die Kammerjungfern gesagt hatte, doch das Schlagen ging an einer naturgemäßen Erziehung vorbei.

Eisenlohr hatte gemeint, sie sei eine gute Frau. Christiane wollte das ergründen. Mutter Johanna geisterte durch ihre Träume. Und August, der auf der Baumwiese davonging und sich nicht umschaute.

Am nächsten Morgen nahm sie die Worte von Mutter Johanna, die ihr deutlich vor Augen standen, mit ins Nähzimmer und leitete die Kammerjungfern an, wie sie es im Traum gesagt hatte. Auch für Annetta fand sie Aufgaben, die ihrem Wesen entsprachen. Stets hatte diese ein Lied auf den Lippen. Sie brachte einen frischen Hauch in die Nähstube, trug saftig grüne Ahornblätter mit sich oder legte Kastanienfinger auf den Tisch. Den Umriss malte sie zweimal mit Kreide auf schwarz gefärbtes Leinen. Sie schnitt den Stoff aus, ließ einen Rand und stichelte einen Beutel zusammen, der ihr fortan zum Sammeln von Steinen diente, wie es ihr Vater machte. »Sonnenstrahlen sind auch darin«, sagte sie. »Ich brauche einen Vorrat.«

Die Gräfin ließ das Holz aus dem Kaminzimmer entfernen, obwohl es empfindlich kühl war. »Wir können nicht drei Viertel des Jahres heizen. Im Unterland benötigen sie fünf Klafter Brennholz, wir haben zwanzig im letzten Winter aufgewandt. Es ist Juni und Sommer.«

Christiane ließ die Mädchen von Zeit zu Zeit Leibesübungen machen, wenn die Gräfin nicht in der Nähe war. Sich mit den Fingerspitzen zur Decke strecken, dann hinunter zum Boden beugen und die Hände flach auf die Dielen legen. Auch Annetta ermunterte sie, ihren Leib geschmeidig zu machen. Jedes Mal ging es besser.

Graf von Mandelslohe brachte Ulrich Ferdinand vor dem Juli nach Königsfeld in die Knabenanstalt. Im kommenden Frühling sollte Gustav August folgen. Annetta würde in zwei Jahren der Mädchenanstalt anvertraut und bis zur Konfirmation bleiben.

»Vielleicht kann sie später Herrnhuter Schwester werden und dort verheiratet werden«, hatte der Graf gesagt. »Sonst wird sich wohl niemand finden.«

Kaum war er aus dem Haus, meinte die Gräfin, Zucht und Ordnung beweisen zu müssen, und tat dabei freundlich. Ein Vergehen wie bei den Kleidern gab es nicht. Christiane achtete darauf und konnte die Schläge nicht verhindern.

»Als ob Züchtigung per se etwas zum Besseren wendet«, sagte sie zu Anna, die es getroffen hatte. Sie versorgte sie mit

Zinksalbe. Die Gräfin hatte am Anfang eigenhändig geschlagen und ihr dann lächelnd das Rutenbündel in die Hand gedrückt, als ob sie wüsste, was gespielt wurde.

»Sie ist von niedrigem Landadel, das weiß ich vom alten Knecht, den sie aus Essingen mitgebracht hat. Es erklärt die Rohheit, mit der sie die Schläge verabreicht«, sagte Anna. »Ich höre mich um, wo ich einen Dienst finden kann. Ich muss dieses Haus verlassen. Es gibt immer einen Grund zur Züchtigung. Der Graf wirft mir Blicke zu, das kann sie nicht ertragen. Lange wird er sich bei mir nicht mehr zurückhalten.«

»Deine Strümpfe will er anschauen, hat Gesine gesagt.«

»Und das soll ich glauben?« Anna schüttelte den Kopf. »Ich geh weg, sobald ich eine Möglichkeit gefunden habe.«

4

IM GRÄNZER ERSCHIEN wieder einer der zahlreichen Gläubiger-Aufrufe. Es stand geschrieben: *Nachgenannte Personen wandern auf Kosten der Stadt nach Amerika aus.* Daneben eine lange Namensliste. Ansprüche waren binnen zehn Tagen geltend zu machen.

»Das wäre etwas für mich«, sagte Anna und legte die Zeitung beiseite. »Doch zwei Monate auf einem Segelschiff? Aber dort schleicht kein Graf hinter mir her.«

»Er bewundert deine Strümpfe. Auf dem Schiff bliebe es nicht dabei. Du musst dich immer und überall verkaufen. Angst ist das eine, doch du solltest nicht unbedacht in der Welt herumerzählen, dass er dir nachsteigt. Die Leute glauben, was sie hören. Sie fragen nicht nach der Wahrheit.«

Wie weise sie immer zu sprechen vermochte, wenn es um die anderen ging. Für sich hatte sie keine Lösung. Sie verbarg die Hände im Gesicht und konnte nicht weinen. Fast wünschte sie sich, die Gräfin würde sie schlagen.

Gustav August und Annetta waren jetzt ebenfalls regelmäßig an der Reihe. Die dicken Mauern verschluckten ihre Schreie. Heimlich lachten sie miteinander, ihre Mutter züchtigte bei ihnen wohl die Bank. Die eigenen Kinder überließ sie nicht der Kammerfrau.

Christiane strich Albrecht Friedrich oft über den roten Schopf, der im Sonnenlicht leuchtete. Sobald sie die Gräfin aus dem Haus wähnte, wickelte sie den Knaben aus und legte ihn auf eine Decke am Boden. Er begann sogleich, sich aufzusetzen, fröhlich zu plappern und mit seinen Füßen zu spielen. Kurz darauf krabbelte er ungestüm zum Sofa und zog sich in die Höhe. Dabei blies er seine Wangen auf und stampfte auf den Boden. Sie lachte und streichelte ihm den Kopf. Bald würde er mit am Tisch sitzen.

»Wie ein Tier, ekelhaft! Albrecht Friedrich wird sich verletzen. Ich ziehe Sie zur Rechenschaft. Ein halbes Jahr erhalten Sie keinen Lohn. Das wird Ihnen eine Lehre sein. Wer hat erlaubt, ihn aus den Banden zu wickeln?« Die Gräfin war unverhofft hereingekommen und baute sich im Nähzimmer auf. Zwei Feuerschöpfe im Zimmer, die Luft brannte. Die anderen hatten die blonden Locken des Vaters geerbt, der Jüngste ging der Mutter nach.

Christiane war größer als die Gräfin, was nichts nutzen würde. Mit fester Stimme sagte sie: »Ein Kind muss seine Gliedmaßen erproben, damit es später von ihnen den rechten Gebrauch machen kann. Lassen Sie Albrecht Friedrich ein wenig Freiheit, ich bitte Sie.«

»Fatschen Sie ihn, und zwar sofort. Das müssen Sie zwingend lernen, wenn Sie als Erzieherin ein Vorbild sein wollen. Nehmen Sie die Bänder. Halt! Ihn zu wickeln ist nicht nötig. Zweimal am Tag, morgens und abends, ist ausreichend. Was ist? Ich will es sehen, wie Ihre Ideen einer gewaltfreien Erziehung nach Pestalozzi sich mit der Alltagswelt vermählen. Tun Sie, was ich sage, zahle ich Ihnen doch den Lohn und lege sogar etwas drauf.«

Sie schüttelte den Kopf. Tränen standen ihr in den Augen. Sie war nicht käuflich. Weder im Tun noch im Denken. Die Gräfin griff nach dem Band und begann, den Knaben eigenhändig einzuschnüren. Albrecht Friedrich schrie und brüllte. Sein Gesicht verzerrte sich. Ganz recht, dass er zornig war. Er wollte laufen und durfte nicht.

»Warten Sie! Ich glaube, ich möchte es doch gerne lernen. Es scheint mir nützlich«, sagte Christiane.

Die Hausherrin schaute auf und überließ ihr den Knaben. Langsam und nicht zu fest, was die Gräfin ständig zu korrigieren versuchte, schlang sie das Band um den Körper und redete dabei beruhigend auf ihn ein. Nachher würde sie ihn wieder auspacken. Das wusste er. Lange blieb seine Mutter nie im Haus. Immer trieb es sie in der Stadt herum. In Paris wäre sie gern gewesen, hatte sie einmal gesagt.

»Albrecht Friedrich kommt noch heute zu einer Amme nach Baiersbronn«, sagte die Gräfin mit einem süffisanten Unterton in der Stimme. »Mit zwei, wenn er trocken ist, wird er als Mensch in die Familie aufgenommen. Wie wir es bei den anderen auch gemacht haben. Schließlich sind wir hier in Freudenstadt etwas Besonderes. Dem müssen wir Rechnung tragen. Rufen Sie die Köchin, sie bringt den Knaben fort.«

Vor dem Nachtessen war Gesine zurück und flüsterte ihr in der Küche zu: »Ich hab ihn gleich wieder ausgewickelt, kaum waren wir aus der Stadt. Und die Amme schnürt ihn nur fest ein, wenn die Gräfin zu Besuch kommt. Einmal in der Woche.

Öfter nicht. Albrecht Friedrich weiß dann, dass die Mutter erwartet wird, und lässt es geschehen. Sonst darf er sich frei bewegen. Mach dir keine Sorgen. Wir alle brauchen als Kind immerzu jemanden, der sich für uns verwendet. Schwer genug bleibt das Leben trotzdem.« Wie wahr Gesine gesprochen hatte.

Am nächsten Morgen war Anna fort und niemand wusste, wo sie geblieben war. Christiane schrieb an Louisle und berichtete ihr von den Schlägen und vom Fatschen. Mehr denn je brauchte sie Trost. Wie sollte es weitergehen mit ihr? Sie bat die Schwester, ihr so schnell wie möglich den Bergrat vorbeizuschicken. Sie benötigte einen Pass. Weg musste sie, wohin würde sich finden.

Die Gräfin brach vor dem Hochsommer mit dem alten Knecht zu ihrem alljährlichen Besuch nach Essingen ins elterliche Landschloss auf. »Ich überlasse Ihnen das Haus«, sagte sie. »Sie haben Gesine. Mit den Kindern und den beiden Kammerjungfern schaffen Sie es auch ohne mich. Dass Anna uns so im Stich lässt! Mit den letzten Pflaumen bin ich zurück. Dann sehen wir weiter.«

Nicht nur das Haus atmete auf. Recht hatte Anna getan, dachte Christiane bei sich und beneidete sie. Warum brachte sie den Mut nicht auf? Aber sie konnte die Mädchen und die Kinder nicht allein lassen. Drei Monate blieben ihr, in denen die Zeit, die niemandem gehörte, unerbittlich fortschreiten würde. Neun Wochen, um eine Zukunft für sich zu finden. Anna fehlte umso mehr, weil keiner wissen wollte, wo sie hingegangen war. Christiane fragte in der ganzen Stadt und bekam nur Kopfschütteln zur Antwort.

Die Gräfin vermissten sie nicht, alle sangen und sprangen durch das Haus. Wie die Lerchen auf dem Weg von Wildberg nach Herrenberg jubilierten sie. Christiane wollte die Atempause auch für sich annehmen, aber wachsam bleiben.

Ein paar Tage später war die Luft erfüllt vom süßen Duft der Linden, die den Marktplatz an der Seite zum Forbachtal begrenzten. Sie vergaß ihre Vorsicht. Es roch betörend wie seinerzeit in Königsfeld. Die Köchin schaute erstaunt, als Christiane das Regiment in Küche und Haushalt übernahm und alle im Haus herumdirigierte, um das Trocknen der Lindenblüten vorzubereiten.

An einem sonnenklaren Vormittag war es so weit. Sie befahl dem Knecht, die Leiter an der ersten Linde anzulegen. Die Blüten mussten geerntet werden, sobald sie sich geöffnet hatten. Sie durften nicht abfallen, die Samenschalen sich nicht ausbilden. Die Stadt schaute verwundert auf das Treiben beim alten Kaufhaus. Mit einem Küchenmesser schnitt der Knecht die Blütenstände komplett ab. Gustav August wollte ebenfalls hinaufsteigen, aber Christiane verbot es ihm. Er durfte die Leiter halten. Unten stand eines der Mädchen mit einem geflochtenen Korb, in dem ein reinliches Tuch lag. Auch Annetta hielt einen in die Höhe und lachte, wenn eine Blüte hineinfiel.

Ein schwerer Geruch hing in der Luft und berauschte sie alle. »Mitsamt den Tragblättern musst du sie schneiden«, rief sie zum Knecht ins linde Grün hinauf.

Zusammen richteten sie die Früchte zum Trocknen.

»Man darf sie nicht quetschen«, sagte sie. »Bettet die Blüten auf die Holzbretter, die wir hingelegt haben. An der linken Seite vom Herd, wo die Regale aufgestellt sind, ist ein guter Platz.« Ein süßlich, aromatischer Duft verbreitete sich im ganzen Haus, und alle liefen herum und schnupperten.

Nach einer knappen Woche erschienen Christiane die Blüten ausreichend getrocknet zu sein. Unter Gelächter strichen die Kammerjungfern mit den Früchten über ein Küchenhandtuch und trennten sie von den Blütenständen. »Köstlich!«, sagte Annetta und atmete tief ein. »Warum haben wir das niemals vorher gemacht?«

Sie verwahrten die Blüten in runden Blechdosen mit Deckel. »Kühl und trocken«, sagte Christiane, »habe ich in Königsfeld gelernt. Wir können sie im Winter mit kochendem Wasser aufgießen und bekommen einen wunderbar duftenden Tee, der gegen fast alles hilft.«

»Auch gegen Rutenschläge?«, fragte Annetta leise und schob ihre Hand in die Christianes.

Als die Hitze die Tage restlos ausdörrte, legte sich ein gelber Teppich aus Lindenblütenstaub auf Wege und Straßen, denn alle Lindenblüten hatten sie nicht ernten können.

Sie flüchteten sich ins tief eingeschnittene Christophstal. Der Forbach sprang munter über die Steine, die Hämmer gaben den Takt des Atmens vor.

Vor dem zweistöckigen Gebäude des königlichen Hüttenverwalters rasteten sie auf einem freien Platz mit einer ausladenden Linde. Der heilige Christophorus hing über dem Eingang, in Stein gemeißelt. »1758«, las sie und konnte die Zeit nicht ermessen. »Sei mir gnädig und behüte mich«, betete sie. »Führe mich fort aus Freudenstadt und geleite mich heim nach Stuttgart.« Sie schlug ein Kreuz wie die Katholischen und bat ihren Gott um Verzeihung, dass sie den Schutzheiligen der Reisenden für sich in Anspruch nahm. Ja, sie wollte künftig in der Residenz leben. Das wusste sie jetzt endlich. Wenn sie ihr Brot eigenständig erwarb, konnte Frau Bergrat Hehl sie nicht noch einmal fortjagen. Sie besaß das Bürgerrecht. Sicher ließ sich die verlorene Urkunde ein zweites Mal ausstellen. Sie würde dafür bezahlen. Erneut schickte sie eine Nachricht an Louisle. Geß konnte helfen. Immer waren die Frauen auf die Hilfe der Männer angewiesen.

Christiane machte mit den Kindern und den Kammerjungfern auch Ausflüge zur nahe gelegenen Christophsaue. Das Forbachtal lag im Schatten wie Albrecht Friedrich, den sie verloren hatte. Täubchen gurrten und huschten durch die grünen Zweige. Sie atmete freier und verdrängte die traurigen Stunden und das Bild des Knaben aus ihrem Kopf. Nie wieder würde sie ein Kind fatschen. Das war undenkbar. Sie stellten sich im Kreis auf einer Wiese auf.

»Ruft einen Namen«, sagte sie, »aber den Ball werft ihr zu einem anderen. Das schult eure Aufmerksamkeit.«

Gustav August führte »die Weiber«, so seine Worte, zur Abwechslung auch einmal durch die Stadt. »Ihr müsst wissen, woher die nützlichen Dinge des Lebens kommen.«

Christiane ließ ihn gewähren. Er geleitete sie zu den Essigfabriken und erklärte ihnen die Bedeutung von Terpentin.

»Nehmt den Siegellack. Ohne Terpentingeist wäre er brüchig. Seife braucht Kienöl, sonst hält sie nicht zusammen. Und Bienenwachs mit Terpentinöl lässt den Holzboden glänzen. Schnüffelt mal, wenn die Magd auf den Knien liegt und die Bohlen einreibt. Kommt mit zum Gürtler Frasch. Er ist für seine Lampe ohne Docht auf der Stuttgarter Ausstellung ausgezeichnet worden.«

Christiane klatschte in die Hände. »Dort durfte ich vor mehr als zehn Jahren das Geheimfach eines Sekretärs erkunden und einen Blick auf die wunderbare Mechanik werfen, die dahintersteckt.« Sie wandte sich Annetta und Sabine und Ursula zu. »Ihr müsst immer versuchen, die Dinge zu verstehen, wenn ihr auch Mädchen seid.«

Gustav August nahm sie mit zum Baldenhofer, dessen Familie seit Generationen zu den Tuchmachern gehörte und der die weithin bekannten Flanelle herstellte.

»Wenn Albrecht Friedrich nicht fortgegeben worden wäre, würde ich etwas für ihn erstehen«, seufzte Christiane. »Wie es ihm wohl ergeht in Baiersbronn? Kann er jetzt laufen?«

»Wir haben es ja alle gelernt«, sagte Annetta und lächelte schief. Im Arm hielt sie einen karierten Stoff, Freudenstädter Zeug genannt. Sie hatte ihn unbedingt haben wollen und von ihrem Gesparten gekauft. »Die Mutter würd's nicht erlauben.

Wenn ich aber das Tuch gesäumt habe, wird's ihr gefallen und sie wird nichts dagegen sagen.«

Gustav August erzählte ihnen, dass die Stadt vom ersten Herzog Friedrich nach einem Fünfzeilenplan in einem unregelmäßigen Achteck angelegt worden war. »Die Idee ist gut, hat der Präzeptor gesagt, wenn wir es auch nur zu vier Häuserzeilen gebracht haben. Gen Christophstal stehen bloß zwei. Der Herzog aber hat nicht bedacht, dass ausschließlich die am Marktplatz stehenden Häuser in der ersten Reihe freie Aussicht haben. Die Bewohner der anderen Häuserreihen haben die Hinterseiten mit den Kloaken im Blick.«

Sabine, Ursula und Annetta hielten sich gespielt die Nasen zu und prusteten los.

»Ich kann Freudenstadt im Großen und Ganzen reinlich nennen. Es gibt keinen Grund zur Klage«, lenkte Christiane ein. »Für die täglichen Bedürfnisse, da hat Gustav August recht, muss sich auf Dauer ein anderer Weg finden lassen. Stellt euch vor, in München haben sie wassergespülte Aborte. Eine Idee aus England. Und hier liegen die Misthaufen auf den Straßen. Doch alle Wege sind gepflastert, was nicht selbstverständlich ist.«

»Gepflastert!« Sabine heulte auf. »Vor sieben Jahren, auf Kosten der Hausbesitzer. Meinen Vater, der Nagelschmied war, hat das ruiniert und in den Tod getrieben, und die Mutter ist auch daran gestorben. Unsere Hufnägel, hat sie gesagt, sind wegen ihrer Dauerhaftigkeit berühmt. Die Hufnägel, nicht die Pflastersteine. Sie hat sich gegrämt. Deshalb bin ich bei Mandelslohes. Weil die Oberen ein schlechtes Gewissen haben. Schaut euch um! Seht ihr es nicht? Die Straßen sind verdreckt. Und eure Schuhe mit Kot bespritzt. Es gibt keine Hofräume. Wo sollten die Dunglegen hin?«

Christiane legte den Arm um Sabines Schulter und zog sie mit sich in die Mitte des immensen Marktplatzes. Sie schauten in die Runde. Die anderen folgten ihnen. Zum Spaß drehte sich ein jeder erst langsam und dann immer schneller um die eigene Achse. Mit der schmalen Giebelseite waren die Häuser von Baumeister Schickardt nebeneinandergestellt worden und reichten sich wie zum höfischen Tanz die Hände, als ob sie von einer Laterna magica in Bewegung gesetzt würden. Die Dächer mit den Ziegelplatten hüpften auf und ab, die geschindelten Wetterwände sprangen ihnen in die Augen. Atemlos hielten sie inne und klammerten sich aneinander, bis der Schwindel abebbte und sie alles wieder klar vor sich sahen.

Schnurgerade durchzogen die Hauptstraßen das Geviert und schnitten die Stadt in vier Teile. Das Kirchenviertel mit den Schulen, das Altkaufhausviertel, wo sie wohnten, das Rathausviertel mit den Fleischbänken und das Kronenviertel, was mit seinen Gaststätten nicht zu ihrer Welt gehörte.

Gustav August baute sich vor Annetta auf und sagte mit tiefer Stimme: »Freudenstadt ist eine bedeutende Fruchtschranne mit einem lebhaften Viktualienhandel.« Er lachte. »Das hat der Lehrer gesagt.« Er ging ein paar Schritte auf und ab und hob den Zeigefinger. »Zum Wochenmarkt kommen die Schäufler aus dem Heckengäu und aus dem Badischen. Obst und Gemüse bringen sie uns, und Kornfrucht nehmen sie mit zurück.« Gustav August holte Luft. »Das habe ich so gut gesagt wie Ulrich Ferdinand. Oder?«, fragte er zu Christiane gewandt. Er sprang davon.

Sie fand ihn später auf einer steinernen Bank unter den Arkaden am alten Kaufhaus. »Die Sonnenstrahlen müssen für den ganzen Winter reichen und weit länger«, murmelte er mit geschlossenen Augen und reckte die Nase empor. »Wer weiß, ob es in Königsfeld welche gibt, wenn Ulrich Ferdinand vor mir steht und mich tadelt.«

Christiane setzte sich zu ihm. »Geschwisterkinder sind nicht in den gleichen Stubengemeinschaften untergebracht, es sei denn, die Eltern wünschen dies. Du musst dir nicht vor der Zeit Sorgen machen. Annetta sammelt gleichfalls Sonnenstrahlen, wusstest du das? Komm, die Köchin hat gefüllte Flädle vorbereitet. Dazu gibt es Kartoffelsalat, aber vom grünen Salat musst du auch essen.«

Und sie selbst? Sie mochte bald gar nichts mehr zu sich nehmen, hatte keinen Appetit, weil weder Nachricht von Geß noch vom Bergrat kam. Nur Louisle schrieb ihr von den Kindern. Karl-Theodor wurde seinen Husten nicht los und sie befürchtete das Schlimmste.

Die Nächte wurden länger und kühler, bald kam die Gräfin zurück und mit ihr die Schläge. Sie musste fort. Wie hatte Anna es angestellt und wohin war sie entflohen? Ausgewandert? Hätte sie Claudius, dem jüngsten Schweigert aus Wildberg, nach Amerika folgen sollen?

Eines Morgens beschäftigte Gesine die Mädchen in der Küche, und Gustav August weilte in der Pflanzschule bei seinen Bäumchen. Christiane fasste sich ein Herz und ging aufs Rathaus. Sie besaß sechzehn Dukaten, die sie nicht angerührt hatte seit ihrer Ankunft. In der Ridicule waren zwanzig Gulden, die sie als Lohn erhalten hatte. Es blieb ein Rest für die täglichen Bedürfnisse. Fast nichts hatte sie ausgegeben für sich selbst und sich mit dem beschieden, was im Haus vorhanden war an Seife und sonstigen Dingen.

»Ich möchte meinen bayerischen Pass als verloren melden«, sagte sie zum Amtmann. »Er scheint bei der Fahrt hierher abhandengekommen zu sein. Ich hatte es bislang nicht bemerkt. Wenn Sie mir einen Ersatz ausstellen könnten, wäre ich dankbar. Möglichst bald sollte ich nach München reisen und mich um eine alte Tante in der Au kümmern. Sie ist gebrechlich.«

»Das wird Sie einiges kosten.«

Christiane nickte. Sie würde alles dafür hingeben, wenn sie fortkam.

»Können Sie sich ausweisen? Mit einem Taufschein? Einem Heimatschein?«

Sie verneinte.

»Dann schreiben Sie an Ihre Taufkirche und lassen Sie sich eine Abschrift aus dem Taufbuch schicken.«

»Wie viel kostet ein Pass?«, fragte sie.

Der Beamte schüttelte den Kopf. »Kommen Sie wieder mit einem Herkunftsnachweis oder bringen Sie uns einen Bürgen, das geht auch.«

Am Nachmittag ging sie mit den Mädchen zu den Arkaden, wo sich die Verkaufsstände aneinanderreihten. Warum konnte sie nicht dort einen Pass kaufen?

»Nehmt reichlich«, sagte der Tucher Haas. »Ich mach euch einen günstigen Preis. Gute Ware. Ich schließe. Weiß nicht mehr, wo ich meine langen Holzrahmen aufstellen kann mit den Tüchern, ich sie trocknen soll nach dem Färben. Die Stadt lässt die Wälle abtragen, dabei haben sie immer uns Tuchern gedient. Ich wandere aus. Nach Amerika, Tucher Wolf versucht auch, dort sein Glück zu machen. Die Stoffe, die der Händler aus Straßburg bringt, sind umso vieles günstiger, als wir sie herstellen könnten.«

Sie erstanden dünnes kühles Leinen in Rot und Blau. Auch Christiane hielt sich dieses Mal nicht zurück. Was sollte sie mit Geld, wenn sie keine Zukunft hatte?

Später saßen sie zusammen hinter dem Haus unter einem Sonnenschirm und fertigten aus den Leinenstoffen Blusen mit einem zarten Lochmuster nach Richelieu. Sie spannten den Stoff in einen Rahmen und umsäumten die Kanten ihrer gedachten Muster mit einem Schlingstich, bevor sie das Leinen ausschnitten.

Sabine versah die gebauschten Ärmel einer kurzärmeligen Bluse mit winzigen Ovalen, die von einem Kreuzmuster durchzogen waren. Wie zierlich die Nadel war für ihren Festonstich! Annetta dagegen führte die Stiche grober aus. Am Ausschnitt ihres neuen Sommerkleides fügte sie Schmetterlinge ein, die ihre Fühler ausstreckten und davonflatterten. Die Spitzenborte war in steter Bewegung.

Wieder einmal schaute Unterarzt Dannecker bei ihnen vorbei. Zufällig, wie er immer betonte, und dabei seine Brille, die er seit Kurzem trug, auf der Nase nach oben schob. Gustav August kam um die Ecke, sobald er ihn hörte. Dannecker hatte ihnen in diesem Sommer Gaigel beigebracht. Wie sonst legten sie ihre Stickereien sofort beiseite. Sie spielten über Kreuz und wechselten die Mannschaft, damit alle einmal das Vergnügen mit Dannecker hatten. Um die Brust war er schmal wie ein Knabe. Die Uniform hing lose an ihm herunter wie der Mantel an einer Vogelscheuche. Doch charmant war er und wusste sie zu unterhalten, blieb dabei aber anständig in seinen Worten. Sabine blühte auf in seiner Gesellschaft und war nicht mehr blass. Sogar die kleine Ursula versuchte sich an einer gesitteten Konversation.

Die Wochen schrumpften zu Tagen. Diese unbeschwerte Sommerzeit neigte sich einem unheilvollen Ende zu. Christiane blieben die getrockneten Lindenblüten, die auch gegen Schläge helfen mussten, wie Annetta gesagt hatte.

Die Schäufler brachten mit ihren Saumpferden die letzten Pflaumen auf den Markt. Morgennebel stiegen auf und abends wurde es herbstlich kühl. Eines Morgens stand die Gräfin zum Frühstück in der Küche.

»Ich bringe Kunde von Anna, die uns schmählich im Stich gelassen hat«, sagte sie statt einer Begrüßung. »Mit dem Händler ist sie in Richtung Frankreich, wie ich gehört habe. Wir hätten sie ohnehin nicht mitnehmen können nach Ulm, wo mein Gatte bald Kreisforstrat wird, wie er mir in Essingen anvertraut hat. Vier Wochen hatten wir für uns, bevor der König ihn zu sich gerufen hat. Er wird befördert und ich schenke ihm ein neues Kind.« Sie strich über ihren Bauch. »Es dauert noch eine Weile«, seufzte sie. »Fräulein Mayer, üben Sie einstweilen das Fatschen an der lebensgroßen Puppe von Annetta ein, die braucht sie nicht mehr. Für ein Neugeborenes außerordentlich fest am Anfang. Ich kontrolliere es. In Ulm müssen wir uns mit einem schlichten Haus am Gänstor bescheiden. Für dich, Sabine, habe ich hier in Freudenstadt auf den ersten Advent einen Dienst bei Weimers Margot ausgemacht. Und Ursula, du kannst als Dienstmagd in Essingen bei meiner Schwester beginnen. Ich arrangiere es, wie du dort hinkommst. Und Sie, Fräulein Mayer, begleiten uns als Kinderfrau nach Ulm. Gustav August kommt schon jetzt in die Königsfelder Knabenanstalt der Brüdergemeine, der Knecht wird ihn in ein paar Tagen hinbringen. Ulrich Ferdinand wird sich seiner annehmen. Annetta folgt im nächsten Frühjahr in die Mädchenanstalt. Sie, Fräulein Mayer, können sich dann uneingeschränkt dem neuen Kind widmen. Ein Knabe, so Gott will.«

Die Welt war in Auflösung begriffen. Mühsam brachten sie alle die Stunden dieses Tages herum.

Sabine und Ursula klammerten sich aneinander und schluchzten ohne Unterlass, auch wenn sie sich nicht sofort voneinander trennen mussten. Annetta holte die Sonnenstrahlen aus ihrem Beutel und war längst nach Königsfeld abgereist, obwohl sie vorerst in Freudenstadt blieb. Gustav August schlich wie ein geprügelter Hund durchs Haus.

Was Anna konnte, vermochte auch sie, dachte Christiane. Nach Ulm mitzugehen, kam nicht infrage, obgleich sie Gertraut und Baldur zu gern wiedergetroffen hätte. Doch in Ulm bekäme Frau Bergrat Hehl sofort wieder die Macht über sie. Ein Haus am Gänstor. Frau Finanzkammerkanzlist würde sie umgehend davon in Kenntnis setzen, dass Christiane in der Stadt war. Die Gräfin könnte sie nicht mehr schützen. Ob sie es wollte? Auf der anderen Seite wäre es von Ulm nicht weit nach München, doch sie hatte keinen Pass. Fatschen lernen? Das war ausgeschlossen.

Sie packte Wechselwäsche und die notwendigsten Habseligkeiten in einen Stoffbeutel, den sie zum Einkaufen genäht hatte. Gesine würde ihr die Reisetruhe sicher nachsenden.

Am Mittwoch passte Christiane den Tuchhändler ab. Sie musste es wagen. Anna war stark gewesen, und wenn sie selbst nicht aktiv wurde, änderte sich nichts an ihrem Leben.

»Könnten Sie mich mitnehmen nach Straßburg?«, fragte sie. »Ich habe Geld, aber nicht viel. Ungesehen über die Grenze muss ich. Sie verstehen. Einen Pass habe ich nicht.«

»Alle paar Wochen bittet ein hübsches Mädel darum, doch fast keine will zahlen, was ich verlange. Die Münzen sind es nicht, lass stecken.« Er nahm seinen Dreispitz ab, lächelte anzüglich und schob die Decke über seinen Beinen beiseite. Sie schlug die Hand vor den Mund, um nicht aufzuschreien. Sein Geschlecht reckte sich gierig ihrem Blick entgegen. Sie schüttelte den Kopf.

»Sag ich doch. Fast keine will zahlen. Dabei bin ich nicht arm. Ich tät sogar heiraten, wenn ich es Französisch kriege. Wie ich sehe, weißt du nicht, was ich meine.« Er winkte ab und seufzte. »Bleib lieber hier. Die Froschfresser sind nichts für dich. Aber vielleicht magst du dich setzen?« Er wies auf sein Geschlecht. »Lassen wir das. Du bist zu unerfahren. Bald bist du eine alte Jungfer, wenn du nicht aufpasst. Du bist sicher längst über fünfundzwanzig.« Er schnalzte mit der Zunge und der Wagen setzte sich langsam in Bewegung. »Nichts für ungut! Nächste Woche bringe ich neue Stoffe. Schau bei mir vorbei. Überleg es dir.«

Das war ausgeschlossen. Dabei hatte sie es sich zurechtgelegt und auf seine Hilfe gehofft. Über die Grenze musste sie, weg von den Schlägen. Der Händler hatte recht. In drei Jahren wurde sie dreißig. Ihr letzter Geburtstag war unbemerkt vorbeigegangen. Trotzdem galt sie weiterhin als unmündig und war froh, dass in Freudenstadt keiner davon wusste und sie sich frei bewegen konnte. Sie hatte niemanden hier, den sie um Rat fragen konnte, was ihr schlimmer als Schläge und Fatschen erschien. Das Geschlecht des Tuchhändlers war grauenhaft anzusehen und roch nach Fisch. Riesenhaft und gierig war es. Das musste eine Frau doch zerreißen! Was hatte er gemeint? Französisch? Und was hatten die anderen Näherinnen in München in den Herbergen In der Grube erzählt und dabei gelacht? Lutschen? Am Geschlecht des Mannes? Daran saugen, bis Milch kam? Sie würgte. Die arme Anna! Sicher hatte sie sich übergeben müssen. Und war trotz alledem nicht zurückgekehrt. Sie hatte gezahlt mit ihrem Leib. Nein, das konnte und wollte sie auf keinen Fall, sich verkaufen. Verstohlen kehrte sie zurück ins Haus der Mandelslohes. Sie schickte eine Nachricht an Louisle und vertraute ihr alles an. Hoffentlich bekam Geß die Zeilen nicht zu sehen.

5

AN MARTINI TRUGEN die beiden Knechte kurz nach dem Sonnenaufgang etliche Kisten ins Haus. Christiane stand in der unteren Halle an der Treppe. Zurück von ihrem morgendlichen Kirchgang fühlte sie sich erfrischt und zuversichtlich vom Gebet, das sie seit dem Vorfall mit dem Händler wieder mehr pflegte. Neugierig verbarg sie sich hinter einer Säule. Was ging da vor sich? Zwei Gestalten traten durch die Tür und klopften sich den Staub von den Röcken. Beide waren in ein lebhaftes

Gespräch verstrickt. Der eine war der Graf, forsch gestikulierend mit einer klaren Stimme, die keinen Widerspruch duldete. Der andere, mit tastendem Schritt und ebensolchen Worten. Der Bergrat, durchzuckte es sie. Endlich! Sie wollte hinter der Säule hervortreten und zu ihm eilen, sich in seine Arme werfen, da flog die Gräfin die Wendeltreppe hinunter und warf sich ihrem Gatten an die Brust.

»Friedrich«, rief sie und verbarg die linke Hand hinter dem Rücken. Das Pfeifchen rauchte ohne sie. »Ich hatte es nicht mehr zu hoffen gewagt, dich vor Weihnachten wiederzusehen! Und welch Freude, dass du uns Johann ins Haus bringst.«

Der Bergrat reichte der Gräfin die Hand und verbeugte sich. »Josephine, wie schön, dass du immer so springlebendig bist. Wenn du auch«, er drohte ihr mit dem Zeigefinger, »das Schmauchen nicht lassen kannst, wie ich rieche. Das sind meine Worte als Arzt. Wir haben uns lange nicht gesehen. Verzeih mir, dass ich mich rargemacht habe.«

Unterdessen war Christiane die Treppe hinaufgehuscht. Besser die drei merkten nicht, dass sie unfreiwillig gelauscht hatte. Sie holte Sabine und Ursula aus dem Nähzimmer. Zusammen nahmen sie Aufstellung im Öhrn. Es war ihr, als ob sie schwebte. Wie hatte sie den Vater vermisst, der hier nicht ihr Vater sein durfte. Jetzt kamen sie die Treppe hinauf. Ihr Herz stockte. Am liebsten hätte sie es der Gräfin gleichgetan und den Bergrat umarmt. Acht Jahre hatte sie ihn nicht gesehen. Weißhaarig war er geworden und beleibter. Da sah er sie und strahlte übers ganze Gesicht.

»Nanette, wie schön! Josephine, hab Dank, dass du sie behütest. Du weißt, wie wichtig mir das ist.«

Die Gräfin winkte ab und scheuchte Sabine und Ursula zurück ins Nähzimmer. Sie rief nach Annetta, doch vergebens. Seufzend sog sie an ihrem Pfeifchen und legte es auf dem Sims ab. »Ich empfehle mich. Du kennst dich aus. Wir sehen uns zum Mittagessen.« Sie fuhr sich mit einer Hand durch die kurzen

Haare und warf den Kopf in den Nacken. Ihren schwangeren Bauch hatte sie eingezogen.

»Ihr habt sicher einiges zu besprechen.« Der Graf schlug seinem Freund auf die Schulter und tätschelte ihr den Arm. »Wir sehen uns später, Johann. Wie verabredet.«

Sie ging mit dem Bergrat in ihre Mansarde hinauf, wo sie ungestört waren. Er folgte ihr und schnaufte beim Treppensteigen. »Ich glaube, ich werde auch nicht jünger«, sagte er. »Aber du bist beschwingt.«

»Ich habe so brennend auf Sie gewartet, Herr Vater. Sie sind meine ganze Hoffnung. Seien Sie mir willkommen.« Sie öffnete die Tür. »Hier oben ist mein Reich, was ich zu schätzen weiß. Haben Sie Dank, dass Sie mich hier in Sicherheit gebracht haben. Treten Sie ein.« Sie griff nach seiner Hand, die sich herzlich um ihre Finger schloss.

»Ich habe dir aus dem Lierbachtal eine Achatscheibe mitgebracht. Die Schleiferei in Oppenau ist leider wieder eingegangen. Eines der letzten Stücke. Schau! Diese Signatur. Wie zwei Augen. Ich gebe auf dich Acht, auch wenn ich nicht bei dir bin. Du kannst auf mich zählen. Graf von Mandelslohe konnte erst jetzt im Herbst aufbrechen zu seiner Exkursion auf die Alb. Deshalb hat es derart lange gedauert, bis ich hierherkommen konnte. Ich weiß, was dir auf der Seele brennt, doch lass mich den Faden am Anfang aufnehmen. Setz du dich auf das Bett. Ich nehme lieber den Stuhl hier. Du musst Bescheid wissen. Über alles. Fangen wir mit den Spielkarten an. Damals, am Tage der Taufe des Kronprinzen, hattest du kaum die Stadt verlassen, als deine Mutter im ganzen Haus nach Herzsieben und Ecksteinsieben gesucht hat. Sie war wie irre. Sie konnte aber nichts finden, weil ich die Karten gar nicht in die Charlottenstraße getragen hatte. Ludwig hatte sie mir en passant in die Hand gedrückt, und ich habe sie ohne Umschweife zur Kartenmalerin ins Neue Schloss gebracht. Gräfin Jenison hat damals noch in den Schlossnebengebäuden gewohnt. Inzwischen hat sie sich nach Unterkochen verheiratet.«

»Schade, dass sie nicht mehr in der Residenz sind. Als ob ich es geahnt hätte bei meinem kurzen Besuch, als ich aus München zurückgekommen bin. Und jetzt wieder die Spielkarten.« Sie seufzte und ging zum Fenster. Langsam drehte sie sich um. »Ich habe mit ihnen abgeschlossen. Sie gehen mich nichts mehr an.«

»Da wäre ich mir an deiner Stelle nicht so sicher. Hör weiter, was sich zugetragen hat. Gräfin Jenison hat sogleich an Cotta geschrieben und dieser hat ihr endlich das versprochene Salär ausgezahlt. Das hatte er ihr immer mit der Begründung verweigert, das Kartenspiel sei nicht komplett. Sie wollte es ihm überlassen, doch er hat abgewunken. ›Der Kurfürst ist tot, es lebe die Kurfürstin‹, hat Cotta gerufen und hinzugefügt: ›Machen Sie ihr eine Freude, schenken Sie ihr die Karten. Das wird ihr Herz erquicken.‹«

»Königinwitwe Mathilde? Sie hat die Servietten bestickt, von denen Sie sicher durch Onkel Ferdinand gehört haben. Er hat mir ein Märchen erzählt, das keines geworden ist.« Sie holte die Servietten aus der Truhe, wo sie seit ihrer Ankunft unberührt lagen, und reichte sie dem Bergrat. »Ein Dutzend sollte es sein, aber eine fehlt. Ich werde alle wegwerfen, wenn ich Freudenstadt hinter mir lasse. Genauso wenig wie die Spielkarten kann ich sie ein Leben lang mit mir herumtragen.«

»Du bist zu voreilig. Dein Schicksal hat sich aufs Neue mit Herzsieben und Ecksteinsieben verwoben. Deine Mutter hat gedacht, sie seien bei dir. Sie hat den Baron vom Stein zu Rechtenstein beauftragt, auf Schloss Brandenburg in deinen Sachen nach ihnen zu suchen. Woher ich das weiß? Die Baronesse hat mir einen langen Brief geschrieben und sich für ihren Vater entschuldigt. Zum Glück war deine Mutter auf dem Markt, als die Nachricht gekommen ist. Sonst ist diese Geschichte ja gut ausgegangen und du hast dank der Baronesse deinen Geldgürtel zurückerhalten.«

»Trotz allem war das nicht recht, was der Baron mit mir getrieben hat. Ich weiß, dass er die Spielkarten gesucht hat. Wo aber sind sie abgeblieben?«

»Jetzt fragst du doch danach. Ich habe es gewusst. Hast du eigentlich jemals bemerkt, dass die springenden Fische aus Mömpelgard auf Herzsieben verewigt sind? Auf der Rückseite? Du schüttelst den Kopf. Schau sie genau an, wenn du sie einmal wieder in den Händen hältst. Königinwitwe Mathilde war in der Tat entzückt, das gesamte Kartenspiel betrachten zu dürfen. Schweren Herzens hat sie es erst nach einer ganzen Weile mit einem Boten an die Kartenmalerin zurückgeschickt. Dort ist es auch angekommen, Herzsieben und Ecksteinsieben aber haben gefehlt.«

»Geht das wieder los? Ich will nichts mehr davon wissen. Helfen Sie mir lieber, von hier wegzukommen. Am besten wäre es, wenn ich nach München zurückginge. In Bayern bin ich sicher. Onkel Ludwig hat es so gewollt. Das Geld für die Reise hätte ich zusammen, besitze aber keine Papiere. Maman hat mir ein ledernes Mäppchen entwendet. Darin war unter anderem auch mein bayerischer Pass.«

»Ich weiß. Warte! Bei der Suche nach den Spielkarten habe ich das gesamte Haus auf den Kopf gestellt. Herzsieben und Ecksteinsieben habe ich nicht gefunden, aber dafür ist mir dein ledernes Mäppchen in die Hände gefallen. Hier.«

»Sie sind ein Engel!« Sie drückte es an sich. »Ich danke Ihnen von Herzen. Jetzt kann ich nach München zurück, das mir eine Heimat geworden ist.«

Der Bergrat schüttelte den Kopf. »München ist nicht mehr sicher für dich. Deine Mutter hat dort ihre Verbindungen gepflegt und wird informiert, sobald du auftauchst. Das habe ich von Pauly erfahren. Sie will dich mit der Polizei abführen lassen. Du sollst zurück nach Wildberg und den Rukwied heiraten. Wie immer sie das begründet. Du bist mündig.«

»Wissen Sie denn nicht, dass Maman mich hat für unmündig

erklären lassen? Das hat sie mir nach Altensteig geschrieben. Ich kann nicht über mein Leben bestimmen.«

»Ungeheuerlich! Davon habe ich nichts gewusst.« Er sprang auf und ging mit langen Schritten im Zimmer auf und ab. »Das kann nicht sein!« Mit der Faust schlug er auf einen Holzbalken ein. »Ich werde bei Gericht nachfragen, muss deine Mutter in ihre Grenzen verweisen. Du bist frei.«

»Sagen Sie das nicht! Onkel Ludwig hat mir es versprochen: ›Vous êtes libre.‹ Und was war? Nichts. Und Maman wird sich niemals an Grenzen halten. Sie findet immer eine Schwelle, die sie überschreiten kann.«

»Wir gehen jetzt aufs Rathaus. Der Graf wird uns begleiten. Du brauchst einen Pass für Baden und Frankreich.«

Alles in der Amtsstube geschah ohne ihr Zutun. Sie stand da, den Blick züchtig gesenkt. Die beiden Männer redeten für sie. Nicht einmal wurde sie etwas gefragt. Der Graf von Mandelslohe achtete darauf, dass sämtliche Stempel auf das Papier kamen und sie ohne Einschränkungen volle Reiserechte erhielt. Nach einem Grund fragte der Amtmann nicht. Zum Glück war es ein anderer als bei ihrem Besuch. Sie hatte zwei Bürgen mitgebracht. Das reichte. Der Bergrat zahlte. Ein Mann musste man sein. Und über Geld verfügen. Sie schüttelte den Kopf und ließ es wieder. Das Leben war zu einem Theaterstück geworden, das ohne sie aufgeführt wurde. Der Pass aber versprach einen neuen Anfang.

»Das Wetter wird umschlagen«, sagte der Bergrat, als sie auf dem Marktplatz standen. Der Graf war weitergeeilt. »Nanette, du bleibst in Freudenstadt bis zum Umzug nach Ulm. Der Graf erhält die neue Stelle als Forstrat erst im kommenden Frühjahr. Dann sollen alle denken, du begleitest die Mandelslohes. Wir müssen deine Mutter im Glauben wiegen, dass sie deiner in Ulm habhaft werden kann. Bis sie es merkt, bist du längst in Frankreich. Geh nach Mömpelgard, dem heutigen Montbéliard, und begib dich zu Madame Beurnier-Rossel. Sie sucht eine Kammerfrau. Ich habe alles arrangiert. Das Patrizierhaus Beurnier-Rossel ist ein altes Adelsgeschlecht. Frag dich durch. Du wirst zurechtkommen.« Er drehte sich um und winkte. »Da ist ja schon Ursula. Ich nehme sie mit und bringe sie bis Essingen. Ich habe in der Nähe, in Aalen, zu tun.«

Er legte Christiane eine Hand auf die Schulter und dann umarmte er sie fest. Einer der Knechte kam mit der Gepäckkarre und begleitete ihn und Ursula, die dick vermummt und verheult war, zu Posthalter Luz.

Christiane ging wie betäubt zurück ins Haus Mandelslohe. Lange Zeit passierte nichts in ihrem Leben, dann überstürzten sich die Dinge. Wie gern wäre sie mitgefahren und hätte sich um Ursula gekümmert. Im Frühjahr, sagte sie sich, konnte auch sie sich auf den Weg machen. Bei den ersten Tulpen. Der Bergrat hatte sie großzügig mit Geld ausgestattet. Fünfzig Gulden. Die beruhigten sie zwar, doch viele Fragen nagten weiter in ihr.

In ihrer Kammer küsste sie die beiden Augen in der blau schimmernden Achatscheibe. Sie dankte Gott, dass er ihr den Bergrat geschickt hatte, und drehte den neuen Pass in den Händen. Warum war es ihr als Frau nicht gelungen, sich allein zu befreien? Anna hatte sich verkauft. Ging es nur auf diese Weise? Aus dem Tal drang das Klopfen an ihr Ohr. Lange hatte sie es nicht gehört, obwohl es da gewesen war. Du musst gehn, gehn, riefen die Schwanzhämmer. Fort! Fort!, brummte der Großhammer ein letztes Mal, bevor die Dunkelheit über die Stadt fiel.

Nein, sie würde dem Wunsch, zu fliehen, nicht nachgeben. Der Vorschlag des Bergrats war vernünftig. Sie würde weiterhin ihren Lohn beiseitelegen. Ihre Kleider waren nicht zerschlissen, aus einer Laune heraus sollte sie diese nicht ersetzen. Die karierten Freudenstädter Stoffe lockten sie, aber weil

Annetta sie für sich entdeckt hatte, waren sie nicht statthaft für die Kammerfrau. Eine Frau, dachte sie, ja, sie war nicht mehr Jungfer, sondern trug eine Verantwortung.

Kurz nachdem der Bergrat abgefahren war, schwebten erste Flocken durch die Luft, wie er es vorausgeahnt hatte. Der Graf nahm Gustav August mit zum Jagen. Sie brachten lediglich einen Auerhahn und ein Haselhuhn nach Hause.

»Ausgerottet, die wilden Schweine und die Rehe«, schimpfte der Graf. »Die königliche Herrschaft hat ganze Arbeit geleistet.«

»König Wilhelm duldet keine Kritik, da ist er wie sein Vater, der manchen wegen geringerer Worte auf den Hohen Asperg gebracht hat. Du willst Kreisforstrat in Ulm werden, das bist du mir schuldig«, sagte die Gräfin und hielt sich den Bauch. »Hüte deine Zunge. Und wenn ich dich daran erinnern darf: Vor dem Winter musst du Gustav August fortbringen nach Königsfeld. Das habe ich vereinbart.«

Der Graf brummte. Gustav August zitterte. Sie reisten ab.

Geß schickte eine Trauerkarte. Karl-Markus hatte es nicht geschafft. Fassungslos saß Christiane auf ihrem Bett und drehte den Brief in den Fingern. Kein Satz von Louisle.

Sie antwortete an die Schwester und setzte ihre Worte sorgfältig aufs Papier. Geß würde mitlesen. Förmlich sprach sie ihr Beileid aus und schrieb dann:

Wie oft habe ich gebetet, dass Karl-Markus einmal groß und stark werden darf. Er ist dem Leben davongeflogen.

Für sein Grab legte sie einen Vogel aus Gänsedaunen bei. Laura-Beata schickte sie einen selbst gewebten Schal. Sie gab ihren Brief bei Luz am Schalter ab, und der Posthalter warf ihn eigenhändig in die Boîte, wo er warten musste, bis die nächste Kutsche über die Residenz in Richtung Urach fuhr.

Sabine wechselte zu Weimers Margot und war blasser als sonst um die Nase. Das Haus ächzte unter der zu frühen Kälte. Bald türmte sich der Schnee. Die Stadtknechte schaufelten jeden Tag etliche Stunden, um die Straße nach Straßburg frei zu halten. Der Weg über den Kniebis war nur noch mit Saumpferden passierbar.

Längst kam keine Sonne mehr ins Christophstal, und kurz vor Weihnachten fror der Forbach zu. Die Hämmer schwiegen auch tagsüber. Eine gespenstische Stille breitete sich in der Stadt aus. Sie wurde nur durchbrochen vom Bellen der Hunde und Brüllen der Mastochsen, die durch den Schnee über den Kniebis nach Straßburg geführt wurden.

Zum Christfest sandte ihr Louisle eine Zeichnung, die Laura-Beata vom toten Karl-Markus angefertigt hatte. Auf der Rückseite hatte die Schwester notiert:

Das Bild spricht mir aus dem Herzen. So behalte ich ihn in Erinnerung.

Christiane wischte sich eine Träne aus dem Augenwinkel. Metzingen war fern und nah zugleich. Sie verlebte ihre Tage wie in einem Kokon. Annetta entzog sich ihr und weilte oft bei einer Freundin aus ihrer Klasse. Sie hielt sich aufrechter und humpelte weniger. Das hatte sie ihr mitgeben können.

6

ENDE JANUAR SCHMOLZ der Schnee plötzlich und der Atem gefror nicht mehr, wenn Christiane vor die Tür trat. Die Hämmer sprachen wieder. Auch sie atmete auf, machte die Ohren weit und vergaß nach ein paar Tagen, wie es jemals anders gewesen war. Unter den Arkaden des Marktplatzes trafen sich die jungen Frauen und schwätzten miteinander. Das Wetter war beinahe frühlingshaft. Keine sprach es aus, aber es schwang in der Luft, wie alle von ihren Herrschaften abhängig waren. Und nicht eine konnte gehen, wohin sie wollte. Christiane war nicht die Einzige. Es tröstete sie nicht.

Zum Krämermarkt Anfang Februar wurde es wieder bitterkalt, aber es lag kein Schnee. Ungewöhnlich für Maria Lichtmess, sagten alle. Das Dienstbotenjahr endete. Gesine nutzte die Gelegenheit und kündigte, auch der junge Knecht. Beide taten sich zusammen und verdingten sich als Ehepaar beim Pfarrer Göbel in Lombach, nicht weit von Freudenstadt.

Die Gräfin hieß den alten Knecht, den sie mit in die Ehe gebracht hatte, den leichten Zweisitzer anzuspannen. Sie wollte in Essingen nach ihren Gütern sehen und Ursula begutachten. Das Rutenbündel nahm sie mit.

Christiane blieb mit Annetta und dem Grafen zurück. Stundenweise kam eine Magd, die auch kochte. Meistens für mehrere Tage im Voraus einen Graupeneintopf mit Bauchfleisch. Davon wärmte Christiane mittags auf, sonst hatte sie kaum etwas zu tun. Sie aßen zu dritt in der Küche und sprachen wenig.

Etliche Tage vor dem Jahrmarkt schlugen Zimmerleute die Schragen auf und errichteten die Stände, an denen Wein ausgeschenkt werden sollte. Die Luft war erfüllt vom Brüllen der Kühe und Kälber und dem Quieken der Schweine auf dem Weg zur Metzig am Rathaus. Dort schafften die Tuchmacher dicke Ballen karierte Freudenstädter Stoffe auf die Bühne. Im Güldenen Ochsen wienerten Mägde die Fensterscheiben und spänten die Dielen. Aus der »Linde« hingen Federbetten zum Lüften.

Am Markttag ertönte früh morgens ein Choral vom Uhrturm, und die Glocken läuteten wie zu Weihnachten.

Mit dem Gebetbuch in der Hand führte der Herr Spezial den Zug der staatlichen Würdenträger zur Kirche an. Ihm folgten im Feststaat der Oberforstmeister Graf von Mandelslohe, der Vogt und die obersten Beamten des Bergwerks wie zu alten Zeiten. Die Bergknappen marschierten in einem geschlossenen Zug herbei und reihten sich auf der Empore auf. Aus dem Rathaus nahte der Magistrat, allen voran Stadtschultheiß Weimer, der Graf von Mandelslohe freundlich zunickte. Beide nahmen ihre angestammten Plätze ein. Da die Orgel trotz wiederholter Reparaturen heulte und seufzte, gab der Zinkenist mit seinem Gesellen das Beste. Der Präzeptor sang die Vokalmusik vor.

Das Muhen der Kühe und Kälber übertönte die Predigt. Pferde wieherten und trappelten mit ihren Hufen. Christiane hörte ihr eigenes Singen nicht. Flüchtig betete sie das Vaterunser und atmete tief ein, als sie aus der Kirche trat. Bunte Herden tranken an den Wetten und ließen fallen, was sie nicht mehr brauchten. Christiane drängte sich mit Annetta durch die wartende Menge. Zwei von der Stadt beorderte Spielleute zogen mit Schalmei und Pauke über den Marktplatz.

Die Händler öffneten die Schragen und platzierten ihre Waren. Christiane blieb stehen. Ein Serviertablett mit einer Majolikaplatte, auf der sich rote und gelbe Ranunkeln umeinander rankten, ließ sie nicht los. Die erste Anschaffung für einen eigenen Haushalt. Es war ihr wie ein Versprechen an sich. Annetta bot sich an, das Tablett ins Haus zu tragen, was sie gern annahm.

Schultheiß Weimer schritt mit dem Stadtschreiber durch die Reihen. Ihnen folgten die Wäppner, bei denen jeder der Kramläden und Stände einen Gulden entrichten musste. Unter den Arkaden am Rathaus legten auf der einen Seite die Bäcker Brezeln und Mutscheln in ihren Läden aus. Auf der anderen hängten die Metzger Landjäger, Mettwürschtle und Schinken auf und luden zu Kraut mit Rauchfleisch. Die Getreidehändler drängten sich im Erdgeschoss des Rathauses, und die Vorratspfleger waren emsig dabei, das Kornbüchsengeld einzutreiben.

Christiane bahnte sich einen Weg durch das Rindviehzeug, was an der Ecke vom alten Kaufhaus feilgeboten wurde. Die Kühe stampften mit den Hufen, ihr Atem dampfte. Eine raue Zunge leckte über ihre Hand. Erschrocken sprang sie zurück und wäre wohl auf einem Kuhfladen ausgerutscht, wenn sie nicht jemand am Arm festgehalten hätte.

»Nicht so ungestüm«, sagte eine sonore Männerstimme.

»August! Was treibt dich nach Freudenstadt?« Sie wand sich aus seinem festen Griff. »Ich kann es mir denken, die Rindviecher. Ich sollte muhen und auf vier Beinen laufen.«

Er lachte und schob einen Kuhkopf beiseite. Sanft dirigierte er sie ins Dunkel der Arkaden und zog sie unter dem Bogengang vom alten Kaufhaus fort.

»Wie der Bergrat habe auch ich einen Grund gebraucht, um nach Freudenstadt zu kommen. Du verstehst. Ich logiere im Gasthof Zum roten Löwen. Ich habe etwas erfahren, das du wissen solltest. Ich wollte es dir persönlich sagen. Aber nicht hier.«

Er zog sie mit sich durch ein Gewirr aus Gauklern und Tieren. Sie zitterte am ganzen Körper und das nicht vor Kälte. August war zum Überbringer schlechter Nachrichten geworden. Wer war gestorben? Es roch nach gebrannten Mandeln. Schräg über den Marktplatz gingen sie, vorbei an den Händlern mit Korbwaren.

»Hast du gesehen? Sie haben das Dach vom Rathaus abgedeckt, damit Licht auf den Dachboden fällt«, sagte sie. »Sonst machen sie das nur zum Maimarkt. Das haben sie erzählt. Doch heuer ist es trocken, und die Kälte lässt sich aushalten. Auf dem Speicher haben die Tuchmacher ihre Ballen ausgelegt. Die Waren lassen sich bei Licht besser prüfen, und die Leute sind kaufwilliger.«

August nickte zu ihren Worten. Sie hatte geredet, nur um etwas zu sagen. Er führte sie in Richtung des Stuttgarter Tores, durch das unablässig Menschen und Rindviecher in die Stadt hineinströmten.

»Das ist ja die Posthalterei Luz! Der Gasthof Zum roten Löwen«, rief sie. »Verzeih! Du hast mich ganz verwirrt.« Sie atmete auf. Die Gaststube kannte sie, und der Posthalter würde ein Auge auf sie haben.

August winkte sie hinein und legte sein Lodenzeug ab. Er trug sein weißes Jabot und eine Fliege. Sie setzten sich an einen Tisch in der hintersten Ecke. Luz brachte ihnen heißen Punsch, den sie nicht bestellt hatten. Sie wärmte sich die Hände am Becher.

Mit seiner unnachahmlichen Handbewegung strich August seine dunkelblonden Haare zurück. »Onkel Ferdinand ist in Bad Boll gestorben, wie ich dir in Stuttgart erzählt habe. Inzwischen habe ich unter der Hand herausgefunden, dass er sich erschossen hat.« Er trank einen Schluck Punsch.

Der Schankraum schwankte, sie hielt sich am Tisch fest. August musterte sie mit seinen graugrünen Augen und legte seine Hand auf ihren Arm. Heute roch er nicht nach Vanille.

Er rückte seine Fliege zurecht. »Das ist nicht alles. Onkel Ferdinand hat nicht freiwillig Hand an sich gelegt, wie es aussieht. Jemand muss ihn gedrängt haben. Seine Gegner im Landtag haben ihn auch nach der Entlassung weiter scharf angegriffen. Er sei ein ›dubioses Relikt‹ aus der Zeit der ›Königsdiktatur‹ und müsse zur Rechenschaft gezogen werden. Ich habe nie erkennen können, dass er Unrecht getan hat. Seine Reformen der direkten Steuern, die der König angeordnet hatte, haben allerdings nicht jedem gefallen, besonders den Landwirten nicht, wie ich aus meinen Quellen weiß.«

»Er hat mir in München erzählt, dass er immer bezahlt hat, was er sich genommen hat. Wer sollte ihn getrieben haben, sich das Leben zu nehmen?«

»Einige denken an die Helfer des Königs. Andere an die Abgeordneten. Sie wollten Onkel Ferdinand loswerden, um dem König ihre Macht zu zeigen. Beides glaube ich nicht. Man munkelt, er sei das Opfer einer Verleumdung geworden. Dazu passt, was der Bergrat mir erzählt hat. Seine Frau hat Onkel Ferdinand in Bad Boll besucht. Die Köchin hat es ausgeplaudert. Sie war stolz darauf, etwas zu wissen, was niemand geahnt hat.«

»Amalie hat seit Langem kein glückliches Händchen mehr. Sie hat Angst, ihre Stelle zu verlieren, das macht sie ganz konfus. Dein Bericht stimmt mit dem überein, was mir der Onkel in München erzählt hat. Er hat Frau Bergrat all die Jahre kostbare Geschenke gemacht, um sie milde mir gegenüber zu stimmen. Ein Altartuch aus Seide, um sie von Königsfeld zu überzeugen. Wie immer er es angestellt hat. Eine Brokatstickerei hat er eingetauscht gegen Versprechungen. Er hätte wissen müssen, dass Frau Bergrat niemals einhält, was sie zugesagt hat. Ich bin schuld! Wenn es mich nicht gäbe ...«

»Aber Nanele! Du kannst nichts für diese Frau. Alle haben immerzu Verständnis für sie aufgebracht, doch sie wird sich nicht ändern. Sie ist und bleibt ein durch und durch böser Mensch. Du solltest sie aus deinem Leben streichen.«

»Wenn ich das nur könnte! Ich dachte immer, es gäbe keine bösen Menschen. Ein jeder hat seinen Grund, habe ich es mir schöngeredet. Frau Bergrat wollte stets das Beste für das Kind, wie sie betont hat. Nein, sie wollte das Beste für sich und sonst niemanden.«

August nickte. »Du musst dich von ihr befreien. Vielleicht kann ich dir helfen. Ich habe dir einen Brief von Onkel Ferdinand mitgebracht. ›Für Nanette‹, steht geschrieben. Ich habe ihn erst jetzt entdeckt. Von dem Stuhl mit dem zerschlissenen Polster habe ich dir in Metzingen erzählt. Die Katze der Nachbarin hat es vollends zerfetzt. Gerade noch rechtzeitig habe ich das Papier gesehen.« Er trank einen Schluck und betrachtete wohlgefällig ihren Ausschnitt, in dem das Brusttüchlein mit den Fischen verrutscht war. »Die Rindviecher warten. Wir haben eine strenge Farrenschau hier, da muss ich dabei sein. Viele Aufkäufe aus dem Simmental, aus Rottweil und der Schweiz. Der König wünscht meinen Rat, wie die

Schläge durch Kreuzung verbessert werden können. Nein, ich will nicht wissen, was Onkel Ferdinand dir schreibt. Es ist eine Sache zwischen euch beiden.« Er sprang auf. Der Stuhl schrammte über die Holzbohlen. Nicht einmal die Hand reichte er ihr. Als ob er sich sonst verbrennen würde. Und warum roch er heute nicht nach Vanille?

Luz stellte ihr einen Krapfen hin und nickte ihr wohlwollend zu. »Gar selten kommt die Kammerfrau aus dem Haus zu dieser Jahreszeit. Gehen Sie zum Tuchhändler unter den großen Bögen beim Rathaus. Er hat Stoffe in neuen Farben aus Straßburg gebracht.«

Christiane biss in den Krapfen. Zum Tuchhändler ging sie sicher nicht. Mit August war nichts passiert, was man sehen konnte. Die Zähne mahlten, die Zunge rieb sich am Zucker. Sie holte ein paar Kreuzer aus der Rocktasche, aber Luz winkte ab. »Der Herr Hofkameralverwalter nimmt es auf seine Rechnung. Leisten Sie sich eine Zuckerwatte davon. Es ist nicht alle Tage Jahrmarkt.«

Sie steckte den Brief ein und ging in die beißende Kälte hinaus. Zuckerwatte? Onkel Ferdinand hätte sie gemundet. In München hatte sie davon kosten dürfen. Auf dem Marktplatz trat sie zögernd an einen Stand, wo sich die Kinder drängten. Diese lachten, als sie die süße Masse von der Seite her anknabberte, damit sie nicht an ihrer Nase hängen blieb. Beinahe wäre sie über die eisernen Pfannen gestolpert, die ein Händler beim Waaghäusle aufgestapelt hatte. Wie im Taumel zupfte sie mit den Zähnen die Zuckerwatte herunter, bis nur noch der Holzstiel übrig war. »Mein Gott, wohin führst du mich?«, fragte sie sich. Den ganzen Tag dauerte das Treiben und drang bis in die Häuser. Erst als die Pechpfannen vor den Gaststätten und an den Toren leuchteten und der Nachtwächter die zehnte Stunde ausrief, lag der Marktplatz still und verlassen da.

In ihrer Kammer flackerte die Kerze. Es war Wind aufgekommen. Sie holte den Brief hervor und roch daran. Es war zu lange her. Salzkartoffeln hatte Onkel Ferdinand für sein Leben gern gegessen und sich über alle amüsiert, die die Erdäpfel, wie die Bayern abfällig sagten, aus tiefstem Herzen verschmähten. Immer hatte er ein wenig nach gekochten Kartoffeln gerochen, eine süße Stärke wohnte ihm inne. Sie faltete den Bogen auseinander. So viele Zeilen.

Liebes Nanele!

Ein letztes Mal will ich dich so nennen. Ich dachte, ich könne Frau Bergrat umstimmen und sie lässt dich frei. Doch ich fürchte, ich habe alles schlimmer gemacht. Dein Aufenthaltsort in München war ihr längst bekannt, als ich dich besucht habe. Von der Nähstube wusste sie ebenfalls. Sie hat mich beschimpft, weil ich dich mit Geld unterstützen will. Das wusste sie natürlich auch. Dabei ist es nicht das meinige. Das aber habe ich ihr nicht verraten. Sie wäre sonst rasend geworden. Die Königinwitwe und vormalige Kurfürstin hat die achthundert Gulden für dich ausgesetzt. Du sollst sie zur Volljährigkeit erhalten. Ich strecke sie für dich vor. August wird sie dir zukommen lassen. Die Servietten, die zum Dutzend fehlen, bekommst du, wenn du großjährig bist. Eine aber schicke ich dir vorab mit diesem Brief. Sie zeigt etwas ganz Besonderes. Ich tue jetzt, was Frau Bergrat mir nicht nur nahelegt, sondern wozu sie mich drängt. Sie will sonst als Zeugin bei Gericht auftreten und das würde mir nicht gut bekommen. Der Name Weckherlin müsste aus den Geschichtsbüchern getilgt werden und wäre für alle Zeiten beschädigt. Das kann ich August nicht antun. Möge es dir gut ergehen, mein Kind. Liebes Nanele. Für immer, dein Onkel Ferdinand.

Bad Boll, 27. Juli 1828.

Rotz und Wasser liefen ihr übers Gesicht. Wieder einmal ging es um nichts anderes als um die Stellung in der Gesellschaft. Um den guten Namen, den man verteidigen musste, wenn man ihn denn besaß. Sie wischte sich mit den springenden Fischlein die Nase. Sie hatte keinen Deut mehr zu verlieren. Onkel Ferdinand war von ihr gegangen, und Frau Bergrat hatte ihren Anteil daran. Nachweisen konnte man ihr nichts. Wie bei Onkel Ludwig und bei Vater Steinheil. Immer blieb diese Frau an allem unschuldig. Christiane warf sich aufs Bett. Sie umklammerte das Kopfkissen.

Von der Königinwitwe Mathilde waren die achthundert Gulden. Wie hatte Onkel Ferdinand in München gesagt? »Es ist ein Märchen.« Sie lachte bitter auf. Ein Dutzend Servietten, die sie bekommen sollte, wenn sie volljährig war. Zwei hatten sich vorher in ihr Leben gedrängt. Sie hatte nicht darum gebeten. Aber die Fischlein und der Adler konnten nichts dafür. Eine Serviette fehlte bis heute. Sie war nicht bei Onkel Ferdinands Brief. Etwas ganz Besonderes! Was konnte das schon sein? Sie warf das Kissen in die Ecke. Sie sollte umgehend abreisen und alles zurücklassen. Die verschwundenen Spielkarten, die Servietten. Nichts wollte sie mehr besitzen aus diesem Leben, das nicht ihr gehörte. Halt! Sie hatte dem Bergrat versprochen, bis zum Umzug der Mandelslohes in Freudenstadt zu bleiben. Wenn noch etwas gelten sollte, dann ihr Wort. Sie nahm den Kerzentöter und erstickte die Flamme. Sie würde sich die achthundert Gulden von Frau Bergrat zurückholen.

7

Tief vermummt huschte Christiane drei Tage später unter dem Bogengang zur Kirche hinüber und nahm im Frauenschiff in der dritten Reihe ihren Platz ein. Es war rettungslos trübe, ein Schneesturm heulte ums Dach und nichts war wie immer. Auch wenn sich der Krämermarkt ein wenig wie Frühling angefühlt hatte, würde sie der Winter noch mindestens zwei Monate plagen. Das sagten die Einheimischen. Und nicht nur das. An ihrer Lage hatte sich nichts verändert. Sie hatte einen Pass für Baden und Frankreich, aber ob die Stempel das Papier wert waren, auf dem sie standen, würde sich erst noch zeigen.

Gestern war sie bei Luz in der Posthalterei. Sie habe etwas vergessen. Luz hatte genickt.

»Das Schultertuch, Mademoiselle. Ich wusste, dass sie danach fragen. Sie waren gänzlich eingenommen vom Hofkameralverwalter. Was sagen Sie? Sie wollen eine Karte lösen für die Postkutsche gen Straßburg? Heute?« Er hatte den Kopf geschüttelt. »Der Bergrat Hehl hat mir eingeschärft, Sie erst fortzulassen, wenn Mandelslohes nach Ulm übersiedeln, und das kann dauern. Man will den Grafen hier nicht gehen lassen.«

Stadtpfarrer Zilling stemmte sich jetzt mit Worten aus dem Lukas-Evangelium gegen das Wetter und war kaum zu verstehen. Aber auch was da in ihrem Leben vor sich ging, verstand sie nicht. Das Versprechen gegenüber dem Bergrat. Sie hatte sich nicht daran gehalten. Aus der Predigt drangen ihr nur Fetzen ins Bewusstsein. Der Engel Gabriel wurde zu August. Zwischen ihnen schwang ein unsichtbares Band, das ihr immer wieder entglitt. Sie klammerte sich an die Achatscheibe des Bergrats, die sie mit sich trug, und streichelte die Augen. Es war, als ob er ihr zunickte. Alles war richtig, was sie tat. Und nichts war, wie sie es wollte. Sie hätte schreien mögen, aber in der Irrenanstalt zu landen, wäre genau das Ende, was Frau Bergrat ihr immer prophezeit hatte. Dieses Leben gehörte ihr und sie würde es sich nicht nehmen lassen.

Bevor sie zurückging, spazierte sie gemessenen Schrittes unter den Bogengängen einmal um den Marktplatz. Beim Rathaus trat sie hinaus ins Freie, auf den Platz. Der Sturm hatte nachgelassen, eine fahle Sonne hing hinter den grauen Wolkenschleiern. Eine Weile betrachtete sie das Stadtwappen. Zwei güldene Barben auf rotem Grund, mit dem Rücken gegeneinander gekehrt, zwischen ihnen ein nachtschwarzes F und waagerecht darüber eine vierendige ebenso schwarze Hirschstange. Die Fische sahen aus wie auf der ersten Serviette. Was hatte der Bergrat gesagt? Die Fischlein seien auch auf Herzsieben verewigt? Auf der Rückseite. Es war ihr nie aufgefallen.

Die Tage wurden länger und die Gräfin kehrte zurück, doch nur, um sofort wieder abzufahren und Annetta persönlich nach Königsfeld zu geleiten.

Christiane hatte den Grafen zu versorgen. Als Vertreter der königlichen Finanzverwaltung widmete er sich während seiner Amtsstunden der Ablösung von Waldgerechtigkeiten, wie er ihr erzählte. Er verhandelte mit dem Baiersbronner Stadtschultheißen Hagenbuch. Die Nutzungsrechte für die königlichen Wälder sollten neu verteilt werden. Jeder dürfe für den persönlichen Bedarf künftig an Holz sammeln, was er mit seinen Händen aus dem Wald tragen konnte. Zum Abtransport war sogar ein kleinerer Leiterwagen zulässig. Ein Zugeständnis König Wilhelms, dem die Versorgung der Bevölkerung mit ausreichend Brennmaterial am Herzen lag.

»Mir soll es recht sein«, sagte der Graf. »Hab ich weniger Aufwand mit den Abrechnungen. Den leichtfertigen Umgang mit dem Holz billige ich allerdings nicht, zumal ich in meiner Funktion als Oberforstmeister meine alten Waldrechte abgeben musste.«

Mit dem Stadtschultheißen Weimer zogen sich die Verhandlungen für den Freudenstädter Wald in die Länge. Das alles erfuhr Christiane nur nebenbei. Ostern nahte, ging vorbei, und Pfingsten bemerkte sie kaum.

»Ich habe keine Eile, meine eigene Armut zu beschleunigen. Ohne ein gutes Verhandlungsergebnis gehe ich nicht nach

Ulm«, sagte der Graf und ließ sich nicht vom immer dicker werdenden Bauch seiner Gattin beeindrucken, die inzwischen wieder im Haus weilte.

Christiane wollte das alles nicht hören, vom Wald und von alten Gerechtigkeiten. Es sollte in ihrem Leben eine Zukunft aufleuchten, was ging sie der Freudenstädter Forst an. Die Kleider der Gräfin interessierten sie mäßig, notgedrungen musste sie sich damit beschäftigen. Jeden zweiten Tag die Nähte herauslassen und den schwellenden Busen stützen. Wie mühsam es war, ein Kind zu bekommen.

Es war fast Ende Juli geworden, als der Knecht eines Mittags vom Postbureau Luz zurückkam und ein Päckchen für sie mitbrachte. Die Gräfin trat zu ihr, bevor sie es in ihre Mansarde tragen konnte.

»Eine Nachricht für Sie? Ohne Absender? Das muss ich kontrollieren. Zeigen Sie, was darinnen ist. Ich habe dem Bergrat geschworen, Sie nicht ins Unglück laufen zu lassen.«

»Ein Unglück sieht anders aus. Aber bitte.«

»Ein Tüchlein. Und so wunderbar! Ja, das ist très merveilleux. Exquisit. Chapeau, diese Stickerei zeugt von hoher Kunst. Was ist das? Zwischen den Blumenranken versteckt sich ein Wappen? Wer will da etwas sagen? Ja schau an, ein Hirschgeweih mit einer Krone, das ist doch das Wappen, ich glaub es nicht, das meiner Freundin, das Stammwappen derer von Lehsten.«

»Meiner Mutter? Was haben Sie mit ihr zu schaffen?«

»Henriette von Lehsten? Ihre Mutter? Das kann nicht sein. Bei meiner Heirat, du meine Güte, das ist fast zehn Jahre her, sind wir uns in Altenstadt an der Iller wiederbegegnet. Da hatte sie wie jedes Jahr das Grab ihres Gatten besucht. Er ist im Krieg gegen Napoleon gefallen. Henriette hat einen Sohn von ihrem Mann. Von einem weiteren Kind wüsste ich. Wir stehen von Zeit zu Zeit in brieflichem Kontakt. Sie war mir stets eine mütterliche Freundin. Wann sind Sie geboren?«

»Im Jahr 1804, am elften August.«

»Sie müssen sich irren. Wenn Henriette wieder geheiratet hätte, wäre sie der Pension des Kurfürsten verlustig gegangen, und die war in ihrem Falle, das hat sie mir anvertraut, durchaus beträchtlich. Wie immer sie das angestellt hat.«

»Sie hat bei meinem Besuch vor zwei Jahren zugegeben, dass sie mich geboren hat. Heimlich. Und von Klein soll mein Vater sein, heißt es in einer anonymen Nachricht.«

»Der Hofmedicus von Klein? Das ist ausgeschlossen. Anfang Januar 1805 hat er seine Friederike geheiratet. Ihr gemeinsamer Sohn Adolf ist Ende September etwas zu früh auf die Welt gekommen.«

»Sie sind gut unterrichtet über alles aus der Residenz. Das heißt, Tante Friederike war bei der Heirat schwanger?«

»Fräulein Mayer, ich bitte Sie. Der Hofmedicus kann nicht Ihr Vater sein. Er war Friederike immer in zärtlicher Liebe verbunden. Sie ist ja seine zweite Frau. Von der ersten, die ihm verstorben ist, hat er eine Tochter.«

»Augusta. Sie wollte Lehrerin werden und hat sich dann in Odessa verheiratet.«

»Und ist vor fünf Jahren gestorben. Das wussten Sie nicht? Nicht weinen, mein Kind. Schauen Sie, hier auf der Serviette, der Kurfürstenhut und gegenüber das Wappen der Lehsten. Ob das etwas zu bedeuten hat?«

»Onkel Ludwig, ich meine der Hofarzt von Klein, hat mir anvertraut, dass der Kurfürst sein großes Experiment zur Erziehung an mir durchgeführt hat. Er hat verschiedene Methoden erprobt. Mal streng, dann kindgerecht. Wie sollte ich dabei nicht narret werden?«

»Das ist ja grausig. Das ist ja nichts dagegen, wenn ich ein paar Schläge als Erziehungsmittel einsetze.«

Christiane lachte bitter auf. »Was ist mit dem armen Albrecht Friedrich? Mit Annetta? Mit dem neuen Kind? Fatschen soll ich lernen. Sie wissen nicht, was Sie da von mir verlangen. Der

Kurfürst hatte angeordnet, mich eng mit einem Band zu umwickeln. Mein Kopf weiß es nicht, aber der Leib erinnert sich, wie die Nadeln gepikst haben und ich mich nicht rühren konnte.«

»Ich brauch jetzt erst mal ein Pfeifchen. Ich weiß, ich sollte das nicht. Aber wollen Sie es nicht auch einmal versuchen? Es wird Ihnen helfen, klarer zu sehen. Was ich Ihnen schon lange erklären wollte, wenn ich mit einem Kind gesegnet bin, muss ich immer alles in meinem Leben verändern.« Sie schaute auf das dampfende Pfeifchen. »Nachdem ich also aus Essingen zurück war, habe ich mich befreit von den Kammermädchen und von den Kindern. Damit Raum bleibt für das Ungeborene. Sehen Sie es mir nach. Zeigen Sie noch mal das Tüchlein. Das Wappen derer von Lehsten also, das Hirschgeweih mit der Krone.«

»Es gibt noch mehr, Servietten sind es. Das Hirschgeweih vollendet das Dutzend. Warten Sie. Sie müssen sich die anderen anschauen.«

Als sie zurück war, sah sich Gräfin von Mandelslohe jede Serviette sorgfältig an. Derweil sog Christiane am Pfeifchen.

Wohl gut zwei Stunden standen sie vor der Haustür unter den Arkaden und die Servietten wanderten zwischen ihnen hin und her. Vom Tabakrauch wurde Christianes Zunge trocken und rau.

»Sie haben ein scharfes Auge, Fräulein Mayer, doch mir scheint, das Wesentliche haben Sie nicht bemerkt. Alle Servietten tragen den Kurfürstenhut, bei den beiden Fischlein fehlt er. Bei den pfahlweis abgekehrten güldenen Barben aus Mömpelgard, die sich im Wappen von Freudenstadt wiederfinden. Das muss eine besondere Bewandtnis haben.«

»Ich habe Ihnen die Nachricht aus dem Päckchen vorenthalten. August von Weckherlin hat sie verfasst. Ein Großneffe unseres seligen Finanzministers Ferdinand von Weckherlin, der ein enger Vertrauter der Königinwitwe Mathilde war. Lesen Sie selbst.«

Die Gräfin studierte die Zeilen, ließ den Blick über den Marktplatz schweifen und schaute sie anschließend lange und forschend an. »Mir scheint, Sie sollten in Stuttgart einiges klären, bevor Sie nach Straßburg reisen und endgültig frei sein können. Ich unterrichte Luz, dass er Ihnen ein Billett verkaufen darf.«

Im Postbureau erstand Christiane noch am gleichen Nachmittag einen Reiseschein und zahlte dafür vier Gulden und eine Handvoll Kreuzer. Dann packte sie im Haus Mandelslohe ihre Sachen. Sie legte sich früh zu Bett und fand keine Ruhe.

»Stündlich erwarten wir die Zusage aus Ulm. So lange muss das Kind warten«, sagte die Gräfin am nächsten Tag.

Christiane wollte nicht länger warten und ließ sich im Postbureau nieder wie bei ihrer Ankunft. Luz verköstigte sie zu Mittag und nahm kein Geld von ihr.

»Der Graf ist gestern früh aufs Oberamt gerufen worden. Manchmal fügen sich die Dinge zusammen.«

Abends stieg sie in die Diligence nach Stuttgart. Sie war für sich verantwortlich und hoffte zugleich auf den Schutz des heiligen Christophorus, der achtgab auf alle Reisenden. Ihren Koffer, mit dem sie angekommen war, hatte sie vorab als Freigepäck aufgegeben. Sie hielt sich an ihrer Ridicule fest. Ihr Dienstbüchlein steckte bei den Papieren im ledernen Mäppchen. Sie hatte bislang nicht angeschaut, was die Gräfin als Herrschaft hineingeschrieben hatte.

Ihre Sachen hatte Christiane in zwei Reisetruhen gepackt. Luz würde diese bei Mandelslohes abholen. Gegen einen Obolus stellte er sie unter. Ihr Besitzstand hatte sich vermehrt. Das war normal, wenn man älter wurde, sagte sie sich. Sobald sie wusste, wo sie dauerhaft bleiben konnte, würde Luz ihr die Truhen nachsenden. Bezahlt hatte sie ihn bereits dafür. Fürstlich, wie sie fand. Und sie erinnerte sich, wie ihr die Gulden in München durch die Finger geglitten waren. Doch was hätte sie machen sollen?

Der Postkutsche hatte sie einen reitenden Boten vorausgeschickt, um sich der Hilfe des Bergrats zu versichern. Sie hatte ihn gebeten, August von ihrer Ankunft zu unterrichten. Dieses Mal habe sie ihm etwas zu berichten.

STUTTGART

Der Nanette Mayer, welche ein Jahr bei mir als Hausjungfer diente, bezeuge ich hiermit, dass sie sich während dieser Zeit treu und fleißig benommen hat.

Freudenstadt, den 23sten Juli 1832,

J. Gräfin von Mandelslohe.

Nicht einmal Jungfer hatte sie geschrieben, »der Nanette Mayer«, als ob sie eine Sache wäre. Mademoiselle oder Fräulein hätten nicht wehgetan. Ein paar dürre Worte hatte sie ins Dienstbüchlein gekritzelt. Anders konnte sie es nicht nennen. Eilig schien ihre Schrift, obwohl es ein Zeugnis war. Keine Empfehlung. Vor allem nichts von ihrer Tätigkeit als Erzieherin. Nicht ein Wort über ihre Sittlichkeit und wie sie gearbeitet hatte. Immer treu und fleißig. Da konnte sie froh sein. Am liebsten hätte sie das Zeugnisbuch zerrissen, aber das nützte nur den anderen. Zu lange hatte sie die Augen verschlossen und sich eingeredet, niemand wolle ihr Böses. Doch das wollten sie! Allen voran Frau Bergrat Hehl. Sie strich über den gelb-rot gestreiften Rock. Das Kleid sollte sie begleiten und ihr Mut zusprechen. In ihm lebten die leuchtenden Stunden der Metzinger Baumwiese.

Die Postkutsche hielt in Degerloch am Gasthof Ritter. Christiane vertrat sich die Füße. Zwei halbwüchsige Mädchen kletterten vor ihr in den Wagen, aber es gelang ihr, sie vom Fensterplatz auf der rechten Seite zu verdrängen. Die beiden kümmerte es nicht. Jede hatte ein Nadelspiel dabei und bewegte emsig ihre Hände, sobald sich die Kutsche in Bewegung setzte. Sie flüsterten miteinander. Wie lange war es her, dass sie mit einer Freundin getuschelt hatte? Sie lauschte mit einem Ohr. Es ging nur um das eine. Die Liebe als Himmelsmacht. Christiane seufzte. Sie schob den Kopf vor, um besser hören zu können. Eine Frau mit einem Hut, ausladend wie ein Wagenrad, schaute sie strafend an. Christiane schlug die Augen nicht nieder. Die Frau wandte ihren Blick ab. Neben ihr döste ein Pfarrer mit über dem Bauch gefalteten Händen. Gleich ging es steil bergab, da konnten die Mädchen nicht weiterstricken, sondern mussten sich festhalten wie alle anderen. Und sie hatte die Aussicht ins Tal, auf die beiden ungleichen Türme der Stiftskirche, das Alte Schloss und die ausgedehnte Anlage des Neuen Schlosses. Was war das? Die Kutsche wandte sich nicht nach links zur Weinstaig, sondern fuhr geradewegs den Hügel hinab.

»Hier ist doch gar keine Straße«, rief sie.

Die Mädchen lachten. »Etzel hat eine neue Steige gebaut. Letzten Herbst ist die Wilhelmstraße eröffnet worden. Unsere Kinder kennen es einmal nicht anders.«

Der Pfarrer rekelte sich und brummte: »Nicht so steil ist sie wie die Weinstaig, man kommt nun von Degerloch bequem hinunter in die Stadt. Nicht nur durchs Nesenbachtal.« Er nickte wieder ein.

»Am Hang entlang hat Etzel die Straße geführt, mitten durch die Weinberge.« Die Frau mit dem Hut zeigte aus dem Fenster. »Man muss neue Wege gehen. Seit dem Frühjahr gibt es ein Geländer, damit die Wagen nicht hinunterrutschen. Grausig war das zu Beginn. Man kann vor nichts mehr sicher sein. Aber wie gut, dass wir wenigstens die Grippewelle in diesem Jahr überstanden haben. Im Juni ist sie abgeebbt. Sie haben Glück.«

Christiane nickte vor sich hin. Neue Wege. Sie reckte den Hals. Die Aussicht war auf der anderen Seite. Sie hatte kein Glück. Die Häuser von Heslach waren schiefer und ärmlicher, als sie es in Erinnerung hatte. Lag da vorn nicht der Bopserbrunnen? Sie bogen links ab. Es ging steil hinunter durch zwei

Haarnadelkurven, bis sie oberhalb der Heusteig entlangratterten. An einem Schlagbaum stoppten sie.

»Wir sind am Wilhelmstor, wenn es auch kein Tor ist«, sagte der Pfarrer. »Pflastergeld müssen wir zahlen. Die neue Straße hat beinahe siebenundsiebzigtausend Gulden gekostet. Davon will sich die Stadt was zurückholen.«

Christiane gab ihre Kreuzer hin, obwohl sie es nicht einsah. Die Kutsche setzte sich wieder in Bewegung und kurz darauf trabten die Pferde die Hauptstätter Straße entlang. Gleich waren sie am Charlottenplatz. Sie beugte sich aus dem Fenster. Leuchtete da oben in der Charlottenstraße nicht das Haus der Hehls gelb in der späten Mittagssonne? Sie zog an der Klingelschnur, wollte aussteigen. Die Kutsche stoppte nicht. Scharf bogen sie in die Planie ab und dann links die Königstraße hinauf. Zu rasch ging alles in der Residenz.

Von der Stiftskirche schlug es die zweite Stunde nach dem Mittag. Sie hielten am Postplatz, waren auf die Minute pünktlich. Sie entdeckte weder den Bergrat noch August. Was hatte sie erwartet? Das Geld für den Boten hätte sie sich sparen können. Sie stampfte mit dem Fuß auf wie die Pferde vor der Poststation mit den Hufen. Ihren Koffer löste sie nicht aus, vielleicht war sie gezwungen, gleich weiterzureisen. Noch einmal sah sie sich um. Der Bergrat war nicht zu sehen.

Dann ging sie als Erstes zu Mutter Lehsten. Die Beweise waren erdrückend. Sie musste sie als Tochter anerkennen. Daran gab es keinen Zweifel. Rotebühlstraße Nummer fünfzig, das würde sie nie vergessen. Das Haus mit dem Löwenkopf. Sie trat durch das Eingangsportal, das weit offen stand und sie einlud. Der Treppenabsatz, auf dem sie vor zwei Jahren beinahe gestolpert wäre. Vorbei. Ihr Schritt war fest und entschlossen. Der gelb-rot gestreifte Rock schwang locker um ihre Waden.

Die Wohnungstür öffnete sich von selbst, als ob sie erwartet worden wäre. Mutter Lehsten zog sie rasch ins Wohnzimmer und schloss die Vorhänge. Im Halbdunkel standen sie sich gegenüber. Kein Wort war gefallen.

»Was willst du? Ich habe dir gesagt, du kannst nicht auf mich zählen, wenn du nach mehr als vier Ohren verlangst. Mach dich fort. Die Nachbarn haben beim letzten Mal schon geredet.« Mutter Lehsten hatte die Arme vor der Brust verschränkt und blickte starr zur Wand.

»Hören Sie mich an. Ich habe etwas mitgebracht. Eine Serviette. Königinwitwe Mathilde hat sie bestickt. Zur Zeit, als sie Kurfürstin war. Sehen Sie hier.« Christiane ging zum Fenster und zog den Vorhang ein wenig auf. »Das Wappen derer von Lehsten und ihm gegenüber der Kurfürstenhut. Das hat mir Ihre mütterliche Freundin, die Gräfin von Mandelslohe, in Freudenstadt gesagt. Kann es sein, dass Sie mit dem Kurfürsten vertraulich waren?«

»Du wirst zunehmend dreister. Was unterstellst du mir? Du verleumdest den Herrscher. Darauf stand nicht nur früher die Todesstrafe. Und was hast du mit Josephine zu tun? Es wird immer toller. Zeig her!« Sie riss ihr die Serviette aus der Hand und zog den Vorhang auf. Sonnenlicht flutete herein.

Aus seinem Bildnis lächelte König Friedrich Christiane an. Zwinkerte er ihr nicht sogar zu mit dem einen Auge? Das Licht war grell und narrte sie.

»Diese Stickereien sind in der Tat meisterhaft. Doch wie winzig das alles ist.« Mutter Lehsten hielt das Tüchlein in die Höhe. »Nein, das ist nicht das Wappen meines verstorbenen Gatten. Der geflügelte Leisten fehlt«, sagte sie mit gepresster Stimme. Sie reichte ihr die Serviette wieder zurück, wandte sich um und zog ein dickes Buch hervor. »Unser Stammbuch. Das hier ist das echte Wappen derer von Lehsten. Es ist der Stickerei ähnlich, mehr nicht. Gräfin von Mandelslohe hat ein Faible für Nadelmalerei und hat sich mal wieder hinreißen lassen, etwas zu sehen, was es nicht gibt. Hirschstangen und Kronen sind häufig. Sieh dich um in der Stadt. Über den Hauseingängen, die Wappen sind sich alle ganz ähnlich.«

»Ein Dutzend solcher Servietten hat Mathilde bestickt. In jeder steckt ein Teil des kurfürstlichen Wappens. Sie hat nie alles abgebildet, immer nur das Wesentliche herausgegriffen. Elf Wappen im Wappen und genauso viele Servietten. Und die zwölfte, der leere Warteschild, trägt das Stammwappen derer von Lehsten. Sie sind meine Mutter! Das haben Sie zugegeben.«

»Es ist nicht unser Wappen. Du redest wirres Zeug. Ein Unglück, dass du wieder in der Stadt bist. Und wie du aussiehst! Eine Schande, dich derart in Szene zu setzen. Hinaus! Niemals wiederhole ich, was ich bei deinem ersten Besuch unvorsichtigerweise gesagt habe.«

Mutter Lehsten wies sie aus der Tür, schüttelte sie ab wie einen nassen Lappen. Da stand sie. Gemaßregelt wie ein Kind. Es stimmte, wirr hatte sie gesprochen, wie sie sich fühlte. Was wollte sie in Stuttgart? Das gab ein Unglück. Die Vergangenheit ließ sich nicht mehr ändern. Und doch war sie hier, um einiges zu klären. Die Mutterschaft der Lehsten musste sie vorerst aufgeben. In ihr regte sich Widerspruch. Wie konnte sie leben mit einer Lüge im Bauch. Sie wollte Gerechtigkeit. Doch wie sollte sie beweisen, was Gräfin von Mandelslohe gesagt hatte? Ihr glaubte sie allemal mehr als Mutter Lehsten. Sie hätte nicht herkommen sollen. Die Residenz war ihr nicht länger zuträglich.

An der Poststation kaufte sie sich ein Billett nach Carlsruhe. Von dort konnte sie sicher direkt bis Montbéliard gelangen. Mömpelgard. Vier Gulden und ein paar Kreuzer. Es war immer der gleiche Preis, den sie bezahlen musste. Merkwürdig, wie die Oberen die Dinge berechneten.

»Nanette, da bist du ja! Verzeih. Die Kutsche war noch nie pünktlich.« Der Bergrat fasste sie am Arm und zog sie mit sich fort. »Du hättest diese Frau nicht erneut aufsuchen sollen«, raunte er ihr zu. »Hör auf mit den Fragen, wo es keine Antworten gibt. Warum kommst du nach Stuttgart? Wir hatten es anders ausgemacht. Wenn Frau von Lehsten die Wahrheit sagt, geht sie ihrer Pension verlustig.«

»Und ich? Was ist mit mir? Ich habe längst alles verloren, besessen habe ich nie etwas. Ich will doch nur ein Leben wie alle anderen. Es gibt einiges zu klären, bevor ich weiterreisen kann. Die Fragen haben erst angefangen. Und ich gebe mich nicht mehr so leicht zufrieden wie früher.«

»Still! Die Leute drehen sich nach uns um. Wenn auch dein Kleid ganz magnifique ist! Wir nehmen eine Kutsche. Keine Widerrede. Ich hab deinen Koffer soeben hier in der Poststation abgeholt.« Er winkte einen Wagen herbei und schob sie und den Reisekoffer hinein. »Bringen Sie uns bitte zum Forsthaus am Bärensee«, sagte er zu dem Kutscher und zog den Verschlag hinter sich zu.

»Warum nicht in die Charlottenstraße?«

»Deine Mutter ist nicht da. Sie ist nach Ulm gereist.«

»Wie es der Plan war.«

»Nur leider bist du nicht Richtung Frankreich unterwegs. Jetzt kann ich sehen, wie ich zwischen euch zurechtkomme, wenn sie zurück ist. Denn du wirst dich nicht abhalten lassen, sie aufzusuchen.«

Christiane nickte. »Warum überraschen wir sie nicht? Quartieren Sie mich in meinem alten Zimmer ein. Was sollte sie dagegen sagen? Sind Mandelslohes tatsächlich auf dem Weg gen Ulm? Die Gräfin kann sich kaum noch rühren, so dick ist sie mit dem Kind.«

»Deine Mutter pflegt gute Kontakte zu den Hofbeamten. Nach dem König hat wohl sie als Erste und lange vor dem Grafen erfahren, dass er zum Kreisforstrat ernannt wurde. Sie ist umgehend abgereist. Wie ich es vorausgesehen hatte. Bis zum Wochenende ist sie zurück, da sie dich im Ulm nicht finden wird. Sie wird zetern und schäumen. Du weißt, man muss sie erst eine Weile toben lassen, bis sie wieder zur Vernunft kommt. Deshalb bringe ich dich zu Forstmeister Grau.

Es wird dir gefallen dort oben. Und ich habe eine gute Nachricht. Pass auf. Nach der Rückkehr aus Freudenstadt habe ich mich erkundigt. Deine Mutter wollte dich in der Tat entmündigen lassen. Du solltest aber dazu befragt werden. Da hat sie den Antrag zurückgezogen. Dem wurde nicht stattgegeben. Dir gegenüber hat sie getan, als ob du weiterhin unter ihrer Kuratel stehst. Du kennst sie.«

»Unglaublich, was Sie da erzählen. Das heißt, ich kann reisen, wohin ich möchte? Meinen Aufenthalt frei bestimmen und leben, wie es mir gefällt?«

»Wenn du die Befragung bestanden hast. Das Gericht wollte nicht darauf verzichten. Zu ungeheuerlich ist der Vorwurf, den deine Mutter dir macht. Die Richter möchten sich selbst davon überzeugen, ob du erwiesenermaßen wahnsinnig und zusätzlich auch noch verschwendungssüchtig bist. Denn eine Vormundschaft nach der Volljährigkeit ist nur zulässig, wenn das Mündel geisteskrank oder der Verschwendung anheimgefallen ist. Zwei verschiedene Gründe. Einer würde reichen, um dem Antrag stattzugeben. Du musst also jeden von beiden glaubhaft entkräften. Deine Mutter war gründlich.«

»Davor ist mir nicht bang. Die Richter sollen mich fragen. Ich weiß zu antworten und zittere nicht. Meines Verstandes bin ich mir sicher, da verstehe ich zu argumentieren. Geld kann ich nur verschwenden, so ich welches besitze. Ich kann ermessen, wie mühsam es ist, sich als Kammerzofe durchs Leben zu bringen bei einem Jahreslohn von fünfzig Gulden. So viel, wie Sie mir bei Ihrem Besuch in Freudenstadt gegeben haben, wofür ich dankbar bin. Meine gute Nachricht: Der Nachlass von Onkel Ferdinand ist freigegeben worden. August hat es mir nach Freudenstadt geschrieben.«

»Ich habe bereits davon gehört und arrangiere ein Treffen, sobald er Zeit hat. Er hat inzwischen etwas gefunden und will es dir persönlich geben.« Die Kutsche hielt am Waldrand. »Es ist nicht weit. Ein Stück den Forstweg hinunter. Komm bitte am Donnerstag um zehn aufs Rathaus in die Vormundschaftsstube. Ich habe einen Termin für die Befragung ausgemacht.«

Was blieb ihr anderes übrig? Sie musste sich auf seine Hilfe verlassen, wollte sie nicht unverrichteter Dinge wieder abreisen und ihr Lebtag in der Schwebe hängen bleiben.

Das Steinhaus des Forstmeisters war schief und duckte sich unter einem bemoosten Dach. Die Fenster blinzelten durch die Spinnweben. Quietschend öffnete sich die Eingangstür. Heraus kam ein gichtiges Weiblein, das sich schwer auf seinen Stock stützte.

»Wie schön, dass Sie da sind. Der Bergrat hat Sie gestern über einen Boten angemeldet.« Sie reichte ihr zur Begrüßung die Hand. »Ich bin Thekla. Köchin und Haushälterin, Wäscherin und mehr. Wie es der Forstmeister verlangt. Hier oben guckt kein Nachbar, was man treibt, und das Alter ist egal. Nein, nein! Der Hausherr lässt Sie in Ruhe. Der Bergrat ist ein langjähriger Freund.«

»Danke, dass Sie mich aufnehmen. Ich bin Nanette Mayer und hoffe, der Name passt zur Ankündigung des Bergrats.«

Die Köchin winkte ab. »Was ist schon ein Name. Ich bin Thekla. Das reicht. Nanette also. Auch gut. Sag Du zu mir, das macht es leichter. Und zieh ein anderes Kleid an. Gelb-rot gestreift mag für eine Stadtgesellschaft passen. Hier geht der nächste Eber auf dich los.« Sie quälte sich, schwer auf einen Stock gestützt, die Treppe hinauf zu den Schlafkammern. Im Gang hingen Jagdtrophäen, die mit ihren Glasaugen Christiane verfolgten.

»Keine Angst. Dieser Eber hier war zahm. Wenn ich ihm im Winter Kastanien hingelegt habe, kam er sogleich. Schau, der helle Fleck an seinem Ohr. Daran habe ich ihn erkannt. Dann ist er dem Forstmeister vor die Flinte gelaufen.«

Christiane setzte die Schute ab und strich sich eine Haarsträhne hinters Ohr. Ob da auch ein Zeichen war, an dem man sie erkennen würde? Sie schüttelte sich.

»Es ist heiß in der Stadt unten. Da war das Kleid recht. Hier ist es kühler.«

Thekla lachte meckernd. »Ja, sommers wie winters. Im Januar ist es arg. Komm in die Küche, wenn du ausgepackt hast. Ich habe einen Imbiss vorbereitet. Forstmeister Grau isst sein Vesper auf dem Hochstand. Du wirst ihn heute nicht mehr zu Gesicht bekommen.«

Am nächsten Morgen wäre sie fast über die langen Beine des Forstmeisters gestolpert. Er hatte es sich vor dem Haus auf einer Bank bequem gemacht. Grau hatte ein rundes Gesicht, aus dem sie zwei Äuglein anblitzten.

»Fräulein Hehl! Ich heiße Sie herzlich willkommen. Hier oben kann man unbehelligt sein. Sie verstehen. Gehen Sie Thekla bitte in der Küche zur Hand. Ich glaube, ihre Nichte kommt heute nicht zum Helfen. Sonst wäre sie schon da.«

»Haben Sie Dank, dass Sie mir Unterschlupf gewähren. Ich weiß es zu schätzen. Und gerne gehe ich Thekla ein wenig zur Hand. Aber ich bin nicht das Fräulein Hehl, sondern heiße Nanette Mayer und wäre Ihnen dankbar …«

Der Forstrat winkte ab. »Der Bergrat hat so etwas angedeutet. Ist mir gleich.« Er lehnte sich zurück und hielt die knollige Nase in die Sonne.

Mit Thekla buk sie den ganzen Morgen mundgerechte salzige Teigtaschen, die sie in einem eisernen Topfgeschirr bevorrateten.

»Sie lassen sich ohne Umschweife mit Resten füllen. Mit gebratenen Fleischstückchen, Wurst oder Fisch, zur Not auch mit Gemüse«, sagte Thekla. »Wenn der Forstmeister mit seinen Jagdgesellen ins Haus einfällt, musst du nur in den kühlen Vorratsraum da hinten unter den schwarzen Tannen springen und von den Teigtaschen holen. Du kannst sie in der Glut des Kamins gar ziehen lassen. Die Gäste können sich selbst bedienen. Genauso machst du es mit vorgegarten Maultaschen. Ich zeig es dir. Sie halten sich, gut verschlossen in Steingutbehältern, bis zu einer Woche. Du hast dann frei, wenn die Herren ihr Pfeifchen rauchen. Ich für meinen Teil leg mich jetzt ein wenig zur Ruhe und überlasse dir hier alles.«

Da stand sie nun und hatte unverrichteter Dinge einen Haushalt zu versorgen. Erneut hatte sich das Leben wie eine Haut über ihre Gefühle gelegt. Sie hatte kaum geschlafen, die Worte des Bergrats kreisten unentwegt in ihrem Kopf. Sie war nicht unmündig, konnte sich frei in der Welt bewegen, wie es ihr beliebte. Niemand hatte mehr ein Recht, sie einzusperren wie in Wildberg. Für die Fragen der Richter fand sie passende Antworten, da war sie sicher. Sie besaß das Bürgerrecht der Stadt Stuttgart. Wenn sie allerdings zu heiraten begehrte, wäre sie wohl auf die Erlaubnis der Bergrätin angewiesen. Aber vielleicht hatte der Bergrat da auch noch ein Wörtchen mitzureden. Im Augenblick dachte sie nicht daran, sich zu vermählen. Sie wollte nur die Wahrheit herausfinden. Bei Mutter Lehsten war sie gescheitert, die Serviette mit dem Wappen bewies in der Tat nichts. Diese hatte recht gehabt, selbst am Forsthaus hing ein Hirschgeweih mit einer Krone. Als sie mit dem Bergrat aus der Stadt hinausgefahren war, hatte sie es ebenfalls überall gesehen. Die Dinge waren nicht, wie sie es sich zurechtgelegt hatte und Gräfin von Mandelslohe es in ihrer Begeisterung über die Stickerei dachte. Wie aber ging es jetzt weiter mit ihr? Was hatte August gefunden im Nachlass von Onkel Ferdinand?

Sie war froh, dass die Gedanken dem Staubwedel folgten und mit den Flocken hin und her flogen. Auf diese Weise konnte sie die Dinge von allen Seiten betrachten. Sie musste August treffen und sie war fest entschlossen, sich die achthundert Gulden von Frau Bergrat zurückzuholen. Es zählte nicht, dass diese sie als Kostgeld verwendet hatte. Bis auf den letzten Kreuzer gehörten sie ihr. Sie putzte die Fenster und verschaffte sich so eine klare Sicht der Dinge. Sie wollte alles vom Leben, nicht mehr nur die Brosamen.

Hufgetrappel. Männer lachten. Christiane brachte den Gästen die Teigtaschen, aber diese winkten ab. Sie hatten ein Feuer entfacht, über dem bald ein Spanferkel brutzeln würde. Also zog sie sich zur Bank am Haus zurück, garte die Teigtaschen und aß davon. Derweil lauschte sie dem Stimmengewirr der Männer. Sie debattierten über die letzten Landtagswahlen, bei denen die Liberalen zur stärksten Kraft geworden waren, und kritisierten die Forderungen des Hambacher Festes.

»Die Souveränität des Volkes«, sagte der Forstmeister, »macht sich immer an seinem Herrscher fest. König Wilhelm sorgt für die Armen. Er lässt an Bedürftige kostenlos Arzneien abgeben und hat eine Baugewerkeschule gegründet. Die Handwerker sollen sich im Winter fortbilden.«

»Das ist nicht ganz uneigennützig. Was haltet ihr von Etzels Generalbauplan für Stuttgart?«, fragte einer.

»Nachdem er es geschafft hat, die neue Steige dem König für dreißigtausend Gulden weniger schmackhaft zu machen, als Duttenhofer seinerzeit veranschlagt hatte, überlegt man, wo Etzel wohl gespart hat. Am Geländer auf jeden Fall, das hat sich erwiesen. Wir zahlen das, mit Geld und Leben, nicht der König. Wie aber steht es mit dem Untergrund? Wann rutscht der uns bei einem Gewitter unter den Füßen weg?« Die Stimme eines anderen, die in der Luft hängen blieb.

»Du weißt«, sagte der Forstmeister, »wer zu viel fragt, verliert leicht seinen Kopf. Sei zufrieden, das Rosenstein-Rind macht uns satt. Ein Spanferkel ist mir allerdings lieber. Die neuen Viecher, gezüchtet in der holländischen Meierei im Rosensteinpark, sollen die Versorgung der Bevölkerung sichern. Das sagt August von Weckherlin. Schade, dass er heute keine Zeit hatte, er könnte uns einiges darüber erzählen.«

August! Sie presste beide Hände aufs Herz, damit es ihr nicht davongaloppierte. Was wollte er ihr geben? Mehr als ein Papier mit Worten? Warum hoffte sie auf einmal wieder, dachte gar an Heirat? Das wohlige Entsetzen, was sie seit der unseligen Geschichte unter dem Pflaumenbaum mit sich herumtrug, machte sich zwischen ihren Beinen breit. Abrupt stand sie auf und schalt sich. Sie holte sich noch eine Teigtasche. August fungierte als Bote, nicht mehr. Onkel Ferdinand hatte ihr außer seinem Brief und der Serviette noch etwas anderes hinterlassen. Das wollte August ihr geben.

Beschwingt schritt sie am nächsten Morgen aus. Es war Donnerstag. Mittags würde sie zu guter Letzt frei sein! Am liebsten hätte sie getanzt. Es war wohl noch nicht sechs Uhr. Nebel hing über dem See. Thekla hatte gesagt: »Nimm den Pfad bei den Heslacher Wasserfällen, so bist du rasch unten in der Stadt.«

Der Wald flirrte im frühen Morgenlicht. Amseln flöteten und hin und wieder huschte ein Eichkätzchen einen Baum hoch. Bedächtig stieg sie die Steinstufen ins Tal hinab. Der Nesenbach sprang über die Felsen. Von Zeit zu Zeit blieb sie stehen und schaute seinem Treiben zu. Von Heslach schlug es siebenmal. Sie schlenkerte mit dem Korb und schob das lederne Felleisen auf dem Rücken zurecht. Leider war ihre Ridicule unversehens auseinandergebrochen. Thekla hatte ihr den Rucksack des Forstmeisters ausgeliehen, der nicht unpraktisch war. Daran könnte sie sich gewöhnen, wenn er auch nicht damenhaft aussah.

Bevor sie ins Rathaus ging und anschließend auf den Markt, blieb Zeit für einen Abstecher in die königlichen Anlagen. Dort hatte sie früher immer Klarheit gefunden. In Heslach folgte sie dem verdohlten Nesenbachkanal, der gottserbärmlich stank, und später der Hauptstätter Straße. Fuhrwerke und Pferde drängten sich aneinander vorbei und stauten sich. Es war eng, obwohl die Fahrbahn breit wie ein Platz war. Ein Händler warf ihr etwas zu. Gaishirtle! Sie winkte ihm, steckte die Birne in den Mund und biss zu, dass es krachte. So klein und so süß. Ihr begegnete niemand, den sie kannte. War sie enttäuscht? Was hatte sie erwartet?

Am Brunnen vor dem Kriegsministerium ließ sie sich kühles Wasser über die Handgelenke laufen und sah verstohlen die Charlottenstraße in Richtung Bopser, wo das gelbe Haus der Hehls lag, sich aber nichts regte. Aus der Esslinger Vorstadt, zwischen Holzstraße und Esslinger Straße, drang der Geruch von altem Kraut, dabei war es Ende Juli. Die Stadt war staubtrocken und heiß schon am frühen Morgen. Sie passierte den Botanischen Garten, folgte der langen Promenade mit den Kastanien und kam an der Blutbuche vorbei, die in die Höhe geschossen war. Wie oft war sie hier Onkel Ludwig auf seinem Mecklenburger begegnet. Sie stellte Korb und Felleisen dicht neben sich und schaute in die Krone hinauf, die majestätisch in den blauen Himmel ragte. Auch im Englischen Garten in München hatte sie solche Bäume mitten in der Stadt entdeckt. Von der Stiftskirche schlug es dreiviertel acht. Sie streichelte den Stamm und plötzlich, als sei etwas in sie gefahren, rannte sie über die sumpfige Wiese. Korb und Felleisen standen unter der Blutbuche. Wie gut, dass sie die kleinen Stiefelchen trug. Erst kurz vor dem Kahlenstein brach sie den ungestümen Lauf ab. Der Park war Privatbesitz des Königs und für das Volk nicht zugänglich. Es galt nur die Freiheit der Herrschenden. Sie lachte wie irre, löste ihren hochgesteckten französischen Zopf und ließ ihn herunterhängen. Sie eilte zur Blutbuche zurück. Gott sei Dank waren Korb und Felleisen noch da. Sie war leichtsinnig gewesen und schob sich zwei Teigtaschen von gestern in den Mund, die Thekla ihr als Wegzehrung aufgedrängt hatte.

Für den Rückweg wählte sie die Platanenallee. Sie steckte den Zopf wieder auf. »Das Orangerie-Gebäude ist nach dem letzten Hochwasser neu aufgebaut«, hatte Thekla erzählt,

»doch wenn es weitergeht mit dem Wetter wie im Herbst und im Frühjahr, ist eine neue Überschwemmung nicht fern.«

Zum Schluss umrundete sie den See mit dem Vogelhaus und seufzte. Wie oft hatte sie Onkel Ludwig hier nachmittags getroffen. Manches Mal hatten sie zusammen auf der Ruhebank gesessen. Mindestens eine Stunde jeden Tag spazieren zu gehen, hatte er ihr aufgetragen. Sie hatte sich immer brav daran gehalten.

Wer winkte denn da vorn bei den Nymphen am Parkeingang zu ihr herüber? »Amalie«, jauchzte sie.

Die Köchin eilte mit wehenden Röcken zu ihr. Sie sprang ihr entgegen und umarmte sie. Wie lange war das her!

»Wie schön, dich wiederzusehen«, rief Christiane und hatte alle Zweifel vergessen. In ihren Armen hatte es immer Trost gegeben und nichts hatte sich daran geändert.

»Nanette!« Schwer atmend ließ Amalie sich auf die Bank fallen. Grau war sie geworden. Nicht mehr rothaarig, aber noch dürr und knochig. Sie zog Christiane neben sich und griff nach ihrer Hand, hielt sie fest.

»Schneidermeister Welsch hat mir gesagt, dass du über den Charlottenplatz gegangen bist. Dein Kleid ist nicht zu übersehen.«

»Das fällt ihm natürlich auf. Er scheint immer noch der beste Spitzel der Stadt zu sein. Was hast du mit ihm zu schaffen?«

»Keine Sorge. Er ist mir gewogen, seit ich Botengänge für Frau Bergrat erledige und öfter bei ihm vorbeischaue. Ein zuvorkommender Mensch, was ich nicht für möglich gehalten hätte. Ganz verwandelt. Du wirst dich wundern. Er hat mir das Kleid hier genäht.« Sie sprang auf und drehte sich im Kreis. Rosafarben war der Rock, das Oberteil in blassem Blau.

Amalies Augen aber leuchteten nicht wie früher. Was war passiert?

»Frau Bergrat ist genauso nett zu mir. Sie vermisst dich, sagt sie fast jeden Tag. Wir sitzen oft zusammen beim Kaffee und sie gibt mir wie damals von der Chocoladentorte, die sie einmal in der Woche backt. In Angedenken an ihren Bruder. Er fehlt ihr ebenfalls sehr.«

»Du hast seinerzeit von der Torte gegessen?«

»Sie war ihr köstlich geraten. Besser als mir.«

Christiane zog Amalie wieder zu sich auf die Bank und nahm ihre Hände. »Wenn du davon gekostet hast und am Leben bist ... Du kannst es nicht wissen. Onkel Ludwig war elendig zumute, als er zu mir in die Kutsche gestiegen ist. Eine Magenverstimmung hat er zuerst gesagt. Er hat sich ungeachtet dessen nicht abhalten lassen, mich zu begleiten. Kurz vor Ulm hat er mir dann gestanden, dass seine Schwester all die Jahre für ihn zum Geburtstag eine besondere Chocoladentorte gebacken hat. Ich habe mich von ihr füttern lassen wie die Ratten, hat er gesagt und hinzugefügt, dass er immer nur ein kleines Stück genommen hat. Dieses Mal aber hatte er sich verführen lassen, weil auch sie davon gegessen hat.«

»Du meinst, Frau Bergrat hat ihn vergiftet?« Amalie schlug die Hand vor den Mund. »Es hieß, er habe sich zu Tode gearbeitet für den König.«

»Ich hatte immer den Verdacht, dass es bei Onkel Ludwigs Tod nicht mit rechten Dingen zugegangen ist. Du bist der Beweis. Denn wenn du von der Chocoladentorte gegessen hast und lebst, wie auch Frau Bergrat, muss es zwei Torten gegeben haben. Deshalb hat Onkel Ludwig in seinem Testament verfügt, dass sein Leichnam nicht obduziert wird. Man hätte das Gift gefunden. Es lässt sich leider nichts mehr beweisen. Er ist längst begraben. Doch ich möchte zu gerne hören, wie Frau Bergrat sich da herauswindet. Wenn ich das gewusst hätte! Nein, du bist nicht schuld. Nicht weinen. Lass gut sein. Wir haben immer zueinandergehalten. Verzeih du mir, dass ich dir gegenüber misstrauisch war. Komm, wir gehen auf den Markt wie früher. Das wird uns beiden helfen. Ich muss aber vorher noch ins Rathaus. Es dauert hoffentlich nicht lange. Lass uns eilen. Horch, es schlägt schon halb zehn.«

Sie strich den Rock glatt, als sie die Treppe zur seitlichen Rathaustür hinaufstieg. Bedächtig setzte sie einen Fuß vor den anderen, blieb kurz stehen und drehte sich zum Marktbrunnen um. Vom Stiftsturm schlug es zehn. Auf dem Marktplatz stapelten die Händler ihre Korbwaren neu oder luden Fässer ab von den Ladepritschen ihrer Fuhrwerke. Amalie winkte ihr. Mit der Linken schob Christiane eine Haarsträhne hinters Ohr. Niemand sollte an diesem Tag einen Tadel an ihr finden. Sie hob den Rocksaum an und folgte den Stufen. Der Bergrat kam ihr entgegen und geleitete sie zur Vormundschaftsstube. Die beiden Amtsrichter, die ein unbewegtes Gesicht aufsetzten, erhoben sich, als sie hinter dem Bergrat eintrat. Sie zitterte, konnte es nicht verhindern. Name und Geburtsdatum. Ein Amtsschreiber nahm es zu Protokoll. Sie zeigte die Bürgerrechtsurkunde von Stuttgart vor. Die zwei nickten, und über das Gesicht des einen schlich sich ein Lächeln.

»Da sind Sie gut versorgt«, sagte er. »Können Sie nachweisen, dass Sie im Vollbesitz Ihrer geistigen Kräfte sind? Haben Sie Zeugnisse?«

Sie nickte und zog ihr Dienstbüchlein hervor. Wie gut, dass es im ledernen Mäppchen war. Von all den Herrschaften, für die sie als freie Kleidermacherin tätig gewesen war, hatte sie sich Zeugnisse ausstellen lassen, auch von Frau Geheimrat von Wiebeking. Nur nicht von Carla Löhle.

Der Amtsrichter blätterte. »Nehmen Sie zu Protokoll«, sagte er an den Schreiber gewandt, »es wird Nanette Mayer bescheinigt, dass sie Fleiß und Geschicklichkeit sowie Diensteifer an den Tag gelegt hat. Sie hat ausgezeichnetes moralisches Betragen bewiesen, lese ich. Treu und fleißig schreibt Gräfin von Mandelslohe. Das dürfte reichen, um den Vorwurf der Geisteskrankheit zu entkräften.«

Der andere Amtsrichter stand auf und wies zum Fenster. »Was würden Sie heute auf dem Markt kaufen, wenn Sie dreißig Kreuzer hätten? Gelbe Rüben, Spargel oder Bohnen?«

»Asparagus kann ich am heutigen Tag nicht erstehen, weil es diesen nur bis Ende Juni gibt. Ich würde ihn mir jedoch leisten, wäre es die Jahreszeit dafür.«

Der Bergrat machte ihr Zeichen.

Unbeirrt fuhr sie fort. »Zwei Stangen vom Spargel nähme ich, das Stück zu fünfzehn Kreuzer. Das war der Preis in Metzingen im letzten Jahr. Gar zu gerne möchte ich einmal vom Spargel kosten. Nur einmal. Ich müsste halt für den Rest der Woche den Gürtel enger schnallen. Gelbe Rüben kann ich alle Tage kaufen und Bohnen gibt es auch reichlich.«

»Fräulein Mayer, Sie sind schlagfertig. Bergrat Hehl hat uns von den achthundert Gulden erzählt, die unser Finanzminister, Gott hab ihn selig, Ihnen leihen wollte. Haben Sie einen Beweis dafür, dass es Ihr Geld ist?«

»Vor zwei Jahren hatte August von Weckherlin beabsichtigt, mir das Geld im Auftrag seines Großonkels, Ferdinand von Weckherlin, hier in Stuttgart zukommen lassen. Durch einen unglücklichen Zufall ist es in die Hände von Frau Bergrat Hehl gefallen, die es nicht wieder hergeben wollte. Sie hat es aber für meinen Unterhalt in Altensteig und Wildberg verwendet. Insofern ist es mir zugutegekommen. Ich habe in Freudenstadt über August von Weckherlin einen Brief erhalten, den mir sein Großonkel, der mir sehr zugetan war, hinterlassen hat.« Sie reichte ihm das Schreiben Onkel Ferdinands. Der Amtsrichter las und schnalzte mit der Zunge. »Die Kurfürstin. Ja dann … Wir werden August von Weckherlin dazu befragen und Ihnen unsere Entscheidung baldmöglichst mitteilen, Herr Bergrat.«

Der Bergrat begleitete sie hinaus. Ihm stand der Schweiß auf der Stirn. »Du hast dich tapfer geschlagen. Zeig mir mal bitte diesen Brief.« Er lehnte sich an eine Säule und las. Langsam ließ er das Papier sinken. »Diese Worte beweisen wahrhaftig, dass es dein Geld ist. Das wird deine Mutter nicht entzücken. Ich lasse dich wissen, wenn sie in der Stadt ist. Es gibt einiges zu klären, fürchte ich.«

Christiane ging zum Marktbrunnen, wo Amalie auf sie wartete. Die gute Seele! Sie kauften Erdbeeren, die sie in ihre Marktkörbe legten, und erstanden beim Kräuterweiblein frische Minze. Die Heydele bot die schönsten Herzkirschen feil, doch plötzlich zupfte der Bergrat sie am Ärmel und raunte ihr zu: »August wartet am Jagdpavillon oberhalb vom Bärensee. Eil dich!« Er zeigte zur Marktstraße. War das nicht der Kutscher mit dem runden Hut? Sie drückte kurz Amalies Hand und eilte zum Wagen. Aus den Augenwinkeln sah sie, wie der Bergrat einen Mann abwimmelte. Dieser war nicht mehr jung, aber schön und glatt wie Baron von Aretin. Das braune Haar fiel ihm wellig in die Stirn. Wie er den Kopf vorstreckte. Kannte sie das nicht? In der linken Hand hielt er einen Stock, mit dem er jetzt auf den Boden schlug. Schneidermeister Welsch! Ohne seine graue Zopfperücke. Sie hätte ihn beinahe nicht erkannt. Das also hatte Amalie gemeint.

»Fahren Sie in Richtung Leonhardskirche«, sagte sie zum Kutscher, »ich verrat Ihnen gleich, wohin es weiter geht. Hier sind zu viele Ohren.«

Vom Bruderhaus ging sie wie Rotkäppchen durch den tiefen Wald mit ihrem Korb.

Dicht am See saß August auf einem umgestürzten Baumstamm. Wie ein Bub ließ er Steinchen übers Wasser springen und war ganz vertieft. Für einen Moment gestattet sie sich, seine breiten Schultern mit den Augen zu streicheln, ihm in Gedanken die dunkelblonden Haare zu zausen. Lautlos trat sie näher. Er roch wieder nach Vanille, wandte sich aber nicht um zu ihr. Sie griff in den Korb und holte eine Erdbeere heraus. Eine dicke, prallrote Frucht, die vor Saft strotzte.

Sanft berührte sie seine Schulter und legte den linken Arm um ihn. Er musste sie gehört haben, spielte mit ihr. Sicher fanden ihre Finger mit der Erdbeere seinen Mund, der sich wortlos öffnete. Seine Lippen griffen zu und küssten gleich darauf ihre Fingerspitzen. Ein Kribbeln fuhr ihr über den Arm. Er hielt ihre Hand fest und drehte sich langsam um.

»Nanele, was machst du denn wieder?«

»Ich bringe Erdbeeren vom Markt.«

»Süß sind sie, wie du immer noch bist.« Er fasste sie an den Schultern und hielt sie fest. »Du leuchtest wie die Sonne. Nicht nur dein Kleid.«

Warum umarmte er sie nicht?

»Lass uns tanzen«, sagte sie und stellte den Korb ab. Das Felleisen lehnte sie daneben. Sie verneigte sich. »Es ist Damenwahl.«

Er schüttelte den Kopf und zog eine Augenbraue nach oben.

»August, nimm mich in die Arme! Zum Tanzen! Du willst nicht? Dann sag mir, was hast du mitgebracht?«

»Nanele, nicht so laut. Onkel Ferdinand hat dich immer ermahnt, daran erinnere ich mich. Vor vier Wochen haben sie seinen Nachlass freigegeben, wie ich dir nach Freudenstadt geschrieben habe. Die Serviette mit dem unbekannten Wappen, die ich dir geschickt habe, habe ich sogleich gefunden. Zwischen den gebrauchten Schnupftüchern, die sie unsinnigerweise mitgenommen hatten, ist sie niemandem aufgefallen.«

»Das Wappen ist mir dank Gräfin von Mandelslohe inzwischen wohlbekannt. Es ist das Stammwappen derer von Lehsten. Doch meine Mutter, die ich jetzt zum zweiten Mal in Stuttgart aufgesucht habe, leugnet es und verleugnet damit meine Herkunft. Was soll ich machen?«

»Lass es auf sich beruhen. Du kannst die Dinge, die geschehen sind, nicht ändern, wenn es dir auch helfen mag, sie verstehen zu wollen. Stürz dich und andere nicht ins Unglück. Ich habe inzwischen alle Unterlagen aus dem Nachlass mehrfach durchgesehen. Berge von Notizen zu geologischen Verhältnissen, angefangene Oberamtsbeschreibungen, Hunderte von Briefen und ein Testament, in dem er mich zum Nachlassverwalter ernennt. Zu spät. Leider habe ich nirgendwo ein Wort zu dir gefunden. Als ob er dich nicht gekannt hätte. Vielleicht wurde auch einiges konfisziert. Ich habe kein Gesamtverzeichnis. An die Möbel erinnere ich mich, die sind alle zurückgekommen. Ich habe auch die Altartücher in Erinnerung, einen Überblick aber besitze ich nicht. Erst in einem Buch über Landschaftsgärten, das der Kurfürstin gehört hat, wie ein Vermerk zeigt, habe ich vor ein paar Tagen ein Dokument entdeckt. Das haben die Beamten übersehen. Das Papier steckte zwischen einer Planskizze für einen Seegarten in Ludwigsburg. Setz dich hier auf den Baumstamm, obwohl ich dich natürlich allzu gern auffangen möchte, wenn du umfällst.« Er grinste anzüglich, wurde dann aber wieder ernst. »Nimm dieses Dokument für immer an dich und gib gut darauf Acht. Es ist ein Vermächtnis. Du bist ein glücklicher Mensch.«

Sie begann zu lesen und war weit weg von den Worten, die da in einer vorbildlich klaren Schrift auf dem Papier standen. Zur Volljährigkeit vermachte ihr die Kurfürstin die Servietten, wie sie schrieb, das konnte Christiane jetzt also belegen. Doch was hatte sie da noch niedergelegt?

Nanette muss beweisen, dass sie das rechte Kind ist, und die erste Serviette vorlegen, die ich ihr seinerzeit persönlich geschenkt habe und auf der etwas fehlt.

Christiane nickte. Sie selbst hatte es nicht gesehen, doch Gräfin von Mandelslohe hatte sie zum Glück auf die Spur gebracht.

Wenn Nanette sagen kann, um was es sich handelt, darf sie standesgemäß zur Hochzeitstafel laden. Eine kleinere Gesellschaft. Ein Dutzend Gäste. Denn hiermit erteile ich gnädigst meine kurfürstliche Erlaubnis zu einer Heirat, wen immer Nanette zu ehelichen begehrt. Zehn Jahre nach Volljährigkeit sollte sie einen Gatten gefunden haben. Und aus meiner

Privatschatulle setze ich die hübsche Summe von achthundert Gulden aus, auf dass es ihr und ihrer Familie ein Lebtag wohlergehe. Sie wird das Geld über meinen geschätzten Vertrauten, den Finanzminister Ferdinand von Weckherlin, erhalten.

CAM v. W. im Jahre des Herrn 1823 anlässlich der Taufe des Kronprinzen.

Als Zeuge hatte Onkel Ludwig gegengezeichnet. Seine Unterschrift kannte sie. Tränen stürzten aus ihren Augen. Was sollte sie jetzt tun? Und wie steckte Onkel Ludwig in dieser Geschichte drin? War er doch ihr Vater? August hielt sie an den Schultern fest. Sie machte sich los und drehte sich langsam um.

»Du hast gelesen, was geschrieben steht?«

August nickte. »Ich soll dich examinieren und deine richtige Antwort bezeugen, damit das Vermächtnis gültig ist. Was also fehlt auf der Serviette mit den Fischlein, die du heute als Busentuch trägst?«

Er wollte zugreifen, aber sie schlug seine Hand weg. Nein, so ging es nicht. Sie begehrte ihn für immer. Nicht nur heimlich am See, ein Schäferstündchen, wo kein Schäfer war.

»Es fehlt der Kurfürstenhut bei den Barben aus Mömpelgard. Das war einfach. Ich sollte alles auf sich beruhen lassen, du hast recht. Ich kann nicht. Du hast von der Heiratserlaubnis gelesen. Und so frage ich dich: Willst du mich heiraten?«

»Aber Nanele, ich kann dich nicht heiraten! Ich habe eine Frau und vier Töchter.«

Sie starrte ihn an. Er hatte sich nicht verändert und doch war alles anders. »Warum weiß ich davon nichts?«, presste sie zwischen den Zähnen hervor. Am liebsten hätte sie das Papier in ihrer Hand zerknüllt. In ihren Ohren blieb der Ruf eines Bussards hängen. Wie der Schrei einer Katze.

August wandte sich ab und warf Steinchen, die nicht sprangen, sondern im Wasser versanken. »Es tut mir leid, wenn ich dir Hoffnungen gemacht habe. Um meine Cousine habe ich mich gekümmert, sonst nichts. Mich hat das schlechte

Gewissen getrieben. Ich hatte etwas gutzumachen. Du verstehst. Wenn ich damals, als du acht warst, unter dem Pflaumenbaum in Kirchberg, nicht deinen Rock gehoben hätte … Onkel Ferdinand habe ich versprechen müssen, auf dich achtzugeben, was in der Tat verzwickt ist. Ich habe dich begehrt nach dem Redoutenball, auch wenn es nicht statthaft war. Du warst zu jung.«

»Warum hast du dann nie nach mir gefragt? Du glaubst gar nicht, wie ich darunter gelitten habe.«

»Onkel Ferdinand ist mein Gemütszustand nicht verborgen geblieben, doch Frau Bergrat hätte niemals zugestimmt. So hat der Onkel die Heirat mit einer Tochter des Ludwigsburger Amtsschreibers Heuglin arrangiert. Der Redoutenball war Anfang März. Im Juni habe ich mich vermählt. Mehr als zehn Jahre sind es jetzt. Ledig zu bleiben, wäre nicht gut gewesen für meine Karriere.«

»Ach, der Herr war besorgt um seinen Werdegang! Und ich?« Sie bückte sich und hob ein paar größere Steine auf, die sie ins Wasser schleuderte, dass es spritzte.

»Ich habe nie ein Geheimnis daraus gemacht. Es war eine rauschende Hochzeit. Alle wussten es. Hat dir nie jemand etwas erzählt? Was ist mit Louisle?«

»Nicht einer hat etwas gesagt. Dein Name ist nie gefallen. Nur Amalie hat mich einmal darauf angesprochen, dass ich wohl in dich verliebt gewesen sei. Aber ich habe nichts zugegeben. Und von deiner Heirat war nicht die Rede. Nach dem Redoutenball lag ich auf Leben und Tod. Mein Leib hat sich erholt, aber meine Gefühle waren verwirrt. Ich kannte das nicht. Anfangs habe ich das Haus nicht mehr verlassen. Von der Schule war ich befreit. Ich habe alles weggeschoben. Wollte niemanden sehen. Auch Louisle nicht. Nach über zehn Monaten hatte ich einen Rückfall und lag erneut danieder. Habe nichts bei mir behalten. Die ganze Zeit habe ich geträumt, du heiratest mich. Genascht hatte ich von dir und konnte nie davon ablassen. Hat dir keiner erzählt, wie schlecht es mir geht? Auch nicht Onkel Ferdinand?«

August schüttelte den Kopf. »Ich wusste nichts, genau wie du. Wenn ich geahnt hätte, welche Gefühle dich umtreiben … Aber jetzt ist es zu spät. Ich gebe zu, deinen Reizen konnte ich in den vergangenen Jahren nicht immer widerstehen. Ich würde dich nehmen, allein es geht nicht mehr.«

»Ich wollte dich nicht kompromittieren. Immer dachte ich, du bist ledig und hegst die gleichen Gefühle wie ich. In Brandenburg bin ich schier verrückt geworden, als du plötzlich weg warst. Und dann kam dein Brief, den ich erst in Ulm gekriegt habe, weil der Baron ihn mir vorenthalten hatte. Ich war enttäuscht über die mageren Worte von dir und habe immer wieder gehofft, dass der Adler zurückkommt, wie Baldur es ausgerichtet hat.«

»Jetzt ist er da. Der Adler. Komm!«

Er breitete seine Arme aus und sie flog hinein. Einmal nur, ein einziges Mal. Er strich ihr eine Haarsträhne hinters Ohr und nahm ihr Gesicht in seine Hände. Sein langer Kuss wühlte ihr Herz auf. Er küsste sie, wollte nicht mehr aufhören. Er wusste alles von ihr, und sie ließ es zu, dass er sein Knie zwischen ihre Beine drückte und den Rock nach oben zog. Da war es wieder, das wohlige Entsetzen, das sie immer umgetrieben hatte. Alles wollte sie ihm gestatten. Jetzt gleich. Niemand war hier außer ihnen beiden. Sie zuckte zusammen. Niemand? Forstmeister Grau band seinen Gaul an eine Fichte und stapfte mit seinem Gewehr ins Unterholz. Er hatte sie nicht gesehen.

»Halt ein«, flüsterte sie. »Ich bin ein anständiges Mädchen und du ein verheirateter Mann, wenn es mir auch gefällt, was du da machst. Nein«, hauchte sie. »Hör auf, bitte.« Fast wäre sie doch schwach geworden. Das Pferd schnaubte. »Schnell, verrat mir noch eines, warum hast du in Freudenstadt nicht nach Vanille gerochen?«

»Der Kautabak war ausgegangen. Ich lasse ihn mir extra

aus England kommen. Mit echter Vanille. Gib mir noch eine Erdbeere. Dann muss es vorbei sein. Ich habe nur mit meiner Cousine gesprochen. Das sage ich dem Forstmeister.«

Sie schob ihm die Erdbeere in den Mund und küsste ihn flüchtig ein letztes Mal.

Auf dem Tisch standen die weißen Tassen mit dem Goldrand, aus denen früher der Kaffee so gut geschmeckt hatte. An einem Montagmorgen. Sie war erwartet worden. Die Vorhänge bauschten sich. Da öffnete sich mit einem Ruck die Tür. Christiane schaute auf.

»Welch Überraschung! Da sitzt das Kind, als ob es nie weg gewesen wäre und zur Familie gehöre.«

»Ich habe die Hintertür genommen. Wie früher. Sie haben recht. Nur zur Familie gehöre ich nicht mehr.«

Langsam erhob sie sich. War Frau Bergrat kleiner geworden oder war sie selbst gewachsen?

Für einen Moment standen sie sich kampfbereit gegenüber. Wer anfing, hatte verloren. Frau Bergrat sagte nichts. Die Hände in die Hüften gestemmt, baute sie sich vor ihr auf und ruckte mit dem Kopf. Hager war sie und hatte Falten am Hals. Hatte sie sich die Haare gefärbt? War auch sie weiß geworden wie der Bergrat?

Christiane griff in das Felleisen. Der Forstmeister hatte ihr den Rucksack geschenkt. In ihrem Gedächtnisbüchlein hatte sie gestern alles vermerkt, was vor ihrer Abreise aus Stuttgart zu klären war. Thekla hatte es ihr geraten, bei der sie sich ausgeweint hatte. An August mochte sie für den Augenblick nicht denken. Sie trat einen Schritt zur Seite. Frau Bergrat war ihr zu nahe gekommen. Mit dem Fuß stieß sie an den Reisekoffer. Er knallte auf den Boden. Der Koffer wollte gehen, sie sollte auf ihn hören.

Amalie kam mit der Kaffeekanne und nickte ihr zu. Das war ehrlich. Die Köchin konnte nichts dafür, was passiert war.

Diese schenkte ein und zitterte ein wenig. Da öffnete sich die Tür und Christiane atmete erleichtert auf. Der Bergrat. Er ließ sie nicht im Stich. Dieses Mal nicht. Amalie stand in der Ecke und sah von einem zum anderen.

»Wie ich sehe, habt ihr euch bereits begrüßt«, sagte der Bergrat. »Setzen wir uns. Es ist eine Freude, dich hier zu haben, Nanette. Doch lassen wir den Kaffee nicht kalt werden.« Er nahm sich Zucker und biss von einem Sandplätzchen ab.

»Liebste Mutter«, begann Christiane und hasste sich im gleichen Augenblick für ihre Worte.

»Du brauchst dich gar nicht einzuschmeicheln. Das ist unerträglich. Was willst du hier in der Charlottenstraße? Ich wähnte dich in Ulm.«

»Mich anzubiedern war nie meine Sache. Sage ich es also direkt. Meine erste Frage lautet: Warum haben Sie mir weisgemacht, dass Sie vor Gericht meine Entmündigung durchgesetzt haben?«

»Du kannst nicht für dich sorgen. Niemals wirst du das lernen. Das hat man in München ja gesehen. Die Amtsrichter waren auf meiner Seite.«

»Elisabeth! Ich habe mich erkundigt. Die Richter hatten eine Befragung Nanettes angeordnet. Da wolltest du den Antrag auf Entmündigung wegen Irrsinn und Verschwendungssucht zurückziehen. Dem ist nicht stattgegeben worden. So war es doch? Sei bitte ehrlich, vor allem mit dir selbst.«

Frau Bergrat sprang auf und stellte sich mit verschränkten Armen ans Fenster. Die graue Gardine bauschte sich. »Wer hier nicht aufrichtig ist, das werden wir sehen. Ich wollte das Beste für das Kind. Es braucht einen Halt.«

»Dann geben Sie mir die achthundert Gulden von Onkel Ferdinand. Sie gehören mir. Ich kann es beweisen.« Christiane schob die Kaffeetasse zurück und ließ Frau Bergrat nicht aus den Augen. Mit einem Fuß tastete sie nach ihrem Reisekoffer. Den Riemen des Felleisens, das neben ihr stand, hielt sie fest.

»Werd nur nicht frech!«, schnaubte Frau Bergrat. »Die achthundert Gulden hat mir Ferdinand von Weckherlin abgeschwatzt. Es war immer mein Geld.« Sie plusterte sich auf wie ein Suppenhuhn, das nicht in den Kochtopf wollte. »Was geht hier vor sich in meinem Hause?«, rief sie.

»Es ist immer noch mein Haus. Ich habe es gekauft!«

»Von meinem Erbe!«

»Es reicht!« Der Bergrat schlug auf den Tisch. Eine leere Tasse fiel auf den Teppich, wo sie unversehrt liegen blieb. Amalie huschte herbei und hob sie auf. Unschlüssig stand sie da und drehte sie in der Hand.

Der Bergrat erhob sich und ging einen Schritt auf seine Gattin zu, die zurückwich. »Warum weiß ich nicht von dir, dass du achthundert Gulden besitzt? Sei ehrlich! Es verhält sich anders. Ferdinand von Weckherlin wollte Nanette das Geld nach München schicken. Dazu ist er nicht mehr gekommen. Was hattest du in Bad Boll zu suchen?«

»Der werte Finanzminister, uns allen bekannt als Galgen-Weckherlin, der vom König entlassen worden war auf mein Betreiben, hatte sich in den Kopf gesetzt, dir, mein Kind, zu helfen.« Frau Bergrat lachte und keckerte wie eine Elster. »Nicht freiwillig hat er die Pistole genommen.«

Der Bergrat war bleich geworden. »Ich kenne Weckherlins Rechtfertigungsschrift, die er einen Tag nach seiner Entlassung an den König gegeben hat. Er hatte dargelegt, dass er das Opfer einer Verleumdung sei. Man hat darüber spekuliert, doch auf dich wäre wohl niemand gekommen.«

»Ich kann das bestätigen. August hat es mir in Freudenstadt erzählt«, sagte Christiane. »Und ich besitze von Onkel Ferdinand einen Abschiedsbrief, der es beweist.«

»Ich habe ihn in Bad Boll aufgesucht, wie manches Mal davor hier in Stuttgart. Er war mir zugetan und hat mir oft Geschenke gemacht. Ich hatte meine Hand nicht im Spiel.«

»Du lügst, genauso wie mit der Entmündigung«, donnerte

der Bergrat. »Die Amtsrichter haben Nanette letzten Donnerstag befragt. Sie haben weder Wahnsinn noch Verschwendungssucht feststellen können. Ich habe das Schreiben heute früh erhalten. Nanette ist frei und kann gehen, wohin es sie beliebt. Die achthundert Gulden, das sind die zweihundert Dukaten, die August Christiane geben wollte, hast du ihr auszuhändigen. Sie gehören ihr. Das Gericht hat sich davon überzeugt. Du bist nicht berechtigt, etwas zum Abzug zu bringen.«

Frau Bergrat hielt den Kopf schief und schwieg.

»Geben Sie mir jetzt bitte das Geld«, sagte Christiane mit fester Stimme. »Zweihundert Dukaten.« Den Bergrat auf ihrer Seite zu wissen, gab ihr Kraft und Zuversicht.

»Dann nimm die Geldbeutel und verheb dich nicht.« Frau Bergrat warf sie ihr vor die Füße, die sie gerade noch zurückziehen konnte. »Dem Wagner Rukwied, er ist mein Cousin, zahle ich aus eigener Tasche eine Entschädigung. Jetzt ist Schluss. Ich will dich nie wieder sehen. Und sag ja nicht, ich habe mir etwas vom Geld genommen. Welch Intrige wird da mit mir gespielt?«

»Das kann ich dir sagen.« Der Bergrat holte ein fleckiges Papier aus dem Sekretär und faltete es auseinander. »Der Vormundschaftsrichter hat mich auch davon in Kenntnis gesetzt. Ich gebe von Kleins Anerkenntnis an Nanette, es beweist ihre Herkunft.«

»Es steht ihr nicht zu. Amalie hat es gerettet. Erst wollte ich es ins Feuer werfen, aber dann …«

»Dann dachtest du, es könne dir nützlich sein. Das war es.« Der Bergrat schlug mit der Faust auf den Tisch. Die Löffel auf den Untertassen klirrten.

Frau Bergrat lächelte süffisant. »Es hat die entscheidende Rolle gespielt, dass ich, und nur ich, zum Vormund bestimmt wurde. Ich wollte es nicht, bin aber meiner Pflicht nachgekommen. Ludwig hat es eigenhändig verfasst und ich habe es bezeugt.« Sie lachte böse auf. »Seinen Namen hat er dem Kind gegeben. Doch er hat mir anvertraut, dass es nicht stimmt, was geschrieben steht, wenn es auch nützlich sei.«

»Was sagen Sie da?« Amalies Gesicht war puterrot. Sie stürzte auf den Bergrat zu, riss ihm das Papier aus der Hand und zerfetzte es. »Ich habe es geglaubt«, schrie sie. »Ich war glücklich, dass Nanette den Hofmedicus zum Vater hat. Deshalb habe ich es wiederhergestellt. Die Kaffeeflecken ... Nanette, verzeih mir.«

»Verzeih du mir, dass ich dir misstraut habe.« Christiane ließ die beiden Geldbeutel ins Felleisen gleiten. Dort waren sie sicher. Sie wandte sich an Frau Bergrat. »Was ist mit meiner Mutter? In München hat mich eine anonym gedruckte Nachricht erreicht, in der Henriette von Lehsten, die hier in Stuttgart ansässig ist, wie ich inzwischen weiß, als meine Mutter bezeichnet wird. Stimmt das?«

»Ich kenne keine Frau von Lehsten. Die Residenz hat mehr als dreißigtausend Einwohner.«

»Sie haben ihr das Bildnis König Friedrichs geschenkt.« Christiane zeigte auf die leere Fläche über dem Sekretär. »Ich habe es bei ihr gesehen.«

Frau Bergrat lachte auf. »Mach dich nicht lächerlich! Davon gibt es Hunderte, wenn nicht Tausende! Das beweist nicht, dass sie mir bekannt ist. Möglich, dass ich diese Frau bei einer Tee-Einladung der Königinwitwe getroffen habe.«

»Ist sie meine Mutter? Sie hat es mir gegenüber zugegeben, will mich aber nicht öffentlich anerkennen. Was steckt dahinter?«

»Woher soll ich das wissen.«

»Elisabeth! Gib zu, was uns allen wohlbekannt ist.«

»Du meinst, was man sich erzählt? Solange Frau von Lehsten schweigt, und das wird sie, denn dafür ist gesorgt, lässt sich nichts beweisen. Wer will eine Tochter, die so herumläuft! Dein Geschmack war schon immer impertinent. Gelbrot gestreift. Unmöglich!«

»Nanette, ich glaube, wir kommen hier nicht weiter. Lassen wir es gut sein. Du solltest besser gehen. Wir haben mehr erreicht als erhofft.«

»Ich habe noch Zeit. Es ist nicht mal Mittag.«

»Nanette, ich bin gleich zurück. Sag nichts Unüberlegtes. Ein dringendes Bedürfnis.« Der Bergrat eilte aus der Tür.

Christiane wandte sich Frau Bergrat zu. »In meinem Gedächtnisbüchlein ist eine Frage offen: Wieso sind Sie am Leben und Onkel Ludwig ist gestorben?«

»Was hat das miteinander zu tun?«

»Er hat mir in der Kutsche erzählt, dass Sie, werte Frau Bergrat, ebenfalls von der Chocoladentorte gegessen haben. Und dass die Torte vergiftet war. Er als Arzt wusste das. Wie kann es sein, dass er tot ist und Sie sich bester Gesundheit erfreuen, wie ich sehe?«

»Du bist verwirrt. Nicht zurechnungsfähig. Ich werde den Antrag auf Entmündigung erneut stellen. Vergiftet? Wie kommst du denn darauf? Du bist eine infame Lügnerin!«

Christiane stellte sich hinter die Chaiselongue und zog die Gardine zur Seite. »Warum ist Onkel Ludwig gestorben, wo Sie beide von derselben, mit Arsenik vergifteten Chocoladentorte gegessen haben? Oder wollen Sie das in Abrede stellen?«

»Mein lieber Bruder, unser geschätzter Hofmedicus, der von allen verehrte Ludwig von Klein, er hat sich gegen mich gestellt und wollte dir, mein Kind, mit diesem Anerkenntnis partout helfen. Leider konnte ich ihm dann auch nicht mehr helfen. Es hat ihm gemundet. Und Amalie hat das Anerkenntnis jetzt zerrissen. Wie passend!«

»Frau Bergrat«, sagte Christiane langsam, »kann es sein, dass Sie zwei Torten gebacken haben? Und vom schlechten Kuchen haben Sie dann auch Lotte ein Stück zugedacht?«

»Lotte? Wenn ich das gewusst hätte!«, schrie Amalie. »Ich wäre nicht gegangen. Die arme Lotte.« Sie trat zu ihr hinter die Chaiselongue, als müsse sie sich in Sicherheit bringen.

Etwas plumpste zu Boden. Das Felleisen. Die Köchin zerrte an der Gardine.

»Was reden Sie denn, Amalie? Nicht ich, Sie haben gebacken.« Frau Bergrat zeigte mit dem Finger auf sie. »Und zum zweiten Mal haben Sie Rattengift hineingemischt. Aus Versehen. Das wird Sie aufs Schafott bringen. Sie sind entlassen.«

»Nanette, hilf mir! Ich habe mich nach unserem Gespräch bei den Nymphen am letzten Donnerstag erinnert, dass damals nach dem Redoutenball auf einmal das Soda für die Ratten verschwunden war. Das Soda zum Backen aber nicht angebrochen war. Ich war's nicht! Beide Male nicht!«

»Frau Bergrat, Sie haben Ihren eigenen Bruder auf dem Gewissen.« Christiane klammerte sich an die Chaiselongue. »Was sich nicht beweisen lässt. Aber ich wollte wissen, ob es wahr sein kann.«

»Was du wieder redest, Kind. Amalie hat gebacken. In beiden Fällen. Sie ist die Köchin. Sie hat die Torte vergiftet und ist schuldig. Am Ableben des Hofmedicus und seiner Tochter Lotte. Und beinahe wäre sie nach dem Redoutenball auch für deinen Tod verantwortlich gewesen. Ich bin untröstlich.«

Amalie schrie auf und rannte aus der Tür. »Sie lügen! Die ganze Zeit. Ich habe nicht gebacken! Weder damals noch heute. Wie kann ich jetzt nur weiterleben? Ich bin nicht schuld! Ich bin nur die Köchin. Wo soll ich denn hin, wenn Sie mich entlassen?«

»Amalie, warte! Es wird dir nichts geschehen. Hab keine Angst. Der Bergrat hilft dir. Komm zurück!« Christiane stürzte zur Tür. In der Küche polterte es. Frau Bergrat stellte sich ihr in den Weg.

»Lassen Sie mich sofort durch! Amalie«, schrie Christiane. Wo war nur der Bergrat? Er musste sie doch hören. Ein Stuhl krachte in der Küche zu Boden.

»Was hast du denn hier Schönes?« Unversehens zog Frau Bergrat ihr das Busentuch heraus. Vergeblich griff Christiane nach dem Adler, nach August. Frau Bergrat war gewachsen, der erste Eindruck hatte getäuscht.

»Ist das eine von diesen Servietten? Davon habe ich gehört. Ein doppelköpfiger Geiervogel. Dazu muss ich ja wohl nichts mehr sagen.«

»Ich schenke sie Ihnen, wenn Sie alles zurücknehmen. Wir lassen es auf sich beruhen. Ich ziehe die Frage zurück. Es ist bald zehn Jahre her. Was damals passiert ist, weiß keiner mehr. Ich bitte Sie, Maman.«

»Schon gut, mein Kind. Wir vergessen alles. Und wie könnte ich Amalie entlassen. Sie ist mir unentbehrlich. Gib mir auch die anderen Servietten. Damit ist es besiegelt. Du darfst die zweihundert Dukaten dafür behalten.«

Christiane rannte zum Felleisen hinter der Chaiselongue. Da waren die Tüchlein. Ihr Herz schmerzte. Wenn nur nichts mit Amalie passierte. »Hier nehmen Sie, aber lassen Sie mich endlich durch. Ich muss zu Amalie.«

Frau Bergrat stützte sich mit beiden Armen am Türrahmen ab und stellte sich ihr wie ein Fels entgegen. Die Servietten hielt sie fest in den Händen.

»Amalie«, rief Christiane. »Herr Vater, wo sind Sie?«

»Was bist du so aufgeregt? Es ist nichts passiert. Amalie ist in der Küche. Keine Sorge. Sie putzt, wenn wir uns streiten. Was nicht unpraktisch ist. Und solange sie wütend ist, wirft sie alles um. Horch, wie es poltert und sie den Stuhl hin- und herrückt. Gleich bringt sie uns einen frischen Kaffee, dann ist es wieder gut. Komm, setz dich, nimm dir von den Sandplätzchen. Du zitterst ja.«

Christiane ließ sich zum Tisch ziehen und sank auf einen Stuhl. Warum hatte sie solche Angst um Amalie? Und wieso gab sie die Servietten aus der Hand? Wo war der Bergrat? Er konnte doch nicht … Ein Schlag aus der Küche. Stille. Das Mittagsläuten verklang. Was war mit Amalie? Sie hörte nichts mehr. Ihr Herz krampfte sich zusammen. Frau Bergrat betrachtete die Servietten und strich über die Stickereien. Sie murmelte vor sich hin, genügte aber ganz sich selbst. Christiane knabberte Sandplätzchen und konnte sich nicht rühren. Was ging da nur vor sich? Viel Zeit blieb ihr nicht mehr bis zur Abfahrt der Kutsche.

»Amalie! Bringen Sie uns frischen Kaffee«, rief Frau Bergrat plötzlich. »Amalie?« Die Servietten in der Hand rauschte sie hinaus.

Christiane rannte hinter ihr her.

»Amalie! Wie konntest du nur? Was tust du mir jetzt wieder an?« Frau Bergrat stand in der Küchentür und versperrte ihr die Sicht. Dann trat sie abrupt zur Seite.

Die Köchin baumelte am Kräuterbalken zwischen Peterling und Dill. Sie hatte sich das Lotterseil um den Hals geschlungen. In ihrem Mund steckte eine zerquetschte Erdbeere. Es roch nach frischer Minze, die auf der Fensterbank in einem Topf stand. Christiane schrie auf, schluchzte und schrie und heulte und konnte nicht aufhören.

»Was geht denn hier vor? Kann ich nicht einmal … Amalie!« Der Bergrat warf die gelben Rosen auf die Anrichte, stürzte zur umgefallenen Leiter und stellte sie wieder auf. »Warum lässt der Gärtner sie auch immer stehen und bringt sie nicht in den Schuppen! Sei still, Nanette!«

Schwerfällig stieg er die Stufen hinauf und zerrte am Seil. Amalies Gesicht war blass, Speichel lief ihr aus dem Mundwinkel. Die Erdbeere fiel zu Boden. Christiane kreischte und schlug die Hand auf den Mund.

Der Bergrat zog den Körper zu sich heran, nahm Amalies Handgelenk und fühlte den Puls. Er tastete am Busen nach dem Herzen und schüttelte den Kopf. »Kein Herzschlag mehr. Viel zu spät sind wir. An den Fingern bilden sich bereits erste Totenflecken. Wie konnte das passieren? Wo seid ihr denn gewesen? Suizid durch typisches Erhängen, sagt der Arzt in mir. So steht es dann im Totenschein. Etwas mehr als eine halbe

Stunde nur war ich im Garten. Die gelben Rosen«, er zeigte auf die Anrichte, »passen gut zu deinem Kleid, Nanette. So dachte ich. Was habt ihr nur gemacht?« Er presste eine Faust in den Mund und wäre beinahe hinuntergestürzt. Schwankend kletterte er herab. Er schaute sie nicht an. Das war das Schlimmste. Sie wollte sich ihm in die Arme werfen, ließ es aber. Nur weg! Die Kutsche nach Carlsruhe!

Frau Bergrat zeigte auf Amalies baumelnde Füße. Das war alles nicht wahr. Es quietschte. Die Klappe zum Herdfeuer. Christiane stürzte hinzu. Die Servietten landeten in den Flammen, die hell aufloderten. Sie schaute wie erstarrt zu. Die Stiftskirche schlug zur dritten Viertelstunde. Wer anfing, hatte verloren.

»Das kommt einem Schuldeingeständnis gleich«, sagte Frau Bergrat. »Pfui! Wie das stinkt! Sie hat sich entleert. Und niemand wischt es mir auf.«

»Was du wieder redest. Als ob es darauf ankäme. Lisbeth, sollte ich zu dir sagen, wie Ludwig immer.«

Frau Bergrat lachte schrill. »Ludwig ist tot, und Lisbeth ist mit ihm gestorben. Aber Elisabeth lebt!«

Mit wehendem Rock rannte Christiane quer über den Charlottenplatz zum Waisenhaus. Nur weg. Ein Waisenkind war sie nicht, aber wieder hatte sie alles verloren. Das Felleisen tanzte auf dem Rücken. Sie klammerte sich an ihren Reisekoffer, tauchte ein in die Holzstraße. Wandte sich links, ließ sich verschlucken von den schmalen Gassen, die zur Esslinger Straße hinüberführten und in denen es sogar im Sommer nach Filderkraut roch. Nach Armut. Die Sonne stand fahl am Himmel. Kein Lüftchen bewegte sich. Ob es weiter gewittern und stürmen würde? Der Schweiß rann ihr in Strömen herunter. Oder waren es Tränen? Die vom Wochenende und von heute?

Am Leonhardsplatz standen Lohnkutschen. »Zur Poststation«, sagte sie dem Erstbesten, wuchtete den Koffer ins Innere und kletterte hinterher. In ihrem Felleisen tastete sie nach dem ledernen Mäppchen und atmete auf. Es war noch da. Aber was war das? Etwas Hartes. Im Halbdunkel fühlte sie die Spielkarten. Wie waren sie in den Rucksack gelangt? Amalie! Deshalb war sie zu ihr hinter die Chaiselongue geflüchtet. Was hatte der Bergrat erzählt, als er in Freudenstadt war? Er habe Herzsieben und Ecksteinsieben im ganzen Haus nicht finden können. Hatte Amalie sie für Frau Bergrat aufbewahrt? Und hatte sie sich auch deswegen schuldig gefühlt, ohne je eine Schuld auf sich geladen zu haben? Und jetzt ... Sie schluchzte auf. »Amalie, wie konntest du nur ...« Sie schlug sich auf den Mund, redete schon wie Frau Bergrat. Der Wagen bog in die Poststraße ein. Von der Stiftskirche läutete es eins.

Sie sprang heraus, warf dem Kutscher einen Gulden zu, was zu viel war, und stürzte zur Diligence, die abfahrbereit auf dem Platz stand. Weg, nur weg!

Der Postillion öffnete den Verschlag und griff nach dem Reisekoffer. »Schnell, schnell, wir haben Verspätung!«

Sie stieg ein und hörte, wie er ihren Koffer auf dem Dach festzurrte. Ihr Billett hatte er nicht sehen wollen.

Und schon sprengten die Pferde über die Königstraße. Sie schlug die Hände vors Gesicht, schaute nicht hinaus. Stuttgart wollte sie nicht mehr vor Augen haben. August, schrie es in ihr. Amalie, jammerte eine Stimme im anderen Ohr. »Gib mir noch eine Erdbeere, nur eine«, sagte August. Eine Erdbeere hatte Amalie noch genascht, nur die eine.

Am Wochenende hatte sie sich wegen August bei Thekla ausgeweint, während Gewitter über ihnen getobt und auch den Stuttgarter Talkessel erschüttert hatten. Am Bärensee hatte der Sturm eine Schneise durch den Wald geschlagen. Das Forsthaus war verschont geblieben.

»Wir haben Glück gehabt«, sagte Thekla am Sonntagabend. Sie legte ein paar Teigtaschen in die Glut.

»Ich will aber kein Glück haben«, heulte Christiane auf. »Sowieso habe ich nichts als Pech in diesem Leben. Wozu denn noch? Ich kriege kein anderes mehr. Einer Chimäre bin ich nachgelaufen, einem Hirngespinst. Ein Luftschloss hatte ich mir gebaut und jetzt bin ich rausgefallen aus meinem Wolkenkuckucksheim. Es tut so weh! Nicht nur verheiratet, nein, vier Kinder! Stell dir das mal vor. Und keiner sagt mir ein Wort.«

Sie erzählte Thekla zu guter Letzt auch von Kirchberg und dem Redoutenball. Vom Stall in Brandenburg und von der Baumwiese. Von ihrer Hoffnung. Zum ersten Mal sprach sie über das wohlige Entsetzen, das sie stets überfiel, wenn sie August sah.

»Da hat er wohl etwas angerichtet bei dir«, sagte Thekla. »Du warst ein Kind. Und Kinder reizt das Verbotene, was einhergeht mit dem Entsetzen. Was habe ich getan?, fragen sich die Kinder. Dabei ist es umgekehrt.«

»Beim Walzer waren wir uns nah. In seinen Armen hätte ich ununterbrochen schweben mögen, konnte es nie vergessen. Immer habe ich gehofft, August gibt sich mir zu erkennen und wir finden zueinander. Der Adler kommt zurück, hat er in Brandenburg gesagt. Und ich habe darauf vertraut. Auf der Baumwiese in Metzingen war es wie im Traum. Aber er hat mich nicht gefragt. Dabei hatte ich ihm längst viele Male das Jawort gegeben.«

»Du hast all das nie jemandem erzählt? Woher sollten die anderen wissen, was du dir zusammenreimst? Warum hast du dich Louisle nicht anvertraut? Viel Leid und unnütze Hoffnung hättest du dir erspart.«

»Ich habe mich geschämt. Es war verboten, was August mit mir gemacht hat. Louisle weiß nichts von meinen Gefühlen. Ich war ein Kind. Und es hat mir gefallen. Das konnte ich mir erst sehr viel später eingestehen. Und beim Redoutenball habe ich mich verliebt, ohne zu wissen, dass es August ist. Von da an bin ich von ihm nie mehr losgekommen. In München dachte ich, jetzt habe ich es geschafft. Ich hatte mich in einen Kaufmann verliebt, der mich heiraten wollte, doch Frau Bergrat Hehl hat es vereitelt.«

Tränen waren unentwegt aus ihren Augen gestürzt wie der Regen vor dem winzigen Fenster. »Heul dich aus!«, hatte Thekla gesagt, »sonst heilt es nicht. Du hättest früher um ihn weinen sollen. Wenn eine Liebe unglücklich ist, stimmt es nicht.«

August hatte ihr nie Hoffnung gemacht. Als Mann war er ihren Reizen nicht abhold. Das konnte sie sich vorwerfen. Und doch hatte auch er seinen Anteil an dieser Geschichte, wie alle immerzu ihren Teil zum Ganzen beitrugen.

»Fräulein, was ist Ihnen denn?«, fragte eine Stimme, die zu einer rundlichen Frau gehörte. »Derart viele Tränen kann man nicht haben. Über eine Stunde weinen Sie jetzt schon. Hat der Kerl das verdient?«

»Wenn es nur ein *Kerl* wäre«, schluchzte sie und schnäuzte sich. Sie hatte die Servietten verloren. Tränen rannen ihr über die Wangen. Sie fuhr sich mit dem Schnupftüchlein darüber und erstarrte. Was hielt sie denn da in der Hand? Die Fischlein! Die Barben! Doch was war das schon, eine Serviette? Sie war schuld an Amalies Selbstmord. Verzeih mir! Ich bin schuldig und sollte neben dir am Strick baumeln. Hätte sie nur Onkel Ludwigs Tod auf sich beruhen lassen. Der Bergrat hatte sie gewarnt. Warum konnte sie sich nicht mit dem zufriedengeben, was das Leben für sie bereithielt? Immer suchte sie nach der Wahrheit, wo es keine geben konnte. Falscher gesellschaftlicher Ehrgeiz war es, der sie getrieben hatte. Wie hatte sie nur August einen Antrag machen können! Sie schüttelte den Kopf, heulte nicht mehr. Immer war sie ehrlich gewesen. Zu ehrlich in allem. Doch sie würde nicht davon ablassen. Die kurfürstliche Heiratserlaubnis steckte im ledernen Mäppchen. Die Servietten waren verloren, bis auf die Barben, die bewiesen, dass sie das richtige Kind war. Und im Felleisen warteten die zweihundert Dukaten auf die Hochzeitsfeier.

»Waiblingen«, rief der Kutscher. Christiane schaute auf. Ein blassblonder Jüngling starrte sie durch seine Brille an. Fischaugen hatte er. Ein Bauer drehte seinen flachen Hut auf den Knien. Die Frau mit der Haube und der schwesternähnlichen Tracht, die sie vorhin angesprochen hatte, lächelte und tätschelte ihr die Hand.

»Sehen Sie, es geht schon wieder. Vertreten Sie sich ein wenig die Beine. Schnappen Sie Luft, das wird Ihnen wohltun.«

»Wo sind wir?«, fragte Christiane.

»Waiblingen. Unsere erste Station. Pferdewechsel.«

»Müssten wir nicht in Schwieberdingen sein? Das steht auf dem Fahrschein.«

»Mein Fräulein«, sagte der Blassblonde, »wohin soll die Reise denn gehen?«

»Nach Carlsruhe.«

Der Bauer schlug sich auf den Schenkel. »Da müssen Sie in die andere Richtung.« Er zeigte zurück.

Schwarze Wolken türmten am Horizont. Über Stuttgart war der Himmel bleigrau. Ein scharf beißender Geruch nach Pferdeäpfeln hing in der Luft.

»Die Gewitter gestern waren zu gefährlich, da haben sie uns nicht fahren lassen«, sagte der Jüngling. »Damit niemand einen Anspruch geltend machen kann. Deshalb hatten wir es heute auch so eilig. Verzeihen Sie, ich bin Student der Rechte in Prag.«

»Was reden Sie da! Der Hagel hat die Weinreben zerschlagen. Als ob das rechtens wäre«, sagte der Mann mit dem Hut. »Wir Weinbauern müssen auch in diesem Jahr um unser Auskommen fürchten. Das hat die Studenten nie gekümmert. Und ich kann wieder betteln gehen, zum Bruder, damit er mir mit einem Darlehn weiterhilft.«

»Meine Herren«, sagte die Frau. »Wollen wir nicht endlich aussteigen? Ich müsste mir nicht nur die Beine vertreten. Kommen Sie, mein Fräulein.«

Wie durch einen Schleier drangen die Worte zu ihr. Sie kletterte als Letzte hinaus und knetete ihr Schnupftüchlein, das vor Nässe triefte. Die Fischlein schwammen. Sie schluchzte. Nebel hing zwischen den Waldschneisen, der Boden dampfte.

»Wohin geht die Kutsche?«, fragte sie den Postillion mit tonloser Stimme.

»Nach Nürnberg. Über Aalen. Zeigen Sie mal Ihr Billett. Das habe ich vorhin ganz vergessen. Carlsruhe? Aber mein Fräulein. Da müssen Sie zurück. Das kostet extra. Sie wollen nicht? Warten Sie, damit es seine Ordnung hat. Sechs Kreuzer kriegen Sie raus. Dann können Sie bis Aalen fahren. Dort lösen Sie einen neuen Fahrschein. Anschlüsse gibt es in alle Himmelsrichtungen.« Er tätschelte dem Leitgaul die Nüstern.

Sie stieg umgehend wieder in die Kutsche. Die Spur verwischte sich. Herzsieben und Ecksteinsieben. Die Spielkarten wiesen ihr den Weg zu einer neuen Liebe. Sie tastete nach ihnen. Was war das? Etwas Hartes bohrte sich ihr in die Hand. Ein Ring! Mit einem großen Stein. Er musste vom Bergrat sein. Sie wagte nicht, ihn herauszunehmen. Die Barben sprangen. Den Verlobungsring besaß sie schon. So sollte es sein, wie König Wilhelm es an der Grabkapelle für Katharina in Stein hatte meißeln lassen:

Die Liebe höret nimmer auf.

Dramatis personae (Auswahl)

(Mit * gekennzeichnete Personen sind historisch verbürgt, ihr Leben aber ist fiktionalisiert.)

Christiane*, genannt Nanette oder Nanele

Elisabeth Hehl*, geborene von Klein; ihr Mann Johann Hehl*, Bergrat und Arzt

Ludwig von Klein*, Stadtmedicus, Hofarzt, ältester Bruder Elisabeth Hehls; seine jüngste Tochter Lotte*

Henriette von Lehsten*, geborene von Schmidt auf Altenstadt (Mutter Christianes)

Ferdinand von Weckherlin*, württ. Finanzminister

August von Weckherlin*, späterer Direktor der Akademie Hohenheim

*

Stuttgart
August Wilhelm Pauly*, Hofschauspieler
Amalie, Köchin der Familie Hehl
Karl Heinrich Welsch, Schneidermeister und Spitzel
Forstmeister Grau*; seine Köchin Thekla

Brandenburg an der Iller
Freiherr vom Stein zu Rechtenstein*, königlich-württembergischer Landvogt und Kammerherr; seine Tochter Baronesse Fanny Marika vom Stein zu Rechtenstein*

Baldur, Kutscher, Diener und Gärtner
Elsa, Köchin; Marie, Magd

Die ehemalige Freie Reichsstadt Ulm
Johannes David Ruepprecht*, Finanzkammerkanzlist; seine Frau; Gertraut, Köchin

Königliche Residenzstadt München
Hofsänger Löhle*, seine Frau Charlotta* (Carla), geborene Pauly; Anton, Diener; Hilda, Köchin

Frau Geheimrat von Wiebeking*, geborene Rousseau; ihre Tochter Solveig

Kaufmann Franz Xaver Lorci; sein Sohn Karl Theodor

Major von Renner*; seine Frau Majorin von Renner*, geborene Mörike

Frau Krawczynski, freie Kleidermacherin
Catharine Wisner*, Dienstherrin in München

Altensteig
Jakob Noah Schönhuth*, Konditor; Martha, Magd

Wildberg
Kaufmann Schönhuth*; seine Frau Marie-Luisa; Käthe, Magd

Metzingen
Friedrich Wilhelm Geß*, Pfarrer; seine Frau Luise (Louisle)*, geborene Steinheil

Freudenstadt
Friedrich Graf von Mandelslohe* (Mandelsloh); seine Frau Josephine Luise*, geborene von Degenfeld-Schonburg; ihre Kinder Ulrich Ferdinand, Gustav August, Anetta Friederike, Albrecht Friedrich
Gesine, Köchin; Anna, Sabine, Ursula, Kammerjungfern

*

Historische Persönlichkeiten
Friedrich von Württemberg, Herzog, Kurfürst und König; seine zweite Frau Charlotte Mathilde von Württemberg

Wilhelm I. von Württemberg, König

Johann Friedrich Freiherr Cotta von Cottendorf, Verleger, Industriepionier und Politiker

Ludwig I. von Bayern, Kronprinz und König

Carl Spitzweg, Maler und Zeichner

Dichtung und Wahrheit

DURCH ZUFALL BIN ich bei Recherchen im Hauptstaatsarchiv Stuttgart auf das Schicksal meiner Hauptfigur Christiane gestoßen, die 1804 geboren wurde. Eckpunkte ihres Leben sind nicht nur für ihre Kindheit, die im Auftakt der Reihe »Das Mündel des Hofmedicus« erzählt wird, sondern auch für die Jahre von 1823 bis 1832 dokumentiert, in denen die Handlung des vorliegenden Bandes spielt.

Die Grenze zwischen Dichtung und Wahrheit blieb dabei fließend. So weit wie möglich, habe ich mich wieder an überlieferte Fakten gehalten, wobei das Geschehen es manchmal erfordert hat, von der Realität abzuweichen.

Im Fokus standen bei den Recherchen vor allem Fragen nach der damaligen gesellschaftlichen und rechtlichen Stellung von Frauen. Welche Mittel und Wege gab es für Christiane, sich im verhängnisvollen Dreieck aus Vormundschaft, Heiratserlaubnis und Gesinderecht ein selbstständiges Leben aufzubauen?

In Württemberg und Bayern wurde ein Mädchen erst mit fünfundzwanzig volljährig, durfte sich aber auch danach trotzdem nicht ohne Erlaubnis des Vormunds verheiraten (gültig bis 1875). Hinzu kam, dass für eine Heirat außerhalb des Königreichs die vorherige Zustimmung des Herrschers erforderlich war. Und wenn ein Mündel als geisteskrank oder verschwendungssüchtig erklärt wurde, stand es sein Leben lang unter Kuratel.

Wahr ist, dass Christianes Vormund, Elisabeth Hehl, die Zustimmung zu einer Heirat verweigert hat, die Gründe sind nicht bekannt. Wie sich Christiane gewehrt hat, habe ich mir daher ebenso ausgedacht wie Elisabeth Hehls Intrige, zu der mir Peter von Matt mit seinem Buch zu »Die Intrige: Theorie und Praxis der Hinterlist« Möglichkeiten für die Handlung aufgezeigt hat.

Friedrich-Franz Wauschkuhn erwähnt in seiner Dissertation, dass sich der württembergische Finanzminister Ferdinand von Weckherlin, der im Roman als Christianes Taufpate und Helfer gilt, erschossen hat. Das ist in anderen Quellen nicht überliefert und hat meiner Geschichte eine unerwartete Wendung gegeben.

Ich fand es als Autorin auch zum vorliegenden zweiten Teil von Christianes Leben erneut sehr spannend, die zahlreichen Originalschauplätze zu bereisen. Darüber hinaus habe ich mir Materialien aus Archiven und Bibliotheken zunutze gemacht und in die Handlung eingeflochten.

Ein Schloss Brandenburg an der Iller ist historisch überliefert. Es lag bei Regglisweiler, ist aber nicht erhalten. Ich habe es nach meinem Gusto ausgestattet und mir dafür einiges aus einem anderen realen Schloss ausgeliehen, das ungenannt bleiben muss.

Die Brücke über die Iller bei Dietenheim wurde in den Napoleonischen Kriegen zerstört. Im Roman existiert sie nach wie vor. Zum Ulmer Theater habe ich alte Spielpläne sowie eine Schilderung gefunden, wie es im 19. Jahrhundert dort zugegangen sein mag.

Pfarrer Stimmelmayr hat Münchens Häuser und Gassen um 1800 gezeichnet, sodass ich im Geiste durch die Stadt wandeln konnte.

Der Ruffini-Turm am Ende der Rosengasse existierte bis 1826, die heutigen Ruffini-Häuser wurden erst Anfang des 20. Jahrhunderts erbaut. Das Haus Ruffini ist daher ebenso erfunden wie der Spiegelkeller im Handelshaus Lorci.

Die Villa Wiebeking habe ich mir nach alten Abbildungen in der oberen Ludwigstraße erdacht. Fiktiv, aber nicht unmöglich ist Carl Spitzwegs Besuch dort.

Eine Abbildung des Münchner Schrannenplatzes, des heutigen Marienplatzes, während des Kornmarktes hat mich zu einer Szene inspiriert. Und der Stadtbrauch der bunten Fassadenmalerei brachte mich zum »Christoph vom Eiermarkt«.

Auf Christianes Spuren bin ich zu Fuß von Wildberg nach Herrenberg gelaufen und habe im Wald einen Pferdewanderer getroffen, aus dem im Roman der Händler mit dem Kochgeschirr wurde.

In der Realität hat Louisle mit ihrem Mann Geß in Reutlingen gewohnt und nicht in Metzingen.

Die Recherchen haben mich auch zur Kurfürstin und späteren Königin Charlotte Mathilde von Württemberg geführt, die in jeden Kinderwagen hineingeschaut haben soll. Neben ihrer Porzellanmalerei sind ihre Blumenstickereien bekannt, die aber nur auf Polstermöbeln im Schloss Ludwigsburg erhalten sind. Die Servietten sind daher meine Erfindung. Erdacht ist auch das Vermächtnis der Kurfürstin, das ich aus Mathildes großer Wohltätigkeit abgeleitet habe.

Quellen (Auswahl)

Peter von Matt, Die Intrige: Theorie und Praxis der Hinterlist, München/Wien 2006

Ute Gerhard, Verhältnisse und Verhinderungen. Frauenarbeit, Familie und Rechte der Frauen im 19. Jahrhundert, Frankfurt a. M. 1978

Mirjam Heider, Die Geschichte der Vormundschaft seit der Aufklärung, Baden-Baden 2011

Friedrich-Franz Wauschkuhn, Die Anfänge der württembergischen Textilindustrie im Rahmen der staatlichen Gewerbepolitik 1806–1848, Dissertation, Hamburg 1974

Otto Schanzenbach, Königin Mathilde von Württemberg und die Ludwigsburger, Ludwigsburg 1897

Ruth Grönwoldt, Stickereien von der Vorzeit bis zur Gegenwart aus dem Besitz des Württembergischen Landesmuseums Stuttgart und der Schlösser Ludwigsburg, Solitude und Monrepos, München 1993

Harald Kächler, Dietenheim und Regglisweiler – einst und jetzt, Ulm 1994

Ferdinand Eggmann, Geschichte des Illertals, neu editiert von Anton Zanker, Norderstedt 2019 (Reprint der Ausgabe von 1862)

Ulmer Museum, Brigitte Reinhardt / Stefan Roller (Hrsg.), Das alte Ulm, Grafik – Zeichnungen – Modelle, Ulm 2005

Hans Eugen Specker (Hrsg.), Ulm im 19. Jahrhundert, Aspekte aus dem Leben der Stadt, Ulm 1990; darin: Georg Loges, Das Ulmer Theater

Gabriele Dischinger & Richard Bauer, München um 1800, Die Häuser und Gassen der Stadt, gezeichnet und beschrieben von Johann Paul Stimmelmayr, München 1980

Volker Duvigneau (Hrsg.), Münchner Stadtbilderbuch: Ansichten aus drei Jahrhunderten, München 1994

Dietrich O. A. Klose, Franziska Jungmann-Stadtler, Königlich Bayerisches Geld: Zahlungsmittel und Finanzen in Bayern 1806–1918, München 2006

Statistisches Landesamt Bayern, Königlich Bayerische Haupt- und Residenzstadt München, Im Jahre 1833, verschiedene Kartenblätter

Friedrich Kühbauch, Fritz Oechslen, Hans Peter Jäger, Aus der Geschichte Altensteigs und seiner Stadtteile, Stuttgart 1987

Johannes Klaß, Wildberger Chronik, Effringen, Gültlingen, Schönbronn, Sulz am Eck, Wildberg; 1237–1987, Wildberg 1987

Karl Kirchenmaier, Heimatbuch der Stadt Metzingen, Metzingen 1959

Stadtarchiv Freudenstadt (Hrsg.), Planstadt Kurstadt Freudenstadt: Chronik einer Tourismusstadt 1599–1999, Karlsruhe 1999

Gerhard Hertel, Königliches Oberamt Freudenstadt, Glanz und Not des 19. Jahrhunderts im Spiegel zeitgeschichtlicher Bilder und Berichte (1806–1906), Horb a. N. 1987

Peter Kaeding, Johann Friedrich Cotta, Die Hand über der ganzen Welt, Stuttgart 2009

Eugen Dolmetsch, Bilder aus Alt-Stuttgart, Nacherzähltes und Selbsterlebtes, Stuttgart 1930

Eugen Dolmetsch, Aus Stuttgarts vergangenen Tagen, Selbsterlebtes und Nacherzähltes, Stuttgart 1931

Annegret Kotzurek, Rainer Redies, Stuttgart, Von Tag zu Tag, Die Königszeit 1806–1918, Stuttgart 2006

Jutta Weber-Bock
Das Mündel des Hofmedicus
Historischer Roman
448 Seiten
13,5 x 21 cm, Klappenbroschur
ISBN 978-3-8392-2695-7
€ 15,00 [D] / € 15,50

Stuttgart 1804. Das heimlich in einem Gasthof geborene Mädchen Christiane wird seiner adeligen Mutter weggenommen. Durch Herzensbildung oder durch Strenge und Zwang, wie gedeiht ein Kind am besten? Ein Erziehungsexperiment, bei dem die Spielkarten Herzsieben und Ecksteinsieben eine geheimnisvolle Rolle spielen. Christiane wird wie ein Spielball hin- und hergeworfen. Mit siebzehn tanzt sie auf einem Maskenball in den Himmel der Liebe. Sie isst eine Chocoladentorte, doch diese ist vergiftet. Zufall oder Mordversuch?

GMEINER SPANNUNG

WWW.GMEINER-VERLAG.DE
Wir machen's spannend